西北师范大学文学院优势学科建设系列丛书

19世纪
美国民族文学研究
——以朗费罗诗歌为中心

张艳萍 著

中国社会科学出版社

图书在版编目（CIP）数据

19 世纪美国民族文学研究：以朗费罗诗歌为中心/张艳萍著.
—北京：中国社会科学出版社，2018.11
ISBN 978 - 7 - 5203 - 2850 - 0

Ⅰ. ①1… Ⅱ. ①张… Ⅲ. ①朗费罗(Longfellow，H. W.
1807—1882)—诗歌研究 Ⅳ. ①I712.072

中国版本图书馆 CIP 数据核字(2018)第 158588 号

出 版 人	赵剑英
责任编辑	郭晓鸿
特约编辑	席建海
责任校对	石春梅
责任印制	戴 宽

出 版	中国社会科学出版社
社 址	北京鼓楼西大街甲 158 号
邮 编	100720
网 址	http://www.csspw.cn
发 行 部	010 - 84083685
门 市 部	010 - 84029450
经 销	新华书店及其他书店

印 刷	北京明恒达印务有限公司
装 订	廊坊市广阳区广增装订厂
版 次	2018 年 11 月第 1 版
印 次	2018 年 11 月第 1 次印刷

开 本	710×1000 1/16
印 张	28
插 页	2
字 数	370 千字
定 价	108.00 元

目　录

下编　借鉴口头传统：美国民族文学独特的艺术路径

绪　　论

一　后革命时期建设美国民族文学的历史使命

对后革命时期建设美国民族文学的历史使命，下面分四个部分予以论述。

（一）创建美国民族文学的呼声及困境

独立战争后，美国人的民族自豪感迫不及待地召唤一种独立于英国文学的美国文学。诺亚·韦伯斯特（Noah Webster）于 1785 年满怀信心地呼吁："美国在文学上必须与她在政治上一样独立，艺术必须像她在军事上一样著名。"① 但是文化上的独立殊非易事。在长期的殖民进程中，英国文化的传统已深入美国文化的骨髓，美国人不可能在短时间内彻底摆脱英国文化的影响。事实上，美国的独立并没有很快催生出独立的美国文化。

独立后，百业待举，美国文化尚无条件取得突飞猛进的发展。1852 年，拉尔夫·沃尔多·爱默生（1803—1882）不无悲观地指出："1790 年至 1820年，美国就没有真正意义上的书籍、演讲、对话或者思想。"② 爱默生对美国后革命时期文化状况的这种论断，一直影响着 20 世纪 80 年代以前大众的判

---

① 转引自［美］萨克文·伯科维奇主编《剑桥美国文学史》（第一卷），蒋坚等译，中央编译出版社 2008 年版，第 519 页。

② 同上书，第 513 页。

断。而 1820 年以前在美国出版的 2/3 的书籍来自英国这一事实，对于爱默生的那个论断来说就是最可靠的支持。

在独立战争后的很长时间内，美国读者所读的主要是英国文学。1818 年，《费城文献》发表了乔治·塔克的《论美国文学》一文。该文让人们注意到了这样一个事实，那就是，有 600 万人口的美国，其文学成就远逊于爱尔兰和苏格兰。爱尔兰有伯克、谢里顿、斯威夫特、贝克莱和托马斯·穆尔等，苏格兰有汤姆逊、彭斯、休姆、亚当·斯密、斯莫利特和詹姆斯·博斯韦尔等，在美国很难找到与他们比肩的人物。当时最负盛名的小说家沃尔特·司各特是苏格兰人。与名家辈出的英国相比，美国几乎就是一片"文化沙漠"。就新书的产量来看，美国平均每年只出版 20 本书，而英国（公认人口是 180 万）的产能却达 500—1000 本①。这种巨大的差异，不能不令美国人产生文化自卑情结。1823 年，查尔斯·贾里德·英格索尔在美国哲学协会发表了一篇演讲，他指出：司各特的"韦弗利"系列长篇小说，在美国有惊人的销量，而美国的长篇小说尚在幼年。《爱丁堡评论》和《评论季刊》在美国印行，每期销售达 4000 册之多，而美国的同类杂志《北美评论》（North American Review）在伦敦却鲜为人知②。

英国智者西德尼·史密斯辛辣而不无嘲讽地指出了美国文化发展的迟缓性。他在发表于 1819 年《爱丁堡评论》上的一篇文章中指出："在他们存在的这三四十年的时间里"，美国人"完全没有为科学、艺术和文学做任何事情，甚至也没有为政治家风格的政治学和政治经济学做任何事情"③。当然，其看法有失偏颇。但是，美国的独立并没有催生出璀璨的文学群星，这也是事实。

---

① ［美］保罗·约翰逊：《美国人的历史》，秦传安译，中央编译出版社 2010 年版，第 388 页。
② 同上。
③ 同上。

　　尽管如此，一些有识之士还是一直坚守着创建"美国民族文学"的理想，并为这一事业努力奔走呼号。在这一过程中，新英格兰人功不可没。就倡导建设美国民族文学而言，新英格兰作家有更加自觉的意识。美国的第一批文学民族主义者都是新英格兰人。这得益于新英格兰丰厚的文化根基。到1800年时，新英格兰地区的文化普及率在全美居于首位，那里的学院、大学、出版社、报纸和杂志的数量也超出了其他地区。作为一位新英格兰作家，拉尔夫·沃尔多·爱默生在某些方面可以说是典型的19世纪美国人，他开始有意识地抵制文化自卑感，并以乐观的态度看待美国人在文化发展方面的潜能。在《美国学者》（1837）这篇演说中，爱默生指出：虽然美国人忙于生计没有余闲去进行文艺创作，但是他们仍然本能地保留着对文艺的爱好。美国人应该进一步更新这种本能，积极行动起来，迎合全世界对他们的期望，不仅在科学技术方面做出贡献，更应该向全人类奉上更好的东西。美国人过分依赖别国、模仿别国的日子即将结束。成千上万的美国青年正朝气蓬勃地走向新生活，发挥着年轻人的创造活力，他们将在文艺领域有所成就。美国的诗人们应该歌颂那些刚刚发生的值得歌颂的事。美国诗歌的复兴总有一天会成为现实①。但是，美国文学的发展并不像爱默生预料的那样乐观。17年以后，在题为"诗歌与英语诗歌"（1854）的演讲中，爱默生发出了这样的疑问：别的国家在建国初期就已经有优秀的诗作问世，但为什么美国建国数十年后还没有出色的诗人呢？爱默生不无焦虑地指出，美国人在军事、法律、贸易、农业、航海、制造业等方面的能力毫不逊色，但偏偏缺乏文艺创作的才华，在书籍出版方面的业绩着实令人难堪②。爱默生的这番感慨，无疑切中了美国文学的发展远较美国政治经济的发展迟缓这一重要问题。

---

　　① ［美］波尔泰编：《爱默生集：论文与讲演录》（上册），赵一凡等译，生活·读书·新知三联书店1993年版，第62页。
　　② 转引自［美］萨克文·伯科维奇主编《剑桥美国文学史》（第四卷），李增译，中央编译出版社2010年版，第3页。

　　造成美国文学发展缓慢的原因是多方面的，其中最主要的原因是，在美国独立后的很长时间内，美国社会还没有为美国文学的发展提供适宜的土壤。19 世纪美国著名编辑鲁弗斯·格里斯沃尔德①认为，到 19 世纪 40 年代，美国还没有产生名垂青史的诗人，这是因为美国的诗人大多下笔匆匆。而之所以出现这种局面，其主要原因是"写作的收入极不稳定，只有少数人能够全身心致力于文学创作"②。卓越的文学成就非经长期的默默耕耘不能获得。而经济方面的风险，使很多人想当职业作家的梦想面临着严峻的挑战。也正是由于考虑到那时作家并不是一个能够带来不错收入的职业，所以，当年轻的朗费罗写信告诉他父亲希望将来能在文学方面发展时，他那洞察时代特征的父亲提出了反对意见。虽然库珀是他那个时代为数不多的靠写作谋生的作家之一，但是他也深受经济问题困扰。1846 年，库珀在给詹姆斯·柯克·波尔丁的信中谈到了他的处境："在这个国度我的经济效益根本不值一提……廉价的文学几乎毁坏了所有文学财产的价值，因此在经过五年、二十年的努力之后，我发现自己相对来说还是非常贫穷。如果我花费同样的时间来经商，或者作为别针生产商的代理人到处游走的话，毫无疑问我会更加富有，我的孩子们也会更加独立。事实是，这个国家根本达不到进行任何文化活动的发达程度。一个人想要通过这种途径来提升自己的地位，那他就犯了一个重大的错误，除非他把自己全身心的出卖给一个小利益集团。"③ 可以说，在美国独立后的很长时间内，美国文学的土壤并没有为结出美丽的文学之花提供必要的营养。从根本上来说，重商主义的美国，在其百业待举之时，无暇给予文学多情的一瞥。华盛顿·欧文（1783—1859）是第一个获得国际声望的美国作家。杰

----

　　① 鲁弗斯·格里斯沃尔德曾在美国知名杂志《格雷厄姆》任职，与爱伦·坡过从甚密，坡死后，曾参与处理了坡的许多作品。
　　② 转引自［美］萨克文·伯科维奇主编《剑桥美国文学史》（第四卷），李增译，中央编译出版社 2010 年版，第 3 页。
　　③ 转引自［美］萨克文·伯科维奇主编《剑桥美国文学史》（第二卷），史志康等译，中央编译出版社 2008 年版，第 35—36 页。

克逊总统（1829—1837 在位）曾拒绝让欧文出任美国驻马德里的公使，他对欧文的评价是"他只适合写书，而且就连这个都难说得很"。①美国政界高层人士对于这样一位作家都不抱希望，那么还会对谁抱有希望呢？当时美国作家所处的文化环境的恶劣程度由此可见一斑。

（二）关于建设美国民族文学的理论探讨

长期以来，能否创造出真正独立于英国文学的美国文学这一问题一直困扰着美国作家。美语虽然与英语有区别，但它充其量只不过是英语的一种方言而已。虽然诺亚·韦伯斯特编著了一部有关美式英语词汇的用法和拼写的字典《蓝皮拼字书》（*Blue - Backed Speller*），将其作为确立美国国家身份的标志，但他本人也不得不承认"美语"至多是英语一种方言的变体。在《论英语》（*Dissertations on the English Language*）一书中，韦伯斯特试图否认美语对英语的依赖性，但他的论证恰好说明美语确实依赖于英语②。美语不可能彻底地创新，因为它已经继承了英式英语的传统。因此，美国作家从文体方面实现文学独立的突破是相当困难的。这种困难尤其表现在诗歌领域。这是因为，与其他体裁相比，诗歌对形式的要求更加苛刻。而诗歌形式的改变必须经历漫长的耕耘过程，有时甚至需要几代人付出心血。实际上，以英国传统格律写就的诗歌的英国味儿是十分明显的。正如《剑桥美国文学史》所说："在美国人看来，只要是以传统格律写就的诗行，无论它是英国人的作品还是美国人的作品，都带股'英国腔儿'。"③在美国早期诗歌领域，诗人们将英国诗人视为知音、将其作品奉为圭臬的现象屡见不鲜。从莎士比亚、弥尔顿、德莱顿、蒲柏、汤姆森、柯林斯、格雷、扬、考珀、彭斯、司各特、坎贝尔、

---

① ［美］保罗·约翰逊：《美国人的历史》，秦传安译，中央编译出版社 2010 年版，第 389 页。
② ［美］萨克文·伯科维奇主编：《剑桥美国文学史》（第四卷），李增译，中央编译出版社 2010 年版，第 275 页。
③ 同上书，第 8 页。

拜伦到华兹华斯、柯勒律治、济慈和雪莱，都是美国诗人醉心追慕的对象①。这就使得美国诗歌很难摆脱邯郸学步的窘境。美国著名编辑鲁弗斯·格里斯沃尔德在谈及美国早期诗歌时指出："我们的语言、品味和举止皆承自英国，但长期研究英国文学的结果只会令我们的作品成为前者的附属品，不论主题还是文体。"② 那么，美国文学是否有望摆脱作为英国文学附属品的这种尴尬地位呢？

民族文学的核心问题是要有民族性。解决美国文学民族性的最有效的办法就是将美国本身作为文学主题。要想与高傲的英国同行一较高下，美国作家比较明智的选择就是从题材的本土化方面入手，为创造美国民族文学而各显身手。但是，就是在题材的本土化这一点上，美国作家也面临着诸多困难。有一种论调曾经使一些作家深感困惑达数十年之久，那就是认为美国缺乏能够产生伟大文学所需的题材。华盛顿·欧文、詹姆斯·费尼莫尔·库珀、埃德加·爱伦·坡和纳撒尼尔·霍桑等浪漫主义作家，都曾因美国缺少历史遗迹而深感不安。由于这样的题材缺失，使当时的美国作家对其作品能否获得司各特的历史传奇小说具有的那种历史厚重感不无忧虑。

在美国文学意识的发展中，欧文是一个关键人物。欧文是第一批敢于正视美国在发掘文学的特色方面存在困难的作家之一③。而对于库珀来说，题材的本土化是否能够推动小说创作的成功也是他必须思考的一个重大问题。在1821 年发行的《间谍》的前言中，库珀对于采用本土素材创作小说持怀疑态度。在该前言中，他讨论了美国人选择自己国家作为故事背景带来的利弊，最后的结论是弊大于利。他说，之前只有本土小说家查尔斯·布洛克登·布

---

① ［美］萨克文·伯科维奇主编：《剑桥美国文学史》（第四卷），李增译，中央编译出版社 2010 年版，第 4—5 页。

② 同上书，第 4 页。

③ ［美］埃利奥特·埃默里主编：《哥伦比亚美国文学史》，朱通伯等译，四川辞书出版社 1994 年版，第 183 页。

朗获得了成功，但是布朗在得到公众承认之前就去世了。库珀指出，英国评论家们期望美国人围绕印第安人题材写作，但是小说的主要读者是女性，女性更偏爱描写贵族和城堡的小说，而美国根本就没有贵族和城堡。这样，那些不想描写女性钟爱的题材的作家就可能面临着小说销售的困境①。而华盛顿·欧文的《见闻札记》的成功表明，让美国读者对自己国家的背景和风俗产生兴趣是多么困难。这无疑也是支撑库珀观点的最好例证。在 1828 年的《美国人的观念》中，库珀似乎站得更高。他认为："没有可供历史学家研究的历史记载；没有可供讽刺作家创作的滑稽素材（除了那些最粗俗和最一般化的材料之外）；没有可供戏剧家摹写的社会风习；没有可供传奇作家钩沉的传说和掌故；没有可供道学家声讨的社会礼俗的严重而粗鲁的冒犯；在诗歌中也没有任何一种华丽而矫揉造作的附属成分。"② 在这里，流露出的不仅仅是美国文学的自卑情结，还有美国文化的自卑情结。和库珀他们相比，司各特爵士却非常幸运地拥有库珀提到的上述一切方面的财富。这位在题材方面占有无与伦比的优势的英国作家对他的美国同行提出了很好的建议。他奉劝欧文把美国"土生土长的大树"当作它的"纪念碑和历史陈迹"③。司各特很清楚，美国作家的未来取决于他们能否在自己的国家发掘出适宜的文学题材，而不取决于重嚼英国作家熟悉的那些题材。美国作家接受了这样的点拨。他们努力在周围的山川风物中去寻找具有浪漫色彩的东西，在美国短暂的历史中搜寻具有奇异魅力的元素。所幸的是，欧文找到了荷兰移民，库珀找到了美洲的荒野和印第安人，霍桑找到了清教徒。

　　在关于题材缺失方面的讨论之外，最令人关注的是关于摆脱英国文学风

---

① ［美］萨克文·伯科维奇主编：《剑桥美国文学史》（第一卷），蒋坚等译，中央编译出版社2008 年版，第 648 页。

② ［美］埃利奥特·埃默里主编：《哥伦比亚美国文学史》，朱通伯译，四川辞书出版社1994 年版，第 246 页。

③ 同上。

味的讨论。欧文和库珀几乎同时在文学上取得了显赫的地位。最初库珀和众人一起赞扬欧文，但后来就转为公开的嘲笑。这种转变是由多方面的原因造成的，既有政治观点上的冲突，也有对竞争对手取得的成功的忌妒。不过，库珀批评的立足点显然是正确的。在 1842 年，库珀指出了欧文的主要"过错"，那就是欧文"就像女人似的"顺从他的读者和英国的文学品味标准。库珀认为，美国人"必须要克服对外国人的阿谀奉承，特别是对英国人"。在库珀看来，欧文"根本不是真正的美国人"。作为职业作家，库珀把既要有"男子气概"又要有"美国特征"作为自己追求的目标①。显然，库珀对欧文的批评并非只是出于一己私利。在提倡美国文学的美国特征方面，库珀有更为自觉的意识和前瞻性。而在如何使美国文学具有美国特征这一点上，库珀把批评的矛头也指向了英国文学。虽然库珀也是在模仿英国小说中成长起来的，但是，他那种要摆脱英国文学束缚的强烈意识，体现了美国文学人士建立民族文学的呼声，无疑是有重要意义的。

在如何使美国文学具有独创性的讨论方面，有一种观点引人注目。19 世纪早期的一些学者与作家就常常认识到土著美国人口头文学传统的重要价值。例如，沃尔特·钱宁早在 1815 年就在《北美评论》上发表文章，倡导将印第安口头文学传统作为建立美国民族文学的一条途径。他认为，美国还没有民族性格，因此是否可以说有民族文学还需要商榷。但是，印第安人的口头文学的的确确是构成美国真正的民族文学的一个组成部分。钱宁和其他评论家（包括像库珀这样的小说家）一起，点明了美国土著语言的特色：

> 印第安人的语言……是用来表达他观察自然所产生的情感。这些情感来自一所学校，而这所学校的老师是自然，一颗最纯洁的心灵就是学

---

① ［美］萨克文·伯科维奇主编：《剑桥美国文学史》（第二卷），史志康等译，中央编译出版社 2008 年版，第 25 页。

者。因此他的语言与他毫无羁绊的观念一样大胆，与他的脚步一样迅捷。这语言与哺育他的土壤一样肥沃，又有路上的朵朵鲜花装饰。它飞跃，它翱翔，因为鹰就是他的意象。它又如飞流直下的瀑布，在飞溅的水雾中发出嘶哑的轰鸣。印第安人的口头文学，尽管其所用的语言因过多的修饰而苍白，其实实在在的独创性却是显而易见的①。

沃尔特·钱宁把印第安口头文学传统作为建构美国民族文学的一个重要元素，这一提法无疑是具有建设性的。印第安口头文学的确具有与英语书面文学相区别的独特性。如果美国作家能够借鉴印第安文学口头传统，使之与英语表达水乳交融，那么，这无疑是美国文学摆脱英国文学风味而具有货真价实的美国特征的一个不错的选择。

（三）19 世纪 50 年代以前美国民族文学的主要成就

美国民族文学的关键问题在于它应该是具有民族性的，而获得民族性的最重要的途径就是以美国自身为题材。在纽约，欧文和库珀在 19 世纪早期已经做出了很重要的贡献。虽然他们不像新英格兰人那样明确提出建立民族文学的目标，但是，他们的作品也反映了美国的生活和历史，因而也是具有民族性的。欧文的《见闻札记》于 1819 年在英国出版，受到了英国读者的欢迎。在这部书中，有两个颇负盛名的短篇小说，那就是《瑞普·凡·温克尔》和《睡谷的传说》。欧文创造性地改编了两个德国民间故事，使其在美国的社会背景下展开。瑞普·凡·温克尔睡过了整个独立战争时期，此外，他和来自康涅狄格的那个高唱圣歌的伪善的校长伊卡博德·克雷恩一样，都是新英格兰风俗的写照，承载着社会批评的意义。而库珀的皮裹腿系列小说中的名作《拓荒者》和《最后一个莫希干人》在 19 世纪 20 年代已经问世，尤其是

---

① ［美］萨克文·伯科维奇主编：《剑桥美国文学史》（第二卷），史志康等译，中央编译出版社 2008 年版，第 196 页。

后者奠定了库珀美国"民族小说家"的地位①。这说明，到了 19 世纪 20 年代，在新英格兰以外的地区，美国民族文学已经绽放光芒。

新英格兰丰厚的文化实力，为其作家在 19 世纪 20 年代以后的几十年里独领风骚创造了条件。事实上，继纽约的欧文和库珀在 19 世纪 20 年代产生重大影响之后，在一段比较长的时间内，正是一些新英格兰作家为美国文学做出了重要贡献。到了 1855 年，全国知名的作家中有六位是新英格兰人。他们是爱默生、霍桑、朗费罗、惠蒂埃、霍姆斯和洛厄尔。在小说家中，霍桑以清教徒为题材的小说的民族性不容否认，而在诗人中，亨利·华兹华斯·朗费罗《海华沙之歌》被称为"美国的第一首史诗"②。

经过艰难而漫长的跋涉，美国文学逐步趋向成熟。而支撑着那些美国作家默默耕耘的力量，"也许是为了建立民族文学传统这一强烈愿望吧"③。美国文学成熟的瞬间是在 1850 年突然到来的。在这一年，不仅出版了爱默生的《代表人物》，而且有霍桑的《红字》，麦尔维尔的《白外衣》。第二年，麦尔维尔的《白鲸》和霍桑的《七角楼》出版。1852 年，霍桑的《福谷传奇》和麦尔维尔的《皮埃尔》出版。1854 年，梭罗的《瓦尔登湖》出版。1855 年朗费罗的《海华沙之歌》和惠特曼的《草叶集》（第一版）出版。哈里特·比彻·斯托那部产生了重大政治影响的名作《汤姆叔叔的小屋》于 1852 年以书的形式出版（此前是在《民族时代》上连载的）。正是因为 19 世纪 50 年代美国文学收获如此丰盛，所以，这个时代被称为美国的文艺复兴（或兴起）时期。

① ［美］萨克文·伯科维奇主编：《剑桥美国文学史》（第二卷），史志康等译，中央编译出版社 2008 年版，第 28 页。
② ［美］保罗·约翰逊：《美国人的历史》，秦传安译，中央编译出版社 2010 年版，第 394 页。
③ ［美］萨克文·伯科维奇主编：《剑桥美国文学史》（第四卷），李增译，中央编译出版社 2010 年版，第 8 页。

（四）挥之不去的阴影

华盛顿·欧文是第一个获得国际声誉的美国作家。在 19 世纪初，欧文在美国文学界就颇有名气了。后来，他为了挽救家族经营的进出口贸易商行而将主要精力用于经商。欧文为了摆脱因家族经营的商行以及母亲病逝和哥哥病重带来的绝望情绪，再次拾笔创作，写成了《见闻札记》（1819—1820）。这部书在英国和美国出版后，几乎立即为欧文赢得了国际声誉。实际上，也正是这部书奠定了欧文的文学声誉。在《见闻札记》中，欧文将一个美国单身汉杰弗里·克雷恩作为自己的人格面具。克雷恩是一位多愁善感、郁郁寡欢的古老英格兰的崇拜者，他热衷于描写英国社会生活，这就赋予《见闻札记》这部由美国作家所写的作品与众不同的特质。《见闻札记》不是以美国为重点描写对象的①，而是以保持着古老英格兰传统的英国农村生活为主要描写对象。这部书浓郁的英格兰风味、温文尔雅的绅士派语调以及充满温情的感伤主义情调，都令当时的英国读者和喜爱英国风的美国读者叹为观止。一些英国评论家把欧文描绘成一个美国生产的最优秀的英国作家②，这样的评价无疑是英国人对欧文卓越的文学成就的一种褒奖。在当时那种大环境下，一位美国作家的声誉首赖于英国的认可，因此，欧文因为得到了英国人的赞誉而为美国作家赢得了声誉，这自然是美国文学的喜事。但是，当回眸美国文学的发展历程时，我们不得不认为，一位美国作家获得这样的荣誉实际上是喜忧参半的。这一方面，说明美国的文化发展到了可以培育出堪与优秀的英国作家比肩的作家的水平，另一方面，也说明美国文学还没能摆脱邯郸学步、唯英国文学是瞻的窘境。欧文的作品有广大的读者群，不仅如此，美国文学史上他的同代人和后继者都知道他的作品，像朗费罗这样的重要作家就曾公

---

① 《见闻札记》包括 33 篇小品文和故事，其中仅有 4 篇是关于美国题材的作品。

② ［美］埃利奥特·埃默里主编：《哥伦比亚美国文学史》，朱通伯等译，四川辞书出版社 1994 年版，第 187 页。

开表示受到过欧文的影响和教益。欧文作为重要作家的事实不容否认。他的成就表明，他是他那个时代杰出的人物。而他模仿英国文学的那种局限也是他那个时代美国文学的普遍的局限。

在欧文获得巨大的声誉之后，第二个为美国文学赢得国际声誉的作家是詹姆斯·费尼莫尔·库珀（1789—1851）。库珀于 19 世纪 20 年代以长篇小说家的身份现身于美国文坛。他是第一个成功地以小说这种文体描写美国本土题材的作家，享有美国第一个"民族小说家"的美誉。在美国民族文学成长的初期，库珀的横空出世无疑具有划时代的意义。

但是库珀的小说模仿英国小说的痕迹是十分明显的。库珀模仿简·奥斯汀的《说服》（1818）的风格创作了他的第一部小说《戒备》。在作为小说家的起步阶段，库珀坚信，要想让小说在美国销售得好就必须模仿英国小说，而且必须把英国作为小说故事的背景，并假装自己是个英国人。《戒备》正是以此为宗旨创作的一部小说，但是未获成功。库珀吸取教训，改变了创作方向。他的第二部小说《间谍》（1821），不仅采用了本土背景，而且描写的是独立革命时期的冲突。这两部小说的差异体现了库珀从风俗小说到历史性浪漫小说的转变。而这种转变主要来自沃尔特·司各特爵士的影响。库珀希望模仿司各特的历史小说的模式，并把它本土化。《间谍》在大洋两岸都颇受青睐。而自 1821 年《间谍》出版以来，库珀就一直被称为"美国的司各特"[1]。虽然库珀本人对此称呼十分不屑，但是，这一称呼的含义是不言而喻的。库珀作为出色的历史传奇小说作家，其模仿司各特的痕迹并非若有若无。从 1814 年开始，司各特写了一系列历史传奇小说，其故事时间从不太遥远的过去一直到中世纪。在司各特写作的时期，他的祖国苏格兰与英格兰合并已有一个多世纪了。作为一位苏格兰的作家，司各特选择苏格兰与英格兰接壤的

---

[1] ［美］萨克文·伯科维奇主编：《剑桥美国文学史》（第二卷），史志康等译，中央编译出版社 2008 年版，第 598 页。

地区作为其小说描写的重点。这一地区，在历史上曾是冲突多发地带。而这样的地区正是库珀小说《间谍》中保皇派和革命派之间的"中立地区"的原型。库珀的皮裹腿系列小说里反复再现的被印第安人俘虏的模式，在一定程度上源于美国殖民时期的俘虏故事，但是与司各特小说中关于消极人物的不幸遭遇的模式也不无关系①。

　　在 19 世纪 20 年代，欧文和库珀几乎同时在文学上取得了显赫的地位，为美国文学做出了巨大的贡献，但是，这两位大名鼎鼎的美国作家都未能摆脱英国文学笼罩在美国文学上的阴影。欧文与库珀的局限，映射了那个时代美国文学普遍的局限。要想创建完全独立于英国文学的美国民族文学，还需要一代又一代的美国作家继续努力耕耘。

二　朗费罗关于构建美国民族文学的理论探索

　　朗费罗（1807—1882）一生致力于美国民族文学的建构，他对这一事业的贡献不仅体现在文学创作方面，而且体现在理论建设方面。早在大学毕业演讲中，他就提出了以印第安题材来创作美国民族文学的主张。而在《我们国家的文学的精神》一文中，他对美国民族文学问题的思考更加深刻。朗费罗很清楚，文学的发展不是一蹴而就的事情。他认为"文学革命实际上是所有的革命中最渐进的革命"，也许有一天就能决定一个帝国的命运。但是，在任何可感知的变化被引入文学中之前，许多年已然逝去②。文学发展的规律决定了美国文学不可能在短时间内获得突飞猛进的发展。

　　尽管如此，朗费罗对美国民族文学的前景还是充满信心的。而这种信心来自他对美国文学现状的乐观的认识。朗费罗认为：一方面，一些天才人物

---

①　［美］萨克文·伯科维奇主编：《剑桥美国文学史》（第二卷），史志康等译，中央编译出版社 2008 年版，第 598—599 页。

②　Henry Wadsworth Longfellow, *Poems and Other Writings*, ed. J. D. McClatchy, New York: Library of America, 2000, p. 791.

已经在一心一意致力于美国文学创作了。荷马和莎士比亚这样的天才作家，别人无法超越他们，也不可能与之比肩而立。美国也许会出现这样的天才作家，而这样的作家是任何人都模仿不了的。另一方面，美国有得天独厚的自然条件，这为美国民族文学的发展敞开了可能性。朗费罗指出："假如气候和自然风景在塑造一个国家的智力品格方面会产生强劲的影响，我们的国家确实有望从那里获益匪浅。"① 诗人对自然美的感受力非同一般。气候和自然风景在塑造一个民族的诗歌的个性方面具有十分显著的影响。明媚的群山和紫色葡萄园赋予意大利和法国南部的诗歌一种精美的品格，而苏格兰的荒野景色和严酷的气候则给它的诗人们的作品里注入了一种崇高的调子。在美国，自然已经在发挥作用了。自然就是一个大剧院，在那里它混合并变化着它的景色。这个大剧院就是天才们的学校，在那里天才们将得到训练。自然通过塑造诗人们的精神品格而影响诗人作品的个性②。

朗费罗指出，有一种说法常被用来反对美国民族文学的发展，那就是：美国不是古老的土地，美国在优美的典故方面不丰富，但正是优美的典故塑造着诗人的心智，使之臻于完美，并给予天才优先使用的素材③，而美国在这方面的缺失，阻碍了美国文学的发展。针对这一说法，朗费罗提出了自己的观点。他认为，典故在文学的发展中不是决定性的因素。希腊就是一个很典型的例子。希腊的遗迹几乎和这个国家一样古老，但是，这没有为现代希腊的抒情诗带来任何启示。况且，美国将来绝不缺乏历史遗迹。假如已经展示出优美和壮美的美国的自然风景能够给知识分子增添力量和活力，并且能够统一诗人的感情，又一个世纪的时间的流逝将给予美国诗人丰富的联想，时间将会使美洲这片土地在一定意义上成为古典的土地。事实上，时间已经使

① Henry Wadsworth Longfellow, *Poems and Other Writings*, ed. J. D. McClatchy, New York: Library of America, 2000, p. 792.

② Ibid., p. 792.

③ Ibid., pp. 793 – 794.

美国的领土变得神圣了。一个古老的民族（印第安人）曾经生活在这片土地上，他们的坟墓就是他们的遗迹。美国本土的印第安人正迅速从地球上消失，将永远离开那宽阔的湖泊和河流的边界，他们的村庄已经消失在美国西部群山的腹地中。传统的微光将照耀那些地方，在那里，将会看到印第安人战争的荣耀，听到印第安人雄辩的声音，那时，美国的土地将会变成一片古典的土地①。在朗费罗看来，如果美国作家曾经因为缺乏历史遗迹而深感不安，那么，随着大批移民向西拓进，美国本土印第安人的消亡是必然的，那时，美国作家将会有美国自己的历史遗迹。

朗费罗还分析了阻碍美国文学发展的其他原因。他认为：在当时的美国，很少有人想通过发挥诗歌天赋来谋生，很少有人想把文学当成谋生的职业。这是因为文学创作收益甚微。对贫穷的恐惧使许多有天赋的人不敢进入文学创作领域。而诗人的劳动比任何其他的脑力劳动都需要更高、更独特的天资。这是美国文学一直以来难以改观的一个原因。另外，英国的美女文学和诗歌在美国大行其道，对美国文学危害甚大。英国风格的精美模式，是美国文学追随的时尚，而且这一趋势在一段时间内还会持续，也许这是好事。但是，朗费罗希望美国人对英格兰优秀的文学风格的羡慕仅止于模仿，千万不要因为英国文学而忽视美国自己的文学。他希望美国人不要因为美国的作家是本土的就低估他，也不要因为那些事物来自古老的英格兰土地就高估它们②。朗费罗呼吁美国给予美国作家和美国文学应有的重视。美国文学在一定时期内模仿英国文学是可以理解的，但是，美国人因为英国文学优秀就妄自菲薄是要不得的。美国作家要坚守积极实干的美国精神，为创建美国文学而努力。

朗费罗在《我们国家的文学的精神》一文中提出的几个观点特别值得注

① Henry Wadsworth Longfellow, *Poems and Other Writings*, ed. J. D. McClatchy, New York: Library of America, 2000, p. 794.

② Ibid. , pp. 794 – 795.

意。朗费罗认为，美国的自然景色和美国土著印第安人是美国作家构建美国民族文学必须深切把握的素材，而对美国民族文学的发展来说，最大的阻碍来自英国文学。在当时的环境下，美国文学以追随英国文学时尚为荣。这在美国文学发展的早期阶段是可以理解的。但是，在朗费罗看来，放弃公允的评判标准而低估美国文学或高估英国文学都是不可取的。如果参照其他美国作家的相关论述来审视朗费罗的上述观点，可以认为，朗费罗的论述切中了当时美国文学的要害。

在主张将美国自然景色作为创建美国民族文学的重要元素这一点上，一些作家和批评家达成了共识。如前所述，《北美评论》的首任编辑威廉·图德在 1815 年 11 月号上就此问题提出了自己的观点。作为诗人的朗费罗对此问题的论述更加详尽。而惠特曼的西部之旅促使他写出了《平原景色尽入诗》之类的散文。惠特曼说："不过，我不禁感到更加美妙的想法却是将美国所有这些无与伦比的地区融入完美的诗歌或其他文艺作品的加工器里，全然是西部的、崭新的、无限的——完全是我们自己的，丝毫没有欧洲土壤、意识，没有那种固定的框框和千篇一律的内容的痕迹。"① 在《密西西比河流域的文学》一文中，惠特曼说："我认为更深邃、更广阔、更坚实的却是一种伟大的、跳动、有活力、富于想象的作品或多种作品或文学。要创造这样一种文学，大平原、大草原、密西西比河及其多样而富饶的流域所遍及的地方，都应当是具体的背景；美国现在的人性、激情、斗争、希望——在这新大陆的舞台上，在迄今为止的一切时代的战争、传奇和演化中——现在是将来也是一种说明——应当闪出轻轻摇曳的火和理想。"② 在惠特曼看来，美国的自然景色在构建具有美国特征的美国文学的过程中扮演着举足轻重的角色，这与朗费罗的观点是相同的。将那些无与伦比的美国自然景色融入文学中，美国

---

① 胡家峦主编：《惠特曼经典散文选》，张禹九译，湖南文艺出版社 2000 年版，第 157 页。
② 同上书，第 169 页。

文学就会成为崭新的文学，就会摆脱欧洲文学的俗套，呈现鲜明的美国特征。这一观点得到了赫姆林·加兰的响应。他在《破碎的偶像》（1894）一书中说："在最初的一百五十年里，在我国的文学中几乎没有民族色彩。它同英国文学很少区别。但是我国茂密的森林和高草原的魅力终于影响了布莱安（布莱恩特）和库珀。惠蒂埃再创造了新英格兰的宗法式的风习，梭罗描写了刚刚开发的壮丽的边区，这样便创始了美国的文学。"① 在加兰看来，具有民族色彩的美国文学是以采用本土题材为开端的。布莱安和库珀作品的民族色彩来自其作品中描绘的美国的森林和大草原，而新英格兰作家惠蒂埃作品的民族色彩在于其展现了新英格兰宗法式社会的风俗民情，梭罗则因描写了美国壮丽的边疆而为美国民族文学增添了一抹亮色。

美国文学的未来就在于摆脱英国文学的束缚而自立。对于这一点，一向有绅士风度的朗费罗说得委婉而含蓄。惠特曼却以他一贯的风格提出了这样的问题："不论已拖延多久，来自英伦三岛的这些模式和傀儡式的人物乃至古典著作的宝贵传统都将只是回忆和研究的这一天终会到来吗？"② 惠特曼期待着有一天美国文学对英国文学的模仿永远成为过去。但是，这一天不会很快到来。政治上的独立并不意味着文化上的独立。美国文化从英国文化的束缚下摆脱出来需要花费的时间远比人们想象得多很多。甚至到了 19 世纪末，美国文学还没有摆脱模仿英国文学的旧疾。赫姆林·加兰在《破碎的偶像》一书中如是说："合众国从英国批评的束缚下解放出来，比从旧世界的政治经济的束缚下解放出来更长久一些。""模仿几乎是所有美国艺术的致命的弱点。直到今天，模仿使得美国艺术如此缺乏特性又不自然。"③ 而到了 20 世纪初，

---

① ［美］赫姆林·加兰：《破碎的偶像》，《美国作家论文学》，刘保端等译，生活·读书·新知三联书店 1984 年版，第 86—87 页。

② 胡家峦主编：《惠特曼经典散文选》，张禹九译，湖北文艺出版社 2000 年版，第 167 页。

③ ［美］赫姆林·加兰：《破碎的偶像》，《美国作家论文学》，刘保瑞等译，生活·读书·新知三联书店 1984 年版，第 86 页。

美国诗人主要的模仿对象还是英国诗歌。艾兹拉·庞德说:"在一九〇〇年左右,美国诗人只有卡曼、何维、卡温和陈尼。当时总觉得美国诗处处比不上英国诗,还有人盗用英国的东西。"① 可以说,英国文学几乎成为独立战争以后几代美国作家要努力摆脱的魔咒。但是,对美国文学来说,真正摆脱英国文学的影响并非轻而易举之事。文学并不是生活在真空里的,在一定意义上说,文学实际上是文化的综合实力的表象。英国文学强大的影响力来自其深厚的文化传统。对于新生的美国来说,文化薄弱是其不得不直面的一个痛,而美国文学的未来在一定程度上依赖于美国文化的发展。这需要时间。美国文学史已经证实了这一点。

三 朗费罗及其《海华沙之歌》在 19 世纪美国民族文学中的地位

朗费罗曾经是美国历史上最受欢迎的诗人。朗费罗的诗歌既受到精英人士的推崇,又在大众中广为流行。他的作品被广为传颂,一些作品入选学校课程,一些作品进入了家庭和公共生活空间。他的许多诗句成为人们耳熟能详的格言警句。在同时代的英美诗人中,没有谁的作品能被那么频繁地引用,即使丁尼生和白朗宁也不例外。朗费罗在世时,就被美国知识界视为美国历史上最杰出的诗人。霍桑将朗费罗称为美国本土诗人中的领头羊,豪威尔斯则认为朗费罗可以与丁尼生、白朗宁媲美,爱伦·坡则反复提及朗费罗的"天才"。他的其他崇拜者还有惠特曼、亚伯拉罕·林肯等知名人士。在其后半生,朗费罗已成为美国文化成就的象征。在 1881 年,即他去世的前一年,全国的学校以朗诵和表演的形式为他庆祝生日。诚如他的一位朋友所说,没有一个诗人能够像朗费罗一样在生前就得到如此全面的认可。朗费罗不只在美国享有盛誉,他也是获得国际声誉的第一个美国诗人。他不仅在英国拥有读者,而且他的作品经过翻译后得到了欧洲和拉丁美洲读者的欢迎。特别值

---

① 王诜编:《世界著名作家访谈录》,江苏文艺出版社 1995 年版,第 48 页。

得一提的是，在英格兰，他的声誉最终超过了丁尼生和白朗宁①。他被英国人视为他们伟大的诗歌经典大师中的一员，他们授予他牛津和剑桥的学位。而维多利亚女王曾邀请他一起品茶，在其他诗人中仅有丁尼生享受过此种殊荣②。朗费罗去世后，他的半身雕像在威斯敏斯特教堂的诗人角现身。朗费罗是获此殊荣的唯一一位美国诗人③。

朗费罗的声名不只限于文学方面。他的诗歌产生了广泛的文化影响。他的诗歌为歌曲、唱诗班作品、歌剧、音乐、戏剧、绘画、交响乐、盛装游行（盛会）、电影等艺术样式提供了主题。例如，《伊凡吉琳》和《乡村铁匠》都多次被改编成电影。而《海华沙之歌》不仅给美国的美术家、作曲家、卡通作家、装潢人士提供了一个流行的主题，而且给盎格鲁—非洲的作曲家塞缪尔·柯勒律治·泰勒（Samuel Coleridge Taylor）的极为流行的清唱剧提供了素材。直到"二战"时期，该剧还在一年一度的为期两周的节日中在皇家阿尔伯特大厅表演，届时，几乎有一千个英国唱诗班歌手身着印第安服装进行表演。可见，《海华沙之歌》在文化领域多么流行④。

但是，朗费罗无疑是迄今为止美国文学史提供给我们的一个巨大的谜。因为他在他的时代名震天下，但是现在几乎无人问津。1855 年，朗费罗的《海华沙之歌》和惠特曼的《草叶集》（第一版）同时出版。前者的销量说明了其受欢迎的程度，而惠特曼却不得不将自己那些卖不出去的诗集作为礼物送人。但是，在后知后觉的美国批评家和读者发现惠特曼是他那个时代最伟大的美国诗人之后，惠特曼在美国诗歌史上的地位就一直在朗费罗之上。由于现代主义的兴起，审美趣味发生了翻天覆地的变化，朗费罗作品的审美风格与美国读者的欣赏趣味相去甚远，他几乎被现代读者抛弃了。

---

① Parini Jay，ed.，*The Columbia History of the American Poetry*，pp. 64—65.
② ［美］保罗·约翰逊：《美国人的历史》，秦传安译，中央编译出版社 2010 年版，第 394 页。
③ Parini Jay，ed.，*The Columbia History of the American Poetry*，p. 65.
④ Ibid.，pp. 65－66.

那么，在当代我们究竟该怎样定位朗费罗在美国文学史上的价值呢？

朗费罗一生积极致力于美国民族文学的建构。1826—1836 年这 10 年间，朗费罗两度游学欧洲，以不同于他的美国同胞的方式充实了自己：他研究欧洲语言和文学，广泛翻译了欧洲诗歌，其范围之广令人惊讶。1845 年，朗费罗出版了他从十种欧洲语言翻译过来的大部头译著《欧洲诗人与诗歌》（*The Poets and Poetry of Europe*）。1867 年，他出版了更负盛名的译著《神曲》。在朗费罗看来，把过去植根于欧洲的多种文化融合到美国文化当中，是美国文化脱离英国文化的根本策略。朗费罗通过翻译欧洲各种语言的诗歌，不仅为美国诗歌建立了一个参考系，而且试图将欧洲语言和文化移植到美国，以实现对美国语言和文化的改造，从而为美国文学的本土化这一事业奠定坚实的基础。朗费罗的翻译不是意译，而是直译，基本上采用了原诗原有的格律。通过翻译实践，朗费罗尝试了各种格律。他不仅运用了英语中已知的几乎每一种传统格律，而且试验了新的格律。在维多利亚时代的鉴赏家眼里，朗费罗的主要贡献之一就是他成功地用英语创作了古典六音步诗作。朗费罗《海华沙之歌》的成功，不仅为他赢得了巨大的声誉，而且进一步树立了他的文学权威的形象。朗费罗同时拥有欧洲的头脑和美国的智慧，兼备批评的才能和创造的活力，这些因素完美地塑造了朗费罗具有国际视野的美国学者型诗人的身份。他通过向美国译介欧洲文学，给美国诗人建立了一个文化参考的框架，即由盎格鲁—美国的文学转向整个欧洲文学传统。这一朝向欧洲模式的转变，部分来自朗费罗与歌德的"世界文学"这一概念的共鸣①，更重要的原因是，朗费罗企望借此使美国文学走出英国文学的阴影，从而建立起有别于英国文学的美国民族文学。这一切不仅对当时的诗人产生了影响，而且得到了美国现代主义诗歌领军人物艾兹拉·庞德和 T. S. 艾略特的回应。通过

---

① 朗费罗在哈佛大学任教期间曾大力推介德国文学，歌德是其教研工作的重要对象。

艾略特和庞德，美国诗人作为欧洲文化继承人的命运渗透到后来的一代又一代人。后来的一大批诗人都将自己视为美国和欧洲文化之间的媒介。由朗费罗开创并经由庞德和艾略特发扬光大的这一传统，惠及美国诗人和美国文学。在这个意义上，朗费罗为建构美国民族文学付出的心血不应被历史遗忘。在当代美国学术界将朗费罗排除于美国重要作家行列之外的情况下，我们旧事重提，充分肯定这位伟大的作家为建构美国民族文学做出的重大贡献，并非不合时宜，而是体现了一种文学的良心。

在如何创建美国民族文学的问题上，朗费罗表现出了积极的自觉意识和深切的使命感。他在大学毕业演讲《我国本土的作家》（*Our Native Writers*，1825）中呼吁，美国公民应该拿起笔来共同创作表达"我们民族特点"的诗歌①。而在他的那个时代，美国的民族性远远没有成长到足以代表美国身份的程度，在这种情况下，美国土著文化就成为确立美国民族诗歌身份的必要元素。朗费罗认为，使美国作家的作品成为真正意义上的美国文学的必要方法就是使用美国本土的素材。他在《我国本土的作家》中指出，美国作家要尽量使"每一个景点神圣化"，这样，"每一块岩石都将成为记录典故的编年史，印第安预言家的坟墓将会像古代帝王的坟墓一样更神圣"②。虽然印第安人的历史并不是美国人的历史，但是，在那个时代的作家看来印第安历史是美国文学重要的本土题材。这是当时美国作家和美国文学不可避免的尴尬境遇。

《海华沙之歌》是朗费罗践行他的上述两个理论主张的结果。在这部诗歌里，美国民族文学要以欧洲文学传统为参照系和美国作家要使用本土题材的两个理论主张得到了体现。朗费罗在诗歌格律方面驾轻就熟，这使他对依据所要表现的题材选择与之配适的格律这一问题保持着天才的敏感。在 1854 年

---

① ［美］萨克文·伯科维奇主编：《剑桥美国文学史》（第四卷），李增译，中央编译出版社 2010 年版，第 274 页。

② 同上书，第 277 页。

6 月 22 日的日记中，朗费罗写下了这样的话："我终于想出了一个计划——要写一首歌唱美国印第安人的诗；对我来说，这是一个正确的计划，唯一的计划。这首诗将要把他们的许多美丽的传说编织成一个整体。我还想到了一种韵律，我觉得这是适合于这个主题的唯一正确的韵律。"① 这个计划的成品就是《海华沙之歌》。而朗费罗这部诗歌的素材主要来自历史学家亨利·罗·斯库克拉夫特的著作，即《美国印第安部落历史、现状与未来的史学和统计学资料汇编》（以下简称《汇编》）（*History and Statistical Information Respecting the History, Condition, and Prospects of the Indian Tribes of the United States,* 1851—1857）和《阿尔吉克研究》（*Algic Researches,* 1839）。《阿尔吉克研究》收集了一组奥吉布瓦和奥塔瓦的神话与传说。而朗费罗的《海华沙之歌》就是以奥吉布瓦人喜爱的恶作剧者麦尼博兹霍（Manibozho）的故事为蓝本的。为了与这样的题材相适应，朗费罗从芬兰史诗《卡莱瓦拉》借来了无韵扬抑格四音步。在 1855 年 10 月 29 日写给 T. C. Callicot 的信中，朗费罗说："在《海华沙之歌》中我为我们古老的印第安传说所做的，正如佚名的芬兰诗人为他们的古老传说所做的一样，而且我运用了同样的格律。不过，当然，我没有采用他们的任何传说。"② 印第安题材这一标志性的美国本土题材与芬兰史诗《卡莱瓦拉》的格律等相结合，赋予《海华沙之歌》区别于英国诗歌的独创性。这一尝试获得了巨大的成功。

霍桑指出，美国存在三大著名问题：清教徒、印第安人和独立战争③。当然，在美国作家中并非只有霍桑才意识到了这一点。就印第安题材这一美国

---

① 转引自 Henry Wadsworth Longfellow, *The Song of Hiawatha; With Illustrations, Notes, and a Vocabulary and an Account* of a Visit to Hiawatha's People, by Alice M. Longfellow. Boston; New York : Houghton, Mifflin & Co. , 1901, p. 5。

② 转引自 Ernest J. Moyne and Tauno F. Mustanoja, *Longfellow's Song of Hiawatha and Klevala, American Literature,* Vol. 25, No. 1 (Mar. , 1953), pp. 87 – 89, Published by: Duke University Press。

③ ［美］埃利奥特·埃默里主编：《哥伦比亚美国文学史》，朱通伯译，四川辞书出版社 1994 年版，第 175 页。

独有的题材而言，库珀已经通过自己的创作进行了卓越的实践。那久负盛名的《皮裹腿故事集》中的杰作《最后一个莫希干人》奠定了库珀"民族小说家"的地位。库珀的皮裹腿系列故事，不仅让美国东部沿海大城市里的读者心醉神迷，而且让许许多多的欧洲人了解了美国边疆生活的现实。《拓荒者》在美国出版后，很快就在英国和法国印行。不到一年时间，它就成为两家互相竞争的德国出版商的香饽饽。最后，30 家德国出版商竞相推出了各种版本的《皮裹腿故事集》。在法国，也有十几家出版商争着推出库珀的作品。他的作品还被翻译成俄语、西班牙语、意大利语、埃及语、土耳其语和波斯语。到 19 世纪 20 年代末，全欧洲的孩子们都在扮演印第安人①。而朗费罗是更为自觉地倡导美国作家以印第安题材创造美国民族文学的作家。他的《海华沙之歌》就是以印第安人为主角的。《海华沙之歌》出版后创造了令人望尘莫及的销量。它最终成为最受欢迎的美国长篇诗歌。这部以美国土著的术语呈现美国土著的传说和习俗的诗歌，不仅被翻译成了每一种现代欧洲语言，而且被翻译成了拉丁文。这部诗歌使朗费罗成为用英语写作的最受欢迎的诗人。《海华沙之歌》被誉为"美国的第一首史诗"，在很大程度上，这得益于朗费罗的生花妙笔与印第安题材的完美结合。总之，印第安题材作为南北战争之前美国文学的标志性本土题材，在建设美国民族文学方面扮演了举足轻重的角色。

如前所述，《海华沙之歌》的主要素材来源是斯库克拉夫特收集的印第安人的神话传说等资料。通过文本的比较分析，可以发现朗费罗不仅创造性地改造了印第安神话传说和印第安诗歌，而且借鉴了印第安神话传说的叙事艺术和印第安诗歌的技巧。朗费罗对印第安文学口头传统的借鉴，无疑是实现诗歌创新的一个积极策略。在 19 世纪早期，一些美国学者与作家就意识到土

———————

① ［美］保罗·约翰逊：《美国人的历史》，秦传安译，中央编译出版社 2010 年版，第 390 页。

著美国人的口头文学传统对建立美国民族文学具有重要价值。沃尔特·钱宁在 1815 年发表于《北美评论》上的一篇文章中指出，土著美国人的口头文学是美国真正的民族文学的一部分，吸收土著口头传统是建立美国民族文学的一条途径。从这个意义上来说，朗费罗的《海华沙之歌》对印第安口头传统的吸收是其自觉创建美国民族文学的一种尝试。

在《海华沙之歌》问世以后，对它的评论可谓风起云涌。其中的一个热点问题就是海华沙之歌的原创性问题。有人指出，《海华沙之歌》使用的平行句法就来自芬兰史诗《卡莱瓦拉》。朗费罗对这一指责的回应是，这位批评者可能不了解使用平行句法是印第安诗歌和芬兰史诗共有的特征①。此类问题不一而足。朗费罗的辩词表明，《海华沙之歌》确实具有印第安口传文学的特征。而其重要价值就在于，使《海华沙之歌》具有了与英国诗歌相区别的不同寻常的特征。正因如此，朗费罗在该诗出版之前一度感到困惑不安。《海华沙之歌》于 1855 年 3 月完成，同年 10 月出版。朗费罗怀着极大的热情愉快地完成了该诗的创作，但是他一想到自己的读者就感到十分困惑。他曾了解过自己的朋友对该诗的看法，但是众说纷纭。在即将出版之际，他自己则有点摇摆不定。1855 年 6 月，他表示："我对这支歌的感觉变得越来越白痴了，而且不再知道它是好是坏。"稍后他继续写道："我极大地怀疑《海华沙》的其中一章——不知是否该保留它。当长时间地盯着一个对象时，一个人的思想会变得多么古怪啊。"②事实上，在创作《海华沙之歌》之前，朗费罗已经是一个成熟的优秀诗人了，而为什么面对《海华沙之歌》他无法确定该诗是好是坏呢？这其中最主要的原因就是，印第安口传文学因子被移植到了英语书写诗歌中，这种移植导致的创新与英语诗歌惯常的批评标准之间产生了巨

---

① Henry Wadsworth Longfellow, *The Song of Hiawatha*; *With Illustrations*, *Notes*, *and a Vocabulary and an Account of a Visit to Hiawatha's People*, *Alice M. Longfellow*, p. 8.

② Ibid., pp. 6–7.

大的张力，这使朗费罗无法对该诗做出有把握的判断。但是，《海华沙之歌》的成功无疑就是对朗费罗所走的创新之路的肯定。在这个意义上，朗费罗以借鉴印第安口传文学传统的方式赋予美国诗歌不同于英国诗歌的民族特色的路径，具有重要的意义。

综上所述，从诗歌题材和艺术手法等方面来考量，朗费罗的《海华沙之歌》在美国文学的本土化方面做出了重要的贡献，是 19 世纪美国民族文学的重要成果。

上　编

印第安文化：美国民族文学的独特资源

第一章 《海华沙之歌》的素材来源

一 《序诗》中关于《海华沙之歌》素材来源的说法

《海华沙之歌》中传奇和传说的来源问题在《海华沙之歌·序诗》的第一节就被提出来了。朗费罗对这个问题的回答是层层剥笋式的：这些传奇和传说全部来自印第安人生活过的地区，来自一个美妙的歌手那瓦达哈。之后，这个美妙歌手的生活环境被详细描绘出来。这位住在塔瓦森沙山洼的歌手，歌唱着英雄海华沙，歌唱着《海华沙之歌》。他歌唱的内容是海华沙的奇异的诞生、奇异的生平，海华沙的禁食、祷告、艰辛的劳动，而这些都是为了使各族人民繁荣富强。我们无从了解印第安歌手那瓦达哈是不是一个真实的人物，不过，朗费罗《海华沙之歌》的主要素材来源是奥吉布瓦印第安人关于恶作剧者麦尼博兹霍的故事，而这些故事是美国历史学家斯库克拉夫特从印第安人那里收集来的。就这一点而言，《序诗》中所说的诗歌中的传奇和传说来自印第安人生活过的地区倒没有什么不妥。不过，这位印第安美妙歌手所唱的《海华沙之歌》却是不存在的。朗费罗采用的那些印第安神话传说和故事全部来自印第安故事家，他们讲述故事，而不是歌唱英雄史诗。因此，并没有一首现成的英雄叙事诗可以为朗费罗所借鉴。不过，朗费罗在《海华沙之歌》中确实引入了印第安人的歌谣和情歌，但这些并不是歌唱英雄海华沙的传奇经历的。所以，《序诗》中关于印第安歌手那瓦达哈歌唱《海华沙之歌》的说法并不可信。朗费罗之所以这样说，无非就是为了让读者相信其诗歌素材的真实性。《海华沙之歌》中讲述的那些传奇和传说属于神话时代的故事类型，对于生活在 19 世纪 50 年代的白人来说，这些故事本身的传奇性及这些故事体现的原始思维都是极其陌生的，因而其可信度可能被怀疑。而在欧美文学中有一种根深蒂固的传统，那就是自亚里士多德以来的真实传统，这就要求作者必须对其作品中故事的真实性负责。而朗费罗的《海华沙之歌》中的许多传奇性故事本身就奇异得令人不可思议，因此对其素材来源的真实性给予说明就显得十分必要。所以，《序诗》中关于诗歌素材来源的解释和说明实际上是对亚里士多德以来的真实传统的一种回应。

二 朗费罗日记、书信中的相关记述

关于创作《海华沙之歌》的计划的提出、创作的进度、诗歌题目的变化及修改过程中的苦恼等问题，朗费罗在日记中都有所记述。朗费罗在 1854 年 6 月 22 日的日记中说："我终于想出了一个计划——要写一首歌唱美国印第安人的诗；对我来说，这是一个正确的计划，唯一的计划。这首诗将要把他们的许多美丽的传说编织成一个整体。"① 而这首要歌唱印第安人的诗就是《海华沙之歌》。从日记中可知，印第安人的美丽传说是该诗的素材来源。

《海华沙之歌》出版以后引起了热议，有人认为朗费罗抄袭了芬兰史诗《卡莱瓦拉》，朗费罗针对种种批评，做出了不同形式的回应。1855 年 10 月 29 日，朗费罗给 T. C. Callicot 写信说："在《海华沙之歌》中我为我们古老的印第安传说所做的正如佚名的芬兰诗人为他们的古老传说所做的一样，而且

---

① 转引自 Henry Wadsworth Longfellow, *The Song of Hiawatha*; *With Illustrations*, *Notes*, *and a Vocabulary and an Account of a Visit to Hiawatha's People*, *Alice M. Longfellow*, p. 5。

我运用了同样的格律。不过，当然，我没有采用他们的任何传说。"① 朗费罗认为《海华沙之歌》的主要素材来源是古老的印第安传说，他否认了那种认为该诗的一些传说来自芬兰史诗的说法。1855 年 12 月 3 日，朗费罗在给萨姆纳的信中指出，《卡莱瓦拉》中的一些故事确实与斯库克拉夫特收集的一些印第安传说相似②。批评者只看到了《海华沙之歌》与《卡莱瓦拉》的相似之处就妄下断语，这种做法实在不可取。不过，这也说明，在《海华沙之歌》出版以后，斯库克拉夫特收集的那些印第安故事并不广为人知。朗费罗《海华沙之歌》的素材主要来自斯库克拉夫特的《汇编》和《阿尔吉克研究》。其中，《阿尔吉克研究》收集的一些奥吉布瓦人的神话与传说被朗费罗移植到了《海华沙之歌》中。朗费罗的《海华沙之歌》是 1855 年 10 月 10 日出版的③。实际上，正是由于朗费罗的《海华沙之歌》出版后引起了巨大反响，斯库克拉夫特的《阿尔吉克研究》才于 1856 年扩容并重印，而书名则被改为《海华沙的传说》（The Myth of Hiawatha）。从其书名更改为《海华沙的传说》就可以肯定，斯库克拉夫特实际上是借了朗费罗的东风。斯库克拉夫特的《海华沙的传说》受益于影响巨大的《海华沙之歌》，当然，这部著作的出版也相应地帮助朗费罗澄清了一个事实，使读者相信朗费罗《海华沙之歌》中的奇异的故事来自古老的印第安传说而非芬兰史诗。

三 斯库克拉夫特的相关说法

朗费罗通过诗歌注释的形式公开承认他受惠于斯库克拉夫特④，而斯库克拉夫特也直言不讳地指出他收集、整理的印第安人的资料被朗费罗以特有的

---

① 转引自 Ernest J. Moyne and Tauno F. Mustanoja, *Longfellow's Song of Hiawatha and Klevala*, *American Literature*, Vol. 25, No. 1（Mar., 1953）, pp. 87 – 89, Published by：Duke University Press。

② See Henry Wadsworth Longfellow, *The Song of Hiawatha*；*With Illustrations*, *Notes*, *and a Vocabulary and an Account of a Visit to Hiawatha's People*, by Alice M. Longfellow, p. 7 – 8.

③ Ibid., p. 6.

④ Ibid., p. 7.

方式在诗歌中使用了①。可以说，《海华沙之歌》的主要素材来自斯库克拉夫特的著作。在这个问题上，双方没有什么可隐瞒和避讳的。而且斯库克拉夫特在《阿尔吉克研究》扩容后以《海华沙的传说》为名，于1856年再版时将该书献给了朗费罗。在献词中，斯库克拉夫特说："那些在印第安人的小木屋里年复一年讲述着的神话和传说，是印第安人的极富特色的思想资源，而这提供了判断这个民族的一种新视角，也激发了对印第安人的同情，这些都在朗费罗的《海华沙之歌》中恰当地表现出来了。不仅如此，朗费罗诗歌中的一系列印第安生活画面表明，土著口头传说的主题是美国文学获得独立地位的真正的资源之一。"②

在斯库克拉夫特看来，那些印第安神话传说不仅对印第安人有特殊的价值，对于当时的美国文学来说更是具有无与伦比的价值。对于印第安人来说，作为他们民族思想资源的神话和传说，是其他民族认识他们这个民族的重要资料。对于朗费罗与斯库克拉夫特那个时代的美国文学来说，印第安神话传说的主题是能够赋予美国文学独特性的重要资源。斯库克拉夫特所谓的美国文学的独立，实际上是后革命时期美国人尤其是美国文学界的一种普遍的诉求。这种要求文学独立的呼声与美国人要求其他领域的独立的呼声混合在一起，表达了美国人在独立战争结束以后企图迅速在文化上摆脱母国英国的强烈愿望。在斯库克拉夫特看来，美国文学的独立地位的获得，有赖于美国土著的极富特色的文化资源，而其中最重要的资源就是他收集的那些印第安神话和传说，那些在印第安人的小木屋里被反反复复讲述过的口头传说。在利用印第安人的文化资源创造独特的美国文学方面，朗费罗已经做了卓有成效的尝试。正是那些印第安人的口头传说的主

---

① See Henry R. Schoolcraft, *The Myth of Hiawatha and Other Oral Legends: Mythologic and Allegoric of the North American Indians*. Philadelphia: J. B. Lippincott & Co; London: Trubner & Co, 1856, p. 51.

② Ibid.

题，赋予朗费罗的《海华沙之歌》不同于传统英语文学的新元素，使其为美国文学的独立做出了十分重要的贡献。斯库克拉夫特实际上是以历史学家的身份闻名于当时的美国的，但他独具慧眼地认识到印第安神话传说在革新英语文学方面的重要价值，实在是难能可贵。不过，这也反映出当时的美国知识界在美国文学的独特性的获得途径方面达成了某些共识。至少，朗费罗与斯库克拉夫特的观念是不谋而合的。

那么，朗费罗利用印第安神话传说在《海华沙之歌》中呈现的一系列印第安人的生活画面是不是得到了现实生活中印第安人的认可了呢？

四　奥吉布瓦印第安人表演《海华沙之歌》中的几个场景

奥吉布瓦印第安人表演《海华沙之歌》中的几个场景有以下五个意义。

（一）《海华沙之歌》与奥吉布瓦印第安人神话传说的关系

上文已经指出，《海华沙之歌》的主要素材来自斯库克拉夫特的《汇编》和《阿尔吉克研究》。前者基于斯库克拉夫特对印第安部落的田野调查，具有重大的人种学价值[1]。《阿尔吉克研究》的主要内容是奥吉布瓦人的神话和传说。神话的真实性是神话学的重要话题，并且已经在学界达成了某种共识。神话传说对于持逻辑思维的人来当然是虚构的、想象的东西，但对于创造神话和使用神话的人来说，它就是历史[2]。因此，一个民族的神话对于创造这些神话的人来说就是一个民族的历史。我们可以进一步说奥吉布瓦印第安人的神话就是奥吉布瓦印第安人的历史，是他们部落生活的集体记忆。

斯库克拉夫特之所以能够收集到那么多原生态的印第安口头传说，是因为他有得天独厚的条件。这位历史学家娶了一个印第安女子为妻，这使他很

---

① ［美］萨克文·伯科维奇主编：《剑桥美国文学史》（第二卷），史志康等译，中央编译出版社2008年版，第194页。

② ［意］拉斐尔·贝塔佐尼：《神话的真实性》，［美］阿兰·邓迪斯编《西方神话学读本》，朝戈金等译，广西师范大学出版社2006年版，第125页。

方便地接触到那些掌握印第安神话传说的人。奥吉布瓦人的神话传说能流传下来，与一位酋长的自觉保护是分不开的。这位酋长的名字就是辛瓦克（Shingwauk）。他认识到了保存奥吉布瓦人的传奇历史的重要性。他还把这一理念传给了他的儿子布克乌基尼尼（Bukwujjinini）。在保护奥吉布瓦人传奇历史方面，辛瓦克做了实实在在的工作。他向布克乌基尼尼认认真真地讲述了他们民族的传奇历史，这样，布克乌基尼尼就掌握了那些奥吉布瓦人的神话传说。而历史学家斯库克拉夫特就是从布克乌基尼尼那里获得这些神话传说的。布克乌基尼尼和他的父亲一样知道，要想让这些口头传说保留下去就得找到一个继承人，并确保让他掌握这些口头传说。布克乌基尼尼确定的继承人是他的侄子乔治·卡宝萨（George Kabaoosa）。他不断地向乔治·卡宝萨重复他从父亲那里听来的所有传说。到了卡宝萨这一代印第安人，事情发生了变化，他决心通过书写将他们民族的传说留给后世子孙。卡宝萨所知的他们民族的传说，主要是从他叔叔那里听来的，还有一个途径，那就是朗费罗的《海华沙之歌》，因为卡宝萨青年时听主日学校的老师朗读过朗费罗的《海华沙之歌》①。这就使卡宝萨知道了朗费罗的《海华沙之歌》与自己民族的传说之间的密切关系，而正是这件事使印第安人表演《海华沙之歌》中的场景有了可能性。

（二）奥吉布瓦印第安人的表演

斯库克拉夫特收集的一些奥吉布瓦印第安人神话和传说被朗费罗作为创作素材使用，进入《海华沙之歌》的故事情节。那么，我们不得不追问，经朗费罗改造过的那些印第安神话传说进入诗歌以后是不是还能够反映印第安人的部落生活呢？诗歌与相关文化资料的比较研究可以帮助我们回答这个问

---

① Henry Wadsworth Longfellow, *The Song of Hiawatha*; *With Illustrations*, *Notes*, *and a Vocabulary and an Account of a Visit to Hiawatha's People*, by Alice M. Longfellow, pp. Ⅴ – Ⅵ.

题。但是，现在我们更急迫地想了解现实生活中的印第安人对朗费罗《海华沙之歌》的态度。

印第安人对朗费罗的敬意是真诚的，有一件事足以证明这一点。1900年，是一个有特殊意义的年份，在这一年，印第安人和朗费罗的家人取得了联系，并邀请他们观看了一场表演。印第安人表演的内容不是别的，恰恰是《海华沙之歌》中的几个重要场景。这足以说明，在印第安人眼里，朗费罗描绘的印第安人的部落生活是真实可信的。

1900年冬天，组织方召集一支奥吉布瓦印第安人在波士顿表演印第安人的生活情形。在这些奥吉布瓦人中就有布克乌基尼尼老酋长。当时，这位老者已经90多岁，他不惧年事已高而外出访问的主要目的地是朗费罗家，因为他知道正是这位作家把他们民族的传说变成了诗歌。但非常遗憾，老人家因为身体有恙，最终未能如愿。就在这支印第安人队伍启程的那天他就去世了。不过，这支队伍带着老者的遗愿访问了朗费罗在剑桥的家，也算是帮老者了了一个心愿。

组织这支队伍的加拿大绅士一直有这样一个想法，那就是训练印第安人在森林中的"大水洋"畔表演《海华沙之歌》中的一些场景。卡宝萨对此非常感兴趣。在这支奥吉布瓦印第安人访问了朗费罗家以后，演出事宜被迅速纳入计划。这支奥吉布瓦印第安人向朗费罗的家人发出了正式的邀请，邀请信是用奥吉布瓦语写的，信纸则是桦树皮。信的内容如下：

女士们：我们爱你们的父亲。只要你们的父亲的歌活着，我们人民的记忆就永远不会死亡。那支歌将永远活着。

你们和你们的丈夫以及朗费罗小姐会来看望我们，并在我们的小木屋逗留吗？这个小木屋在一个岛上，在海华沙玩耍过的地方，在奥吉布瓦的土地上。我们希望你们来看我们，再现海华沙在他自己家乡的生活①。

从邀请信的内容就可以看出奥吉布瓦印第安人对朗费罗的感激之情，这种感激不是因为朗费罗曾经给了他们什么具体的帮助，而是因为朗费罗的诗歌以文字的形式保存了它们民族的集体记忆。他们选择的舞台就是奥吉布瓦人曾经生活过的地方，也是诗歌主人公海华沙玩耍过的地方。他们把奥吉布瓦人的土地与海华沙的家乡联系在一起，他们把《海华沙之歌》中描绘的海华沙的经历看作海华沙在自己家乡的生活。这种看法并不令人惊奇，这恰恰表明，这支奥吉布瓦印第安人是高度认同《海华沙之歌》的真实性的。也就说，在他们眼里，诗歌描绘的印第安人物的生活就是现实印第安人生活的再现，这无疑是对作者的最佳褒奖。

朗费罗的家人欣然接受了奥吉布瓦人的邀请。后来，他们一行 12 人前往印第安人那里做客。他们在休伦湖北岸的一个火车站下了火车，之后，他们被迎接的印第安人送到了一个小岛上，这次他们乘坐的是印第安人特有的水上交通工具——独木舟。印第安人为朗费罗家人一行举行了热烈的欢迎仪式，在仪式上为他们唱歌、跳舞、讲故事。

按照约定，朗费罗家人本次访问的最重要的目的就是观看印第安人表演《海华沙之歌》中的一些场景。奥吉布瓦印第安人为客人们表演的场景一共七个②。表演的第一个场景来自《海华沙之歌》第一章"和平烟斗"。一大堆灌木被点燃，烟缓缓地升起，勇士们画着战争的涂饰。头戴羽毛，来到山上。他们望着对方，心中怀着仇恨。在听了大神的教诲后，勇士们扔掉他们的武器，跳进湖里，洗掉了战争的涂饰，然后，他们坐下来，抽着和平烟斗。这一系列的舞台动作全部是对"和平烟斗"这一章描绘的情形的概

---

① Henry Wadsworth Longfellow, *The Song of Hiawatha*; *With Illustrations*, *Notes*, *and a Vocabulary and an Account of a Visit to Hiawatha's People*, by *Alice M. Longfellow*, p. Ⅶ.
② Ibid., pp. Ⅶ - ⅹ.

括和再现。

　　第二个场景表现了瑙柯密老妈妈在她的棚屋前面给小海华沙唱摇篮曲的情景。这是通过舞台表演的形式表现了《海华沙之歌》描绘的幼年海华沙生活的一个画面，表演者将《海华沙之歌》中的文字具体化为舞台上的形象。第三个场景是这样的：瑙柯密带着童年的海华沙来到舞台上，教他怎么射箭。当他射击那标记的时候，观看的勇士们为他喝彩。在这个场景中，印第安表演者也做了变通处理。在《海华沙之歌》中，海华沙拿着伊阿歌给他做的弓箭，独自一人去森林里猎杀红鹿，回家后瑙柯密宴请村人为海华沙庆功。通过对比就可以看出，表演内容和《海华沙之歌》中的内容有较大区别，不过两个事件的本质并没有什么不同。第四个场景表现的是海华沙打败麦基凯维斯以后的旅行。海华沙打败麦基凯维斯以后在回家的途中只有过一次停留，他去拜访了一个造箭的老头。造箭老头的棚屋安排在离其他屋子较远的地方，表示二者相距遥远。这个造箭老头坐在门口，削着箭头；他的女儿是一个温和的印第安少女。当这个陌生人停下来和他父亲说话的时候，她站在父亲旁边。接下来的场景表现的是海华沙重访达科他的情景。这个造箭老头再次坐在门口，他旁边是明尼哈哈，她在编织席子。她站起身，把没有织完的席子放在一边，端来食物，放在他们面前。当海华沙说话的时候，她温柔地站在一边，然后，她把她的手放在海华沙的手上，跟着海华沙穿过森林去海华沙的家。这两个场景的内容与《海华沙之歌》中相应的内容是一致的。

　　接下来是海华沙婚礼的场景。表演者表演了各种各样的舞蹈，在整个过程中一直有歌手在唱歌，还有印第安鼓的伴奏。这一个场景的内容与《海华沙之歌》中"海华沙的婚宴"的内容有较大差异。显然表演者没有再现"海华沙的婚宴"上波－普－基威的独舞、齐比亚波的情歌演唱及伊阿歌的故事讲述。表演者在这个场景中表演的实际上是他们传统婚礼的情形。

这种传统婚礼上的歌舞形式也说明《海华沙之歌》对印第安人婚礼实质的把握是到位的。

最后一个场景表现了"海华沙的离去"。"黑色长袍"登陆,海华沙在岸上欢迎他,并把他请到一个棚屋,招待他和同来的人吃饭、休息。然后"黑色长袍"用奥吉布瓦语对殷勤的印第安人说话,随后海华沙站起来,欢迎传教士,向他的人民告别,并驾着他的独木舟启程。他在湖上缓缓地行驶,漂向日落的地方。人们看着远去的船,向海华沙说再见。除了"黑色长袍"所说的奥吉布瓦语以外,这个场景中的所有内容都是对《海华沙之歌》描绘的"海华沙的离去"的情形的再现。

奥吉布瓦人根据《海华沙之歌》的内容表演了 7 个场景。如上所述,除了个别场景中的细节有所变通外,表演者基本上再现了《海华沙之歌》中的相关内容。为了表演而搭建的舞台,就处在他们生活过的休伦湖岸边,那些印第安棚屋就搭建在岸边的森林里。可以说,舞台布置与印第安人的现实生活高度契合,表演的场景实际上是诗歌内容与现实生活内容天衣无缝的对接的产物。在这种情况下,诗歌、舞台表演、现实生活已然难分彼此。在这个意义上,我们认为奥吉布瓦印第安人对朗费罗重构的印第安部落生活是高度认同的。而他们能在奥吉布瓦人的土地上再现《海华沙之歌》中的几个重大场景,这足以说明他们是认可朗费罗重构的印第安部落生活的现实感的。

(三)奥吉布瓦人给予朗费罗家人的荣誉

表演结束以后,一位奥吉布瓦人老者起身欢迎朗费罗家人一行,他们受到欢迎的原因是他们的父亲朗费罗用诗歌写下了奥吉布瓦印第安人的传说。在此次访问结束前,印第安人举行了隆重的接纳仪式。卡宝萨向朗费罗的家人表达了奥吉布瓦人的愿望,希望他们家的几个成员能够成为他们部落的成员。奥吉布瓦人先为女士们举行了入会仪式,因为她们的父亲把奥吉布瓦人的传说转化成了诗歌，然后为男士们举行了入会仪式。在入会仪式上，最重要的一件事就是为新入会的成员命名。奥吉布瓦印第安人精挑细选，为朗费罗的家人所选的名字都是部落中尊贵的名字，其中有 3 个是奥吉布瓦老酋长的名字①。仪式表明，奥吉布瓦印第安人把朗费罗的家人视为自己部落的成员，而且是尊贵的成员。这是印第安人能够给予他者的最高荣誉。通过对朗费罗家人的礼遇，他们表达了对朗费罗的敬意与感激。

（四）朗费罗的《海华沙之歌》对印第安文化的意义

在奥吉布瓦人看来，神话传说就是他们的传奇性历史，这就是他们如此珍视他们的神话传说的原因。而朗费罗将他们的神话传说转化为诗歌，实际上为他们的传奇性历史找到了一个英语保存媒介。正如奥吉瓦布人在给朗费罗的家人的邀请信中所说的那样，只要朗费罗的诗歌活着，他们人民的记忆就不会死亡。他们的传说就是他们的人民关于他们的历史的记忆。而这一记忆将通过朗费罗诗歌广泛的传播和长久的流传而得以流布和保存。当印第安人渐渐在北美土地上消逝的时候，他们的历史却借着《海华沙之歌》延续下来。今天看来，《海华沙之歌》的主要价值之一就是保存了那些美丽的印第安神话传说，那些印第安人的传奇性的历史。

（五）《海华沙之歌》使用印第安文化资源的意义

奥吉布瓦人对朗费罗诗歌价值的认识，为我们衡量《海华沙之歌》的价值提供了一个重要的视角。对于奥吉布瓦印第安人来说是重要的东西，对《海华沙之歌》自身来说也是重要的。把印第安人的神话传说编织成一个整体是朗费罗创作一部关于印第安人的诗歌的初衷②，而且，就在这些神话传说之外，朗费罗还通过设置一些功能性的人物将印第安人的儿歌、情

---

① Henry Wadsworth Longfellow, *The Song of Hiawatha*; *With Illustrations*, *Notes*, *and a Vocabulary and an Account of a Visit to Hiawatha's People*, by Alice M. Longfellow, pp. Ⅹ - Ⅺ.

② Ibid. , p. 5.

歌、舞蹈、游戏、仪式等文化形式编织到诗歌中。这足以说明朗费罗是自觉地以诗歌形式来向世人呈现印第安文化的。而这正是《海华沙之歌》能够为朗费罗时代的美国民族文学做出重大贡献的一个重要原因。在库珀以印第安题材创作长篇小说为美国民族文学赢得荣誉以后，要想使印第安题材再创辉煌，朗费罗就必须另辟蹊径。因为库珀已经是一座难以企及的高峰，纵然朗费罗再有诗才，就相同的书写对象而言，恐怕朗费罗很难超越库珀已经取得的成就。朗费罗明智地避开了 18 世纪的法国—印第安人战争等重大历史事件，而将自己的视角伸向印第安人更早的历史时期。这样，以印第安文化英雄为诗歌主角就是顺理成章的事情了。正是因为朗费罗的诗歌主角不再是库珀笔下的那种被英法殖民者左右的印第安勇士，而是印第安人的文化英雄，所以该诗有理由将印第安人取得重大文明成果的那些时刻再现出来。而诗歌主角海华沙从出生到终结人间生涯，经历了一个印第安人一生中所有重要的时刻，这样，印第安人部落生活及文化的方方面面都有机会在诗歌情节发展的过程中自然而然地再现出来。而朗费罗根据印第安神话传说重构的印第安部落生活得到了奥吉布瓦印第安人的认可，这一事实表明，朗费罗在以诗歌形式保存印第安人的文化方面功不可没。朗费罗自己也因此取得了巨大的成功。正如斯库克拉夫特所说，印第安人神话传说的主题是赋予美国文学独特性的重要资源之一，而朗费罗的《海华沙之歌》正是在文学题材的独特性方面为美国民族文学建构贡献了个人智慧。

五　诗歌内容与素材之间的对应关系

有些批评者指责朗费罗抄袭了芬兰史诗中的事件，对此，朗费罗回应称，他可以提供《海华沙之歌》中的事件的具体出处。通过比较《海华沙之歌》和斯库克拉夫特的《海华沙的传说》，我们可以替朗费罗完成这一工作。不过，美国学者也已经以索引形式罗列出《海华沙之歌》的内容与斯库克拉夫特著作内容的对应关系①。例如，《海华沙之歌》的第一章"和平烟斗"，叙述了印第安大神点燃和平烟斗并喷出一口烟作为信号来召集印第安各部落勇士聚会一事，其出处是《海华沙，或奥内达加人委员会火的起源》（*Hiawatha，or the Origin of the Onondaga Council Fire*），这个故事在斯库克拉夫特的《汇编》（简称 *H. S. I.* ）第三章，起止页码是第 315—317 页。美国学者所做的索引，每一条都标明了《海华沙之歌》的某部分与斯库克拉夫特某部著作的相关内容之间的对应关系，并注明具体页码。在此，我们就不一一罗列了。在随后的论述中，涉及《海华沙之歌》某部分内容的出处的问题时，我们会随文注出。

　　通过这个索引，我们可以肯定《海华沙之歌》的情节单元的内容渊源有资料，情节中涉及的歌谣、故事、仪式、游戏等都有来处。也就是说，这部诗歌建立在坚实的资料收集、处理的基础上。在创作之前，朗费罗肯定在了解印第安文化方面下足了功夫。而他的依据主要是斯库克拉夫特的著作中关于印第安人传说和传统的内容。

　　综上所述，《海华沙之歌》的素材主要来自斯库克拉夫特的相关著作，《海华沙之歌》中那些与芬兰史诗《卡莱瓦拉》中的故事相似的故事并不是朗费罗从《卡莱瓦拉》中借来的。如果一定要有人对它们的相似负责的话，应该是斯库克拉夫特和给他讲故事的印第安故事家，而不是朗费罗。我们可以毫不犹豫地说，印第安人的文化资源是朗费罗《海华沙之歌》的基石。

---

　　① See Mentor L. Williams, ed., *Schoolcraft's Indian Legends from Algic Researches*, *The Myth of Hiawatha*, *Oneóta*, *The Race in America*, and *Historical and Statistical Information Respecting⋯the Indian Tribes of the United States*. East Lansing, Mich.: Michigan States University Press, 1991, pp. 318 – 319.

第二章 《海华沙之歌》: "印第安人的墓志铭"

　　在《海华沙之歌·序诗》的第 12 节里,朗费罗描绘了一幅由荒凉的小路、长满苔藓的石墙、无人问津的坟墓和残存的"墓志铭"构成的荒凉凄婉的画面,这个画面把印第安人的历史和现状定格在读者面前。虽然在这残存的墓志铭里可以看到印第安人对现在和未来的憧憬,但是希望和心碎是连在一起的①。那些荒草丛中的墓志铭,是印第安人历史和现实的表征。不管那些长眠于地下的印第安人曾经怎样憧憬过现在和未来,但他们的民族都是没有未来的。因此,朗费罗的《海华沙之歌》只能是一部印第安人的"墓志铭",而不是印第安人历史的进行时。在这一节里,"你们"是有时到荒草路上散步的人,"你们"见到的只有坟墓和墓志铭,而不是鲜活的生命。"你们"见到的只有印第安人日渐褪色的"历史",他们的"现在"和"未来"再不可能出现在"你们"的视线之内。因此,对"你们"来说,《海华沙之歌》是关乎一个已死的民族的历史,"墓志铭"就是他们历史的最恰当的名称。从《序诗》第 12 节里,不难看出,朗费罗对这样一个已死的民族怀着深深的悲悯之情。但历史不能重来,印第安人的命运已然无法改变。为这个已死的民族精

---

① 《海华沙之歌·序诗》第 12 节第 11 行: "full of hope and yet of heart – break"。

心结撰一部"墓志铭"，就是朗费罗能做的最好的事情。作为一个诗人，他还能做什么呢？正是基于这样的一种人文关怀，朗费罗在诗歌中把这个民族曾经的辉煌——呈现出来。但是，面对他们的"现在"他欲言又止，态度模棱两可。从情感上讲，他对印第安人怀着深切的同情，但是从理智上讲，他也不可能把印第安人写得更好，更有道德，充满希望与生机，至少不能比白人更好。

第一节 《海华沙之歌》与印第安人的文明进程

《海华沙之歌》与印第安人的文明进程下面分两部分论述。

一 印第安神话传说中的文化英雄：诗歌主人公海华沙的原型

《海华沙之歌》的主人公海华沙既是一位文化英雄，也是一位印第安勇士。这个人物形象的原型是印第安神话传说中的人物形象，包括恶作剧者麦尼博兹霍、印第安历史上的大人物海华沙以及印第安青年文志等，这几位都是印第安文化英雄。诗歌主人公海华沙作为文化英雄的主要功绩是创造了印第安五大文明成果，包括造独木舟、开辟航道、培育印第安玉米、发现医药和发明象形文字等。在印第安神话传说中，开辟航道和培育印第安玉米的人分别是麦尼博兹霍和文志，但并没有讲述其他三大功绩的创建者的故事。印第安历史上的大人物海华沙肩负着指导部落生活方面的重任，而诗歌主人公海华沙也肩负着这样的使命。因此，先来了解原型形象（历史上的海华沙）的主要功绩是必要的。在此基础上，再来探讨诗歌主人公海华沙和印第安青年文志的文化英雄业绩。

（一）历史上的海华沙

印第安历史上的大人物海华沙是被大神派到人间的先知，他的使命是清除地上的巨人和怪兽，并将部落生活所需的知识教给印第安人。作为文化英雄，海华沙在为印第安人谋福利方面可谓功绩卓著。其中最重要的就是建立了易洛魁部落联盟，给印第安人带来了长期的和平。但这位功绩卓著的文化英雄却未能保护自己的亲人不受伤害。在他最后一次参加易洛魁部落联盟会议的时候，遭遇到了一件出人意料的怪事，那就是一只从天突降的大白鸟击杀了海华沙心爱的女儿。海华沙认为这是大神召回他的征兆。于是，他听从大神的召唤，驾着有魔力的独木舟升向天空①。

印第安神话传说中的大人物海华沙，是易洛魁部落联盟的灵魂人物。他受大神委派来到印第安人中间，造福印第安人民，在部落生活的方方面面给予印第安人指导②。朗费罗的诗歌主人公海华沙具有印第安神话传说中的大人物海华沙的上述特征。

（二）文明使者麦尼博兹霍

麦尼博兹霍是印第安神话传说中的一个典型的恶作剧者式文化英雄形象。他的身世是一个谜。他生而无父无母，在外祖母瑙柯密的照顾下长大成人。童年时期的麦尼博兹霍被父母是谁、有无亲人在世等问题所困扰。他被无情地抛到世上，幼小的心灵忍受着孤独与困惑。成年后的麦尼博兹霍发起了为母报仇的弑父行动，但是，这场战斗注定了要以麦尼博兹霍的妥协结束。因为对手是强大的西风神，而麦尼博兹霍只不过是一个人。从父亲那里，他知道他在人间的使命已经被注定，那就是斩妖除魔、造福人民，在完成了这一使命后，他才能到父亲身边任职。麦尼博兹霍为民造福的最大功绩就是开通

---

① See Henry R. Schoolcraft, *The Myth of Hiawatha and Other Oral Legends: Mythologic and Allegoric of the North American Indians*, pp. 190 – 193.

② Ibid. , pp. 190 – 191.

航道。但是，麦尼博兹霍并非总能如愿以偿。作为文化英雄，他的能力是有限的。有时候，他甚至连自己的生计都难以维持。在一个寒冬，因为没有足够的食物，他不得不到处乞食。在梦兆表明与他作伴的小狼可能会被淹死的情况下，他却未能阻止这一灾难的发生①。与普通人一样，麦尼博兹霍承受着人生的种种苦难与无奈。

朗费罗将麦尼博兹霍的那些恶作剧者的特征全部剔除，而将其文化功绩都移植到诗歌主人公海华沙身上。印第安神话传说中的文化英雄往往具有恶作剧者的特征。E. M. 梅列金斯基指出："神话中类似沃隆的顽皮鬼在北美印第安人的民间口头创作中也颇为典型。野兔或家兔马纳伯卓、维斯科佳克（森林中心地带的阿尔衮琴部落）、丛林狼阔依奥特（主要是高原，草原以及加利福尼亚地区的部落）、老者（印第安人的黑脚和沃隆部落）等在很大程度上均与沃隆相似。""阔依奥特、老者、马纳伯卓有时表现得像真正的文明使者，有时又坑蒙拐骗，甚至丧心病狂。这对于北美西部的民间口头创作来说是非常典型的。"② 奥吉布瓦神话传说中的麦尼博兹霍就是一个典型的恶作剧者式的文明使者。有时，他是一个狡猾而可爱的骗子，有时他是一个可怜的乞食者，有时他是一个睚眦必报的复仇者，有时他是一个忘恩负义的杀手，而捉弄别人是他经常表演的拿手好戏。朗费罗虽然是以麦尼博兹霍为蓝本塑造海华沙形象的，但是，他剔除了麦尼博兹霍身上的那些恶的特征，而将麦尼博兹霍的一些正面特征和其开通航道的文明功绩移植到了诗歌主人公海华沙身上。

（三）印第安青年文志与印第安玉米的起源

在奥吉布瓦神话传说《孟达明或印第安玉米的起源》中，主人公文志认

---

① See Henry R. Schoolcraft, *The Myth of Hiawatha and Other Oral Legends: Mythologic and Allegoric of the North American Indians*, pp. 16 – 51.

② ［俄］E. M. 梅列金斯基：《英雄史诗的起源》，王亚民等译，商务印书馆 2007 年版，第55—56 页。

为，是大神创造了所有的事物，他赐予人们生活所需的一切。在这篇神话传说中，讲述了印第安青年文志在森林中禁食、祈祷及与大神派来的使者孟达明战斗的过程。最终，孟达明被打败，文志按照孟达明的嘱咐埋葬了他，等到来年，从埋葬孟达明的地里长出了印第安玉米①。从此以后，印第安人有了自己的植物主食，告别了仅仅通过渔猎谋生的生产生活方式。

朗费罗把印第安青年文志的故事移植到了《海华沙之歌》的"海华沙的禁食"这一章中。朗费罗移植了这个故事的情节框架，并融合了自己的想象，以远远超过印第安神话传说的细腻而富有诗意的笔法，描述了海华沙的禁食及印第安玉米问世的全过程。这样，文志培植成功玉米的文化功绩就被朗费罗移植到了诗歌主人公海华沙身上。

最后，我们不得不提的是，海华沙发现医药和发明象形文字的功绩，是朗费罗根据自己对印第安文化的了解，附加在其诗歌主人公身上的②。

二　诗歌主人公海华沙与印第安人的五大文明成果

朗费罗在整合印第安神话传说中的文化英雄形象的基础上，根据自己对印第安文化的了解，把《海华沙之歌》的主人公塑造成了一个印第安文化英雄形象。海华沙受大神委派来到印第安人中间，通过发明创造造福于印第安人民。他先后完成了培植玉米、造独木舟、开通航道、发现医药和发明文字等五大创造发明。在这个过程中，海华沙表现出了心系人民的领袖品质和无所畏惧、充满创造力的英雄气质。可以说，朗费罗笔下的文化英雄海华沙，既不是对印第安神话传说中的文化英雄形象的简单复制，也不是朗费罗凭空

---

① See Henry R. Schoolcraft, *The Myth of Hiawatha and Other Oral Legends: Mythologic and Allegoric of the North American Indians*, pp. 99 – 104.

② 美国学者已经指出了《海华沙之歌》"画图记事"一章的具体出处，就是斯库克拉夫特著作中的 "Indian pictography"（《印第安象形文字的使用》）。See Mentor L. Williams, ed., *Schoolcraft's Indian Legends from Algic Researches, The Myth of Hiawatha, Oneóta, The Race in America, and Historical and Statistical Information Respecting. . . the Indian Tribes of the United States*, p. 318.

想象的产物。海华沙这一文化英雄形象既保留着印第安神话传说中的文化英雄形象的正面特征，又融入了朗费罗对印第安文明进程的想象，因此，这一文化英雄形象承载着印第安文明进程中的重要文化信息。

在白人定居于美洲之前，狩猎、捕鱼和采集是印第安人生活中的重要部分①。捕鱼为居住在水产丰富的沿海地区的印第安人提供了主要的食物来源。例如，特林吉特人夏季居住在接近鱼群的营地里，在鱼汛期，他们会捕捉大量的大马哈鱼、鳕鱼、大比目鱼等，这些鱼经过烘制后保存起来，以备过冬。到了冬天，他们就返回永久性的村庄生活②。可见，捕鱼对他们的生活来说有多么重要。对于依赖丰富的水资源生活的那部分印第安人来说，水上交通就显得非常重要。他们的主要水上交通工具就是独木舟。"在哥伦布以前，南美游徙民族仅有的船只便是独木舟，时常长达二十余米，人们乘它冒险出海。"③而这种印第安人的交通工具在记录哥伦布首次美洲之行的《航海日志》中随处可见。对于印第安人来说，捕鱼、水上航行和贸易、战争，都离不开独木舟。因此，这一重要工具的发明，在印第安人的文明进程中具有重要意义。拉布拉多的印第安人的独木舟是由桦树皮做成。他们先用海狸齿把桦树皮割开，然后"用撕开的松树根、动物的腱或皮线缝成容器，加上松脂和胶使之不漏水，并在上面装饰动物形象、神话人物和几何形花纹，涂成浅黑色和淡棕色，殊为悦目。"④而北美阿拉斯加东南海岸印第安人独木舟的特殊之处，是制作精细并饰有人们喜爱的雕刻。克里格曾强调指出，海岸印第安人喜好木工，他们把整根杉树中间挖空做成长长的独木舟，这种独木舟的首尾部分高高翘起，用杉树板做成，上面刻有花纹，表现的是神话和写实的动物形

① ［美］威尔克姆·E. 沃什伯恩：《美国印第安人》，陆毅译，商务印书馆1997年版，第36页。
② 同上书，第37页。
③ ［德］利普斯：《事物的起源》，汪宁生译，敦煌文艺出版社2005年版，第185页。
④ 同上书，第108—109页。

象①。海华沙所造的独木舟就与这种独木舟相仿。当然，究竟是谁在什么时代发明了这种造印第安独木舟的方法，那是无关紧要的。总之，这事肯定发生在遥远的过去。而朗费罗笔下的海华沙从"那遥远的逝去的年代"② 一直生活到了白人登陆美洲的时代。他有足够的时间和理由完成这一创造。

独木舟发明以后，必须开通航道，才能使独木舟在水上畅通无阻。与独木舟的制造相比，开通航道是个大工程。因此，在印第安神话传说中对这项事业的完成给予了格外的关注。在印第安神话传说中，完成这一功绩的是麦尼博兹霍。这个大人物在开通航道的过程中得到了大力士夸辛的帮助③。夸辛帮助他清除了河床里的阻塞物，开辟出了安全的航道。而在《海华沙之歌》中，帮助海华沙开通航道的也是这位大力士夸辛。从这个意义上说，朗费罗直接移植了神话传说中关于这一文明功绩的相关解释，再现了印第安文明史上的这一重大成果。

威尔克姆·E. 沃什伯恩指出："新世界的农业可以上溯到公元前 7000 年（根据某些人说是美洲本身的发明），而且有许多种植物起源于美洲并得到发展。"④ 路易斯·亨利·摩尔根指出：美洲土著在低级野蛮社会就已经掌握园艺，这比东半球的居民早了整整一个文化期。在那个时期，在美洲最适宜种植的谷物就是玉蜀黍，而正是玉蜀黍的种植使美洲土著开始以淀粉食物为主要生活资料，并有可能过上定居的村落生活⑤。掌握园艺无疑是人类文明史上具有划时代意义的大事。在白人到达美洲以前，南北美洲的印第安人有一系列的发明和发现。瑞典的诺登舍尔德认为，印第安人栽培成功了玉米、木薯、

---

① ［德］利普斯：《事物的起源》，汪宁生译，敦煌文艺出版社 2005 年版，第 185 页。

② ［美］朗费罗：《海华沙之歌》，王科一译，上海译文出版社 1981 年版，第 58 页。

③ See Henry R. Schoolcraft, *The Myth of Hiawatha and Other Oral Legends*: *Mythologic and Allegoric of the North American Indians*, p. 79.

④ ［美］威尔克姆·E. 沃什伯恩：《美国印第安人》，陆毅译，商务印书馆 1997 年版，第 36 页。

⑤ ［美］路易斯·亨利·摩尔根：《古代社会》（上册），杨东莼、马雍、马巨译，商务印书馆 1997 年版，第 21—22 页。

马铃薯、向日葵、野菜和蚕豆等植物①。毫无疑问，其中最重要的美洲特产粮食作物就是印第安玉米。斯库克拉夫特认为，印第安玉米是美洲的特产，在1495 年以前，欧洲人还不知道印第安玉米为何物②。乘坐"五月花号"轮船于 1620 年 11 月登陆美洲的"清教移民始祖"③，正是由于找到了印第安人储藏的五颜六色的印第安玉米才得以暂时摆脱了被饿死的危险，也因此获得了春天种下的种子。第二年春天，他们在印第安人斯宽托的指导下，种下了印第安玉米，秋天的收获大大缓解了殖民者食物短缺的压力④。

　　印第安玉米作为美洲最重要的粮食作物，为印第安人提供了重要的生活资料。虽然大部分印第安人主要依靠渔猎、采集谋生，但是这种直接依赖自然资源的生活方式也使印第安人面临着很大的风险。而印第安玉米的问世，使印第安人获得了可靠的食物资源。从此，他们摆脱了完全依赖狩猎、捕鱼和采集谋生而伴生的风险。在这个意义上，印第安玉米的问世在印第安文明进程中具有划时代的意义。因此，印第安神话传说以浓墨重彩描述了印第安玉米问世的过程。神话传说突出了印第安玉米问世的神秘色彩，把印第安玉米生长的过程视为大神的后裔孟达明死而复生的过程，将印第安玉米视为大神为了回应印第安青年文志的祈祷而赐予印第安人民的礼物。这样的描述是符合神话产生的那个时代的人的思维特征的。对于那个时代的人来说，生活中依赖的一切都是神赐的。

　　朗费罗在移植这一神话传说的情节框架的基础上，对这个充满神秘色彩的神话传说进行了改造。他将故事的主人公由印第安青年文志换成了海

---

　　① ［德］利普斯：《事物的起源》，汪宁生译，敦煌文艺出版社 2005 年版，第 103—104 页。

　　② See Henry R. Schoolcraft, *The Myth of Hiawatha and Other Oral Legends: Mythologic and Allegoric of the North American Indians*, p. 104.

　　③ ［英］R. C. 西蒙斯：《美国早期史——从殖民地建立到独立》，商务印书馆 1994 年版，第 20 页。

　　④ ［美］威廉·布拉福德：《普利茅斯开拓史》，吴丹青译，江西人民出版社 2010 年版，第 70、86 页。

华沙，通过海华沙禁食、祈祷、与孟达明的搏斗、守候孟达明的复活等情节单元，展现了印第安玉米问世的全过程。由于这个过程直接来自印第安神话传说，所以，可以说朗费罗对印第安玉米问世过程的描述是完全符合印第安人的思维特征的。换言之，朗费罗以原汁原味的印第安思维表现了印第安玉米的成功培植这一文明成果。无疑，大神后裔孟达明死而复生，成长起来的玉米的样子就是孟达明生前的模样，这是以神话思维解释印第安玉米起源的产物。实际上，印第安玉米无论如何也不可能是以这样的方式来到世界上的。印第安玉米必定是经由印第安文化英雄艰难培植才得以问世的，而且是在大面积试种成功后最终推广开来而成为印第安人最重要的粮食作物的。这个文化英雄与《诗经·生民》中的后稷应该是相似的。后稷是周民族历史上举足轻重的人物，他是一个杰出的农业专家，他的主要功绩就是培植农作物。后稷在农业方面的这种功绩，使我们有理由想象印第安玉米的问世一定与印第安历史上某个文化英雄的培植工作密不可分。当然，印第安神话传说已经对此做出了符合神话思维的解释，而朗费罗又移植了这种解释，保持了印第安人解释事物起源的思维特征，这是无可厚非的。以什么样的方式来表现印第安玉米的问世无关紧要，重要的是，朗费罗基于印第安玉米在印第安人生活中的重要地位，在他的诗歌中将印第安玉米的问世作为印第安文明进程中的一个重大进展表现出来，使其诗歌具有了沉甸甸的文化价值。

海华沙的又一重要的文明功绩是发现医药。医疗与饮食几乎同等重要。因此，朗费罗在诗歌中展现了医药的发现这一印第安重要的文明成果。海华沙走出家门，教会了人们如何使用药草。就这样，人们了解了药草的习性，明白了延年益寿的神圣艺术。正如朗费罗所说，印第安人的药草具有解毒、治病、延年益寿等功效。一位研究印第安植物食品的权威指出，加利福尼亚南部荒原地区的卡惠拉印第安人有至少 28 种植物产品可用作麻醉剂、兴奋剂和药物①。可见，印第安人的药草种类繁多，药用价值丰富。通过设置海华沙发现药草、教会人民使用药草这样一个情节单元，朗费罗展现了印第安药草的发现和使用这一重要的文明成果。

在这些物质性的发明创造之外，海华沙还发明了印第安文字。印第安文字的发明，促进了印第安文化的保存和传播。在海华沙看来，有了印第安文字后，那些往古的伟大传统、战士的丰功伟绩、猎人的冒险经历、医师的渊博知识、魔术士的巧妙聪明和先知的绮丽梦想，都可以通过印第安文字保存和传播，而不再像以前那样只能依赖老年人的记忆。而祖先们的墓碑上有了印第安文字，就可以使族谱清晰完整。那些需要传达的秘密信息，因为有了文字，也不会被轻易歪曲或泄露。总之，印第安文字的发明，是海华沙领导下的印第安人生活中的大事。那么，在现实生活中，印第安人究竟有无文字呢？回答是肯定的。姜·德·莱特指出，印第安人的象形文字像各种动物、植物、花卉、果实的头②。罗伯特·贝弗利在《弗吉尼亚的历史和现状》中指出，印第安人虽然没有用来书写的字母，但能够用"一种象形文字或鸟兽图案进行交流，他们用不同的图形或用图形的不同位置来表达不同的意义"③。在他看来，印第安人有一种书写系统，它具有与欧洲人的语言几乎相同的功能。贝弗利的观察是实事求是的。印第安人确实有一种象形文字系统，一些学者对此进行了收集和英语解码④。那些象形文字就是些图形，每个图形都代表一定的意义，有些比较复杂，甚至需要用数个英语句子来表示。就此而言，朗费罗在《海华沙之歌》中对海华沙创造的那些图形的意义的解释是符合印

①　［美］威尔克姆·E. 沃什伯恩：《美国印第安人》，陆毅译，商务印书馆1997年版，第37页。
②　［意］维柯：《新科学》，朱光潜译，人民文学出版社1986年版，第199页。
③　转引自［美］萨克文·伯科维奇主编《剑桥美国文学史》（第一卷），蒋坚等译，中央编译出版社2008年版，第90页。
④　那些象形文字实际上看上去更像图画。美国学者收集了一些象形文字，并用英语解释了每一个图画的意思。See John Hollander, ed., *American Poetry：The Nineteenth Century*. New York：Library of America，1993，pp. 672–673，pp. 699–705，pp. 722–723.

第安象形文字的实际的。无疑，文字的发明是印第安文明进程中的一个至关重要的文明成果。如果说有无文字是一个社会文明程度的标志，那么，可以说，印第安文字的发明在一定程度上改变了印第安社会的性质，使其向更文明的社会迈进。而朗费罗正是通过热情地描写海华沙发明文字并教会人民使用和创造文字的文化创举，展现了印第安文明进程中印第安文字的发明和使用这一重大的文明成果。

在印第安历史上，造独木舟、开通航道、培植玉米、发现医药和发明文字等文明成果，不可能全都由某一个文化英雄在某一时期完成。这些与印第安人的生活息息相关的文明成果，必然是在印第安漫长的文明进程中逐步创造发明出来的，并在经年累月的实践中进行了不断的完善。正如利普斯所说，原始时代没有一个人能被承认或尊崇为最早的发明家，"并非有人'灵机一动'，就发明第一把石斧、第一个编织的篮子、第一座风篱或第一件毛皮服装；所有这些发明形成一道链条，它是一代一代无名发明者经验的逐步积累而造成的，是许多不同的发明互相结合的产物"①。朗费罗为了凸显他的主人公海华沙的文化英雄形象，将印第安文明史上的这些重大的发明创造全部归于海华沙的名下，从欧洲传统文化惯例来看，这样的做法是无可厚非的。格雷戈里·纳吉指出："这种做法是司空见惯的：将社会的任何主要成就归结为一个文化英雄那恢宏的、个人的功绩，即使这样的成就只有通过社会进步的漫长过程才能得以实现，这一文化英雄也被视为在这一特定社会的一个更早的时代就业已做出了不朽的贡献，从而被加以描绘。"② 荷马就是这样被追述为《荷马史诗》的原创天才的。实际上，《荷马史诗》是史诗吟诵人的集体创作，但是人们更愿意把《荷马史诗》归于荷马名下，而那些为《荷马史

---

① ［德］利普斯：《事物的起源》，汪宁生译，敦煌文艺出版社 2005 年版，第 102 页。
② ［匈］格雷戈里·纳吉：《荷马诸问题》，巴莫曲布嫫译，广西师范大学出版社 2008 年版，第 124—125 页。

诗》的创编做出过贡献的一代又一代史诗吟诵人，在荷马出现后就销声匿迹了。把人类在漫长的历史时期内积累而成的文化成果归功于某一个伟大人物，是一种古已有之的文化惯例。不过，朗费罗走得更远。他把印第安文明史上那些重大的文化成果全部归于海华沙的名下，对于突显这位伟大的文化英雄形象的创造天才大有助益。

第二节 《海华沙之歌》与印第安人的宗教

一 诸神各司其职

下面分别介绍各司其职的四类神灵。

（一）大神：生命的主宰

在《海华沙之歌》中，大神（the Great spirit）"吉谢·曼尼托"被称为"生命的主宰"（the Master of Life），他创造了生命，主宰着生命，给予印第安人生活所需的一切事物。对于"大神"的这样一种定位，并不是朗费罗的个人创造。在易洛魁的神话中，大神①被称为"生命的主宰"②。所以，在《海华沙之歌》中，朗费罗关于印第安人大神的定位基于印第安人的神话传说。

在易洛魁的神话中，塔仁亚瓦冈（Tarenyawagon）被"生命的主宰"派到人间，改善地上居民的生活，教给部落居民应对严酷生活环境必需的知识，并驱除地上的巨人和怪物。塔仁亚瓦冈完成了这个使命后，就放弃了他在天

---

① See Henry R. Schoolcraft, *The Myth of Hiawatha and Other Oral Legends*：*Mythologic and Allegoric of the North American Indians*，p. 192.

② Ibid.，p. 190.

庭的特征和名字，他取了海华沙这个名字，娶了妻子，定居下来，像其他人一样生活。海华沙定居于易洛魁部落。在易洛魁部落中他始终被尊为圣人。他教会人们如何击退入侵者，如何结束纷争，指导人们如何狩猎、捕鱼、种玉米等。最后，他指导他们建立部落联盟来对付他们共同的敌人。神话中的海华沙的前身是塔仁亚瓦冈，他受生命的主宰的指派来到人间，其使命是造福于人民。生命的主宰也叫作"天庭的主人"（the Holder of Heaven），而这个生命的主宰也就是大神。在海华沙最后一次参加易洛魁部落联盟委员会的时候，发生了一个异象。海华沙把他最喜欢的女儿留在他那有魔力的独木舟中，自己前往委员会。但是，悲惨的一幕突然发生了。一只从天上下来的大白鸟以迅雷不及掩耳之势扑向海华沙的女儿，结果海华沙女儿的身体被压进地里，而白鸟也死了。海华沙认为这是大神召回他的征兆。想到他对印第安部落的最初的使命，他对自己说：也许大神告诉我，我的工作已经完成了，我必须回到他身边。参加完会议后，海华沙驾着有魔力的独木舟升向天空①。可见，在印第安神话传说中大神与生命的主宰这两个概念指称的是同一个对象。

在奥吉布瓦神话传说《孟达明或印第安玉米的起源》中，主人公文志认为，是大神创造了所有的事物，他赐予人们生活所需的一切②。可以肯定，这就是大神被称为生命的主宰的原因。神话传说在一定程度上反映了现实生活中印第安人的宗教信仰。摩拉维亚教派的传教士约翰·黑凯韦尔德在《曾居住在宾夕法尼亚及其邻近诸州的印第安各族的历史、风俗和习惯》一书中讨论了印第安人的特点，他指出："他们认为大神创造了大地，创造了地上一切造福于人类的东西；当大神使大地富饶，给它储备下众多的猎物时，这样做

---

① See Henry R. Schoolcraft, *The Myth of Hiawatha and Other Oral Legends: Mythologic and Allegoric of the North American Indians*, pp. 190 – 193.

② Ibid. , p. 100.

不是为少数人的利益，而是为大家造福。"① 可见，在现实生活中，印第安人将大神视为造物主和生命的主宰。正是因为相信大神有这样的力量，所以，印第安人认为与大神建立良好的关系是非常必要的。大平原地区的印第安人的许多仪式的目的在于求得大神的庇护②。为了在复仇的战争中取胜，达科他人举行仪式，"天天在祈求大神帮助他们完成大业"③。不难看出，大神在印第安人部落生活中扮演着举足轻重的角色。

杜尔干在论及原始宗教中的"大神"这一概念时说："人们在谈到这类神时，把他说成是某种创世主：人们把他称作人类之父，并且认为是他创造了人。""他在创造了人类的同时，还创造了动物和树木。各种生活本领、武器、语言和部落的礼仪都是由他带给人类的。他是人类的恩人。直到现在，他仍然扮演着某种上帝的角色。正是他为信徒们提供了他们生活中所必需的东西。他与信徒们直接或间接地保持着联系。"④ 有些研究者认为"大神"概念不是别的，只是来自欧洲的舶来品。也就是说，这是一种性质多少有些改变的基督教观念。对这一说法，A. 朗格持反对意见。他认为这种概念是当地产生的。⑤ 杜尔干认为："所有与部落大神有关的观念都来源于当地土著人。在外来传教者没有来得及散布其影响之前，这些观念就已经存在了。"⑥ 当然，杜尔干论及大神时使用的资料基本上都来自学者们对澳洲原始部落宗教的观察。其学说是否也适用于北美印第安人的"大神"概念，我们还不敢妄下断语。不过，与澳洲部落的大神一样，北美印第安人的大神也是一位具有巨大权威

---

① 转引自 [美] 路易斯·亨利·摩尔根《美洲土著的房屋和家庭生活》，李培茱译，中国社会科学出版社 1985 年版，第 50 页。

② [美] 威尔克姆·E. 沃什伯恩：《美国印第安人》，陆毅译，商务印书馆 1997 年版，第 63 页。

③ [美] 弗朗西斯·帕克曼：《俄勒冈小道》，叶封译，上海译文出版社 1993 年版，第 133 页。

④ [法] E. 杜尔干：《宗教生活的初级形式》，林宗锦、彭守义译，中央民族大学出版社 1999 年版，第 318—319 页。

⑤ 同上书，第 320 页。

⑥ 同上书，第 321 页。

的神，也可以将其视为至上神，他是创世主，是各部落的恩人。

《海华沙之歌》中的大神也被称作"生命的主宰"。他是地上一切事物的创造者，他为印第安人提供了生活的必需品。这位大神对印第安人充满关爱，具有慈父的特征。他赐予印第安人生活所需的一切，希望他们生活富足，和睦相处。大神以慈父般的怜爱，化解了印第安部落的危机，在印第安人的部落生活中发挥着决定性的作用。为了让印第安人繁荣富强，大神为印第安人派来了一位先知，那就是海华沙。作为大神的使者，海华沙以其文明功绩和斩妖除魔的英勇业绩造福于印第安人民。大神通过海华沙极大地改善了印第安人的部落生活，使他们向文明进程迈进。如果没有大神，这一切是不可能发生的。作为"生命的主宰"，大神在印第安人生活中扮演着名副其实的角色。

《海华沙之歌》中大神的这些特征都来自印第安神话传说。不过，在神话中，大神也有残暴的一面。从天上下来的大白鸟杀死了海华沙的女儿，大白鸟自己也死了，海华沙认为这是大神召回他的征兆。可见，这个惨剧是大神一手造成的。而在《海华沙之歌》中，朗费罗没有采用这个具有神秘色彩的情节单元，原因之一可能是这一幕太过悲惨，有损于大神的慈父形象。由此可见，朗费罗对印第安大神的塑造意在突显其慈父形象，而避开了其残暴的一面。就此而言，朗费罗对印第安部落生活中的宗教现象进行了合乎自己价值观的重构。

（二）四方的风

四方的风是印第安人所信仰的重要神灵，在乌鸦印第安人的祈祷文中就有这样一句祷辞："四方的风，抽烟吧！"① 在这里，"四方的风"肯定不是自然界的东南西北风，而是具有人格意志的风神。而关于风神的印第安神话传

---

① 〔美〕罗伯特·亨利·路威:《乌鸦印第安人》，冉凡译，民族出版社 2008 年版，第 163 页。

说就反映了印第安人的风神信仰。《海华沙之歌》中关于风神的故事的原型正是印第安神话传说中关于四方的风的故事。下面分别介绍四方的风神。

1. 西风麦基凯维斯

在《海华沙之歌》中，西风麦基凯维斯既是一个为民除害的勇士，又是一个始乱终弃的浪子。作为勇士，麦基凯维斯以非凡的勇气和胆量，近距离杀死了深山里的大熊"弥歇－莫克瓦"，为各族人民除掉了那个可怕的恶魔。因为这显赫的战绩，他升格为西风神。从此，他在天上雄踞西方，成为四个风神的至尊。西风有时候也会来到人间拈花惹草。他对美丽的文瑙娜始乱终弃，结果，文瑙娜在忧伤中生下海华沙后就饮恨而死了。海华沙成年后去找父亲西风麦基凯维斯为母报仇。父子聚谈虽有温情，但仍然无法避免一场父子大战。父子大战结束的时候，风神劝海华沙返回人民身边，建功立业，造福人民，并向海华沙许诺，将来会让他掌管西北风基威丁。

《海华沙之歌》中的西风的故事是以印第安神话传说中的相关故事为蓝本的。《夏温达西》这则神话讲述了风神的起源。勇士麦基凯维斯是十兄弟中最小的一个。他和九个兄弟征服了大熊，夺得了珠宝带，这是男人最大的幸福。由于麦基凯维斯在打败大熊的战役中立了大功，所以他被授予掌管西风的职能。于是，他被称作"卡比扬"，意思是"风的父亲"。他把风交给自己的几个儿子管理：把东风给了瓦本，南风给了夏温达西，北风给了卡比波诺卡。麦尼博兹霍是他非婚生子。麦尼博兹霍长大后知道了自己出生的秘密，于是去找卡比扬算账，父子激战后，麦尼博兹霍接受了与他的兄弟卡比波诺卡一起掌管西北风的职能[1]。在"海华沙或麦尼博兹霍"这则神话中，成年后的麦尼博兹霍去找父亲西风复仇，他打算杀死父亲。父子见面后，聚谈了几日，但是父子大战未能避免。父子激战时，西风许诺要分给麦尼博兹霍与他的几

---

① See Henry R. Schoolcraft, *The Myth of Hiawatha and Other Oral Legends*: *Mythologic and Allegoric of the North American Indians*, p. 88.

个兄弟一样多的权力，等麦尼博兹霍完成了造福人民的使命后，他会分给麦尼博兹霍一个地方，让麦尼博兹霍和他的兄弟卡比波诺卡一起掌管这个地方。于是，麦尼博兹霍被西风安抚了，放弃了复仇行动①。

通过文本比较可知，《海华沙之歌》中的西风的故事与相关的印第安故事略有差异。不过，朗费罗关于印第安风神的起源问题的叙述与印第安神话传说《夏温达西》中的叙述是一致的。印第安人的风神实际上是人间英雄升格而成的。

2. 东风瓦本

作为风神，瓦本的职能是"带来明媚的清晨""在山头谷底把黑暗驱逐出境"②。朗费罗对东风的职能轻描淡写，但他以生花妙笔渲染出了一个凄美的爱情故事，把瓦本塑造成了一个忧郁的青年，一个温柔的情种。东风神瓦本的特征与自然界的东风的性质是相符的。

3. 北风卡比波诺卡

印第安神话传说"辛基比或一则自助的寓言"讲述了北风卡比波诺卡与潜水鸟"辛基比"的战斗。由于潜水鸟"辛基比"在寒冷的季节还表现得特别幸福和满足，就好像是在 6 月的天气里一样，于是，北风想试试究竟能不能制服这个家伙。他刮起了比当时冷十倍的风雪，并决定去拜访辛基比。他走进辛基比的屋子，但是辛基比假装他不存在，站起来把火烧得更旺。很快，眼泪就顺着卡比波诺卡的脸颊淌下来，他不得不走出辛基比的屋子。看到寒冷无法制服辛基比，北风决定冻住所有的洞口，把冰变得更厚，使辛基比无法捕鱼。但是辛基比还是有办法捕鱼。最后，卡比波诺卡被迫放弃了争斗。

---

① See Henry R. Schoolcraft, *The Myth of Hiawatha and Other Oral Legends: Mythologic and Allegoric of the North American Indians*, pp. 18 – 21.

② ［美］朗费罗：《海华沙之歌》，王科一译，上海译文出版社 1981 年版，第 21 页。

他说："我既冻不死他也不能饿死他；他是一个奇特的家伙——我将放过他。"① 这则神话通过北风卡比波诺卡与潜水鸟辛基比的战斗，形象生动地表现了北风的职能，那就是刮起风雪、冻结洞口和结厚冰层。

朗费罗在《海华沙之歌》中以上述神话故事为蓝本叙述了卡比波诺卡与潜水鸟辛基比的战斗。不过，朗费罗先简要介绍了北风的职能：在秋天把树林染成黄色和红色，到了冬天，就把雪花洒落在地上，冻结江河湖泽，把候鸟赶回南方。在简单地介绍了北风的职能后，朗费罗通过北风卡比波诺卡与潜水鸟辛基比的搏斗，形象地表现了北风的主要职能：给人间带来寒冷。在诗歌中，北风的"凶狠"与东风的温柔形成了鲜明的对比。朗费罗对两个风神形象的描绘是符合自然现象的特征的。

4. 南风夏温达西

在"夏温达西"这则神话中，夏温达西的主要职能是带来印第安夏季。他是一个慵懒的老人，难得移动。他一直盯着北方。一天，当他凝视北方的时候，他注意到一个纤细的妙龄女郎站在平原上。她一连几天都在一个地方出现，她的金色的头发吸引了他。但是他没有行动，他只满足于凝视着她。一天，他看到她的头埋在像雪一样的纯白的雾里。这激起了他对他的兄弟卡比波诺卡的忌妒，于是他发出了一连串急促的叹息。他心爱的对象也永远消失了②。在这则神话中，南风夏温达西的痴情、慵懒、忌妒和忧伤给人留下了深刻的印象。不过，这则神话并不仅是一个单相思的爱情故事，它的主要目的在于解释印第安夏季到来的原因。夏季的炎热实际上正是南风的一阵阵叹息造成的。可以说，在解释自然现象的各种方式中，神话是最迷人的。

在《海华沙之歌》中，朗费罗介绍了南风的职能：将候鸟送回北方，使

---

① See Henry R. Schoolcraft, *The Myth of Hiawatha and Other Oral Legends*：*Mythologic and Allegoric of the North American Indians*, pp. 113 – 115.

② Ibid. , pp. 88 – 89.

大地上长出瓜果和烟草。如果他从烟斗里喷出一口烟，天空中就弥漫着雾霭和水汽。同时，他给北方带来明媚的印第安夏季。朗费罗对南风的职能的描写充满诗情画意。同时，朗费罗还根据"夏温达西"中南风的爱情故事，将南风塑造成了一个只会心动不会行动的慵懒而多情的胖子。和他的兄弟东风瓦本一样，他的爱情是真挚持久的，但是他缺乏东风那种积极追求幸福的行动能力。只是在忧伤中叹息，在忌妒中忧伤，最终永远失去了心爱的姑娘。

（三）冬之神北波恩和春之神塞滚

在《海华沙之歌》中，具有鲜明的形象性的自然神还有冬之神北波恩和春之神塞滚。之所以这样说，是因为在第二十一章中，朗费罗设置了一个冬之神北波恩和春之神塞滚斗嘴的情节单元。在这里，冬之神北波恩是一个老头，春之神塞滚是一个青年。两人见面后互相夸口，毫不示弱地向对方夸耀自己的本领。北波恩说：

> 当我在我的四周吐气，
> 当我对着如许的景物呼吸，
> 一切的川流停止动静，
> 流水冻结得石头一般硬！①

塞滚毫不客气地夸耀自己说：

> 当我在我的四周吐气，
> 当我对着如许的景物呼吸，
> 朵朵的鲜花立即开遍草地，
> 河流歌唱着，奔腾不息！②

---

① ［美］朗费罗：《海华沙之歌》，王科一译，上海译文出版社1981年版，第270页。
② 同上。

北波恩和塞滚还夸耀了各自头发的威力。北波恩说，他一摇动雪白的长发，就会使雪花飞舞，树叶凋零。塞滚说他一摇动头发，就会使甘霖下降，草木欣欣向荣，候鸟返回湖泊沼泽，鸟儿歌唱，花枝招展。正当一老一少斗得不可开交时，太阳神"吉萃斯"的出场打破了僵持局面，让北波恩哑口无言。于是，空气变得温暖舒适，河流呢喃，百鸟歌唱，小草飘香。当那声势浩大的太阳升上天空，北波恩的身体就消失得无影无踪。于是，春之美人容颜显露，北方迎来了千娇百媚的春天。在这里，通过北波恩与塞滚的夸口，既说明了冬之神和春之神的职能，又使冬之神和春之神具有鲜明的形象性，可谓一箭双雕。其实，早在"海华沙哭亡友"中，冬之神北波恩就出现过。在那一章里，朗费罗突出了北波恩的职能，即给大海洋盖上了一层冰，并使雪花把大地笼罩在寂静中。

《海华沙之歌》第二十一章中关于北波恩和塞滚斗嘴的情节单元，来自印第安神话传说"北波恩和塞滚：一则冬天和春天的寓言"①。北波恩老头的孤单寂寞，一个额上裹着青草、手拿一束鲜花的英俊青年来造访，老头邀请这青年讲述他的历险经历，而他自己将讲述他的本领和功勋，老头点上烟斗后把它传给青年，二人斗嘴的过程，太阳出现后北波恩的消失等，所有都被朗费罗移植到了《海华沙之歌》的第二十一章里。如果说二者对这些情节单元的叙述有什么不同的话，那就是朗费罗用的是诗歌语言，而神话用的是散文语言。

（四）其他神灵

在《海华沙之歌》中，还出现了水神、山神、睡神、死神和个人保护神等。睡神尼巴温发动的大军在夸辛的额上挥打战棍，使他头脑昏沉，结果夸

---

① See Henry R. Schoolcraft, *The Myth of Hiawatha and Other Oral Legends*: *Mythologic and Allegoric of the North American Indians*, pp. 96 – 98.

辛被神害死。波－普－基威在躲避海华沙的追捕时，受到了山神的庇护。这里的山神、睡神和水神象都来自印第安神话传说①。

《海华沙之歌》中的水神是在朗费罗改造印第安神话传说的基础上引入的。海华沙的好朋友齐比亚波是被达科他人信奉的水神安克塔西活活淹毙在"吉却·甘米"的深渊里的②。关于齐比亚波被淹死的故事，是朗费罗在改造了麦尼博兹霍神话传说中的一个故事的基础上创造出来的。在麦尼博兹霍的神话传说中，麦尼博兹霍曾经和一群狼在一起生活过一段时间，老狼走的时候，给麦尼博兹霍留下了一只小狼，这是一个很好的猎手。有一天，麦尼博兹霍对小狼说：我昨晚做了一个梦，不吉利，这个梦说的是大湖的那个区域，你千万不要走捷径，晚上经过那里的时候一定要绕湖而行。但是，小狼没听他的劝告，结果被淹死了。因为麦尼博兹霍得罪过湖中的大蛇，他们知道这只狼是麦尼博兹霍的孙子，他们渴望报仇，于是把那只掉进冰窟的狼拽下水，小狼就这样被淹死了③。在齐比亚波被害的故事中，朗费罗掺入了上述故事中的一些成分，小狼被改造成了齐比亚波，而大蛇被改造成了达科他人的水神安克塔西。通过这种改造，朗费罗将达科他人的水神引入了诗歌。

《海华沙之歌》中的死神与印第安神话传说无关。麦基凯维斯曾向海华沙许诺，等海华沙到了晚年，死神的眼睛瞪着他的时候，会让他掌管西北风基威丁。麦基凯维斯向海华沙许诺将来让他掌管西北风这一事件来自麦尼博兹

---

① 在印第安神话"睡眠精灵"中，讲述了睡神的职能。睡眠被解释成睡神爬上人的额头挥打战棍的结果，See Henry R. Schoolcraft, *The Myth of Hiawatha and Other Oral Legends：Mythologic and Allegoric of the North American Indians*，pp. 262 - 263；《海华沙之歌》中的山神形象，来自《波－普－基威》，See Henry R. Schoolcraft, *The Myth of Hiawatha and Other Oral Legends：Mythologic and Allegoric of the North American Indians*，p. 69；《海华沙之歌》中的水神形象则来自"夸辛或可怕的强壮男人"，See Henry R. Schoolcraft, *The Myth of Hiawatha and Other Oral Legends：Mythologic and Allegoric of the North American Indians*，p. 79。

② ［美］朗费罗：《海华沙之歌》，王科一译，上海译文出版社 1981 年版，第 196 页。

③ See Henry R. Schoolcraft, *The Myth of Hiawatha and Other Oral Legends：Mythologic and Allegoric of the North American Indians*，pp. 35 - 36.

霍的神话传说。麦基凯维斯向麦尼博兹霍许诺，等麦尼博兹霍完成了人间的使命后，会让他和他的兄弟卡比波诺卡一起掌管北方，但麦基凯维斯只字未提死神会向晚年的麦尼博兹霍瞪着可怕的眼睛的事情。可见，将死神引入诗歌是朗费罗的创造，与原型故事无关。

在《海华沙之歌》中还提到了个人保护神。该诗第六章13节说夸辛"常常祈求那位保护神的庇护"①。在印第安人的宗教中，确实有保护神。大草原上的印第安人认为每个人都有自己的保护神。保护神会在梦中出现。他们都有护身符，随身携带。温尼伯湖的一些印第安青年为了获得与精灵接触的能力，要到遥远僻静的灌木地带斋戒。等待四天以后，他们把看到的第一个动物或飞鸟视为精灵显灵，它们会被当作这个青年的保护神②。斯库克拉夫特指出：禁食是最根深蒂固和最普遍的印第安仪式之一。在所有美洲部落中，都举行这个仪式。在第一次禁食期间，男青年或女青年会看见幻象和做梦，个人的保护神就是在受礼者的幻象或梦境中出现的。印第安人相信保护神的力量，而且相信保护神时刻保护着他们。对于印第安人来说，与大神相比，他们更倾向于向自己的保护神寻求帮助③。对于印第安人来说，在举行第一次禁食仪式时，通过幻象找到自己一生的保护神是至关重要的。可以肯定，《海华沙之歌》关于个人保护神的说法是符合印第安人宗教的实际的。

在《海华沙之歌》中，朗费罗以印第安神话传说为底本，叙述了他笔下的印第安世界的一些神灵的故事，形象生动地介绍了各种神灵的职能。虽然我们不敢说朗费罗的诗歌介绍的各种神灵的职能与现实世界中印第安人信奉的神灵的职能是完全一样的，但有一点是可以肯定的，那就是《海华沙之歌》

---

①　[美]朗费罗：《海华沙之歌》，王科一译，上海译文出版社1981年版，第81页。

②　《世界文明之旅》编委会主编：《印第安文明读本》，中国档案出版社2005年版，第32—34页。

③　See Henry R. Schoolcraft, *The Myth of Hiawatha and Other Oral Legends*：*Mythologic and Allegoric of the North American Indians*, pp. 25 – 26.

揭示了印第安人宗教信仰的本质：印第安人相信，各种自然现象和人的生活都受诸神的支配。

通过乌鸦印第安人的祈祷词，我们可以了解印第安人宗教信仰的基本特征。

> 喂，小汗屋，"我们为您而建它"，我说。现在，我已经建好了它。名山、大川和小河，抽烟吧。上天的神灵，抽烟吧。地上的神灵，抽烟吧。土地，抽烟吧。柳树，抽烟吧。当新叶抽出时，当叶片硕大时，当树叶变黄时，当树叶掉落时——年复一年，我想一直目睹（这些季节）。为此，我献上烟。喂，油脂之神，无论我走到哪里，我都希望偶然发现一些肥硕的东西。喂，木炭之神，无论我走到哪里，愿我都涂黑我的脸（胜利的标志），平安返回。你们，四方的风，抽烟吧！无论我走到哪里，愿风都迎面吹来，风请不要因为我而把我送到那里（?）。[1]

在这篇祷词中，印第安人提到的神灵支配着他们所处的世界。换言之，每一种自然现象或生活中的每一个方面，都受到某种神灵的支配。山川河流、土地树木、油脂木炭等都有神灵管理，天上地下的神灵、四方的风神，都是印第安人信奉的对象。美国学者对印第安人宗教的研究涉及印第安人多神教的问题。他们认为，大草原上的印第安人最崇拜的是太阳。他们崇拜自然，把神分成几个等级。第一等级是太阳、天、地和岩石；第二等级是月亮、风和有翅膀的生物；第三等级是野牛、熊、旋风和四种风；其他的神都属于第四等级[2]。在这里，我们不必对印第安人宗教信仰的性质进行界定，但有一点是可以肯定的，那就是印第安人相信人间生活的方方面面都受到神灵的支配。

---

① ［美］罗伯特·亨利·路威：《乌鸦印第安人》，冉凡译，民族出版社 2008 年版，第 163 页。
② 《世界文明之旅》编委会主编：《印第安文明读本》，中国档案出版社 2005 年版，第 34 页。

在印第安神话传说中，印第安人的一切生活资源都是大神所赐的，整个民族的繁荣富强由大神主宰。人的生命过程甚至睡眠，都是由神或灵支配的。至于自然现象的交替循环，也是神的活动造成的。印第安神话传说表明神灵在印第安人的生活中发挥着支配性的作用。

威尔克姆·E. 沃什伯恩在《美国印第安人》中指出："在这个唯物主义的世界上，对于大多数白人来说，一个与神灵世界有着牢固联系的民族的思想，有时是难于捉摸的。然而，过去几乎所有印第安人（即使现在也还有许多人），都受这种信仰的强烈影响。他们认为，超自然的力量、实体或生物可以影响甚至决定人类的行动，认为与这些东西建立适当关系是很重要的，因而成为他们主要关注并继续关注的一个问题。"[1] 可见，相信神灵在生活中起着支配性的作用，几乎是过去所有印第安人的信仰。

印第安神话传说凝聚着印第安文化的精华。正如列维－斯特劳斯所说："我们还拥有一些采集来的神话，而且这种神话至今还续见报道，它们在一定程度上保存了一种已灭绝了一个世纪的文化的精神和内在动机。"[2] 列维－斯特劳斯与斯库克拉夫特对印第安神话传说的价值的认识不谋而合。在斯库克拉夫特看来，印第安神话传说不是单纯的故事，它们是印第安人的思想资源。我们认为，印第安神话传说反映了印第安人宗教信仰的本质。而朗费罗根据印第安神话传说叙述了印第安神灵的故事，形象生动地介绍了他们的职能。虽然诗歌叙述的神灵的故事与印第安神话传说中的神灵故事有不同程度的差异，但是其核心元素都被诗歌保留了。因此，可以肯定的是，朗费罗通过诸神的故事反映了印第安人宗教信仰的真实。

---

[1]　［美］威尔克姆·E. 沃什伯恩：《美国印第安人》，陆毅译，商务印书馆1997年版，第60—61页。

[2]　［法］列维－斯特劳斯：《神话学：裸人》，周昌忠译，中国人民大学出版社2007年版，第11页。

二 灵魂不死

灵魂不死包括变形和来世两部分,下面分别予以介绍。

(一) 变形

对于变形,下面分三种情况予以论述。

1. 《海华沙之歌》中的变形现象

《海华沙之歌》的"黄昏星的儿子"这一章叙述了一个神奇的变形故事。葰文妮那又老又丑、又病又穷的丈夫奥塞俄在赴宴途中变成了年轻英俊的帅小伙,而年轻貌美的葰文妮却变成了老太婆。在宴会上,奥塞俄的父亲黄昏星把葰文妮的九个姐姐和姐夫变成了飞鸟,却让先前变形为老太婆的葰文妮恢复了青春美貌,后来,那些飞鸟又被变成了小矮人。

《海华沙之歌》中最神奇的一章要数"追捕波－普－基威"了。在这一章里,被海华沙紧追猛打的波－普－基威曾多次通过变形而复活。波－普－基威在逃亡途中先后变成了海狸、黑雁和蛇。由于他要求海狸把他变成比普通海狸大 10 倍的超级大海狸,所以无法灵活逃生,结果被海华沙率领的猎人棒打丧命。"但是附在他身上的那个鬼魂,/依然具有波－普－基威的思想感情,/依然以波－普－基威的身份继续生存。"① 这个灵魂最后聚敛成形,"从尸体上飘然飞升,/终于具有了狡诈的波－普－基威的/容貌和身影,渺然消失在树林"②。后来,他又要求黑雁把他变成超级大黑雁,但由于他没有听从黑雁对他的告诫,在飞过一个村庄的时候向下看,结果摔死在地上。"但是它的灵魂,它的幽灵,它的鬼影,/仍然以波－普－基威的身份生存,/重新变成英俊的'杨那狄茜',/宛若生前的容貌风姿,/重新继续向前奔冲。"③ 为了躲避海华沙的追杀,他跳进了一棵中空的大树,把自己变成了一条大蛇,

① [美] 朗费罗:《海华沙之歌》,王科一译,上海译文出版社 1981 年版,第 228 页。
② 同上书,第 229 页。
③ 同上书,第 233 页。

悄悄溜走，海华沙击碎了橡树，但白费力气，因为波－普－基威已经恢复了人形，在前面逃奔。最终，海华沙求助于雷霆，将波－普－基威压碎在崩裂的岩石下，然后收取了他的灵魂，把他变成了一只战鹰。波－普－基威活着时先后三次变形为动物，死后，被海华沙变形为战鹰，永远不能再变回人形。在这里，波－普－基威的变形是通过其灵魂的迁移实现的。在其灵魂暂时寄居的动物的身体死亡后，其灵魂可以悄然飞升，再次寄居到其他动物的身体中，也可以再次恢复人形。但是一旦人形的身体死亡，他就再也不能恢复人形了。

2. 印第安神话传说中的变形现象

《海华沙之歌》中波－普－基威的变形是由朗费罗移植印第安神话传说《波－普－基威》中的变形而来的。在《波－普－基威》中，波－普－基威是一个冒险型的旅行家，他的好奇心使他对变形的兴趣始终不减，尽管他变形后一次次被猎人猎杀。在旅行途中，他先后要求海狸、麋鹿和黑雁把他变形为他们的样子，不过形体都远远大于普通的海狸、麋鹿和黑雁。这三次变形都是被动的。变形为动物后，他先后三次被猎人猎杀。但在动物尸体冷却后，他的灵魂就离开了尸体，然后，他就恢复了人形。后来，他向麦尼博兹霍挑衅，麦尼博兹霍愤而追杀他。为了逃命，波－普－基威把自己变形为大蛇，骗过了麦尼博兹霍，然后恢复了人形，逃到山神那里。麦尼博兹霍求助于雷霆，雷霆震碎了山岩，将波－普－基威压碎在山岩下。麦尼博兹霍收取了波－普－基威的灵魂，把他变成了战鹰，从此以后，他再也不能恢复人形①。将《波－普－基威》和《海华沙之歌》中的波－普－基威的变形进行比较，就会发现，两者中变形的细节有所不同，但其实质是完全相同的。由于情节自身发展的需要，朗费罗借鉴了麦尼博兹霍追杀波－普－基威的情节，

---

① See Henry R. Schoolcraft, *The Myth of Hiawatha and Other Oral Legends: Mythologic and Allegoric of the North American Indians*, pp. 59 – 70.

而将其转换成海华沙追杀波－普－基威的情节，并将神话传说中波－普－基威冒险旅行途中的变形和被麦尼博兹霍追杀过程中的变形囊括到海华沙追杀波－普－基威的情节中。这样，两者在细节上就呈现出较大的差异。但是，朗费罗把握了神话传说中波－普－基威变形的实质，并通过更加富有诗意的方式将其表现出来。其变形的实质就是灵魂的迁移。波－普－基威多次变形为动物，这时他的灵魂寓居于动物的身体，当动物的身体死亡后，他的灵魂就离开动物的身体，转而进入人体，从而恢复了人形。而他的最后一次变形是在他的人形肉体死亡后完成的，这一次他被永久性地变成了战鹰。这一次的变形是由他的灵魂被对手抓获并使之寓居于战鹰的形体导致的。这一切说明，波－普－基威的变形是由灵魂的迁移造成的。

在印第安神话传说中，讲述活人变形为鸟兽的神话传说并不罕见。比如，在"奥塞俄或黄昏星的儿子"中，莪文妮的九个姐姐和姐夫就被变成了鸟。而印第安神话传说中的恶作剧者往往主动要求动物将他变形为动物的模样。著名的恶作剧者麦尼博兹霍就曾长期以狼的身份与一群狼生活在一起①。在关于变形的神话传说中，最凄恻动人的恐怕是"赤勒阿里（Chileeli）或红色爱人"了。一个英俊勇敢的印第安青年爱上了部落首领的女儿，虽然那女孩也钟情于这个年轻人，但是她父亲认为这个年轻人不配做他的女婿，因为他还没有战功。于是，年轻人邀集一群朋友去打仗。临走时，他向那美丽的姑娘发誓，如果不能获得战功他就不会回来。可惜，这一次的分别却成了永别。这个年轻人外出作战表现得非常勇敢，但不幸胸部中箭，在返回的途中就死了。自从得知心上人死亡的消息后，那美丽的女孩就再也没有笑过。眼泪、叹息、哀伤，成了她生活的主旋律。她整天都坐在树下唱着悲戚的歌。有一天，一只漂亮的小鸟飞来落在一棵树上，此前她常常在那棵树下哀思。这神

---

① See Henry R. Schoolcraft, *The Myth of Hiawatha and Other Oral Legends*：*Mythologic and Allegoric of the North American Indians*, pp. 36 – 37.

秘的来访者好像同情她的哀声。这是一只奇怪的鸟，以前人们从未看到过。这女孩想到这只鸟可能是她那心上人的灵魂。于是，她越发频繁地去那棵树下。她在禁食和唱哀歌中消磨了大部分时间。当死亡来临，她并不感到遗憾，反而感到高兴，因为她可以去那据传是幸福和自由的地方与心爱的人相聚了。她死后那只鸟再也没来过。据说，这神秘的来访者和她的灵魂一起飞走了①。那勇敢的年轻人的执着和美丽的印第安女孩的哀伤使这则神话传说显得凄美动人，而主人公死后变形为鸟看望心爱的人，则赋予这则神话传说传奇浪漫色彩。当然，这种变形的前提是人的肉体死亡后灵魂继续存在，并可以寓居于别的生物体内。

3. 灵魂迁移的观念：变形的思维基础

在原始思维那里，人的灵魂可以离开肉体独立存在。就像灵魂寓居于人体中一样，它也可以寓居于别的生物体中。对人的灵魂迁移到其他生物体中的信仰，构成了原始哲学的重要组成部分。这种灵魂迁移到其他生物体中的观念，与灵魂在人的肉体死亡后继续在来世生活的观念还是有区别的。在灵魂迁移的观念中，灵魂显然不是以人的形貌存在的。而最常见的情况是，人的灵魂会迁移到鸟的身体中。例如，在北美，休伦人相信，人的尸骨在葬礼上被埋葬后，他的灵魂就变成了雉鸠。而在埋葬死人的时候放飞一只鸟，以便让他把死者的灵魂带走，是易洛魁人的丧葬习俗之一②。此外，灵魂还会很容易迁移到低等动物身体中。爱德华·泰勒指出："因为蒙昧人没有在人和动物的灵魂中间划出特定的界限，至少可以承认他们能够让人的灵魂毫不困难地转移到低级动物的躯体中去。"③ 温哥华岛上的土著就认为，活人的灵魂能

① See Henry R. Schoolcraft, *The Myth of Hiawatha and Other Oral Legends*: *Mythologic and Allegoric of the North American Indians*, pp. 129－135.

② ［英］爱德华·泰勒：《原始文化》，连树声译，广西师范大学出版社 2005 年版，第414—415 页。

③ 同上书，第414 页。

够自由地出入别人和动物的身体，就像进出一般的住宅一样。他们说，以前印第安人的灵魂就存在于鸟、兽和鱼的形体里。有些人认为，人死后灵魂就又进入那些动物体内①。

关于灵魂迁移的学说，在印度人的哲学中获得了重要的地位，构成了婆罗门教和佛教的主要组成部分。在这两种宗教的教义中，肉体只是灵魂的一种暂时的储囊。灵魂在体现为植物、动物、人、神的长长的链条中，时而上升，时而下降。一切生物都是人的亲属。猿猴、大象、虫子，在某些时候可能是人，将来可能重新获得人形。在《玛奴》一书中确定了这样的信条，即具有善的品质的灵魂将获得神性，被自己的情欲控制的灵魂将重获人形，而邪恶的灵魂将降为动物②。在印度宗教那里，灵魂经历了赎罪性流浪，在这个过程中，体现了罪罚相符的意向。对前生的罪行的惩罚体现在今生的形态和生活状态上，而对今生的罪恶的惩罚将在来生体现出来。白痴、瞎子、聋子、哑巴和畸形的人，都是因为前生有罪③。

灵魂迁移的学说在非洲同样盛行。祖鲁人认为，死人可以变为蛇④。而非洲巫师具有瞬间变形为走兽的奇异本领。

灵魂迁移的观念在美洲和非洲的土著部族中盛行，在亚洲各民族中根深蒂固，尤其是在印度人那里发展成了道德哲学体系，在古典的和中世纪的欧洲兴起又衰落。那么，为什么人会有灵魂迁移的信仰呢？

由于后代亲属在精神上和肉体上跟自己的祖先相似，这就会使人产生祖先的灵魂回归到后代身体中的观念。这对于阐明一代代亲属的相似性是一种极富智慧的假设。那么，是否可以假设，人的灵魂可以定居在野兽和飞鸟体内呢？蒙昧人认为，畜类具有跟人的灵魂相似的灵魂，在这种认识水平上，

---

① ［英］爱德华·泰勒：《原始文化》，连树声译，广西师范大学出版社 2005 年版，第 414 页。
② 同上书，第 416 页。
③ 同上书，第 416—417 页。
④ 同上书，第 415 页。

人的灵魂迁移到畜类的体内是可能的①。关于人的灵魂的概念应该是关于灵魂的第一概念，然后才推及动物和植物，认为它们也有灵魂。关于灵魂迁移的概念也应循着这样的逻辑：人的灵魂在新的人体内复活，这是由家族相似性证明了的；后来，这种思想扩展为灵魂在动物的形体内复活②。某些动物体现了人的特性，如狮子、熊、狐狸、枭、鹦鹉、毒蛇、蛆虫，这些动物的名称常常充当形容人的形容词，这语言现象体现了人与动物的相似性。既然动物的性格跟那些灵魂转移到其上的人的本性是相似的，那么，这是不是人的灵魂迁移到动物身上造成的呢③？也许这种相似性，正是灵魂迁移学说发端的前提。

正是因为在原始思维那里相信，人的灵魂可以暂时迁移到别的动物体内，所以，变形成为许多民族神话传说的一个重要的神奇主题。

实际上，变形主题不是印第安神话传说的专利。在古希腊神话中，变形就是一个长盛不衰的主题。其中最臭名昭著的变形恐怕就是宙斯变形为公牛引诱欧罗巴了。而《荷马史诗》延续了希腊神话中众神那种几乎不受约束的变形。日耳曼人的奥丁（北欧神话中的最高神）就是一位大魔法师，他可以把自己变形为鸟、鱼、蚯蚓等形态④。可以说，变形主题是神话传说的普世性主题。这种变形在一定意义上体现了将不同属性的事物视为同一事物的原始思维特征。恩斯特·卡西尔指出："原始的共同体意识绝不会停留在我们高度发达的生物类概念所设置的界限上，而是要超越那些界限，追求生物之总体性。早在人认识到自身是由于某种特殊能力而与自然界区别开、由于特殊的价值优越性从自然整体中挑选出来的独立物种之前，他曾以为自己是生命总

---

① ［英］爱德华·泰勒：《原始文化》，连树声译，广西师范大学出版社2005年版，第422页。
② 同上。
③ 同上。
④ ［德］恩斯特·卡西尔：《神话思维》，黄龙保等译，中国社会科学出版社1992年版，第214页。

体链条中的一环，在这链条中，每一种个别生物和事物都与总体有着神秘的关系。因而，持续不断的转化，一物变形为另一物，看来就不只是可能的，而且也是必然的，是生命本身的'天然'形式。"①由于原始思维将整个世界视为一个统一体，并没有把人与其他事物严格区分开来。换言之，人与其他事物之间并没有严格的界限，他们都与世界总体保持着神秘的关系，因而，人变形为其他事物不仅是可能的而且是必然的。

在印第安人那里，人与大自然的认同性非常深切。猎手可能会对猎物做祷告，请求猎物的原谅，这是猎人与猎物同一的心理表现。印第安人认为，动物像他们一样，一生中有个性和灵魂，因而它们有快乐和悲哀，也有需要和欲望②。劳雷德里克·A. 劳赫牧师在他的著作《心理学或对人的灵魂的看法，包括人类学》（1841 年）中指出：

> 未开化的人完全沉浸于大自然的生活中，以至于他们根本不区分自然的活动和人的精神活动，而把两者视为浑然一体。而我们，由于从年轻时起就习惯于把灵魂和身体、精神和自然分开，发现我们在这方面几乎不可能把自己改变成像未开化人那样生活；然而，这种对自然的思想和感情却构成未开化人心智的主要部分③。

在印第安人的意识中，人与自然是浑然一体的。人有感情和需要，同样，动物也有与人相似的感情和需要。正是这种人与动物的高度认同，使印第安人产生了人的灵魂可以迁移到动物那里的观念，因而，相信人可以变形为动物就是顺理成章的。这种观念在印第安人的神话传说中得到了反映，因而，

---

① ［德］恩斯特·卡西尔：《神话思维》，黄龙保等译，中国社会科学出版社 1992 年版，第 213—214 页。

② ［美］威尔克姆·E. 沃什伯恩：《美国印第安人》，陆毅译，商务印书馆 1997 年版，第 19—20 页。

③ 同上书，第 20 页。

变形就成了印第安神话传说的一个热门主题。

富有传奇浪漫色彩的变形主题对印第安听众来说具有巨大的魅力。这正是印第安故事家乐于讲述它的原因。那些吸引印第安听众的变形主题，对于朗费罗及其目标读者来说同样具有吸引力。因此，朗费罗将印第安神话传说中的一些变形主题移植到了《海华沙之歌》中。"奥塞俄或黄昏星的儿子"中的九姐妹夫妇被变形为鸟的主题就被移植到了《海华沙之歌》的"黄昏星的儿子"这一章中。而"奥塞俄或黄昏星的儿子"和《海华沙之歌》中奥塞俄和莪文妮在年轻和年老之间的变换，在一定意义上也属于变形，不过这不属于我们在这里讨论的那种由灵魂的迁移导致的变形。《波－普－基威》中的历次变形都是灵魂的迁移导致的，这一点，在神话传说中交代得很清楚。而朗费罗将其变形主题移植到《海华沙之歌》中的时候，以诗意的想象描绘了灵魂迁移与变形的情景，将这种变形表现得更富神奇浪漫色彩，从而反映了印第安人关于灵魂不死及灵魂迁移的宗教信仰。

（二）来世

在《海华沙之歌》中，"幸福岛"作为城市多次出现，同时，它是一个贯穿始终的意象。在歌唱家齐比亚波死后，海华沙为这位挚友举行了为期 7 周的哀悼。然后，巫师为海华沙举行了驱邪仪式，为齐比亚波举行了招魂和送鬼魂仪式。齐比亚波的鬼魂悄然离开了他曾经生活过的地方，经过 4 天的旅程，最后它乘坐白色的石头独木舟到了幸福岛。不过，在印第安神话传说中，齐比亚波并不是一个歌唱家，而是印第安人"幸福岛"（冥国）的守门人，他的职责是引导鬼魂进入幸福岛①。诗歌中的齐比亚波死后，被

---

① See Henry R. Schoolcraft, *The Myth of Hiawatha and Other Oral Legends*: *Mythologic and Allegoric of the North American Indians*, p. 224.

"封为冥国的主宰",在新鬼魂去冥国的途中,他会为他们点亮营火。在这里,不难看出印第安神话传说中那位"幸福岛"守门人的踪迹。在《海华沙之歌》中,还有一位人物死后也去了"幸福岛"。在明尼哈哈去世后,海华沙对她说,从此她再也不用回来操劳,不久以后,他也会追随她去幸福岛。在《海华沙之歌》中,幸福岛被描绘为死者的居所,在那里,死者过着迥异于现世的生活。和现世的艰苦生活相比,在幸福岛上的生活就是享福。

"幸福岛"是印第安神话传说和诗歌中的一个重要概念,表现了印第安人对来世生活的展望。在印第安神话传说和诗歌中,都有对幸福岛的具体生动的描绘,那情景足以让活着的人对死者的世界垂涎三尺。朗费罗借用了印第安神话传说和诗歌中的"幸福岛"这一概念,但是没有具体描绘幸福岛上醉人的生活。这是一个令人奇怪的现象。可能的原因是,在故事情节的发展中对幸福岛的情景做细致入微的描绘会破坏那个具体的语境中渲染的悲哀色彩,所以朗费罗只写死者赶往幸福岛,而不详细描绘幸福岛的情形。而伦理价值方面的考虑也许是一个更为重要的因素。如果来世生活太过美好的话,现世人生的意义就会遭遇质疑。这样,诗歌中所有人物形象承载的伦理价值,尤其是朗费罗精心塑造的文化英雄海华沙承载的伦理价值就会大打折扣。但是,朗费罗借用印第安神话传说中"幸福岛"这一重要概念,涉及印第安人宗教的重要方面。因此,朗费罗对"幸福岛"的言说,不论其详略程度如何,还是反映了印第安人宗教的来世观念。

在印第安神话传说"白色石舟"中,一个饱受失去心爱的情人的痛苦青年,乘着白色的石头独木舟追逐爱人的鬼魂。在这个过程中,他饱览了死者的居所——"幸福岛"——的幸福景象。绮丽的自然风光、丰富的食物资源、悠闲幸福的人们,构成了一幅令人艳羡的世外桃源图景。和幸福岛的死者生活相比,活人在世的生活简直就是受难。而一些印第安诗歌也热衷于描绘幸福岛上迥异于现世生活的幸福生活①。无疑，印第安神话传说和诗歌对幸福岛的描绘都反映了印第安人的来世生活观念。

人死后继续生活的观念在原始民族中是普遍存在的。这是由原始民族的灵魂学说中的核心观念——灵魂不死——决定的。原始民族认为，人的灵魂可以独立于肉体而存在。在人睡着或昏迷时，灵魂可以离开肉体到处游荡，而在人的肉体死亡后，灵魂可以继续存在。而且这个灵魂是有形体的，其形象和活人相似。这个与活人形貌相似的幽灵在冥国继续生活。死人的灵魂在阴间建立起了和尘世一样的社会秩序，几乎过着和尘世一样的生活。可以说，阴间就是与现世对立的那个"彼世"的总和。在那个世界里，死人的生活模式几乎与现世的活人的生活模式无异。托列斯海峡的土人就认为，人死后就被比他早死的朋友接到并介绍给其他的死人，经过一定的仪式后，他就融入了死人的世界，他们像活人一样用鱼叉叉鱼和做其他的事，而且他们还和死去的女人结婚②。在北美，阿尔衮琴人相信人有两个灵魂。人死时，一个留在尸体附近，另一个灵魂则飞入冥国③，死者的灵魂在冥国继续生活。正是因为相信人的肉体死亡后灵魂继续在冥国生活，所以，原始民族要将死者生前用过的一切东西都埋葬。爱德华·泰勒在考察了世界上的丧葬习俗后指出："死人能够像从前一样继续活动，这一切想必使得蒙昧人把生前所用的武器、服装和装饰品同死去的亲属一起埋葬，关心他的食物，在终葬之前把雪茄烟放进他的口中，把玩具放进儿童的棺材中。"④ 除了埋葬死者生前用过的物品外，还会埋葬活人，让他们在冥国为死者服务。卡里布人把奴隶们拿来作为牺牲品祭献在领袖的坟墓上，为的是让他们在新的生活中为领袖服务；几内亚的

---

① See Henry R. Schoolcraft, *The Myth of Hiawatha and Other Oral Legends*：*Mythologic and Allegoric of the North American Indians*, pp. 319 – 322.

② ［法］列维－布留尔：《原始思维》，丁由译，商务印书馆1997年版，第296页。

③ ［英］爱德华·泰勒：《原始文化》，连树声译，广西师范大学出版社2005年版，第355页。

④ 同上书，第396页。

黑人们在埋葬高贵之人的时候，会杀死他的一些妻子和奴隶，为的是让他们在另一世界中为他服务①。

原始民族的这种观念在较高级的文化中也存在。相信灵魂可以离开肉体而独立存在是早期人类的基本观念。这样的观念在《楚辞》《荷马史诗》《圣经》中亦有所反映。"魂兮归来"是《招魂》中多次出现的诗句，这反映了灵魂观念的核心，那就是，灵魂可以离开肉体而独立存在，并且能够自由活动。在《荷马史诗》中，人死后会到另一个世界，有的人上升到了神界，有的人则下到了冥国，这说明，在荷马时代人们相信肉体死亡后灵魂可以继续存在。在《圣经》中，也有对幽灵的阴间生活的描绘。在《约伯记》中，"阴间"这个词反复出现。由"我若盼望阴间为我的房屋，若下榻在黑暗中"②（伯17：13）可知，阴间就是人死亡之后的居所。人死后，在阴间有房屋，有睡眠，过着与在世时相似的生活。阴间观念在《圣经》的其他篇章中多有涉及。其中，《以赛亚书》第14章就栩栩如生地描绘了巴比伦王下到阴间以后的境遇：在世时做过首领的那些阴魂都站起来，嘲讽作恶多端的巴比伦王。在《荷马史诗》中，有些人死后会在地府与亲友会合。阿基琉斯杀死赫克托耳年幼的弟弟以后，赫克托尔向阿基琉斯发出了诅咒：神灵会帮助他获胜，而阿基琉斯会到地府与其挚友帕特罗克洛斯聚首。这些现象表明，人死后会在阴间或地府相聚是一种普世性的观念。这种观念具有明显的原始思维迹象。而在中国，阴间就是人世的翻版。在那里，人死后的生活与在世时的生活几乎一样。葬礼、祭祀等仪式上的一些做法就能够说明这一点。古代中国、印度、希腊的典籍中记载的人殉制度，足以说明那个时代的人相信人死后在冥国过着与现世一样的生活。这些现象说明，相信灵魂不死、相信死

---

① ［英］爱德华·泰勒：《原始文化》，连树声译，广西师范大学出版社2005年版，第396—397页。

② 本文所有出自《圣经》的引文均引自中国基督教两会2000年出版发行的《圣经》（和合本·新修订标准版）。

者的灵魂在冥国继续生活的观念是具有普世性的。

不过，在不同的文化中，冥国生活的形态是有差异的。首先，冥国所在地是不同的。有的在地上，有的在地下，有的在天上。当冥国在地上时，相应的地点就在黑暗的深渊、闭塞的溪谷、辽远的岛屿和高山之中。智利人说，灵魂去往西方，越过大海到达山后的死人住所。澳大利亚土人认为灵魂最后要到太阳落下的西方去，过海到达灵魂之岛。就地理位置而言，英国在落日区，在死亡之地的位置，因此，在一系列传奇中英国都被称为"死人之岛"。人死后灵魂居住在地下的观念在原始社会中很普遍。在北美洲，塔库利人认为，人死后灵魂就到土地内部去了；在南美洲，巴西人认为死灵在西方的地府生活；而在亚洲的克伦人那里，冥国也在地下。在一些较为高级的文化中，如在罗马人和希腊人的文化中，其冥国都处在地下①。奥德修斯就曾下到地府，那里幽暗而宽广。但是，对原始民族来说，他们也不难想象灵魂住在天堂。在北美印第安人的宇宙观中，认为大地被苍穹覆盖着。祖鲁人、芬兰人、新西兰人和古希伯来人等同样认为天是一个穹窿②。因为有这样的苍穹观念，所以，原始人不难想象死后灵魂可以飞升到天上。爱德华·泰勒指出："在那些存在有关于苍穹的特定理论的民族中，关于肉体旅行和灵魂飞升到天国的叙述具有不是象征的，而是十分严肃的性质。在原始社会里，把离去的灵魂的家宅安放在天上的意愿，较之把它安放在地上或地下的意愿，从表现看显然是小得多。但是，在蒙昧人那里，具有对天国的一些十分肯定的记述，其中的一些，我将在这里谈到。甚至某些澳大利亚人这样想，在死的时候，灵魂就耸入云天，它在那里吃、喝、狩猎和捕鱼，就像在地上一样。在北美，温尼贝戈人把自己的极乐世界安置在天国，灵魂们沿着我们称之为天河的

---

① ［英］爱德华·泰勒：《原始文化》，连树声译，广西师范大学出版社2005年版，第455—460页。
② 同上书，第463—464页。

'死亡之路'到达那里。"① 综上所述，死者灵魂的居住地主要分布在三个区域，即地上、地下和天上。灵魂在地下的观念在原始文化中十分普遍。死者的灵魂在地府或阴间的学说在原始人的宗教中占有重要地位，在发达宗教里也是如此。例如，在婆罗门教、佛教、伊斯兰教和基督教中，地下世界与天界形成了鲜明的对照。但是，在这里地下世界失去了单纯的死人住所的意义，而成了涤罪所或悲惨的地狱。关于死者灵魂住在天国的学说，在原始人中比较少见，但是对现代民族的影响更大。

那么，灵魂在来世过着怎样的生活呢？在梳理了不同文化中关于来世生活情形的描绘后，爱德华·泰勒认为，各种文化对来世生活的想象反映了两种观念：一种是"继续生存论"，另一种是"报应论"。在"继续生存论"那里，把来世的生活当作现世生活的反映。死者在冥国过着与人间相似的生活，那个世界或许是比人间更加美好的世界，在新的世界里，死者保持着在世时的形状和生活状态，生活在亲友中间。在"报应论"那里，把来世的生活当作对现世生活的报酬。人在来世的命运与他在世时的善恶密切相关，他的来世生活就是对其现世生活的奖励或惩罚。"继续存在论"在原始人中普遍存在，而"报应论"则是较高级的宗教的构成要素。就"继续存在论"而言，不同文化描绘的形象也有差异。有的将来世生活描绘为对现世生活的复制。阿尔衮琴人的阴魂乘着滑雪板猎取海狸和麇鹿，堪察加人的阴魂乘着狗拉的雪橇，而祖鲁人的阴魂挤乳牛的奶。南美土著死后，其健康或生病，健全或残废，都与身前一样，他在来世过着生前的那种生活，身旁也有妻子②。有的将来世生活描绘为比现世生活悲惨的生活。北美的休伦人相信，冥国的生活和现实的相似，有打猎有捕鱼，也有衣服和装饰品，但是灵魂们在那里日夜呻吟和哭泣。有的则将来世生活描绘为现世生活的理想化。在那里，风景优

---

① ［英］爱德华·泰勒：《原始文化》，连树声译，广西师范大学出版社 2005 年版，第 464 页。
② 同上书，第 467 页。

美，资源丰富，饮食富足，人们悠闲而安乐。这种来世生活，不仅在许多原始民族那里得到描绘，而且在发达宗教中也见诸笔端。例如，伊斯兰教的正统派教徒们在极乐园中的幸福生活就是这样的：他们躺在由黄金和宝石制成的包厢里，喝着不醉人的饮料，生活在荷花和果实垂地的香蕉树之间，享用着美味佳肴。虽然各种文化对这种幸福的来世生活形象的描绘细节各不相同，但都是根据现世生活"装饰"来世生活的，那种来世生活无疑就是理想的现世生活的投影。

北美印第安人的文化千差万别，其对来世生活的设想并非千篇一律。从奥吉布瓦人的神话传说和诗歌来看，他们对来世生活的描绘属于上述最后一种，即把理想的现实生活投射到来世生活中。印第安神话传说"白色石舟"就讲述了那醉人的来世生活。一个美丽的姑娘在她将要结婚的那天突然去世了，她的新郎是一位英俊而勇敢的青年。自从她被埋葬后，他经常到她的坟上去，在那儿哀思。他的朋友希望他参加战争和狩猎，以缓解他的痛苦，但这些对他来说都失去了魅力。他听老人说有一条通往灵魂之地的道路，所以他决定追随心爱的新娘的灵魂。于是，他上路了。他一直往南走，最终，他发现了一条路，这条路引导他通过一座坟墓，上了一座桥，在桥的末端，他走向一个棚屋。在屋门口，站着一位老人，他白发苍苍，眼窝深陷，目光炯炯，身披长袍。他就是齐比亚波（他掌管着死亡之国）。这位年轻人把他的故事告诉了齐比亚波。齐比亚波答应满足他的要求，并给他指路，让他追赶新娘的灵魂。齐比亚波告诉青年，眼前这屋子的门口，就是通往灵魂之国的入口。但是，这青年不能把自己的身体一起带走，他必须把身体和弓箭还有狗一起留在这里，等他返回的时候，这一切都将是安然无恙的。于是，这年轻人按照齐比亚波指的路线行进，终于，他找到了那老者所说的白色石舟，由此确定路线没错。他进了石舟，很快就发现了他寻找的目标，那新娘在另一个独木舟里，他们并肩划船。一路上危险重重，但是生命的主宰让他们顺利通过了。"最后，所有的困难都过去了，他们俩跳上了幸福岛。他们感到那里的空气就是食物，使他们精神焕发。这极乐的土地让他们惊奇，所有的东西都赏心悦目。没有暴风雪，没有冰，没有寒风，没有人因需要温暖的衣服而颤抖，没有人忍饥挨饿，没有人悲悼死者。他们没有看到坟墓，他们没有听到战争。那里没有猎物，因为空气本身就是食物。这年轻的勇士很乐意永远留在那里，但是他不得不返回自己的身躯。他没有看到生命的主宰，但是他听见他说：'回去吧，回到你原来的地方，你的时间还没到呢。我赋予你的任务，你将要完成的任务，都还没完成呢。回到你的人民中间去，去承担一个好男人的责任。你将成为你的部落的首领。我的使者将告诉你该遵守的规则，他就是那个守门人。当他还回你的身体的时候，他会告诉你该做什么。听他的，你将来会再和精灵在一起，但是你现在必须离开精灵。她被接受了，在这里，她是年轻的、幸福的，就像我把她从那雪国召来时一样。'当这声音停止的时候，讲述者醒了。这是一个梦，他仍然在雪国，饥饿和眼泪是他的艰辛生活的组成部分。"① 这则神话传说描述了一个印第安人的梦境。他的灵魂到了灵魂之国，那是一个"幸福岛"。人间生活的一切苦难，包括恶劣天气带来的痛苦，还有饥饿、失去亲人的悲伤、战争的灾难等，都不可能在那里复现。在那里，一切都赏心悦目，空气本身就是食物，所有的人都很幸福。幸福岛上的生活无疑是一种理想的生活。而这种理想的生活恰恰都是针对现实生活的不如意和苦难而设想出来的。因此，这种理想在一定程度上体现了印第安人的生命自觉，即对美好生活的向往和追求。

印第安神话传说中表达的这样一种生活理想，在印第安诗歌中描绘得更加具体生动，显得更加诱人。《赤勒阿里》（Chileeli）这首诗是一个在战争中死去的年轻人变形为鸟安慰他心爱的姑娘时唱的歌。他告诉那个姑娘：他已

---

① Henry R. Schoolcraft, *The Myth of Hiawatha and Other Oral Legends*: *Mythologic and Allegoric of the North American Indians*, pp. 226 – 227.

经发现了一个幸福的地方。那儿没有战争，没有恐惧。在那幸福的精灵管理的地方，小溪波光闪闪，清澈见底；丛林密布，草地绵延，湖泊蜿蜒，果实累累，鲜花遍地。那儿没有眼泪或痛苦，没有战争的呐喊，没有母亲哭喊说："噢，我的孩子死了！"那儿没有男人流血，没有痛苦或负罪，没有死亡。那儿有蔚蓝的天空，清新的空气；那儿没有疾病，没有饥饿。疾病不能伤害灵魂，饥饿不是那里的客人。每个人都幸福快乐。在那儿，所有的愿望都能满足，人们不知道劳动为何物。猎人、勇士和首领都在那儿，但他们是男人们的鬼魂，再也不会在战争中聚集。印第安的乐园是甜蜜的，欢迎所有的人，所有的人都接受伟大的齐比亚波赐予的礼物。他再三劝那姑娘和他一起去那幸福的地方①。这首诗始终把现实生活作为那"幸福的地方"的对立面，这样，那"幸福的地方"的幸福生活就是对现实生活的一种否定。战争、饥饿、疾病、痛苦、悲伤、辛劳，是那被否定的现实生活的基本构成要素。而在那"幸福的地方"，风景如画，食物资源丰富，因而求生不费吹灰之力；没有战争，没有饥饿，没有疾病，没有痛苦和悲伤，人人都很幸福。死者的灵魂在那"幸福的地方"继续生活，但是他们过着与现世生活迥然不同的生活。幸福的来世生活与痛苦的现世生活的鲜明对照，说明对来世生活的描绘恰恰体现了印第安人对理想生活的渴望。而这种理想的生活，也只有在来世才有可能变成现实。

　　与《白色石舟》相比，《赤勒阿里》一诗具有更浓烈的厌世色彩，对现实生活的否定更加彻底。印第安诗歌和神话对来世生活的描绘，表现了印第安人对幸福生活的渴望和对现世生活的厌倦。这说明，对"幸福岛"的想象表达了印第安人对理想生活的展望，这是对艰难的现实生活的一种否定。无疑，奔向"幸福岛"这一主题的价值，不仅在于其反映了印第安宗教的来世

---

　　① See Henry R. Schoolcraft, *The Myth of Hiawatha and Other Oral Legends*：*Mythologic and Allegoric of the North American Indians*, pp. 319 – 322.

观念，还在于它具有极大的伦理价值，在一定意义上，体现了印第安人伦理自我觉醒的程度。印第安神话传说和诗歌对来世生活的想象和描绘基于印第安人对自己的现实生活的反思。这种反思，体现了他们对自身愿望和需要的关切，体现了他们对自身所处的自然环境的一种自觉的关注，体现了他们对不得不参与的频繁的战争的厌恶，体现了他们对艰苦的求生方式的思考。总之，这一切都说明，印第安人并不是浑浑噩噩的野蛮人。他们对美好生活的向往和渴求，并不亚于更高文明阶段的社会的人们对幸福生活的渴望。

朗费罗出于多种考虑，在借用印第安神话传说中的"幸福岛"这一概念的时候，没有移植其中对"幸福岛"的描绘，但是，他依然是把"幸福岛"当作灵魂之国、当作死者灵魂的乐园来看待的，而且在他笔下"幸福岛"上的生活也是苦难的现实生活的对立面。海华沙的好友齐比亚波去世后，巫师们从他溺水的湖底召回了他的灵魂，然后送他的灵魂赶往灵魂之国。在路上，他看见了许多亡者的灵魂。不论是齐比亚波的灵魂还是其他亡者的灵魂，都有一个共同的特征，那就是具有人形，其行动与人相似。灵魂可以起身，可以走路，可以背负重物，当然还会饮食。从灵魂背负着战棍、弓箭和皮袍、碗盏、壶罐等可以说明，灵魂在另一个世界过着与现世生活相似的生活。在这里，朗费罗反映了印第安人关于灵魂的核心观念，即人死后灵魂可以独立存在，灵魂具有与活人相似的形貌，可以继续生活，而这种生活与现世的生活相似。正是通过齐比亚波的亡灵通往"幸福岛"的旅途，朗费罗巧妙地展现了印第安人的丧葬习俗以及灵魂观念。而"幸福岛"的生活究竟如何，朗费罗自始至终没有做正面的描绘。但是从明尼哈哈死后海华沙的言语可以看出，灵魂在"幸福岛"上的生活比在世时的生活好得多。在海华沙看来，明尼哈哈在世时的生活就是"挨受煎熬"和"操劳"，但海华沙把她死后灵魂所去的地方称作"幸福岛"，这个地方，也是海华沙完成了在人间的功业后将要去的地方，而他对这个地方的向往之情溢于言表。可见，朗费罗虽然没有像印第安神话传说那样给"幸福岛"涂上浓墨重彩的一笔，但是，他还是表现了印第安人"幸福岛"的实质，反映了印第安人的灵魂观念和来世生活观念，进一步提升了《海华沙之歌》的文化价值。

三　图腾崇拜

图腾崇拜是原始宗教的重要内容。詹姆斯·乔治·弗雷泽认为："图腾永远不是某个单一的个体，而是某一类东西，一般是一种动物或植物，较少是某类无生命的自然物，是人造物的情况极少。"[①] 也就是说，作为图腾的不止动物，植物也可以被当作图腾，有时甚至无生命的自然物或者人造物都可以作图腾。从图腾氏族的成员以他们图腾的名字自称开始，他们普遍相信他们就是图腾的后代，这种信念约束他们不会去捕猎、宰杀、食用其图腾动物，如果图腾不是动物，他们也会约束自己不去利用它。当然，需要提醒的是，也有为了礼仪目的而宰杀图腾动物的仪式。也就是说，崇拜者出于特殊需要会宰杀或砍伐图腾物。在重要的情况下，氏族成员会穿上图腾动物的皮或者在身上文上图腾的图案，以使自己在外表上与图腾动物相似，这样做的真正目的是强调自己和图腾动物之间的亲属关系[②]。弗雷泽的研究揭示了图腾崇拜的基本特征，其核心就是某种动物、植物等被当作人的祖先，人与图腾之间有亲属关系。

另一位著名人类学家爱德华·泰勒认为，动物崇拜有三种形式，最后一种形式就是把动物"作为图腾，或该部落祖先的化身来崇拜"[③]。这一说法与弗雷泽的观点本质上是相同的。也就是说，在这两位学者看来，原始人之所以崇拜图腾，那是因为图腾实际上代表的是氏族成员的共同的祖先。

---

① 转引自 [奥] 西格蒙德·弗洛伊德《论宗教》，王献华等译，国际文化出版公司 2000 年版，第 107 页。

② 同上书，第 108—109 页。

③ [英] 爱德华·泰勒：《原始文化》，连树声译，广西师范大学出版社 2005 年版，第 590 页。

图腾崇拜是印第安人宗教的重要内容。莫基印第安人相信灵魂可以转生的理论。莫基人包括若干图腾氏族，有熊族、鹿族、狼族、兔族等。他们认为这些氏族的祖先分别是熊、鹿、狼、兔等。氏族成员死去时，会转生为他们氏族的图腾物。祖尼人也相信转生理论，他们的氏族图腾与莫基人的相似，不过他们有一个图腾是乌龟，乌龟氏族的人相信他们死后灵魂会寄居在乌龟体内①。由此可见，印第安人的图腾往往是动物，他们相信他们是图腾的后代，他们死后，灵魂会寄生在图腾物中。印第安人图腾崇拜的基本要素与弗雷泽等学者对图腾崇拜的相关论述是一致的。

《海华沙之歌》第十四章"画图记事"第 3 节涉及图腾崇拜的问题：

> 在我们祖先的墓碑上，
>
> 没有涂上任何的记号和图像；
>
> 我们不知道坟墓里躺的是何许人，
>
> 只知道那是我们的先人。
>
> 他们属于哪个谱系，哪个族门，
>
> 世代相传的是什么样的图腾，
>
> 是熊，是海獭，还是苍鹰，
>
> 我们不知道他们的根脉，
>
> 只知道他们是我们的先人。

此外，这一章还有两节诗谈到了图腾问题，介绍了印第安人在墓碑上画的图腾的形象：墓碑上画上祖先的图腾，包括大熊、驯鹿、乌龟、仙鹤和水獭，这些动物的图形都是倒置的，表示拥有这个符号的人已经去世②。这一节

---

① ［英］詹姆斯·乔治·弗雷泽：《金枝》（上册），徐育新等译，大众文艺出版社 2009 年版，第459 页。

② ［美］朗费罗：《海华沙之歌》，王科一译，上海译文出版社 1981 年版，第 188—189 页。

诗涉及图腾崇拜的一个重要问题，即图腾往往是动物，天上飞的，地上走的，水中游的，像熊、海獭、苍鹰等都可以作为图腾。朗费罗在这一章里关于印第安人象形文字的描绘是有所本的[①]，因此他对那些涂在墓碑上的图形与图腾的关系的解释应该是有依据的。而诗歌中关于图腾动物的说法，与现实生活中印第安人图腾崇拜的基本情况是相符的。虽然这一章对印第安人图腾崇拜的问题没有提供更多的信息，但已经反映了印第安人宗教信仰的一个重要方面。

四　成年礼

成年礼下面分两部分介绍。

（一）成年礼仪式上的禁食与幻象

印第安人成年礼仪式的主要宗教目标是发现个人保护神。个人保护神在他的一生中起着重要作用。斯库克拉夫特指出：禁食是最根深蒂固和最普遍的印第安仪式之一。在所有美洲部落中，都举行这个仪式，而且印第安人认为禁食对他们一生中的任何情况下的成功都很重要。一个年轻人只有在完成了他一生中的第一次禁食后才会开始他的生涯。禁食七天被认为是人最大的忍耐限度，这是自古以来就定下的。对于年轻人来说，第一次的禁食是他们最期待的，他们把这当作人生中最重要的事件之一。一个人的品格，被认为在第一次禁食期间就固定下来了。在第一次禁食期间，男青年或女青年会看见幻象或做梦，个人的保护神就是在受礼者的幻象或梦境中出现的。印第安人相信保护神的力量，而且相信保护神时刻保护着他们。对于印第安人来说，

---

① 美国学者已经指出了《海华沙之歌》"画图记事"一章的具体出处，就是斯库克拉夫特著作中的 "Indian pictography"（《印第安象形文字的使用》）。See Mentor L. Williams, ed., *Schoolcraft's Indian Legends from Algic Researches*, *The Myth of Hiawatha*, *Oneóta*, *The Race in America*, and *Historical and Statistical Information Respecting... the Indian Tribes of the United States*, p. 318.

与大神相比，他们更倾向于向自己的保护神寻求帮助①。因此，在举行第一次禁食仪式时，通过幻象找到自己一生的保护神对受礼者来说是至关重要的。

在平原印第安人中，不仅仅是宗教神职人员，如萨满或者巫师，寻求幻象，实际上，部落中的每一个人都要寻求幻象。在成年礼仪式上获得幻象是完全进入成人身份的标志。在这种幻象中，未来的武士看见了成为他们保护神的超自然的动物②。

弗朗西斯·帕克曼叙述了一位叫"独眼"的达科他族 80 岁的老人经受成年礼仪式的情况。"独眼"在非常年轻的时候，就像部落中大多数人在成年前都得接受那种奇特的宗教仪式一样，他也接受了成年礼仪式。他涂黑了脸，在布莱克山区的僻静地方的一个大山洞里躺了好几天，禁食并向大神祈祷。在虚弱而又兴奋的状态中，他产生了梦境和幻象。跟所有的印第安人一样，他将幻象看作神的显灵。在幻象中，一只羚羊的形体反复出现在他的面前。羚羊是奥吉拉拉人的优美的和平神。但这位神灵难得在年轻的奥吉拉拉人刚开始禁食期间就登场。一般情况下，出现在幻象或梦境中的是可怕的战神灰熊，它会激励他们的战争热情和对名声的渴求。但非常幸运的是，羚羊出现在"独眼"成年礼仪式的幻象中了。羚羊告诉他，希望他不要走战争的道路；还说已经为他选定了和平而宁谧的生活。从此以后，他将以忠告来领导庶民，使他们免受仇恨和冲突带来的祸害。别的人将以英勇而出名，但他所走的是不同于一般人的一种伟大的道路③。帕克曼指出："禁食期间看到的幻象通常决定了做梦的人一生的道路，因为印第安人都被坚牢如铁的迷信束缚着。'独眼'（我们知道他的唯一名字）就此抛弃了一切战争的念头，并且献身给和平

---

① See Henry R. Schoolcraft, *The Myth of Hiawatha and Other Oral Legends*: *Mythologic and Allegoric of the North American Indians*, pp. 25 – 26.

② ［意］马利亚苏塞·达瓦马尼：《宗教现象学》，高秉江译，人民出版社 2006 年版，第 201—202 页。

③ ［美］弗朗西斯·帕克曼：《俄勒冈小道》，叶封译，上海译文出版社 1993 年版，第 150—151 页。

事业。他把幻象告诉庶民们。他们敬重他的职位，尊重他的新身份。"① 帕克曼将印第安人的宗教信念视为迷信，这一点笔者不敢苟同。不过他对"独眼"成年礼仪式的描述还是抓住了印第安人成年礼仪式的几个基本要素。禁食、梦、幻象和个人保护神，确实是印第安人成年礼仪式的关键词。

威尔克姆·E. 沃什伯恩指出："许多印第安人部族的孩子都有一个共同的经历，那就是'寻找梦幻'。这时，一个达到成熟期的男孩子就独自外出，到丛林中或上山去与神灵谈心，等候幻虚意境，默想梦里的事，甚至要经过种种磨难，最后与神建立起臆想的关系。"② 这说明，在印第安人那里，梦是人与神沟通的桥梁，梦对他们来说具有非同寻常的意义。

在原始思维那里，梦并不是睡眠时的心理活动的体现，而是一种确实可靠的知觉，这种知觉与清醒时的知觉同样真实。而梦的最为重要的意义就在于，梦是神或灵的意志的体现，在梦中，神、精灵或灵魂与人交往，对即将发生的事做出指示，因此，梦就是未来的预兆。在北美印第安人看来，有时，精灵会在梦中拜访自己，有时保护神会通过梦对即将发生的灾难做出预警和解救的指示。在原始思维那里，梦永远被视为神圣的东西，这是因为，"梦乃是神启的源泉"③。也就是说，神往往通过梦把自己的意志告诉人们④。这就是原始人按照梦中得到的某种命令或指示行事的原因。原始人把梦当作一种神秘的知觉。对他们来说，无处不在而又不可见的那些神秘力量是最重要的。那些神秘的力量从各个方面包围着他并决定着他的命运，因而在他们的意识中各种神秘力量占据重要地位。在原始人那里，梦不是别的，梦就是梦，梦就是他们与那些不可见的、不可触的神秘力量的交往。就此而言，原始人那里的梦，并不是一种低级而错误的知觉形式，恰恰相反，梦是一种高级的知

---

① ［美］弗朗西斯·帕克曼：《俄勒冈小道》，叶封译，上海译文出版社1993年版，第151页。
② ［美］威尔克姆·E. 沃什伯恩：《美国印第安人》，陆毅译，商务印书馆1997年版，第21页。
③ 同上。
④ ［法］列维－布留尔：《原始思维》，丁由译，商务印书馆1997年版，第49页。

觉形式，就是在这种形式中，原始人实现了与那些看不见的神和力量交往的愿望。原始人往往通过种种手段谋求神启的梦，这一现象充分说明原始人对梦的价值的认识不同于现代心理学的解释。

令人不可思议的是，北美印第安人竟然会发明一整套办法来保证梦的真实有效性。在成年礼仪式上，印第安青年要想梦见他的保护神，就必须严格遵守一系列规定，经受种种折磨，直到得到神所赐的幻象或启示为止①。为了获得幻象或梦境往往会采取一些非常措施。其中，让受礼者禁食以及不让他们睡觉就是最常见的方法。由于正常的生理规律被突然打断，受礼者的身体极度虚弱，这样就会出现幻象。所以，成年礼仪式上受礼者幻象的获得与禁食之间有着密切的联系。印第安成年礼仪式的主要宗教目标就是帮助受礼青年发现自己的保护神，并建立起与自己的保护神的关系。而个人保护神在受礼者的幻象中出现时，往往具有某种生物的形体，如熊、狼、鹰或者蛇之类。尽管印第安人信仰一个宇宙的最高主宰——大神，但是，印第安人并不总是与那遥远的大神交流。在危难时刻，在希望破灭而悲哀无助的时候，他们往往易于乞灵于个人的保护神。因为保护神保护着他，在梦里或幻象中给他启示。在印第安人乞灵于自己的保护神的时刻，禁食与幻象总是伴生的现象。在麦尼博兹霍的神话传说中，麦尼博兹霍曾多次禁食。为了在与珍珠－羽毛的战斗中获胜，他曾经在外祖母的督促下进行了禁食。在遭遇寒冬的饥荒时，为了获得养家糊口的食物，他曾经禁食，并获得了幻象②。因此，禁食与幻象是印第安神话传说的重要内容。

《孟大明或印第安玉米的起源》这则神话传说描述了印第安青年文志在成年礼上禁食并获得幻象的过程。文志禁食的时间是七天。在禁食的第三天，

---

① ［法］列维－布留尔：《原始思维》，丁由译，商务印书馆 1997 年版，第 52—53 页。
② See Henry R. Schoolcraft, *The Myth of Hiawatha and Other Oral Legends*：*Mythologic and Allegoric of the North American Indians*, pp. 25 – 27, 48.

他感到身体虚弱，就躺在床上。后来，他产生了幻象。他看见一个英俊的青年从天上下来，朝他走来。这个青年对文志说，他是大神派来的孟达明，因为大神已经听到了文志的祷告。他让文志起来与他搏斗。虽然文志感到非常虚弱，但还是起来与他进行了激烈的搏斗。在接下来的三天里，孟达明每天都在同一时间来与文志搏斗，直到禁食的最后一天即第七天才结束搏斗。孟达明在第三次与文志交手后告诉他，明天是最后一次的考验，文志将会获胜，他让文志把他的身体埋进泥土，小心守候，等待他的复活。第二天，孟达明被文志打败，文志遵照孟达明的忠告埋葬了他。然后，文志享用了父亲带来的食物，禁食与幻象就此结束①。虽然文志是在禁食的第三天躺在床上的，但从他与孟达明搏斗的次数可以推测，他出现幻象的时间是在禁食的第四天。朗费罗移植了这个神话传说中的情节，在"海华沙的禁食"这一章描绘了海华沙禁食并获得幻象的过程。所不同的是，海华沙在禁食的第三天还没有躺在床上，不过他也是在禁食的第四天获得幻象的。他的幻象与文志的幻象相同。虽然朗费罗将文志在成年礼上的禁食与幻象改造成了海华沙为人民的利益而举行的祈祷仪式上的禁食与幻象，但是，朗费罗将禁食与幻象处理为形影相随的两个主题，恰恰表明朗费罗对印第安人宗教仪式和神话传说中的主题的了解程度。在这个意义上，可以说朗费罗在移植印第安神话传说中的禁食与幻象伴生的主题时，也保存了印第安宗教的重要方面。这不仅提升了《海华沙之歌》的文化价值，而且使该诗的印第安色彩显得更加浓郁。

（二）受礼者的死而复生：成年礼仪式的核心内容

关于受礼者的死而复生，下面分三个部分介绍。

---

① See Henry R. Schoolcraft, *The Myth of Hiawatha and Other Oral Legends: Mythologic and Allegoric of the North American Indians*, pp. 25 – 27, 99 – 103.

1. 海华沙被大鲟吞下后脱险及其他同类故事主题的普世性

《海华沙之歌》的第八章"海华沙捕鱼"叙述了主人公海华沙被大鲟（鱼类之王）吞下后成功逃脱的故事。这个故事可谓惊心动魄，一波三折。不过，在与同类故事进行比对以后，我们就会发现这个故事的主题具有普世性。在《旧约》中，耶和华安排大鱼吞下违命的约拿，三日三夜后，耶和华又让大鱼把约拿吐到旱地上。在希腊神话中，大英雄赫拉克勒斯在特洛伊停留途中听说了国王美丽女儿赫西俄涅的遭遇，于是决定接受赏金拯救她。当海妖蹿出水面张开大口的时候，赫拉克勒斯猛冲进海妖的喉咙，在海妖的肚子里用刀开路，最后从海妖的身体中走了出来。在白令海峡的爱斯基摩人中，流传着恶作剧英雄乌鸦的故事。有一天他看见一头雌鲸往岸上游，就急忙穿上他的乌鸦衣服，戴上他的乌鸦面具，把他的取火棒夹在腋下，飞到海面上，雌鲸游了过来，乌鸦飞进它张开的大嘴，直入它的喉咙。雌鲸潜入海底，乌鸦站在鲸鱼腹中朝四面张望。在北美洲西部平原流行的"骨血男孩"的故事中，一条巨大的鱼用狂风一般的呼吸把小伙子吸进了自己的口中。在鱼腹中，他发现有很多人，而且有些还活着。他用刀刺破了大鱼的心脏，并在大鱼的肋骨间划开了一条通道，成功逃脱。这些故事出自不同的文化，虽然故事情节各异，但大多表现了人被巨大的鱼吞下后脱险的主题。这一主题在世界范围内的广泛分布促使我们发出了这样的追问：不同文化圈中的相似叙事隐藏着什么样的文化秘密？通过深入挖掘上述故事的文化内涵，我们发现，主宰这些故事的文化基因正是成年礼的仪式过程。

2. 成年礼仪式的过程与意义

文化人类学家对前文字社会成年礼仪式的研究，对我们理解人被巨大的鱼吞下后脱险这一普世性故事主题的文化内涵大有助益。根据弗雷泽的介绍，在新几内亚北部的一些部落中，成年礼的中心是为受礼青年割包皮，人们相信，受礼青年被一怪物吞下后再吐出从而获得新生。特别值得注意的是，在举行授礼仪式时，这些部落会在森林中偏僻的地方搭建一个棚子。这个棚子约有100英尺长，"像似怪物的形状，一头略高，表示怪物的脑袋，另一头则逐渐缩小。将一株槟榔树连根挖起，当作怪物的背脊，树的蓬松须根，当作怪物的头发。本氏族的艺术家还在长棚高大的一头装饰了两只睁得老大的眼睛和一只大张着的嘴巴，使整个棚子活像一只怪兽"①。受礼的青年与自己的母亲及其他女性亲属泣别以后，就被送到这兽形棚子前面，接下来，他会被这怪兽吞下。其实，受礼青年被怪兽吞下，是许多部落成年礼仪式的核心环节。在有些部落，成年礼仪式上所用的棚子的入口形似鳄鱼嘴或食火鸡的鸡喙，受礼者从这个入口走进棚子，这就意味着他被恶魔吞下了。在随后的一段时间内，受礼者在棚子里接受酋长的训诫。酋长拿着喇叭，将喇叭口对着每个孩子的手心说话，其声调非常奇怪，好像是幽灵在说话。在这期间，受礼青年住在棚子里，而他的母亲和姐妹则在家里哀悼他。一两天后，受礼青年的监护人回村传喜讯：恶魔已经还回了那受礼青年的生命②。

从弗雷泽的描述可知，在一些部落中，成年礼的重要环节是为受礼者割包皮，这意味着受礼者从男孩转型为成年男性，他可以走进婚姻生活了。成年礼的重要价值就在于为受礼者以后举行婚礼做好准备。正如弗雷泽所说："经过这一系列的成年礼仪式之后，这些孩子们才算是成人并且可以结婚了。如果有人未经成年礼就结婚，便是丑事。"③ 此外，我们还要特别注意，受礼者从男孩转变为成年男性，并不是一件轻轻松松的事，他必须经受一种生命形态的质变，而这个质变的过程，被认为是从生到死然后再复生的过程。在前文字社会的人看来，男性由男孩转型为成年人的前提是他必须先"死亡"。也就是说，男性要经过死而复生，才能开始成年人的生活。成年礼的目的就

---

① ［英］詹姆斯·乔治·弗雷泽：《金枝》（下册），徐育新等译，大众文艺出版社2009年版，第617页。

② 同上书，第619—620页。

③ 同上书，第620页。

是帮助受礼者完成这一死而复生的蜕变过程。可以说，成年礼的核心观念就是死而复生，而整个仪式过程就是以具体的形象来象征受礼者的死而复生的。在列维·布留尔看来，形象思维是前文字社会思维的基本形式。也就是说，其思维不以概念、逻辑为基础，而以形象为基础，主要是通过具体的形象来表达某种观念的。在前述成年礼仪式上，受礼者进入了一个兽形的棚子，这一形象的隐喻意义十分明确，那就是受礼者被恶魔吞下，他过去阶段的生命就此终止。我们的判断基于如下仪式环节："每次孩子进入棚内深处，棚外就听得一阵沉闷的劈剁声，可怕的哭叫声，接着从棚顶扔出一把血淋淋的刀或矛来。这就表示魔鬼已经砍下孩子的脑袋……母亲们一见那血淋淋的刀便哭喊起来，说恶魔杀死了她们的儿子。"① 在这里，通过模仿受礼者被杀的过程，隐喻受礼者男孩阶段生命的结束。受礼者"死亡"的终极目的是"复生"。因此，成年礼仪式的终极目标是让暂死的受礼者复活，转入崭新的生命阶段。如前所述，受礼者在棚子里住了几天以后，就有人向受礼者的亲人报喜，说恶魔已经还回了受礼者的生命。至此，受礼者死而复生，从男孩蜕变为成年男性。不过，由于受礼者过去的生命已经终结，所以，当他复活以后，作为一个新人，他必须表现出对过去熟悉的生活的陌生。为此，"这些年轻的孩子们回到家中时步履蹒跚，脸向后背朝着前倒着走进屋里或从后门而入，似乎已经忘记了该怎样走路。家里人用盘子盛食物给他吃，他却把盘子翻过来拿着。他不会说话，想要什么只打手势。这一切都表示他受恶魔或鬼灵的影响还没有完全复原。他的监护人得教他生活中各种动作，好像他是新生的孩子一样。"② 死而复生的受礼者不再是过去的那个男孩，他蜕变成了一个崭新的人，一切都得重新开始。

---

① ［英］詹姆斯·乔治·弗雷泽：《金枝》（下册），徐育新等译，大人文艺出版社 2009 年版，第619页。
② 同上书，第620页。

　　普洛普在研究神奇故事的时候发现了一类故事，在这类故事中，主人公往往会死而复生，而故事主要反映的是死亡观念。把死亡用于艺术加工，这是个不寻常的现象。这激发了普洛普的兴趣，他进一步探究了这类故事产生的社会生活背景。普罗普的研究表明，以主人公的死而复生为主线的那些故事不只保存着死亡观念的痕迹，而且保留着与死亡观念密切相关的成年礼仪式的痕迹。在普洛普看来，成年礼是氏族社会制度特有的法规之一。成年礼是在受礼者性成熟时期举行的，男性通过这个仪式正式被氏族社会接纳，成为可以享有完全权利的成员，这个权利就包括结婚的权利。成年礼的社会功能大致如此，但其形式各种各样①。虽然成年礼的仪式形形色色，但其核心环节是受礼者的死而复生。在《神奇故事的历史根源》一书中，普洛普详述了受礼者死而复生的仪式形式："这些形式由仪式的思想基础而定，假定男孩在举行仪式时死去然后重新复活成为新人，这就是所谓的暂死，被描绘为怪兽吞下孩子的情节导致死亡与复活。孩子好像被这个怪兽吞入腹中，在怪兽的胃里待了若干时间后又返回，即被吐出或喷出来。为了举行这个仪式，有时要搭盖专门的动物外形的房子或窝棚，门就是嘴。割礼就在这儿举行。举行仪式总是在树林或灌木丛的深处，要避人耳目。仪式伴随着肉体的折磨和损伤（砍断手指，敲落几颗牙齿等等）。暂死的另外一种形式表现为将男孩象征性地烧成灰、水煮、火烤、砍成碎块，然后使他重新复生。复生者获得新的名字，皮肤上留下印记或其他通过了仪式的记号。""需要特别注意的只有一点，即被授礼者似乎是真的走向死亡，而且完全相信他是死而复生。"② 在成年礼上，通过受礼者被"怪兽"吞下后吐出的形式，或者通过模仿受礼者被杀害的形式，把受礼者的死而复生象征性地表现出来，而且在仪式上受礼者的死而复生被认为是真实的。M. 埃利亚德教授也论及成年礼仪式上受礼者的

---

① ［俄］普罗普：《神奇故事的历史根源》，贾放译，中华书局2006年版，第54页。
② 同上。

死而复生的问题:"必须永远牢记成人节仪式的死亡同时意味着'自然'的、非文化的人的死亡,意味着向一种新的生存模式的过渡——过渡为一种'为精神而出生'的存在,也就是,一种不仅仅为了眼前现实而生活的存在。因此,成人节仪式的死亡构成了神秘过程的一个组成部分,通过这种神秘的过程,仪式接受者变成了另外一个人,被改造成了按照神或者神话祖先所揭示出来的样式。这等于是说一个青年其再不是一个自然人,而是类似一个超自然的存在者的意义上,的确变成了一个成人。"① 总之,成年礼的功能就是以受礼者被"怪兽"吞下后复生的仪式过程象征性地表现受礼者的死而复生,而且这种死而复生被认为是真实的,经历了这样的仪式后,受礼者变成了一个新人,即一个成熟男性。正是基于那些以主人公的死而复生为主线的神奇故事与成年礼仪式上受礼者被"怪兽"吞下后复生的过程之间的相似性,普罗普相信这类神奇故事保留着与死亡观念密切相关的成年礼仪式的痕迹。笔者认为,这样的阐释是合乎情理的。

3. 《海华沙之歌》中的成年礼仪式痕迹

对前文字社会的成年礼仪式过程及其意义有了基本的了解以后,再来细读海华沙被大鲟吞下后脱险的故事,就会发现能够打开这个故事神秘之门的钥匙正是印第安人的成年礼。根据神话学家、民俗学家、文化人类学家的研究,神话传说与宗教仪式密切相关,原始社会把神话用于宗教仪式。在研究美国俄勒冈州印第安神话传说时,杰罗尔德·拉姆齐指出,公开演讲部落神话是一种宗教仪式行为,如果否定了讲述部落神话的仪式性意义,仅仅把讲神话当作娱乐活动,那就等于忽视了在古希腊和中世纪欧洲社会中戏剧性情节与宗教的联系,同时等于忽视了原始部落私下或公开演讲激动人心的神话

---

① [意]马利亚苏塞·达瓦马尼:《宗教现象学》,高秉江译,人民出版社 2006 年版,第211页。

故事的神力①。拉姆齐认为，神话传说与宗教仪式形影相随，印第安神话传说的仪式性意义不容否认。麦尼博兹霍捕鱼②的情节框架被朗费罗移植到了《海华沙之歌》的第八章，海华沙捕鱼的过程与麦尼博兹霍捕鱼的过程总体上是一致的，在这两个故事里，两个主人公的历险过程如下：主人公主动挑战鱼王，鱼王被激怒后，把主人公吞下。主人公在鱼王腹中并非有必死无疑的恐惧，而是很快就找到了能使鱼王毙命的方法，那就是狠狠地击打鱼王的心脏。最后，鱼王死亡，在海鸥的帮助下，主人公从鱼王肋骨间的缝隙中出来，成功脱险。我们要特别注意，被鱼王吞下后，两位主人公都没有即将丧生鱼腹的恐惧，相反，他们把战胜鱼王并从鱼腹中逃脱当作唯一的目标。这说明，主人公的此番经历实际上是预设好的，其最终目标就是活着从鱼腹中出来。麦尼博兹霍和海华沙死而复生的过程与前述成年礼的仪式过程何其相似！另外，麦尼博兹霍和海华沙被鱼王吞下后能活着出来，这本身就是一件不可思议的事情，现实生活中是不可能发生这种奇迹的。基于主人公被大鱼吞下后脱险的故事与成年礼仪式过程之间的密切关系，我们认为这种奇迹发生的文化背景极有可能是印第安人的成年礼仪式过程。如果说麦尼博兹霍被鱼王吞下后脱险的情节可能再现了印第安人成年礼仪式上受礼者被"怪兽"吞下后复生的过程，那么，当这个情节被移植到《海华沙之歌》中以后，其印第安成年礼仪式的元素自然也会被植入诗歌中。

《海华沙之歌》是根据印第安人的神话传说创作出来的，印第安神话传说的仪式性意义随着被移植的情节进入《海华沙之歌》中，那是再自然不过的事情了。神话传说本身就是宗教仪式的有机组成部分。神话传说的创造和使用都不能脱离开宗教仪式本身，而宗教仪式又使神话传说的仪式功能得到充

---

① ［美］杰罗尔德·拉姆齐编：《美国俄勒冈州印第安神话传说·原书前言》，史昆、李务生译，中国民间文艺出版社 1983 年版，第 21—22 页。

② Henry R. Schoolcraft, *The Myth of Hiawatha and Other Oral Legends*：*Mythologic and Allegoric of the North American Indians*，pp. 21 – 23.

分发挥。斯库克拉夫特在收集整理那些印第安神话传说的时候未必了解其仪式性意义，而朗费罗在重构那些印第安神话传说的时候也不一定了解其仪式性意义，不过，作为印第安文化的旁观者，他们很容易对印第安神话传说的独特性、新颖性产生浓厚的兴趣。因此，印第安神话传说中的那些险象环生、惊心动魄的神奇故事情节肯定不会被他们遗漏。麦尼博兹霍捕鱼的故事之所以吸引人，就在于其主人公从鱼腹脱险的神奇经历。作为一个善于讲故事的诗人，朗费罗当然不会轻易放过改编这个神奇故事的机会。不过，从《海华沙之歌》本身来看，朗费罗改编这个神奇故事的目的并不在于再现印第安人成年礼的有关环节。事实上，在朗费罗眼里，把麦尼博兹霍从鱼腹脱险的经历植入诗歌主人公海华沙形象，可以完美地表现海华沙无所畏惧的英雄本色。鉴于英雄被大鱼吞下后脱险的故事与成年礼仪式上受礼者被"怪兽"吞下后复生的过程密切相关，所以，只要这类故事的情节框架不变，不论怎样改变其细节，都不能抹去其本身携带的成年礼仪式的痕迹。这就是"海华沙捕鱼"这一叙事单元保留了印第安成年礼仪式痕迹的原因。

五 神圣与世俗的分野

关于神圣与世俗的分野下面分三部分介绍。

(一)《海华沙之歌》中的神圣的空间

在"海华沙的禁食"这一章里，海华沙的禁食是在森林中进行的。在选择了禁食的地点以后，一个印第安小木屋很快被搭建好。海华沙就是在森林中的这个小木屋里进行为期七天的禁食的。通过文本比较，我们发现海华沙禁食的情节借自印第安神话传说"孟达明或印第安玉米的起源"。在该神话传说中，主人公是印第安青年文志。根据印第安人的风俗，男性进入青春期以后，要举行成年礼。而成年礼的一个极其重要的环节就是受礼者的禁食，这种禁食是印第安男性的第一次禁食，因此，格外受重视。文志的家人按照当地的风俗为他选择了禁食的地方，并为他搭建了一座禁食的小屋。禁食地点离家较远，这样才能保证禁食者不被打扰①。朗费罗移植了印第安青年文志禁食的情节框架，并剔除了文志在举行成年礼期间禁食这一信息，而把文志的禁食改造成了海华沙为人民的利益而禁食、祈祷，从而赋予海华沙为人民谋福祉的领袖品质。按照印第安成年礼的要求，文志的禁食是在一个远离家园的僻静地方进行的。选择什么样的禁食地点，是根据当地的风俗习惯来决定的。禁食场所的特殊性在于，它是禁食者与神灵交通的地方。在"孟达明或印第安玉米的起源"中，文志在禁食场所遇到了印第安大神派来的使者孟达明，并与孟达明连续交战几天，最终孟达明战死，化身为印第安玉米。这个神话传说的目的就是解释印第安玉米的起源。在《海华沙之歌》中，海华沙禁食期间在禁食的地方与大神的后裔孟达明交手，战斗过程和结果一如印第安神话所述。这种相似性使我们有理由相信，海华沙的禁食与文志的禁食一样具有宗教仪式的性质。正是这种宗教仪式性质赋予海华沙禁食的场所特殊的意义和价值，由此，这个禁食场所就与周围的其他地方区分开来了。这种区分，就是神圣性与世俗性的区分。

当论及宗教的本质时，E. 杜尔干指出，已知所有宗教的共性是在思想上把世界划分为神圣的和世俗的两部分，而不是有没有崇拜神灵。这是颇有见地的发现。在 E. 杜尔干看来，不管是复杂的宗教还是简单的宗教，都以事物的分类为前提，人们把事物分为两类，不管这种事物是实在的还是想象的。这两种类型是相互对立的，一般用两个确切的词语来表示，那就是"世俗的"和"神圣的"。在宗教世界里，所有的事物都可以被划分到这样两个类型中，即圣物与俗物。可以说，把事物分成神圣的和世俗的两大类，是宗教思想的突出特征②。这样，究竟什么是神圣的、什么是世俗的就成为我们必须面对的

---

① 　Henry R. Schoolcraft, *The Myth of Hiawatha and Other Oral Legends: Mythologic and Allegoric of the North American Indians*, p. 99.

② 　[法] E. 杜尔干:《宗教生活的初级形式》，林宗锦、彭守义译，中央民族大学出版社1999年版，第36页。

问题。马利亚苏塞·达瓦马尼从广义和狭义两个角度对"神圣性"进行了界定。他认为,就广义而言,神圣性是指不可干扰、玷污、亵渎、逾越的东西,也是指被尊敬者、被崇拜者及不被玷污者。在这个意义上,大量的宗教和非宗教的事物或现象都可能是神圣的。就狭义而言,那些受到宗教的特殊保护而不致遭受亵渎、干扰和玷污的才是神圣的,这时,神圣性是与宗教相关的,是世俗性的对立面①。广义上的神圣性与狭义上的神圣性的区别在于后者是在宗教的范围内界定事物的。也就是说,在宗教思维那里,持宇宙二分论的态度,宇宙万物被划分为神圣的和世俗的两类,而且神圣性与世俗性是互相对立、互相排斥的。但这并不意味着神圣性与世俗性之间没有关联。

神圣性与世俗性之间保持着明显的距离,不过,二者之间的联系也不容忽视。事实上,事物的神圣性并不是给定的,而是在特定的情况下获得。换言之,神圣性是从世俗性中分离出来的。如果没有世俗性,神圣性也就失去了意义。任何世俗的东西都有可能转变成神圣的东西。一块圣石与一块平常石头之间有共性也有区别。一块平常的石头一旦用作圣物就立刻获得了神圣性,从而从世俗性中分离出来。同理,一种平常的劳动一旦与神圣性相关联,也就获得了神圣性。就拿妇女编织席子这一劳动来说,如果与神圣性无关,那这只是一项平常的劳动,而一旦妇女们编织的是圣席,那么这一劳动就获得了神圣性,提克皮亚妇女编织圣席就属于这种情况。在编织的过程中,她们所处的特定方位、必须遵守的禁忌等,使其编织圣席的行为与平常的织席行为截然不同。虽然这项劳动并不与神直接关联,但因其与神圣性相连,便获得了神圣性。这是因为圣席是用于寺庙的,而寺庙是敬神的场所。在提克皮亚妇女编织圣席的过程中,其劳动的神圣性以"与世俗分离,充满了畏惧

---

① [意] 马利亚苏塞·达瓦马尼:《宗教现象学》,高秉江译,人民出版社 2006 年版,第 77 页。

和威严，并附带着禁忌"为表征①。这一现象说明，事物的神圣性不是天然给定的，而是在特定的情境中获得的。原本是世俗性的东西因个人或群体赋予其特殊的意义或价值而变成了神圣性的东西。那么，显示神圣性意义的元素又有哪些呢？马利亚苏塞·达瓦马尼认为，不可接近性是显示神圣性的基本意义元素，这是一种超出世俗经验的警戒、小心。通常情况下，"神圣"这个词是与圣洁、超凡、超自然等意义关联的。神圣性总是与恐怖、敬畏、崇敬、排斥与吸引等无法言说的感觉联系在一起②。总之，神圣性不同于平常性，指涉的不是普通的东西，因此，敬畏、战栗、肃静等体验伴随着人对神圣性的感知。

在"孟达明或印第安玉米的起源"这则神话传说中，文志在成年礼仪式上的禁食，本身具有神圣的性质。因为印第安青年的成年礼仪式是受礼者建立与神的交流关系、寻求神的青睐的宗教仪式。达瓦马尼指出："神圣性天然地存在于信仰和仪式之中。"③ 因而文志在成年礼仪式上的禁食就充满了神圣性，而这种神圣性的表征之一就是文志禁食场所的神圣性，也就是空间的神圣性。

神话空间意识体现了神圣与世俗的分野。恩斯特·卡西尔指出：神话空间观居于知觉空间观和几何空间观之间。知觉空间，即视觉和触觉空间，与几何空间不同。几何空间以连续、无穷和同一性为特征。这三个属性都与知觉背道而驰。感觉并不了解无穷的概念，因为感觉官能囿于种种空间限制。由此决定了其对同质性的认识与对无穷性的认识相同，也就是说感觉并不了解同质性。在这一点上，感觉空间与几何空间就区别开来了。几何空间的同质性的前提是，几何空间的一切要素，即连接成该空间的各点

---

① ［意］马利亚苏塞·达瓦马尼：《宗教现象学》，高秉江译，人民出版社2006年版，第78—79页。

② 同上书，第93—94页。

③ 同上书，第80页。

仅仅具有位置的规定性，除了它们所处的相对位置及其相互关系外，它们没有自身的内容。这些点的实在是一种功能性的实在，而非实体性的实在。构成几何空间的各个点的同质性表征的是它们的结构相似性。而在知觉空间中，没有位置与方向的严格同质性。每一个位置都有其确定的样式和价值。构成几何空间结构之基础的位置与内容的分离，在知觉空间中尚未形成，也无法形成。在神话空间中也是如此。在这个意义上，神话空间与知觉空间紧密相连，而与几何空间相对立。在神话空间和知觉空间中，空间的每一构成要素都是其位置和内容的统一体。换言之，构成空间的每一要素都有其具体的、特定的内容。在原始民族文化中，东、西、北、南四个方向，不是用来在经验知觉世界内获取方向的本质相同的东西，这四个方向都被赋予了特殊的意义和生命。方向之神，包括东方之神、北方之神、西方之神、南方之神，还有上界之神和下界之神，在原始民族文化中普遍存在。这说明，在那里，方向被赋予了特别的意义，其地位与诸神相当。在世界很多民族中，冥府一般被安排在西方。这是因为，西方是日落之处，就与死亡、黑暗有关，是充满恐惧的地方。东方的意义则与西方迥异，因为东方是日升之处，就与生命、光明相连，是充满希望的地方。在神话空间观中，那种普遍的空间情感赋予每一特殊的空间特别的意义。每一位置和每一方向，都被赋予了某种特征，而这一特征基于神话的基本特征，即神圣与世俗的分野。也就是说，在神话空间观中，每一空间都可以划分到神圣的或世俗的这两个类型之中。原初性的空间区别，是这样两类领域之间的区别，一种是普通的领域，另一种是神圣的境界。后者是从周围事物中提升出来的①。空间神圣性与独特的空间界限有关。在恩斯特·卡西尔看来，"人们对界限的崇拜和对它神圣性的敬畏几乎在所有地方都以近似的手

---

① 〔德〕恩斯特·卡西尔：《神话思维》，董龙保等译，中国社会科学出版社 1992 年版，第 94—96 页。

法表现出来"①。罗马人有护界神，这足以说明界限崇拜的存在②。而庙宇的神圣性与其界限不无关系，因为正是其界限把神殿和俗界分开了。也就是说，庙宇的界限正是神圣的空间与世俗的空间分野的界限。

在印第安神话传说中，文志的禁食的地方是按风俗选定的。在这个地方未被禁食者选中以前，它只是一个平淡无奇的区域。但是，被禁食者选中以后，它就上升为一个神圣的领域了。在森林中搭建的那个印第安小木屋，被认为是神显灵的地方，是禁食者与神灵交通的地方，因此，这个空间就获得了神圣性。小木屋有特定的界限，这个界限把小木屋这个空间与其周围的地方区别开来，造成神圣的空间与世俗的空间的对立。在《海华沙之歌》中，海华沙与文志一样，也是在一个印第安小木屋里禁食的。小木屋作为一个界限分明的空间，被认为是禁食者与神灵交通的地方，因而就具有了神圣性，而其界限则把这一神圣的空间与其周围世俗的空间分立开来。因此，神圣的，并不指一种特定的客体的性质，而指一种特定的理想关系。人通过将某些价值区别引入平常性而赋予其特殊的意义，而使其具有神圣性，因此，任何平凡的事物都可以获得神圣性。这样，"全部的实在和事件都被具体化为神性的和渎神的基本对立"③。在这种具体化中，空间中的每一方向、每一位置都获得了一个新的意义或者被赋予神圣的性质，或者被认为是世俗的。而海华沙和文志禁食的场所就因为被赋予了特殊的意义而与周围的地方区别开来，形成了神圣与世俗的对立。这种神圣与世俗的分野，体现了神话思维的空间意识的核心特征。

（二）《海华沙之歌》中的神圣的时间

时间关系的表达是通过空间关系的表达发展起来的。神话时间观与神话

①　［德］恩斯特·卡西尔：《神话思维》，董龙保等译，中国社会科学出版社1992年版，第117页。

②　同上。

③　同上书，第86页。

空间观同步发展起来。在神话思维那里，空间位置和方向被赋予特定的感情，位置和方向被视为一个神或者魔。这种认识方式也适用于神话时间观。也就是说，在神话思维那里，时间总体和时间片段都被赋予特殊的神圣色彩。这样，对时间的崇拜甚至是对一些日子和特殊时刻的崇拜，在神话思维那里就不足为奇了。这种观念在一些高度发达的宗教中仍有留存。在波斯宗教中，就有对四季、12 个月以及个别时间段的崇拜①。总之，在神话时间观那里，时间不是定量的、抽象的，而是定性的和具体的②。也就是说，在神话思维那里，时间的每一片段都可能有具体的内容，被赋予了特殊的意义。

神话思维中的这种时间意识，渗透到了较发达阶段的文化中。在那里，像战争之类的重大活动，往往在特定的时间里进行。据恺撒所言，阿里奥维斯杜斯是在新月出现时才开战的，与此不同，拉塞达莫尼斯则在满月出现时才开战。他们对战争时间的选择，可能与月相密切相关。在宗教活动中，某一活动必须在某个时间举行，否则这些活动将丧失神圣的力量③。在中国古代，有高禖之祭，祭祀时间固定在玄鸟至之日。《诗经·大雅·生民》曰："生民如何？克禋克祀，以弗无子。"根据《毛传》的解释，这里所说的祭祀指的就是高禖之祭，其目的是求子，具体的祭祀时间是"玄鸟至之日"④。高禖之祭的时间被限定在"玄鸟至之日"这一特定时间段，不得更改。这说明，这个时间片段具有特殊的内容和意义，因为与祭祀相关，我们甚至可以认为这个时间片段具有神圣性。上述现象表明，正如空间区域不只是为了区分空间，时间片段也不只是为了区分时间，每一时间片段都有各自固定的性质，有各自的本质和力量⑤。因此，在举行某一活动时要严格遵守规定的时间，否

---

① ［德］恩斯特·卡西尔：《神话思维》，董龙保等译，中国社会科学出版社 1992 年版，第 122 页。
② 同上。
③ 同上书，第 122—123 页。
④ ［唐］孔颖达：《毛诗正义》（下册），十三经注疏本，北京大学出版社 1999 年版，第 1055 页。
⑤ ［德］恩斯特·卡西尔：《神话思维》，董龙保等译，中国社会科学出版社 1992 年版，第 123 页。

则，活动将丧失效力。通过中国古代的占卜之书《周易》，我们可以进一步了解时间的神圣性质。在该书中，时间选择与人的吉凶祸福之间有某种神秘的联系。一些日子、时刻被赋予神圣的色彩，决定着人的旦夕祸福。人在规定的时间内展开自己的行为才可能逢凶化吉。上述诸现象表明，在神话时间观里，时间及时间片段是定性的，一些时间段可能被赋予神圣的性质，从而与其他时间段区别开来。因而，神话思维中的时间与空间一样也被分为神圣的和世俗的两大类型。

在《海华沙之歌》中，海华沙禁食的时间是 7 天。这个时间和《孟达明或印第安玉米的起源》中文志禁食的时间是一样的。文志在成年礼仪式期间禁食的时间是"7 天"，海华沙的禁食过程与文志的禁食过程相似，因此具有印第安人成年礼仪式禁食的性质。作为约定俗成的仪式禁食期限，"7 天"这个时间片段因与仪式有关而获得了神圣的性质，从而与其他世俗时间区别开来。

不过，我们不禁要问，作为神圣的时间，"7 天"这个禁食期限是不是与神圣的数字"7"有关系呢？恩斯特·卡西尔指出：在理论知识体系中，数能够包容差异性和多样性的内容，并将它们转变成概念的统一性。凭借数，感觉世界本身日益剥离掉其特殊性并得以重新塑造①。但是，在其他文化领域，数呈现出与此不同的特征。在神话思维看来，数与空间、时间一样是定性的，数有自己独特的本质和力量。这种独特性能够渗透在经验概念看来完全异质的实体中，使这些异质的实体分有这种特性，从而使这种独特性具有了普遍性②。也就是说，一些异质的实体由于与某个数字相关，就分享了这个数字的特性，从而获得了某种共性。逻辑思维和神话思维对数的认识有巨大差异：

---

① ［德］恩斯特·卡西尔：《神话思维》，董龙保等译，中国社会科学出版社 1992 年版，第159 页。

② 同上书，第160—161 页。

"在逻辑思维看来，数具有普遍的功能和意义，而在神话思维看来，数始终是作为一个原始的'实体'，它把其本质和力量分给每一个隶属于它的事物。"①凡是以任何方式分有数的东西，都由此获得一个全新的意义。不仅是数的整体，而且每一个特定的数都被一种魔力的光辉所环绕，数的这种魔力会传递，从而使与这个数有关的其他事物共具这种魔力，哪怕这些事物原本是完全异质的②。原始心灵无法奔向更普遍的观念，它们将数视为一种异己的、超凡的力量。数因而成了使世俗和神圣彼此沟通的调节者③。

探究数的神圣化过程肯定是徒劳之举。这是因为，并不是只有少量的数才被认为是神圣的，在原始思维那里，每一个数都可能成为被崇拜的对象。在一些宗教中，随处可见把某些数字实体化的例子④。在北美印第安人的宗教中，数字"4"具有特定的宗教意义。特别值得注意的是，在世界很多地区，数字"7"都被认为具有神圣性。这种观念的发源地应该是美索不达米亚，后来由这个文化基地传向世界的四面八方。不过，在巴比伦—亚述人文化未影响到的一些地区，"7"也是一个神圣的数字⑤。不论在古希腊哲学中，还是在中世纪的基督教那里，数字"7"都具有神圣性。在古希腊哲学中，数字"7"曾被比作没有母亲的处女雅典娜，因为它是万物的统治者和教导者。在中世纪，基督教教父们把"7"视为完满之数。在众多的数字中，"9"是可以与"7"相抗衡的一个数。在古希腊人和日耳曼人的文化中，9 天与 7 天是地位相当的时间片段⑥。不仅这些简单的数具有神圣性，由于简单的数的神圣性是可以扩展的，所以，那些复合数，比如"3""7""9""12"等的倍数，

---

① ［德］恩斯特·卡西尔：《神话思维》，董龙保等译，中国社会科学出版社 1992 年版，第 161 页。
② 同上书，第 162 页。
③ 同上书，第 163 页。
④ 同上。
⑤ 同上书，第 163—164 页。
⑥ 同上书，第 164 页。

也都具有特殊的神话—宗教力量。因此，很难说哪些数字可以不被归入这种神化的过程①。

总之，在神话思维那里，某些数字是有魔力的，而且数字的这种魔力会传递给与其有关的事物。如上所述，在许多文化中"7"都被视为一个神圣的数字。在《孟达明或印第安玉米的起源》和《海华沙之歌》中，主人公禁食的时间是"7天"，这个期限是固定的，不得更改。因为与印第安成年礼仪式有关，因此，"7天"这个时间片段天然地具有神圣性。而基于对数的神圣性的了解，我们认为"7天"这个时间片段也可能分享了数字"7"的神圣性。

人类对神话的客体世界和经验的客体世界的认识方式存在相似之处，那就是克服直接材料，通过图式来表现整体，而时间、空间和数是图式的基本形式，只有在时间、空间和数的形式中，才能把客体世界的内容连接在一起。但是，逻辑的综合和神话的综合之间还是有差别的。在逻辑的综合中，时间、空间和数的纯粹直觉的性质越来越失去重要性，它们自身主要表现为意识的等级形式，而不表现为意识的内容。但是神话意识中的时间、空间和数都表示具体的内容②，而这三者都可以被划分为神圣的和世俗的两大类型，基于此，这三种图式形式就有了共性。所以，《海华沙之歌》中的神圣的空间与神圣的时间，虽分属两个范畴，但二者又有共性，体现了神话思维的基本特征，即神圣与世俗的对立。

（三）印第安人神圣的头部

在海华沙与珍珠－羽毛搏斗的关键时刻，啄木鸟"麻麻"飞来告诉海华沙，珍珠－羽毛的致命之处就是他那乌黑的长头发的发根。海华沙的好朋友夸辛有一股奇异的力量，这力量就隐藏在他的天灵盖上，他全身只有这个地

---

① ［德］恩斯特·卡西尔：《神话思维》，董龙保等译，中国社会科学出版社1992年版，第164页。

② 同上书，第91页。

方能被击伤。《海华沙之歌》两次提到强者的致命之处都在头部，而诗歌中的
这两个细节都来自印第安神话传说。在麦尼博兹霍的神话传说中，麦尼博兹
霍与珍珠－羽毛交战后，他向珍珠－羽毛射箭，但是箭没有起作用，因为他
的敌人穿的是真正的珠宝。他只剩下三支箭了。在这个时刻，一只巨大的啄
木鸟"麻麻"飞过，它落在一棵树上。它喊道："麦尼博兹霍，你的对手有一
个致命的地方。射击他的头顶上的一绺头发。"麦尼博兹霍照此射出了第一支
箭，珍珠－羽毛头部中箭的地方流出了血。珍珠－羽毛踉跄了一两步，但又
恢复了原样。珍珠－羽毛开始和谈，但是，实际上，他又吃了第二箭，这一
箭使他跪倒在地上。但是他再次恢复了原样。在这样做的时候，他露出了他
的头，给了他的对手一个机会，麦尼博兹霍射出了第三箭。这支箭深深穿透
了他的头，他的尸体倒在地上①。就这样，麦尼博兹霍因射中珍珠－羽毛的头
顶而杀了他。在"夸辛或可怕的强壮男人"这则神话传说中，夸辛的神异力
量引起了水中精灵的嫉妒，它们决定收拾他。它们知道，夸辛的全部力量都
集中在头顶，同时，头顶是他身体的致命之处，而且只有松球能击中他的头
顶使他毙命。水中精灵做好了准备，伺机而动，结果大获成功②。大力士夸辛
就这样被水中精灵所害。显然，《海华沙之歌》中关于强者的致命之处在头顶
的说法来自上述两则神话传说。

在上述两则印第安神话传说中，都特别强调了强者的力量集中在头顶，
而其致命之处也在头顶。这种强调表明，印第安人对头部的重要性的认识与
现代人的认识不同。现代人对头部与生命之间的重要关系的认识基于对头部
生理结构的了解。而印第安人对头部重要性的认识当然不是基于这样的生理
知识。集智慧和力量于一身的麦尼博兹霍竟然不知道射击对手的头部以使其

---

① See Henry R. Schoolcraft, *The Myth of Hiawatha and Other Oral Legends*: *Mythologic and Allegoric of the North American Indians*, pp. 28 – 29.

② Ibid., pp. 79 – 80.

毙命。如果射击头部能使敌人毙命是一个基本常识的话，麦尼博兹霍就会自己射击对手的头部，而不至于等到突然飞来的啄木鸟告诉他这一点他才去做。啄木鸟"麻麻"揭示了珍珠－羽毛的致命之处在其发根处这一秘密，而这个秘密起到了扭转战局的关键作用。由此可见，射击头部能使敌人毙命这一点在印第安人那里并不是一个常识，他们对头部重要性的认识超出了常识范围而带有神秘的色彩。和麦尼博兹霍的神话传说相比，"夸辛或可怕的强壮男人"对头部的重要性的看法似乎有更多的神秘色彩。夸辛的力量集中在头顶，而能砸中他头顶的唯一致命武器是松球。在这里，致命之处的唯一性，致命武器的唯一性，都突显出了头部的神秘性。

在原始思维那里，有一系列关于头部的禁忌，这充分说明头的重要性被赋予了神秘的色彩。爪哇人头上不戴任何东西，不允许别人把手放在自己头上。整个波利尼西亚群岛到处都有不允许别人触摸头部的禁忌。一位马贵斯最高祭司的儿子因有人在他头上洒了几滴水而哭闹不止，就是因为相信那种做法亵渎了他的头部的神性。而在马克萨斯人那里，不仅酋长的头是神圣的，而且每个人的头部都在禁忌之列，任何人不得触摸他的头，更不能从他头上越过。而毛利人酋长的头部是特别神圣的，如果他自己触摸了一下自己的头，就要立即用鼻子从手上吸进刚才从头上沾染的神性①。为什么在这些民族中人的头部被认为是神圣的呢？从上述禁忌可以看出，这一认识显然不是以对头的生理功能的了解为前提的。在原始民族那里，认为人的灵魂并不是一个独立的实体，灵魂不仅依附于整个肉体，而且人身体的许多重要器官都是灵魂的所在地。许多民族将头部视为人的灵魂寓居的重要器官。詹姆斯·乔治·弗雷泽指出："许多民族都把头部看得特别神圣。其所以这样是因为它有神灵，对于冒犯不敬的言行非常明察。优若巴人坚信每个人都有三个灵魂，第

① ［英］詹姆斯·乔治·弗雷泽：《金枝》（上册），徐育新等译，大众文艺出版社 2009 年版，第 217—218 页。

一个灵魂名叫奥罗里，在于头部，是人的主宰、监护者和引导者。""卡兰人以为有一种叫作卓的神魂在人的头脑上部，只要卓守其位，七种克拉，即七情，便不能为害于人，一旦卓不在职守或者虚弱，其人便将有灾祸。故对于头部特别注意尊重保护，极力予以装饰，以博得卓的欢喜。"① 从上述个案可以断定，把头部视为灵魂寓居之处的认识是原始民族认为头部神圣的一个重要原因。

由于有些民族相信头部神圣，所以附带地将头发也视为神圣的，这种看法在《圣经》中就有所反映。著名的大力士参孙的巨大力量就隐藏在他那七条发绺中。在大利拉的一再追问下，参孙把他力量的秘密告诉了她："向来人没有用剃头刀剃我的头，因为我自出母胎就归神作拿细耳人；若剃了我的头发，我的力气就离开我，我便软弱像别人一样。"（士 16∶17）而参孙的那七条发绺被剃后，他果然软若妇人，结果被非利士人俘获。正是因为头发被赋予了神圣性，所以原始民族中有关于头发的禁忌。而最常见的禁忌是剪下的头发不得被损害，否则本人也会受伤害②。

正是因为相信头是灵魂的寓所，所以，在原始民族那里头部被视作神圣的。关于麦尼博兹霍和夸辛的那两则印第安神话传说认为，强者的力量集中在头顶，因而将头顶视为强者的唯一致命之处。这种看法在一定程度上体现了印第安人认为头部神圣的观念。而这种神圣性很可能是寓居于头部的灵魂所赋予的。总之，上述两则印第安神话传说体现了原始思维关于头部神圣的观念。而朗费罗在创造性地重构那两则神话传说的时候移植了相关的细节，再现了其传达的头部神圣观念。

---

① ［英］詹姆斯·乔治·弗雷泽：《金枝》（上册），徐育新等译，大众文艺出版社 2009 年版，第217页。
② 同上书，第218—219页。

第三节 《海华沙之歌》与印第安礼仪

一 海华沙的婚宴与印第安人的婚宴仪式

《海华沙之歌》第十一章"海华沙的婚宴"与第十二章"黄昏星的儿子"共同描绘了海华沙的婚宴仪式，并通过婚宴仪式反映了印第安人文化的几个方面。

（一）海华沙的婚宴仪式与印第安人的礼仪性宴会

婚宴仪式上的宾客是被主人隆重邀请来的，他们盛装打扮以后才来到了宴席的现场。第十一章描写了婚宴仪式的这一重要环节：

> 她差遣了多少信使，带了杨柳枝，
>
> 当作请帖，当作宴客的标志，
>
> 去跑遍了整个的村子，
>
> 把宾客统统请齐。①

海华沙的外祖母瑙柯密差遣信使邀请客人，他们以杨柳枝为请帖，这个细节可能来自麦尼博兹霍的神话传说。有一次，麦尼博兹霍要宴客，他派孩子们去外面找些红柳枝，他把这些红柳枝切成同样长的许多小枝，用来邀请他的朋友赴宴。红柳枝送到了每个人那里②。由此可以推测，以柳枝为请帖来邀请客人，应该是印第安人的风俗。其次，宴会的各个环节都有娱宾的性质，

---

① ［美］朗费罗：《海华沙之歌》，王科一译，上海译文出版社 1981 年版，第 140 页。

② Henry R. Schoolcraft, *The Myth of Hiawatha and Other Oral Legends: Mythologic and Allegoric of the North American Indians*, pp. 48 – 49.

这就与日常饮食区别开来了。在请宾客们享用了丰盛的饮食之后，主人又为客人敬烟。红色烟斗里装的是印第安人特质的混合烟草。而在客人们享用烟草的同时，各种节目依次上演，包括舞蹈、歌曲和故事。所有的宴会环节只有一个目的，那就是"让满座的嘉宾都满意称心"①。而整个宴会确实达到了这样的目的。因此，从开场到结束，整个宴会充满了嘉宾们的欢声笑语。

这样的宴会，其规模与规格都是相当高的，比起《荷马史诗》和《贝奥武甫》中的宴会来也毫不逊色。在《荷马史诗》中，奥德修斯被国王款待的时候，丰盛的宴席与吟游诗人的吟唱交相辉映；在《贝奥武甫》中，在为贝奥武甫庆功的宴会上，高朋满座，饮食丰盛，而吟游诗人的演唱也为宴会增添光彩。在我国先秦时代的礼仪中，音乐表演也是宴会不可或缺的一个环节。在《诗经》中，有数十首乐歌是用于各种宴饮礼仪的，而有些乐歌是专为宴饮而作的。《仪礼·燕礼》云："工歌《鹿鸣》《四牡》《皇皇者华》。"句下郑玄注曰："《四牡》，君劳使臣之来乐歌也。此采其勤苦王事，念将父母，怀归伤悲，忠孝之至，以劳宾也。"又，襄四年《左传》载穆叔云："《四牡》，君所以劳使臣也。"这可作郑注之佐证。《四牡》显然本是在慰劳使臣的宴礼上用以表达慰劳使臣之意的乐歌，后泛用于乡饮酒礼、燕礼，表劳宾之意。在《诗经》中这类用于宴饮礼仪的乐歌为数不少。这说明，我国先秦时代的宴会总是与音乐表演相映成趣的。我国先秦时代与欧洲古代宴会的相似性说明，当宴会作为一种礼仪时，其真正的目的在于使宾客欢愉，而饮食则在其次了。《海华沙之歌》描绘的婚宴仪式就表现了这种礼仪性宴会的特征。

实际上，在印第安人的现实生活中，宴会确实是一种常见的礼仪形式。在弗朗西斯·帕克曼的《俄勒冈小道》中，记载了不计其数的印第安人宴会。虽然这些宴会规模有大小，规格有高低，但基本的环节是不变的。那就是邀

---

① ［美］朗费罗：《海华沙之歌》，王科一译，上海译文出版社 1981 年版，第 142 页。

请宾客、请嘉宾们享用丰盛的食物，之后敬上印第安烟斗。若时间充足的话，宴会的最后一个环节就是表演娱乐节目，包括讲故事、笑谈、唱歌等。而在海华沙的婚宴上，在宴席的进餐环节结束后，主人就献上了印第安烟斗，紧接着就是表演环节。表演的节目有跳舞、唱歌、讲故事。其中，又老又丑的讲故事的能手伊阿歌讲述黄昏星的儿子的故事，是整个表演环节的重头戏。而在印第安人现实生活中，"某位以善于讲奇闻逸事而闻名的老人可能会被邀请参加一个宴会，然后被要求助兴"①。还有一点值得一提，那就是，在客人进食的时候，海华沙一家人作为主人不与客人一起用餐。这反映了印第安人的一个风俗习惯。罗伯特·亨利·路威指出，乌鸦印第安人对客人总是盛情款待，但是，主人不需要与客人同时吃，如果同时吃的话则要与客人分开吃②。

综上所述，《海华沙之歌》描绘的婚宴仪式反映了印第安礼仪性宴会的基本特征。

（二）海华沙的婚宴仪式与印第安人的饮食文化

婚宴的主角是宴席，而宴席就为展现印第安人丰富的饮食文化提供了平台。在海华沙的婚宴上，所用的饮食器皿都是很珍贵的。所有的碗盏都用级木做成，洁白而光滑，羹匙是用野牛角做的，乌黑光亮。木碗和野牛角做的器皿确实是印第安人的食具。罗伯特·亨利·路威指出，在乌鸦印第安人那里，"木碗被用作盘子""勺子、杯子和小碟子是用山羊角和野牛角制作的"③。而在弗朗西斯·帕克曼的《俄勒冈小道》所描绘的宴会上，所用的碗、盘子都是木质的，而勺子多是用野羊角制成的，当然印第安人也有野牛

---

① ［美］罗伯特·亨利·路威：《乌鸦印第安人》，冉凡译，民族出版社 2008 年版，第 151 页。
② 同上书，第 133 页。
③ 同上书，第 135 页。

角制成的勺子①。

海华沙婚宴的宴席上食物丰盛，有鲟鱼、梭子鱼，有肉饼、水牛的骨髓、鹿腰和野牛的肉峰，还有金黄色的玉米饼以及野稻做成的食物。所有这些食物，都是印第安人生活中真实的食物，并非朗费罗的杜撰。打猎、捕鱼为印第安人提供了肉类食物来源，而采集野生的稻谷、果实和种植印第安玉米为印第安人提供了植物类食物来源。印第安人猎食的主要动物是鹿和野牛，鱼类则有鲟鱼、大马哈鱼、大比目鱼、鳕鱼等。"根据传说，野生稻谷是'伟大的神灵为了使印第安人健壮而准备的。'"② 而印第安玉米是美洲最重要的粮食作物。印第安人把野生稻谷和玉米加工成了各种可口的食物。玉米可以做成玉米粥，粥里可以加上煮鳗鱼干和其他鱼干。而在新鲜南瓜和南瓜花做的汤里，再掺少许玉米面，就是一道菜。玉蜀黍还可以做玉蜀黍糕。印第安团子则是用新鲜柔软的玉米粒加上煮熟的豆子裹在玉米叶子里做成的，这是一道美食。从印第安人送给探险队成员的礼物来看，鸭子、兔子、鱼、松鸡、狗、鸡、玉蜀黍、甜瓜、核桃、黄瓜、豌豆和各种块根，都是印第安人的食物③。在《俄勒冈小道》中，玉米饼被誉为草原上最受用的印第安式的食物④。由此可见，朗费罗所罗列的海华沙婚宴上的那些肉类、鱼类、粮食类食物，也应该是印第安人现实生活中的美食。

在海华沙的婚宴上，瑙柯密在正餐结束后为客人准备好了装满烟草的红

---

① 在帕克曼以印第安人的方式招待印第安人的宴会上，应邀而来的奥吉拉拉印第安人"人人都带来一只木碗"，以盛放个人名下的一份美食。大家到齐后，两个印第安公差拿出野羊角制成的勺子分发食物。奥吉拉拉人在迁离营地的时候，拆除了窝棚，地上的东西有锅、壶，牛角制作的大勺子，牛皮袍子等。详见〔美〕弗朗西斯·帕克曼《俄勒冈小道》，叶封译，上海译文出版社 1993 年版，第202—206 页。

② 〔德〕利普斯：《事物的起源》，汪宁生译，敦煌文艺出版社 2005 年版，第 88 页。

③ 详见〔美〕路易斯·亨利·摩尔根《古代社会》（上册），杨东莼等译，商务印书馆 1997 年版，第47—49 页。

④ 当 R 命令索雷尔在火上烘制玉米烤饼的时候，"我"称赞他随身带来印第安式饮食是个好主意，R 回应说，这是草原上最受用的烤饼。见〔美〕弗朗西斯·帕克曼《俄勒冈小道》，叶封译，上海译文出版社 199 年版，第 48 页。

色石头烟斗。烟斗里装的是烟草，还混合着赤柳树的皮和芬芳的树叶、干草。在用餐后大家一起抽烟，是印第安人表示友谊的一种方式，而印第安人确实在使用一种混合烟草①。在帕克曼参加的奥吉拉拉人办的宴会上，抽上一两口主人烟斗里的烟，是宴会必不可少的环节，而烟斗里装的是烟草和红柳木树皮的混合物②。

总之，海华沙的婚宴为朗费罗展现印第安人的饮食文化提供了一个最适宜的平台。在那里，印第安人的饮食器皿、饮食品类以及烟草的特征都得以展现，使印第安饮食文化的重要方面得以诗歌形式保存下来。

（三）海华沙的婚宴仪式与印第安人的服饰文化

在"海华沙的婚宴"这一章里，描写了赴宴嘉宾盛装打扮的细节：

喜宴上嘉宾满座，

个个穿着最华丽的衣裳；

系着珠宝带，穿着皮袍，

涂着鲜艳的色彩，插着羽毛，

配着珍珠，垂着流苏，多美多娇!③

皮袍、珠宝带、面部涂饰、头上插的羽毛、衣服上的精美装饰，是印第安人服饰中最醒目的特征。关于这些，既有文字资料也有图像资料可资证明。朗费罗的描写必有所本。而从弗朗西斯·帕克曼所观察到的印第安人的服饰来看，朗费罗描绘的印第安人的服饰特点是符合印第安人服饰文化的基本特征的。朗西斯·帕克曼对印第安人的风俗的好奇心，从他对印第安人服饰的

---

① ［美］罗伯特·亨利·路威：《乌鸦印第安人》冉凡译，民族出版社2008年版，第135页。
② ［美］弗朗西斯·帕克曼：《俄勒冈小道》，汪宁生译，敦煌文艺出版社2005年版，第198—199页。
③ ［美］朗费罗：《海华沙之歌》，王科一译，上海译文出版社1981年版，第140页。

细致描写中可见一斑。在《俄勒冈小道》中，帕克曼描写了一位伟大的印第安武士"白盾"的华丽的羽毛头饰，那头饰上插着三支战鹰的羽毛，价值相当于三匹马。而"野蛮人的装饰品有着令人称赏的效果，因为都安排得颇有技巧和韵味"①。一个坎萨族印第安老人的服饰显出了他的显赫地位："他剃得光光的头上涂得红红的，头顶留着的一绺头发上晃晃荡荡地插有几支老鹰的羽毛和两三条响尾蛇的尾巴。他的双颊也涂着朱砂；两耳装饰着绿色玻璃垂环，脖子上套着一条灰熊爪子做的项圈，还有几大串贝壳挂在胸前。"②帕克曼还描绘了一个达科他印第安人酋长的女人的装饰：穿着一件鹿皮上衣，皮子经草原上一种特殊的黏土处理过，显得洁白漂亮，缀有珠子，排成的图形俗艳而不够雅致，衣缝上都有长穗。而这位酋长身边的男人们则穿着白色牛皮袍子③。在拉勒米堡，一群印第安人造访帕克曼一行。那些年轻的印第安小伙子的装饰是这样："他们双颊涂着朱砂作装饰，耳朵上挂着贝壳做的垂饰，脖子上挂着珠串。"④ 从帕克曼描绘的印第安人的男女服饰中，可见皮袍、羽毛头饰、珠宝饰品、衣服上的流苏、面部涂饰等都是印第安人服饰文化的基本元素。而朗费罗描绘的海华沙婚宴上的嘉宾的服饰恰恰体现了印第安人服饰文化的这些基本元素。

（四）海华沙的婚宴仪式与印第安人的积极娱乐精神

在海华沙的婚宴上，舞蹈家波-普-基威、音乐家齐比亚波和故事家伊阿歌依次亮相，为大家表演了自己最拿手的节目。

作为故事家，伊阿歌的核心特征是"好说大话"，这是根据伊阿歌讲故事的特点总结出来的。因为伊阿歌讲的都是些奇异惊险的事，而他擅长的手法

---

① ［美］弗朗西斯·帕克曼：《俄勒冈小道》，冉丹译，民族出版社 2008 年版，第 235 页。
② 同上书，第 13 页。
③ 同上书，第 95 页。
④ 同上书，第 105 页。

就是夸张。伊阿歌也正是以这样的特色吸引听众的。在海华沙的婚宴上，人们请求伊阿歌讲个奇异的故事，"给宴席上添些愉快的气氛，/来点缀这喜日良辰，/让满座的嘉宾快意称心！"① 在嘉宾们的强烈请求下，伊阿歌讲述了黄昏星的儿子的故事。这个故事描绘了神奇的变形：人变形为鸟，鸟又变形为小矮人，老头变形为英俊青年，美貌少妇变形为干瘪老太，干瘪老太又变形为美貌少妇。同时描绘了人在小屋中上升到黄昏星座上，又从黄昏星座上降落到岛上的神奇过程。伊阿歌讲的这个奇妙的故事让满座的嘉宾"一个个都听得无限高兴，/听得纵情欢笑，大声欢呼"②。故事家伊阿歌所讲的这个故事，迎合了满座嘉宾喜欢听奇妙惊险故事的心理，因而愉悦了嘉宾，增添了宴席的欢乐气氛，而婚礼宴席的主要目的也就在这里。从嘉宾们的要求和伊阿歌的故事所达到的效果来看，印第安人具有积极的娱乐精神。之所以说是积极的，是因为在这样的娱乐里，以愉悦人心为最高追求，没有放浪形骸的放纵。

波－普－基威是个美貌的花花公子，是个爱玩闹的淘气鬼，玩耍和娱乐是他的拿手好戏，他会跳雪鞋舞，还会滚铁环、做游戏，会做木碗和骰子游戏。总之，他精通玩耍种种把戏。在海华沙的婚宴上，瑙柯密请恶作剧者波－普－基威给大家跳愉快的舞蹈，"让满座的嘉宾满意称心"③。波－普－基威盛装打扮，给嘉宾们跳起了乞丐舞，他的精彩绝伦的舞技，给嘉宾们带来了欢愉。

音乐家齐比亚波是海华沙的好朋友。在《海华沙之歌》中，齐比亚波是一个形象性低于其功能性的人物。作为音乐家，齐比亚波有最动听的歌喉，他美丽天真，温柔如少女，勇敢如武士。温文尔雅的齐比亚波，他的歌声和

① ［美］弗朗西斯·帕克曼：《俄勒冈小道》，冉丹译，民族出版社 2008 年版，第 161 页。
② 同上书，第 168 页。
③ ［美］朗费罗：《海华沙之歌》，王科一译，上海译文出版社 1981 年版，第 142 页。

他本人一样有魅力，村中的战士和妇女都是他的忠实听众，他能勾起他们灵魂深处的激情和恻隐之心。这样一位优秀的音乐家，又是海华沙最喜欢的朋友，当然不可能缺席海华沙的婚宴。嘉宾们要求齐比亚波演唱情歌，希望"给宴席上添些愉快的空气，／来点缀这喜日良辰，／让满座的嘉宾都快意称心！"① 齐比亚波应邀演唱了两支歌曲。这两支歌曲都是印第安情歌。歌曲韵律温柔甜蜜，歌词缠绵悱恻，曲调深沉凄寂。在这样的喜宴上演唱这种缠绵悱恻的歌曲，不会像伊阿歌的故事和波－普－基威的舞蹈那样让嘉宾们纵情欢笑，但是，齐比亚波的温婉动听的歌声和歌曲本身的缠绵悱恻、深挚动人都会达到净化人的灵魂的审美效果。因而，与波－普－基威的热热闹闹的舞蹈和伊阿歌惊险奇妙的故事的外在的娱乐性相比，齐比亚波演唱的歌曲的内在的娱乐性能够达到更加积极的愉悦人心的审美效果。

在现实生活中，跳舞、唱歌和讲故事是印第安人基本的娱乐方式。帕克曼的《俄勒冈小道》多次描述了印第安人的这些娱乐活动。1900 年奥吉布瓦印第安人表演了选自《海华沙之歌》中的几个场景，朗费罗的家人应邀观看了这次表演。在这次会面中，奥吉布瓦印第安人以唱歌、跳舞和讲故事等方式表达了对朗费罗家人的盛情欢迎②。跳舞、唱歌和讲故事是印第安人最常见的娱乐方式，但不是唯一的娱乐方式。实际上，印第安神话也或多或少地反映了印第安人的竞技比赛等娱乐方式③。而根据美国学者的观察和研究，印第安人的娱乐还包括各种体育比赛和机缘游戏。在刘易斯·亨利·摩尔根看来，易洛魁人的各种比赛和机缘游戏，如长曲棍球、标枪、投掷、赛跑和掷骰子等，与希腊人和罗马人的传统运动极为相似。这种比赛与其说是表现了人们天生的竞争精神，不如说是表现了一种人道主义的关怀。摩尔根认为，在白

---

① ［美］朗费罗：《海华沙之歌》，王科一译，上海译文出版社 1981 年版，第 145 页。

② See Henry Wadsworth Longfellow, *The Song of Hiawatha*; *With Illustrations*, *Notes*, *and a Vocabulary and an Account of a Visit to Hiawatha's People*, by Alice M. Longfellow, p. Ⅶ.

③ Ibid., p. 77.

人到达美洲这片土地上以前，美洲并不是一片未开发的沉寂的荒原，在那里，早就回荡着人间的欢声笑语①。可以说，积极的娱乐精神在印第安人的各种娱乐活动中得到了充分的体现。

在原始民族那里，舞蹈、游戏和体育运动等，由于它们自身的优点而时常举行。全世界原始民族的成年人的游戏与人们的想象力一样丰富。其中，跳舞占主要地位。除此之外，还有角力、掷矛比赛、球戏和跳绳等②。可以说，"原始人普遍爱好娱乐的态度在这些完全清醒的活动中表现出来了"③。在原始民族那里，各种方式的娱乐，往往将跳舞、游戏和大吃大喝的宴会结合在一起④。而在《海华沙之歌》描写的海华沙的婚宴上，嘉宾们既享用了丰富的美食，又欣赏了艺术家们的精彩表演。在这种喜庆而不失节制的娱乐中，我们看到了印第安人的积极娱乐精神。海华沙婚宴上嘉宾们的真诚而自然的欢声笑语未必不如现代社会的宴会营造的欢乐更具魅力，正如利普斯所说："文明的宴会按计划进行，无论它的东道主是家庭、集团、俱乐部、政府、教会或国家，计划性和目的性侵入联欢之中，使得我们的集会更有魅力。但它是否比得上丛林中和草原上那些为快活而快活的集会所特有的欢乐，是大可怀疑的。"⑤

在海华沙的婚宴上，艺术家精彩的表演为满座的嘉宾与主人带来了欢乐，给婚宴披上了全民欢庆的喜庆色彩。舞蹈家、音乐家、故事家的表演是这个婚宴仪式中最醒目的部分，而满座嘉宾对表演的回应是这个婚宴仪式中不可或缺的元素。如果满座嘉宾的欢乐缺席，这个婚宴仪式的支柱就坍塌了，随之整个婚宴仪式就失去了意义。正是因为满座嘉宾的欢乐被一次次渲染，才

---

① ［美］威尔克姆·E. 沃什伯恩：《美国印第安人》，陆毅译，商务印书馆1997年版，第72页。
② ［德］利普斯：《事物的起源》，汪宁生译，敦煌文艺出版社2005年版，第161—163页。
③ 同上书，第161页。
④ 同上书，第168页。
⑤ 同上。

使这个婚宴仪式的全民欢庆的性质得以突显。但是，在这么喜庆的环境中，始终强调的是嘉宾们的"满意称心"。也就是说，所有的娱乐形式都是为了愉悦人心。因此，不论是表演者还是欣赏者都没有表现出放浪形骸的放纵。在这个意义上，可以说朗费罗描绘的婚宴仪式表现了印第安人的积极娱乐精神。

总之，《海华沙之歌》中的婚宴仪式可谓包罗万象，在这个婚宴仪式中，印第安人礼仪性宴会的基本特征、印第安人的饮食文化、服饰文化和印第安人的积极娱乐精神都得到了反映。朗费罗以海华沙的婚宴仪式为平台，以诗歌形式展现了印第安文化的许多方面，使该诗具有了保存、传播印第安文化的功能。

二　明尼哈哈为玉蜀黍田祝福与印第安人的播种仪式

在印第安从事农业的部族中，往往通过正规而复杂的仪式寻求农业的丰收，相关的包括求雨以及与种植、抽穗和收割有关的仪式①。也就是说，印第安人在农作物生长的各个重要阶段都要举行仪式以确保丰收。当然，仪式有宗教仪式和巫术仪式之分。在宗教仪式中，人必须诉诸神灵，以神灵为中介对自然施加影响；在巫术仪式中，人不以神灵为中介，而是直接对自然施加影响。当然，在宗教仪式中实际上往往混杂着巫术仪式。在宗教历史的早期阶段，祭司和巫师的职责尚且没有从对方分化出来，二者的职责往往混合在一起。为了实现愿望，祭司或巫师要用祈祷和丰盛的祭品来求得神的赐福，同时，他们又希望不求助于神灵而只借助于一定的仪式和咒语来实现他们所期盼的结果。也就是说，他们同时举行着宗教和巫术的仪式②。因此，宗教仪式与巫术仪式往往如影随形。

在《海华沙之歌》的第十三章"玉蜀黍田的祝福"中，朗费罗描绘了明

---

① ［美］威尔克姆·E. 沃什伯恩：《美国印第安人》，陆毅译，商务印书馆 2005 年版，第 62 页。
② ［英］詹姆斯·乔治·弗雷泽：《金枝》（上册），徐育新等译，大众文艺出版社 2009 年版，第 50 页。

尼哈哈为玉蜀黍田祈福的仪式行为。朗费罗根据斯库克拉夫特收集的印第安
仪式的资料描绘出了明尼哈哈为玉蜀黍田祈福的仪式形象①。印第安人的仪式
一旦进入《海华沙之歌》，就不再可能是一个纯粹的仪式，而必然会具有鲜明
的形象性，这是诗人对仪式进行再创造的结果。在朗费罗的笔下，印第安人
的一种农业巫术仪式被描绘得栩栩如生、绘声绘影，全然脱去了其原本非常
强烈的功利色彩，而披上了唯美的外衣。朗费罗在描绘明尼哈哈为玉蜀黍田
祝福的仪式行为时，突出了明尼哈哈的形象美，因而赋予了该仪式鲜明的形
象性。那个仪式是在夜深人静的时候举行的。那时，睡眠的精灵已经关上了
家家户户的门，没有一只眼睛能看到明尼哈哈的身影，也没有一只耳朵能听
见明尼哈哈的声音。明尼哈哈爬起身，脱光了衣服，长发覆身，把夜色当作
衣袍，绕着玉蜀黍田的边界走了一遭，在田地的周围画上了一个神圣的魔术
的大圈，没有人看见明尼哈哈的美貌，因为黑暗之神用他的斗篷裹紧了明尼
哈哈的身体。在这里，为玉蜀黍田祈福的明尼哈哈的美貌被夜色遮掩，没有
一个人能看得见，但越是这样，越突出了其闭月羞花之美。而正是因为朗费
罗突显了明尼哈哈的这种美，所以整个巫术仪式被形象化了。虽然明尼哈哈
是按照海华沙交代的仪式规程展开自己的仪式行为的，但是，我们更愿意把
明尼哈哈的仪式行为看作一次内心充满窃喜的、忐忑不安的夜间冒险行动，
因为她的仪式行为已被审美化而失去了巫术色彩。

　　从《海华沙之歌》的有关描述，可以看到印第安人为玉蜀黍田祈福的巫
术仪式的操作步骤和巫术仪式的功能。首先，这个仪式的主角是成年女性，
她不需要穿戴任何仪式装饰，但必须脱光衣服，而且要长发覆身。这个仪式
的具体做法很简单，就是长发覆身的女性要绕着玉蜀黍田的边界走一圈。这

---

　　①　关于明尼哈哈为玉蜀黍田祝福的仪式的素材来源这一问题，美国学者已经做了说明。详见
Mentor L. Williams, ed., *Schoolcraft's Indian Legends from Algic Researches*, *The Myth of Hiawatha*, *Oneóta*,
The Race in America, *and Historical and Statistical Information Respecting… the Indian Tribes of the United
States*, p. 318.

个仪式的功能是使玉蜀黍田更加丰饶。而女子的脚印画出的一个大圈，就是一个魔术的圆圈，它会把各种病虫害挡在圈外，使玉蜀黍丰收。因为朗费罗是根据斯库克拉夫特收集的印第安人的仪式资料，描绘这个仪式的主要规程和功能的，因而，朗费罗所做的关于仪式的描绘，应该是符合印第安人关于为玉蜀黍祈福的巫术仪式的真实性的。虽然因资料欠缺，我们无法在对照两个文本的基础上对朗费罗描绘的巫术仪式的真实性做出判断，但是，我们可以根据巫术原理对其是否符合巫术仪式的真实做出判断。因为玉蜀黍是美洲最主要的粮食作物，因此玉蜀黍是美洲印第安人巫术仪式的重要的实施对象之一。詹姆斯·乔治·弗雷泽在《金枝》中摘录了墨西哥祭祀玉蜀黍女神的仪式的相关片段：

> 在古代墨西哥，有一种庆典是专为祭祀玉蜀黍女神而举行的。当地人们称她为"长发妈妈"。庆典在这样的时候开始进行："当这种庄稼已长大，花须从绿色的穗尖露出来，向人们表明籽粒已经饱满。在这个节日里，女人们放开了长发，让它在舞蹈中摇曳飘荡。这是庆典中最突出的形象，好使来年玉蜀黍的穗子也能长得同样丰盛茂密，从而也相应地长得硕大饱满，使大家都能获得丰收。"①

在墨西哥祭祀玉蜀黍女神的仪式上，仪式的主角是女性，在仪式上最突出的形象就是女人们放开长发跳舞，仪式的功能是使玉蜀黍丰盛茂密、硕大饱满。从整体上来看，这是一个宗教仪式，因为它是为祭祀玉蜀黍神而举行的。但是，从局部来看，这个宗教仪式上又混合着一个模拟巫术仪式。

如前所说，宗教仪式中往往混合着巫术仪式。在巫术仪式上，人直接对自然施加影响，并认为能够达到相应的目的。为了达到这个目的，原始民族

---

① ［英］詹姆斯·乔治·弗雷泽：《金枝》（上册），徐育新译，大众文艺出版社 2009 年版，第27页。

往往实施两类巫术，一类是模拟巫术，另一类是接触巫术。模拟巫术依据的是"相似律"这一巫术原理，以"相似的东西产生相似东西"为原则①。为此，原始民族往往通过精细的模拟来寻求他们想要的结果，这就是"模拟巫术"。接触巫术依据的是"接触律"这一巫术原理，即相信不同事物一经接触就永远保持着联系。根据巫术的基本原理，弗雷泽将上述墨西哥祭祀玉蜀黍女神的仪式上女性的舞蹈界定为模拟巫术。弗雷泽指出，通过模拟巫术来争取庄稼或果树的丰收是很常见的现象。在苏门答腊内地，女人在播种稻子时，会故意把长发松开搭在背上，据信这样做可以使稻子长得又高又密。而在欧洲的许多地方，人们相信跳舞和向空中纵跳会使庄稼长得高大②。在这些不同地域的模拟巫术中，贯穿着"相似的东西产生相似的东西"这一巫术原则。跳舞尤其是向上跳，就可以产生一个相似的结果，那就是庄稼能够长得高。而女人的长发散开，就可以产生一个相似的结果，那就是庄稼能够长得又高又密。在这个"相似的东西产生相似的东西"的原则背后，我们看到的是"人能够影响植物的生长，并根据他的行为或状态的好坏来决定其影响的好坏"③。因此，原始民族普遍相信，多产的妇女能使植物多产，而不孕的妇女会使植物不结果实。这种相信事物之间能够相互影响的思维原理在列维－布留尔那里被称为"互渗律"。他指出："原逻辑的和神秘的思维到处感到存在物之间的秘密的关系、作用和反作用，同时，这些关系既是外部的东西，又是内部的东西；简而言之，这种思维到处都见到互渗，只有通过确立或中止这类互渗才能对自然界发生影响。例如，在巴甘达人那里，'不孕的妻子通常被撵走，因为她妨碍自己丈夫的果园挂果……相反的，多产妇女的果园产果必定丰饶。'丈夫把不孕的妻子撵走，只是为了抵抗讨厌的互渗。在另一场合

---

① [英] 詹姆斯·乔治·弗雷泽：《金枝》（上册），徐育新译，大众文艺出版社2009年版，第18页。

② 同上书，第27页。

③ 同上书，第28页。

下，又是试图引起有益的互渗。例如，在日本，'树木的嫁接应当只由年轻人来作，因为嫁接的树木特别需要生命力。'"① 不论从弗雷泽概括的"相似律"还是从布留尔概括的"互渗律"来看，在原始思维那里，人与植物之间都有密切的关系，人的行为或状态直接影响着植物的状态。这就是巫术仪式之所以产生并不断实施的原因。

朗费罗在《海华沙之歌》中描绘的明尼哈哈的仪式行为就属于模拟巫术。海华沙指出：明尼哈哈长发覆身到玉蜀黍田里走一圈，就能使玉蜀黍田丰饶，就能把虫害挡在那个魔术圈外。这种说法恰恰体现了原始思维中的"互渗律"和"相似律"的基本原理。女性能够影响庄稼的丰歉，这是"互渗律"的体现；而女性长发覆身，就会使庄稼长得又高又密，这是"相似律"的体现。从思维原理这个角度来考量，可以肯定，朗费罗描绘的明尼哈哈为玉蜀黍田祈福的仪式中保留着印第安人播种仪式的巫术性质。

三　明尼哈哈们收获玉蜀黍与印第安人的收获仪式

在从事农业的印第安人部族中，往往通过正规而复杂的仪式寻求农业的丰收。相关的仪式包括求雨以及与种植、抽穗和收割有关的仪式②。比如，易洛魁人一年中举行仲春节、枫树节、播种节、草莓节、青玉米节和收获节等 6 个节庆仪式，举行仪式的地点在长屋（男性公房）③。实际上，在收割的时候举行仪式是原始民族中普遍盛行的活动。这一方面是为了庆祝本年的丰收，另一方面是为了祈求来年的丰收。

《海华沙之歌》第十三章"玉蜀黍田的祝福"描绘了收获玉蜀黍的仪式。如果说，在明尼哈哈为玉蜀黍田祝福的仪式形象中突显了明尼哈哈这一个体的形象，那么，在收获仪式上，站在舞台上的就不是某一个体，而是一个近

---

① ［法］列维 - 布留尔：《原始思维》，丁由译，商务印书馆 1997 年版，第 290 页。
② ［美］威尔克姆·E. 沃什伯恩：《美国印第安人》，陆毅译，商务印书馆 1997 年版，第 62 页。
③ 《世界文明之旅》编委会主编：《印第安文明读本》，中国档案出版社 2005 年版，第 34 页。

乎狂欢的群体。参加这个仪式的有印第安少男少女,印第安的老人和战士,当然主角是印第安女性。叙述者将那些年轻的男男女女都纳入一个热火朝天的劳动场面中,他们的歌声、笑声、闹嚷声汇成了一个欢乐的海洋。坐在树荫下抽烟的印第安老人和战士是这个劳动场景的旁观者,但他们并不总是无动于衷的旁观者。当这个劳动场景中最引人注目的一个情景出现时,他们就变成了参与者。如果一个幸运的少女剥出一根红色的玉蜀黍,所有的劳动者会一致欢呼: "你将获得一个情人, / 你将获得一个美貌的夫君!" 这时老人都一致呼应: "一定,一定!" 不过,人们并不总是这么幸运。有时会剥出一根弯弯曲曲的枯萎霉烂的玉蜀黍,这时人们会模仿老态龙钟的老人,绕着玉蜀黍田蹑手蹑脚地跛行,会独唱或合唱: "'韦几明',玉蜀黍田里的蟊贼, / '裴木塞',鬼鬼祟祟的强盗!"① 通过这个充满欢声笑语的劳动场面,印第安男女老少的群像被描绘得栩栩如生。而在这个劳动场面中,人们的仪式化行为格外引人注目。在剥出一根漂亮的或丑陋的玉蜀黍的时候,没有人发号施令,但是人们的回应行为整齐划一。无疑,这种整齐的行为就是一种仪式话语。可见,这个收获玉蜀黍的劳动场景不是一个单纯的劳动场景,其中的仪式色彩是十分鲜明的。而美国学者已经指出,这个劳动场景包蕴的仪式行为取材于斯库克拉夫特收集的印第安仪式的资料②。通过形象来表现印第安仪式,而不是简单地照搬印第安仪式,是朗费罗处理印第安仪式素材的基本原则。这样,诗歌呈现出来的就不是单纯的仪式,而是鲜活的仪式形象。诗歌既不失其艺术本色又饱含文化价值,充满浓郁的印第安色彩,是朗费罗描绘印第安仪式形象达到的艺术效果。

虽然我们无法通过文本对照来确定朗费罗描绘的那个收获仪式与印第安

---

① [美] 朗费罗:《海华沙之歌》,王科一译,上海译文出版社 1981 年版,第 182—183 页。

② 关于此章中收获仪式的素材来源问题,美国学者已经做了说明。详见 Mentor L. Williams, ed. , *Schoolcraft's Indian Legends from Algic Researches*, *The Myth of Hiawatha*, *Oneóta*, *The Race in America*, and *Historical and Statistical Information Respecting. . . the Indian Tribes of the United States*, p. 318。

收获仪式之间有多大的相似性，但是，我们仍然可以从思维模式的角度来考量朗费罗是否反映了印第安仪式的真实。在那个收获仪式中，最引人注目的就是印第安少女剥出一根红色的玉蜀黍时大家同声欢呼、老人一致呼应的那个情景。显然，人们把少女能够剥出漂亮的玉蜀黍与她能够得到一个美貌的夫君等同起来了。二者之间为什么会有这种联系呢？在逻辑思维看来，这种联系是荒谬的。但是，在原始思维那里，将二者联系起来又是再正常不过的。

弗雷泽指出，在原始思维那里，人与植物之间的影响是相互的，如果某一植物能够影响某个人，同样，某个人也能在同样程度上影响某一植物。人与植物之间的作用力和反作用力是相反相成的，人可以影响植物，植物也可以影响人。加勒拉人相信，如果一个女人吃了长在一束香蕉上的两根香蕉，她就会成为双胞胎的妈妈。南美洲的瓜拉尼印第安人认为，如果一个女人吃了长在一起的双粒谷子，就会生下双胞胎①。在逻辑思维看来，双颗谷子和双粒香蕉与生下双胞胎没有因果关系，但是，在原始思维那里，二者之间有因果关系。显然，原始思维与逻辑思维对事物或现象之间因果关系的认识有所不同。正如列维－布留尔所说："原始思维和逻辑思维都关心事物发生的原因，但是，原始思维是循着与逻辑思维根本不同的方向去寻找这些原因的。"②原始思维的注意趋向与逻辑思维的注意趋向有本质的区别。在原始思维那里，世界上充满种种神秘的力量，这些力量在经常起作用或即将起作用。因而，事物或现象之间具有种种神秘的联系。原始思维往往注意的是事物的神秘属性及现象之间的神秘联系，而逻辑思维关注的是事物的客观特征或属性。那些神秘的联系是由事物或现象之间的"互渗"决定的。接触、转移、感应、远距离作用等都可以导致"互渗"。种种神秘的"互渗"在原始意识中占首

---

① ［英］詹姆斯·乔治·弗雷泽：《金枝》（上册），徐育新译，大众文艺出版社 2009 年版，第 28—29 页。

② ［法］列维－布留尔：《原始思维》，丁由译，商务印书馆 1997 年版，第 418 页。

位，甚至往往占据整个意识①。所以，布留尔把原始思维的基本规律称为"互渗律"。在互渗律支配下，物与物之间、物与人之间、人与人之间，互相不断地传递这种神秘的力量，而这种神秘的力量也就转化为人或物的属性了。例如，回乔尔人相信，头上插上鹰羽，就会使自己附上这种鸟的敏锐的视力②。可见，原始思维处处见到的是神秘的属性通过各种各样的形式进行传递，这种传递可以在片刻之间或在较长的时期内使某个人或者某个物与其他的人或物的属性互渗③。正是由于这种神秘的互渗，一切可见、不可见的东西都与人有着神秘的关联④。

由于互渗律主宰着原始思维，所以现象之间的自然因果关系往往不被原始思维重视，而现象之间的神秘的联系却受到了原始思维的格外关注。某种"存在物或现象的出现，这个或那个事件的发生，也是在一定的神秘性质的条件下由一个存在物或客体传给另一个的神秘作用的结果"⑤。这种传递取决于被原始人以多种多样的形式来想象的"互渗"，如接触、转移、感应、远距离作用等。正是在这种思维支配下，在新几内亚，一种胸膜炎流行病的猖獗被归咎于维多利亚女皇的大幅肖像。在许多不发达的民族中间，野物、鱼类或水果的丰收与由专人举行的一定的仪式有联系。而在印第安人的狩猎或战争中，其幸运或倒霉，都与留守在家的妻子们是否戒食某些食物、是否戒除某些行为相关联⑥。由此可见，在原始思维那里，由神秘的互渗导致的事物或现象之间的神秘联系被视为事物或现象之间的因果关系。也就是说，因果关系的本质其实是某种神秘的联系。两个具有因果关系的现象必定是先后出现的，不过，并不是这种时间上的连续性导致了两个现象间的神秘联系，而是某种

---

① ［法］列维－布留尔：《原始思维》，丁由译，商务印书馆 1997 年版，第 71 页。
② 同上书，第 94 页。
③ 同上书，第 92 页。
④ 同上书，第 126 页。
⑤ 同上书，第 70 页。
⑥ 同上书，第 71 页。

形式的神秘的互渗决定了两个现象之间的神秘联系，而这种神秘的联系被视为因果关系。当然，原始思维下的这种因果关系与逻辑思维下的因果关系是有本质区别的。正如布留尔所说："原始民族有它们自己的因果关系，那是唯一适合它们的需要的因果关系。"①

原始思维"是以后的各种思维类型的源头""而以后的各种思维类型又不能不以或多或少明显的形式再现它的某些特征"②。所以，即使在先进的社会集体中，原始思维仍然是存在的。人类的思维模式并不是在原始社会以后的某个时期发生了突然的断裂而直接由原始思维裂变成逻辑思维的，而是在漫长的过程中逐渐由具象性走向抽象性，发展成逻辑思维的。在逻辑思维尚不发达的时代，原始思维仍支配着人们的思维活动。因而，在我国先秦典籍中，关于自然现象之间、自然现象与社会现象之间神秘的因果关系的记载并不鲜见。在《山海经》中，关于一种自然现象会引起某种自然、社会现象的记载俯拾皆是。例如，"有兽焉，其状如猿，而白首赤足，名曰朱厌，见则大兵"（《山海经·西山经》）；"有鸟焉，其状如凫，而一翼一目，相得乃飞，名曰蛮蛮，见则天下大水"（同上书）；"是多文鳐鱼，状如鲤鱼……见则天下大穰"（同上书）等。在《山海经》中，将水、旱、大风、瘟疫、战争、丰收等现象的出现归因于某些鸟兽的出现，对逻辑思维来说，这种因果关系实在是不可思议的。《左传》中也有许多关于自然现象影响人事的记载。例如，鲁僖公十四年（前646）秋八月初五日，沙鹿山崩塌，晋国的卜偃由此而预言说，一周年将会有大灾难，几乎要亡国。又如，鲁僖公十六年（前648）春，在宋国惊现这样一些奇怪的现象：从天上坠落五块陨石；六只鹢鸟后退着飞，经过宋国国都。恰逢成周的内史叔兴在宋国聘问，宋襄公便向他询问这两件事的吉凶预兆，叔兴回答说：今年鲁国多有大的丧事，明年齐国有动乱，君

---

① ［法］列维－布留尔：《原始思维》，丁由译，商务印书馆1997年版，第423页。
② 同上书，第428页。

王将会得到诸侯的拥护而不能保持到最后。虽然叔兴是由于不敢违背宋国的国君才做出上述回答的，但是宋襄公由自然现象而提出吉凶问题，而内史叔兴又能顺着做出有关吉凶的回答，这一事实本身就足以说明春秋时期社会上层认识世界的方式。在他们看来，自然能影响人事。那些奇怪的因果关系，在逻辑思维看来是不可思议的，但是，在原始思维那里是自然而然的。各种现象之间之所以具有这种奇特的因果关系，实际上就是在原始思维中居首位的神秘"互渗"在起作用。

在原始思维那里，以各种形式存在的神秘的互渗导致事物或现象之间的神秘的联系，被视作因果关系。这种因果关系与逻辑思维下的因果关系有着本质的区别。在逻辑思维根本看不到因果关系的地方，原始思维却看到了因果关系。比如，南美洲的瓜拉尼印第安人相信妇女吃了双颗谷子就能生下双胞胎。在逻辑思维下，不可能在吃双颗谷子与生下双胞胎之间建立起因果关系，但是，在原始思维下，在两者之间建立起因果关系却是很平常的。这是因为，由于妇女食用了双颗谷子，这样双颗谷子与妇女之间就产生了神秘的互渗，通过这种互渗，双颗谷子的特性就被传递给了食用它的妇女，因而这位妇女就能生下双胞胎。显然，瓜拉尼印第安人认定的两者之间的因果关系，正是由神秘的互渗导致的植物与人之间的神秘的联系。在《海华沙之歌》描绘的收获仪式形象中，印第安人相信，少女剥出一根红色的玉蜀黍就能找到美貌的夫君。这种在剥出一根红色的玉蜀黍与找到美貌的夫君之间建立起因果关系的思维方式，与上述瓜拉尼印第安人的思维方式是完全相同的。可见，他们也把由神秘的互渗导致的植物与人之间的神秘的联系视作因果关系了。在这个意义上，可以说《海华沙之歌》中的收获仪式形象反映了原始思维的一个重要方面。而这个收获仪式形象是朗费罗根据斯库克拉夫特收集的印第安仪式的资料创造出来的。就其反映了原始思维的特征来看，可以肯定，朗费罗创造的这个收获仪式形象在一定程度上反映了印第安仪式的真实。

四 "海华沙哭亡友"与印第安人的悼亡仪式

《海华沙之歌》的第十五章"海华沙哭亡友"集中反映了印第安人的悼亡仪式。朗费罗并没有将现实生活中的印第安人的悼亡仪式照搬到诗歌中，而是在诗歌情节的发展中通过具体的形象自然而然地将这个仪式呈现出来。在得知齐比亚波的死讯后，海华沙先是发出一声惨痛的哀号，然后，"他把脸上涂成黑色，/用自己的外衣覆盖着头颅"①，坐在印第安人的棚屋里哀哭了漫长的 7 个星期，吐露满怀的悲戚。春天到了，因为再也看不到齐比亚波的身影，小河和灯芯草也在叹息，而蓝鸟、知更鸟和鸥枭都在哀叹齐比亚波的死亡。人与自然感应，树木、河流、花草和飞鸟都应和着海华沙痛失好友的悲哀。在这里，呈现了一个人与自然同悲的哀戚画面，海华沙失去挚友的悲哀在这个画面里被渲染得格外浓烈。在这个画面中，有一个醒目的细节，那就是海华沙把脸涂黑，用衣服覆盖着头颅，坐在棚屋里哀哭了 7 个星期。这个细节是根据麦尼博兹霍的神话传说创造出来的。麦尼博兹霍曾变形为一只狼，与一群狼生活过一段时间，后来，那群狼的首领给麦尼博兹霍留下了一只小狼作伴。有一天小狼出去后一直没回来，麦尼博兹霍猜想它被淹死了。于是麦尼博兹霍决定哀悼它，他把自己的脸涂黑，待在小屋里禁食，直到哀悼期结束。然后，他决定外出寻找小狼的下落②。在这里，作为悼亡者，麦尼博兹霍的仪式行为包括涂黑面部，在屋中独居并禁食一段时间，在这期间不得外出。海华沙的悼亡行为与麦尼博兹霍的悼亡行为本质上是相同的，包括要涂黑面部、独居一段时间。那么，海华沙和麦尼博兹霍的悼亡行为是否体现了印第安悼亡仪式的本质特征呢？如果是，那么，为什么印第安悼亡者要涂黑面部并独居一段时间呢？这样的仪式行为体现了印第安人怎样的观念呢？要

---

① ［美］朗费罗：《海华沙之歌》，王科一译，上海译文出版社 1981 年版，第 196 页。

② See Henry R. Schoolcraft, *The Myth of Hiawatha and Other Oral Legends*: *Mythologic and Allegoric of the North American Indians*, pp. 36 – 37.

回答这些问题，就必须从原始思维的角度做深度探索。

在原始民族那里，悼亡者涂黑自己身体的做法是比较常见的。在托列斯海峡西部岛民中，悼亡的主要仪式行为如下：得到丧报以后，死者的亲戚要用炭灰涂身，同时，要剪下头发，用泥巴涂抹头部。在葬仪上，看守死者的男性亲戚要涂黑身体，其头部也被树叶遮盖严实①。悼亡者要独居一段时间的做法在原始民族那里也是很常见的。弗雷泽指出："不列颠哥伦比亚的舒什瓦普人中，新死了丈夫或妻子的寡妇鳏夫必须离人独居，不得用手触及自己的身首，所用杯盏和烹饪器皿别人都不得使用。"② 海华沙和麦尼博兹霍的悼亡行为与上述原始民族的悼亡行为是相似的，由这种相似性可以断定，海华沙和麦尼博兹霍的悼亡行为是一种仪式行为，这不是朗费罗和麦尼博兹霍神话传说的叙述者凭空杜撰出来的，而是必有所本的，在一定程度上反映了印第安悼亡仪式的本质特征。

那么，原始民族的悼亡者为什么要涂黑面部呢？我们认为，这样的做法出于悼亡者对死者灵魂的恐惧。活着的人通过涂黑面部来伪装自己，就可以避免死者灵魂对他的伤害。实际上，这种涂抹自己面部或身体的悼亡行为亦见于《伊利亚特》和《圣经》。在《伊利亚特》中，阿基琉斯听闻挚友帕特洛克罗斯战死沙场的噩耗后，行为举止突然失常："他用双手抓起地上发黑的泥土，/撒到自己的头上，涂抹自己的脸面，/香气郁烈的袍褂被黑色的尘埃玷污。/他随即倒在地上，摊开魁梧的躯体，/弄脏了头发，伸出双手把他们扯乱。"③ 在澳洲的姆雷低地和达宁河下游区的部落中，悼亡者会大把撕扯自

---

① ［英］詹姆斯·乔治·弗雷泽：《永生的信仰和对死者的崇拜》，李新萍等译，中国文联出版公司1992年版，第141—142页。

② ［英］詹姆斯·乔治·弗雷泽：《金枝》（上册），徐育新等译，大众文艺出版社2009年版，第198页。

③ ［希腊］荷马：《荷马史诗》，罗念生、王焕生译，人民文学出版社2002年版，第310页。

己的头发，也会用土涂抹身躯和头部。① 在《圣经》中，有一个细节出现过不止一次，那就是，听到死讯的人会做两个连续的动作，先是撕裂自己的衣服，然后首蒙灰尘。例如，以利加拿的两个儿子被杀以后，报丧者出现时是这样的："衣服撕裂，头蒙灰尘。"从这些现象可以看出，虽然悼亡者所处的文化背景不同，但他们的悼亡行为有高度的相似性。而这种相似性正是引发我们深入思考悼亡行为本质特征的诱因。不同文化中悼亡行为的相似性恰恰说明那些悼亡行为是一种自觉的仪式行为，而不是社会个体的自发行为。这样，我们就不得不去探索隐藏在悼亡行为表象之下的以下三种特定思维模式。

（一）悼亡者的伪装：防止死者灵魂的伤害

恩斯特·卡西尔指出，在原始的意识里，灵魂与其他可以触摸、感觉到物质实体一样，是一种客观存在。灵魂的精神意义，是在人类思维不断发展的过程中逐渐获得的。最终，灵魂的实体性完全丧失，人们将其看作纯粹的精神②。在原始思维的最初阶段，灵魂既寓于整个肉体中，也寓于肉体的各个部分中，赋予肉体生命。甚至那些已经脱离了肉体的组成部分，如被剪掉的毛发、指甲等，也被认为仍与灵魂相连。由此可见，能够赋予肉体生命的灵魂是依附于物质实体而存在的，即使肉体死亡以后，这种依附关系仍会延续。在原始思维那里，人的肉体死亡以后，死者仍然"存在"，而且这种存在可以被人看到。这种存在是以幽灵的形式表现出来的，幽灵与死者生前的样子相像。在《荷马史诗》中，帕特洛克罗斯的幽灵就曾出现在阿基琉斯的梦中，幽灵的形象就是其在世时的形象。在埃及人的古籍里有一种说法，那就是把死者的灵魂视作他的另一个肉体。因此，在原始思维那里，幽灵就是一种物质实在。北美印第安人的休伦族把灵魂看作肉体的仿制品，在他们看来，灵

---

① ［英］詹姆斯·乔治·弗雷泽：《永生的信仰和对死者的崇拜》，李新萍等译，中国文联出版公司 1992 年版，第 119 页。

② ［德］恩斯特·卡西尔：《人论》，甘阳译，上海译文出版社 1986 年版，第 175 页。

魂是有头、躯干和四肢的。马来人则把灵魂看作寓居于肉体中的小生命。从《奥义书》对灵魂的描绘，也可以发现当时的印度人把灵魂视为拇指大小的人①。根据恩斯特·卡西尔的研究，在原始思维那里，灵魂不是纯粹的精神，而是与肉体相似的实体形式，它具有某种"真实"的力量②。

我们注意到，灵魂的上述特征得到了一些文化人类学家的佐证。通过对原始部落文化的田野调查，文化人类学家对原始人的灵魂观念有了深入的了解。在原始思维下，灵魂具有如下特征：灵魂在肉体睡眠以后会外出游荡，它可能进入别人的梦中，甚至会去阴间与故交聊天③。死者的灵魂会进入人的梦或幻觉之中④。刚刚死去的人的灵魂非常危险，它可能在死者的身体旁边溜达，而且伺机伤害生者⑤。在英属新几内亚，普遍认为灵魂对人不怀好意⑥。对生者来说，死者的灵魂最令人恐惧的举动就是把其生前熟悉的人带走，因为鬼魂与人一样会害怕孤独、需要陪伴。那些未按规定安葬的死者的灵魂危害性是最大的，它们可能给整个部族带来伤害，使生者陷入绝境⑦。

正是因为相信灵魂具有伤害生者的巨大力量，所以人们对死者灵魂的畏惧远远超过了对其本人的畏惧。刚死不久的人的灵魂是最令原始人恐惧的。在托列斯海峡的牧莱岛，人们相信死者的灵魂在他去世后的两三个月内会一直纠缠邻居。为了免于鬼魂的伤害，那里的人们会举行复杂的葬仪，借此将鬼魂送往冥府。海登博士认为，牧莱岛人举行复杂悼亡仪式的主要目的是安慰死者，使鬼魂相信他们得到了足够的重视。这样，鬼魂们就不会刮来大风

---

① ［德］恩斯特·卡西尔：《人论》，甘阳译，上海译文出版社 1986 年版，第 178—179 页。

② 同上书，第 179 页。

③ ［英］爱德华·泰勒：《原始文化》，连树声译，广西师范大学出版社 2005 年版，第 358—360 页。

④ 同上书，第 410 页。

⑤ ［法］列维－布留尔：《原始思维》，丁由译，商务印书馆 1997 年版，第 383—384 页。

⑥ 同上书，第 385 页。

⑦ 同上书，第 385—386 页。

破坏邻居和亲友的家园①。

在一些地区，哀悼死者时悼亡者会做出伤害自己身体的疯狂举动，不过这样的风俗并不仅存在于澳洲的一些部落中。最令人不可思议的是，悼亡者会用利器砍伤自己身体的某些部位。不过，细心的观察家发现，悼亡者砍伤自己的行为固然非常疯狂，但他们都会特别小心地避开那些致命的部位，而往往选择头皮、肩部和小腿作为砍、割的对象②。这种选择性伤害表明，悼亡者的做法是一种约定俗成的集体行为或者说是一种受规则制约的仪式行为。既然如此，我们就不得不发出这样的疑问：那些悼亡者为什么要以那么残酷的自虐方式来进行哀悼呢？很明显，砍伤自己的举动很难说是真情的自然流露。那么，他们自虐式的哀悼究竟出于何种动机呢？要回答这个问题就必须从梳理死者与生者的关系入手。

我们知道，牧莱岛人举行复杂的悼亡仪式的目的是让死者的灵魂心甘情愿地离开家园奔赴冥府。生者如此迫不及待地将死者的灵魂送往冥府的做法很难说是出于对死者的热爱。在老练的观察家看来，悼亡者自虐式的哀悼主要是为了消除恐惧③。这种恐惧来自相信刚刚死去的人的鬼魂会伺机伤害生者这样一种观念。在澳洲、美洲的一些部落中，人们相信，新死的人的鬼魂唯一想做的事就是伤害他生前熟悉的人，包括邻居和亲友。在西非喀麦隆的班纳部族人那里，这种观念也是根深蒂固的。在他们看来，只要人一死，他的灵魂就只想着干坏事，虽然这个人在世时可能是非常善良的公认的好人，但这不能保证在他死后，他的灵魂就不干坏事④。死者灵魂的力量令人瞠目结舌，干旱、暴风雨等恶劣天气，人的生病、死亡，动植物的死亡，甚至猎人

---

① ［英］詹·乔·弗雷泽：《永生的信仰和对死者的崇拜》，李新萍等译，中国文联出版公司1992 年版，第 137—138 页。
② 同上书，第 120 页。
③ 同上书，第 122 页。
④ ［法］列维－布留尔：《原始思维》，丁由译，商务印书馆 1997 年版，第 385 页。

打猎时意外失手等，都可能是新死的人的灵魂带来的。基于这样的认识，生者就不能不想办法安抚死者的灵魂，以避免死者灵魂可能带来的灾害①。不仅如此，生者还要不惜毁坏财产来避免亲友受到鬼魂的伤害。例如，在克伦人那里，毁坏自己的村庄来躲避邻近死人的灵魂的伤害就是其一贯的做法②。他们相信，改变死者生前熟悉的环境就可以防止其鬼魂重回故地伤害熟人。同理，有些部落有通过改变生者的姓名来防止鬼魂伤害的做法。关于人的名字与人的生命密切相关的问题，已经得到了恩斯特·卡西尔的充分研究。他认为，在原始思维那里，名称与人的存在本身在某种程度上就是一回事。如果一个人改变了名字，那么他也就同时获得了新生③。这一观念流行于西北美洲的印第安人部落中。在尼科巴人那里，送葬者必须更换名字，除此之外，他们还要通过其他方式来改变自己，如剃光头，这样，死者的"鬼魂就认不出他们来"④。

凡此种种表明，在原始思维那里，人们相信新死的人的灵魂会给生者带来极大的伤害，为此，生者会采取种种措施避免鬼魂认出生者。尽管他们采取的方法五花八门，但其实质是一样的，那就是伪装。通过伪装，使鬼魂因认不出生前熟悉的人而无法加害于他们。在卡维兰多人的班图部族中，战争结束后杀死过敌人的战士必须做一件事，那就是剃光头发，而且要用羊粪等物制成的药剂涂抹身体⑤。这样做的目的只有一个，那就是通过改变战士的样貌而避免被杀者的灵魂复仇。原始人相信，灵魂会因躯体形象的改变而无法辨认出自己寓居的躯体，从而无法返回人的躯体。米兰卡布尔人认为，在人熟睡以后，如果涂黑或弄脏其面部，将导致严重后果。这是因为，人睡熟以

① ［法］列维－布留尔：《原始思维》，丁由译，商务印书馆1997年版，第387页。
② ［英］爱德华·泰勒：《原始文化》，连树声译，广西师范大学出版社2005年版，第428页。
③ ［德］恩斯特·卡西尔：《人论》，甘阳译，上海译文出版社1986年版，第74—75页。
④ ［英］詹姆斯·乔治·弗雷泽：《金枝》（上册），徐育新等译，大众文艺出版社2009年版，第238页。
⑤ 同上书，第204页。

后，其灵魂可能外出游荡，当灵魂返回时，看到熟睡者改变了的形象，就不敢进入人的体内①。由此可以推断，在原始思维那里，亲友的样貌一旦被改变，鬼魂也就无法辨认出他们，自然，鬼魂加害亲友的事也就不可能发生。对原始思维有了这样的了解以后，我们可以断定，悼亡者涂抹自己的面部或身体就是为了伪装自己，其最终目的是防止鬼魂的伤害。

在原始思维那里，灵魂是一种实体存在，且有强大的力量。那么，当生者通过伪装来欺骗鬼魂的时候，这种骗局就不会被鬼魂识破吗？事实上，我们的这种担忧基本上是多余的。在原始思维的支配下，采用欺骗手段安抚灵魂是常有的事。堪察加人就用欺骗的手段安抚被杀的熊。具体的做法是，告诉被杀的熊的灵魂，其实是俄罗斯人杀了它，同时会拜托死熊的灵魂向其他的熊说好话，说堪察加人对它们多么好。奥斯蒂亚克人也会这样欺骗被杀的熊的灵魂②。在原始人那里，时常有欺骗动物灵魂、死者灵魂的事发生。祭祖之时，原始人会欺骗说："来吃吧，来享用我们的公牛吧。"但他们奉献的牺牲其实不过是一只母鸡③。一方面，原始人相信死者的灵魂有一种无所不能的力量；另一方面，他们又相信，死者的灵魂被他们欺骗时会毫无察觉。这是一种悖论。但这种悖论恰恰可以解释悼亡者的奇怪举动。因为他们对鬼魂的伤害心存恐惧，所以他们不得不用伪装自己来避免这种伤害，而且他们相信这种伪装不会被鬼魂识破。

至此，我们可以从原始思维的角度来审视海华沙和麦尼博兹霍的悼亡行为了。在《海华沙之歌》中，齐比亚波死后，海华沙把自己的脸涂黑，这显然是通过涂抹面部来改变样貌的一种做法。除此之外，海华沙还用外衣蒙住了自己的头部，这样做的目的当然是避免其挚友齐比亚波的灵魂认出他。印

---

① ［英］詹姆斯·乔治·弗雷泽：《金枝》（上册），徐育新等译，大众文艺出版社 2009 年版，第175 页。

② 同上书，第 472—473 页。

③ ［法］列维－布留尔：《原始思维》，丁由译，商务印书馆 1997 年版，第 403 页。

第安神话传说中麦尼博兹霍涂黑自己面部的目的也是如此。出于对死者灵魂的恐惧，悼亡者要伪装自己以避免死者的灵魂认出并伤害他，这正是海华沙和麦尼博兹霍涂黑面部的思维基础。在《海华沙之歌》中，主人公海华沙涂黑面部哀悼齐比亚波的细节源自印第安神话传说，因此，海华沙的悼亡行为在一定程度上反映了印第安悼亡仪式的本质。

（二）亲友为什么相信死者的灵魂会伤害自己

因为害怕死者的灵魂会伤害自己，所以悼亡者通过伪装来避免那种潜在的伤害。我们的问题是，为什么死者的亲友相信死者的灵魂会加害于自己呢？这可能是基于生活经验的一种猜想。悼亡者根据人自身的需求猜想死者灵魂的需求，它们因为孤单而需要带走生前熟悉的亲友去作伴。而从精神分析的角度看，死者的鬼魂会伤害其亲友的设想正是人对亲友怀有潜意识敌意的投射。关于这个问题，西格蒙德·弗洛伊德有专门的研究。他认为，原始人相信死者的鬼魂会返回其生前熟悉的生活环境之中，并对亲友加以伤害，为了避免这种伤害，他们会采取各种措施。在美洲西北维多利亚地区的某些部落中，有这样的习俗，那就是，一旦有人死亡，死者的所有亲属必须更名。在巴拉圭的瓜伊库鲁人那里，更名范围会扩大，不仅死者的亲属要更换名字，而且部落所有的成员都会应首领的要求而更名改姓。更有甚者，一些部落会改变物品和动物的名字①。那么，原始人为什么要这样做呢？这是因为，在原始人那里，名字和名字所指的对象其实是同一的②。基于此，更换名字也就等同于改变了物或人自身。经由这种改变，他们就能避免被死者的灵魂辨识出来，从而也就避免了伤害。原始人更换人或物的名字的做法，基于一个违反

①　［奥］西格蒙德·弗洛伊德：《论宗教》，王献华等译，国际文化出版公司2000年版，第58页。
②　同上书，第59页。

生活逻辑的设想，那就是，至亲在死后会变成一个恶魔来伤害生者①。那么，这种设想的心理根源又是什么呢？弗洛伊德从精神分析学的角度探究了这一设想的心理基础。弗洛伊德对人性的复杂性、矛盾性有深入的研究，他认为，在每个人的心里都或多或少地存在情感矛盾，爱与敌意往往并存，潜意识的敌意往往就隐蔽在爱意背后。人的情感生活以大量的情感矛盾为特征，原始人可能也不例外。不可否认，他们也会爱自己的亲人，但在潜意识里他们也可能希望自己的亲人死去。当人对某个人产生潜意识敌意时，人的心理会采取特殊的防御措施，那就是把某种潜意识的敌意转嫁到敌意所指向的对象身上。希望亲人死去这显然是一种潜意识的敌意，经过心理的特殊防御处理，这种敌意就被转移或嫁祸到亲人身上，最终转换成了死去的亲人会加害于自己这样的设想。这一防御过程在常态和病态的心理生活中并不鲜见，弗洛伊德将其称作"投射"。弗洛伊德进一步指出：经过"投射"，生者曾对死者心怀敌意被转换成了死者的鬼魂对生者怀有敌意，它会在整个丧期内伺机伤害生者②。

经过特殊的防御处理，生者对其亲友的潜意识的敌意就"投射"到了亲友身上，当亲友去世以后，其灵魂就被视为对生者充满敌意的恶魔。爱意越浓，潜意识的敌意越深。因此，与死者生前关系越亲密的人越害怕亡灵的伤害③。至此，我们也就了解了悼念亡友时，悼亡者的仪式行为的心理机制。海华沙在获悉挚友齐比亚波的死讯后迅速伪装自己，这是因为他惧怕死去的挚友的灵魂，而从精神分析学的角度看，海华沙对齐比亚波亡魂的恐惧恰恰是海华沙对齐比亚波怀有潜意识敌意的"投射"。齐比亚波在世时，海华沙在潜意识里对其怀有敌意，齐比亚波去世后，那种被转嫁

---

① ［奥］西格蒙德·弗洛伊德：《论宗教》，王献华等译，国际文化出版公司 2000 年版，第 61 页。

② 同上书，第 64 页。

③ 同上书，第 64 页。

到齐比亚波身上的潜意识的敌意就把齐比亚波形象化为伺机伤害海华沙的恶魔。

（三）悼亡人独居是为了避免对他人造成伤害

在原始思维那里，相信死者的灵魂有"真实"的力量，而且认为死者的灵魂具有和活人一样的感情需求。所以，活着的人就会做出这样的设想：新死的人因感到很孤独而需要亲人或朋友的陪伴，为此，它要带走一个或几个亲友[①]。在未举行葬礼以前，死者的鬼魂还在生前熟悉的环境中游荡。它最可能出现在生前最亲近的人身边。因此，和死者最亲近的亲友，尤其是死者的好朋友和配偶，就被认为是高危人群。一方面，他们可能被死者的鬼魂带走作伴，另一方面，与他们接触的人也可能被死者的鬼魂伤害。为了避免这种危险的情况发生，就得采取一些防范措施。在印度东北部博德的原始部落中，朋友们为死者修整墓地，死者最近的亲属拿着食物和饮料送到死者面前，对他说：你拿去吃吧，你以前一直和我们一起吃喝，以后就不再是这样的人了，我们不会再来你这里，你也不会再到我们中间来了。然后，每个同伴都摘掉手腕上的手镯串珠，放到墓地上，作为断绝朋友关系的凭证[②]。在英属新几内亚的墨克奥地区，死了妻子的丈夫成了被社会遗弃的人，是人们恐惧、害怕的对象。他不得在公众场合露面，必须像野兽那样潜行在灌木丛中，如果看到或听到有人走近，就要躲藏起来。如果他与别人一起渔猎，他亡妻的鬼魂会吓走鱼群和兽群。他到处转悠，总是随身带着一把战斧，一是为了防范野兽，二是为了防范他亡妻的可怕鬼魂加害于他，因为死者的鬼魂都很邪恶，专以加害活人为乐[③]。显然，墨克奥地区新死了配偶的悼亡人带着战斧是为了

---

① ［法］列维－布留尔：《原始思维》，丁由译，商务印书馆1997年版，第385—386页。
② ［英］爱德华·泰勒：《原始文化》，连树声译，广西师范大学出版社2005年版，第432页。
③ ［英］詹姆斯·乔治·弗雷泽：《金枝》（上册），徐育新等译，大众文艺出版社2009年版，第198—199页。

防备被配偶的鬼魂伤害，而他被要求不得在公开场合露面、不得与其他人接触，是为了避免还在伴随着他的配偶的鬼魂伤害到别人。而要求新死了配偶的人不得接触其他人的风俗在不列颠哥伦比亚的舒什瓦普人中也盛行。在那里，新死了配偶的寡妇或鳏夫必须离人独居。他们用过的杯盏和烹饪器皿别人不能使用。任何猎人都不能走近这些悼亡人，否则便会遭遇不幸。这些悼亡人的影子落在谁身上，谁就要得病。使这些悼亡人与其他人相隔绝的主要原因是那些死者的鬼魂。同时，这些悼亡人也得采取措施防备配偶鬼魂的伤害。悼亡人用带刺的灌木做床或枕头，在卧铺的四周也放了带刺的灌木，这是为了避免鬼魂接近他们①。可见，在原始思维的支配下，人们相信鬼魂还在活着的人中间游荡，尤其是经常出现在死者的好友和配偶身边，为了防范鬼魂伤害那些与死者的好友和配偶接触的人，就要求新死了好友或配偶的人必须独居一段时间。由此审视海华沙的悼亡行为，就可以肯定，他在小屋中独居一段时间，就是为了避免还伴随在他身边的死者的鬼魂伤害与他接触的人。

灵魂概念是原始思维的重要范畴。海华沙的悼亡行为充分体现了原始思维有关灵魂的核心观念，即相信灵魂是可以活动的有形的存在，它具有"真实"的力量，会伤害活着的人，因此，悼亡者要采取一定的措施，防范鬼魂对人的伤害。在这个意义上，可以肯定，《海华沙之歌》基于印第安神话传说中的悼亡行为描绘的悼亡仪式形象，体现了印第安人悼亡仪式的基本原理。

_____

① ［英］詹姆斯·乔治·弗雷泽：《金枝》（上册），徐育新等译，大众文艺出版社 2009 年版，第 198 页。

第四节 《海华沙之歌》与印第安人的观念

一 勇士形象与印第安社会的核心价值观

（一）勇士形象

勇士形象有以下三种。

1. 勇士海华沙

在《海华沙之歌》中，海华沙兼具文化英雄和勇士的特征。作为勇士，海华沙具有逼近极限的毅力，视死如归的英勇，审慎而精明的狡猾，有仇必报的刚烈。这些是印第安勇士必备的素质。海华沙的耐受力在"海华沙的禁食"这一章里表现得淋漓尽致。禁食持续了整整七天。到禁食的第四天，海华沙已经饿得软弱无力、筋疲力尽。在禁食的第七天，瑙柯密生怕禁食要了海华沙的命，早上就给他送来食物，可海华沙连碰都不碰一下。他要坚持到黄昏时分与孟达明搏斗后才进食。而从禁食的第四天开始，海华沙每天都与孟达明进行不屈不挠的搏斗。在这四天时间里，虽然海华沙已经饿得虚弱不堪，但是，他每次都积极应战，从未示弱。可以说，海华沙的毅力已经逼近极限。海华沙在与珍珠－羽毛搏斗的过程中，表现出了视死如归的勇气。珍珠－羽毛自恃强大，在他眼里，海华沙就是一个"胆小的娃娃"①。珍珠－羽毛一见到海华沙就表现出了咄咄逼人的霸气，他威胁海华沙，让他趁早回家，否则，他要像杀了瑙柯密的父亲一样杀了海华沙，但是海华沙毫不畏惧。明知珍珠－羽毛异常强大，他还是迎难而上，与珍珠－羽毛展开了一

---

① ［美］朗费罗：《海华沙之歌》，王科一译，上海译文出版社1981年版，第117页。

场空前的鏖战，最后杀死了珍珠－羽毛，夺得了他的全部财宝。在与麦基凯维斯搏斗的时候，海华沙表现出了那富有智慧的狡猾。当父子二人谈到最令各自害怕的事物这个问题时，他轻易地从父亲那里知道了父亲的秘密，而当父亲追问他的秘密时，他先是三缄其口，此后，他又通过表演恐惧，让父亲相信他最害怕的就是大芦苇。而后来的事实证明，这是假的。但是，直到真相显露的最后一刻之前，麦基凯维斯都被海华沙蒙在鼓里。海华沙富有智慧的审慎和狡猾由此可见一斑。海华沙之所以与父亲麦基凯维斯搏斗，是为了替母亲报仇。因为麦基凯维斯始乱终弃，使海华沙的母亲文瑙娜饮恨而死。而海华沙与珍珠－羽毛搏斗，是为了替外祖母瑙柯密报杀父之仇。在海华沙的最后一战中，海华沙是带着不报此仇决不罢休的愤怒追杀波－普－基威的。因为，波－普－基威把海华沙的家里搞得一片狼藉，把村子里搞得乌烟瘴气。海华沙被波－普－基威的为非作歹所激怒，他发出了"我的仇恨一定要向他报复"的誓言，凭着锲而不舍的追杀，最终使波－普－基威命丧石下。

2. 勇士麦基凯维斯

麦基凯维斯以其为民除害的英勇业绩而升格为西风神。作为勇士，麦基凯维斯最重要的战绩就是近距离杀死了深山的大熊，因为那是个人人惧怕的恶魔。麦基凯维斯凭借着非凡的胆量，用战棍击杀了那头大熊。但是，在与大熊较量的过程中，麦基凯维斯嘲笑大熊是一个胆小鬼，玷污了大熊一族的名声。可见，在印第安勇士那里，胆量是非常重要的品质。

3. 各部落的勇士

在《海华沙之歌》的第一章里，为了响应大神的召唤，印第安各部落的勇士从四面八方赶来，齐聚大草原。

> 他们都站在草原上，
>
> 带着战具和刀枪。

他们脸上涂饰得像秋天的树叶，

又像早晨的天空那样鲜艳；

他们凶狠狠地彼此瞪着眼，

脸上堆满冷酷和轻蔑，

他们心里积压着世世代代的仇恨，

列祖列宗传下来的怨隙，

世世代代都渴望着报复①。

　　印第安部落之间常年发生战争。由于为伤亡者复仇是印第安部落的铁的规则，所以部落之间冤冤相报，战争难以平息。当勇士们齐聚大草原的时候，都是一身戎装，他们带着战具，脸上涂着战争的涂饰，摆出了随时准备投入战斗的架势。他们心里充满仇恨，所以见面后互相怒目而视。连年的战争极大地削弱了印第安人的力量。为了改变这一局面，大神将勇士们召集起来，谆谆教诲，希望他们能放下仇恨，从此团结一心、和睦相处。勇士们响应了大神的号召，纷纷洗掉战争的涂饰，埋掉了战具，做了许多象征和平的红色矿石烟管。在大神训诫前后，勇士们的表现截然不同。虽然他们心里怀着复仇的火焰，难以抑制仇人相见时的愤怒，但是，在听从了大神的教诲后，他们走向了和平。可见，印第安的勇士不是只为战争和复仇存在的，他们也渴望着和平。

　　（二）印第安社会的核心价值观

　　印第安社会的核心价值观包括以下三大类。

　　1. 勇敢和智慧

　　勇敢和智慧是印第安人价值观的基本内容。印第安酋长的当选条件就体现了这一价值标准。在美洲，几乎所有的印第安部落都有两种不同级别

---

① ［美］朗费罗：《海华沙之歌》，王科一译，上海译文出版社1981年版，第11—12页。

的酋长，那就是首领和酋帅。首领主管内政，酋帅负责军事。首领的职位是在氏族内部传袭的，但酋帅的职位是不传袭的。因为这种职位实际上是用于酬劳个人的功勋的。一个人之所以被选举为酋帅，是因为他具备以下三个素质："个人的勇敢、处理事务的机智或在会议上的雄辩口才。"① 另外，印第安的换名习俗体现了勇敢在印第安男性品质中的重要性。印第安人一生中至少有两个名字，一个是童年期使用的，另一个是成年以后使用的。印第安青年到了适当的年龄，一般是 16 岁或 18 岁，氏族会举行仪式，由本氏族的酋长废掉这个青年原来的名字而启用新名字，这叫作"换名"。但在某些印第安部落中，会以青年男子外出参加战斗表现勇敢为其换名条件②。弗朗西斯·帕克曼在《俄勒冈小道》中指出："勇敢、有本领、富于进取心，这些优点可以把任何武士抬举到最高荣誉的地位。"③ 可见，勇敢是印第安男性最重要的品质。正因为如此，在那些尚武的印第安部族中，建立了一套特殊的荣誉制度。凡是本部族的成员，都要参加尚武活动，在战争中战绩显著的人会被广为宣传。而那些敢于冒生命危险与敌人打交道的人会得到更高的荣誉④。

而印第安人的这种勇敢是通过残酷的折磨磨砺出来的。在大平原地区的曼丹人中，公牛舞就是考验印第安青年的一种方式。他们把参加仪式的青年吊起来，并用刀叉刺穿他们的腿、手臂和身体。画家乔治·卡特琳描写了旁观这种仪式时的感受："每个人在忍受酷刑时表现的那种坚忍不拔的精神令人难以置信：当刀子刺穿他们的皮肉时，每个人都面不改色……我感到很不好受，不由自主地流下了眼泪。"⑤ 在这样的考验之后，还有另一个考验，那就

---

① ［美］路易斯·亨利·摩尔根：《古代社会》（上册），杨东莼等译，商务印书馆 1997 年版，第 70 页。
② 同上书，第 76—77 页。
③ ［美］弗朗西斯·帕克曼：《俄勒冈小道》，叶封译，上海译文出版社 1993 年版，第 147 页。
④ ［美］威尔克姆·E. 沃什伯恩：《美国印第安人》，陆毅译，商务印书馆 1997 年版，第 74 页。
⑤ 同上书，第 64 页。

是参加者将左手伸到一个干枯的野牛头盖骨上，表示自愿被砍掉一个手指作为给大神的牺牲。酋长通过这种仪式评价参加者的力量和性格，并决定把领导战斗队的任务交给谁①。弗朗西斯·帕克曼指出：一些部落的印第安人，"在一定时节都要让自己遭受非常痛苦的折磨，有一部分可能是为了博得勇敢和忍受力强的荣誉，但主要是作为自我牺牲的一个举动，可以得到大神的恩宠"②。这种残酷的折磨，培养了印第安人的勇敢和忍耐力。如果经受住了这种残酷的考验，他们又有什么可害怕的呢？

2. 复仇

有仇必报不仅是印第安人个性的表现，事实上，为亲友报仇更是印第安人的一种公认的义务。路易斯·亨利·摩尔根指出："为血亲报仇这种古老的习俗在人类各部落中流行得非常广，其渊源即出自氏族制度。氏族的一个成员被杀害，就要由氏族去为他报仇。审问罪犯的法庭和规定刑罚的法律，在氏族社会中出现得很晚；但是在政治社会建立以前便已出现。另一方面，自从有人类社会，就有谋杀这种罪行；自从有谋杀这种罪行，就有亲属报仇来对这种罪行进行惩罚。在易洛魁人以及其他一般的印第安部落当中，为一个被杀害的亲属报仇是一项公认的义务。"③ 印第安人认同有仇必报的部落生活规则，是由印第安人的氏族制度决定的。印第安人法律的中心是因果报应。报复是印第安人司法中的最高形式。在印第安人那里，邪恶必须得到报复。在缺少欧洲社会那种复杂而正规的法律机构的情况下，受害者的亲属常常会诉诸复仇。有一个极端的例子，可以说明印第安人如何重视复仇。一个小孩在玉米地里打鸟时误伤了另一个小孩，为了达到完全的公平合理，另一个小孩等待时机，以同样的方式打伤了对方。然后，

---

① ［美］威尔克姆·E. 沃什伯恩：《美国印第安人》，陆毅译，商务印书馆1997年版，第64页。
② ［美］弗朗西斯·帕克曼：《俄勒冈小道》，叶封译，上海译文出版社1993年版，第233页。
③ ［美］路易斯·亨利·摩尔根：《古代社会》（上册），杨东莼等译，商务印书馆1997年版，第75页。

他们就像以前一样心平气和地在一起玩耍。实际上，复仇是印第安人的一种高尚的激情，它不仅是个人性格的一种表现，"也是一种社会政治制度的正式表现"①。正因为如此，报复成为整个北美地区引起战争的主要原因之一②。在印第安社会中，惩罚性复仇与以成文法为基础的社会里的法律所起的作用相似。这种报复并不限于同一部族成员，当白人侵害了他们的时候，他们也会毫不犹豫地复仇。

3. 和平

在现实生活中，确实有为和平事业献身的印第安勇士。弗朗西斯·帕克曼在《俄勒冈小道》中讲述了一个达科他老人一生致力于和平事业的事迹。这位达科他族的老人名叫"独眼"。在年轻的时候，他接受了部落中大多数人在成年前都得接受的那种宗教仪式，即成年礼仪式。他涂黑了脸，在布莱克山区的僻静地方找到一个大山洞，在那里躺了好几天，禁食并向大神祈祷。在他虚弱而又兴奋的状态下梦境和幻象出现了，他看到了神的显灵。在幻象中，一只羚羊的形体反复出现在他面前。羚羊是奥吉拉拉人的和平神，他很少在年轻的奥吉拉拉人刚开始禁食期间就登场，但这一次他早早就出现在这位禁食者的梦境或幻象中了。羚羊告诉那位年轻人，不要走战争的道路，他已经为这位年轻人选定了和平、宁谧的生活。别的人将因抗击敌人而成名，但是羚羊为这位年轻人安排的是另一种伟大的人生，在他的一生中，他将以忠告来领导庶民，保护他们不受自己的冤仇和冲突带来的祸害③。而在仪式之后，那位年轻人就抛弃了一切战争的念头。他把他的幻象告诉了印第安人，他们敬重他的职位，也尊重他的新身份。他将一生献给了和平事业④。"独

---

① ［美］威尔克姆·E. 沃什伯恩：《美国印第安人》，陆毅译，商务印书馆 1997 年版，第 29 页。

② 同上书，第 74 页。

③ ［美］弗朗西斯·帕克曼：《俄勒冈小道》，叶封译，上海译文出版社 1993 年版，第 150—151 页。

④ 同上书，第 151 页。

眼"具备印第安勇士的素质，但一生不以战功为荣，而致力于教导人们走和平之路，这是一种更让人敬慕的伟大。他的职位和身份得到了达科他人的认同，这说明，在印第安人那里，追求和平是印第安人的价值取向之一。而朗费罗笔下那些响应大神号召的勇士走向和平的道路，无疑体现了印第安人的这种价值取向。

《海华沙之歌》中海华沙的勇士形象，是在印第安神话传说中的麦尼博兹霍和文志的勇士形象的基础上创造出来的。麦尼博兹霍的勇敢、狡猾和有仇必报等特征，文志不屈不挠的战斗力和忍耐力，都被移植到了海华沙的身上。而印第安神话传说中的勇士形象，无疑体现了印第安勇士的基本特征。在印第安神话传说中的勇士形象基础上创造出来的海华沙的勇士形象，必然体现了印第安勇士的基本特征。而以现实生活中印第安部落通行的价值观来考量，海华沙也具有印第安社会普遍推崇的勇敢、智慧和有仇必报等特征。为了避免长期的内战削弱印第安人的力量，印第安历史上的大人物海华沙建立了五部落联盟，给印第安人带来了长期的和平[1]，而《海华沙之歌》中响应大神号召的印第安勇士群像就体现印第安人追求和平的精神。勇士是印第安社会中的重要力量，在印第安社会生活中发挥着中坚作用。勇士的基本特征体现了印第安社会的核心价值观。在这个意义上，可以说，通过塑造印第安勇士形象，朗费罗反映了印第安部落生活的核心价值观。

综观美国白人作家的印第安叙事，我们发现他们对印第安勇士的塑造呈现出模式化倾向。也就是说，如果白人作家要塑造印第安勇士形象，必须突出其勇敢、毅力、智慧、狡猾和有仇必报等特征。这说明，白人作家在一定程度上把握住了印第安社会的核心价值观。在众多白人作家塑造的印第安勇士中，要数库珀在《皮裹腿故事集》中塑造的印第安勇士形象最

---

[1] See Nina Baym, ed., *The Norton Anthology of American Literature*, New York：W. W. Norton & Company, 1995, pp. 26 – 27.

为引人注目。皮裹腿系列小说中的主人公纳蒂·班波的好友印第安人秦加茨固及其儿子恩卡斯就是印第安勇士的典型。秦加茨固的智慧和毅力，恩卡斯的勇敢，分别体现了印第安勇士最重要的几种品质。而在《最后一个莫希干人》中，库珀通过"坏印第安人"的典型马瓜，集中表现了印第安人有仇必报的价值观。在库珀之后，朗费罗则将印第安勇士的核心特征集中在海华沙这一个人物形象上，这体现出美国文学对印第安价值观的认识趋于统一。

二　女性形象与印第安女性审美观

（一）女性形象

女性形象有以下三种。

1. 瑙柯密和明尼哈哈

瑙柯密是海华沙的外祖母。从海华沙出生以后，瑙柯密给人的印象就是忙忙碌碌的，从未停止过劳作的脚步。海华沙出生后，瑙柯密一直任劳任怨地抚育海华沙，海华沙捕杀鲟鱼后她接连三天取鱼油，海华沙的婚宴是由她一手张罗的，玉蜀黍成熟后她召集妇女们收玉米。哪里忙碌，哪里就有瑙柯密的身影。瑙柯密是一位任劳任怨的印第安妇女的典型。明尼哈哈聪明美丽，与海华沙结婚后，明尼哈哈就走上了和瑙柯密一样的生活道路。婚后的明尼哈哈和瑙柯密一样勤劳。在玉米下种以后，明尼哈哈在夜深人静的时候起来，到玉蜀黍田地里为玉蜀黍祝福，为的是让玉蜀黍田更加肥饶，为的是让玉蜀黍不会腐烂、凋萎，不受虫害的侵扰。而到了秋天，玉蜀黍成熟以后，明尼哈哈听从瑙柯密的安排，召集妇人们一起收获玉蜀黍。海华沙打猎回家后，就会把猎物放在明尼哈哈脚下，接下来的活儿当然是明尼哈哈的。明尼哈哈平日里操持家务非常辛苦，以至于海华沙都认为明尼哈哈活着就是在忍受煎熬。明尼哈哈死后，海华沙对她说："你再也不用回来操劳，／再也不用回来挨受煎熬。"① 总之，在塑造瑙柯密和明尼哈哈形象时，朗费罗着重表现了她们的勤劳。

2. 文瑙娜

瑙柯密从月亮上落到地上不久，就生下了女儿文瑙娜。瑙柯密叮嘱文瑙娜千万不要躺在草地上，免得西风对她不怀好心，但文瑙娜还是疏忽了。当她躺在百合花丛中时，被西风引诱，怀了身孕。后来西风又遗弃了文瑙娜。文瑙娜生下海华沙后就饮恨而死了，结局可悲可叹。年轻美丽的文瑙娜，就因为经不住诱惑，过早地失去了生命。她的香消玉殒，不仅使瑙柯密失去了女儿，也使海华沙失去了母亲。如果当初她没有向诱惑妥协，这样的悲剧也许就不会发生。文瑙娜悲剧性的死亡，也许昭示了这样的一个道理，那就是：一个经受不住诱惑的女人，就不配有更好的命运。文瑙娜的形象直接来自麦尼博兹霍的神话传说。《海华沙之歌》中关于文瑙娜的出生、瑙柯密的叮咛、西风的诱惑、文瑙娜饮恨而死等情节单元，全部来自麦尼博兹霍的神话传说，不过，朗费罗对此做了更加富有诗意和悲情色彩的叙述。虽然在麦尼博兹霍的神话传说中对文瑙娜的命运未作任何评述，但是，文瑙娜的违禁直接导致其被抛弃后含恨而死，这个悲剧说明，在印第安人看来，女性保持谨慎的矜持是十分必要的，女性的纯洁是十分宝贵的。

3. 莪文妮

在《海华沙之歌》的"黄昏星的儿子"这一章里，有一个令人刮目相看的女性形象，那就是莪文妮。莪文妮是十姐妹中最小的一个。按照印第安人的习俗，莪文妮的九个姐姐都嫁给了勇士。但是，莪文妮拒绝了众多年轻英俊的勇士的求婚，她毅然选择了又老又丑、又病又穷的奥塞俄。她无视姐姐们和那些追求者的嘲笑，与奥塞俄老头过着快乐的生活。后来，奥塞俄的父

① ［美］朗费罗：《海华沙之歌》，王科一译，上海译文出版社1981年版，第267页。

亲黄昏星把裁文妮的九个姐姐和姐夫变成了飞鸟，却让先前变形为老太婆的裁文妮恢复了青春美貌，他的理由是："只有那忠诚不渝的裁文妮，/看到你赤诚的心，爱上了你。"① 裁文妮在姊妹中是最漂亮的一个，她却选择了穷丑衰迈的老头奥塞俄。她不以貌取人，看中奥塞俄有一颗赤诚的心，就毅然爱上了他，并且对他忠诚不渝。裁文妮从来没有因为奥塞俄又老又丑而嫌弃过他，没有因为勇士们的诱惑而背叛过他，没有因为姐姐们的嘲笑而放弃过他。裁文妮对奥塞俄的爱始终不渝。而奥塞俄在裁文妮变形为干瘪老太的时候，也和裁文妮对待他一样，始终不离不弃。这一对情侣都有一颗赤诚之心，他们经受住了严峻的考验，始终保持着对爱侣的忠诚。朗费罗在改造印第安神话传说"奥塞俄或黄昏星的儿子"时，对其中人物形象的基本特征和人物之间的关系未作任何改动。因而，可以肯定，《海华沙之歌》之"黄昏星的儿子"这一章在女性审美方面保持了印第安神话传说的原汁原味，那就是，年轻貌美不是印第安女性审美的首要标准，对自己的丈夫忠诚不渝，是女性最重要的美德之一。

(二) 印第安女性审美观

印第安女性审美观包括以下两点。

1. 贞洁与忠诚

罗伯特·贝弗利在《弗吉尼亚的历史和现状》中指出：与无情的基督徒昧着良心胡乱编造的印第安人的丑恶鄙俗相反，其实，土著女人都是纯洁的新娘和贞洁的妻子② 罗伯特·贝弗利的观察和判断应该是比较可靠的。詹姆斯·乔治·弗雷泽指出，印第安妇女在丈夫外出打仗时，小心翼翼地遵守着许多禁忌，其中之一就是妻子不能有任何越轨的行为，如果妻子对自己的丈

---

① ［美］朗费罗：《海华沙之歌》，王科一译，上海译文出版社 1981 年版，第 164 页。
② ［美］萨克文·伯科维奇主编：《剑桥美国文学史》（第一卷），蒋坚等译，中央编译出版社 2008 年版，第 90 页。

夫不忠，丈夫很可能命丧沙场。因此，为了避免这种灾难，印第安妇女严格遵守着这一禁忌①。虽然印第安各部族的文化千差万别，但是，总体上来说，巫术是印第安部落生活中重要的文化形式。禁忌无非就是在巫术思维主导下必须遵守的一些规定。从妇女们在丈夫外出作战时所遵守的禁忌可以肯定，罗伯特·贝弗利对印第安女性的评价并非不实之词。不管是印第安神话传说还是印第安的禁忌，都说明贞洁和忠诚是印第安女性审美标准的重要方面。《海华沙之歌》通过几个女性形象反映了印第安人的这一女性审美标准。就女性的贞洁和忠诚而言，印第安女性审美标准并非与其他民族的审美标准有天壤之别。实际上，任何民族在任何时代都会对女性提出这样的审美要求。因为爱情的本质是排他的，所以贞洁和忠诚是人类始终不变的基本的女性审美标准。因此，印第安人具有这样的女性审美标准是合乎生活的逻辑的。

2. 勤劳

印第安人把勤劳视为女性美的重要标志。这体现了印第安人比较务实的人生观。女性的年轻貌美虽然令人赏心悦目，印第安小伙子也会因为女性的美貌而怦然心动，但是，如果选择妻子的话，对他们来说，勤劳比美貌可能更重要。

勤劳在印第安女性审美标准中居于重要地位，这首先是由印第安人的生存条件所决定的。威尔克姆·E. 沃什伯恩指出："像人类所有群体一样，寻找食物，无论是通过耕作、狩猎、捕鱼或采集，过去和现在都是印第安人群体主要关心的问题。对于北美印第安人来说，寻找食物实际上关系到每个人。20 世纪的美洲白人可以靠一小部分人去生产食物，他们可以通过从事工业和其他非农业工作得来的钱去购买食物，但印第安人却始终较多地保持早期的生产方式，即直接从事农业、放牧、捕鱼、狩猎和采集。这种直接陷入谋生

---

① ［英］詹姆斯·乔治·弗雷泽：《金枝》（上册），徐育新等译，大众文艺出版社 2009 年版，第 27 页。

活动的情况产生许多后果，而最大的后果是印第安人要依赖大自然，同时，又意识到大自然的恩惠是靠不住的。"① 印第安人求生如此不易，所以其生活态度也就更加务实。男人娶妻，不光是为了赏心悦目，更是为了确保生存。因为每个人都直接参与谋生活动，不论男女，对于他们来说，劳动是必要的生存手段。如果一个男人娶一个慵懒的女人，恐怕其日常生活都很难维持。在这种情况下，勤劳自然就成为印第安人衡量女性美的重要标准了。

印第安人的社会分工也决定了他们会从更加功利的角度审视女性。在原始民族那里，早就存在两性之间的合理而明智的劳动分工。通常都是男人从事狩猎、捕鱼等比较危险的重体力劳动，而妇女负责家务和获得植物性食物等工作②。在印第安部落生活中，男女分工的原则与此相同。妇女在大多数印第安人社会中都负责种植和管理作物，同时在采集橡实、胡桃等食物以及为棚屋收集柴火等方面起着主要作用③。而印第安男性则主要负责狩猎和捕鱼等工作。威尔克姆·E. 沃什伯恩在《美国印第安人》中指出："狩猎是男人的主要活动，这种活动可以训练战争所需要的最重要的技能，因而有极重要的非经济价值，同时又给部族的食物提供重要的蛋白质，给衣服提供兽皮，有其经济价值。""男人的另一种活动是捕鱼。""男人的其他活动还有做买卖，构筑村庄四周的栅栏和制造独木舟等。"④ 从《海华沙之歌》的有关描述，可以看出其中的男女分工体现了原始民族男女分工的基本特征。那就是男人从事相对危险的工作，而女人的工作是安全的，但也比较琐碎、辛苦。海华沙冒着生命危险捕杀了大鲟，回家后，他叮嘱瑙柯密，海鸥是他的救命恩人，要瑙柯密等它们吃饱飞走以后，再拿出壶罐取鱼油。然后，"海华沙走回家去

---

① ［美］威尔克姆·E. 沃什伯恩:《美国印第安人》，陆毅译，商务印书馆1997年版，第35—36页。
② 详见［德］利普斯《事物的起源》，汪宁生译，敦煌文艺出版社2005年版，第139页。
③ ［美］威尔克姆·E. 沃什伯恩:《美国印第安人》，陆毅译，商务印书馆1997年版，第39页。
④ 同上。

睡觉，/留下瑙柯密在月光下操劳"①。为了取油，瑙柯密忙活了整整三个夜晚。海华沙和瑙柯密的分工，恰恰反映了印第安男女分工的基本特征。而朗费罗在该诗的第十三章对男女分工做了更加明确的描述："各民族已经和平相处，/猎人逛遍山林无忧无虑；/男人们用白桦树建造独木舟，/到湖上和河上捕鱼，/还要捕捉水獭，猎取野鹿；/女人们安心安意地干活，/她们用枫树熬出枫糖，/在草地上收割野生的食量，/硝制鹿皮和水獭皮做成衣裳。"② 春天，她们种下玉蜀黍，秋天收割玉蜀黍。正是因为男女分工如此明确，所以，印第安妇女有不可逃避的劳动责任。在这种情况下，勤劳就必然成为印第安女性审美标准之一。因此，在海华沙决定向达科他人的女儿求婚的时候，瑙柯密就提出了这样的娶妻标准：

> "别把游手好闲的女人带到这儿来，
>
> 别把无用的女人带到这儿来，
>
> 她们双手笨拙，寸步难移，
>
> 你得娶个手指灵活的姑娘为妻，
>
> 做起事来得心应手，专心一志，
>
> 一双勤快的脚跑东又跑西！"③

在瑙柯密看来，勤快是女性最重要的品质。至于是否漂亮，倒在其次。正如瑙柯密所说，邻里的姑娘纵然丑，却是炉灶里的炭火，异邦的女子即使像天仙，却和星光一样邈远。

综上所述，朗费罗在《海华沙之歌》中通过塑造几位女性形象揭示的印第安女性审美标准，体现了现实生活中的印第安人的女性审美观。

---

① ［美］朗费罗：《海华沙之歌》，王科一译，上海译文出版社1981年版，第106页。

② 同上书，第172—173页。

③ ［美］威尔克姆·E. 沃什伯恩：《美国印第安人》，王科一译，上海译文出版社1981年版，第125—126页。

第五节　海华沙的宿命与印第安人的人神关系

一　海华沙的宿命

海华沙并非凡人。他是印第安大神吉谢·曼尼托派到印第安人中间的先知，一位各民族的救星。作为大神派来的使者，他肩负着重要的使命。他的使命就是教导印第安人，使印第安人繁荣富强。这是海华沙的使命，也是他的人间生涯能够持续下去的动力。海华沙就是体现大神意志的存在。从他的出生，到他生命的展开，直到最后离开人间，在整个过程中，他不能为自己的人生做主。像所有的人一样，他不能选择自己的出生。不过，和普通人不同，他的出生注定是个悲剧。海华沙的母亲是月亮神的外孙女文瑙娜，父亲是西风神。西风神始乱终弃，文瑙娜在忧伤中生下海华沙后饮恨而死。从海华沙来到人间的那一刻，他就永远失去了母爱。而在未出生之前，他已经被父亲抛弃。他不仅和所有人一样，被抛到这个世界上，而且更不幸的是，他要承受与生俱来的孤独。这样一个被抛到人世间的孤儿，从来没有品尝过在父母膝下撒娇的欢乐。不仅如此，海华沙幼小的心灵还承受着自己的亲生父母是否在世这一问题的困扰。作为印第安人的先知，海华沙就在这样的孤独与困惑中展开了自己在人间的生涯。

在海华沙童年期的尾声，他因射中一头尊贵的红鹿而赢得了骁勇的名声。从此，这位印第安勇士，展开了他的一系列的勇士行为。青年海华沙要做的第一件重要的事情，就是找到父亲，为母报仇。这一行为自然是违反人伦的。为了母亲而不得不去伤害父亲，这样的复仇就是一种痛苦的复仇。但是，他不得不开始这个痛苦的复仇行动。海华沙千里寻父，虽然也有父子相见的欣喜，但是他心中的仇恨很快就变成熊熊燃烧的烈焰。在从父亲那里确认母亲是被父亲遗弃而饮恨而死的事实后，海华沙怀着仇恨与愤怒向父亲发难。父子二人展开了激战。人生中最不应该发生的事情，就这样发生了。

虽然父亲被海华沙逼到了穷途末路，但他毕竟是神。正像西风所说："你杀害不了仙人。"① 这种身份对立，注定了海华沙的复仇行动不可能如愿以偿。纵然海华沙使尽了浑身解数，但他终究无法左右这场大战的结局。最终，海华沙听从父亲的规劝，中止了复仇行动。实际上，海华沙向父亲西风妥协，就是向命运妥协。如果他不能生而为神，如果他必须完成在人间的使命后才能升格为神，那么，他作为人，就始终必须向神妥协。这是命中注定的。作为一个人，海华沙无力和自己的命运较量。

海华沙在人间的使命是与人民一起劳动，消除灾祸，杀尽妖魔，造福人民。他肩负这样的使命来到人间，肩负这样的使命展开自己在人间的生涯。他只能遵从大神对他的安排，尽其所能去完成大神赋予他的使命。他别无选择。在这个意义上，海华沙的人生没有自由可言。像所有背负神意的英雄一样，海华沙注定只能做神的傀儡。虽然在完成那些使命的时候，海华沙表现出了英雄本色，但是，他在完成使命的时候往往必须借助于偶然性的外来因素，他几乎不能完全靠自己的力量达成目的。而且这种偶然性的外来因素往往是在生死攸关的时刻出现的，如果这个因素不出现，海华沙就会有生命危险。在与珍珠－羽毛搏斗的关键时刻，一只啄木鸟突然出现在一棵树上，告诉海华沙珍珠－羽毛的致命之处，海华沙立刻射出了第一箭。与此同时，珍珠－羽毛正举起大石头要砸向海华沙，如果啄木鸟迟来一分钟，海华沙可能就命丧石下了。啄木鸟在千钧一发之际告诉海华沙那个秘密，不是神意使然，又能是什么呢？在这个意义上，可以肯定，这种偶然性的外在因素体现的恰

---

① ［美］威尔克姆·E. 沃什伯恩：《美国印第安人》，王科一译，上海译文出版社1981年版，第57页。

恰是神意。换言之，在生死攸关的时刻，是神意扭转了局势，保全了海华沙的性命。可以说，神意在海华沙完成使命的过程中发挥了决定性的作用。海华沙只不过是执行神意的行动者，他始终在行动中，但是他在自己行动进程中不能发挥支配性的作用，神意主宰着他的行动。

作为大神派到人间的先知，海华沙在人间的生涯究竟会怎样展开，他的归宿是什么，都是由大神早就安排好了的。西风神对海华沙的预言就体现了大神的旨意，那就是：海华沙在人间完成了斩妖除魔、造福人民的使命后，就会回到父亲西风神的身边，掌管西北风基威丁。因此，不管海华沙想为自己规划怎样的人生，不管他想为自己筹划怎样的归宿，都是虚妄。从他来到人间的那一刻，这一切都已经被安排得妥妥帖帖，他不必改变什么，实际上也改变不了什么。按照这个既定的路线，海华沙完成了五大文明功绩，即造独木舟、开通航道、培植玉米、发明文字、发明医药。同时，他还诛杀了珍珠－羽毛，为人民消除了这个制造热病的妖魔。海华沙完成了一系列功业后，大神通过海华沙的幻觉向他发出了召回令，而且派了新使者来接替海华沙。在《海华沙之歌》的第二十一章，海华沙说："我曾在一次幻觉中见过这条船""见过这群皮肤白皙的人们""'吉谢·曼尼托'，那全能的神""派他们到这里来完成他的使命"，"让我们来欢迎这些陌生人""'吉谢·曼尼托'，全能的神""曾在我的幻觉中这样叮咛"①。这时，海华沙只能按大神的叮咛去做。他举行了欢迎仪式，欢迎乘船远道而来的基督教传教士，因为他们是大神派来接替他的新使者。海华沙把他的人民交给了新的使者，而他自己则独自驾独木舟驶向日落的方向，去往风神的领地。正如西风所预言的那样，海华沙完成了在人间的使命后，就返回西风的领地，去掌管西北风基威丁了。实际上，不论海华沙在人间的生涯多么绮丽多彩，终究未能越出大神划定的

---

① ［美］朗费罗：《海华沙之歌》，王科一译，上海译文出版社 1981 年版，第 277—278 页。

边界。他在大神规定的路线内被动地走完了自己的人生。这是由他的身份决定的。作为大神的使者，他的人生不可能是别样的人生。

二　印第安神话传说中主动的神与被动的英雄

（一）海华沙宿命的原型

海华沙形象的原型是印第安神话传说中的人物形象，其中有恶作剧者麦尼博兹霍和历史上的大人物海华沙的宿命，直接影响到了海华沙的宿命。

麦尼博兹霍的身世是一个谜。他生而无父无母，在外祖母瑙柯密的照顾下长大成人。童年时期的麦尼博兹霍被父母是谁、有无亲人在世等问题所困扰。他被无情地抛到世上，幼小的心灵忍受着孤独与困惑。成年后的麦尼博兹霍发起了为母报仇的弑父行动，但是，这场战斗注定了要以麦尼博兹霍的妥协结束。因为对手是强大的西风神，而麦尼博兹霍只不过是一个人。从父亲那里，他知道他在人间的使命已经被注定，那就是斩妖除魔、造福人民，在完成了这一使命后，他才能到父亲身边任职。

印第安历史上的大人物海华沙是被大神派到人间的先知，他的使命是清除地上的巨人和怪兽，并将部落生活所需的知识教给印第安人。作为文化英雄，海华沙在为印第安人谋福利方面可谓功绩卓著。其中，最重要的就是建立了易洛魁部落联盟，给印第安人带来了长期的和平。但是这位功绩卓著的文化英雄未能保护自己的亲人不受伤害。在他最后一次参加易洛魁部落联盟会议的时候，遭遇到了一件出人意料的怪事，那就是一只从天突降的大白鸟击杀了海华沙心爱的女儿。海华沙认为这是大神召回他的征兆。于是，他听从大神的召唤，驾着有魔力的独木舟升向天空。历史上的海华沙作为大神的使者，按照大神的安排展开了他的人间生涯。什么时候来或者什么时候走，都不是他自己能选择的，而是由大神决定的，他只能听任大神的摆布。

显然，《海华沙之歌》的主人公海华沙的宿命与印第安神话传说中的麦尼博兹霍的宿命略有差异，但总体上来说，海华沙的宿命与其原型的宿命本质上是相同的。也就是说,朗费罗将印第安文化英雄的宿命的基本方面移植到了海华沙形象里。就《海华沙之歌》的主人公海华沙无法挣脱命运之网的束缚这一点而言,可以说海华沙与其原型遥相呼应。因此,我们认为诗歌主人公海华沙的宿命实际上体现了印第安文化英雄的宿命。

（二）印第安人的大神主宰英雄的命运

印第安文化英雄的宿命与印第安人的宗教信仰不无关系。在印第安人那里,大神高高在上。作为生命的主宰,大神主宰着世间的旦夕祸福。在这种信仰支配下,人的能动性就被神的能动性取代了,无论是普通人还是文化英雄,都不得不屈从于大神的旨意。他们的人生轨迹已经被大神划定,他们没有主动权,主动权掌握在大神手里,他们唯一要做的就是按照大神的旨意行动。可以说,印第安文化英雄被既定命运束缚的那种困境是印第安人宗教信仰的产物。

印第安文化英雄有以下两种。

1. 有神祇血统的英雄

《海华沙之歌》的主人公海华沙是一位具有神性的文化英雄。他的神性一方面来自他高贵的出生,另一方面来自他的特殊身份。他是月亮神的外孙女与西风神的儿子,因此,他是一位有神祇血统的英雄。而他的神性可能更多地来自其特殊身份。他是印第安人的大神派到印第安人中间的先知和救星。作为大神的使者,他肩负着造福印第安人民的使命。而在完成了这一使命后,他被大神召回。作为大神使者的这一特殊身份,赋予了海华沙更多的神性。这是海华沙能够建立超凡的战功和五大文明功绩的主要原因。作为一位非凡的勇士,海华沙在与父亲西风神和珍珠 - 羽毛的鏖战中表现出了勇士的霸气和出色的技战术水平。作为文化英雄,他建立了五大文明功绩,完成了造福印第安人民的伟大使命。海华沙如此卓越的业绩皆有赖于神助。而英雄海华沙与神之间的这种关系,是朗费罗在整合印第安神话传说中的相关叙事的基础上建构起来的。

如前所述，海华沙形象是在整合了印第安神话传说中的麦尼博兹霍、历史上的大人物海华沙等人物形象的基础上创造出来的。麦尼博兹霍的父亲是西风，母亲是月亮神的外孙女。麦尼博兹霍的神祇血统被移植到了《海华沙之歌》的主人公海华沙身上。有关历史人物海华沙的神话传说，特别强调了海华沙是印第安大神的使者，海华沙完成了造福印第安人的使命后，被大神召回。可见，《海华沙之歌》中的文化英雄与神的关系是在印第安神话传说中言说的英雄与神的关系的基础上构建起来的。而这种关系，在世界文学范围内来看，是一个普世性的主题。在世界文学中，有神祇血统的英雄不可以一二数。古巴比伦史诗中的主人公吉尔伽美什的母亲是女神宁孙。《荷马史诗》中的英雄阿基琉斯的母亲是女神忒提斯，她是海神的女儿。凯尔特传奇故事"库利神牛之战"中的英雄库丘兰库丘林就是鲁格神之子。日本神话中的武士英雄金太郎的母亲是山神。在罗马神话里，声名显赫的英雄都是神祇的儿子，而最广为人知的有神祇血统的英雄还是在希腊神话里。帕尔修斯是宙斯的儿子。希腊神话里最伟大的英雄赫拉克勒斯也是宙斯的后代。这些英雄之所以有超凡的勇猛和力量，是因为他们是神的后裔。在印第安神话传说中，麦尼博兹霍的英勇善战堪比其父西风神麦基凯维斯。而《海华沙之歌》中的主人公的神祇血统以及英勇善战都是从麦尼博兹霍那里移植来的。可以说，朗费罗塑造的这位印第安英雄海华沙，具有印第安神话传说中的有神祇血统的英雄特征。和世界文学中有神祇血统的英雄相比，海华沙的高贵和英勇也不会在他们面前黯然失色。在这个意义上，可以说，朗费罗的《海华沙之歌》的价值之一，就是为世界文学增添了一位既具有浓郁的印第安色彩又具有普世性的有神祇血统的英雄形象。

2. 被动的英雄

海华沙完成造福于民的使命的过程，是在神的支配下进行的。这个过程的开始和终结，其节奏是由大神掌握的。虽然海华沙被卷入了整个过程，而且在这个过程中，他表现出了积极进取的姿态，但是，在整个过程结束的时候再去回溯它，就会发现海华沙只不过是大神的一个玩偶。决定整个事态进程的不是海华沙，而是大神。派谁来，允许他做什么，什么时候召回他，都在大神的掌握之中。可以说，《海华沙之歌》的主人公海华沙和易洛魁神话传说中的历史上的海华沙的命运都掌握在印第安大神的手中。这是他们的特殊身份决定的。虽然他们参与了事件，但是事件的发展方向不是由他们决定的，而是由神决定的。他们的被动性远远大于主动性。而被动的英雄的命运是由神掌握的，这是一个普世性的主题。

三　人类认识自我进程中构建的人神关系

（一）一个普世性的主题：神掌握英雄的命运

恩斯特·卡西尔在《神话思维》中指出，在《荷马史诗》中，英雄人物虽然是有人性的主体，但是，他们的被动性多于主动性，他们是神灵与恶魔的玩偶[①]。《荷马史诗》中的那些英雄的命运与印第安神话传说和《海华沙之歌》中的海华沙的命运是相似的。这些英雄的命运都掌握在神的手中。在《伊利亚特》中，神不仅主宰着战争的进程和参战双方的成败，而且英雄在战争中的表现直接就是某个神左右他的结果，而英雄在什么情况下死亡也是被神预定了的。总而言之，在《伊利亚特》中，神就是英雄的主宰。

不仅如此，英雄的人生结局被预叙，也是《海华沙之歌》和《荷马史诗》共同的叙述策略。这是制造悬念的一种技巧。叙述者不失时机地预告了英雄的人生结局，但并不马上展开英雄抵达结局的过程。这样就起到了吊足接受者胃口的叙述效果。接受者在得知英雄会有怎样的结局以后，就一直在

---

① ［德］恩斯特·卡西尔：《神话思维》，董龙保等译，中国社会科学出版社 1992 年版，第 217 页。

期待英雄抵达命运结局的那个具体而微的过程。而叙述者为了让自己的叙述行为继续下去，并使叙述行为始终得到接受者的回应，他不可能在时机尚未成熟时就将那个接受者期待的过程和盘托出。这样，整个叙述过程就变成了叙述者与接受者设谜与猜谜的互动游戏过程。直到那个预告的结局出现，这个游戏才告结束。这样，接受者的注意力始终被叙述者牵引，叙述者的叙述行为也就达到了预期的效果。因此，预告英雄的结局是一种制造悬念、吸引接受者的巧妙的叙述策略。

　　在《海华沙之歌》中，海华沙的结局在第四章"海华沙和麦基凯维斯"中已经通过麦基凯维斯之口预告了出来。直到该诗的最后一章，即第二十二章的结尾部分，预告的那个结局才变成了活生生的现实。在《伊利亚特》中，英雄帕特罗克洛斯和赫克托尔的死亡是重头戏。在《伊利亚特》的第十五卷里，已经预告了帕特罗克洛斯和赫克托尔的结局。宙斯对赫拉说："阿基琉斯将派好友帕特罗克洛斯参战，/光辉的赫克托尔将在伊利昂城下用枪/把他打倒，他将先杀死许多将士，/其中包括神样的萨尔佩冬，我的儿子。/神样的阿基琉斯被震怒，再杀死赫克托尔。/"① 在这里，宙斯已经预言了两位英雄的结局。在这一卷里，叙述者还略带同情地预告了赫克托尔将被阿基琉斯所杀："他活在世上的时间已经不会太长久，/帕拉斯·雅典娜已经使命定的时刻临近。/那时他将在佩琉斯之子的手下被杀死。"② 既然英雄的死亡是神意注定的，那么他们在战争中死亡就只是个时间问题了。在第十六卷里，帕特罗克洛斯被赫克托尔杀死；在第二十二卷里，赫克托尔被阿基琉斯杀死。预告英雄结局的这种叙述策略的效果，此前已经论及，此不赘述。毋庸置疑，达到一定的叙述效果并不是荷马和朗费罗所授权的叙述者选择这种叙述策略的唯一原因。由于这样的叙述策略关涉英雄的命运问题，我们就不得不追问：

---

① ［古希腊］荷马：《荷马史诗》，罗念生、王焕生译，人民文学出版社2002年版，第248页。
② 同上书，第262页。

其背后究竟隐藏着怎样的关于人的观念?

这种预告英雄结局的叙述策略表明,英雄的命运已经被神预定。在这里,神与英雄处在不对等的关系的两极。神高高在上,强势介入英雄的生活。神按照自己的意愿裁决英雄的一生。不管这个裁决是否公平,也不管英雄愿不愿意接受。神的裁决,英雄只能无条件地接受,他别无选择,因为神没有给他选择的权利。主宰人的命运是神的职责,而不是相反。因此,与其说英雄主动地走完了自己的一生,不如说英雄被动地执行了神的裁决。因为一旦英雄承认神的存在,那么他就已经将自己置于神的支配之下了。这种关系向来就是一种不平衡的关系。而要使之趋于平衡的话,英雄必须走反抗之路。大权在握的神绝不会主动收敛自己的权力。虽然在《荷马史诗》中宙斯的权力不断被挑战,但是那些与宙斯作对的都是神,如天后赫拉,海神震地神波塞冬。赫拉曾经对众神明大发感慨:"我们真愚蠢,糊涂得竟想对抗宙斯,/我们还想阻遏他,用言语或武力。/他却独踞一处,既不关心我们,/也不把我们放在心上,因为他无疑认为,/在不死的神明中他的权能和力量最高强。/他如果对你们行恶,你们也只能忍受。"① 面对强权,如果不能反抗,便只能忍受。和那些唯唯诺诺的男神相比,赫拉无疑更加令人钦佩。赫拉率领的众神和宙斯率领的众神一度分别支持阿开奥斯人和特洛亚人。战争的戏剧性进程正是支持战争双方的神的干预造成的。赫拉的反抗是有限的,她不能根本改变宙斯的强势地位,但是,至少使宙斯不能无所顾忌地为所欲为。在这个意义上,可以说赫拉的反抗削弱了宙斯的强权。和赫拉相比,英雄虽敢于威胁那些低一级的神。比如,阿基琉斯曾对阿波罗恶言相向,并威胁说有朝一日要向他算账,但是,强大的阿基琉斯对宙斯已经决定了的凡人的死亡,不仅毫无反抗之意,而且说:"我随时愿意迎接死亡,只要宙斯/和其他的不死

---

① 〔古希腊〕荷马:《荷马史诗》,罗念生、王焕生译,人民文学出版社 2002 年版,第 249 页。

的神明决定让它实现。/……如果命运对我也这样安排，我愿意/倒下死去……"①强大的阿基琉斯如此，他的朋友帕特罗克洛斯更是如此。在临死之时，他对杀死他的赫克托尔说："是残酷的命运和勒托之子杀害了我，/……你无疑也不会再活多久，强大的命运/和死亡已经站在你身边……"② 屈从是这些英雄们对待死亡和命运的唯一态度，因为那是神意决定了的。

与《荷马史诗》中的英雄相比，许多史诗英雄都对神已经安排好的命运有清醒的认识，他们秉持着唯一的态度，那就是屈从。《贝奥武甫》中的贝奥武甫一生中建立了赫赫战功，这位伟大武士很清楚，在与恶魔格兰道尔的交战中是万能的上帝在左右荣誉的归属。在预感到命运之神将夺取他的灵魂的时候，他也只能顺应命运。而他的临终遗言表明，顺应是人对待命运的唯一态度。《埃达》中的西古尔德是人中的豪杰，为了知道命运之神为他安排的道路，他专程向舅舅格里泼尔问卜一生的命运。而西古尔德求问命运时表现出了打破砂锅问到底的执着，这充分说明他对命运之神的安排抱着怎样深信不疑的态度。在问卜了自己的命运之后，西古尔德说："让我们握别互道一声多珍重，/命运乃是上苍安排无法抗争。"③ 格里泼尔是一位先知，他对西古尔德命运的预言在其后一一应验。这说明屠龙英雄西古尔德被命运之神牵着鼻子走完了自己的一生。这些不可一世的英雄，个个都有战无不胜的本领，但是在神安排好的命运面前，他们都是"温顺的儿童"。

（二）英雄的命运观与人类的自我认知

为什么不同文化中的英雄会有这种如出一辙的命运观呢？由文化传播导致的不同文化之间文化因素的渗透，并不能完全解释这种相似性。退一步讲，就算这种相似性是文化渗透导致的，这种渗透也是以接受一方的需要为前提

---

① ［古希腊］荷马：《荷马史诗》，罗念生、王焕生译，人民文学出版社2002年版，第313页。
② 同上书，第288—289页。
③ ［冰岛］佚名：《埃达》，石琴娥、斯文译，译林出版社2000年版，第301页。

的。这种需要本身说明，文化交流的双方在思维模式上有相通之处。我们认为，不同文化中这些英雄的相似的命运观，体现了这些英雄在认识自我的某一向度内处于相同的思维阶段。

认识自我是人类的永恒目标。人类意识萌发之初，内向观察与外向观察相伴而生。在关于宇宙起源的神话学解释中，原始的人类学与原始的宇宙学比肩而立，世界的起源问题与人的起源问题交织在一起。从此以后，认识自我就成了人的基本职责。

人自身存在的自明性无懈可击。但是，人不是生活在真空中的存在物，人类生活面对着种种外在力量的干预。而在人类生存技能尚低的情况下，那些远远高于人自身力量的外在力量带给人类的种种苦难几乎无法避免。这时候，人的理智水平决定了人还不能正确地认识这些外在力量。于是，人依靠自己发达的想象力并根据自身形象构想出了它们的形象，这就是拟人化的神的形象。古希腊哲学家色诺芬是第一个提出"神灵拟人说"的思想家，这种学说后来在青年黑格尔派和费尔巴哈那里得到了论证。色诺芬认为，人根据自身的形象幻想出了神的形象，因此，不同形象的人幻象出的神的形象是不同的。例如，埃塞俄比亚人的神是黑皮肤、扁鼻子的，色雷斯人说他们的神是蓝眼睛红头发的。色诺芬还调侃道，如果牛、马、狮子和人一样有手，它们画出的神的形象也一定和它们一样。色诺芬的"神灵拟人说"是具有永恒价值的宗教起源论。大量的宗教史实证明，世界上各民族的神是按照本民族人的形象构想出来的①。人始终是以自己的眼光来衡量外在事物的，人把自身当作衡量一切事物的标准②。人的认识对象就是人的本质的显示。费尔巴哈指出："人由对象而意识到自己：对于对象的意识，就是人的自我意识。你由对象而认识人；人的本质在对象中显现出来；对象是他的公开的本质，是他的

---

① 吕大吉：《西方宗教学说史》，中国社会科学出版社1994年版，第24页。
② ［意］维柯：《新科学》，朱光潜译，人民文学出版社1986年版，第181页。

真正的、客观的'我'。不仅对于精神上的对象是这样，而且，即使对于感性的对象，情形也是如此。即使是离人最远的对象，只要确是人的对象，就也因此而成了人的本质之显示。"[1]　在费尔巴哈看来，不论是精神的对象还是感性的对象，只要是人的认识对象，就都是人的本质的显现。因此，各民族那些形形色色的神，实际上是各民族人的本质的显示。概言之，神性就是人性的投射。荷马和赫西俄德笔下的希腊神祇具有人的一切不光彩的丑行，如偷盗、奸淫、欺诈等。神的世界就是人的世界的翻版。神的社会结构必然是当时人的社会结构的投影。正如在人的社会结构中，强力的人在一个团体单位中就像太上皇一样，在希腊神祇中，也有一个众神的太上皇，那就是诸神中最强大的宙斯。

　　人根据自己的形象想象出了神，但神被人赋予了远远高于人的力量的力量。神的这种力量实际上是人的力量的理想化。而人恰恰也是根据自己想象出来的这个对立面来认识自身的。人把自己的力量理想化和绝对化，将这种力量赋予神。这时，神就成了高高在上的存在。在这种高高在上的存在面前，人把自己看得一文不值，这样，人在神面前就只能卑躬屈膝、俯首称臣。在神面前，人丧失了其能动性。人间生活被置于神的支配之下，人在其间的成败得失、旦夕祸福都是神随心所欲地处置人的结果，甚至人的死亡也失去了必然性，而成为神摆弄人的命运的结果。一旦神站立起来，人必然就会倒下。只要承认神的存在，人就必然卑躬屈膝。人正是被自己幻想出来的神打垮的。在人的一切本能之中，对死亡的恐惧始终占据首位。一切宗教都不可能绕开人的死亡问题。不论是原始宗教中的来世生活，还是高级宗教中的天堂和地狱，都表明宗教是把人的死亡问题作为一个终极问题来考量的。对人的死亡问题的追问，是一切宗教的终点。如何缓解人因恐惧死亡而产生的痛苦，是

---

　　① ［德］费尔巴哈：《基督教的本质》，荣震华译，商务印书馆1997年版，第33页。

宗教的根本关切。宗教对人的死亡问题的认识，体现了人认识自我的一种成果。可以说，死亡是人的自我认识进程中不可回避的根本问题。人是有死的存在，这是自明的。但是，究竟是什么导致了死亡，这是一个问题。在原始人那里，对死亡的原因的认识表现出了一定程度的一致性。乔梅尔斯说："他们（土人）认为，死亡（除非谋杀）只能由于神灵的愤怒而发生。"① 罗伊科斯（Roscoe）说："对穆甘达人的意识来说，不存在来源于自然原因的死亡。死亡和疾病一样乃是什么鬼的影响的直接结果。"② 在原始思维那里，将死亡的原因归结为神或恶灵。这种思维方式一直延续到了较高级的宗教中，如古希腊宗教。这种将死亡归因于神或鬼的思维方式表明，人把神置于人自身之上，而过分低估了人自身的力量。由于承认神的存在并赋予神远远高于人的力量的力量，人就把人自身的成败祸福甚至死亡都交付给了神。这时，人的能动性丧失了，他只能被动地按照神预定的路线走向人生的终点。在这个过程中，人对神的安排无可奈何，除了屈从神意，他没有第二条路可选。在没有选择的选择中，人唯一可取的态度就是坦然地接受神的安排。

人在自我认识的进程建构的这种人神关系，体现在与之相应的文化形态中是顺理成章的。而前述印第安神话传说和各民族史诗中的神与英雄的关系，就体现了人类在自我认识的进程中建构的这种神人关系。在那里，不仅神决定了那些英雄们的命运，而且英雄们无一不是坦然地接受这种命运的。也就是说，英雄们对自己的命运已经被设定这一点深信不疑，因此，他们不会做任何反抗。英雄们唯一要做的，就是被动地并坦然地走向那个命运的终点。朗费罗根据印第安神话传说中，文化英雄的宿命为他的诗歌主人公海华沙安排的宿命，体现了朗费罗对印第安人关于人神关系的认识的把握，也说明朗费罗对叙述策略与叙述的人物的自我认识水平相配适这一问题有着深刻的体悟。

---

① 转引自列维 – 布留尔《原始思维》，丁由译，商务印书馆 1997 年版，第 356 页。
② 同上书，第 268 页。

第六节 《海华沙之歌》的结尾与印第安人的衰落

一 海华沙幻觉中印第安人的未来

海华沙肩负着造福印第安人民的使命来到人间，作为文化英雄和勇士，海华沙确实功绩卓著，为印第安人的繁荣富强做出了重要贡献。在海华沙离开印第安人之前，在幻觉中，这位印第安人的先知已经看到了印第安人的未来。在《海华沙之歌》的第二十一章，海华沙说：

> 在我的幻觉中，我也曾看见
>
> 属于未来的一切秘密，
>
> 往后遥远的日子里的秘密，
>
> 我看见西面的那些沼地里，
>
> 住满了许多陌生的民族，
>
> 整个大地上都住满了人，
>
> 勤勉不惜，劳苦辛勤，
>
> 他们说着多种多样的语言，
>
> 胸膛里跳动着同一的心；
>
> 林地里，响着他们的斧声叮当；
>
> 山谷里，他们的城市在冒烟，
>
> 在所有的湖上和江上，
>
> 他们轰隆隆的大船奔驰繁忙。

接着，一个更阴沉、更凄凉的幻影

闪过我的眼前，朦胧如云；

我看见我们各民族土解瓦崩，

全然忘怀了我平日的劝诫谆谆，

同室操戈使他们元气耗尽；

我看见我们残余的人民，

向西方纷奔，遍地哀声，

像暴风雨中的一片断云，

像秋天的树叶一样凋零！①

在幻觉中，海华沙已经看到，外来民族在印第安人的土地上开疆拓土，一派欣欣向荣的景象，而印第安各民族却土崩瓦解，向西逃奔。印第安人的败落与外民族的繁荣形成了鲜明的对比。而外来民族在印第安人的土地上繁荣壮大，势必导致印第安人的衰败。

虽然海华沙有非凡的勇气和智慧，既是一个战无不胜的勇士，又是一个充满创造力的文化英雄，但是，他并非无所不能。虽然他已经预料到那些罪恶精灵要伤害好友齐比亚波，但他没能阻止这个悲剧的发生。在漫长的严酷的冬天，人们被饥寒、热病摧残，海华沙无力消减这些灾难，只能听那遍地的哀声。眼看着心爱的妻子明尼哈哈被饥荒和热病夺去生命，海华沙却束手无策。一个叱咤风云的英雄，一生致力于为人民谋福利，但是，最终，他无力拯救那些生活在水生火热中的子民。一个有情有义的男人，得到过朋友的忠诚、妻子的真情，但是，他过早地永远失去了他们。海华沙既无力改变印第安人民的命运，也不能改变朋友和亲人的遭遇。海华沙已经预见了印第安人的悲惨遭遇，但是他没能为避免这样的遭遇做任何事情。事实上，他也做

---

① ［美］朗费罗：《海华沙之歌》，王科一译，上海译文出版社 1981 年版，第 278—279 页。

不了任何事情。这位一生致力于为印第安人谋福利的人民领袖，在预见到自己的人民即将遭遇的不幸后，没有为他的人民指出一条应该走的路。他按照印第安人大神的安排，把他的人民交给了来接替他的"黑色长袍"（基督教传教士），并要求他的人民听从"黑色长袍"的"金玉良言"①。就这样，这位人民领袖走到了人生的尽头。

二 海华沙的退场或死亡

在《海华沙之歌》的尾声部分，朗费罗这样安排了海华沙的去向：

> 海华沙就这样离去，
>
> 人民热爱的海华沙就此离去，
>
> 他沐浴着落日的光辉，
>
> 驾驶着黄昏的紫色云雾，
>
> 去到他本国风的领域，
>
> 西北风基威丁的领域，
>
> 去到那极乐的岛屿，
>
> 去到"帕尼马"王国，
>
> 去到那未来的王国！②

海华沙的父亲西风神曾预言，海华沙在完成了人间的使命后就会去风神的王国掌管西北风基威丁。在这里，朗费罗安排海华沙去了风神的领域，这个结局本在预料之中。如果诗歌就此打住，那么海华沙的结局正如其父所预言的那样，他离开人间后去掌管西北风基威丁了。海华沙本不是凡人，他是大神派到人间的使者，最终，他当然会离开人间，升格为神。但是，诗歌并不是这样结束的。海华沙不仅去了风神的领地，还去了"那极乐的岛屿"，去

---

① ［美］朗费罗：《海华沙之歌》，王科一译，上海译文出版社 1981 年版，第 290 页。

② 同上书，第 292 页。

了"帕尼马王国"。实际上,"极乐的岛屿"和"帕尼马王国"就是冥国。在
"海华沙哭亡友"这一章里,齐比亚波死后,他的灵魂乘着石头的独木舟,
"来到极乐的岛屿,/来到鬼魂和幽灵的国度"①。而在"饥荒"这一章,明尼
哈哈死后,海华沙说:"不久,我也会步着你的后尘,/去到那极乐的岛屿,/
去到'帕尼马'王国,/去到未来之国的领域。"② 可见,"极乐的岛屿"和
"帕尼马王国"都指的是冥国。这样看来,海华沙最后乘独木舟去了冥国。这
似乎和海华沙去往风神的领地是矛盾的。那么,究竟该怎样理解二者的关
系呢?

斯蒂·汤普森指出,文化英雄结束了他的工作后会前往西部,这是印第
安口头文学中的一个普遍母题。汤普森指出:"对于文化英雄的主要业绩,这
些母题都十分笼统……几乎所有的神话都讲述他在改变大地的形态、高山的
堆积、河流或湖泊的位置以及海岸线的确定等方面从事过不同的工作""但是
也有一些与他的晚年的工作有关的比较明确的母题。在东北部的格鲁斯盖普
故事中,这些母题也许被阐述得最清楚。在结束了他的工作后,他前往西部,
人们都期待着有一天他会回来帮助他的人民。中部森林地区玛纳波卓的故事
经常提到他的西行,在北太平洋沿岸和加利福尼亚,他的西行也广为人知。
人们期待的文化英雄的归来,同样也是玛纳波卓故事的一部分,并得到了高
原和西南部落的承认。"③ 在斯蒂·汤普森看来,文化英雄的西行是印第安口
头文学中一个很普遍的母题。以印第安神话传说为蓝本创作的《海华沙之歌》
中的文化英雄海华沙最终也前往西部了。那么,印第安文化英雄的西行究竟
意味着什么呢?

---

① Henry Wadsworth Longfellow, *The Song of Hiawatha*. Mineola, New York: Dover Publications,
Inc., 2006, p. 100. 本文所有出自《海华沙之歌》的英文引文均引自 Henry Wadsworth Longfellow, *The
Song of Hiawatha*. Mineola, New York : Dover, Publications, Inc., 2006,下文不再注明出处。

② 同上书,p. 130。

③ [美]斯蒂·汤普森:《世界民间故事分类学》,郑海等译,上海文艺出版社 1991 年版,第
373 页。

与印第安口头文学中的文化英雄一样，海华沙离开印第安人以后，也前往西部了。该诗的最后一章写道："海华沙就在这水面上航行，/宛如沿着一条河流，不断向西方行进。"① 我们把所有关于海华沙去向的信息综合起来，就可以发现，海华沙的西行与他去往父亲西风神的领地、去往印第安人的冥国是联系在一起的。我们认为，海华沙是在西行的过程中死亡而去往印第安人的冥国并升格为西北风神的。朗费罗是这样描写海华沙的独木舟向西行进的场面的："终于，它沉入烟霭迷茫，/宛如一轮新月，缓缓地，缓缓地，/沉入紫红色的远方。"看到这样的情形，站在岸上的人们说："永别了！"同时，海波啜泣，苍鹭哀叫②。如果海华沙的西行仅仅是一次简单的长途旅行，那么人与自然为什么会如此哀伤呢？合理的解释只可能是，海华沙的独木舟在西行的过程中确实"沉入紫红色的远方"，这不是一种视觉印象，而是事实。朗费罗以这样委婉的方式透露了海华沙离开人世的信息。我们知道，人死后升格为神与人死后去往冥国都是普世性的观念。这样，在诗歌结尾，朗费罗说海华沙"去到他本国风的领域"，去了"极乐的岛屿"和"'帕尼马'王国"就是顺理成章的了。把海华沙的西行与印第安口头文学中的文化英雄的西行联系起来，就可以断定，文化英雄的西行实际上意味着文化英雄的离世。作为文化英雄，海华沙的归宿与印第安口头文学中的文化英雄的归宿是相似的。这说明，朗费罗对印第安神话传说传达的文化观念的理解是十分到位的。

海华沙是在大神派来的新使者到场以后西行的。海华沙接受了大神的召唤，把印第安人民留给了接替他的新使者，而他自己则终结了在人间的生涯。作为大神的使者，他的到场和退场，都不是他能选择和把握的。一切都在大神的掌握之中。在这个意义上海华沙的退场是被动的。他没有选择，他始终被选择。萨特说，人有选择的自由，有行动的自由，但海华沙就连这一点自

---

① ［美］朗费罗：《海华沙之歌》，王科一译，上海译文出版社 1981 年版，第 291 页。
② 同上书，第 291—292 页。

由都没有。而海华沙的退场，在一定意义上，是以死亡的方式表现出来的。在新使者已经占据了他的位置的情况下，他只能彻底地退场。结束在人间的生涯，就是最彻底的退场。因此，海华沙最终去往那"极乐的岛屿"。在印第安人的来世观念里，冥国就是"极乐的岛屿"。在那里，死后的人们过着幸福的生活，人间的一切苦难都不能在那里存身。对于海华沙来说，死亡也许就是最大的解脱，如果他不能为自己的人生做主，如果人生让他如此不堪重负且毫无意义的话。

三　西进运动中美国政府的印第安政策对朗费罗的影响

在《海华沙之歌》的结尾，印第安人民领袖海华沙被大神派来的新使者——"黑色长袍"——取代，海华沙把他的人民留给了基督教传教士，而他自己则离开了印第安人。在幻觉中，海华沙已经看到印第安人的未来，在他们自己曾经生活奋斗过的地方，陌生的民族日益壮大，而印第安人日渐衰落，并被迫"向西方纷奔，遍地哀声"。朗费罗在诗歌中为印第安人安排的未来，实际上是现实生活中印第安人生活状况的一种折射。

随着移民向西部扩张的加速，美洲本土的印第安人部落，特别是密西西比河以东部分的部落受到了极大的冲击。1803 年，美国购得路易斯安那州，这为西部扩张加速提供了可能。此时，美国政府面临的一个重大问题就是通过什么方法控制更多印第安人的领土。在如何对待印第安人的问题上，安德鲁·杰克逊总统的论调代表了相当一部分白人的立场。他在 1830 年发布的年度国情咨文中表达了一种矛盾的心态，既对印第安人的灭亡表示了一定的同情，同时坚称印第安人必须被一个更伟大的种族代替。在那里，白人优越论的调子非常明显。杰克逊的论调代表了西进运动中美国主流文化对印第安人的态度。印第安人的死亡是注定的、不可避免的，这是因为在杰克逊们的眼里他们是野蛮人，而野蛮人就必须得为文明人让路。虽然杰克逊们对印第安人的灭亡表示了一定的同情，但这并不妨碍他们实施驱逐印第安人的残酷政策。经过广泛的讨论，《迁徙法案》（*Removal Bill*）于 1830 年通过。到了 1838 年，"五个文明部落"——切诺基、克里克、西米诺尔、奇克所和乔克托——的大多数被迫沿着他们所说的"泪路"进入密西西比河以西新设立的"印第安领地"。而到了 1850 年，东部的印第安人全部迁移到了密西西比河以西的地区①。这就是朗费罗创作《海华沙之歌》前夕印第安人的生活状况。

《海华沙之歌》于 1854 年开始创作，1855 年出版，距 1850 年那个特殊的年份并不遥远。因此，在如何安排他笔下的印第安人的未来的问题上，朗费罗不能不受到印第安人现实状况的左右。现实生活中印第安人被迫沿着"泪路"向西迁徙和诗歌中印第安人被迫"向西方纷奔，遍地哀声"的情景是高度契合的，绝不能说这是一种巧合。

综上所述，朗费罗在《海华沙之歌》情节进展的过程中巧妙而自然地展现了印第安人的宗教信仰、文明进程、仪式过程及价值观等文化的方方面面，而且根据情节要求和印第安人的现实状况规划了他笔下的印第安人的未来，而印第安人过去的文化成果与未来的命运就构成了这个已死的民族的历史。在这个意义上，我们可以说朗费罗为印第安人书写一部"墓志铭"的创作目标已经实现。

---

① 刘绪贻、杨生茂主编：《美国通史》（第二卷），人民出版社 2002 年版，第 258 页。

第三章 《海华沙之歌》的缺陷与
美国白人作家的身份局限

　　《海华沙之歌》问世以后获得了广泛的赞誉，为朗费罗和美国诗歌赢得了国际声誉。这部诗歌为美国民族文学的建设所做的巨大贡献不容否认。在这里，我们对这位伟大的美国诗人心怀敬仰，但是，我们并不隐瞒这样一个事实，即《海华沙之歌》这部在 19 世纪后半叶享誉世界的长篇叙事诗有一个致命的缺陷。如上文所说，在该诗结尾，海华沙叮嘱他的人民接受"黑色长袍"（基督教传教士）的教导，让他的人民"听从他们的金玉良言""听从他们真理的言论"①，然后他独自驾船驶向日落的地方。朗费罗在《海华沙之歌》的结尾做出这样的安排，是符合情节发展的必然的。那么朗费罗的情节设置为什么是这样的走向而不是别的呢？首先，如前文所述，海华沙这一人物形象以印第安神话传说中的文化英雄形象为原型，他完成在人间的使命后必须离开人间，这是他不可避免的宿命。在这个意义上，朗费罗对海华沙最后结局的安排基于其原型人物的结局，原本无可厚非。但是，有一点必须注意，那

---

　　① ［美］朗费罗：《海华沙之歌》，王科一译，上海译文出版社 1981 年版，第 290 页。

就是，诗歌主人公海华沙离开人间时，把他的人民交给了基督教传教士，而这传教士是印第安人的大神安排来接替海华沙的。这样的安排，我们不能不说是该诗致命的缺陷。我们认为，这一缺陷并非仅仅体现了朗费罗的个人偏见，实际上，在更大的意义上，这个缺陷体现了美国白人作家印第安叙事的基本倾向。美国白人作家一以贯之地以双重态度对待印第安人，这是研究美国文学时不可回避的一个重大问题。朗费罗之所以为印第安人设置那样一种结局，绝不是兴之所至地偶一为之之举，而是由美国白人对印第安人所持的普遍立场决定的。

第一节　朗费罗对印第安人的双重态度

在《海华沙之歌》中，朗费罗对印第安人的态度是极其复杂的。有赞美，也有丑化；有敬仰，也有贬低；有悲悯，也有漠视。在这里，我们将选取两种最能表明其双重立场的层面进行透视。

一　野蛮人或文明人

在《海华沙之歌》"序诗"的第 11 节中，朗费罗写道："如果你的心是那么年轻、单纯，/对上帝和造化都具有虔信，/你认为在古往今来的多少年代里，/凡是人的心灵都具有人的特征，/即使是一个野人①，/他虽然不明白美好的未来，/也会对美好的未来怀着/渴望，祈求，为它努力奋斗，/如果你认为那些软弱无助的人们/在漫漫的黑夜里胡乱摸索，/像在黑夜里摸到上帝

---

① 这一句原文为"that in even savage bosoms"（即使在野蛮人的心中），王科一将这一句中的"savage"（野蛮人）一词译为"野人"。而通行的译法是将"savage"译为"野蛮人"。因此，我们依照惯例，在本文中使用"野蛮人"这个词语。

的右手，／上帝自会把他们的双手高高举向苍天，／叫软弱的人变得强健，／如果你当真这样相信，／就请你把这个纯朴的故事，／这支《海华沙之歌》，仔细静听！"① 在这一节里，朗费罗对印第安人的同情溢于言表。一个人能够以同情的姿态看待别人，那就说明他至少认为自己比别人优越。在这里，朗费罗虽然没有直截了当地把印第安人称作"野人"，但是，在这个特定的语境里，"野人"指涉的就是印第安人。事实上，从英国殖民者登陆美洲以后，在英语中"野蛮人"就成了印第安人的代名词。因此，在《海华沙之歌》这部以印第安人为主角的诗歌中，"野蛮人"当然指的就是印第安人，而不是其他前文字社会的人。在"野蛮人"这个称谓中，我们看到了语言与权力的合谋。正是命名者的高人一等的优越感，赋予了他们以自己的价值标准为他人命名的权力。他们以自己为参照系，将与自己有明显差异的印第安人视为低人一等的异类，称之为"野蛮人"。在这个称谓中，命名者的语言恰恰体现了命名者的权力。在"序诗"中，朗费罗对话的对象是他的目标读者即英语读者，而不是印第安人。印第安人作为一种被动的存在，只存在于文本中，存在于朗费罗邀请的目标读者的眼光里。朗费罗是把印第安人作为他者来看待的。在这里，朗费罗把这个他者处理成了他的目标读者同情的对象。这个他者既是"野人"，也是等待上帝之手的"软弱的无助的人们"。在由"凡是人的心灵都有人的特征"转向"即使是一个野人"的时候，我们感到，虽然朗费罗无意贬低印第安人，但是，在其所属文化的惯性力量的驱使下，他的笔下还是划出了"人"与"野人"的分界线。在这个分界线的上方是白人，下方是印第安人，二者泾渭分明。作家的身份决定了他所属的文化环境，而其所属文化的惯性力量在一定程度上左右着作家的语言表达，所以作家的语言会在无意识中流露出其所属文化的普遍倾向。

_____

① ［美］朗费罗：《海华沙之歌》，王科一译，上海译文出版社 1981 年版，第 5—6 页。

但是，在《海华沙之歌》的显性层面，朗费罗以一种不可遏制的热情，不吝笔墨地塑造了一位印第安文化英雄海华沙的形象，展示了印第安人的文明成果。与欧洲文化传统中的文化英雄相比，这位印第安人的文化英雄毫不逊色。海华沙受印第安大神的委派，来到印第安人中间。他的使命就是为人民斩妖除魔、谋求福利。海华沙不辱使命，除了驱除妖魔之外，他还建立了丰硕的文化功绩。他发明了造独木舟的方法，并开通了航道，使得印第安人的水上交通变得非常便利，最重要的是使渔猎时期的印第安人的生活有了保障。此外，海华沙还培植出了印第安玉米。从此，使依赖狩猎、捕鱼为生的印第安人有了比狩猎、捕鱼可靠得多的生活来源。这两项发明，解决了印第安人部落生活中的重大问题。除此之外，海华沙还发现了医药，使疾病的治疗成为可能。在这些物质性的发明创造之外，海华沙还发明了印第安文字。文字的发明，促进了印第安文化的保存和传播。如果说有无文字是一个社会文明程度的标志，那么，可以认为海华沙发明文字的创举在一定程度上改变了印第安社会的性质，使其向更文明的社会迈进。朗费罗如此热情地展示海华沙的文化功绩，说明他是把印第安人作为文明人来看待的。

朗费罗对斯库克拉夫特收集的一些印第安神话传说爱不释手。他创造性地改造了其中的许多印第安神话传说，使其成为《海华沙之歌》情节的基本组成部分。如前所说，《海华沙之歌》是以印第安神话传说中的麦尼博兹霍的故事为蓝本的。其中，海华沙的身世、海华沙的童年、海华沙弑父、海华沙造独木舟、海华沙捕鱼、海华沙杀珍珠－羽毛、海华沙追杀波－普－基威等重要情节，都来自麦尼博兹霍的神话传说。而海华沙的禁食与祈祷这一情节则来自"孟达明或印第安玉米的起源"，两个鬼魂造访海华沙全家的情节来自"两个鬼魂"（*The Jeebi or Two Ghosts*），关于大力士夸辛的故事则来自"夸辛或可怕的强壮男人"（*Kwasind or the fearfully Strong Man*）。实际上，朗费罗创造性地改造了上述印第安神话传说，使其成为《海华沙之歌》情节的主体部分。如果抽离了这些神话传说，《海华沙之歌》将不复存在，这绝非危言耸听。不仅如此，朗费罗还通过设置一个功能性的角色，即印第安故事家伊阿歌，在"黄昏星的儿子"这一章里，讲述了黄昏星的儿子奥塞俄的故事，而这个故事的原型就是印第安神话传说"奥塞俄或黄昏星的儿子"（*Osseo or the Son of the Evening Star*）。除了创造性地改造印第安神话传说以外，朗费罗还会把一些印第安故事读给自己的孩子听。在 1854 年 6 月 30 日的日记中，朗费罗写到下午茶以后，给孩子们读印第安故事"红天鹅"①。可以说，朗费罗把印第安神话传说视若珍宝，他在整个前 20 章里都沉浸在印第安神话传说所创造的梦幻王国之中。他对印第安神话传说的重视，足以说明他对印第安文明成果怀着一份敬意、一份钦慕。

当沉浸于印第安神话传说所创造的梦幻王国时，朗费罗把他笔下的印第安人视为文明人。但是，在这个梦幻王国之外，朗费罗就不由自主地向其所属文化的惯性力量靠拢，把印第安人视为低人一等的"野蛮人"。这种矛盾，体现了作家的良知与其所属文化的力量之间的较量。而这种较量，在美国文学的印第安叙事群中从未停止过。不论是在写实性的印第安叙事还是在虚构性的印第安叙事中，作家往往都被这两种力量所牵引。在出于个人良知承认印第安文明的同时，也会在意识形态的影响下将印第安人贬低为"野蛮人"。在这个意义上，可以说，朗费罗在印第安人究竟是"野蛮人"还是"文明人"之间的游移，恰恰体现了美国文化对待印第安人的矛盾立场。

二　返回印第安神的身边或接受基督的福音

在《海华沙之歌》的前 20 章里，朗费罗怀着极大的好奇心沉浸在印第安绮丽的部落生活中，和他的主人公同呼吸共命运。因此，我们从前 20 章里，

---

① See Henry Wadsworth Longfellow, *The Song of Hiawatha*; *With Illustrations*, *Notes*, *and a Vocabulary and an Account of a Visit to Hiawatha's People*, *by Alice M. Longfellow*, p. 6.

能够深切地感受到朗费罗对他的主人公呵护有加，对主人公的文化英雄创举怀着一种敬仰，对他遭遇的磨难怀着一份发自肺腑的悲悯。但是，一旦故事时间转入欧洲人登陆美洲后的殖民时代，朗费罗就立刻与他的主人公分道扬镳了。这时，朗费罗全然变成了一个局外人，一个旁观者。在该诗的最后两章里，朗费罗把他的这位文化英雄兼勇士处理成了一个听任命运摆布的、毫无战斗力和智慧的逃避主义者。这位文化英雄兼勇士在《海华沙之歌》的最后两章里的一反常态，完全是朗费罗一手造成的。

　　按照诗歌情节发展的内在逻辑，海华沙这位受大神委派的印第安先知在完成了自己人间的使命以后，就会回到他父亲西风神麦基凯维斯身边，掌管西北风基威丁。海华沙来到印第安人中间以后，确实不辱大神的使命。作为勇士，他诛杀了珍珠－羽毛这个制造热病的妖魔；作为文化英雄，他建立了五大文明功绩。海华沙受命为印第安人民谋福利，作为人民领袖，他当之无愧。实际上，按照情节发展的内在逻辑，海华沙在完成了为民谋福利的使命后，完全可以回到父兄的身边，当起西北风神来。但是，朗费罗没有做这样的安排。他把他的主人公在人间的生涯延续到了欧洲人登陆美洲后的殖民时期，并安排他的主人公将自己的地盘和人民拱手让给了基督教传教士。然后，他让海华沙独自驾船驶向日落的方向，去往风神的领地。朗费罗之所以会做出这样的安排，是因为其所属文化的力量在他创作时发挥了支配性作用。

　　另外，《海华沙之歌》中的海华沙的归宿与其原型之一——印第安历史上的海华沙——的归宿也不相符。印第安历史上的海华沙是一位举足轻重的大人物。在 15 世纪晚期，为了避免持续的战争带来的可怕的后果，一个名叫海华沙的人建立了易洛魁部落联盟。这个联盟的建立，在很大程度上减少了印第安部落之间的战争，为印第安人带来了相对和平的环境[①]。斯库克拉夫特根

---

① Nina Baym，ed. *The Norton Anthology of American Literature*，pp. 26 - 27.

据易洛魁的神话传说梳理了海华沙的有关历史上的重要事迹。关于他的归宿，斯库克拉夫特指出：海华沙在离开人间之前，最后一次参见了易洛魁部落联盟委员会的会议，通过充满政治智慧的告别演说，他结束了自己的生涯。然后，他走进他那有魔力的独木舟，开始升向空中，这时人们听到了甜蜜的音乐旋律，直到他上升到人们的视线之外，这音乐声仍在回荡①。虽然在这个神话传说的尾声并未言明海华沙的去向，但是，在赴会之前，他目睹了白鸟残杀女儿的征兆性的一幕。在悲痛之中，他对自己说：大神也告诉我，我在这里的工作已经完成了，我必须回到他那儿②。由此可以断定，历史上的海华沙回到了大神的身边。

在《海华沙之歌》中，海华沙"驾驶着黄昏的紫色云雾，/去到他本国风的领域"③。就海华沙去往神的身边这一点而言，我们能看到易洛魁神话传说中关于历史上的海华沙的踪迹在《海华沙之歌》中的隐现。但是，诗歌中的海华沙和神话传说中的，历史上的海华沙离开人间的时机是迥然不同的。历史上的海华沙是在看到神迹后，意识到自己在人间的使命已经完成，从而接受了大神的召唤而离开人间的。但是，诗歌中的海华沙是在基督教传教士登陆美洲后，放弃了自己作为印第安人领袖的义务，抛弃了自己的人民，让他们接受基督教传教士带来的福音，而他自己则返回父亲西风神的身边。

综上所述，朗费罗为自己的主人公安排的结局，即与诗歌情节的内在逻辑发展有所抵牾，也与其原型之一——历史上的海华沙——的归宿相异。朗费罗的这种安排，体现了他根据自己的价值观掌控自己主人公命运的强力意志。

在《海华沙之歌》的第二十一章第 22 节里，朗费罗把印第安的大神与基督教的上帝混为一谈：

---

① See Henry R. Schoolcraft, *The Myth of Hiawatha and Other Oral Legends: Mythologic and Allegoric of the North American Indians*, pp. 190 – 193.

② Ibid. , *p.* 192.

③ ［美］朗费罗：《海华沙之歌》，王科一译，上海译文出版社 1981 年版，第 292 页。

"吉谢·曼尼托"，那全能的神，

那造物之神，伟大的神明

派他们到这里来完成他的使命①，

派他们给我们带来他的福音②。

在这里，朗费罗借海华沙之口，将基督教传教士处理成了印第安大神"吉谢·曼尼托"的使者，这样，就把基督教的上帝与印第安的大神等同起来了。通过这种方式，朗费罗将印第安的大神与基督教的上帝处理成了异名同体的存在。既然基督教的上帝就是印第安的大神，印第安的大神也就是基督教的上帝，那么，基督教的上帝就具有了在印第安人中间行使权力的合法性。因此，印第安人理所当然地应该接受基督教传教士的传教。朗费罗使印第安大神上帝化，实质上就是以基督教取代印第安宗教。在该诗的最后一章，朗费罗让海华沙叮嘱他的人民，听从基督教传教士的"金玉良言"和"真理的言论"。朗费罗在这里赤裸裸地宣扬基督教对印第安人的宗教渗透，是对他在前一章里将印第安大神上帝化的一种合乎情理的呼应。

朗费罗将印第安大神上帝化，是为了以基督教取代印第安宗教，而绝不可能相反。意识形态对作家创作的调控力由此可见一斑。虽然朗费罗让他的主人公海华沙认同印第安的宗教，安排他回归到他的父亲西风神那里，但是，朗费罗却借他的主人公之口，让印第安人接受基督教。在这里，朗费罗既有对印第安宗教的尊重，也有对印第安宗教的贬低。正因为在朗费罗眼里印第安的宗教是低于基督教的宗教，所以他才会在诗歌中设置海华沙叮嘱印第安人民接受"黑色长袍"的教导的环节。

---

① 此处的"他们"，指的是基督教的传教士。

② ［美］朗费罗：《海华沙之歌》，王科一译，上海译文出版社 1981 年版，第 278 页。

第二节　选择性叙述：被隐蔽的暴力与被放大的和平

朗费罗之所以会在《海华沙之歌》中设置海华沙将他的人民交给基督教传教士这样的情节单元，绝非空穴来风。实际上，这种安排是在美洲基督教化运动的背景下展开的。下面分四部分予以论述。

一　哥伦布："把他们都教化为我主的信徒"

1492 年 8 月 3 日，来自意大利热亚那的水手哥伦布在他的西班牙雇主的资助下开始了改变世界历史的环球之旅。哥伦布的雇主是西班牙君主费尔南多和伊莎贝尔夫妇。这对夫妇是虔诚的天主教徒，他们称呼自己为"他们的最高天主教君主"。而哥伦布之所以能够获得此次资助，是与他虔诚的信念分不开的。他恳求伊莎贝尔夫妇允许他将基督教带往大洋彼岸，他的名号是"基督的捎信人"①。哥伦布在此次航海日志的序文中声称：受陛下的委派，他要去了解目的地的"君主、百姓、风土习俗，以及一切有价值的事物，把他们都教化为我主的信徒"②。而在整个航海进程中，哥伦布确实十分重视他的传教任务。航海日志中随处可见哥伦布希望印第安人皈依基督教的记载。12 月 18 日的日志中写道："他在岛的一个空旷的场地中心竖立了一个巨大的十字架，他说，印第安人在这件事上给了他极大的帮助，这些人也像他一样朝十字架祈祷。望着他们划十字的手势，元帅祈祷上帝，让所有岛上的人都皈依到基督教。"③ 这个日志片段表明，哥伦布在此次航行中自觉地履行着传

① ［美］威廉·J. 本内特：《美国通史》（上），刘军等译，江西人民出版社 2009 年版，第 3 页。
② ［意］哥伦布：《哥伦布日记》，大陆桥翻译社译，远方出版社 2003 年版，第 6 页。
③ 同上书，第 122 页。

播基督教的使命。

哥伦布不仅希望他所经之处的人都成为基督徒，而且期望所到之处都为基督教国家提供财富。当然，哥伦布的野心与其西班牙雇主的愿望是完全合拍的。哥伦布在 11 月 27 日的日志中说："我建议陛下一定要排除那些异教徒，不要让他们来插手这里的交易，也不要他们到这一带来，这里除了天主教的基督徒，其他人都该排除，我们要从一开始就繁荣基督教的事业，为基督教增添荣耀。"① 这一切表明，在天主教君主资助下的哥伦布环球航行，不只为探索新航道，更是为了扩大基督教的势力范围，为基督教国家获得源源不断的财富，建立庞大的根据地。

面对新大陆的辽阔、富足、美丽，哥伦布发出了由衷的赞美，但其中蕴藏着的是垂涎三尺的占有的野心。我们不妨看看 12 月 16 日的日志中的一个片段："一个人能来这里开阔一下视野，真的是一种享受。这些峡谷、河流，以及潺潺的泉水，流经一片片土地，使这片沃土适合生产丰富的粮食，蓄养他们缺乏的那些牲畜，或者就把它当作美丽无比的园林，也是非常适合的，一个人在这个世界上需要的所有东西，都能在这里找到。"② 很显然，哥伦布功利主义的勃勃野心几乎遮蔽了陶醉于自然美景的闲情逸致。在哥伦布看来，美洲，就是一座"富矿"；印第安人，就是为欧洲人预备的温良的劳工。只要哥伦布的主子愿意，这里的人和自然资源都可以为他们所用。占有、掠夺、利用、奴役、盘剥，这就是哥伦布对待美洲这片土地和这里的人民的基本立场。要想使这一切顺利地变为现实，就有必要在美洲推行基督教化的政策。一旦那里的人民放弃了自己的宗教信仰而改信基督教，那么，被同化了的印第安人就更易被欧洲殖民者支配了。以宗教拯救之名行政治奴役和经济掠夺之实，这是欧洲人在印第安人中传播基督教的主要动因。当然，我们并不否

① ［意］哥伦布：《哥伦布日记》，大陆桥翻译社译，远方出版社 2003 年版，第 98 页。
② 同上书，第 118 页。

认基督教文明给印第安人带来的实际好处。

二　改变异教徒的信仰是基督教徒的责任

哥伦布的美洲之行开启了欧洲白人与美洲印第安人关系史的开端。他的航海日志作为最早的欧洲人记录在美洲经历的文献资料，在某种意义上为白人的印第安叙事定下了基调。白人在印第安人面前摆出了一副居高临下的姿态。支配、奴役印第安人的叵测居心，占有、掠夺美洲资源的勃勃野心，蔑视、取代本土宗教的险恶用心，这一切在哥伦布的《航海日志》中已经昭然若揭。所有这一切，都通过无形的力量渗透进了此后的白人印第安叙事中。这种力量的源泉实际上正是欧洲中心主义的意识形态。正是在这种意识形态的支配下，基督教国家在向外扩张攫取经济利益的同时，还要将基督教推广到非基督教地区。基督教徒将非基督教称为"异教"，本身就是对其他宗教的一种贬低。似乎只有基督教才是正统，而其他宗教都是异端。"异教"这一称谓，不仅指涉的是名称问题，更指涉的是价值判断问题。基督教中心主义的思想由来已久且根深蒂固，因此其穿透力也就格外强大。在哥伦布发现新大陆之后，随着基督教国家的势力向美洲的扩张，在美洲传播基督教也势在必行。正如美国学者威尔克姆·E. 沃什伯恩所说："欧洲人向新世界推进的巨大动力之一是基督教的传教精神，他们确信改变异教徒的信仰是基督教徒的责任。这种想法并不限于教士和牧师，最早给探险队提供财政支持的人、国家的部长以及殖民地官员，都真诚地认为他们是在履行道义上的责任。"①

不过，基督教在印第安人中间的传教活动很难达到预期目的。其中最主要的原因是印第安人不愿意改变自己的宗教信仰。塞内卡人的酋长"红外套"在 1805 年与传教士约瑟夫·克拉姆的谈话中表示："兄弟，我们不希望毁灭

---

① ［美］威尔克姆·E. 沃什伯恩：《美国印第安人》，陆毅译，商务印书馆 1997 年版，第 122 页。

你们的宗教，或者从你们那里接受它，我们只想保持自己的信仰。"① "红外套"的这番话道出了印第安人的心声。虽然"红外套"说这番话的时间是1805年，但这并不意味着那仅仅是这个时期的印第安人才有的想法。事实上，印第安人的生活方式决定了改变他们的信仰几乎是不可能的。

　　印第安人的宗教活动和政治活动没有分离。一个印第安人一旦放弃自己部族的宗教信仰而改信基督教，那么他也要相应地放弃原有的生活习惯，这就会造成一个直接的后果：他被原来的生活圈子疏离。而对于必须依赖群体生活的印第安人来说，这无疑是致命的。而如果一个部族放弃了印第安人的宗教信仰，直接的灾难就是被其他印第安部族发动的战争灭绝。罗得岛的罗杰·威廉斯在1654年的报告中谈到了这种情况："在我最后离开他们去英国时，纳拉甘塞特的一些酋长，尤其是尼尼格雷特酋长，一再要求我代他们向英格兰的高级官员请求，最好不要强迫他们改变自己的信仰，而且不要因为他们不改变自己的信仰就以战争相加；因为他们说，他们经常受到来自马萨诸塞周围的印第安人的威胁，说他们如果不进行祈祷，就将以战争毁灭他们。"② 可见，改信基督教的印第安部族将受到来自其他部族的威胁，性命堪忧。

　　由于印第安人对基督教文化的抗拒，使得基督教改变印第安人信仰的工作从实质上来说几乎是无效的。1611年耶稣会比亚尔神父谈到了热斯·弗莱什教士于1610年对阿贝纳基人中上百名改信基督教者施洗的效果："一样的野蛮，一样的举止，或者说很少有什么不同；一样的习惯、礼节、习俗和风尚；恶习还是存在，至少就我所知是如此；不注意时间、日期、工作、运动、祈祷、责任、道德或精神上的改正。"③ 比亚尔神父认为，接受洗礼的阿贝纳基人与他们那些未受洗礼的同伴在行为举止等方面没有什么区别。由于文化的差异，即使

---

　　① ［美］威尔克姆·E. 沃什伯恩《美国印第安人》，陆毅译，商务印书馆1997年版，第132—133页。

　　② 同上书，第123页。

　　③ 同上书，第124页。

印第安人改信了基督教，他们也很难与基督教的生活方式融合。

三　暴力伴随着基督教在美洲的传教活动

正是因为改变印第安人的信仰面临着极大的困难，所以，基督教在美洲的传教活动往往伴随着暴力。方济各会与耶稣会是在美洲传播基督教的两支重要力量。和耶稣会相比，方济各会对印第安人的宗教持更不宽容的态度。方济各会传教士对印第安人的圣物圣所几乎不能容忍。他们曾经想过要毁坏东部村庄印第安人崇奉的克奇纳神像，摧毁当地举行神圣仪式的圣殿"基瓦"，根除部族的非基督的仪式。虽然耶稣会也认为印第安人的宗教行为是错误的，但要比方济各会宽容得多，他们没有上述那些过激的想法。在用什么样的语言传教的问题上，这两种团体也有所不同。耶稣会要求传教士精通当地土语，并用土语进行传教。而方济各会并无这样的要求。虽然这两种团体都想用和平的手段规劝印第安人改变信仰，但是，"都喜欢用鞭打——常常是严厉和残酷的——和其他各种强迫的形式来执行教堂的纪律，甚至包括用惩罚性的军事远征来对付不顺从的土人"①。

四　筛选与书写

从基督教在美洲传播的历史来看，和平的手段并不是欧洲殖民者对印第安人采取的唯一手段。基督教的传道也没有达到彻底同化印第安人的目的。也就是说，通过和平的手段使印第安人接受基督教进而归附欧洲基督教国家的统治，这从来就没有成为现实。事实是，"在殖民地时期开始的前 100 年间，75% 到 90% 的美洲土著人口死掉了，其中的大多数死于殖民开始的前 50 年"②。这个数字本身足以说明，在欧洲殖民者殖民美洲以后印第安人遭遇了怎样惨绝人寰的重创。在欧洲殖民者与印第安人的关系史中，从来就不缺乏

---

① ［美］威尔克姆·E. 沃什伯恩：《美国印第安人》，陆毅译，商务印书馆 1997 年版，第 130 页。
② ［美］萨克文·伯科维奇主编：《剑桥美国文学史》（第一卷），蒋坚等译，中央编译出版社 2008 年版，第 32 页。

暴力与血腥。最终，残余的北美印第安人被迫背井离乡，大规模迁徙到美国政府划定的印第安人保留地。这时，历史已经进入了 19 世纪 50 年代。经历了 200 多年的欺骗、磨难与战争，北美印第安人最终彻底丧失了其作为美洲主人的地位。

如果充分考虑上述情况，我们就可以做出这样的判断：朗费罗在《海华沙之歌》的结尾提出的印第安人的宗教皈依和政治归附，只是文人的设想，而不是历史事实。但是，朗费罗的这一设想也不是空穴来风。美洲基督教化的历史背景是他提出这一设想的主要原因。在《海华沙之歌》中，朗费罗对神话时代印第安的叙述是符合印第安文化真实的，但是，一旦进入欧洲殖民者登陆美洲以后的历史时期，因为关乎白人与印第安人的关系问题，作为一个白人作家，朗费罗必然选择从白人的视角来看待印第安人。正如我们已经指出的那样，哥伦布航海日志的论调反映了欧洲殖民者与美洲印第安人之间关系的基本框架。欧洲殖民者对印第安人采取宗教同化的政策，为的是从精神上征服印第安人进而为实现政治统治和经济掠夺铺平道路。朗费罗正是在这一历史背景下反思印第安人的命运的。在美国文化过滤机制的支配下，朗费罗避开了印第安人遭遇的那血淋淋的历史现实，而只截取了历史的一个断面，在《海华沙之歌》的结尾中做了追溯。他充分行使了作家处理历史的自由。任何关于历史的书写都不可能再现真正的历史，这是历史书写的滞后性、选择性，这一与生俱来的特质决定的。既然历史书写只能发生在史实发生之后，那么，书写者必然会选择那些能够书写的、有意义的断面。因印第安人无文字书写系统，所以他们丧失了用文字书写自己历史的权利。这一权利就落到了白人书写者手里。作为印第安人历史的代言者，朗费罗充分行使了他选择性地书写印第安人历史的自由。当然，朗费罗是在合法的限度内进行书写，因为他的书写考虑到了美洲基督教化的历史，尽管他有意隐匿了基督教化历程中伴随着的暴力，而故意放大了这一历程中的和平手段。

第三节 1854 年以前印第安人的文本性存在

虽然朗费罗因采用印第安题材进行民族文学的创作而大放异彩，但是，这并不意味着印第安题材是在他的手里才进入美国文学的。事实上，在朗费罗创作《海华沙之歌》（1854 年 6 月）之前，印第安题材一直是美国写实性文学的重要题材。美国殖民地时期的文学不仅参与了殖民过程，而且它就是殖民历史的一个组成部分。尤其是那些写实性文学，全面反映了美国历史上的重大问题——印第安问题。从整体上来看，美国文化的一个重要方面，即以双重态度对待印第安人，在这些作品中已经表现得很充分了。

一 殖民地时期写实性文学对印第安人的双重态度

殖民地时期写实性文学对印第安人的双重态度分以下三种。

（一）野蛮的印第安人与有文明的印第安人

在《弗吉尼亚、新英格兰及夏季群岛通史》（*The General History of Virginia, New England, and the Summer Isles*, 1624）中，约翰·史密斯将印第安人看作野蛮到无法无天的人。他极力主张以武力迫使印第安人顺从和恐惧英国殖民者。

在威廉·布拉福德的《普利茅斯开拓史》（*Of Plymouth Plantation*，写于 1630—1646 年，1857 年出版）中，印第安人常常被描写成野蛮人。英国殖民者的船只抵达鳕鱼角以后，斯坦迪士队长带领全副武装的 16 个人寻找定居地，首先进入他们视线的是"五六个原始部落野蛮人（印第安人）"①。此后，

①　［美］威廉·布拉福德：《普利茅斯开拓史》，吴丹青译，江西人民出版社 2010 年版，第 69 页。

印第安人经常与他们发生冲突。那些印第安人被描写成了野兽一般的野蛮人，他们在与殖民者发生冲突时会发出令人战栗的魔鬼般的叫喊声①。

与布拉福德和史密斯将印第安人描绘成野蛮的印第安人不同，另外一些作家并不否认印第安人也有自己的文明。

托马斯·哈利奥特的《关于新发现的弗吉尼亚的简要真实报告》（*A Brief and Ture Report of the New Found Land of Virginia*，1588，1590）是一种宣传手册。哈利奥特抱着对土著人本身的极大兴趣，以科学的态度描述了他们生活的许多方面。例如，他详细地描写了土著人盖房子、测量、采用材料、设计村庄等方面的情况。据哈利奥特的观察，印第安人虽然在科学和艺术方面不如殖民者，但是他们在其精通的领域表现出了超凡的智慧②。

罗杰·威廉姆斯（Roger Williams）的《美洲语言入门》（*A Key into the Language of America*，1643），与同时代那些以教授印第安人语言为目的的其他语言作品不同。他将印第安人视为重要的语言交流对象。将其语言视为和英语一样的双向交流的工具，也就意味着将印第安人视为和欧洲人一样会说话的人。而不是相反，即认为说英语的人才更像人，而操印第安人语言的人更像野兽，他们说的话只是可怕的叫喊声——没有意义的声音。威廉姆斯的这一做法无疑是一个创举。承认一个民族语言的地位，也就意味着承认一个民族的地位。将一个民族处理成"沉默的、无声的民族"，也就意味着漠视或否定了一个民族的存在。而威廉姆斯把印第安语言视为与英语一样的双向交流的工具，表明了他将印第安人视为与白人一样的人的立场。威廉姆斯观察到，印第安人能够用玉米粒这样简单的辅助工具进行大数目的快速运算，其精通算数的程度让人惊讶。威廉姆斯还发现，印第安人热爱社会群体，参与有序

---

① ［美］威廉·布拉福德：《普利茅斯开拓史》，吴丹青译，江西人民出版社 2010 年版，第 72 页。
② ［美］萨克文·伯科维奇主编：《剑桥美国文学史》（第一卷），蒋坚等译，中央编译出版社 2008 年版，第 53 页。

的管理并维护正义，尊重崇高婚姻，渴望物质财富①，这些都说明印第安人具有人类的普遍特征。

乔纳森·爱德华兹（Jonathan Edwards）在莫希干人（Mohegan）中工作过很多年，经常给他们布道。他的儿子小乔纳森·爱德华兹（1745—1801）的童年是和莫希干人一起度过的，因而小乔纳森·爱德华兹有机会学习并精通莫希干语，这为他后来的著作奠定了基础。他的研究莫希干人语言的著作题为"对穆赫干尼印第安人语言的观察研究"（*Observations on the Language of the Muhhekaneew Indians*，1788），该书的观点与威廉姆斯《美洲语言入门》的观点相近。他们都认为，印第安人在语言方面绝不是低人一等的，他们也是会思考的人。小爱德华兹极力驳斥了其他语言学家的一些观点。例如，一些语言学家认为，野蛮人从不进行抽象思维，他们也没有抽象的词语，小爱德华兹则指出，在莫希干人的语言中，抽象的词语占有充分的比例，在其他语言中也是如此②。这就说明，印第安人也是会抽象思维的人。

罗伯特·贝弗利（Robert Beverley）在《弗吉尼亚的历史和现状》（*History and Present State of Virginia*，1705；修订版，1722）指出，印第安人虽然没有用来书写的字母，但能够用一种象形文字或鸟兽图案进行交流。在他看来，印第安人有一种书写系统，它具有与欧洲人的语言几乎相同的功能。

（二）卑劣的印第安人与有尊严、有道德的印第安人

在叙述德莫尔船长被印第安人俘虏，以及他与印第安人做贸易的遭遇时，布拉福德把印第安人写成了贪婪、背信弃义、残忍嗜血的恶魔。布拉福德不无感慨地说："这些事情说明与土著人很难和平相处，以及种植园是在怎样危

---

① ［美］萨克文·伯科维奇主编：《剑桥美国文学史》（第一卷），蒋坚等译，中央编译出版社2008年版，第68页。
② 同上书，第71页。

险的环境中建立起来的。"① 对于曾经给予英国殖民者很大帮助的印第安人斯宽托（Squanto），布拉福德并未表示出任何感激和友情。在他眼里，斯宽托只是一个可供殖民者利用的工具。殖民者充分利用了霍巴莫克和斯宽托这两个印第安人之间的求胜心理，使他们都更加忠于英国人。虽然布拉福德在《普利茅斯开拓史》中较少描写印第安人，但他破天荒地给斯宽托的恶劣人品留下了足够的篇幅。布拉福德着力突出了这位印第安友人的狡诈："他恐吓其他印第安人，从他们那里收取礼物，让他们相信只要他想，就可以发起战争攻击他们。他想和谁友好相处就跟谁友好相处，甚至还让他们相信英国人把黑死病埋在地下，只要愿意，就可以把它丢进人群。"②

威廉·伯德在《北卡罗来纳与弗吉尼亚分界线历史》（*History of the Dividing Line Betwixt Virginia and North Carolina*，以 1728—1729 年纪录的日志为基础，可能完成于 1738 年，出版于 1841 年）中描述了"懒惰的印第安人"：那些贫穷的印第安人看到了"劳作是如何让（英国人）生活得富足的，但却愚蠢地继续他们那种懒惰的生活，情愿在贫穷、肮脏、一无所有的状态下过活，也不愿伸伸手，尝试着去劳动"③。

在《美洲语言入门》的"债务与信任"这一章的结尾，威廉姆斯从印第安人的视角出发，对英国人和印第安人的道德水平做出了评价。无疑，威廉姆斯认为在道德上印第安人是优于英国殖民者的。

罗伯特·贝弗利在《弗吉尼亚的历史和现状》指出，土著女人都是纯洁的新娘和贞洁的妻子。在该书的结尾，贝弗利对印第安人做出了概述，他认为印第安人是快乐的人，他们过着简单的生活，但物质丰富，不必进行艰苦的劳作。

---

① ［美］威廉·布拉福德：《普利茅斯开拓史》，吴丹青译，江西人民出版社 2010 年版，第 83 页。

② 同上书，第 96 页。

③ ［美］萨克文·伯科维奇主编：《剑桥美国文学史》（第一卷），蒋坚等译，中央编译出版社 2008 年版，第 95 页。

在《通史》中，虽然史密斯无意塑造一个有尊严的印第安人，但是从他的记述中，我们还是能看到印第安酋长波瓦坦的尊严。他对英国殖民者做出的回应，可谓不卑不亢："既然你们的国王送给我礼物，那么我也是一个国王了。这里是我的土地……你的父亲应该到我这里来见我，而不应该我去他那儿或是去你的要塞里见他。我也不会上这样的当。至于摩拿干人，我自己会为所受的伤报仇；至于阿特昆纳楚克，你说你兄弟被杀的地方，它和你所想的方向正好相反。但对于山那边的海洋来说，你和我的人之间的交情都是虚假的。"① 波瓦坦认识到了维护自己民族主权的重要性，只有在主权得到尊重的前提下，他在英国殖民者面前才能有尊严。同时，波瓦坦非常清楚地看到，在当时的情况下，他们和英国殖民者之间不可能有真正的交情。波瓦坦的立场十分强硬。这是殖民早期，印第安人占优势的情况下应该有的立场。因此，这里的记录应该是真实的。

约翰·冯提安（1693—1767）曾在 18 世纪初游历弗吉尼亚地区。他在《考察日志》（1710—1719）中对印第安人在谈判中不说英语而要求译员翻译的做法感到很奇怪。他说："虽然他们中有许多人英语讲得很好，但是当他们想要处理一些涉及他们国家的事情时，他们一定要用本国的土语，并让译员翻译过去。他们回答任何问题也一定要用他们的母语。"② 与史密斯一样，冯提安无意塑造有尊严的印第安人，但是，在这段文字中，我们看到的是珍视自己的母语和尊严的一群印第安人。

（三）仇恨印第安人与同情印第安人

在如何对待印第安人的问题上，美国文化表现出了其复杂性。在欧洲人看来，印第安人一直生活在世人所能理解的范围之外。这种情况直到哥伦布

---

① 转引自［美］萨克文·伯科维奇主编《剑桥美国文学史》（第一卷），蒋坚等译，中央编译出版社 2008 年版，第 68 页。

② 同上书，第 70 页。

到达美洲之后才得以改变。英语殖民文学中有一个几乎不变的主题，那就是认为印第安人缺乏构成文明的基本要素。在殖民者眼中，印第安人是残暴、野蛮、原始的。北美洲的土著居民拥有古老而丰富的口头文学。但他们缺乏文字书写系统，在欧洲殖民者看来这恰好是土著居民是劣等民族的证据。因此，他们既然不能书写本土历史和现实，他们自然也就没有权利拥有美洲。既然如此，那些野蛮的、劣等的印第安人就应该被消灭。约翰·史密斯在对待印第安人的问题上，态度一贯强硬，他在《通史》中表示，只有用武力才能让那些野蛮到无法无天的印第安人屈服。布拉福德对印第安人从不手软。在听说斯宽托可能被忌妒他的科比腾酋长杀害的消息后，布拉福德总督征求了大家的意见，随后立即派斯坦迪士船长率领全副武装的一支队伍连夜出发，让他们见机行事，如果斯宽托被杀，那就把科比腾枭首①。为了营救韦斯顿定居点的英国人，布拉福德派去执行任务的斯坦迪士船长曾将策划阴谋的几个印第安人处死②。莱顿的约翰·罗宾逊在致布拉福德的信中谴责了这一屠杀行为③，可见其血腥程度让白人也深感震惊。但是布拉福德对这次屠杀事件的叙述可谓轻描淡写，似乎他们杀死的不过是几只蚂蚁。如果没有发自肺腑的仇恨，恐怕面对那样的屠杀怎么也不会表现得那样冷静。

当然，英国殖民者对印第安人不只有仇恨。一些作品也流露出殖民者对印第安人的同情。罗伯特·贝弗利在《弗吉尼亚的历史和现状》中指出，印第安人的悲剧是英国殖民者酿成的。欧洲人的到来结束了印第安人的幸福生活。英国殖民者夺走了印第安人的大部分土地，使他们变得贫穷。在殖民者的影响下，印第安人学会了酗酒，他们变得贪婪和放纵。贝弗利显然是以同

---

① ［美］威廉·布拉福德：《普利茅斯开拓史》，吴丹青译，江西人民出版社2010年版，第88页。
② 同上书，第110页。
③ 约翰·罗宾逊说："关于杀死那些令人怜悯的印第安人，最初是一些传闻，后来有了更确切的报告。噢！在一些人被杀死之前，另一些人重生得救，不也是一件令人高兴的事吗？""我看不到有什么必要杀死那么多人。"转引自［美］威廉·布拉福德《普利茅斯开拓史》，吴丹青译，江西人民出版社2010年版，第134页。

情的眼光来看待印第安人的这种变化的。

殖民地时期的写实性文学反映了美国文化的重要方面——白人对印第安人持双重态度，而这种双重态度也是美国文化的重要构件。因此，对待印第安人的这种双重态度会通过文化渗透进一步影响到后来美国人对印第安人的认识。而印第安人的这种文本性的存在，也会成为后来想象性文学中印第安叙事的摹本。

二 库珀的印第安叙事对印第安人的双重态度

印第安问题既是美国文化的重要问题，也是美国文学中的重要问题。在美国作家以创造美国民族文学为使命的时代里，美国的民族性远没有成长为美国的民族身份的标志，在这种情况下，印第安题材就是美国作家们乐于选择的一个本土题材。实际上，率先为美国长篇小说赢得国际声誉的库珀，正是由于选择了印第安题材才获得成功的。

库珀的美国作家身份并不像欧文那样容易引起争议。虽然库珀以描写独立战争的历史小说《间谍》而成名，但是真正为他赢得荣誉的是《皮裹腿故事集》。而且正是皮裹腿系列小说保证了他在美国文学史上的重要地位从未动摇过。库珀被称为美国第一位"民族小说家"。事实上，库珀比同时代的任何一位作家都更有资格获得这一称号，而且确实是同时代作家中最出类拔萃的一个。他的皮裹腿系列小说，以一位美国式英雄纳蒂·班波为中心人物。库珀在这位英雄传奇性的一生中浓缩了美国自 18 世纪中期到 19 世纪初期 60 多年的历史进程。皮裹腿系列小说中最负盛名的是《最后一个莫希干人》。这部小说于 1826 年出版，奠定了库珀作为美国"民族小说家"的地位。就库珀整个的创作生涯来说，《最后一个莫希干人》无疑是他最杰出的创作。虽然库珀的小说家生涯持续了 30 多年，但是其最广为人知的作品还是其早期的杰作《最后一个莫希干人》。这也是读者对库珀为美国文学的本土化做出卓越贡献的一种合乎情理的回应。

《最后一个莫希干人》实际上是以印第安人为中心的。这部小说以法国—印第安战争为背景，以好坏印第安人二元对立的模式，塑造了一系列血肉丰满的印第安人物形象。库珀小说中反复出现的好坏印第安人对立的模式是库珀创造的，但这一模式反映的文化内涵在殖民地时期写实性文学中已经得到了充分反映。殖民地时期的写实性文学中的印第安人的文本性存在，必然会影响到库珀以印第安人为题材的小说的创作。在一定意义上，可以说，库珀小说中的好、坏印第安人对立的模式，就集中体现了美国文化中白人以双重态度对待印第安人的问题。

在《最后一个莫希干人》中，坏印第安人的代表是马古亚。马古亚的阴险狡诈和残忍凶狠在这部小说中被表现到了无以复加的地步。这个人物刚刚出场时，库珀授权的叙述者是带着白人对印第安人惯有的那种偏见来介绍他的：马古亚对周遭发生的一切无动于衷、漠不关心，表现出印第安人特有的不动声色的平静。"但在他那种野蛮的平静之中，却包含着一种阴沉的、凶猛的神气。""他那凶猛的脸上涂着战士的花纹，颜色已经有些模糊混乱，因而使这一张黝黑的脸更显得蛮横可憎。"① 在这番介绍中，字里行间都流淌着对印第安人的憎恶。在这里，马古亚形象已经呈现被妖魔化的迹象。马古亚怀着对英军司令孟洛上校刻骨铭心的仇恨，一次次发起复仇行动。在对这些行动的叙述中，反反复复突显了马古亚的阴险狡诈和残忍凶狠。马古亚在人生最后时刻的表现让人深恶痛绝，在疯狂地杀死恩卡斯之后，他提着血淋淋的刀发出狂喜的呼喊，声震山谷，这种描写激起的读者对他的憎恶到了什么程度是不言而喻的。"鹰眼"瞄准了即将掉下悬崖的马古亚，随着一声枪响，马古亚掉下悬崖立刻毙命。也许就这样让马古亚死在"鹰眼"的枪下，大家才觉得痛快。在整部小说里马古亚表现得作

① ［美］费尼莫尔·库柏：《最后一个莫希干人》，金福译，中国青年出版社1991年版，第9页。

恶多端，因而他的死就有大快人心之感。无疑，库珀这样的处理满足了一部分仇恨印第安人的人的心理。

"鹰眼"的好友秦加茨固和他的儿子恩卡斯是《最后一个莫希干人》中的好印第安人的代表。与对待马古亚的态度不同，在秦加茨固出场时，库珀对他的描写充满溢美之词："宽阔的胸脯，丰满的四肢，威严的脸容——所有这一切，都说明这个战士已经到了他一生中最精强有力的时期，但还看不出有开始衰老的象征。"① 秦加茨固的毅力、冷静、智慧、忠诚，常常被描写得令人钦慕，而恩卡斯这一人物形象则将印第安勇士的英勇无畏表现得淋漓尽致。就连那位足智多谋、英勇无畏的英军侦查员"鹰眼"也对这两位印第安伙伴另眼相看。恩卡斯和马古亚在同一战役中死亡。对马古亚的死，库珀没有表现出丝毫的遗憾或者同情。但是，库珀精选一个个细节渲染出了恩卡斯葬礼的那种令人窒息的悲哀的气氛，其中渗透着库珀的深切的悲悯。对年轻的印第安战士的死亡，对英雄秦加茨固痛失爱子，对莫希干人因失去了最后一个酋长而终结其历史……库珀都给予了深切的同情。尽管如此，库珀终究是一个白人作家，他对历史发展的趋势有着清醒的认识，他并没有因为对红人的同情而给他们安排更好的未来。最后一个莫希干人的酋长的死亡意味着红人时代的终结。在这部小说的结尾，德拉瓦尔老酋长塔蛮能说："白脸儿是世界的主人，红人的时代还没有重新到来。"② 就这样，库珀借印第安老酋长之口宣布了红人的时代被白人的时代所取代的历史趋势。

---

① ［美］费尼莫尔·库柏：《最后一个莫希干人》，金福译，中国青年出版社 1991 年版，第 24 页。

② 同上书，第 450 页。

第四节　朗费罗《迈尔斯·斯坦迪士的求婚》中的印第安人形象

《迈尔斯·斯坦迪士的求婚》① 是朗费罗的三大长篇叙事诗之一。该诗主人公迈尔斯·斯坦迪士的原型是布拉福德《普利茅斯开拓史》中的迈尔斯·斯坦迪士船长。作为第一批登陆美洲的清教徒，布拉福德总督亲历过清教徒与印第安人的无数冲突，所以在《普利茅斯开拓史》中流露出对印第安人刻骨铭心的仇恨。虽然第一批登陆美洲的清教徒是在得到印第安人储藏的印第安玉米以后才得以存活下来的，而且正是因为这些玉米种子，他们得以在美洲耕种，并最终在美洲扎下根来，但这并不能消弭清教徒们对印第安人的仇恨，因为这种仇恨是在双方的一次次冲突中经年累月地堆积起来的。布拉福德总督曾经派斯坦迪士船长率领全副武装的一支队伍连夜出发，为帮助过他们的印第安人斯宽托报仇②。为了营救韦斯顿定居点的英国人，被布拉福德派去执行任务的斯坦迪士船长曾将策划阴谋的几个印第安人处死③。在《普利茅斯开拓史》中，斯坦迪士船长在处理清教徒与印第安人的冲突中肩负重任，对印第安人绝不手软，表现出了残酷无情的一面。由于《迈尔斯·斯坦迪士的求婚》中的迈尔斯·斯坦迪士的原型是《普利茅斯开拓史》中的斯坦迪士船长，所以，《普利茅斯开拓史》中所描述的刚刚扎根于美洲的清教徒与印第安人关系的基本面及斯坦迪士船长对待印第安人的态度都被移植到了《迈尔

---

① See Henry Wadsworth Longfellow, *Poems and Other Writings*, pp. 280 – 323. 本书所有出自《迈尔斯·斯坦迪士的求婚》的引文均引自此书，下文不再注明出处。

② ［美］威廉·布拉福德：《普利茅斯开拓史》，吴丹青译，江西人民出版社 2010 年版，第 88 页。

③ 同上书，第 110 页。

斯·斯坦迪士的求婚》中。朗费罗对待印第安人的态度自然也会受《普利茅斯开拓史》的影响。

《迈尔斯·斯坦迪士的求婚》第四章、第七章叙述了迈尔斯·斯坦迪士率队接受印第安人挑战的经过。通过对这场战斗来龙去脉的分析，我们可以了解朗费罗在这部作品中对印第安人所持的立场。

诗歌主人公迈尔斯·斯坦迪士在得到印第安人挑战的消息后，立即披挂整齐，赶往普利茅斯委员会参加紧急召开的会议。会议的起因是印第安人的使者带来了装满箭的蛇皮箭囊，这是印第安人挑战的标志。委员会针对这一问题展开激烈的讨论。以埃尔德为首的一些人主和，而强硬的迈尔斯·斯坦迪士则主战，他的声音压倒了主和者的声音。最后，他把印第安使者箭囊里的箭拔出来，在箭囊里装满了弹药和子弹，表示接受他们的挑战，委员会议就此结束。第二天黎明时分，迈尔斯·斯坦迪士就带队离开村庄，赶往印第安人的营地。在印第安人的营地，经过一番讨价还价的谈判后，由于无法忍受印第安人的羞辱，迈尔斯·斯坦迪士率先发难，双方发生了激战，印第安人惨败。

在《迈尔斯·斯坦迪士的求婚》中，印第安人被塑造成了勇敢、残酷、贪婪、狡猾、奸诈、自我夸耀的人。在朗费罗笔下，这场战争的发起者、矛盾激化者都是印第安人，迈尔斯·斯坦迪士是在无法忍受印第安人的羞辱的情况下才奋起反击的，最终，印第安人惨败。朗费罗对战斗全程的叙述，不能不让人认为这种叙述似乎就是在暗示印第安人罪有应得。特别耐人寻味的是，在该诗的第七章，斯坦迪士取胜归来，他们把战利品——印第安酋长瓦特麦瓦特的头颅——悬挂在城堡上后，所有的人都"很欣喜"，清教徒少女普里西拉除外。面对死者带血的头颅，竟然能够"欣喜"得起来，没有别的原因，那一定是对死者刻骨铭心的"仇恨"使然。显然，诗歌中人们"欣喜"的情感反应源于《普利茅斯开拓史》中清教徒对印第安人的"仇恨"。

在一些词语的选用上，也可以看出朗费罗对待印第安人的态度。在《迈尔斯·斯坦迪士的求婚》中，朗费罗多次使用"野蛮人"这个词来指涉印第安人。在第四章，那个送挑战信号的印第安使者，被描写为"态度坚定而傲慢""面相严厉而凶暴"的"野蛮人"。在第七章，斯坦迪士在印第安人的营地杀死了那个夸口的印第安人，那个印第安人倒地的时候"脸上带着魔鬼式的凶恶"。从这些描写不难看出朗费罗对那些印第安人的态度。不过，与一些白人作家一样，朗费罗对印第安人的勇敢也给予了充分肯定。当提到印第安人酋长瓦特麦瓦特时，朗费罗在他的名字前面加上了"勇敢的"这个修饰语。关于这个人物的结局，朗费罗是这样叙述的：战斗打响以后，酋长瓦特麦瓦特并没有像别人一样逃跑，他死了，一发子弹穿过他的脑袋，他倒下了，他两手紧抓草皮，好像以死阻止他的仇敌占领他的祖先的土地。在这样的叙述中，不难看出朗费罗对印第安人大无畏精神的肯定，同时有对印第安人失去祖先领土的同情。在《迈尔斯·斯坦迪士的求婚》中，有一个名叫霍波默克的印第安人，这是白人的向导兼翻译，因此朗费罗把他定位为"白人的朋友"，这是一种友好的称呼。

"野蛮人""恶魔""勇敢的""白人的朋友"，这些用来修饰印第安人的词语褒贬分明，反映了创作《迈尔斯·斯坦迪士的求婚》时朗费罗对印第安人复杂而矛盾态度。这种态度，不仅反映了朗费罗的个人好恶，也反映了历史上美国人对印第安人的双重态度。

第五节　1855 年以后美国经典作家笔下的印第安人形象

1855 年以后美国经典作家笔下的印第安人形象有以下三种。

一　马克·吐温笔下的印第安人形象

马克·吐温在《汤姆索亚历险记》中塑造了一个印第安人形象，他的名字叫印江·乔。当这个人物出场的时候，叙述者是这样介绍这个人物的："这声音把那两个孩子吓得浑身发抖，不敢喘气。那是印江·乔的声音。"① 孩子们对他的声音的反应衬托出他是一个穷凶极恶的人。不仅如此，印江·乔对待自己的同伴也是极其粗暴。他对着正在放哨却睡着的同伴狞笑，用脚把他踢醒。当他挖出藏有几千块钱的箱子后极其兴奋，这个细节表现出他的贪婪。当同伴提出不用再干那件大事的时候，乔说那不是抢劫，而是报仇，这时"他眼里闪烁着邪恶的火焰"②。他们所谓的大事，就是要报复寡妇道格拉斯。印江·乔之所以要对她下手，是因为她的丈夫在做治安官的时候在监狱门口用鞭子抽打过印江·乔，为此，他就要把寡妇道格拉斯毁容。印江·乔认为，把一个女人毁容就是对她最大的报复。哈克把乔称作"恶魔"，当哈克向威尔士老头描述乔的外貌时说："长得很凶，穿得破破烂烂"③。总之，这个印第安人印江·乔就是一个恶魔的化身，不论是他的声音、长相，还是他的复仇计划，都是其"恶"的本质表征。

这样的一个恶魔，当然不可能有好下场，印江·乔最后饿死在山洞里。他把游客们丢下的蜡烛头都搜出来吃掉了，还抓了几只蝙蝠，吃得只剩下爪子了。无疑，印江·乔在生命的最后时刻遭受了巨大的痛苦。他的惨死，是不可避免的。不过，当汤姆在山洞里看到印江·乔的尸体的时候，还是替他难过，因为汤姆根据自己的经验体会到了印江·乔所遭受的饥饿的痛苦。汤姆对印江·乔的同情是合乎情理的，因为他只是个孩子。不过，汤姆因印江·乔的死而产生的感情不仅仅止于同情，除了短暂的同情之外，汤姆更感觉到欣慰，因为威胁他安全的那个人死了。在这里，汤姆的感情是矛盾的，最后，欣慰胜过了同情。揭开那一帘温情的薄纱，我们看到马克·吐温在《汤

① ［美］马克·吐温：《汤姆索亚历险记》，刁克利译，中国少年儿童出版社 2007 年版，第 206 页。
② 同上书，第 209 页。
③ 同上书，第 232—233 页。

姆索亚历险记》中把印第安人印江·乔塑造成了一个该死的人。

二　海明威笔下的印第安人形象

如果说马克·吐温笔下的印第安人还是活着的人的话，那么，海明威笔下的印第安人只能算是"活死人"了。在海明威的短篇小说《印第安人营地》中，印第安人集体失声了。白人医生为一个印第安产妇接生，但他自始至终没有听见产妇的喊叫。其他印第安人也没有言语，只充当了背景。在《世上的光》中，几个印第安人出现过几次，但作者既没有写他们的相貌，也没有写他们的言语和行动，他们只是个人影。在《两代父子》中，作者倒是让印第安人开口说话了，而且通过尼克的心理活动赞美了印第安女性的美，不过，当埃迪（一个印第安男青年）说要和尼克的妹妹道乐赛睡上一觉的时候，尼克愤怒地杀死了他。在海明威笔下，印第安人要么是活死人，要么是该死的人，全然失去了库珀呈现的那种英雄气质。

三　福克纳笔下的印第安人形象

福克纳的《殉葬》以印第安人为主角，这样的安排为作者从容不迫地描写印第安人物形象、展现其生活境遇和风俗习惯创造了条件。"殉葬"是印第安人的制度。头人（印第安人的酋长）去世后，他的贴身黑人奴仆要殉葬。酋长杜姆去世后，他的儿子伊塞梯贝哈率人抓回了逃跑的黑奴，酋长伊塞梯贝哈去世后，他的儿子莫克土贝也率人抓回了逃跑的黑奴，就是为了让黑奴殉葬，好让他们的头人父亲在阴间有奴仆使唤。人殉是一种野蛮的制度。小说围绕两个印第安人抓捕逃跑的黑奴这一核心事件，通过种种细节表现了印第安人的残忍。在对待人殉的问题上，他们虽然理解那个逃奴怕死的心理，但是，他们认为这个逃奴殉葬是理所当然的，他必须死。所以，一支由新头人莫克土贝率领的印第安人想方设法围追堵截那个逃奴，在他殚精竭虑之际将他抓回。不过，这群印第安人也是有同情心的。那个逃奴被抓前在沼泽地里用黑人的语言唱着一支情调悲哀的歌，两个印第安人看到他时并没有立即去抓他，而是一直等到他把歌唱完才走上前去要他跟他们走。在殉葬前，有一个细节值得关注。那个黑人在去往墓地的路上经过一口水井，"三筐"（抓捕他的两个印第安人中的一个）便让他喝水。由于恐惧，他用瓢喝水却一口都咽不下去，他又舀了一瓢水喝。黑人喝水的过程对于等待他的那些印第安人来说是漫长的，但"他们还是耐心地等着"①。残忍与温情交织，这是《殉葬》中印第安人的基本特征。

在《猎熊》中，那些住在土岗上的印第安人，属于曾经盛极一时的契卡索部落，但是，在小说中的故事发生的那个时候，这个部落早就日落西山了。他们取了和美国人一样的名字，过着与轮流包围着他们的白人一样的生活。当"我们"还是孩子的时候，那个山冈代表着血腥、暴力、神秘和魔力，等"我们"大一点儿的时候，才发现"他们并不比白人更野蛮不化、更愚昧无知"②。当"我"的白人同伴得了打嗝的病以后，"我"还告诉他，那些印第安人知道各种各样的秘方，这些秘方是白人医生听都没听过的，他们也会高高兴兴地为白人治病。在这篇小说中，印第安人只是故事的参与者言说的对象，作为一个群体，他们在白人眼里是一个矛盾的存在：他们的暴力、血腥与文明、善良并存。福克纳在这篇小说中反映了白人对印第安人的矛盾的认知。

在库珀和朗费罗因印第安题材获得巨大成功以后，再没有任何一位美国作家在这方面超越他们。随着南北战争的爆发，黑人问题一跃成为美国最具人气的本土题材。虽然如此，一些美国经典作家依然会涉猎印第安题材，如马克·吐温、海明威和福克纳。不过在这些作家的作品中，印第安人全然失去了库珀和朗费罗笔下的印第安人的那种英雄气质，而更多地表现出印第安人气数已尽的衰败景象。当然，这种表现是符合时代特征的。

---

① 《世界文学》编辑部编：《福克纳中短篇小说选》，中国文联出版公司1985年版，第58页。
② 同上书，第335页。

第六节　印第安人的宗教皈依与美国白人的殖民主义意识

朗费罗在《海华沙之歌》的前 20 章里以极大的热情塑造了印第安文化英雄海华沙。通过海华沙一生的神奇经历，全面展现了印第安文明，描绘出了一幅活色生香的印第安人群像。朗费罗将海华沙塑造成了一位文化英雄。其动机不需要从诗歌文本之外寻找，诗歌文本本身足以说明朗费罗是把印第安人当作文明人看待的。在前 20 章里，朗费罗保持着对印第安文明的热情，对他的主人公则保持着一种温情脉脉的人性的关怀。正因为这样，在诗歌的前 20 章里，印第安人以富有智慧、颇具开拓精神而保持着他们的尊严，以浓浓的亲情、友情、爱情以及积极的娱乐精神而闪耀着人性的光芒。但是在最后两章里朗费罗的立场发生了急剧的变化。他把他的主人公处理成了软弱无力的逃避主义者，他把印第安人处理为自愿皈依基督教、主动屈就白人的卑微的人。这种变化，正是朗费罗对印第安人所持的矛盾态度导致的。

在诗歌中的故事时间进入欧洲人登陆美洲后的历史时期以后，朗费罗必须面对如何表现印第安人与来到美洲的欧洲人之间的关系这一棘手的历史问题。在这个问题上采取什么立场，并非取决于朗费罗个人的爱憎好恶。朗费罗于 1854 年 6 月 24 日开始《海华沙之歌》的创作，于 1855 年 3 月 29 日告竣。这个时间是美国东部的印第安人被迫大规模迁移到密西西比河以西的印第安人保留地这一历史进程结束不久的时间。这一历史时期的社会形势必然会影响到朗费罗对印第安人所持的立场。库珀在《最后一个莫希干人》中，通过莫希干人的最后一个酋长——年轻的恩卡斯——的死亡，预言了印第安人的灭亡。这说明，库珀在创作这部小说的时候，已经看到了印第安人终将灭亡的历史趋势。而朗费罗创作《海华沙之歌》的时间比库珀出版《最后一个莫希干人》的时间晚了近 30 年。这时，印第安人向保留地的大迁移已经结束，北美印第安人已经退出了自己的历史舞台。朗费罗对印第安人物形象的命运的处理，必然受到当时社会形势的影响。正是因为印第安人在北美的历史的终结已经成为摆在面前的现实，所以，朗费罗是把《海华沙之歌》当作印第安人的"墓志铭"来创作的①。

既然是墓志铭，那就是把印第安人当作"已死的民族"来处理的。作为一个已死的民族，印第安人不可能言说自己的历史，同时，他们对白人如何书写印第安人的历史也不可能发出任何声音。在这个意义上，美国白人对印第安人历史的书写是在一个自由的空间里进行的。但是，这一自由必须在美国意识形态许可的范围内。作为印第安人历史的反思者，朗费罗显然不想让他的主人公——他这篇墓志铭的主角——面对血淋淋的历史现实。因为，历史本身是那样的残酷，有时候甚至让人不忍心去追溯。如果让朗费罗的主人公遭遇白人与印第安人关系史上那些血腥的场面，朗费罗自己和他的读者都将无法心安理得地面对那样的残酷。而一旦这样书写了那段历史，白人对印第安人犯下的罪就永远定格在文本中了。朗费罗作为一个白人作家，当然要为白人遮丑，而不是相反。所以，在《海华沙之歌》的最后两章里，朗费罗让印第安人通过自愿的宗教皈依达成了与殖民者的和解。

而朗费罗让印第安人自愿皈依基督教，恰恰是美国白人赤裸裸的殖民主义意识左右白人作家创作的体现。这种意识在美国殖民地时期的写实性文学中得到了充分的反映，并一直延续到了库珀的印第安叙事和西进运动时期美国政府有关印第安问题的文件中。其核心是，虽然白人在一定程度上承认印第安人的文明，认为印第安人的遭遇值得同情，但他们更倾向于将印第安人

---

① 朗费罗在《海华沙之歌·序诗》里这样说："如果真是这样，那就请你停下脚步，／把这粗陋的墓志铭，／这支《海华沙之歌》，细细吟赏！"

概念化为野蛮的、原始的、低于白人的人，甚至有时候连印第安人是不是人也成了一个问题。因此，在白人看来，印第安人只有两条路可走，那就是，要么屈服于白人，要么被毁灭。殖民地时期的写实性文学和库珀的印第安叙事以及西进运动中美国政府文件中的印第安人的文本性的存在，必然会影响到朗费罗对待印第安人的态度。事实上，朗费罗在《海华沙之歌》中对待印第安人的双重态度，就体现了殖民地时期以来美国白人对待印第安人的一贯态度。朗费罗并不否认印第安人是有文明的人，但是，和大部分白人一样，朗费罗认为印第安人终究比白人低一等，与此相应，印第安人的宗教肯定也比基督教低劣。所以，在《海华沙之歌》中，朗费罗才会安排印第安人心甘情愿地接受基督教传教士的教导。可见，《海华沙之歌》中印第安人的历史结局是朗费罗在美国白人殖民主义立场影响下构想出来的。

作为一位有着国际文化视野的学者，朗费罗也不能超越他作为美国白人的身份局限，他的诗歌不可避免地带有美国文化中印第安问题的色彩。在美国文学中，这绝不是唯一的个案。不论是殖民地时期的白人作家，还是19世纪20年代以皮裹腿系列成名的库珀，甚至19世纪50年代以后的著名白人作家马克·吐温、海明威和福克纳，都受到美国意识形态的左右，在如何看待印第安人的问题上，他们的立场是一贯的，因为他们不仅仅是作家，他们首先是白人。

下　编

借鉴口头传统：美国民族文学独特的艺术路径

第一章　朗费罗对印第安神话传说人物形象的借鉴

人物是在行动中展开自己的特征的。也就是说，人物形象不可能离开情节单独存在。朗费罗在移植斯库克拉夫特收集的印第安神话传说中的相关情节的基础上，重构了其中的人物形象。《海华沙之歌》中的有名有姓的人物形象，都是根据印第安神话传说塑造出来的。在这里，我们没有必要一一指出诗歌中的所有人物形象的出处，仅考察主人公海华沙和其他几个主要人物形象的构成，就可以了解朗费罗在多大程度上移植了印第安神话传说的情节并重构了其中的人物形象。

第一节　《海华沙之歌》中海华沙形象的构建

《海华沙之歌》中海华沙形象的构建分为以下六部分。

一　诗歌题名的选择："海华沙"或"麦尼博兹霍"

从总体上看，朗费罗移植了印第安神话传说中海华沙这一历史人物的基本特征，同时将印第安神话传说中的麦尼博兹霍的正面特征嫁接在海华沙这一诗歌主人公身上，而麦尼博兹霍的恶作剧者的负面特征基本上被朗费罗剔除了。

海华沙和麦尼博兹霍都是印第安神话传说中的著名角色。朗费罗在计划创作《海华沙之歌》这部由印第安神话传说编织而成的诗歌的时候，其题名曾有过变动。在 1854 年 6 月 25 日的日记中，朗费罗写道："今晚我禁不住写了《麦尼博兹霍》的开头，或者不管这部诗歌将被命名为什么。无论如何，麦尼博兹霍的冒险将构成诗歌的主题。"从不久后的日记可知，朗费罗"忙于写《海华沙》，每天都或多或少写一点"。他在当年 10 月的日记中写道："《海华沙》占用了我的全部时间，而且令我十分欣喜。难道我对此没有疑虑吗？是的，有时候也有疑虑。但是这主题抓住了我并催促我前行，这样疑虑就消失了。"① 在 1854 年 6 月 25 日开始创作《海华沙之歌》的时候，朗费罗以"麦尼博兹霍"为诗歌题名，但这时他对该诗题名尚无确定的想法。不久，该诗的题名就改为"海华沙"了，而且此后再没有动摇过。

《海华沙之歌》题名的改变可能基于多种考虑，而根本原因可能是，印第安神话传说中的麦尼博兹霍主要是作为一个恶作剧者形象被讲述的，这样的一种身份不适合做英语长篇叙事诗的主角。朗费罗创作这部诗歌的时候，其目标读者或者听众从来就不是印第安人，虽然这部享誉世界的英语诗歌后来为印第安人所知。其目标读者一开始就是英语读者，美国读者当然在列，而在很大程度也包括英国读者，因为在朗费罗的时代，美国作家的地位需要先得到母国英国的认可。这样，朗费罗不得不根据英语读者的欣赏趣味对印第安神话传说中的人物形象进行创造性的改造。不容否认，麦尼博兹霍的那些恶作剧伎俩在印第安神话传说中具有特殊的幽默效应，那是印第安人特别喜欢的成分。但是，在英语文学中，那些恶作剧的伎俩只配为小丑这样的角色

---

① Henry Wadsworth Longfellow, *The Song of Hiawatha*; *With Illustrations*, *Notes*, *and a Vocabulary and an Account of a Visit to Hiawatha's People*, *by Alice M. Longfellow*, p. 6.

所有。如果朗费罗把麦尼博兹霍的恶作剧的伎俩不加甄别地全部移植到其诗歌主人公身上，那么这样一位主人公就很可能失去读者。朗费罗这样做的风险是可想而知的。为了塑造出符合英语读者的欣赏趣味的主人公，朗费罗只能将一开始引起他兴趣的麦尼博兹霍的故事进行分解，将符合英语读者欣赏趣味的那部分故事保留下来并进行重构。历史上的大人物海华沙是易洛魁神话传说中的一个非常著名的正面形象，与麦尼博兹霍相比，他更具有英语文学中英雄人物形象的气质。更重要的是，海华沙是印第安历史上的一个举足轻重的历史人物。在 15 世纪晚期，为了避免持续的战争带来的可怕的后果，一个名叫海华沙的人建立了易洛魁部落联盟。这个联盟的建立，在很大程度上减少了印第安部落之间的战争，为印第安人带来了相对和平的环境①。这样一位功绩卓著的印第安历史人物，很适合做英语长篇叙事诗的主人公。而且关于这个人物的印第安神话传说也突出了其文化英雄的特质。因此，朗费罗将其诗歌题目暂拟为"麦尼博兹霍"，不久就更名为"海华沙"了。从立意的高度上来说，"海华沙"远远高于"麦尼博兹霍"。海华沙作为一个历史人物，对于印第安和平文化观念的建立来说功不可没，而和平正是《海华沙之歌》的核心主题。麦尼博兹霍是印第安神话传说中的恶作剧者形象，如果他成为朗费罗这部诗歌的主人公，那么，和平这一重大主题将不能经由诗歌主人公支撑起来。因此，朗费罗在诗歌的题目上所作的选择，实际上关乎其诗歌的立意高度和目标读者的接受问题。这是诗歌创作能否成功、诗歌问世后能否得到读者欢迎的重要问题。而诗歌题目由"麦尼博兹霍"改为"海华沙"，在一定意义上也就决定了朗费罗对其诗歌主人公形象的构成要素的取舍。换言之，《海华沙之歌》的主人公必须是一位印第安人的英雄，他不可能是一个印第安人的恶作剧者。所以，麦尼博兹霍和海华沙这两个神话传说人

---

① See Nina Baym, ed., *The Norton Anthology of American Literature*, 1995, pp. 26 – 27.

物形象具有的英雄品质将被移植到海华沙这一诗歌主人公身上，而麦尼博兹霍的恶作剧者的负面特征将被剔除。

朗费罗的家人也曾谈到关于诗歌主人公海华沙形象的构成问题。在《访问海华沙的人民》一文中，爱丽丝·M. 朗费罗指出：当写一首关于印第安人的诗歌的想法最初在朗费罗的脑海中出现的时候，他对麦尼博兹霍的冒险故事特别感兴趣（麦尼博兹霍是奥吉布瓦神话传说中的一个神话人物形象），并且用麦尼博兹霍的名字为他的诗歌命名。但是，在感到有必要表现印第安人比较美好和高贵的一面的时候，朗费罗将这个狡猾的恶作剧者的超自然的行动与易洛魁民族英雄的智慧、高贵的精神混合起来，从而构成了海华沙的形象①。由此可见，海华沙形象确实是根据奥吉布瓦人神话传说中的恶作剧者麦尼博兹霍和易洛魁民族英雄海华沙的形象构成的。

二　印第安神话传说人物形象海华沙或麦尼博兹霍的核心特征

斯库克拉夫特指出，印第安神话中有这样一个著名的大人物，阿尔冈昆人将其称作"麦尼博兹霍"，易洛魁人将其称作"海华沙"。这个著名的大人物在艺术和知识方面是部落的导师。他被尊为大神的信使，他是大神派到印第安人中间的一位有智慧的人，一位先知。他从孩提时代起就在印第安人中生活，他很快就适应了印第安人的习俗、观念和生活方式。他娶了妻子，建了木屋，像印第安人一样打猎、捕鱼，唱他们的战争之歌和医药之歌，走向战场，获得战功。他有朋友也有仇敌，和他的同伴一样经历过痛苦、希望、愤怒、恐惧和欣喜。总之，这位大神的使者具有人的一切特征。他的非凡的禀赋和能力总是与他的境遇相适应。当他连同他的独木舟被大鱼吞下的时候，他通过发挥这种能力而成功脱险，但总是尽可能与印第安人的准则和方式保

---

① See Henry Wadsworth Longfellow, *The Song of Hiawatha*; *With Illustrations*, *Notes*, *and a Vocabulary and an Account of a Visit to Hiawatha's People*, by Alice M. Longfellow, p. Ⅴ.

持一致。他被赋予了有魔力的独木舟，想到哪儿就能到哪儿。在他与珍珠－羽毛搏斗的时候，他得到了啄木鸟的忠告，从而知道了他的敌人的致命弱点在哪里。他驱逐了地上的怪物和巨人，疏通了河道。但是他不是通过奇迹完成这些功绩的，而是雇佣强壮的人帮助他。当他想毁灭大蛇的时候，他把自己变成了一棵老树，竖立在湖滨，直到大蛇们出水来晒太阳。无论人用力量或智慧能做什么，他都能做到。但是，他从未做过超出他的人民理解和信仰的事，无论他是别的什么，他一直是一个真正的印第安人形象。关于这个著名的大人物的神话是最常见的印第安神话之一。冬天，在每一个印第安棚屋里，都会讲到这个大人物。因为冬季是适合这种讲述的唯一的季节。当树叶发芽的时候，木屋里的故事就停止了①。

根据斯库克拉夫特的介绍，我们了解了印第安神话传说中的海华沙或麦尼博兹霍的核心特征：作为大神派到印第安人中间的信使，他具有非凡的禀赋和能力，并曾利用这种才能创造过奇迹。但是，不论他怎么做或者做什么，他终究是一个按照印第安人的方式行事的印第安人形象。朗费罗抓住了印第安神话传说人物形象的这一核心特征，并将这一特征移植到了自己的诗歌主人公身上。在《海华沙之歌》中，海华沙就是大神派给印第安各民族的一位先知，他具有非凡的智慧和能力。而且海华沙是一个地地道道的印第安人形象，他穿戴着印第安人的服饰，像印第安人一样打猎、哀悼、禁食、结婚和建立战功。朗费罗的这部长篇叙事诗的成功，在很大程度上依赖于他抓住了印第安神话传说中人物形象的精髓，使其印第安特色得以保持甚至凸显。而印第安特色既是其人物形象鲜活而富有魅力的保证，也是使这部诗歌具有鲜明特色的首要构成因素。

---

① See Henry R. Schoolcraft, *The Myth of Hiawatha and Other Oral Legends*: *Mythologic and Allegoric of the North American Indians*, pp. 13 – 14.

三　海华沙或麦尼博兹霍的诞生

在印第安神话传说中，海华沙或麦尼博兹霍的出生和父母是神秘的。他的外祖母是月亮的女儿。外祖母在月亮上结过婚，但是婚后不久她就遭遇到了对手突如其来的打击，结果，她从湖边的葡萄藤上不幸跌落到了地球上。她生了一个女儿，这个女儿是她在月亮上的婚姻的结晶。她小心谨慎地教导女儿，从小就叮嘱她，让她小心西风，不要俯身屈就于西风。但是，在没有受到监督的时刻，这样的警戒被忽视了，西风实现了其目的[①]。这样海华沙或麦尼博兹霍就诞生了。

斯库克拉夫特概述了神话传说中海华沙或麦尼博兹霍的诞生这一故事，朗费罗在《海华沙之歌》中移植了这一故事的情节框架。英雄的神奇诞生，是欧洲文学的核心主题之一。作为一位在欧洲文学研究方面颇有造诣的学者型诗人，朗费罗当然看到了神话传说中海华沙或麦尼博兹霍的神奇的诞生这一主题的魅力。在《海华沙之歌》的"海华沙的童年"这一章里，朗费罗充分发挥了诗人的想象力，对月亮神的女儿因遭遇情敌的忌妒而跌落到地球上、生下女儿后教导她如何防备西风的引诱、西风又怎样引诱月亮神的外孙女等富有诗意的环节，进行了合乎逻辑的润色，使整个故事显得饱满生动。在《海华沙之歌》中，海华沙的诞生这一情节的基本框架以及其内在的逻辑关系，都来自印第安神话传说，但是其细节完全是朗费罗富有诗意的想象的产物。

四　海华沙或麦尼博兹霍的成长

在印第安神话传说中，海华沙或麦尼博兹霍未经训练就已经拥有超凡的体力和智力以及非凡的技艺。这些都在其以后的生涯中显现出来。一个胆小

---

① See Henry R. Schoolcraft, *The Myth of Hiawatha and Other Oral Legends: Mythologic and Allegoric of the North American Indians*, p. 15.

的无经验的男孩很快成长为一个勇敢的男人。他很快显现出智慧、精明、毅力以及英勇，这一切都是印第安人称道的品质。而他在野心勃勃、自负、喜爱恶作剧的倾向中大大依赖这些品质。他在智慧和精力方面远远优于此前在世的任何人。但是他很简单，有时他也是其他人搞恶作剧的对象。他可以把自己变成任何他喜欢的动物。他常与动物、飞禽、爬行动物和鱼对话。他认为他与它们有关系，他始终如一地用"我的兄弟"这一称呼向它们说话，在遇到巨大压力的时候，他最大的本领就是把自己变形为这些动物①。

显然，在印第安神话传说中，海华沙或麦尼博兹霍的成长具有鲜明的神话色彩，和现实生活中英雄的成长不同，海华沙或麦尼博兹霍未经训练就迅速成长为一个有着卓越智慧和技能的英雄。作为大神派到人间的信使，海华沙或麦尼博兹霍的非凡才能当然是大神赋予的，是与生俱来的。朗费罗在《海华沙之歌》中保留并突出了神话传说中人物形象的神话色彩。就海华沙成长为一个出色的猎人这一点而言，朗费罗从未叙述其学习打猎技艺的过程。海华沙作为优秀猎人的生涯是从伊阿歌给他弓箭并命他去森林中猎获一头名贵的红色野鹿开始的。海华沙此次马到成功，一举赢得了优秀猎人的声誉。在此次猎鹿行动之前，海华沙是否受过狩猎训练，朗费罗只字未提。这说明，朗费罗有意识地保留了印第安神话传说中海华沙或麦尼博兹霍的神话色彩。智慧、精明、毅力和英勇，是印第安人推崇的品质。印第安神话传说中海华沙或麦尼博兹霍具有这样的品质，而朗费罗在《海华沙之歌》中也赋予了其主人公海华沙这样的品质。从这两个方面看，朗费罗对印第安神话传说传达的宗教信念和价值观念的理解是很到位的。神话传说中的海华沙或麦尼博兹霍具有喜爱恶作剧的倾向，但是朗费罗在塑造其诗歌主人公海华沙的时候，基本上将神话传说中的人物形象喜爱恶作剧的这一特征剔除了，不过，在个

---

① See Henry R. Schoolcraft, *The Myth of Hiawatha and Other Oral Legends: Mythologic and Allegoric of the North American Indians*, pp. 15 – 16.

别地方还是保留了神话传说人物形象的恶作剧者式的言行，为的是突出诗歌主人公的机智等正面的品质，而那些表现恶作剧者的负面特征的恶作剧行为则被拒之门外了。但是，在印第安神话传说中，具有英雄与恶作剧者基本特征的人物形象就是一个兼备正面和负面特征的矛盾体，印第安神话传说并不在意其主要人物形象是否具有令人生厌的负面特征。与此不同，朗费罗在其诗歌创作中非常在乎其主人公是否具有一以贯之的正面特征。朗费罗之所以对印第安神话传说中的人物形象做出这样的改造，显然是为了使其诗歌主人公的形象更符合英语文化的欣赏趣味。从人物形象的成长来看，朗费罗对印第安神话传说中的海华沙或麦尼博兹霍的特征既有移植，也有剔除。总的来说，朗费罗在理解印第安文化的宗教信念和价值观念的基础上，根据英语文化的欣赏趣味对印第安神话传说中的海华沙或麦尼博兹霍成长的特征进行了创造性的改造，从而将其凝聚成了诗歌主人公海华沙的成长特征。

五　对麦尼博兹霍形象的分解与改造

对麦尼博兹霍形象的分解与改造分为以下八部分。

（一）麦尼博兹霍的童年

在关于麦尼博兹霍的印第安神话传说中，麦尼博兹霍与他的外祖母生活在大草原边上。

在这个草原上，他第一次看见各种各样的动物和鸟。他所注意到的天上的每一种新景象都是他评说的主题；每一种新的鸟兽都是他的兴趣所在；每一种动物发出的声音就是新的一课，他期待着去学习这些。他常常因看到和听到的东西而战栗。在他很小的时候，他的外祖母就让他去观察外面的世界。当第一次听到猫头鹰的声音的时候，他感到非常恐惧。他很快从树上下来，警惕地跑进棚屋……外祖母笑话他的胆小，并问他究竟听到了什么样的声音，他回答说："它发出的声音好像是'ko－

ko‑ko‑ho'。"外祖母说他太幼稚愚蠢了，他听见的只不过是一只鸟的叫声，这鸟因它的叫声而得名①。

麦尼博兹霍从小和他的外祖母在一起生活。他的学习是从观察自然界开始的。在印第安神话传说中，叙述者撷取了观察鸟叫这一细节凸显了麦尼博兹霍的这种学习方式。而在《海华沙之歌》中，海华沙的童年也是在外祖母瑙柯密的陪伴下度过的，他的学习也是从观察自然开始的。不过，诗歌并未详细描写祖孙二人的互动过程。诗歌中的概述远远没有神话传说中的细节描写生动有趣。因而，在神话传说中跃然纸上的童趣，在诗歌中完全丧失了。这是朗费罗自觉的取舍造成的。为了快速推进故事的发展，他不想在这个问题上花费更多的篇幅。可以相信，如果朗费罗愿意，他也能把那种童趣表现得活灵活现。《孩子的时辰》②这首诗，就把那种父子亲情以及孩子们的天真顽皮表现得入木三分。因此，我们无须怀疑朗费罗的诗才。

（二）麦尼博兹霍寻父、弑父

《海华沙之歌》移植了麦尼博兹霍寻父、弑父的情节框架。这一情节由这样几个情节单元构成：打听到了父亲在世的消息；出发寻找父亲；父子会面；父子互相了解了对方害怕的致命武器；得知父亲是害死母亲的罪魁祸首后，儿子先动手用黑岩石击打父亲，父亲且战且败，最后父亲劝儿子住手，结束战斗，并劝儿子回去为民除害，承诺将来让儿子掌管北方的风。麦尼博兹霍寻父、弑父这一情节的几个基本的情节单元都被朗费罗移植到了《海华沙之歌》中，但是朗费罗在细节方面做了大量的润饰加工，个别细节与神话传说的相关内容有较大出入。下面分三部分予以介绍。

---

① Henry R. Schoolcraft, *The Myth of Hiawatha and Other Oral Legends：Mythologic and Allegoric of the North American Indians*, pp. 16‑17.

② 详见［美］朗费罗《朗费罗诗选》，杨德豫译，广西师范大学出版社 2009 年版，第80—81页。

1. 麦尼博兹霍的身世之谜

在麦尼博兹霍的神话传说中，外祖母告诉麦尼博兹霍他听到的只不过是猫头鹰的叫声以后，他就回到树上继续他的观察，这时麦尼博兹霍对自己的身世之谜产生了兴趣：

> 在那儿，他心想："很奇怪，我如此愚蠢，而我的奶奶如此聪明，而且我既没有父亲也没有母亲。我从没听见过关于他们的事。我必须问清楚这件事并且要找到他们。"他回家后默默地坐着，看上去很伤心。外祖母问他："麦尼博兹霍，你怎么了？"他回答说："我希望你告诉我我有没有父母在世，还有，谁是我的亲戚？"因为知道麦尼博兹霍爱报仇，所以外祖母害怕告诉他关于他父母的故事。但是，他坚持要她回答。她不得不告诉他："是的，你有一个父亲和三个兄弟在世。你的母亲死了。她在她的父母没有同意的情况下被你的父亲西风带走了。你的兄弟是北风、东风和南风，都比你大，你的父亲根据他们的名字给了他们权力和风。你是他最小的孩子。从你婴儿时期我就养育你，因为你的母亲生你的时候死了，这是你的父亲恶意待她造成的。除了你，我在地球上没有任何亲戚，我在月亮上出生，并被女人们的忌妒伤害。你的母亲是我唯一的孩子，你是我唯一的希望。"①

麦尼博兹霍在观察自然的时候进行了自我反思，他渴望揭开自己的身世之谜。他回家后向外祖母追问自己的父母兄弟的情况。外祖母如实地告诉了他关于他父母的故事和他的几个兄弟的情况。麦尼博兹霍的父母的关系、父亲的身份、兄弟的职能等基本上被移植到《海华沙之歌》中，所以，海华沙的父母兄弟的基本情况与麦尼博兹霍的父母兄弟的情况相同。不过，与麦尼

---

① Henry R. Schoolcraft, *The Myth of Hiawatha and Other Oral Legends*: *Mythologic and Allegoric of the North American Indians*, pp. 17–18.

博兹霍不同，海华沙并没有进行自我反思。因而诗歌中没有出现海华沙追问外祖母有关自己身世的对话片段。所有关于海华沙身世和其父兄的情况都是通过文本叙述者叙述出来的，而不是像麦尼博兹霍的神话传说那样通过故事人物外祖母之口叙述出来。正是因为朗费罗将印第安神话传说中的有限人物视角改变成了全知视角，所以，与神话传说相比，《海华沙之歌》有了更加广阔的叙述空间，这也就决定了朗费罗想象力展开的维度。在《海华沙之歌》的"四方的风"和"海华沙的童年"这两章里，朗费罗以全知视角介绍了海华沙的父亲西风和海华沙的兄弟东风、南风、北风的职能和故事，叙述了他的外祖母和母亲的不幸遭遇，并充满情趣地叙述了海华沙童年的生活片段。在两章的篇幅内，叙述了海华沙的身世之谜及童年生活，其容量远远大于上述麦尼博兹霍的神话传说中的相关叙事的容量。朗费罗对印第安神话传说的创造性改造由此可见一斑。

2. 麦尼博兹霍与父亲会面

在印第安神话传说中，叙述者极其详细地叙述了麦尼博兹霍与他父亲西风会面的情景。麦尼博兹霍从外祖母那里听到父亲和兄弟在世的消息后，表面上看起来很高兴。他表面的高兴，是为了隐藏内心杀父为母报仇的念头。他告诉外祖母，他早上就出发去访问他的父亲。外祖母告诉他，西风住的地方离这里很远。但是，她终究没能阻止住他，因为麦尼博兹霍已经不再是小孩了。现在，麦尼博兹霍具有男子汉气概，像巨人一样高大，而且被赋予了巨人的坚强和力量。他出发了，很快就到达目的地，因为他的每一步都能跨越很远。麦尼博兹霍和他的父亲西风在西方的高山上会面。他的父亲很高兴见到他。麦尼博兹霍表面上看上去也很高兴①。下面是父子二人会面的一个片段：

---

① See Henry R. Schoolcraft, *The Myth of Hiawatha and Other Oral Legends：Mythologic and Allegoric of the North American Indians*, p. 18.

他们花了几天时间谈话。一天晚上，麦尼博兹霍问他父亲他在地球上最害怕什么？他父亲回答说："没什么。"麦尼博兹霍继续追问他父亲："但是，告诉我，在这儿你没有害怕的东西吗？"最后他父亲说："是的，在这儿发现了一块黑岩石。这是我在地球上唯一害怕的东西，因为如果它打到我或我身体的任何一个部位，将会深深地伤害我。"父亲把这个秘密告诉了儿子，然后回过头来问儿子同样的问题。虽然儿子的力量是有限的，父亲还是害怕他的巨大的力量。麦尼博兹霍回答说："没什么害怕的。"他打算避开这个问题，或者提到一些不会伤害他的对象作为他害怕的一种东西。他被问了一遍又一遍，最后，他对父亲说："没什么。"但是他父亲说："一定有一些东西是你害怕的。"麦尼博兹霍说："好吧，我将告诉你，就是……"但在发音之前他显得极其害怕。他说："我叫不上它的名字，我被一种恐惧抓住了。"父亲对他说不要害怕。他又开始了，他用一种愚弄的语调重复了相同的单词，最后他喊道："就是芦苇的根。"他看上去好像因为发出这个音而筋疲力竭了①。

在这里，极其详细的细节描写，活灵活现地突出了麦尼博兹霍恶作剧者的狡猾和精明。在麦尼博兹霍与父亲一问一答的几个回合的较量中，麦尼博兹霍以他的欲言又止和善于表演恐惧的恶作剧者的才能，成功地瞒过了父亲，使这位风神对麦尼博兹霍所说的话信以为真。为了使自己的弑父行动师出有名，麦尼博兹霍在接下来的较量中再次故技重演：

麦尼博兹霍说："我要找到一些黑岩石。"父亲说："那离你很远，不要做，我儿。"但是麦尼博兹霍仍然坚持要这样做。他父亲说："好吧，我也要找到一些芦苇根。"麦尼博兹霍立刻叫喊说："Kago! Kago!（不

---

① Henry R. Schoolcraft, *The Myth of Hiawatha and Other Oral Legends: Mythologic and Allegoric of the North American Indians*, pp. 18 – 19.

要，不要)。"看上去他好像很害怕。但是，他内心特别希望父亲去找芦苇根，这样就可以把他拉入战争。麦尼博兹霍出去找到了一块巨大的黑岩石，把它带回来。他父亲也小心地带来了芦苇根①。

在听到父亲亲口承认是他害死了母亲以后，麦尼博兹霍拿起岩石打他父亲②。这场父子之战持续了好几天。岩石碎块到处都是。事实证明，芦苇根并不是能够威胁麦尼博兹霍生命的致命武器。他以前的表演太逼真了，以致使他父亲相信芦苇根是一种致命的武器。在这里，麦尼博兹霍的恶作剧者的狡猾终于被证实了。在麦尼博兹霍寻父、弒父的过程中，印第安神话传说通过一系列细节描写凸显了麦尼博兹霍的恶作剧者的狡猾和精明。

麦尼博兹霍与父亲会面的情节框架被朗费罗移植到了《海华沙之歌》中。海华沙与父亲西风会面，两人看上去都很高兴，接下来父子二人聊了几天，这期间父子二人互问对方最害怕的东西是什么，海华沙为了欺骗父亲故意表演恐惧。可以说，麦尼博兹霍与父亲见面的基本环节都被移植到了海华沙与父亲见面的情节中。不过诗歌在细节方面还是与印第安神话传说有所区别的。就表演恐惧这一点而言，朗费罗在细节方面做了较大的改动。《海华沙之歌》是这样描写海华沙表演恐惧这一细节的：

> 麦基凯维斯站起身，
>
> 伸出手去要拔那棵芦苇，
>
> 海华沙发出恐怖的呼声，
>
> 他是故意装出这般惊恐的神情：
>
> "别碰，别碰，千万别碰！"

---

① Henry R. Schoolcraft, *The Myth of Hiawatha and Other Oral Legends*: *Mythologic and Allegoric of the North American Indians*, p. 19.

② Ibid. , p. 20.

麦基凯维斯说:"你放心,

我绝不会碰它,你放心!"①

在神话传说中,麦尼博兹霍两度表演恐惧,但在《海华沙之歌》中,海华沙只在父亲要拔芦苇时才表演了恐惧。海华沙对他父亲说出他最害怕的东西是芦苇根的时候,和麦尼博兹霍一样有犹豫,但他没有像麦基凯维斯那样表演恐惧。二者在处理这一细节时表现出的差异,实际上不仅仅体现了故事家和诗人的叙述技巧的差异,而且体现了两种体裁在细节描写上的差异。与诗歌相比,故事有更大的叙述自由,在细节描写上显得更加游刃有余,而诗歌由于受到格律等方面的限制,其细节描写在达到如临其境、活灵活现的艺术效果方面还是有局限的。

3. 麦尼博兹霍父亲的劝告和许诺

在神话传说中,麦尼博兹霍与父亲的战斗是这样收场的:

"住手!"他喊道:"我的儿子,你知道我的力量,你知道你不可能杀死我。断了念头吧,我将分配给你与你的兄弟一样多的权力。世界的四方已经被占据,但是你可以去为地球上的人做大量的好事。地球被大蛇、野兽和怪物蹂躏,它们在居民中间酿成了巨大的惨祸。去做好事吧。你现在有能力这样做了,你的名声将与地球上的生物一样永恒。当你完成了你的工作,我将分配给你一个地方。你将去与你的兄弟卡比波诺卡一起坐镇北方。"

麦尼博兹霍被安抚了。他回到他的棚屋。由于受伤他只能待在屋里。但是由于外祖母的医药技术他很快就康复了②。

---

① [美]朗费罗:《海华沙之歌》,王科一译,上海译文出版社 1981 年版,第 53 页。

② Henry R. Schoolcraft, *The Myth of Hiawatha and Other Oral Legends*: *Mythologic and Allegoric of the North American Indians*, pp. 20 - 21.

麦尼博兹霍在得到父亲的许诺后"被安抚了"。麦尼博兹霍在权力、荣誉的诱惑下，放弃了弑父的念头。在这里，神话传说体现了印第安人的价值观。《海华沙之歌》移植了麦尼博兹霍父子之战结束这一情节单元的框架，但是在细节上有一定的改变。正是这种改变，将麦尼博兹霍被权力和荣誉征服的男性权力人格转变为海华沙为民谋利的领袖人格。在《海华沙之歌》中，海华沙的父亲对海华沙的劝告和承诺如下：

> 停住，海华沙，我的孩子！
> 你取不了我的性命，
> 你杀害不了仙人。
> 我这一次给你考验，
> 只不过为了试试你有没有勇气，
> 现在我就颁给你勇士的赏赐！
>
> 你快回家去，回到人民那儿去，
> 跟他们一起生活，一起劳动，
> 你要去消除那戕害大地的一切祸根，
> 要去把鱼池和江河澄清，
> 把魔术士和妖怪统统杀尽，
> 使巨人和大蛇无处藏身，
> 宛如我当年宰了"弥歇－莫克瓦"，
> 那头深山大熊！
>
> 等你到了晚年，
> 等那死神在黑暗中
> 向你瞪着可怕的眼睛，

> 我就和你共享我的王国，
>
> 让你掌管西北风基威丁——
>
> 我们本国的风神！①

在《海华沙之歌》中，麦基凯维斯劝告海华沙结束战斗，回到人民中间，为人民谋福利。等到了晚年，死神光顾海华沙的时候，麦基凯维斯会让海华沙回到他身边，一起掌管西北风。麦基凯维斯未明言权力和荣誉。他希望海华沙能和他当年宰了深山大熊为民除害一样，为人民清除地上的一切祸害。在这里，为民谋利的价值观占主导地位。而在麦尼博兹霍的神话传说中，为民除害而获得永恒的名声这一荣誉价值观占优势。在《海华沙之歌》中，麦基凯维斯承诺让海华沙死后上天掌管西北风，这样海华沙就由人而升格为西北风神。人死后到天上成为神，这是具有普世性的观念。在这里，权力并不是关注的焦点。而在麦尼博兹霍的神话传说中，麦尼博兹霍的父亲将权力赤裸裸地摆在首位。这种细微的变化，反映了印第安人的英雄价值观和朗费罗的英雄价值观之间的差异。朗费罗按照自己文化传统的价值观对印第安神话传说中的细节进行了一定的调整，使其体现的价值观更趋近英语文化传统的价值倾向。

（三）麦尼博兹霍捕鱼

对麦尼博兹霍的捕鱼下面分别从动机和过程两部分来论述。

1. 麦尼博兹霍捕鱼的动机

在麦尼博兹霍的神话传说中，麦尼博兹霍是在听到外祖母缺头油的情况下决定去捕鱼的。外祖母对麦尼博兹霍说，他的外公活着的时候，她从来不缺头油。但是他外公到地球上来寻找他外祖母的时候，被住在大湖对面的珍珠－羽毛杀害了。现在她的头发迅速掉落，她想抹头油了。于是，麦尼博兹

---

① ［美］朗费罗：《海华沙之歌》，王科一译，上海译文出版社 1981 年版，第 57—58 页。

霍决定去捕鱼①。

在捕鱼的动机上，麦尼博兹霍与海华沙不同。麦尼博兹霍是为了给外祖母提供头油。在《海华沙之歌》中，叙述者并未在海华沙捕鱼之前明白地交代海华沙捕鱼的动机。在捕鱼成功后，海华沙对他的外祖母瑙柯密说，等海鸥吃饱了大鲟鱼的肉飞走以后，你再拿出壶罐，"来取鱼油，让我们度过冬寒"②。可见，海华沙捕鱼是为了准备过冬的鱼油。在捕鱼的动机上，麦尼博兹霍的神话传说凸显的是麦尼博兹霍与外祖母的祖孙亲情，而在《海华沙之歌》中，海华沙捕鱼是为了储备过冬物资。印第安神话传说的目标听众是印第安人，故事实际上承担着传播印第安伦理观念的功能，因此，在麦尼博兹霍的神话传说中会出现打亲情牌的细节。但是，朗费罗《海华沙之歌》的目标读者是英语读者，因此，传达印第安的伦理观念就不可能成为朗费罗诗歌的首选目标。对于他的目标读者来说，可能会对印第安的生活习俗更感兴趣。因此，朗费罗没有将麦尼博兹霍捕鱼的动机移植到海华沙那里，而代之以更加贴近印第安人生活风俗的细节。

2. 麦尼博兹霍捕鱼的过程

麦尼博兹霍做好准备后就去湖心捕鱼了。他把绳子放下水，说："Me – she – nah – ma – gwai（米歇拿马，鱼王的名字），咬我的鱼饵。"③ 麦尼博兹霍把这句话重复了好几遍。但是鱼王并没有咬鱼饵。而是先后派虹鳟鱼和翻车鱼去咬麦尼博兹霍的鱼钩。麦尼博兹霍骂它们是愚蠢的鱼，让它们走开。麦尼博兹霍让鱼王咬鱼钩的叫嚷声不绝于耳，鱼王很烦，于是亲自出马，将麦

---

① Henry R. Schoolcraft, *The Myth of Hiawatha and Other Oral Legends：Mythologic and Allegoric of the North American Indians*, p. 21.

② ［美］朗费罗：《海华沙之歌》，王科一译，上海译文出版社1981年版，第106页。

③ Henry R. Schoolcraft, *The Myth of Hiawatha and Other Oral Legends：Mythologic and Allegoric of the North American Indians*, p. 21.

尼博兹霍连人带船吞进了肚子①。在《海华沙之歌》中，海华沙捕鱼的过程与上述麦尼博兹霍捕鱼的过程相同。海华沙叫嚷着要鱼王来咬鱼饵，但鱼王先后派了梭子鱼和翻车鱼去咬海华沙的鱼饵，它们被海华沙骂回去以后，鱼王就以迅雷不及掩耳之势将海华沙连人带船吞进腹中。但是，就这一过程的细节而言，麦尼博兹霍的神话传说与《海华沙之歌》还是有很大差别的。麦尼博兹霍将钓线放进水中以后，说："Me－she－nah－ma－gwai（米歇拿马，鱼王的名字），咬我的鱼饵。"而海华沙对大鲟说："尝一尝我的香饵，大鲟！／来把我的香饵尝一尝！／你赶快从水底浮出来，／让咱俩比一比谁弱谁强。"② 不难看出，麦尼博兹霍对鱼王说那句话，为的是让鱼王咬饵，捕到鱼是其最终目标。但是，海华沙让大鲟咬饵，不仅仅是为了捕到鱼，其根本目标是要与大鲟一较高下，这里有十分明显的傲视一切的英雄主义色彩。而朗费罗之所以从印第安神话传说中移植麦尼博兹霍捕鱼这一情节，就是为了把海华沙塑造成一位勇于挑战、无所畏惧的印第安勇士。由于在细节上做了微调，朗费罗就赋予了他的主人公海华沙迥异于麦尼博兹霍的品格。朗费罗还通过其他细节的变化，进一步突出了海华沙的英雄气质。在用战棍敲打鱼王的心脏而杀死鱼王之后，鱼王的尸体被冲到了岸上，麦尼博兹霍透过鱼王尸体上被海鸥撕开的裂缝，对它们喊道："噢，我的弟弟，把这个洞撕得更大一些，这样我才能出去。"③ 而海华沙透过大鲟尸体上的裂缝看到海鸥的时候却对它们说了这样一番话："噢，海鸥，我的兄弟们，／我已经杀了'拿马'，这大鲟，／请你们来扩大裂缝，／用你们的爪子抓开裂缝，／让我走出这黑暗的监牢。"④ 麦尼博兹霍杀死鱼王完全是被动的，鱼王死后，他急于从鱼腹脱险，

---

① Henry R. Schoolcraft, *The Myth of Hiawatha and Other Oral Legends*: *Mythologic and Allegoric of the North American Indians*, pp. 21 – 22.

② ［美］朗费罗:《海华沙之歌》，王科一译，上海译文出版社 1981 年版，第 97 页。

③ Henry R. Schoolcraft, *The Myth of Hiawatha and Other Oral Legends*: *Mythologic and Allegoric of the North American Indians*, p. 23.

④ ［美］朗费罗:《海华沙之歌》，王科一译，上海译文出版社 1981 年版，第 104 页。

所以只要求海鸥扩大裂缝让他立刻脱险。而海华沙从一开始就有与大鲟一较高下的野心，杀死大鲟之后他有一种大功告成的自豪感，所以，在看到海鸥时，他首先自豪地通报了他的战绩，然后才要求海鸥扩大裂缝，以便从鱼腹脱险。在见到外祖母瑙柯密的时候，海华沙也不忘报告自己杀死鱼王的赫赫战功。通过这些细节，朗费罗突出了海华沙的英雄气质。这样，朗费罗依托麦尼博兹霍捕鱼的神话传说情节，并以自己文化传统中的价值观为导向，或者对该情节中的一些细节进行改造，或者独立创造出一些细节，从而塑造出了远比麦尼博兹霍更具有英雄气质的海华沙形象。

（四）麦尼博兹霍挑战珍珠－羽毛

麦尼博兹霍的神话传说详细叙述了麦尼博兹霍为杀死珍珠－羽毛所做的准备。珍珠－羽毛是生活在大湖对面的精灵。他曾杀了麦尼博兹霍的外祖父。这个精灵住的地方得到了守护，第一道防线上是大蛇，这些蛇能喷出火，所以没有人能通过他们的防线。第二道防线上是一团黏糊糊的东西，在水上面，又软又黏。不论是谁试图通过，或者无论什么东西接触它，都会被黏在那里①。为了替死去的外祖父报仇，麦尼博兹霍决定与珍珠－羽毛决一死战。在出发之前，他做了必要的准备。完成了禁食和唱战歌等事项后，他开始装船，为打仗做好准备。除了常规的装备以外，他还装了大量的油。他日夜兼程。最终他来到了能看见大蛇的地方。他停下来观察它们。他看到它们相隔较远，它们喷出的火焰刚刚到达通道。他开始像一个朋友一样与他们谈话，但是它们拒绝放行。于是，他想以一些权宜之计欺骗他们。他让自己的独木舟尽可能地靠近他们。突然，他惊恐地大喊道："你们后面是什么？"那些大蛇立刻转过它们的头，就这样，也就是一句话的工夫，麦尼博兹霍就通过了大蛇把

---

① Henry R. Schoolcraft, *The Myth of Hiawatha and Other Oral Legends*：*Mythologic and Allegoric of the North American Indians*，p. 23.

守的危险地带。于是，他拿起弓和箭，精确地向它们射击。那很容易做到，因为蛇的位置是固定的，不能移到一个确定的地点之外，而且它们身形巨大色彩鲜亮。战胜了这些站岗的大蛇后，他驾驶着他的有魔力的独木舟继续前进，直到他到达湖中一个软绵绵、黏糊糊的地区，他拿出油擦在独木舟上，独木舟在湖中推进。油软化了湖面，使独木舟很容易滑过去，虽然他需要频繁地涂油。正好在他的油用完的时候，他摆脱了这些阻碍，他是第一个成功地战胜这种阻碍的人①。

麦尼博兹霍去杀珍珠－羽毛，其动机只是为了复仇。因为珍珠－羽毛杀死了麦尼博兹霍的外祖父。而海华沙去杀珍珠－羽毛，首先是为了消除热病的根源，其次才是为了复仇。《海华沙之歌》通过瑙柯密之口道出了海华沙杀珍珠－羽毛的动机："你去宰了那残忍的魔术家，/叫他再也不能从沼地那边喷气如云，/免得我们的人民再害热病，/也为我报了杀夫的仇恨。"② 朗费罗赋予其主人公一以贯之的领袖气质，海华沙始终将人民的利益放在首位。而在麦尼博兹霍的神话传说中，麦尼博兹霍承载着印第安人的核心价值观之一，那就是复仇。可以说，麦尼博兹霍是一个地地道道的印第安式的英雄，而海华沙虽然具有印第安人的一切外在特征，但是在一个非印第安作家笔下，海华沙被赋予了不同于印第安英雄麦尼博兹霍的一些特征。在海华沙身上，似乎有古英语史诗《贝奥武甫》中的伟大武士贝奥武甫的一些特征。贝奥武甫是一个甘为人民的利益而献身的英雄。在得知毒龙肆无忌惮地危害人民时，贝奥武甫发出了这样的豪言壮语："……我年轻时/就曾身经百战，如今年事已高，/但作为人民的庇护者，只要作恶者/胆敢从地洞里爬出来，我就一定/

---

① Henry R. Schoolcraft, *The Myth of Hiawatha and Other Oral Legends*: *Mythologic and Allegoric of the North American Indians*, pp. 27 – 28.

② ［美］朗费罗：《海华沙之歌》，王科一译，上海译文出版社 1981 年版，第 110 页。

向他挑战，让我的英明千古流传。"① 最终，年老的贝奥武甫只身挑战毒龙，为了人民的利益而献出了自己的生命。海华沙为了消除那危害人民的热病的根源而只身挑战强悍的珍珠－羽毛。在海华沙身上，不难看出贝奥武甫英雄气质的踪迹。可见，朗费罗根据英语文化传统中的英雄观，对印第安神话传说中的英雄形象进行了改造，从而赋予了海华沙特殊的领袖气质。

　　麦尼博兹霍在遭遇到护卫大蛇以后，像朋友一样和它们套近乎，企图让它们放行。但是此招未能见效，于是麦尼博兹霍诈骗群蛇，顺利通过它们把守的通道，然后开弓射箭，击毙了群蛇。而《海华沙之歌》是这样描写海华沙看到那群喷吐热气的大蛇时的反应的："大无畏的海华沙大喝一声，／对它们发出这样的命令：／'凯那比克'，快快让路，／让我继续我的航程！"② 与麦尼博兹霍跟大蛇套近乎不同，海华沙表现出了非凡的霸气，命令大蛇为他让路。在大蛇拒绝放行以后，愤怒的海华沙张弓射箭，使一条条毒蛇丧命，然后，海华沙穿过血水和毒蛇的尸体，向前航行。与麦尼博兹霍使用欺骗等恶作剧的伎俩战胜护卫大蛇截然不同，海华沙是以大无畏的英雄气概和精湛的射箭技艺战胜护卫大蛇的。麦尼博兹霍射毙大蛇后扬长而去，有一种计谋得逞后洋洋得意的感觉。而海华沙射毙大蛇后穿过血水和大蛇的尸体航行，这一细节彰显出了海华沙不可一世的英雄豪气。可见，在麦尼博兹霍的神话传说中，主人公被赋予了恶作剧者的精明和狡猾，而在《海华沙之歌》中，主人公被赋予了英雄的霸气与豪气。虽然二者战群蛇的情节框架相同，但是由于在对细节的处理中渗透进了不同文化的价值观，所以其中的主人公麦尼博兹霍和海华沙具有截然不同的人格特征。

　　在战胜大蛇后，麦尼博兹霍登上陆地。他看见了珍珠－羽毛坐落在山上

---

① 佚名：《贝奥武甫 罗兰之歌 熙德之歌 伊戈尔远征记》，陈才宇等译，译林出版社1999年版，第115页。

② ［美］朗费罗：《海华沙之歌》，王科一译，上海译文出版社1981年版，第112页。

的小屋。他为战斗做好了准备。在黎明时分，战斗打响了：

> 喊叫声、哭声合成一片，"包围他！包围他！快跑！快跑！"搞得好像他有许多帮手似的。他先喊道："是你杀死了我的外祖父。"同时他射出了箭。战斗持续了一整天。麦尼博兹霍的箭没有起作用，因为他的敌人穿的是真正的珠宝。现在他只剩下三支箭了。这时，一只巨大的啄木鸟（麻—麻）飞过，它落在一棵树上。"麦尼博兹霍，"他喊道，"你的对手有一个致命的地方。其三，射击他的头顶上的一绺头发。"他照此射出了第一支箭，曼尼托出血了。曼尼托跟跄了一两步，但又恢复了原样。曼尼托开始和谈，但是，实际上，他又吃了第二箭，中了这一箭后他跪倒了。但是他再次恢复了原样。在这样做的时候，他露出了他的头，给了他的对手一个机会，麦尼博兹霍射出了第三箭。这支箭深深穿透了他的头，他的尸体倒在地上。①

可以说，麦尼博兹霍与珍珠 – 羽毛的战斗充满了戏剧性，表现有三：其一，他虚张声势，制造出大军包围珍珠 – 羽毛的假象。和对付护卫大蛇一样，他采用了恶作剧者的诈骗手段。其二，这次与珍珠 – 羽毛的战斗得到了啄木鸟的帮助，麦尼博兹霍由此知道了对手致命的弱点。其三，珍珠 – 羽毛中箭后准备与麦尼博兹霍和谈，结果被麦尼博兹霍欺骗，又中了一箭。在这里，麦尼博兹霍恶作剧者的狡诈表现得淋漓尽致。在《海华沙之歌》中，珍珠 – 羽毛对海华沙发出了狂妄傲慢的威胁：如果海华沙不撤回去，他会就地取他的性命。对此，海华沙毫不畏惧，迎难而上，与珍珠 – 羽毛展开了一场殊死搏斗。在只剩下三支箭的情况下，海华沙与麦尼博兹霍一样也得到了啄木鸟的帮助。不过，朗费罗没有把麦尼博兹霍神话传说中的那个"和谈"细节引

---

① Henry R. Schoolcraft, *The Myth of Hiawatha and Other Oral Legends*: *Mythologic and Allegoric of the North American Indians*, pp. 28 – 29.

入他的诗歌，而是让他的主人公海华沙以迅雷不及掩耳之势连发三箭，结果珍珠－羽毛倒地而亡。所以，与麦尼博兹霍利用计谋取胜不同，海华沙完全凭借大无畏的英雄气概和精湛的射技取得了胜利。由此可见，麦尼博兹霍的神话传说和《海华沙之歌》的主人公在价值取向上有明显的差异。对于朗费罗来说，他的主人公的英雄形象是靠英雄气概和战术能力支撑起来的，像麦尼博兹霍使用的那些技巧，在他看来都是些雕虫小技，若用在他的主人公身上，会使其英雄形象大打折扣。因此，朗费罗在移植麦尼博兹霍杀珍珠－羽毛的情节框架时，在细节上做了调整，有意识地将麦尼博兹霍的那些恶作剧的伎俩剥离出去了。

（五）麦尼博兹霍与造箭老头及其女儿

在为挑战珍珠－羽毛做准备的时候，麦尼博兹霍最用心的事情是造弓箭。他不断地做弓和箭，弓箭不计其数，但是他没有箭头。外祖母告诉他有个老头住在不远处，他可以为他提供箭头。麦尼博兹霍派她去搞一些箭头回来。她很快就回来了，袋子里装得满满的。他告诉外祖母他的箭头仍然不够，他又派她去了。这一次，他不单纯是为得到箭头，他一心想着要发现造箭头的方法。狡猾与好奇心推动他去探索。但是他认为做这件事的时候一定要瞒着他的外祖母。他让外祖母去老头那儿再搞些大一点的箭头来，而他自己假装要在家里敲鼓、唱战歌。其实，他根本就没待在家里。他一路上尾随自己的外祖母，但小心地保持着一定的距离。他看到了正在工作的老头，观察到了他造箭的全过程。他也留意到了这老头的女儿，看到她非常美丽。他感到他的胸脯因一种新的感情而蹦蹦跳，但是他什么也没说。在外祖母到家之前他先小心翼翼地回了家，并开始唱歌，好像他从来没有离开过他的棚屋①。在这

---

① Henry R. Schoolcraft, *The Myth of Hiawatha and Other Oral Legends*：*Mythologic and Allegoric of the North American Indians*，pp. 24－25.

段故事中，麦尼博兹霍欺骗自己的外祖母，为的是能够在造箭老头不知情的情况下偷窥其造箭头的过程，这样他就可以掌握这门技术了。令麦尼博兹霍惊喜的是，他还意外地看到了造箭老头的漂亮女儿。他对这姑娘一见钟情，但是没有告诉任何人。后来，在经历了一系列冒险后，麦尼博兹霍回到家乡，与造箭老头的女儿结了婚，生儿育女①。

朗费罗在《海华沙之歌》中利用了麦尼博兹霍与造箭老头一家的人物关系：造箭老头与女儿生活在一起，女儿非常漂亮；海华沙娶了造箭老头的女儿。不过，由这一人物关系支配的故事情节，在麦尼博兹霍的神话传说和《海华沙之歌》中却呈现出截然不同的风貌。在麦尼博兹霍的神话传说中，麦尼博兹霍是在偷窥造箭老头造箭过程的时候，看中了造箭老头的女儿，在经历了一系列冒险之后，他回到家乡与造箭老头的女儿结婚生子。从叙述的速度来看，该故事对这些情节单元的叙述都属于概述，只是匆匆一笔带过。这与故事家了解他的印第安听众的欣赏趣味相关。因为印第安听众自己就是那些生活习俗的当事人，所以不会对它们产生兴趣，故事家只能以奇、趣、险等取悦于听众。而在《海华沙之歌》中，朗费罗的目标读者置身于这些生活习俗之外，所以有了解印第安文化的兴趣。为了满足目标读者的需要，朗费罗以麦尼博兹霍的婚事为蓝本，将印第安人的习俗进行了富有诗意的处理，通过海华沙拜访造箭老头、海华沙求婚、海华沙的婚礼等情节单元，全面细致地展现了印第安人的婚俗。另外，麦尼博兹霍的神话传说与《海华沙之歌》对其主人公的婚事的叙述速度完全不同，因此呈现出来的主人公的性格特征就有很大的差异。麦尼博兹霍看到造箭老头的女儿的时候，他的注意焦点是那女子的漂亮，因此，麦尼博兹霍因一种新的感情而怦然心动。在这里，麦尼博兹霍是一个情窦初开的少男，异性的美貌对他产生了巨大的吸引力，他

---

① Henry R. Schoolcraft, *The Myth of Hiawatha and Other Oral Legends: Mythologic and Allegoric of the North American Indians*, p. 43.

的感情是本能的、真挚的。后来他与造箭老头的女儿结婚，实际上就是他这一次的情感体验在起支配作用。可以说麦尼博兹霍是一个性情中人。在《海华沙之歌》中，海华沙在结束了与父亲西风神麦基凯维斯的战斗以后，在回家途中去到达科他人的境内找那年老的造箭能手买箭，也是为了看看那老头的女儿明尼哈哈。但是朗费罗没有描写海华沙与明尼哈哈的见面，只是做了这样的猜测："我的海华沙呀，/你去到达科他人的境内，/难道只为了几支箭头？/……你莫不是要去看看那位少女，/去看那明尼哈哈的笑脸，/在那飘飘忽忽的窗帘的后面窥望……谁敢说这当儿海华沙的心，/陶醉在怎样美丽的梦境？"[1] 虽然麦尼博兹霍和海华沙与造箭老头会面的场景完全不同，但是，两人的共同点显而易见。与麦尼博兹霍一样，海华沙被异性的魅力深深吸引，也有情窦初开的少男的隐秘，而且他也没有将自己这种隐秘的心事告诉自己的外祖母。不过，与麦尼博兹霍不同，海华沙在婚姻问题上表现出了一种天然的领袖气质。在"海华沙的求婚"这一章中，海华沙对外祖母说他一定要娶达科他人的女儿为妻，他的理由是："即使为了这个原因，/我也一定要和那个达科他娇妞结婚，/让我们两个民族修好联姻，/忘掉我们旧日的仇恨；/永远治好旧日的伤痕！"[2] 显然，海华沙的婚姻是政治婚姻，虽然这是以他钟情于明尼哈哈为前提的。海华沙把自己的婚姻作为修好两个部族政治关系的桥梁，表现出其作为领袖的大局意识和远见卓识。在这里，朗费罗通过这样的细节反映了印第安部族之间的关系，使自己的诗歌承载了一定的文化信息，也强化了年轻的海华沙那难能可贵的领袖气质。而这一切在麦尼博兹霍的神话传说中是缺乏的。

（六）麦尼博兹霍追杀波－普－基威

与麦尼博兹霍相比，波－普－基威是一个更纯粹的恶作剧者。关于波－

---

① ［美］朗费罗：《海华沙之歌》，王科一译，上海译文出版社1981年版，第60页。

② 同上书，第127页。

普－基威的神话传说，主要讲述了他的旅行冒险活动。波－普－基威在告别了自己的朋友和人民之后，再次踏上了旅途。在漫长的游荡之后，他去了麦尼博兹霍的木屋，正巧麦尼博兹霍不在家。波－普－基威想给他搞个恶作剧。他把麦尼博兹霍的屋子翻了个底朝天，并杀了他的鸡。麦尼博兹霍得知消息后追杀波－普－基威。在这过程中，波－普－基威要了许多鬼把戏，阻止麦尼博兹霍的追赶。波－普－基威故意毁坏树和岩石，又让树和岩石要求麦尼博兹霍恢复它们的生命，在麦尼博兹霍恢复树和岩石的生命时，波－普－基威就趁机奔逃。但是麦尼博兹霍总是紧追不舍，波－普－基威钻进一个树洞，把自己变成了蛇，盘绕在树根上。当蛇出来的时候，麦尼博兹霍用力击打树身，但是波－普－基威又恢复了人形。在麦尼博兹霍的打击之下，波－普－基威被迫逃到湖滨的悬崖上，当地的岩石曼尼托打开门让他进去，把麦尼博兹霍挡在了门外。麦尼博兹霍大叫，让岩石曼尼托开门，但被拒绝了。麦尼博兹霍没有硬闯进去，而是威胁他们，说只让他们活到晚上。夜晚来临，乌云密布，雷电交加，大地震动，岩石碎裂，岩石曼尼托和波－普－基威的身体被压碎了。虽然曾变形为各种动物的波－普－基威已被杀死过多次，但是因为那些动物的形体被毁之前他的灵魂就飞走了，所以他总是能恢复人形，但是，这一次他的人形的身体被压碎了，他真正地死亡了。麦尼博兹霍取走了他的灵魂。并对波－普－基威说，他将给他战鹰的形体，让他成为所有飞禽的首领①。在波－普－基威的神话传说中，波－普－基威捉弄麦尼博兹霍，麦尼博兹霍追杀他。这一人物关系被移植到了《海华沙之歌》中。但是，二者在细节上有很大区别。波－普－基威捉弄麦尼博兹霍和波－普－基威变形为大蛇、得到岩石曼尼托的庇护、身体被压碎在岩石下以及被麦尼博兹霍变形为战鹰等情节单元，都被朗费罗移植到海华沙追杀波－普－基威的情节中

---

① Henry R. Schoolcraft, *The Myth of Hiawatha and Other Oral Legends: Mythologic and Allegoric of the North American Indians*, pp. 67－70.

来了。在波－普－基威的神话传说中，在捉弄麦尼博兹霍之前，波－普－基威在其冒险旅途中曾变形为超级大海狸、超级大黑雁等，这些与麦尼博兹霍追杀波－普－基威无关的情节单元，也被朗费罗移植到了海华沙追杀泼－普－基威的情节中。而波－普－基威毁坏树和岩石，让它们要求麦尼博兹霍恢复它们生命的细节却被剥离了。可见，在追杀波－普－基威的情节上，朗费罗对印第安神话传说的改造力度是很大的。移植基本的情节框架，剥离那些不需要的情节单元，嫁接一些神奇的情节单元，是朗费罗的基本原则。不过，就人物形象而言，在追杀波－普－基威的情节中，海华沙基本上保持了麦尼博兹霍的特征，那就是以复仇为目的，表现出了锲而不舍、誓不罢休的坚韧。

（七）麦尼博兹霍的恶作剧者特征

麦尼博兹霍的恶作剧特征体现在以下五种角色身上。

1. 可爱的骗子

为了看到造箭老头制作箭头的技术，麦尼博兹霍尾随着外祖母，到了造箭老头的住地，偷窥到了造箭的全过程。但是在外祖母回家之前，他先偷偷跑回家，坐在那里唱歌，制造出从未离开家的假象，成功地骗过了外祖母。在与珍珠－羽毛打仗之前，按照外祖母的要求，麦尼博兹霍进行了为期七天的禁食。他每天从自家的棚屋去很远的地方，一直走到听不见他外祖母声音的地方为止。外祖母指定他在那个地点禁食。他很想搞清楚外祖母为什么要这样做。有一天，他捉弄了外祖母。外祖母让他去指定的地点，可他离棚屋很近，但是外祖母喊他的时候，他把应答的声音压得很低，让人认为他已走到很远的地方了。于是，外祖母对他说他已经走得足够远了。实际上，他离棚屋那么近，以至于能看清楚棚屋中的一切。他在藏身的地方待了没多久，一个熊形的东西进入棚屋。熊形的东西后面有很长的头发。麦尼博兹霍决定给这来访者搞一个恶作剧。于是他拿了一些火，当"熊"背过身去的时候，他点燃了"熊"的头发，然后逃之夭夭。麦尼博兹霍跑到他平时禁食的地方，喊道："奶奶，奶奶，到我回家的时间了吗?"她喊道："是的。"当他进屋以后，她告诉了他此前发生的事情，他看上去好像对此感到非常吃惊①。可见，麦尼博兹霍是一个天才的恶作剧者。他的鬼点子很多，且具有以假乱真的表演才华。

2. 狡猾的杀手

有一次，麦尼博兹霍捕杀了一条超级大鱼。从它身上获取的脂肪和油能造成一个小湖。于是，他邀请所有的动物和飞禽参加宴会，他发出了命令，让它们分享这顿美餐为它们增膘。它们很快就来了。熊先来了，之后鹿、负鼠、驼鹿和野牛也来了。鸟兽们投入了分享美食的战斗。这个仪式结束的时候，他让群集的动物和鸟儿们跳舞，而他自己则敲鼓伴舞。他指挥它们围着他跳，并让它们闭上眼睛。它们都照做了，当他看到一只肥大的飞禽经过他身边的时候，他拧掉了它的头，与此同时，他大声地唱歌、敲鼓，去淹没那鸟儿挣扎时扑翅的声音②。

3. 睚眦必报的报复者

麦尼博兹霍酷爱旅行。他走遍了美洲，遇到了许多冒险者之后，他变得疲倦了。他听说了许多狩猎方面的事迹，并感到很羡慕，想试试自己在那方面的本事。一天晚上，当他在大湖边散步的时候，又累又饿，他遇到了一个伟大的魔术师，这个魔术师的外形是一只老狼，带着六只小狼，朝他走来。这狼一看到他，就告诉他的幼崽去断了麦尼博兹霍的路。小狼们立刻奔跑起来。麦尼博兹霍好像很高兴见到这只老狼。他问老狼要到哪里去。狼告诉他，他们正在找一个地方，在那儿它们能发现许多猎物，这样就可以度过冬天。

---

① Henry R. Schoolcraft, *The Myth of Hiawatha and Other Oral Legends*: *Mythologic and Allegoric of the North American Indians*, pp. 25 – 26.

② Ibid. , p. 30.

麦尼博兹霍说他喜欢和他们一起去，并希望老狼把他变成一只狼。老狼同意了，并立刻把他变成了狼①。这样，麦尼博兹霍作为狼和这群狼生活了很长时间。在这期间，麦尼博兹霍曾经与老狼发生过冲突：

> 有一天，小狼们不在的时候，老狼咬破一头驼鹿的大骨头逗自己开心。他说："麦尼博兹霍，用袍子蒙住你的头，在我弄破这些骨头的时候不要看我，因为碎片可能飞到你的眼睛里。"麦尼博兹霍照做了；但是，他透过袍子的裂缝往外看，正巧，一个碎片飞来打中了他的眼睛。他喊道："你为什么打我？老狼。"老狼说："你一定看我了。"但是，欺骗通常导致虚假。他说："不，不，我为什么会看你？"老狼说："麦尼博兹霍，你一定看了，否则你不会受伤的。"他再次回答说："不，不。"他心想："我没看。我将回报这粗鲁的狼。"于是，第二天，他捡起一块骨头找骨髓，他对狼说："蒙住你的头，不要看我，因为我担心碎片会飞进你的眼睛。"狼照做了。于是它拿起驼鹿的腿骨，先看了看狼蒙上眼睛了没有，然后他竭尽全力向狼射了一箭。狼跳起来，又哭又喊，因受箭伤疼得卧倒了。他说："你为什么这样打我？"他回答说："打你？我没打你，你一定看我了。"狼回答说："不，我说我没有。"但是他坚定地坚持他的说法，可怜的魔术师不得不屈服②。

被老狼伤害后，麦尼博兹霍很快就巧设陷阱，以牙还牙，以眼还眼，报复了老狼。他的头脑灵活和心胸狭隘都在这一行为中表现得淋漓尽致。

4. 卸磨杀驴的忘恩负义者

有一次，麦尼博兹霍在山上看到了一只貛，他请貛给他钻一个洞，因为

---

① Henry R. Schoolcraft, *The Myth of Hiawatha and Other Oral Legends*：*Mythologic and Allegoric of the North American Indians*，p. 31.

② Ibid.，pp. 33 - 34.

大蛇正在追赶他。獾答应了。他们两个都进了洞，獾把所有的泥土向后抛过去，以堵住后面的路。大蛇来到獾的洞口，想看个究竟。决定一直把守在洞口，把他们饿死在洞里。麦尼博兹霍让獾在山的另一头打个洞，他可以从那里出去打猎，把肉带进来。这样，他们在一起生活了一段时间。一天，这獾来到他的地盘上，这使他不高兴。他立刻决定让獾去死，并把它的尸体扔出去，因为他不喜欢獾如此频繁地来到他的地盘上[①]。麦尼博兹霍被大蛇追赶围堵的时候，是獾救了他的命，但是，一旦危险过去，不再需要獾的帮助的时候，他就因为一点小事取了獾的性命。可见，麦尼博兹霍是一个毫无气量、忘恩负义的人。这是麦尼博兹霍神话传说表现出的麦尼博兹霍的最负面的特征。

5. 可怜的乞食者和愚蠢的吹牛者

麦尼博兹霍与妻儿在离村子较远的地方生活。在那儿他打不到猎物，可怜兮兮的。冬天到了，他没有储备好印第安人过冬所需的食物。没办法，他只好去问别人要吃的。他来到啄木鸟的家。啄木鸟的妻子说没有吃的，但啄木鸟把他们储藏的食物拿出来招待他，那是藏在树上的肥美的浣熊肉。麦尼博兹霍和啄木鸟一起吸烟谈话。吃完以后，麦尼博兹霍准备回家。啄木鸟让他妻子把剩下的浣熊肉给麦尼博兹霍，让他带回家给孩子吃。在离开小木屋的时候，他故意落下了一只手套，这很快就被发现了。啄木鸟让小儿子把这个给麦尼博兹霍送去。麦尼博兹霍问啄木鸟的儿子，他们是否有就着吃浣熊肉的东西，小孩说没有。麦尼博兹霍说，你回去告诉你父亲，让他来访问我，来的时候带一个袋子，我要给他就着吃浣熊肉的东西。但是啄木鸟来访的时候，他的承诺没有实现。他模仿啄木鸟爬树啄木，结果鼻子流血昏倒在地

---

① Henry R. Schoolcraft, *The Myth of Hiawatha and Other Oral Legends*: *Mythologic and Allegoric of the North American Indians*, p. 42.

上①。冬季恶劣的天气仍在继续，麦尼博兹霍仍然忍受缺乏食物的痛苦。他不得已访问了驼鹿。驼鹿招待了他。他又故伎重演，落下了东西，这样就有机会让驼鹿的孩子转告他对驼鹿的邀请和许诺。驼鹿回访他的时候，他模仿驼鹿从妻子身上取肉的方法，结果砍伤了自己妻子的背，妻子晕倒，差点丧命。他自己也被驼鹿鄙视②。麦尼博兹霍在冬季恶劣的天气条件下受饥饿困扰，沦为可怜的乞食者，但是，他又自不量力地向救助者夸下海口，结果弄得自己和家人受伤，还成了别人的笑柄。

有关麦尼博兹霍的上述恶作剧者特征的故事，在麦尼博兹霍的神话传说中占了相当大的比重。这是因为这些故事能够营造特殊的幽默效果。印第安神话传说的幽默性，是吸引印第安听众的一个重要原因。一方面，故事的幽默性能够制造欢声笑语，这是恶作剧者的故事能够吸引人的一个原因。另一方面，这种恶作剧者的恶作剧行为携带的幽默性在一定程度上满足了印第安人倾向于搞恶作剧的心理。在搞恶作剧或看恶作剧的时候，人会感到一种摆脱道德和法律抑制的奇怪的窃喜。正如尼采所说："看别人受苦使人快乐，给别人制造痛苦使人更加快乐——这是一句严酷的话，但这也是一个古老的、强有力的、人性的而又太人性的主题。"③ 道德和法律是为了抑制人的作恶的倾向而制定的。道德鼓励人们向善，法律禁止人们作恶。社会需要道德和法律，这本身足以说明，人倾向于不做那些道德鼓励的事而倾向于做那些法律禁止的事。在这个意义上，可以说违反道德和法律是人的一种本能。在印第安人的恶作剧者的故事中，人的这种本能被释放和放大了。因此，印第安故事的听众在听那些故事的过程中会感到心理上的满足。在印第安神话故事中，凯欧蒂是一个著名的角色，他身上那些普罗米修斯式的高尚行为常常被可笑

①　Henry R. Schoolcraft, *The Myth of Hiawatha and Other Oral Legends：Mythologic and Allegoric of the North American Indians*, pp. 43 – 45.

②　Ibid., pp. 45 – 47.

③　[德] 尼采：《论道德的谱系》，周红译，生活·读书·新知三联书店1992年版，第46页。

的自私和骗术所取代。他的无耻而滑稽的性行为、他绝对的自私心以及通常不承担责任的表现，总是能给印第安听众带来乐趣，并被印第安听众宽容。这是因为，在凯欧蒂的恶作剧行为中，印第安听众感到自己的本能得到了某种程度的满足。正如研究印第安人口头文学的专家杰罗尔德·拉姆齐所说："凯欧蒂的放肆和窘迫的处境可能使听故事的印第安人对于为了部落秩序而作出的自我克制会感到更好些。"① 不难想象，麦尼博兹霍神话传说中占相当大比重的那些恶作剧故事之所以受到欢迎也是因为这个缘故。

朗费罗在对麦尼博兹霍的神话传说进行再创造的时候，把那些恶作剧故事完全剥离出去了。这是由朗费罗的英雄观决定的。朗费罗塑造的英雄海华沙是一个相对单纯的存在，他具有一以贯之的英雄品格。朗费罗对他的主人公呵护有加，不允许他的主人公有什么瑕疵，更不会允许那些负面的特征出现在他的主人公身上。因此，朗费罗对麦尼博兹霍神话传说中的次级故事的取舍，完全是以能否塑造出具有英雄品格的主人公为原则的。承载着麦尼博兹霍恶作剧者的负面特征的那些故事自然就会被朗费罗过滤掉，因而那些负面特征绝不可能进入海华沙形象中。

（八）麦尼博兹霍的归宿

斯库克拉夫特指出：印第安神话传说没有讲述麦尼博兹霍究竟在地球上生活了多长时间。讲述者关注的焦点是麦尼博兹霍的古怪的冒险、鬼把戏和遭遇。麦尼博兹霍所到之处充满了危险，为了应对这些遭遇，需要力量，而且需要恶作剧先行。对麦尼博兹霍来说，事情不论大小，不论困难与否，都可以尝试。他既受到神的指引，又被恶魔左右。他的劳动和冒险结束后，就回到北方和他的兄弟住在一起。人们认为他在那儿掌管由西方吹来的风暴。

---

① ［美］杰罗尔德·拉姆齐编：《美国俄勒冈州印第安神话传说·原书前言》，史昆、李务生译，中国民间文艺出版社 1983 年版，第 28 页。

他被尊为西北风的精灵，但是没有得到当代印第安人的崇拜。人们相信，通过风他会再次出现，在人类最终的命运方面发挥重要作用①。

朗费罗正是依照麦尼博兹霍的这一归宿，安排其主人公海华沙的归宿的。朗费罗通过海华沙的父亲西风神麦基凯维斯的预言，在海华沙的英雄生涯展开之初，就为他安排好了归宿：等他在地球上的生涯结束以后，西风神会让他回到自己身边，掌管西北风基威丁。而且根据麦尼博兹霍在地球上的生活时间是一个未知数这一点，朗费罗让他的主人公海华沙从神话时代一直生活到了欧洲殖民者登陆美洲的时期。在这一漫长的时期内，海华沙的生命才能充分展开，作为印第安的文化英雄，他才有充分的时间完成印第安文明史上那些重大的发明创造。

斯库克拉夫特认为，麦尼博兹霍是一个自相矛盾的存在。作为力量和智慧的化身，他备受印第安人敬仰。但是，他被低级的、平常的权宜之计所驱使，他从未说出比他周围的人更明智、更好的观点或意见。而神圣、纯洁、永恒、公正和慈善等观念，从未在这个角色身上体现出来。假如当代东部的印第安种族的祖先曾经有过这样的观念，那么这一切在漫长、黑暗、无望的美洲森林中的朝圣之旅中已经完全丧失了②。在斯库克拉夫特看来，东部的印第安人的祖先可能曾经有过西方式的高尚的观念，但是在漫长的艰辛生活中，这一切都丧失殆尽了。斯库克拉夫特实际上是以西方文明的视角评估印第安人文化的价值的。换言之，斯库克拉夫特以高人一等的姿态俯视着印第安人。他认为，麦尼博兹霍这样一位被印第安人敬仰的力量和智慧的化身，从西方文明的角度看，根本没有智慧可言。同时，这样一位备受印第安人敬仰的人物从未体现出西方文明所推崇的那种道德。这是因为故事的现实语境中的印

---

① Henry R. Schoolcraft, *The Myth of Hiawatha and Other Oral Legends*: *Mythologic and Allegoric of the North American Indians*, p. 50.

② Ibid., p. 51.

第安人可能已经丧失了初来美洲的祖先所具有的高尚道德。在斯库克拉夫特的判断和推测中，其将西方文明标准凌驾于印第安文明之上的意识清晰可见。斯库克拉夫特的这种意识并非他个人的专利。实际上，从哥伦布登陆美洲以后，这样的基调就已经在白人中固化。在哥伦布的《航海日志》中，随处可见他俯视印第安人的姿态。这种姿态借助于一代代白人作家的著作而成为白人的一种集体记忆。到了朗费罗的时代，印第安人已经完全丧失了其作为美洲主人的地位，因此，印第安文明被作为美洲新主人的白人所俯视，并不出人意料。正是在这样的一种文化语境下，朗费罗在对麦尼博兹霍的神话传说进行改造时，必然会以西方文明视角审视麦尼博兹霍体现的印第安文化，而且，为了使自己的目标读者喜爱他的主人公，他必须以西方文明标准对麦尼博兹霍形象进行大刀阔斧的改造。在实施这一改造时，郎费罗所持的核心观念就是西方文明视域下的英雄价值观。这样，恶作剧者式的英雄麦尼博兹霍就被朗费罗改造成了一位为民谋福利的具有领袖气质的英雄海华沙。而朗费罗对麦尼博兹霍神话传说中的叙事单元的取舍正是为这一改造服务的。这就是为什么麦尼博兹霍神话传说中的一些次级故事进入了《海华沙之歌》而有些则完全被拒之门外的原因。

六 对其他印第安神话传说人物形象的移植与改造

对其他印第安神话传说人物形象的移植与改造分为以下四部分。

（一）禁食的文志

"孟达明或印第安玉米的起源"讲述了印第安玉米的起源[1]。故事的主人公是出生于一个印第安穷人家的青年文志。文志的父亲不仅穷，而且没有为家人提供食物的专长，但是，他很善良，而且极容易满足，他总是为得到的

---

[1] See Henry R. Schoolcraft, *The Myth of Hiawatha and Other Oral Legends*: *Mythologic and Allegoric of the North American Indians*, pp. 99-104.

每一样东西感谢大神。这好性情被他的小儿子文志继承了。文志长大了，到了举行人生第一次禁食仪式的年龄。通过禁食，会知道什么精灵将是他一生的保护神。文志从小就很听话，并且积极，爱思考，脾气温和。因此全家人都很喜欢他。春天到了，家人为他搭建了一个禁食用的小屋，小屋离他家有一定的距离。在那儿，他的禁食仪式不会被打扰。在禁食的头几天里，他每天都过得很开心。他早上在森林里、山上漫步，观察早开的花和植物，这有助于他睡好觉，同时，也可以为他的梦储备愉快的想法。当他逛森林的时候，他很想知道，植物在没有人的帮助的情况下是怎样生长的，为什么有些种类属于好吃的食物，而有一些有医用价值，另一些却有毒。他待在小屋里严肃地思考着这些问题。他希望他能梦见一些东西，这些东西将会对他的父亲、他的家庭以及其他所有的人有益。他想："大神创造了所有的东西，我们的生活多亏了他，但是，他不能使我们更容易地获得食物吗？打猎捕鱼太不容易。我必须在我的幻象中努力发现这样的东西。"①

在禁食的第三天，文志变得虚弱了，他一直躺在床上。他产生了幻象。他躺着的时候，看到一个英俊的青年从天上下来，向他走来。这青年衣着华丽，身穿许多件绿色和黄色的衣服，但是其深浅和亮度都不同。他头戴颤颤巍巍的羽毛，举止优雅。这天上的来客对文志说："我的朋友，是大神派我来的。大神是天地万物的创造者。他了解你禁食的动机。他明白你禁食的动机来自一个善良、仁慈的愿望，那就是为你的人民谋福利。你没有寻求战争所需的力量或勇士的赞赏。我被派来指导你，并且给你显示你怎样才能为你的亲戚谋福利。"② 于是，他告诉这年轻人起来准备与他搏斗，因为只有通过这种方式他才能实现他的愿望。文志自知因禁食而很虚弱了，但他感到一

---

① Henry R. Schoolcraft, *The Myth of Hiawatha and Other Oral Legends*: *Mythologic and Allegoric of the North American Indians*, p. 100.

② Ibid., p. 101.

股勇气在胸中升腾。他立刻起来。他决定决一死战，而不是坐等失败。经过长时间的鏖战，他已经精疲力竭，陌生人说这次的战斗就此结束，明天他还会来考验他。陌生人顺着来时的路回到天上去了。第二天，陌生人又来了，经过一番较量，陌生人宣布战斗结束，并对文志说，他明天还会来考验他，并笑着对他说，明天将是他的最后考验，希望他坚强，因为这是他梦想成真的唯一方法。第三天，陌生人在同一时间再次出现了。文志已经因禁食虚弱不堪了。但是他的内心非常强大。他竭尽全力与陌生人搏斗。陌生人宣布战斗结束，承认自己被文志征服了。陌生人第一次走进文志的屋子，给他传授知识。告诉他，他的愿望和大神的愿望一样，而且他也勇敢地搏斗过。明天是他禁食的第七天，他的父亲会给他送食物来。这是考验的最后一天，他将成功。陌生人告诫文志：明天，他们进行最后一次搏斗，文志会获胜，那时，文志要剥掉他的衣服，把他放倒在地上。清除地上的树根、杂草，使泥土松软，然后把他的身体埋在地里。不要打扰他，偶尔来看看，看看他是否复活了。而且要小心不要让杂草长在他的坟上，一个月培一次新土。假如文志听从他的教导，文志就会实现为他的人民谋福利的愿望，具体的方法是把他刚教给文志的方法教给人民。第二天，正如陌生人所说，文志的父亲来为他送吃的来了。文志没有吃，他要等到太阳落下的时候，那时他才能结束禁食。和前几次一样，天上来客准时现身了。这一次，文志感到自己被赋予了一种新的力量，他以超自然的力量抓住他的天使对手，把他摔倒在地，脱掉了他的衣服和羽毛，发现他死了。文志立刻把他埋了。按照陌生人先前教给他的方法做了。文志相信，陌生人一定会复活。他回去享用了父亲带给他的食物。他一刻都没有忘记朋友的坟墓，小心地拜访、除草和松土。不久，他就看到绿色的羽毛从土里钻出来了。但他对父亲隐瞒了这一切。夏天即将结束，好长时间没有去打猎了。文志邀请他父亲跟他去他以前禁食的地方。他们发现，一株高大漂亮的植物挺立在那里。文志喊道："这是我的朋友，这是我们人类的朋友，这是孟达明。我们不再只依靠狩猎了。因为只要珍视这礼物，小心呵护它，大地自己会给我们吃的。"①文志全家聚在一起举行了庆祝宴会，感谢仁慈的神给予他们礼物。就这样，玉米来到了世上②。

　　"孟达明或印第安玉米的起源"讲述了文志因禁食而获得幻象并得到大神所赐的礼物印第安玉米的全过程。对"孟达明或印第安玉米的起源"与《海华沙之歌》之"海华沙的禁食"进行比较后，不难看出，朗费罗把该神话传说的故事情节框架移植到了自己的诗歌中。通过文本比较，我们看到，二者的情节的行动链基本上相同。禁食为期七天。禁食的头几天，主人公到处游逛，然后产生了幻象。接连四天，主人公每天都与天上来客孟达明搏斗。第三次较量结束后，孟达明教导主人公，告诉他怎样才能获得玉米。在最后一次搏斗中，主人公打败了孟达明，并依照孟达明的教导去做。过了一段时间之后，玉米在主人公禁食的地方长出来了。然后，主人公举行了庆祝宴会，感谢大神的赐予。可以说，在故事的主体部分，神话传说和诗歌的行动链基本上相同。不过，按照朗费罗一贯的做法，他会在细节的处理上充分发挥自己的想象力。因而，朗费罗的叙述与印第安神话传说的叙述者的叙述有所不同。不过，在这里，我们所关注的是使文志与海华沙形象区别开来的一些细节。文志是一个印第安穷人家的孩子，父亲很穷，而且不能为家人提供所需的猎物。而海华沙出身高贵，又是大神派到人间的先知。这种身份的不同，决定了其禁食动机的差异。文志是在必须举行人生第一次禁食仪式的时候，开始其禁食的。在禁食的头几天，他接触到

---

　　①　Henry R. Schoolcraft, *The Myth of Hiawatha and Other Oral Legends*: *Mythologic and Allegoric of the North American Indians*, pp. 103 - 104.

　　②　根据斯库克拉夫特的注释，在1495年以前，欧洲人不知道玉米为何物，因为这是美洲的土特产。See Henry R. Schoolcraft, *The Myth of Hiawatha and Other Oral Legends*: *Mythologic and Allegoric of the North American Indians*, p. 104。

各种各样的植物，这激发了他丰富的思考。除了猎物以外，什么样的东西能成为人们食物的主要来源呢？这一问题成为他思考的焦点。虽然，文志思考这样的问题与为人民谋福利有关，但是，印第安叙述者并没有在显眼的位置强调这一点。而在《海华沙之歌》中就不同了。海华沙本来就是大神派到印第安人中间的先知和救星。为民谋福利是他的天职。因此，在"海华沙的禁食"这一章的开头，朗费罗就将海华沙禁食的动机和盘托出：

> 你们就要听到海华沙
>
> 怎样在树林里禁食和祈祷；
>
> 那并不是为了改进打猎的技巧，
>
> 也不是要把打鱼的本领练得更好；
>
> 不是为了取得战功，
>
> 好在勇士们中间博得荣耀，
>
> 他是为了人民的利益，
>
> 为了各族的利益而祈祷①。

朗费罗这种开门见山的叙述技巧使他的主人公显得高大挺拔。在禁食之前，海华沙的领袖气质已经彰显无遗。与文志形象相比，海华沙形象要高大得多。海华沙在举行庆祝宴会的时候，"向全体人民"宣布了大神赐予他们新礼物的消息。在这里，海华沙的领袖身份是十分抢眼的。在文志的神话传说中，文志也举行了宴会，不过是全家聚在一起举行的，为的是表达对大神赐礼的感激。实际上，朗费罗始终是把他的主人公当作一位印第安人的领袖来塑造的，而在文志的神话传说中，文志并不具有这样的气质。在故事情节框

---

① 〔美〕朗费罗：《海华沙之歌》，王科一译，上海译文出版社 1981 年版，第 62 页。

架相同的情况下，主人公的气质呈现出如此大的差异，实际上是叙述者对细节的不同处理导致的。而叙述者处理细节的原则是受其主人公的身份定位所左右的。

（二）两个鬼魂访问过的猎人

在"两个鬼魂"这一神话传说中，故事的主角是一个猎人和他的妻子。冬天的一个晚上，猎人很晚了还没有回家，他的妻子不安地在门口等待。她看到两个奇怪的女人，她请她们进屋。她观察到她们的面容、神态和举止都很奇特，这使她感到不安。她们待在屋里最偏僻的一角。后来，她的丈夫回来了，他扔下了一头大肥鹿。那两个神秘的女人立刻跑过去把最肥的鹿肉抢走了，贪婪地吃起来。猎人和他的妻子奇怪地看着她们，什么话也没有说。第二天，同样的事情再次发生了。第三天，猎人主动给了她们最肥美的鹿肉，但是她们还不满足，把猎人妻子的那部分撕去了很多。猎人和妻子对此感到很吃惊，但没说什么。冬天即将过去，一直没有发生什么不寻常的事情。一天晚上，猎人把他的猎物放在妻子跟前，这两个神秘的女人开始以不合乎礼仪的方式撕肥肉。猎人的妻子很生气，不过她还是控制住了自己的感情。但是，两个客人还是看出了她的不悦。她们变得很不安。猎人看到了这种变化，小心地问原因，但是他的妻子说没有对她们说过什么难听的话。夜里，两个神秘的女人的哭泣和叹息声使猎人无法入睡。猎人起身问她们，是不是他的妻子冒犯了她们，或者是不是他的妻子不够好客，才使她们这样伤心。她们否认了猎人的这种猜测。她们告诉猎人，她们是从死人的王国来的，来考验人类，体验人类的生活。生命的主宰给了她们三个月的时间来进行考验，多半的时间已经过去了。她们也知道他们的习俗和行为方式，但以那样粗鲁的违背礼仪的方式抢他们的猎物，那只是为了考验他们。她们请求原谅，并祝愿他们生活平静。两个鬼魂离开了猎人家。后来，猎人一家过着平静富足的生活。这是因为他们有殷勤好客的美德的缘故①。通过猎人和他的妻子善待鬼魂的无礼行为的故事，宣扬印第安人的殷勤好客和善于忍耐的品质，是"两个鬼魂"的主旨。

通过文本比较可以看出，朗费罗把"两个鬼魂"中两个女性鬼魂造访活人的情节框架移植到了《海华沙之歌》中，反映了印第安人好客的风俗和善于忍耐的品质。在该诗中，海华沙见到两个陌生的客人后，什么也没问，就"满口向她们表示欢迎"，留她们在家里住宿、吃饭和取暖。对她们的无礼举动"一言不发"，脸色没有任何变化。而且海华沙一家人对两个鬼魂的态度比"两个鬼魂"中的猎人和妻子更加宽容：

> 从来不曾有过哪一回，
>
> 海华沙用语言或眼色把她们责备，
>
> 从来不曾有过哪一次，
>
> 瑙柯密老妈妈做出不耐烦的姿势，
>
> 明尼哈哈也不曾有哪一回
>
> 表示过厌恶她们的无礼行为。
>
> 这样，无论是嘉宾的权益，
>
> 主人的乐善好施的德性，
>
> 都不会受到奚落的颜色的贬损，
>
> 不会因一言半语而造成瑕疵裂痕②。

在"两个鬼魂"中，猎人和妻子虽然没有责备过两个女性鬼魂的无礼行为，但他们的神色还是表现出了对两个鬼魂的不满。而在《海华沙之歌》中，海华沙一家人从来没有以任何方式表示过对鬼魂的不满。朗费罗移植了"两

---

① See Henry R. Schoolcraft, *The Myth of Hiawatha and Other Oral Legends*: *Mythologic and Allegoric of the North American Indians*, pp. 81 – 84.

② ［美］朗费罗：《海华沙之歌》，王科一译，上海译文出版社 1981 年版，第 253 页。

个鬼魂”的情节框架，并把猎人形象好客、忍耐的品质移植到海华沙形象上。值得注意的是，朗费罗为了使自己的主人公显得更加高大，将其好客、忍耐的品质拔高到了无以复加的地步。

（三）遭遇暴风雪的波－普－基威

一些印第安神话传说反映了印第安人冬季的生存困境。冬天大地被大雪覆盖。风暴和飘舞的雪花遮蔽了物体，能见度极低。人们早上一觉醒来，发现自己躺在雪堆下面，这并非不同寻常。这样的季节，对印第安人来说就是忍饥挨饿的时节。因为雪埋掉了猎人的陷阱，渔民们也无法通过常用的技术在冰上凿洞捕鱼[1]。波－普－基威是一个头脑爱发热的人，他善于表演各种古怪的鬼把戏。到了严冬时节，他也会小心地为他的家庭和孩子提供食物。但是，他并不总是能够成功。雪是那样的深，暴风持续了那么长时间，以致他连一只野兔都没发现，平常的鱼资源也完全找不到[2]。

在印第安神话传说中，波－普－基威遭遇严冬，在暴风雪中不能得到任何猎物。他的这一困境被朗费罗移植到了《海华沙之歌》的第二十章“饥荒”中。在“寒冷的残酷的冬天”，“湖上和河上的冰层越结越厚”“漫天的雪花飘飘零零”“猎人的小屋被积雪埋葬”。海华沙出去打猎，“穿过森林去把鸟兽寻找”“野鹿和野兔不见了踪影”[3]。显然，印第安神话传说中的波－普－基威的困境被移植到了诗歌主人公海华沙身上。虽然海华沙是大神派到印第安人中的先知，但是在自然主宰人的生活的时代，生活资源要直接从自然界中索取，在这种情况下，面对持续的暴风雪天气，海华沙和波－普－基威一样无能为力。朗费罗移植印第安神话传说中有关印第安人在严冬遭遇饥

---

① Henry R. Schoolcraft, *The Myth of Hiawatha and Other Oral Legends*：*Mythologic and Allegoric of the North American Indians*, p. 52.

② Ibid. , p. 53.

③ ［美］朗费罗：《海华沙之歌》，王科一译，上海译文出版社1981年版，第258—259页。

寒的困境，是为了在印第安民族的现实生活环境下表现其主人公海华沙的人生困境。面对严冬的饥寒交迫，海华沙向大神祈求，希望他能赐给他食物，去喂养"奄奄一息的明尼哈哈"。但是，他的祈求没有得到大神的回应。明尼哈哈因饥荒和热病而死去。海华沙就此失去了心爱的妻子。这样的遭遇使海华沙这一形象充满了悲情色彩。朗费罗把波－普－基威遭遇暴风雪的困境引入《海华沙之歌》，为海华沙的遭遇提供了逼真的现实感，也为他走出神话时代而进入殖民时代做好了铺垫。

（四）历史上的海华沙

斯库克拉夫特指出，历史上的海华沙在最后一次参加了易洛魁五部落联盟委员会的会议后，就离开了他的人民，独自驾独木舟升向空中。

由易洛魁神话可知，海华沙的前身是塔仁亚瓦冈。塔仁亚瓦冈被大神派到大地上来，给部落居民讲授应对他们的处境所需的知识，并清除地上的巨人和怪物。完成了这项惠民的工作后，他把自己的天国的特征和名字都放置一边，启用了海华沙的名字和特征。他娶了一个妻子，定居在乡村美丽的一角。海华沙像普通人一样生活，他一直是谨慎智慧的榜样。所有的事情，不管难易，他都能做好，就像阿尔冈昆传说中的英雄一样。他有一只具有魔力的独木舟，想到哪里就能到哪里。海华沙定居于易洛魁，他通常被尊为圣人。他教会人们如何击退入侵者，对他们的狩猎、捕鱼、种玉米等方面工作给予明智的建议，也教会他们如何结束纷争。最后，海华沙教导人们建立一个联盟以便对付他们共同的敌人。这就是易洛魁部落联盟。该联盟的第一次委员会议在奥内达加举行。易洛魁智者委员会促进了部落的团结。海华沙完成了自己的使命后或者在接近尾声时，他带着自己的女儿驾独木舟去了委员会。他把船停在奥内达加湖滨，把女儿留在船上，自己向委员会所在地走去。这时，天空中出现了一个引人注目的现象，它好像出现在天堂的象征性入口处，它对海华沙说："你的工作已经接近尾声。"一只白鸟，那是天堂的鸟，好像是作为海华沙和他女儿的特殊使者出现的，在高空中，它像一个黑点。当它下降并显出自己的形象时，它以最大的速度和力量飞行，令所有人丧胆的是，它用如此大的力量击打海华沙的女儿，把她的身体压进泥土里，完全毁灭了她。当它毁灭海华沙的女儿的时候，它自己也被毁灭了。白色的羽毛散落在地上。勇士们把羽毛收集起来，戴在头上，作为酋长的标志。这个习俗一直保持下来。海华沙站在那里无所适从。他深深地悲悼自己女儿的命运，坐在那里伤心了很长时间。在人们的劝说下，他从沉思中清醒过来，他的思绪回到了他对印第安人的使命上来。他对自己说：大神也告诉我，我在这里的工作已经完成了，我必须回到他那儿。过了一会儿，他忍着悲伤去参加会议。他表现出了惯有的男子汉的尊严。等其他人讲完以后，他提出了自己最后的忠告。人们因他的智慧和雄辩的魅力而欣喜。通过这充满政治智慧的告别演说，他结束了自己的生涯。他向人们宣布了他的使命的完结。然后，他走进他的有魔力的独木舟里，开始升向空中，这时人们听到了甜蜜的音乐旋律，直到他上升到人们的视线之外，这音乐声仍在回荡[①]。斯库克拉夫特根据印第安神话传说梳理了有关历史上的海华沙的上述重要事迹。像其他民族的伟大英雄一样，海华沙也是神派到人间来的，他具有神性。在建立了一些非凡的功绩后，他将神性放置一旁，像普通人一样生活，但是他始终是一个智者。他在日常事务方面给部落居民有益的教导，最重要的是，他教给了人们明智地结束纷争的方法，其中，在历史上发挥过重要作用的方法就是建立易洛魁部落联盟。易洛魁部落联盟委员会的工作，促进了部落的团结，减少了纷争，为印第安人营造了相对和平的环境。完成了他在人间的使命后，海华沙在易洛魁部落联盟委员会上发表了告别演说，然后驾独木舟升向空中，返回大神的身边。

---

① See Henry R. Schoolcraft, *The Myth of Hiawatha and Other Oral Legends: Mythologic and Allegoric of the North American Indians*, pp. 190-193.

《海华沙之歌》主人公海华沙的身份定位源于印第安神话传说关于历史上的海华沙的身份定位。朗费罗把海华沙定位为大神派到人间来的先知和救星，他的两大使命分别是铲除巨人、怪物等灾祸和教给人们知识。朗费罗通过叙述海华沙完成自己的两大使命的过程，将海华沙塑造成了印第安勇士和文化英雄。可见，诗歌主人公海华沙的身份定位与历史上的海华沙的身份定位是相同的。不过，在海华沙离开印第安人的问题上，朗费罗的处理与印第安神话传说对历史上的海华沙的去向问题的处理稍有不同。在诗歌的结尾处，朗费罗对海华沙的去向做了这样的描写：

> 海华沙就这样离去，
>
> 人民热爱的海华沙就此离去，
>
> 他沐浴着落日的光辉，
>
> 驾驶着黄昏的紫色云雾，
>
> 去到他本国风的领域，
>
> 西北风基威丁的领域，
>
> 去到那极乐的岛屿，
>
> 去到帕尼马王国，
>
> 去到那未来的王国！①

《海华沙之歌》是以麦尼博兹霍的故事为蓝本的，因此，朗费罗在诗歌中将海华沙的归宿设定为去其父亲西风麦基凯维斯的国境掌管西北风，这与麦尼博兹霍的归宿相同。而在关于历史上的海华沙的神话传说中，海华沙听从大神的召唤，离开印第安人民，回到了大神的身边。在《海华沙之歌》中，海华沙是乘着他那有魔力的独木舟 "驾驶着黄昏的紫色云雾" 去往神的领域

---

① ［美］朗费罗：《海华沙之歌》，王科一译，上海译文出版社 1981 年版，第 292 页。

的，在这里，我们能够看到历史上的海华沙的踪迹在《海华沙之歌》中隐现。不过，朗费罗在描写海华沙离去的情景时，没有引进历史上的海华沙离开人间前白鸟残杀海华沙女儿的那神秘而富有悲剧色彩的一幕。相反，他把海华沙的离去放置在一个历史现实的背景上，这个背景就是欧洲传教士登陆美洲。通过这样的处理，朗费罗赋予了海华沙这一印第安勇士和文化英雄更逼真的现实感。而这一历史现实背景的引入，在更大的意义上，是为了表现印第安人的历史现实命运，即他们的衰落之势从欧洲人登陆美洲以后迅速展开。朗费罗是把《海华沙之歌》当作印第安人的"墓志铭"来创作的。欧洲传教士登陆美洲后海华沙离开了印第安人，从此以后，印第安人的文明进程终止，他们走向了不可避免的衰落之路，这就使得《海华沙之歌》成为名副其实的印第安人的"墓志铭"了。

第二节 《海华沙之歌》其他主要人物形象的构成

《海华沙之歌》其他主要人物形象的构成下面分两部分论述。

一 伊阿歌形象的构成

在《海华沙之歌》中，伊阿歌这一角色发挥了重要的作用。朗费罗为了实现将印第安人的神话传说编织成一个整体的愿望，将印第安神话传说中的故事家伊阿歌这一形象移植到了《海华沙之歌》中。朗费罗在诗歌中设置这一角色的主要目的，是为了通过这一角色的特殊身份——故事家——将印第安人的一些神话传说引入自己的诗歌。从实际情况看，朗费罗的这一目标基本上实现了。在《海华沙之歌》中，朗费罗把那些游离于主要情节之外的、与主要人物无必然关联的印第安神话传说都交由伊阿歌讲述，这样，就使得那些神话传说以比较自然的方式进入诗歌，而不至于显得与主要情节格格不入。可以说，朗费罗为了将那些自认为有趣味、有价值的印第安神说传说编织到自己的诗歌中，专门设置了这样一个功能性的角色。除此之外，朗费罗还把印第安神话传说中的冒险性旅行家的特征嫁接到了这个人物形象上，而伊阿歌的这一旅行家的身份是为叙事链的顺利展开服务的。

与印第安神话传说不同，在《海华沙之歌》中，伊阿歌不仅仅是以故事家的身份存在的。他首先是海华沙外祖母的老朋友，这样，伊阿歌就可以作为重要的参与者出现在表现海华沙成长的几个重要场合中。在"海华沙的童年"这一章里，正是伊阿歌送给了海华沙桦木的弓和橡树枝做的箭，并要求海华沙去森林里射红色的野鹿。完成了这个重要的任务后，海华沙就赢得了优秀猎人的称号。而在"海华沙的婚宴"上，伊阿歌作为故事家首次发挥作用。在这一章里，朗费罗隆重介绍了这位故事家的特征。他的基本特征就是"爱说大话"，讲的全是"荒诞无稽的事情"。他的故事的特点是"新奇"，因为他主要叙述"惊奇的历险"。而其讲故事的主要技巧就是善用夸张的手法。朗费罗是这样介绍的：

> 你要是把他满口的大话去听一听，
>
> 你要是把他的话信以为真，
>
> 那么，世界上就没有一个人射箭
>
> 射得有他一半高，一半远，
>
> 就没有一个人捉过他那么多的鱼，
>
> 就没有一个人猎过他那么多的鹿，
>
> 也没有一个人捕的水獭有他多[①]！

[①] ［美］朗费罗：《海华沙之歌》，王科一译，上海译文出版社 1981 年版，第 149 页。

正是因为伊阿歌讲故事时爱用夸张的手法，所以他的名字就成为爱说大话者的诨名：

> 每逢有哪一个猎人
>
> 过分地夸耀了自己的本领，
>
> 或是一个战士从疆场归来，
>
> 过高地炫耀自己的功勋，
>
> 人们都要喊出这样的声音：
>
> "啊，这是伊阿歌来临！"①

朗费罗诗歌中故事家伊阿歌的这些特征，全部来自印第安故事《伊阿歌》。在《伊阿歌》中，伊阿歌是这样一个著名的角色，即他能把自己见过、听过、做过的事情叙述得娓娓动听。好像他总是能看到新奇的事物，进行奇特的旅行，创建非凡的功绩。他足不出户，能够完全靠自己的想象描绘出事物。假如他要描绘一只鸟，它必定有独一无二的那种漂亮羽毛。他见到的动物都是很奇怪的。他讲过他所见过的一条蛇，脖子上有毛发，就像长鬃毛一样②。如此等等，不一而足。总之，在印第安故事中，伊阿歌所讲的故事的特色就是新奇。《伊阿歌》还以幽默的笔调对伊阿歌的天赋进行了描绘。伊阿歌好像没有被赋予普通人的特征。他的眼睛好像放大了，他的耳朵对声音极其敏感，他的想象力很奇特，以致在他看来一滴水就能形成海洋，一粒沙就能形成地球③。很显然，伊阿歌讲故事的最大特色就是使用夸张。正因为这样，伊阿歌作为印第安的故事家，他的名字就与所有奇特的令人惊奇的事联系在一起了，而且，长期以来，在猎人的词典中，"伊阿歌"就是撒谎者的同义

---

① ［美］朗费罗：《海华沙之歌》，王科一译，上海译文出版社1981年版，第150页。

② Henry R. Schoolcraft, *The Myth of Hiawatha and Other Oral Legends*：*Mythologic and Allegoric of the North American Indians*, p. 85.

③ Ibid., *pp.* 85 – 86.

词。假如一个猎人过分夸大了他的事迹而让人觉得可疑，那么他就有可能被指责为"伊阿歌又来这里了。"① 对两个文本进行比较分析后可以发现，《海华沙之歌》中的故事家伊阿歌与印第安故事《伊阿歌》中的故事家伊阿歌的基本特征是相同的。他们的故事以新奇为特色，他们的讲述技巧就是使用夸张手法，伊阿歌还因此成为撒谎者和说大话者的诨名。

在《伊阿歌》中，伊阿歌还是一个出色的猎人和渔夫。朗费罗无意面面俱到地塑造伊阿歌形象，因此，他把印第安故事中伊阿歌的猎人身份完全隐去了。不过，朗费罗在诗歌中设置了这样的环节，即伊阿歌教给海华沙制作弓箭的方法及命令海华沙去猎杀红色野鹿，从这里多少能看到猎人伊阿歌的影子。在《海华沙之歌》中，朗费罗把伊阿歌定位为一个又老又丑的故事家。这样的定位可能是有特别用意的。伊阿歌在海华沙的婚宴上讲述了"黄昏星的儿子"这一故事。说的是黄昏星的儿子奥塞俄由又老又丑的老头变成英俊小伙子的故事。讲完了这个故事以后，伊阿歌做了这样的补充：

> 我曾认识这样一些伟人，
>
> 他们的人民可不了解他们，
>
> 甚至拿他们当作笑柄，
>
> 做尽了讥嘲侮辱的事情。
>
> 但愿他们从奥赛俄的故事里，
>
> 看明白滑稽小丑的命运！②

听众听了他的这番话后心领神会，猜测伊阿歌所说的那个被人民嘲笑的伟人就是他自己。实际上，伊阿歌在诗歌中讲述的"黄昏星的儿子"与印第

---

① Henry R. Schoolcraft, *The Myth of Hiawatha and Other Oral Legends*：*Mythologic and Allegoric of the North American Indians*, p. 86.
② ［美］朗费罗：《海华沙之歌》，王科一译，上海译文出版社 1981 年版，第 168 页。

安神话传说"奥塞俄或黄昏星的儿子"的基本情节是相同的。该神话传说并没有伊阿歌所说的那种训诫意味。这说明，伊阿歌在讲完故事后说出的那番有训诫意味的话，实际上体现了朗费罗对该故事的诠释。而这种诠释表明，年近50岁的朗费罗是站在老年人的立场上来理解这则印第安神话传说的。

　　伊阿歌作为朗费罗编织印第安神话传说时必不可少的一个功能性角色，在《海华沙之歌》的"波—普—基威"这一章里再次发挥故事家的作用。在这一章里，伊阿歌讲述了夏天的创造者奥基的故事。不过，在这里，朗费罗通过文本叙述者讲述了水獭、山猫和野獾轮流捶天的过程，随后，朗费罗把叙述的权力交给了故事叙述者伊阿歌，由他讲述奥基跟随野獾跳进天空里的过程。"夏天的创造者"是印第安人的起源神话之一，斯库克拉夫特收集了这一神话。在《海华沙之歌》中，夏天的创造者奥基的故事与海华沙的经历无任何关系。奥基不是《海华沙之歌》第一级故事中的人物形象。也就是说，奥基的故事本身与诗歌的主体情节无关。但是，作为印第安人的一则起源神话，"夏天的创造者"充满了想象力，而且妙趣横生。朗费罗肯定舍不得放弃这一神话。他要面对的问题是，以什么样的方式将这一神话引入自己的诗歌。为了避免这一故事与主体情节格格不入的情况发生，朗费罗必须引入一个故事叙述者，并使这个故事叙述者讲述此故事，使这样一个叙事单元成为主体情节的一个环节。在整部诗歌里，最适合的故事叙述者无疑就是伊阿歌。朗费罗在"波—普—基威"这一章里，设置了这样一个场景：冬季，所有的年轻人围坐在伊阿歌的家里听他讲故事，波—普—基威闯进来，打断了故事的讲述，他是专门来教那些印第安青年玩掷骰戏这种赌博游戏的。这样的安排，既符合印第安人生活的常规，又能很自然地将印第安神话镶嵌在主体情节的发展中。这一切，都归因于朗费罗对印第安故事中的故事家伊阿歌这一人物形象的引进和调遣。

　　在《海华沙之歌》的第二十一章"白人的脚迹"里，朗费罗再次让伊阿歌出场。不过,在这里,伊阿歌不是作为纯粹的故事家出现的,而是以旅行家兼故事家的身份出现的。在这一章里,对情节发展而言,伊阿歌的作用几乎是不可替代的。朗费罗通过旅行家兼故事家伊阿歌向印第安人民讲述旅行见闻的方式,将白人登陆美洲这一重大事件引入主人公海华沙的生活。伊阿歌对白人的船只、枪炮、战士的描绘采用了陌生化的手法。说他们的船只长着翅膀,船口吐出电光,白人战士的脸上都涂得雪白。这样的描绘与伊阿歌的身份是相适应的。虽然他见多识广,但是有关白人的那一切,他还是头一次见到,在他眼里,那些都是很奇怪的,因此,朗费罗赋予伊阿歌以陌生化的语言描绘。可见,朗费罗作为一个成熟的诗人,对驾驭人物语言已经达到了炉火纯青的地步。伊阿歌有关白人的讲述引起了印第安人民的怀疑、揶揄和讥嘲。这时,主人公海华沙出场了,他肯定了伊阿歌的叙述:

> 伊阿歌说的话完全不假,
>
> 我曾在一次幻觉中见过这条船,
>
> 见过这条长着翅膀的大船,
>
> 见过这群皮肤白皙的人们,
>
> ……
>
> 吉谢·曼尼托,那全能的神,
>
> 那造物之神,伟大的神明,
>
> 派他们到这里来完成他的使命,
>
> 派他们给我们带来他的福音①。

　　海华沙借自己幻觉中的情景肯定了伊阿歌有关白人的讲述。在这里,海华沙是将白人当作大神派来给印第安人送福音的人。因为大神在梦中叮嘱海

---

　　① [美] 朗费罗:《海华沙之歌》,王科一译,上海译文出版社 1981 年版,第 277—278 页。

华沙，让印第安人欢迎白人，把他们当作兄弟和友人，所以，海华沙和其他印第安人一起欢迎、款待了登陆美洲的白人传教士。海华沙决定将他的人民交给白人传教士，并嘱咐他们听从白人的"金玉良言"和"真理的言论"①，而他自己则驾独木舟驶向落日的门口。

在前20章里，海华沙被塑造成一位为人民谋福利的领袖，而现在他却抛弃自己的人民，自己驾船远行。海华沙的这一转变，是白人的到来导致的。而白人到来的消息，不是通过文本叙述者叙述出来的，而是通过旅行家兼故事家的伊阿歌叙述出来的。在主体情节的转折性发展中起关键作用的事件，为什么不是通过文本叙述者叙述的，而是通过由故事人物充当的故事叙述者叙述的呢？这是由两个叙事单元之间的逻辑关联决定的。在伊阿歌叙述了白人即将到来的消息后，海华沙叙述了自己的幻觉和梦境。两者之间是通过海华沙用自己幻觉中出现的情景肯定伊阿歌有关白人的讲述衔接起来的。这样，由伊阿歌的讲述过渡到海华沙的幻觉就显得很自然。在这一章里，朗费罗表达了一个非常重要的观点，那就是，白人传教士是印第安人的大神派来的，他们给印第安人送来了大神的福音。这正是海华沙心甘情愿地把自己的人民交给白人传教士管理的一个重要原因。而只有把印第安人安排妥当以后，海华沙才能离开人间。可以说，安排妥当印第安人是海华沙退场的前提。我们可以设想，如果由文本叙述者预告白人即将到来，相应地，也只能由文本叙述者来叙述海华沙的幻觉了，而不可能由海华沙直接叙述他的幻觉。这样，吉谢·曼尼托派白人传教士为印第安人送福音这样的说法就显得极为牵强，难以取信于印第安人民，此后，海华沙将他的人民交给白人传教士管理这一举动就不可能顺利展开。相反，如果由印第安人的先知海华沙自己叙述其幻觉中出现的情景，那么，吉谢·曼尼托派白人传教士为印第安人送福音这一

---

① ［美］朗费罗：《海华沙之歌》，王科一译，上海译文出版社1981年版，第290页。

说法的可信度和说服力就大大提高了，如此，海华沙后来将印第安人民交给白人传教士就是水到渠成的事情了。所以，为了使情节的发展显得合情合理，朗费罗必须安排海华沙自述其幻觉，与此相应，必须安排旅行家兼故事家的伊阿歌讲述白人即将到来的消息，而不是把这一权力交给文本叙述者。就此而言，伊阿歌作为旅行家兼故事家在主体情节的转折性发展中发挥了重要的作用。

朗费罗对伊阿歌的旅行的叙述，主要借鉴了印第安神话传说麦尼博兹霍和波－普－基威的冒险性旅行的叙述。在麦尼博兹霍和波－普－基威的神话传说中，这两个人物形象都酷爱冒险性旅行①。朗费罗把他们喜爱冒险性旅行的特征嫁接到诗歌中的故事家伊阿歌身上，为的是让故事家伊阿歌在讲述他的旅行见闻时把有关白人即将到来的消息讲述出来。所以，朗费罗为故事家伊阿歌设置旅行家的新身份，不是为了把他塑造为一个旅行家，而是为了使其叙事链条以最佳方式展开。

综上所述，伊阿歌在《海华沙之歌》中主要是作为功能性角色存在的。作为故事家，他是为朗费罗把那些游离于主体情节之外的优美的印第安神话传说编织进自己的诗歌服务的重要人物，作为旅行家兼故事家，他是为主体情节的转折性发展提供契机的功能性角色。

二 瑙柯密、齐比亚波等人物形象的构成

在《海华沙之歌》中，瑙柯密、明尼哈哈、齐比亚波和波－普－基威与伊阿歌一样，有时候承担着将印第安文化引入诗歌的功能。瑙柯密为童年时代的海华沙唱儿歌、讲故事，明尼哈哈参与种植玉蜀黍的巫术仪式，齐比亚波在海华沙的婚宴上演唱了两首印第安情歌，波－普－基威在海华沙婚宴上

---

① See Henry R. Schoolcraft, *The Myth of Hiawatha and Other Oral Legends*: *Mythologic and Allegoric of the North American Indians*, p. 55.

表演印第安舞蹈、在第十六章玩掷骰子游戏，在这种情况下，这些人物形象是为了在情节发展的过程中将印第安人的儿歌、情歌、舞蹈和掷骰戏、巫术仪式等文化形式自然而然地引入诗歌的设置里。把印第安人的文化呈现在世人面前，是朗费罗创作《海华沙之歌》时所追求的一个重要目标。这样做有两个好处：其一，可以像芬兰史诗《卡莱瓦拉》以诗歌形式把芬兰人古老的民族文化保存下来那样，《海华沙之歌》也可以用诗歌语言把印第安人文化的某些方面保存下来；其二，呈现在《海华沙之歌》中的印第安文化，无疑是增加该诗印第安色彩的有力武器，对于诗歌问世以后能否引起非印第安人的兴趣具有重要意义，因为人总是首先被那些新颖独特的东西所吸引的。事实证明，朗费罗通过设置那些功能性的人物呈现印第安人文化的做法是富有成效的。

瑙柯密为海华沙唱儿歌、讲故事，明尼哈哈参与巫术仪式，齐比亚波在海华沙的婚宴上演唱印第安情歌，波－普－基威玩掷骰子游戏，这些情节单元都不是从斯库克拉夫特收集的印第安神话传说中移植来的，而是朗费罗自创的。瑙柯密是麦尼博兹霍的神话传说中的一个人物，但作为外祖母的她并没有为麦尼博兹霍唱儿歌、讲故事，明尼哈哈的原型是麦尼博兹霍神话传说中的造箭老头的女儿。在那里，这个人物是没有名字的一个次要人物，她没有机会在种植玉蜀黍的巫术仪式上扮演重要角色。在波－普－基威的神话传说中，波－普－基威确实会跳难度很大的舞蹈[①]，但他没有玩掷骰子游戏。齐比亚波也是印第安神话传说中的一个人物形象，但是，他并不是一个歌唱家，而是印第安人"幸福岛"（冥国）的守门人，他的职责是引导鬼魂进入"幸福岛"[②]。诗歌中的齐比亚波死后，被封为"冥国的主宰"，在新鬼魂去冥国

---

① See Henry R. Schoolcraft, *The Myth of Hiawatha and Other Oral Legends*：*Mythologic and Allegoric of the North American Indians*, p. 56.

② Ibid. , *p.* 224.

的途中，他会为他们点亮营火。从这里，不难看出那位"幸福岛"守门人的踪迹。但两个形象的差异也是显而易见的。总体上来说，朗费罗为了把印第安文化形式呈现出来，赋予这几个人物特定的功能，使其具有不依赖于印第安神话传说人物形象的独创性。

除此之外，这几个人物作为《海华沙之歌》中的主要人物，与伊阿歌一样也具有一定的形象性。瑙柯密从月亮上坠落到地球上，她生下文瑙娜，女儿死后她独自照顾年幼的海华沙，海华沙成年后她让他去杀珍珠－羽毛，海华沙杀死鱼王后她取鱼油，这些情节单元都来自麦尼博兹霍的神话传说。瑙柯密为了海华沙去向造箭老头买箭头以及安排海华沙禁食等，是麦尼博兹霍神话传说中的重要情节单元，但朗费罗没有将其引入诗歌。而瑙柯密阻止海华沙向达科他人的女儿求婚、为海华沙操办婚宴、召集妇女们收获玉蜀黍、与明尼哈哈一起接待两个来访的鬼魂、照顾生病的明尼哈哈等情节单元，都是朗费罗自创的。可以说，在瑙柯密这一形象上，朗费罗根据既定的人物关系创制新的情节单元从而使人物形象愈益丰满的叙事才能得到充分的展现。因为瑙柯密是伴随海华沙人间生涯始终的一个人物，所以让她参与更多的事件是合理的也是必要的。在海华沙求婚的过程中，明尼哈哈被朗费罗塑造成了一个温婉而勤快的印第安姑娘，在两个鬼魂造访海华沙的家的时候，明尼哈哈表现得善良而好客，在遭遇饥荒和热病时，明尼哈哈的凄婉给人留下了深刻的印象。其中，明尼哈哈的好客是移植《两个鬼魂》中的猎人妻子的形象特征而来的，其余的情节单元和人物特征都是朗费罗自创的。齐比亚波是海华沙的挚友，当海华沙预感到齐比亚波可能被罪恶的精灵所害时，提醒他不要离开自己身边，但是齐比亚波对此毫不在意，他在冰面上逐猎时被躲在水下的罪恶精灵暗害。齐比亚波的天真、鲁莽在这一情节单元里表现得淋漓尽致。作为猎人，齐比亚波只有这一次惊艳亮相。他的生命过早地黯然凋谢了。齐比亚波忽视好友的劝告，被罪恶精灵暗害而溺水，这一情节单元的原型在麦尼博兹霍的神话传说中。在那里，陪麦尼博兹霍生活的一只小狼忽视了麦尼博兹霍的劝告，结果被水下的大蛇暗害而溺水。朗费罗改造了这一情节单元，使其细节和呈现出来的人物形象的特征也有很大的变化。在泼－普－基威的神话传说中，泼—普—基威是一个酷爱冒险性旅行的恶作剧者。在旅途中，他曾对麦尼博兹霍搞过一次恶作剧，他趁对方不在家的时候，把他的家里搞得乱七八糟，还杀死了他家的鸡。鸟儿给麦尼博兹霍报信，麦尼博兹霍追杀波－普－基威，最终使其丧命。在《海华沙之歌》中，波－普－基威趁海华沙家里没人的时候，杀死了待在海华沙屋梁上的乌鸦之王，把海华沙家里的东西翻了个底朝天。鸟儿给海华沙报信。海华沙怀着复仇的怒火追杀波－普－基威，最终使其丧命。显然，朗费罗把神话传说中麦尼博兹霍与波－普－基威对决的情节框架移植到了自己的诗歌中，当然，麦尼博兹霍被换成了海华沙。朗费罗一贯的做法就是移植神话传说中的某个情节框架，但是，在细节上他会充分发挥自己的想象力。在这里也不例外。经过改造，神话传说中波－普－基威的酷爱冒险性旅行的特征被朗费罗剔除了，而其恶作剧者的特征被保留了下来。

综上所述，朗费罗在改造印第安神话传说中的相关情节单元的基础上，根据诗歌情节自身的发展，独创了一些情节单元，从而塑造出了诗歌主人公和其他几个主要人物形象。这些人物形象都携带着其原型的一些特征，同时，也被朗费罗赋予了其原型所不具备的一些特征。可以说，朗费罗不是通过简单复制印第安神话传说中的情节及其表现出来的人物形象的特征来塑造《海华沙之歌》中的主要人物形象的。在塑造诗歌中的主要人物形象时，朗费罗通过情节改造和自创情节两种方式在他们的原型中融入了自己独创的元素。因此，这些形象是朗费罗通过创造性地重构印第安神话传说而塑造出来的。所以，这些人物形象既保持着其原型的基本特征，具有地地道道的印第安特质，也呈现出其原型不具备但仍然是符合其身份的一些特征。同时，一些人物形象，尤其是主人公海华沙，还被朗费罗赋予英语文化传统中的一些价值元素，从而具有了更容易博得英语读者喜爱的英雄气质。这是朗费罗以自己所属的文化传统的价值观重构印第安神话传说的一种体现。对于印第安神话传说中的相关情节单元的改造，朗费罗一贯的做法是，移植其情节框架，也就是说基本上保留了其行动链，但是，在细节的处理上，朗费罗从来不会放弃发挥自己想象力的机会，这样，诗歌中的人物形象就被赋予了不同于其原型的一些特征。《海华沙之歌》在保持印第安神话传说精髓的同时具有英语文化传统的一些特质。其浓郁的印第安色彩不言而喻，而其独创性也不容否认。

第二章 《海华沙之歌》与印第安口头 文学的叙事艺术

第一节 叙述者的现身

叙述者在叙述过程中可以隐蔽自己，也可以表现自己。叙述者表现自己的方式多种多样。叙述者可以直接叙述自己的信息，也可以通过提供另一层面的叙述而表现自己。元叙述形式是叙述者自我表现的普遍形式之一，而使用干预性叙述话语也能表现叙述者自身。叙述者的干预性叙述话语有两种基本的形式：一种是对叙述形式的干预，另一种是对叙述内容的干预。通过这两种基本形式，叙述者对叙述指指点点。不论是哪一种干预性叙述话语都具有显现叙述者形象的功能。不过，叙述者的干预性话语是依附于故事的，它本身不能独立存在。叙述者的干预性叙述话语往往是在中断故事叙述后出现的。这时，叙述者针对叙述形式或内容的议论性话语，一般不具有凸显叙述者自我形象的功能，而只起到引导接受者感知故事的作用，虽然叙述者的形象并不突出，但是接受者能够感到叙述者的存在。

在《海华沙之歌》中，叙述者现身的方式多种多样。其中，通过叙述者的干预性叙述话语现身的方式比较引人关注。因为这种干预性叙述话语的表达方式是模式化的。既然是模式化的，那就意味着这种话语方式出现的频率是比较高的。而通过对印第安神话传说的叙述者的分析，我们发现《海华沙之歌》中的叙述者的干预性叙述话语的表达模式来自印第安神话传说。在印第安神话传说中，有一种起源神话，在这类神话中，叙述者的干预性叙述话语往往是不可缺少的。那么，《海华沙之歌》中是否有起源神话？其干预性叙述话语与印第安起源神话中的干预性叙述话语有什么关系？下面分两部分介绍。

一 起源神话的结构模式

斯库克拉夫特收集、整理的印第安神话中有大量的起源神话。所谓起源神话，就是解释某种现象之由来的神话。神话对事物之"产生"问题的兴趣远远超过其他任何文化形式。正如恩斯特·卡西尔所说："只有对神话来说才有一种时间性起源问题，即存在的'产生'。"① 神话以自己的方式对事物的产生做出了解释。而起源神话有一种普世性的结构模式，这种结构模式也体现在那些印第安起源神话中，即先以故事的形式解释一种自然现象的由来，然后通过叙述者的干预性叙述话语点明这一现象的现状。这样，就在神奇的故事和现实之间建立起了一种关系。故事的落脚点在现存的现象上。但是，整个叙述文本的重点部分是故事。如果没有叙述者的干预性叙述话语，这个故事自身也是可以独立存在的。而且其意义可能是多元的，允许接受者对故事做出多种解释。但是，由于叙述者的干预性话语起了画龙点睛的作用，它

① ［德］恩斯特·卡西尔：《神话思维》，董龙保等译，中国社会科学出版社1992年版，第146页。

点明了故事的意义，这样，这个故事的意义就是单一的了。换言之，这个故事的意义就在于对现存的某种现象的由来做出解释。

在《海华沙之歌》中，多次使用了印第安起源神话的结构模式。有时，叙述者在叙述了一个故事后，在诗章的结尾点明该故事与现实现象之间的关系；有时，叙述者在叙述了一个故事中的某个事件后，会点明这个事件与某种自然现象之间的联系。不论在哪种情况下，其中的起源神话的结构模式都是固定的。不过，虽然《海华沙之歌》采用了印第安起源神话的结构模式，但叙述者叙述故事的主要目的是展开情节和塑造人物形象，而不是用故事解释某种现象的由来。因而故事的解释性的意义是次要的、附带的。但是，叙述者或添加或保留或改造印第安故事的解释性的意义，是使诗歌具有浓郁的印第安色彩的不可或缺的一种方式。从这个意义上说，朗费罗采用印第安起源神话的结构模式并非画蛇添足。

在《海华沙之歌》中，往往以这样三种方式来使用起源神话的结构：一是自创起源神话的结构，即原有的印第安故事并无这种结构，叙述者通过干预性叙述话语，指出故事与现存现象的联系，从而自建了一个起源神话的结构；二是改造原有的起源神话结构，即原有的印第安故事就采用了起源神话的结构模式，朗费罗移植了其结构形式，但改变了其中的叙述者干预性叙述话语的内容；三是保留原有的起源神话结构，即原有的印第安故事就采用了起源神话的结构模式，朗费罗移植了其结构和意义。下面我们将通过实例来具体分析这三种情况。

（一）自创起源神话的结构

在第十七章"追捕波－普－基威"中，朗费罗自创了一个起源神话的结构。在印第安神话传说"波－普－基威"中，麦尼博兹霍打败了波－普－基威，波－普－基威的身体被雷霆震碎的岩石压碎后无法再变形，麦尼博兹霍收起了波－普－基威的灵魂，并对他说，要赋予他战鹰的形体，让他掌管各种飞禽①。至此，这个故事就结束了。但是，在《海华沙之歌》的"追捕波－普－基威"这一章里，叙述者在叙述了海华沙追杀波－普－基威的故事以后，又做了这样的补充：

> 波－普－基威的名字
>
> 如今仍然在民间流行，
>
> 在歌手们中间流行，
>
> 在说故事的人们中间流行；
>
> 冬天里，当雪花卷成漩涡，
>
> 飘舞在村社的周遭，
>
> 当凶猛狂暴的疾风
>
> 在烟囱顶上呼啸，
>
> 人们都齐声喊道：
>
> "那是波－普－基威来了，
>
> 他在整个村庄里跳舞，
>
> 他正在那里忙他的收获！"②

在这里，叙述者指出，波－普－基威如今仍然活在人们中间，他不仅是歌手和故事家的主人公，而且每年冬天都会以暴风的形态拜访普通人。叙述者的这段话，一方面指出了波－普－基威的故事是实有其事的，另一方面对飞雪中暴风呼啸的自然现象的由来做出了解释。后者具有典型的起源神话结构的话语模式的特征。

在印第安神话传说"夸辛或可怕的强壮男人"中，夸辛很轻松地把那块

---

① Henry R. Schoolcraft, *The Myth of Hiawatha and Other Oral Legends*: *Mythologic and Allegoric of the North American Indians*, p. 70.

② ［美］朗费罗：《海华沙之歌》，王科一译，上海译文出版社 1981 年版，第 238 页。

巨石举起来扔进河里以后，故事紧接着"这以后"，就转向夸辛陪他的父亲去狩猎这一事件了，并没有提及故事中所说的那块巨石的现存情况①。但在《海华沙之歌》的"海华沙的两个朋友"这一章里，在叙述了夸辛将巨石举起扔进了"包瓦亭"河这一事件以后，叙述者补充道："如今每到夏天，石头依然看得分明。"② 这样，就在故事中的事件与自然现象之间建立起了一种因果联系，从而解释了"包瓦亭"河中巨石的由来。至于那巨石是否真的存在过，在朗费罗创作《海华沙之歌》的时候那巨石是否还能看得见，都是无关紧要的。重要的是，朗费罗通过这样一个起源神话的结构，建立起了故事与现实的联系，赋予了故事真实性。

可以肯定，朗费罗自创起源神话结构的一个目的是让他的读者对这个故事信以为真。这是由当时的叙述文本遵循的真实传统所决定的。另外，朗费罗不避忌生造之嫌，别出心裁地自创这样一个起源神话的结构，还有更重要的目的。他采用了起源神话的结构模式，以印第安人的方式对自然现象的成因做出了解释，达到了以假乱真的效果。从这个意义上来说，朗费罗自创这个结构，就是要赋予自己的诗歌浓郁的印第安神话色彩。这是使其诗歌风格迥异于美国传统诗歌风格的有效策略。唯其如此，这部诗歌才能在众多有浓郁英国诗歌风格的美国诗歌中脱颖而出。事实表明，朗费罗运用这个策略是明智的。浓郁的印第安色彩使《海华沙之歌》的美国性更加鲜明。而这正是朗费罗构建美国民族文学追求的目标。

（二）改造原有的起源神话的结构

在印第安神话传说"夸辛或可怕的强壮男人"中，在讲完夸辛被水中精灵害死的故事后，故事叙述者补充道：自这次胜利以后，水中精灵就把那岩

---

① Henry R. Schoolcraft, *The Myth of Hiawatha and Other Oral Legends*：*Mythologic and Allegoric of the North American Indians*, p. 78.

② ［美］朗费罗：《海华沙之歌》，王科一译，上海译文出版社 1981 年版，第 84 页。

石变成了他们最喜欢的度假胜地①。在夏季的月夜，当他们经过那个地方时，猎人们经常听到他们的笑声，看到他们的小小的羽毛会抖动②。叙述者指出，在夏季的月夜，岩石上发生的那些现象，都被印第安猎人听见、看见了。这就是夸辛被害的故事的真实性的一个证据。在这里，通过叙述者的干预性叙述话语，在夸辛被害的故事和实际存在的岩石之间建立了一种关系，解释了那岩石的功用的由来。显然，这具有明显的起源神话结构的特征。朗费罗将"夸辛或可怕的强壮男人"中夸辛被妒害而死的故事移植到了《海华沙之歌》的"夸辛之死"这一章里。在叙述了夸辛被侏儒们害死的故事后，叙述者补充道：

> 但是这个身强力大的人，
>
> 却始终活在人们的记忆里，
>
> 每当冬天里的暴风雨，
>
> 穿过树林咆哮狂鸣，
>
> 那摆荡不定、骚动不停的树枝
>
> 在折裂，发出一声声的呻吟，
>
> 于是人们喊道："夸辛，那是夸辛！
>
> 他在采集过冬的柴薪！"③

叙述者指出，夸辛始终活在人们的记忆里。这是故事人物具有真实性的一个证据。同时，叙述者在夸辛的行为与冬季的自然现象之间建立了因果关

---

① 水中精灵们在河边的红色岩石上等候夸辛。因为那岩石伸入水中，形成了一个粗糙的城堡，这个地方是夸辛驾独木舟航行的必经之地。等夸辛的独木舟来到这个地方时，他们就拿准备好的松球砸向他的头部，结果夸辛被他们害死了。这是那些水中精灵获胜的地方，因此，他们将这个地方作为他们的度假胜地。

② See Henry R. Schoolcraft, *The Myth of Hiawatha and Other Oral Legends：Mythologic and Allegoric of the North American Indians*, p. 80.

③ ［美］朗费罗：《海华沙之歌》，王科一译，上海译文出版社 1981 年版，第 245 页。

系，换言之，在这里，叙述者将夸辛采集过冬的柴薪这一行为解释为冬季暴风雨天气中树枝折断、呻吟这一现象的原因。很显然，这段话具有起源神话结构的话语模式的特征。

在"夸辛或可怕的强壮男人"中就有一个起源神话结构，不过朗费罗在"夸辛之死"这一章里只是借鉴了"夸辛或可怕的强壮男人"中的故事情节，却对其起源神话结构中叙述者的干预性叙述话语的内容进行了大胆的改造。这样做的目的是改变原有印第安神话传说的意义。

在"夸辛或可怕的强壮男人"中，叙述者的干预性叙述话语形式有两种。一种是强调故事的真实性，叙述者指出：水中精灵们战胜大力士夸辛以后把获胜地方的岩石变成了度假胜地，夏季的月夜，当精灵们经过此地时，猎人们还可以听到他们的笑声，看见他们的羽毛在抖动。这种干预性叙述话语与故事构成了一个起源神话的结构，意在强调故事的真实性。在这个印第安神话传说中，另一种叙述者干预性叙述话语，其目的在于表达这个故事的道德训诫意义。叙述者讲完故事以后，对一个夸辛式的印第安青年提出告诫，希望他吸取夸辛之死的教训，懂得人越有力量越要收敛的道理。在"夸辛或可怕的强壮男人"中，文本叙述者与故事叙述者都对夸辛的为人处世之道持批评态度。因而，故事叙述者的干预性叙述话语绝不会将夸辛处理成一个被人们缅怀的人物。朗费罗在"夸辛之死"中，把害死夸辛的侏儒塑造成了好忌妒的、居心不良的、善于实施阴谋的妖精，而夸辛则被塑造成了身强力壮的英雄。朗费罗对好忌妒的侏儒多有非议，对夸辛的英雄气质多有赞誉，对夸辛被害不无惋惜。因此，虽然朗费罗叙述的夸辛之死与"夸辛或可怕的强壮男人"叙述的夸辛之死的情节是相同的，但是两者承载的意义完全不同。"夸辛或可怕的强壮男人"宣扬了强者要善于收敛的为人处世之道，而"夸辛之死"却将夸辛被侏儒所害的故事处理成了英雄被小人暗算的悲剧。鉴于此，朗费罗采用起源神话的结构模式，通过叙述者的干预性话语把夸辛处理成一个虽死犹存的英雄，就是完全可以理解的了。

（三）移植原有的起源神话的结构

《海华沙之歌》的"黄昏星的儿子"这一章移植了"奥塞俄或黄昏星的儿子"的起源神话的结构。在"奥塞俄或黄昏星的儿子"中，在讲完了变成侏儒的俄文妮的九个姐姐和姐夫在小岛上跳舞的情形后，叙述者指出：印第安人很快发现那些被奥塞俄夫妇和他们的姐姐、姐夫们占据的岩石。印第安人看到，在夏季宜人的夜晚，在月光下，那些小矮人们在岩石上手拉着手跳舞。那些小矮人被称作"Mish – in – e – mok – in – ok – ong"，或者"turtles spirits"（海龟精灵），那个岛的名字因他们而来，直到如今印第安人还在用这个名称。在夏季的夜晚，在皎洁的月光下，他们的闪亮的小屋依稀可见，当渔夫们在夜里靠近那些高高的悬崖的时候，还能听见那些快乐的小矮人舞者的声音[1]。叙述者指出，岛名由故事中的小矮人而来，而且岛名一直沿用至今。同时，渔夫们看到的悬崖上那闪亮的小屋，也与故事中的人物有关。这样，就在故事与岛名和闪亮小屋的由来之间建立起了联系。这是典型的起源神话结构的话语表达方式。

在《海华沙之歌》的"黄昏星的儿子"这一章，伊阿歌在讲完了变成小矮人的俄文妮的九个姐姐和姐夫在小岛上跳舞的情形后，做了这样的补充：

> 每逢宁静的夏日的傍晚，
>
> 依旧看到他们那座小屋在闪亮，
>
> 有时候，渔夫在岸上
>
> 还听到他们快乐的音响，

---

[1] Henry R. Schoolcraft, *The Myth of Hiawatha and Other Oral Legends*：*Mythologic and Allegoric of the North American Indians*, p. 76.

还看到他们跳舞，披着星光！①

很明显，朗费罗用诗歌语言表达了上述"奥塞俄或黄昏星的儿子"中叙述者的干预性叙述话语的后半部分所表达的意义。上述叙述者的干预性叙述话语表明，现实中渔夫们所能看见的悬崖上的闪亮的小屋，就是故事中的小矮人们的居所。叙述者指出了故事与现存事物之间的联系，对现存事物的由来做出了解释。这种表达方式具有起源神话结构的话语表达模式的特征。这里的移植是显而易见的。可以说，"黄昏星的儿子"既移植了"奥塞俄或黄昏星的儿子"的起源神话结构，又移植了其中的叙述者干预性叙述话语的一部分内容。

二　《海华沙之歌》中叙述者的干预性话语形式的功能

《海华沙之歌》中叙述者的干预性话语形式的功能主要有以下两种。

（一）强调故事的真实性

在《海华沙之歌》的第四章，在叙述了海华沙和麦基凯维斯的战斗之后，叙述者对故事内容发表了如下看法：

> 在那可怕的往古的年代，
>
> 在那遥远的逝去的年代，
>
> 曾发生这场有名的战役，
>
> 发生在西风的王国。
>
> 如今在那绵亘不绝的山头和峡谷里，
>
> 猎人还能看到它的遗迹，
>
> 看见那儿的水边池畔
>
> 依然长着那种巨大的芦苇，

———————————

① ［美］朗费罗：《海华沙之歌》，王科一译，上海译文出版社1981年版，第168页。

看见每一个山谷里，

都长着这种"沃必克"①。

在这里，叙述者中断故事的叙述，对故事内容进行了评说，这是典型的干预性叙述话语。这时，叙述者的形象并不突出，但是文本接受者能够感到叙述者的存在。虽然在这段干预性叙述话语中，文本接受者能够看到叙述者的形象，但是，这段话的主要目的并不在于凸显叙述者的自我形象，而是引导甚至左右文本接受者对故事的接受。叙述者的主要目的是使接受者相信海华沙与其父西风之神战斗的故事的真实性。叙述者虽然无法确定这场战役发生的历史时间，但是，他认为，这场战役确实在遥远的过去发生过，其主要证据就是遗存在山头和峡谷里的那场战斗的痕迹。如今山谷里的那巨大的芦苇，就是当年海华沙最害怕的东西——"沃必克"。这就是那场有名的父子之战存在过的最好的证明。显然，叙述者声称在他叙述这个故事时依然能够看到那场战斗的遗迹，就是以现实中存在的实物为证据，来证明自己所讲的故事是实有其事的。在这里，叙述者的干预性叙述话语的主要目的是增强故事的真实感。这样，文本接受者就会对叙述者所讲述的故事信以为真。自亚里士多德提出"模仿说"以来，真实性就是西方传统叙述文本的一个最基本的评价指标，因而叙述者往往倾向于在叙述中给文本接受者造成此故事确有其事的艺术效果。朗费罗依然处在这个传统之中，因此，他所授权的叙述者会发表上述那种干预性的叙述话语也在情理之中。我们有理由认为，《海华沙之歌》中那种以实物为依据证明故事真实性的叙述者的干预性叙述话语，同样具有强调故事真实性的功能。不过，在这里，我们并不想探究朗费罗的《海华沙之歌》与西方叙事传统的关系，我们更愿意探究朗费罗借鉴印第安神话传说的叙述者干预性叙述话语的另一种重要的功能。

---

① ［美］朗费罗：《海华沙之歌》，王科一译，上海译文出版社 1981 年版，第 58 页。

（二）赋予诗歌浓郁的印第安色彩

在麦尼博兹霍的神话传说中，叙述者并没有交代如今的峡谷里是否还有麦基凯维斯父子战斗的遗迹。在这个神话传说中，在一场激烈的父子之战后，西风神麦基凯维斯向他的儿子麦尼博兹霍许诺，等他完成了在人间的使命后，将会让他掌管一个地方，那时，麦尼博兹霍会和他的兄弟卡比波诺卡一起掌管北方。于是，麦尼博兹霍被父亲西风神安抚了。他返回自己的家，在那里养伤①。至此，这个麦尼博兹霍寻父弑父的故事就结束了。这个神话传说的叙述者连续地叙述了一个完整的故事，并没有中断故事去叙述有关故事中的人物战斗的遗迹的情况。朗费罗移植了麦尼博兹霍寻父弑父的情节框架，将其用于海华沙寻父弑父的故事中。不过，朗费罗在叙述海华沙寻父弑父这个故事的时候，并没有完全照搬原型故事的叙述方式，而是在具体的叙述中融入了自己的诸多创造。其中，故事结束后所添加的叙述者干预性叙述话语就是朗费罗的创造之一，这样，叙述者的干预性叙述话语就与故事一起构成了一个起源神话的结构。那么，朗费罗为什么要创造这样一个起源神话的结构呢？

如前所述，朗费罗在《海华沙之歌》中多次运用起源神话的结构模式，不过，只有一次移植了印第安神话传说中起源神话的情节及叙述者的干预性叙述话语的部分内容②，其他几个起源神话结构要么是朗费罗自创的，要么是在原有印第安神话传说的基础上改造而成的。这一现象说明，朗费罗对印第安起源神话的结构模式情有独钟。这就意味着这种结构模式在《海华沙之歌》中承担着重要功能。不论《海华沙之歌》中的起源神话结构是自创的，还是由移植或改造印第安神话传说中的起源神话结构而来，其起源神话结构模式

---

① Henry R. Schoolcraft, *The Myth of Hiawatha and Other Oral Legends: Mythologic and Allegoric of the North American Indians*, p. 21.

② 《海华沙之歌》的"黄昏星的儿子"这一章，借鉴了印第安神话传说"奥塞俄或黄昏星的儿子"的情节及叙述者的干预性叙述话语的部分内容。

与印第安起源神话结构模式是相同的。这种结构在故事和现实事物或现象之间建立起了联系，既通过故事解释了现实事物或现象的由来，又通过现实事物或现象证明了故事的真实性，达到了二者互相生发的效果。特别值得一提的是，在印第安起源神话结构与《海华沙之歌》的起源神话结构中，叙述者的干预性叙述话语的表达方式也是相同的。这样，朗费罗通过运用印第安起源神话结构模式赋予《海华沙之歌》浓郁的印第安色彩，使其在众多具有英诗风格的美国诗歌中鹤立鸡群。构建迥异于英诗的风格，实际上就是 19 世纪美国诗人建构美国民族文学所追求的一个目标。在这个意义上，《海华沙之歌》中的起源神话结构及与之相应的叙述者干预性叙述话语形式在建构该诗的美国性方面发挥了重要作用。

第二节　超叙述结构

对《海华沙之歌》中的超叙述结构下面分三部分论述。

一　叙述分层界说

在叙述文本中，叙述者在文本的生成中扮演着不可或缺的角色。如果没有叙述者，叙述行为将无法展开，叙述文本也不可能存在。一部叙事性文本总要讲述故事，为了追求不同的叙述效果，叙述者会将故事的叙述权交给文本中的某一个人物，这个人物可能是有姓有名的，也可能只是"我"。这样，在叙述者之下，便有了故事层面的叙述者。故事层面的叙述者可以称之为"故事叙述者"。故事叙述者还可以引出下一级的故事叙述者。而每一级的故事叙述者都可以引出次一级的故事叙述者。所以，叙述可以层层分解。但是，一般情况下，文本叙述与故事叙述是最基本的存在形态。而文本叙述层面的叙述行为主体可以称之为"文本叙述者"，故事叙述层面的叙述者可以称之为"故事叙述者"。文本叙述者是叙事文本中最高层面的叙述者，他是语言的主体，是表达出构成文本的语言符号的那个行为者。他组织文本，他讲述故事，他为故事提供叙述者。总之，没有文本叙述者，就没有文本。文本叙述者与故事叙述者的根本区别就在于，故事叙述者没有组织文本的功能。文本叙述者在组织文本的过程中安排故事叙述者展开叙述行为。这样，文本就有了不同的叙述层次。一般而言，文本叙述可以分为三个基本的层次，即超叙述层、主叙述层、次叙述层。在一系列的叙述层次中，必有一个主叙述层，向这个主叙述层提供叙述者的叙述层就是超叙述层，由主叙述层提供的叙述者展开叙述行为的叙述层就是次叙述层。并非每个叙述文本都必然包含这三个叙述层次。但是，每个叙述文本必然会有主叙述层，即故事叙述层。

二　印第安神话传说中的超叙述结构

朗费罗主要是根据斯库克拉夫特收集的神话传说创作《海华沙之歌》的。在斯库克拉夫特收集的神话传说中，一般只有主叙述层，这个叙述层的叙述者就是印第安故事家。在这种情况下，叙述文本中并不出现故事家的身影，他隐含在文本背后。但其中的一则传说比较特别，那就是"夸辛或可怕的强壮男人"①，就采用了超叙述结构。这个传说讲述了这样一个故事：古时候，包瓦亭的一群青年常常通过体育比赛和打球自娱自乐。有一天，一群青年在一起比赛，其中最强壮、最活跃的一个青年成功地表演了他的绝活，但是旁观者说："你永远不会是夸辛的对手。"这句话深深地刺激了他。比赛结束后，他去找一位老者——包瓦亭村的故事家，想弄明白夸辛究竟是何方神圣。接下来，这位故事家讲述了夸辛的故事。讲完夸辛的故事后，这位故事家告诫

---

① Henry R. Schoolcraft, *The Myth of Hiawatha and Other Oral Legends*: *Mythologic and Allegoric of the North American Indians*, pp. 81 – 84.

这位青年，不要学习夸辛过分炫耀自己力量的缺点，免得重蹈夸辛的覆辙。在这个传说中，由于采用了超叙述结构，叙述文本包含两个叙述层次，即主叙述层和超叙述层。超叙述层为主叙述层提供了故事叙述者，即包瓦亭村的一位故事家，这个故事家叙述的大力士夸辛的故事，构成了这则传说的主体部分，也就是主叙述层。

"夸辛或可怕的强壮男人"为什么要采用超叙述结构呢？这是由这则传说要向印第安青年传达训诫的目的决定的。在包瓦亭的那位故事家看来，正是夸辛的过分张扬害死了他自己。如果一个人拥有巨人般的力量，却不把它用在合适的地方，而只是一味地炫耀自己的力量，就会引起别人的忌妒，进而被这种忌妒所害。一个有力量的人要学会恰当地运用自己的力量。如果故事中的那个年轻人在各方面都与同龄人一样好，就没有人忌妒他。如果他像夸辛一样，处处表现得比同龄人强，他就会落得和夸辛一样的下场。所以，越是有力量越要收敛，这是处世的法宝。这就是"夸辛或可怕的强壮男人"要向印第安青年宣传的为人处世之道。与其他神话传说相比，这则传说有十分强烈的训诫倾向。那么，通过什么样的方式来表达这一训诫意义呢？文本叙述者可以不采用超叙述结构，而由文本叙述者直接叙述夸辛的故事，最后，文本叙述者直接表达自己的立场，告诫印第安青年牢记夸辛的教训。文本叙述者直接表达自己的立场，会使文本的训诫倾向过于裸露，这样，反而会引起文本接受者的不悦甚至反感，就不能收到应有的效果。相比之下，在超叙述结构中，文本叙述者将提出训诫的任务转交给了故事叙述者，给文本接受者造成了这样一种印象，那就是故事中的一个人物教训故事中的另一个人物，这样，这个训诫意义就不是直接针对文本接受者提出的，而是针对故事中的人物提出的。这时，文本接受者不是当事人，而是旁观者。他掌握着主动权，他可以选择接受这个训诫，也可以选择疏离这个训诫。正是由于文本叙述者给了文本接受者充分的自由，这个训诫意义反而会潜移默化地影响文本接受者的处事原则。相反，如果文本叙述者直接教训文本接受者，反而会引起他们的逆反心理，而不能达到预期目的。由于采用了超叙述结构，文本叙述者成功地隐身在故事叙述者那里，伪装了自己的训诫企图，他不直接提出训诫，而是借故事叙述者之口提出训诫，这样一来，文本叙述者与文本接受者之间的距离由于隔着故事叙述者而被拉大了，正是这种距离感，打消了文本接受者对企图教训他们的文本叙述者的提防心理和拒斥心理，这样，文本接受者就潜移默化地接受了文本叙述者所倡导的为人处世之道。可以说，由于超叙述层提供的故事叙述者介入了文本叙述者的思想立场，所以这个传说达到了润物细无声的教化效果。

三 《海华沙之歌》中的超叙述结构

朗费罗《海华沙之歌》的叙述分层是比较复杂的。就整部诗歌文本而言，文本叙述者充分行使了自己的叙述权力，他并没有安排一个故事叙述者代替他去叙述海华沙一生的全部经历。但是，就诗歌的局部而言，文本叙述者为了达到特定的叙述效果，有时会把叙述的权力下放给指定的故事叙述者。其中，印第安故事家伊阿歌是出现频率最高的故事叙述者。

"夸辛或可怕的强壮男人"的那种超叙述结构被朗费罗移植到了他的《海华沙之歌》中。但这并不是说，朗费罗把这个超叙述结构挪用到了有关夸辛的故事中。实际上，在"夸辛之死"这一章里，朗费罗并没有表达这种印第安式的为人处世之道。相反，朗费罗对夸辛这位大力士被矮人妒害而死表达了鲜明的惋惜之情，他把批评的矛头指向了好忌妒的矮人。在"海华沙的两个朋友"这一章里，朗费罗始终无意批评夸辛的炫耀，相反，却怀着一种钦慕之情，叙述了大力士夸辛的显赫业绩。《海华沙之歌》与"夸辛或可怕的强壮男人"的这种差异，体现了两种文化的差异。

朗费罗是在"黄昏星的儿子"这一章里，采用"夸辛或可怕的强壮男人"的那种超叙述结构的。在前一章里，文本叙述者在叙述海华沙的婚宴这一故事的时候，安排了这样一个环节，那就是，在座的嘉宾一致请求故事家伊阿歌讲述一个奇妙的故事，伊阿歌答应了这一请求。于是，在随后的"黄昏星的儿子"这一章里，伊阿歌讲述了黄昏星的儿子奥塞俄的故事。伊阿歌讲完了这个故事以后，又点明了这个故事的寓意，那就是嘲笑别人的人没有好下场。伊阿歌是一个"说故事的绝妙能手"，但是这时的他"又丑陋又衰迈"①。他的故事的主人公奥塞俄在又老又丑的时候曾被人讥嘲，最后，讥嘲他的那些人都失去了年轻美貌，先是变成了鸟，最后变成了侏儒。"又丑陋又衰迈"的伊阿歌讲述这样的故事，究竟想对他的听众说些什么呢？朗费罗将故事的叙述权交给伊阿歌，并让他说出那样一番道理的用意何在呢？如果回答了这两个问题，那么关于朗费罗为什么要在"黄昏星的儿子"这一章里采用"夸辛或可怕的强壮男人"的那种超叙述结构的问题就迎刃而解了。

伊阿歌故事中的主人公奥塞俄，本是黄昏星的儿子，由于中了恶神的魔法，变成了一个丑陋的老头，降落到了地上。他与年轻貌美的莪文妮结婚后，常被莪文妮的九个姐姐和姐夫嘲笑。后来束缚奥塞俄的魔法解除了。黄昏星赐予奥塞俄青春美貌，却把莪文妮的九个姐姐和姐夫变成了鸟儿，作为对他们常嘲笑奥塞俄的衰老和丑陋的惩罚。而伊阿歌在故事讲完之后，对他的听众们做了一番说教，希望人们从这个故事里看清嘲笑别人的人的命运。他的听众对此心领神会，他们窃窃私语："我猜想，他说的就是他自己吧？/而我们就是那些姨母和姨父吧？"② 由于伊阿歌讲故事时善用夸张的手法，所以，"伊阿歌"就成了说大话的人的代称，因此，每当有勇士夸耀自己的战绩的时候，人们就说伊阿歌来了。可见，伊阿歌是一个被嘲笑的对象。加上他此时又丑又老，难免被老年人的自卑感困扰。但是，好强的伊阿歌需要对人们的嘲笑做出一定的反应，这样才能保持自己的心理平衡。于是，在海华沙的婚

---

① ［美］朗费罗：《海华沙之歌》，王科一译，上海译文出版社 1981 年版，第 151 页。
② Henry Wadsworth Longfellow, *The Song of Hiawatha*, p. 82.

宴上，他借讲述奥塞俄的故事，向嘲笑他的人发出了警告。这一切都在情理之中。

　　而朗费罗为什么要安排这样一个身份的故事叙述者讲述故事、阐发道理呢？这恐怕与朗费罗的迟暮之感有密切的关系。实际上，伊阿歌在诗歌中讲述的奥塞俄的故事与印第安神话传说"奥塞俄或黄昏星的儿子"的基本情节是相同的，但该神话传说并未明言伊阿歌提出的那种训诫意义。可见，伊阿歌的那番有训诫意味的话，体现了朗费罗对该故事的诠释。而朗费罗为什么选择让伊阿歌这样一位又老又丑的艺术家以诗歌语言详细讲述印第安神话传说"黄昏星的儿子"呢？朗费罗把许多美丽的印第安神话传说引入了《海华沙之歌》。其中，"黄昏星的儿子"篇幅最长，这也是以伊阿歌作为故事叙述者而叙述出来的唯一的完整的印第安神话传说。另外，关于夏天的制造者的神话传说的一小部分也是由伊阿歌讲述的。除此之外，其他的印第安神话传说都是通过文本叙述者叙述出来的。朗费罗设置伊阿歌这样一位功能性的角色，只让他完整地叙述了一个印第安神话传说，而且是关于丑陋的老人变成英俊的青年的故事，其用意是耐人寻味的。

　　在朗费罗计划创作《海华沙之歌》的时候，他已经辞去了哈佛大学的教职，是年朗费罗47岁。这个年龄的诗人，自然会感到创作暮年期来临的威胁。朗费罗自小有文学创作的天赋，少年时期就赢得了诗名。青年时期的朗费罗曾通过书信向父亲表达了希望将来能够以写作为业的愿望，但是，这一想法遭到了父亲的反对。朗费罗的父亲对美国当时的社会环境有着清醒的认识，他认为，当时的美国还没有发展到为职业作家准备好合适土壤的时期。因此，朗费罗不得不放弃自己职业作家的梦想。当然，从某些方面来说，朗费罗还是一个非常幸运的作家。因为有出色的语言天赋，在大学毕业后不久，他就获得了母校波多因大学现代语文教授的教职。事实证明，这个职业对他文学创作的发展助益良多。他被波多因大学派往欧洲学习语言和文学。这一段经历扩大了他的视野。他后来能把整个欧洲文学传统作为建构美国民族文学的参照系，显然得益于这一次的游学经历。朗费罗在诗坛沉寂了 11 年后于 1837 年发表了《夜吟集》，他因这部诗集而声名鹊起。但是，朗费罗一直没有放弃教职。直到 1854 年，他辞去了哈佛大学的教职，开始了职业作家的生涯。朗费罗在 1854 年 6 月 22 日的日记中说，他计划写一部歌唱美国印第安人的诗，他把这当作"一个正确的计划""唯一的计划"①。朗费罗辞去教职后全身心投入《海华沙之歌》的创作。这说明，朗费罗已经感受到自己诗人的生命期趋向暮年，如果不能全力以赴在创作上有所作为的话，他已很难有时间为自己赢得辉煌的文学声誉了。实际上，朗费罗正是在这种暮年感的催逼下进行《海华沙之歌》的创作的。一方面是诗人暮年期来临的压迫感，另一方面，他还有一种不服老的锐气，这两种矛盾的感情纠结在一起，自然就对《黄昏星的儿子》讲述的又老又丑的奥塞俄变形为英俊貌美的青年的故事特别感兴趣。奥塞俄的变形，从某种意义上说，满足了朗费罗渴望重返青春的潜意识。而伊阿歌作为一个又老又丑的艺术家，在一定意义上充当了朗费罗的代言人。伊阿歌在讲完故事后讥讽那些嘲笑伟人的人，这一环节是朗费罗独创的，是其有意为之的结果。其目的显而易见，那就是对嘲笑老者的人发出警告。这正是朗费罗在诗人暮年期危机意识驱使下做出的微妙而隐蔽的反应。

一般来说，文本叙述者为主叙述层提供一个由故事人物充当的故事叙述者，是为了造成一种似乎真有其事的真实感，这是因为，故事是一个有名有姓、有血有肉的人讲述的，接受者往往会信以为真。但是，这种真切感，并不是朗费罗采用那个超叙述结构所要达到的首要目的。朗费罗可能出于两个方面的考虑，采用了这样一种超叙述结构。一方面，朗费罗对印第安神话传说《黄昏星的儿子》确实割舍不下，但是这个故事的主要人物形象奥塞俄与

① 转引自 Henry Wadsworth Longfellow, *The Song of Hiawatha*; *With Illustrations, Notes, and a Vocabulary and an Account of a Visit to Hiawatha's People*, by Alice M. Longfellow, p. 5。

诗歌主人公海华沙确实没有什么关系，怎么才能在不损害故事情节连贯性的前提下将这样一个故事镶嵌到诗歌情节中呢？像"夸辛或可怕的强壮男人"那样的故事，因为其主人公夸辛与诗歌主人公是有联系的，作为海华沙的好友，他曾帮助海华沙开通航道，这样的故事其自身就可以充当诗歌情节的一部分，因此，可以由文本叙述者直接讲述。但是，"黄昏星的儿子"中的主人公或任何一个人物，都与海华沙无关。因此，这个故事自身不能充当诗歌情节的一个组成部分。换言之，这个故事不能由文本叙述者直接叙述。如果文本叙述者安排了故事叙述者，然后将故事叙述者的直接叙述转换为文本叙述者的间接叙述，就会造成这样的一个结果，那就是，文本叙述者叙述了很长的一个故事，但它是完全游离于诗歌故事情节之外的，这种叙述策略是极为幼稚的，显然不可取。在这种情况下，朗费罗要想完整地将这样一个优美的神话传说引入诗歌，又不破坏诗歌情节的连贯性，那就只能采用超叙述结构了。文本叙述者要为这个故事提供一个故事叙述者，为他叙述这个故事创造最佳的条件，这样才不至于损害诗歌故事情节的连贯性。文本叙述者在海华沙的婚宴上设置了艺术家表演节目的环节，这是符合印第安人的婚礼习俗的。在表演节目的这一环节，舞蹈家波－普－基威表演了他的舞蹈绝活，歌唱家齐比亚波唱了情歌，之后，在座的嘉宾请求故事家伊阿歌讲述一个惊险的奇迹。于是伊阿歌为嘉宾们讲述了奥塞俄的故事。这样，文本叙述者为伊阿歌叙述奥塞俄的故事提供了最佳的时机。而通过伊阿歌为海华沙的婚宴嘉宾们讲述故事的方式，奥塞俄的故事在基本保持原貌的同时，自然地融入了诗歌故事情节。从叙述策略来看，这里必须采用超叙述结构，否则，这个故事的叙述难以展开。

另一方面，伊阿歌在讲完故事之后发表的那番训诫之词，与奥塞俄的故事是匹配的，但是，"黄昏星的儿子"这个故事本身并未引申出这样一番道理，可见，《海华沙之歌》中伊阿歌讲的那番道理，在一定程度上表明朗费罗对这个神话传说做出了自己的诠释，这个诠释代表了朗费罗的一种道德立场。显然，这样的道德立场未必受所有人欢迎，尤其是不会受那些通过嘲笑别人来取乐的人的欢迎，但是，朗费罗要批评的正是这类人。既要表达自己的道德立场，又不能得罪人，那就必须为这个道德立场找一个合适的代言人。如前所说，因为这个故事本身游离于诗歌故事情节之外，所以不能由文本叙述者直接叙述。在这种情况下，最佳的选择就是采用超叙述结构，通过故事叙述者叙述这个故事，表达这个立场。在将叙述权交给故事家伊阿歌之后，朗费罗就通过伊阿歌去训诫那些嘲笑老者的人，而他自己成功地隐身幕后，避开了自己直接出场带来的麻烦。

朗费罗在"黄昏星的儿子"这一章里采用超叙述结构，解决了两个难题。文本叙述者将叙述的权力转交给故事叙述者伊阿歌之后，既能将"黄昏星的儿子"这样一个游离于诗歌故事情节之外的神话传说自然地嵌入诗歌故事情节中，又为朗费罗找到了一个道德立场的代言人。在这个意义上，可以说采用这个超叙述结构是叙述必需的。而故事家作为故事叙述者的这个超叙述结构，就来自斯库克拉夫特收集的印第安传说"夸辛或可怕的强壮男人"。朗费罗创造性地使用了这个超叙述结构，借鉴了其将故事家作为故事叙述者并由故事叙述者提出训诫这两个叙述策略，收到了一石二鸟的效果。

第三节　叙述顺序

叙述者在叙述故事的过程中，必须处理事件的先后顺序。故事中的事件的先后顺序如果与事件发生的自然时间顺序一致，那么这样的叙述就是顺叙。顺叙是按照事件发展的自然时间顺序展现事件之间的关系的，这样，事件之间的时间顺序与事件之间的因果关系是一致的。换言之，事件之间的时间关系在一定程度上就是事件之间的因果关系。而事件之间的因果关系是故事情节生成的基础。因此，采用这种叙述顺序的叙事，其情节的展开是非常顺畅的，这就为快速推进情节提供了便利。不过，错时叙述也常常被采用。在错时叙述中，故事中的事件的先后顺序与事件实际发生的先后顺序之间有差别。米克·巴尔界定了错时叙述的两种形式："在错时中所表现的事件或位于过去，或位于将来。对前一个范畴可以运用追述这一术语；对于后者，预述这一术语是恰当的。我避免运用更为普遍的术语'倒述'和'提前叙述'，是因为它们的含混和心理内涵。"[①]在米克·巴尔看来，错时叙述的两个基本形式是追述和预述。不过，如果把这两个术语翻译为"追叙"和"预叙"可能更符合我们的语言表达习惯。

对《海华沙之歌》中的叙述顺序下面分三部分予以介绍。

一　《海华沙之歌》中顺叙与错时叙述的分布

从整体上来说，《海华沙之歌》采用了顺叙手法。故事从印第安大神预告将派一位先知到印第安人中间开始，到印第安先知海华沙的诞生、海华沙的童年、海华沙成年后的种种业绩和遭遇，直到海华沙离开印第安人而结束了在人间的生涯，这时，故事也画上了句号。叙述者以主人公海华沙的人生轨迹为线索，依次叙述了与海华沙有关的一系列重大事件。总体上来说，整部诗歌呈现了一种线性秩序。也就是说，《海华沙之歌》的 22 章，是以自然时间为线索顺次点缀在海华沙的人生轨迹上的 22 颗珍珠。

《海华沙之歌》的 22 章，可以划分为 20 个独立的叙事片段。每一个叙事片段都是情节自满、意义自足的。因此，我们把这 20 个独立的叙事片段划分

---

①　[荷] 米克·巴尔：《叙述学：叙述理论导论》，谭君强译，中国社会科学出版社 2003 年版，第 98 页。

为 20 个独立的分析单位。在分析了每一个叙事片段的叙述顺序后，我们认为《海华沙之歌》的叙述顺序的特征是十分明显的。分析表明，就故事话语而言，大部分叙事片段采用了顺叙手法，只有个别叙事片段采用了错时叙述。其中，第二个叙事片段，即第二章"四方的风"，采用了追叙手法。先叙述了麦基凯维斯的胜利，然后追溯了其胜利的过程，接着又叙述了麦基凯维斯成为风神，与其子东风瓦本、北风卡比波诺卡、南风夏温达西掌管四方的风的故事。第三个叙事片段"海华沙的童年"也采用了追叙手法。先叙述瑙柯密从月亮上落到了地上，再追述瑙柯密坠落的原因，故事的主体部分则采用顺叙手法，叙述了海华沙的童年生活。第五个叙事片段，即"海华沙的禁食"，采用了预叙手法。先预告了海华沙在林中禁食了整整七天，然后详细叙述其禁食的具体过程。在其余 17 个独立的叙事片段中，叙述者都采用了顺叙的手法，甚至在局部都没有出现错时叙述。这是非常引人注目的一个现象。叙述者叙述了一系列传奇事件，他不是通过叙述技巧来制造扣人心弦的艺术效果的，而是完全依赖于事件自身的传奇特征来达到扣人心弦的叙述效果的。这也是斯库克拉夫特收集、整理的印第安神话传说固有的特征。朗费罗在重构这些印第安神话传说的时候，将那些故事采用的顺叙手法也移植了过来。

二 印第安神话传说中的顺叙

在被朗费罗重构的那些印第安神话传说中，叙述者是按照事件发生的自然时间顺序来安排事件在故事中的时间位置的，换言之，其叙述都是顺叙。在故事中，常常出现的时间标志是"后来""这以后""第一天""第二天""第三天""然后"等。这些时间标志往往表示叙述要转向新的事件或故事。也就是说，时间标志具有使叙述焦点发生转移的功能。不同的事件或故事往往是通过时间标志连接起来的。而这些时间标志往往表示时间的自然顺序。这样，事件之间的自然时间顺序与事件在故事中的时间位置是相应的。按照事件之间的自然时间顺序安排事件在故事中的时间位置，这样的叙述顺序就是顺叙。

印第安神话传说"孟达明或印第安玉米的起源"采用了顺叙手法。其时间标志体现了故事中的事件发生的自然时间顺叙。就时间标志和叙述顺序而言，这则神话传说在印第安神话传说中是非常典型的。因此，我们就以这则神话传说为例，来具体分析印第安神话传说的线性叙述顺序。这则神话传说按照自然时间顺序，叙述了主人公文志禁食的全过程。在故事进程中，依次出现了以下时间标志："春天的迹象一出现""头几天""第三天""第二天"（孟达明出现后的第二天，也就是文志禁食的第五天）、"第三天"（孟达明出现后的第三天，即禁食的第六天）、"这天早上"（禁食的第七天的早上）、"在孟达明每天出现的那个时间""然后""不久""一天又一天、一周又一周就这样过去""夏天快结束了""有一天""然后""然后"和"然后"①。在这里，有三个时间序列：一是从春天刚刚开始到夏天即将结束这一季节时间序列；二是文志七天的禁食过程的时间序列，这个时间序列从头几天开始，到第七天结束，在这里，既有第几天这样的片状时间，也有某个时刻这样的点状时间。对这些时间的安排都服从依照自然时间顺序排列这一规则；三是文志禁食行为结束后的时间序列。这个时间序列从他用餐开始到玉米成熟后举行盛宴结束。这是一段漫长的时间。对其中的片状时间和点状时间的安排，也都服从按照自然时间顺序排列这一规则。总之，在故事的三个时间序列中，时间标志都是按照自然时间顺序排列的。故事就发生在这样的时间序列中。所以，事件在故事中的时间位置与事件发生时的自然时间顺序是完全一致的。也就是说，故事的叙述是在线性时间序列中展开的。从叙述顺序上来看，这个故事用的是顺叙手法。

---

① Henry R. Schoolcraft, *The Myth of Hiawatha and Other Oral Legends*：*Mythologic and Allegoric of the North American Indians*，pp. 99 – 104.

三 《海华沙之歌》中的顺叙

《海华沙之歌》的"海华沙的禁食"这一章移植了"孟达明或印第安玉米的起源"的情节框架。为了与斯库克拉夫特收集、整理的"孟达明或印第安玉米的起源"有所区别，朗费罗在叙述海华沙禁食的故事的时候，采用了预叙的手法。在这一章的开头，叙述者做了这样的预告：海华沙在风和日暖的春天的森林里，"带着多少的梦想和幻象""整整的禁食了七天七夜"①。在这一章里，叙述者先预告海华沙禁食了七天，然后详细叙述海华沙禁食的过程，因此，从整体上看，故事的叙述顺序就是预叙。但是，在该故事的主体部分，叙述者沿用了"孟达明或印第安玉米的起源"的故事的时间序列，从海华沙禁食的第一天叙述到了第七天，然后叙述了海华沙在禁食结束后等待玉米成长的过程，最后叙述了印第安玉米成熟后海华沙举行盛宴的场面。在故事的主体部分，朗费罗授权的叙述者是在文志禁食的情节框架内展开对海华沙禁食的叙述的，因此，他沿用了文志禁食这一故事的时间序列，因而其中的主要事件在海华沙禁食的故事中的时间位置也没有被改变。也就是说，叙述者在叙述海华沙禁食这一故事的主体部分时也采用了顺叙的手法。

在"海华沙的禁食"这一章的故事层面，叙述者在叙述海华沙的禁食这一故事时，依次使用了以下时间标志："在他禁食的第一天""在他禁食的第二天""在他禁食的第三天""在他禁食的第四天""翌日和第二天"（禁食的第五天和第六天），"次日瑙柯密来了，/在他禁食的第七天""然后海华沙回到/瑙柯密老婆婆的屋子""一天又一天""终于""在夏天结束以前""然后"和"又过了些时候，当秋天/把长长的绿叶变黄的时候"②。海华沙的禁

---

① ［美］朗费罗：《海华沙之歌》，王科一译，上海译文出版社 1981 年版，第 63 页。
② Henry Wadsworth Longfellow, *The Song of Hiawatha*, pp. 30–38.

食是在"风和日暖的春天"开始的，这与文志禁食的季节是相同的，不过，朗费罗把这一时间标志放在了预叙部分。而在故事层面，"夏天结束以前"和"秋天"这两个时间标志是按季节出现的自然顺序放置的。这样，海华沙禁食的故事是在春天开始、夏天继续、秋天结束的。而在海华沙为期七天的禁食过程的时间序列里，时间标志也是按照自然时间顺序排列的，从"第一天"开始，之后依次出现的是"第二天""第三天""第四天"，直到"第七天"。其中的七个片状时间是按照自然时间顺序排列的，没有出现错时现象。在海华沙禁食行为结束后的时间序列里，点状时间和片状时间交相出现，这些时间之间有明显的先后顺序，这个先后顺序体现了时间的自然顺序。

可以说，"海华沙的禁食"的故事中的三个时间序列都来自"孟达明或印第安玉米的起源"。不过，如上所述，在"海华沙的禁食"的故事时间序列中，时间标志与"孟达明或印第安玉米的起源"中的时间标志有所不同。在这些时间里发生的事件的细节也有所变化。比如，在"孟达明或印第安玉米的起源"中，是在"夏天快结束了"的时候，"有一天"文志邀请他的父亲与他一起去他曾经禁食的地方看看，结果发现一株玉米已经结穗。而在"海华沙的禁食"中，"在夏天结束以前"，海华沙独自一人看到玉米地已变成了青纱帐，非常欣喜，然后去告诉瑙柯密和伊阿歌这个好消息。像这样的微调在《海华沙之歌》中随处可见。朗费罗惯常的做法是，移植印第安神话传说的情节框架，但会对其中的情节要素进行或大或小的改造。以自己创造的事件代替原有情节中的事件，或对原有的细节做增删详略的处理。这样，在保证是"这一个故事"而不是那一个故事的情况下，又不失自己的创造，既保留了印第安神话传说的文化内涵和风味，又融入了朗费罗自己的创意。从总体上来说，朗费罗实现了对斯库克拉夫特收集、整理的那些印第安神话传说的创造性重构。在这个意义上，承认朗费罗的《海华沙之歌》与斯库克拉夫特收集、整理的神话传说之间的关系，并不影响朗费罗的声誉。朗费罗自己也承认，他的诗歌中的故事渊源有自①，而斯库克拉夫特也直言不讳地指出朗费罗诗歌对他收集、整理的印第安神话传说进行了改造②。因此，不管从哪个角度来说，朗费罗的《海华沙之歌》都是诗歌创作，而不是对印第安神话传说的简单挪用。

朗费罗在重构印第安神话传说的时候，借鉴了其按照事件发生的自然时间顺序安排事件在故事中的时间位置的叙述方法。这种线性叙述顺序，非常适合那些传奇故事或具有传奇性质的故事的叙述。这是因为，这样的故事自身就具有扣人心弦的魅力，叙述者通过线性叙述，快速向前推进情节的发展，才能把故事自身对读者的吸引力表现出来。而如果出现频繁的错时叙述，故事就会显得枝蔓丛生，这样，故事自身环环相扣的节奏就会被破坏，而故事的快速推进就会被阻滞，其扣人心弦的魅力也就大打折扣了。朗费罗深谙此道。正如美国学者所说，《海华沙之歌》展现了朗费罗作为讲故事的能手的叙事推力。作为 19 世纪最具可读性的长篇叙事诗，《海华沙之歌》包含了马修·阿诺德最推崇的《荷马史诗》的那些品质，也就是"故事情节的快速推进，平实和直接的风格"③。作为一个具有荷马那样的快速推进故事的叙述天才的诗人，朗费罗在重构印第安神话传说的时候，保留了其以顺叙手法快速推进故事的叙述策略，就是为了保持那些传奇故事自身的环环相扣的节奏和与之伴生的扣人心弦的魅力。

① See Henry Wadsworth Longfellow, *The Song of Hiawatha*; *With Illustrations*, *Notes*, *and a Vocabulary and an Account of a Visit to Hiawatha's People*, by Alice M. Longfellow, p. 7.

② See Henry R. Schoolcraft, *The Myth of Hiawatha and Other Oral Legends*: *Mythologic and Allegoric of the North American Indians*, p. 51.

③ See Jay, Parini, ed., *The Columbia History of the American Poetry*, p. 87.

第四节　叙述频率

热奈特所说的叙述频率指的是素材中的事件与故事中的事件的数量关系。重复是频率类型之一，在米克·巴尔看来，重复有某些含糊之处，这是因为，"即便在文字上相一致的两个本文也并不是真正同一的。同样，两个事件绝不可能完全一致"①。因此，他把重复定义为"显示出相似性的不同事件或事件的不同陈述"。也就是说，性质相同的不同事件，同一事件的不同陈述，都可视为重复。重复是重要的频率类型之一。在口头文学中，重复这一频率类型经常出现。

一　口头文学中的三迭式重复

重复是口头叙事文学的常用技巧，这一点早就得到了口头文学研究者的关注。西村真志叶指出，在中国民间幻想故事中，连续重复的一个叙事结构通常重复的次数是三次，所以被称作三迭式重复。需要指出的是，也有五次或七次重复的现象。三迭式重复涵盖了这些特殊的重复种类。三迭式重复由三个（或五个或七个）连续的事件组成，可以把这些连续的事件分别称作 E_1、E_2、E_3 等。总的说来，前两个事件和最后一个事件之间，存在同性或异性的关系。E_3 往往是对于 E_1 和 E_2 而言的反现象。换言之，三迭式重复实际上是 E_3 与 E_1 和 E_2 之间的对比。同时，E_3 的出现也是为了阻止与 E_1 和 E_2 性质相似的另一事件的发生。讲述人一般以最大的分量来讲述 E_3。俄国学者普

---

① 〔荷〕米克·巴尔：《叙述学：叙述理论导论》，谭君强译，中国社会科学出版社 2003 年版，第 131 页。

洛普则使用"2+1"的公式表示这一点。从重复行为的主体看,三迭式重复可以分为两种类型:一是由同一角色的行为构成的三迭式重复;二是由不同的角色承担三次的重复行为。在由同一角色的行为构成的三迭式重复中,E_1、E_2 和 E_3 之间往往具有程度上的递进。作为发展的终点,E_3 获得了最高程度的分量。这种含有发展的三迭式重复,最终把重复的事件发展为一种不再发展的饱和状态。直到这时,讲述人才讲述下一个情节。法国文艺理论家热拉尔·热奈特指出:重复给人一种磨磨蹭蹭的感觉。不过,如果讲述人能从这种缺陷中发挥出一种游戏性的快感,情况就不同了。而在渐进性的三迭式重复中,就表现出了这种游戏性的快感。在由不同角色构成的三迭式重复中,由于重复行为的主体不同,E_3 往往作为 E_1 和 E_2 的反现象出现。由于重复的结果不同,E_3 便获得了不同于 E_1 和 E_2 的分量。在前两个段落中,被重复的事件 E_1 和 E_2 完全相同,到了第三段出现了另一个事件 E_3,前面 E_1 和 E_2 显示的稳定性由此遭到破坏,情节便迎来了新的转机。有时在保持三迭式重复的前提下,讲述人也会概括 E_2,用"……也一样"来表示。关于这种重复的特征,日本昔话研究者小泽俊夫的概括甚为精湛:在三个情节中,第一个情节往往稍长于第二个情节,而第三个情节又长于第一个情节,重点也在此[①]。

二 《海华沙之歌》的三迭式重复的来源

在印第安神话传说中,三迭式重复是大量存在的。朗费罗在创作《海华沙之歌》的时候,不避讳抄袭之嫌,往往会移植斯库克拉夫特收集的印第安神话传说中的三迭式重复。

在《海华沙之歌》的"海华沙捕鱼"这一章里,海华沙三次请鱼王大鲟咬钓钩,前两次大鲟派了其他的鱼咬钩,最后一次大鲟自己出面,将海华沙

---

① 转引自〔日〕西村真志叶《中国民间幻想故事的叙事技巧:重复与对比》,吕薇、安德明编《民间叙事的多样性》,学苑出版社 2006 年版,第 65—96 页。

和他的小舟吞入腹中。而在麦尼博兹霍捕鱼的神话传说中，麦尼博兹霍先后三次呼叫鱼王来咬他的钓钩。前两次，鱼王先后派虹鳟鱼和翻车鱼去咬麦尼博兹霍的鱼钩。麦尼博兹霍骂它们是愚蠢的鱼，让它们走开。最后一次，鱼王听到麦尼博兹霍让它咬鱼钩的叫嚷声后终于不耐烦了，于是亲自出马，将麦尼博兹霍连人带船吞进了肚子。可以说，朗费罗在"海华沙捕鱼"这一情节中，复制了麦尼博兹霍的神话传说中有关麦尼博兹霍捕鱼的三迭式重复。所不同的只是细节。

在《海华沙之歌》的"海华沙杀珍珠－羽毛"的情节中，海华沙接连发出了三支箭，最后一次命中了珍珠－羽毛的致命处。而在麦尼博兹霍的神话传说中，麦尼博兹霍也是连续发出了三箭，最后一箭射中了珍珠－羽毛的头部使其毙命。显然，朗费罗复制了这个三迭式重复。不过，在细节上稍作改动，是他的一贯做法。

在《海华沙之歌》的"海华沙禁食"这一章里，海华沙与孟达明搏斗了四次，最后一次，海华沙打败了孟达明，将孟达明埋葬。在"孟达明或印第安玉米的起源"这一神话传说中，从禁食的第四天起，文志每天与孟达明搏斗一场，直到禁食的第七天才结束。这样的搏斗一共进行了四次。朗费罗将这个三迭式重复移植到了他的诗歌中。不过，在细节的处理上，《海华沙之歌》比该神话传说细腻得多。

在《海华沙之歌》的"海华沙追杀波－普－基威"的情节中，波－普－基威先后变形为海狸、黑雁和大蛇。而在"波－普－基威"这一神话传说中，波－普－基威在旅行途中先后见到了海狸、麋鹿和黑雁，出于好奇，波－普－基威要求它们把他变成超级大海狸、最大的麋鹿和超级大黑雁，他的这些要求都得到了满足。后来，他挑衅麦尼博兹霍，被后者追杀，为了逃跑，他把自己变成了一条大蛇。很显然，在借鉴波－普－基威四次变形的故事时，朗费罗对这一故事进行了大幅度的调整，在海华沙追杀波－普－基威的情节中囊括了波－普－基威的三次变形，而将其中的一次变形删去了。当然，朗费罗在细节上也做出了相应的改动。

特别值得一提的是，在海华沙造独木舟的情节中，朗费罗根据独木舟的制造方法和印第安人与自然的亲密关系，创造出了一个三迭式重复。海华沙先后向白桦树、杉树、落叶松、枞树和豪猪请求帮助，得到了桦树的皮、杉树的枝、落叶松的根、枞树的树脂和豪猪的针，最终成功地造出了独木舟。

朗费罗《海华沙之歌》中的三迭式重复，基本上是对印第安神话传说三迭式重复的复制。这说明，朗费罗对印第安神话传说叙述特色的把握是精准的。朗费罗对印第安神话传说中三迭式重复的叙述魅力心领神会。在复制印第安神话传说中的三迭式重复之余，他还活学活用，在自己的诗歌中创造了一个三迭式重复以叙述海华沙造独木舟的过程。这一个例外，恰恰体现了朗费罗善于驾驭叙述技巧的才能和敏于把握口头文学叙述策略的眼光。

三 《海华沙之歌》的三迭式重复的特征

《海华沙之歌》三迭式重复的特征有以下两种。

（一）三度重复的特征

印第安神话传说的三迭式重复与中国民间幻想故事的三迭式重复有相似之处。两个相距如此遥远的文化圈的口传文学三迭式重复的相似特征，体现了口传文学三迭式重复的共同规律。

在《海华沙之歌》的"海华沙捕鱼"这一章里，出现了一个三迭式重复。在这个三迭式重复中，先后展开了三个连续的事件。在这三个事件中，始终不变的因素是主角和对手之间的挑战和应战的关系，而一直在变化的因素是对手的应对策略。在 E_1、E_2 和 E_3 中，主角是海华沙，对手是鱼王，主角向对手挑战，对手做出回应。在 E_1 和 E_2 中，主角的对手鱼王分别做出了两个相同性质的选择，即派他的助手出面应对主角的挑战，而在 E_3 中，鱼王选择了亲自出马。这样，E_1、E_2 和 E_3 之间就构成了重复关系，而且这种重复是有意义的。在 E_1、E_2 和 E_3 中，不变的因素保证了三个事件的重复关系，也使得它们成为一个不可分割的意义整体，变化的因素则保证了事件处于不断进展的状态中，而且赋予了事件的重复意义。如果三个事件没有任何变化，那么这样的重复就是无意义的重复。可以说，在局部的变化中保持整体的稳定，是三迭式重复的基本特征。在这个三度重复中，同一个行为主体完成了三个连续的事件，其中，前两个事件的性质完全相同，第三个事件的性质与前两个事件的性质不同。而在最后一个事件结束后，叙述者转向另一个事件，即海华沙击打鱼王的心脏使其毙命。在这里，E_1 和 E_2 之间形成了意义上的递进，为 E_3 的出现做好了准备。而 E_3 的出现使连续重复的事件发展达到了顶点。当 E_3 出现时，不可能再有 E_1 和 E_2 之类的事件发生。换言之，E_3 的出现终结了重复的事件，并开启了下一个事件。在海华沙杀珍珠 – 羽毛和海华沙追杀波 – 普 – 基威的情节中，也出现了这种三度重复的结构。其特征与此完全相同。与口头文学的三迭式重复相比，《海华沙之歌》中的三度重复具有口头文学三迭式重复的基本特征。

（二）三次以上的重复的特征

在"海华沙的禁食"这一章里，描写了海华沙与孟达明的四次搏斗。这四次搏斗就是四个相似的事件。在前三个事件中，孟达明与海华沙的搏斗难分胜负，这三个事件的性质是相同的。而在最后一次搏斗中，海华沙打败了孟达明。可以说，第四个事件与前三个事件之间构成了对比关系。第四个事件的出现，使情节发生了转机，打破了前三个事件以来的延续状态，而使情节的发展方向发生了转折。在第四个事件之后，就没有再出现与前面的事件相似的事件，叙述者转而叙述其他事件。在这个四度重复的结构中，仍然能看到三迭式重复的一般特征，即在重复的几个事件中，最后一个事件是前几个事件的反现象，它终结了事件的连续状态，开启了新的事件。在海华沙造独木舟的情节中，出现了一个五度重复的结构。海华沙先后向白桦树、杉树、落叶松、枞树和豪猪请求帮助，得到了桦树的皮、杉树的枝、落叶松的根、枞树的树脂和豪猪的针，最终成功地造出了独木舟。这五个事件的性质是相同的。海华沙的五次请求都得到了应允，最后一次请求被满足后，海华沙完成了造独木舟的最后一道工序，最终造成了独木舟。虽然最后一个事件的出现结束了事件的连续状态，但是，最后一个事件与前几个事件之间并不构成对比关系。这个五度重复与上述几个三迭式重复的特征有所不同。究其原因，是因为其他的三迭式重复全部来自印第安神话传说，而这个五度重复是朗费罗独创的。朗费罗这样的安排，与情节发展的实际需要是完全契合的。这五个事件之间构成了递进关系，通过这五个事件的渐次展开，海华沙造独木舟的工序依次完成。这样，通过一个五度重复的结构，将海华沙造独木舟的过程表现得妙趣横生，既充满人与自然互动的情趣，又使叙述在读者的期待中犹抱琵琶半遮面地次第展开，收到了激发读者兴趣、满足读者期待的艺术效果。

四 《海华沙之歌》三迭式重复的艺术效果

在一个三迭式重复中，前几个事件为最后一个事件的出现做好了铺垫，前几个连续的事件之间不是简单的重复关系，而是构成了递进关系，为情节发生转折蓄势。在这样的关系态势下，如果没有前面的事件，就不可能引出最后一个事件，而最后一个事件是促使情节发生转折的核心事件，因此也是情节发展中最重要的事件。在叙述中，叙述者必须突出这个最重要的事件。而对于叙述者来说，突出这个事件的最佳的方法就是以其他事件来衬托这一事件。由于其他事件的性质与最后一个事件是相反的，所以，读者或听众在叙述者磨磨蹭蹭地叙述几个性质相同的事件的时候，总是期待着事情发生转机，而最后一个事件的出现满足了读者或听众的这种期待。可以说，在讲述最后一个事件之前，叙述者一直在制造悬念，一直在卖关子，吊足了读者或听众的胃口。在叙述最后一个事件的时候，叙述者一如既往地遵循前几个事件共有的叙述框架，但是，在中途突然抛出了前几个事件中绝对没有的因素，使事件朝着与前几个事件截然不同的方向发展。这时，叙述者终于亮出了底牌，打破了悬念，揭开了谜底，而读者或听众期待知道究竟的心理也终于得到了满足。作家或口头文学的讲述者使用三迭式重复，以一种前松后紧、张弛有序的叙述节奏吸引接受者的注意力，使其叙述在接受者的紧张的期待中展开，最终带给接受者心理的满足。从这个意义上说，三迭式重复的叙述有一种很强的游戏感。叙述者向接受者卖关子，经历一个延宕的过程，最终抛出了谜底，而接受者在叙述逐渐展开的过程中，一直满怀期待，最后终于知道了谜底。这时，叙述者与接受者之间的游戏结束。这种游戏性赋予了三迭式重复持久的生命力。因此，叙述者会不失时机地反复使用这种叙述策略。这就是朗费罗不避抄袭之嫌，在《海华沙之歌》中反复移植印第安神话传说中的三迭式重复的原因。不仅如此，朗费罗还根据情节发展的需要，自创三迭式重复。这说明，朗费罗充分领会到了三迭式重复的艺术魅力。不论移植还是自创三迭式重复，朗费罗都出色地发挥了这种叙述频率的优势，在前松后紧、张弛有序的叙述节奏中，吊足了读者的胃口，并最终满足了读者的期待。朗费罗驾轻就熟的叙述才能，赋予了《海华沙之歌》巨大的吸引力，为这部诗歌赢得了众多的读者。《海华沙之歌》问世以后创造了史无前例的销量①，其受读者欢迎的程度与朗费罗出色的叙述才能不无关系。

第五节　主人公、对头与相助者或敌对者之间的角色关系

普洛普认为，在神奇故事中，有不变的因素和可变的因素。变换的是角色的名称，不变的是它们的行动或功能。故事常常将相同的行动分配给不同

---

① Henry Wadsworth Longfellow, *The Song of Hiawatha*; *With Illustrations*, *Notes*, *and a Vocabulary and an Account of a Visit to Hiawatha's People*, *by Alice M. Longfellow*, p. 8.

的人物。无论故事中的人物多么千姿百态，但常常做着同样的事情。对于故事研究来说，重要的是人物做了什么，而不是谁做的或怎么做的①。根据人物的功能，可以把人物分为主人公、对头、相助者、对抗者等角色。在这些角色中，主人公和对头之间的关系是事件展开的基础，是必不可少的。但是，如果只有这两种关系，事件很快就会终结。主人公要么战胜了对头，要么被打败，这样，事件很快就了结了。但实际情况并非如此。事件发展的过程往往并不那么简单。主人公在与对头交战的过程中会遇到其他角色的反抗，也可能得到帮助，正是在这样的情境下，事情得以了结，这样，相助者和对抗者这两类角色就显得很重要。通过对一些印第安冒险故事的研究，我们发现，在这些故事中，几类角色之间形成一种稳定的关系。表面上看，这些故事千姿百态，但实际上呈现出惊人的重复性或单一性。虽然故事中的角色名称形形色色，但角色类型及角色类型之间的关系却是相同的，这样，我们就有理由把这些故事看成是同一类型的故事。在这类故事中，主人公、对头与相助者或对抗者之间形成三角关系。换言之，三角形角色关系框架是这类故事最稳定的因素，这决定了这类故事的同一性。朗费罗在把那些优美的印第安冒险故事编织到《海华沙之歌》中的时候，也保留了其三角形角色关系框架，收到了特殊的艺术效果。

一　朗费罗对印第安冒险故事三角形角色关系框架的移植

朗费罗对印第安冒险故事三角形角色关系框架的移植包括以下两部分。

（一）角色关系制约着行动链

朗费罗怀着一种深切的使命感把那些优美的印第安神话传说编织成了一个整体。而最让他爱不释手的是印第安神话传说中那些引人入胜的冒险故事，比如，麦尼博兹霍捕鱼和麦尼博兹霍杀珍珠－羽毛等。这些冒险故事的最大

---

① ［俄］普罗普：《故事形态学》，贾放译，中华书局2006年版，第17页。

魅力在于其险象环生、惊心动魄的情节。这些冒险故事的情节各具特色，这个故事绝不会被当作另一个故事，不过，透过这些冒险故事情节的多样性，我们还是发现了其重复性或单一性。这种单一性，指的是这些冒险故事有着相同的角色关系。也就是说，它们的情节是由几个相同的角色的行动聚合而成的。这些冒险故事中的人物各不相同，这些人物有着不同的名称、外貌和能力等，但是，在每个冒险故事中，人物按其功能可以划分为三类，那就是主人公、对头和相助者或对抗者。可以说这些故事的角色关系呈三角形。虽然有的冒险故事人物众多，但是这些人物按其功能都可归入这三个角色中。朗费罗在重构这些印第安神话传说的时候，将这种三角形角色关系移植到了《海华沙之歌》中。因为故事情节是由这些角色的行动聚合而成的，如果某个角色缺失或者增加了其他角色，那么，由那些角色承担的行动就或者缺失或者增加，这样，构成情节的行动链就会发生变化，从而可能引起情节框架的变化。一旦情节框架发生变化，故事自然就不再是原来的故事，而是另外一个故事了。在一个由主人公和对手交锋的故事中，主人公和对手不可缺少，可允许缺失的是相助者这一角色。在这一角色缺失的情况下，主人公和对头交战的发展方向可能会与相助者在场时的战局发展方向相反。这样，主人公战胜对头的故事，可能就变成了主人公被对头杀害的故事。显然，这是两种截然不同的故事。因此，角色关系框架的改变以及由此引起的行动链的改变可能导致故事情节的改变。正是因为朗费罗深谙此道，所以他在重构这些印第安神话传说的时候，保持了其主体部分的角色关系框架以及与之相应的行动链，这样，就保证了这些印第安故事的基本面貌不发生变化，从而赋予《海华沙之歌》浓郁的印第安色彩。

（二）主体移植与局部微调

朗费罗把麦尼博兹霍捕鱼和麦尼博兹霍杀珍珠－羽毛等印第安神话传说移植到《海华沙之歌》中的时候，将其中的主人公的名字由麦尼博兹霍换成了海华沙。虽然名称不同了，但是主人公的功能是不变的。这些故事中的其余角色的名称基本上一仍其旧。朗费罗在移植这些印第安神话传说的时候，秉持着一个共同的原则，那就是保持故事主体部分的角色关系框架以及与之相应的行动链，而故事的开场和故事的结尾则会有较大的改动。因为故事主体部分的角色关系框架以及相应的行动链不变，就能保证故事基本面貌保持不变。局部的微调可能会影响故事的风格，但无关故事格局。所以，朗费罗的重构基本上保持了印第安神话传说的骨架。

在麦尼博兹霍捕鱼的故事中[1]，故事的开场交代了麦尼博兹霍捕鱼的原因。因为麦尼博兹霍的外祖母瑙柯密说她缺头油，于是，麦尼博兹霍当机立断，决定去捕鱼。接下来故事进入主体部分，即麦尼博兹霍杀鱼王。主体部分可以划分为三部分，即杀死鱼王之前、杀死鱼王的过程、杀死鱼王以后。在这三个部分中，角色关系都呈三角形。在第一部分，主人公麦尼博兹霍呼叫鱼王，让它咬钩，但是，鱼王接连派虹鳟鱼和翻车鱼去咬钩，它们都被麦尼博兹霍骂回去了，第三次，鱼王亲自出马，将麦尼博兹霍吞入腹中。很明显，在主人公和对头之外，还有一个角色，那就是对头的相助者。虽然虹鳟鱼和翻车鱼是截然不同的两个人物，但是它们的行动具有相同的意义，也就是说，它们的角色功能相同，因此，这两个人物属于同一角色。它们是对头的帮助者，也就是主人公的对抗者。主人公向对头挑战，对抗者两度阻挠主人公实现目标。在第二部分，麦尼博兹霍被鱼王吞入腹中，交战双方打得如火如荼。麦尼博兹霍击打鱼王的心脏，鱼王则通过猛烈的运动还以颜色。为了防止自己被甩出鱼嘴溺毙，麦尼博兹霍决定把独木舟横在鱼王的嗓子里。这时，他得到了一直陪伴左右的松鼠的帮助。虽然鱼王想把他喷出去，但是为时已晚。在这里，主人公在与对头交锋的

---

① See Henry R. Schoolcraft, *The Myth of Hiawatha and Other Oral Legends: Mythologic and Allegoric of the North American Indians*, pp. 21 – 23.

时候，得到了松鼠的帮助，从功能上说，松鼠就是相助者。在第三部分，由于麦尼博兹霍持续猛击鱼王的心脏，鱼王毙命。但是，如果他不从鱼腹出去的话，就危在旦夕。这时，他听到一群鸟啄食鱼王尸体的声音，从尸体的裂缝中，他看到那是海鸥。海鸥答应了他的请求，啄大了裂缝，麦尼博兹霍得以从那里出来而脱险。显然，从功能上看，海鸥就是相助者。在麦尼博兹霍杀鱼王的过程中，主人公与对头之间的关系是第一关系，但是，不论是在交战的哪一个阶段，主人公与对头之间的关系都不是唯一的关系，其中，有一个角色，或者是相助者或者是对抗者，起到了连接主人公和对头的作用。相助者或对抗者的出现，有延缓或加速主人公与对头之间的交锋进程的作用，而相助者的帮助，往往会起到扭转战局的作用，使主人公摆脱劣势，尽快实现其目标。在麦尼博兹霍捕鱼这一故事的结尾，麦尼博兹霍回到家里，让外祖母准备炼鱼油，想要多少就炼多少。这就照应了麦尼博兹霍捕鱼的原因。所以，这是一个首尾完整的故事。

　　麦尼博兹霍捕鱼的故事被朗费罗移植到了《海华沙之歌》中。在"海华沙捕鱼"这一章里，海华沙捕鱼这一故事的主体部分与麦尼博兹霍捕鱼这一故事的主体部分的角色关系和行动链基本上是相同的。二者的主要区别在开场和结尾方面。在海华沙捕鱼这一故事的开场，没有介绍海华沙捕鱼的原因，他要捕捉鱼王这一行动似乎是毫无来由地突然开始的。在开场部分，比较详细地介绍了主人公和对手备战的情况。故事的主体部分也可以划分为杀死鱼王之前、杀死鱼王的过程、杀死鱼王以后这三个部分。在第一部分，海华沙向鱼王挑战，鱼王先后派了梭子鱼和翻车鱼咬钩，第三次，鱼王一怒而起，吞下了海华沙和他的独木舟。在这里，主人公海华沙和对头鱼王之间的关系是第一关系，但在这个关系之外，梭子鱼和翻车鱼作为对抗者发挥了连接主人公和对头的作用。显然，这里的角色关系呈三角形。在第二部分，松鼠阿几道摩帮海华沙拖船，使其横在鱼王的身体中。

在主人公和对头的交锋中，松鼠作为相助者，加速了主人公和对头的交锋进程。在第三部分，鱼王停在海滩的鹅卵石上不动了，海华沙判断鱼王已经死亡。他还听到鸟儿啄食鱼王尸体的声音，通过尸体上的裂缝，看到那是海鸥们在啄尸体，它们答应海华沙的请求，扩大了尸体上的裂缝，救出了海华沙。海鸥作为相助者，使主人公避免了被闷死在对头腹中的厄运。可见，在第二、第三部分中，角色关系仍然呈三角形。在海华沙捕鱼这一故事中，在主人公和对头交锋的三个阶段，角色关系都是三角形的，主人公和对头之间的交锋，因第三个角色，或者是对抗者或者是相助者的介入，而变得曲折有趣了。在这一故事的结尾，海华沙回家告诉外祖母瑙柯密，他杀死了鱼王，希望瑙柯密等海鸥饱餐鱼王的肉飞走后再取鱼油，为过冬做准备。瑙柯密为了取鱼油操劳了好几天。这一结尾与麦尼博兹霍捕鱼的结尾有很大的区别。虽然海华沙捕鱼的故事与麦尼博兹霍捕鱼的故事在开场和结尾方面有很大的差别，但是，由于二者的主体部分的角色关系和与之相应的行动链是相同的，所以二者的相似度是很高的。正是由于朗费罗在重构这些冒险故事时保持了其角色关系和与之相应的行动链，所以这些冒险故事被移植到诗歌中以后还焕发着浓郁的印第安色彩。

朗费罗对麦尼博兹霍杀珍珠－羽毛这一故事的重构依然坚持了上述原则。在麦尼博兹霍追杀珍珠－羽毛的故事中[①]，相助者啄木鸟的突然出现，使主人公和对头的交锋出现了峰回路转的精彩局面，大大提升了故事的可欣赏性。这种角色关系及与之相应的行动链被移植到了《海华沙之歌》之"海华沙和珍珠－羽毛"这一章里。所以，麦尼博兹霍和珍珠－羽毛的交锋过程与海华沙和珍珠－羽毛的交锋过程是相似的。

---

① See Henry R. Schoolcraft, *The Myth of Hiawatha and Other Oral Legends: Mythologic and Allegoric of the North American Indians*, pp. 27 – 29.

二　三角形角色关系框架的艺术效果

仅有主人公和对头参与的交锋远远没有由相助者或对抗者介入的主人公和对头的交锋更吸引人。如果仅有主人公和对头这一关系，交锋的过程可能很快就结束。或者主人公很快就打败对头，或者被对头打败。也可能会出现较长的追捕与反追捕的过程。比如，海华沙或麦尼博兹霍与西风神麦基凯维斯的交战过程，就属于这种情况。其情节的曲折惊险程度显然是比较低的。但是，如果有第三个角色进场的话，叙述的方向就可以更丰富多样。比如，叙述者可以使主人公暂时处于劣势，这种劣势也许是绝对的劣势，这时候，主人公命悬一线。就在文本接受者为主人公的生死提心吊胆的千钧一发之际，叙述者安排相助者突然出现。因为此前没有任何迹象表明相助者会在这种时刻突然出现，所以他的出现给人一种犹如从天而降的欣喜感。相助者的突然出现，立即起到了化险为夷的作用，最后主人公反败为胜，文本接受者那提着的心也随之放下。这样，文本接受者的注意力始终被叙述者牢牢牵引。可见，在叙述主人公和对头交锋的过程时，设置三角形的角色关系要比仅设置主人公与对头的单向直线角色关系更富有表现力，更能营造出惊心动魄的叙述效果。正如米克·巴尔所说，"正是帮助者与对抗者的不断出现才使得素材充满悬念，异彩纷呈"①。朗费罗对此了然于胸。所以，在改造印第安神话传说时，他保持了这种交锋进程中的角色关系和相应的行动链，达到了制造引人入胜的情节和赋予诗歌浓郁的印第安色彩的双重效果。

---

①　［荷］米克·巴尔：《叙述学：叙述理论导论》，谭君强译，中国社会科学出版社 2003 年版，第 242 页。

第六节 传奇时间

事件是一个过程，是在一定的时间跨度内进行的。事件的时间跨度总体上可以区分为转折点与展开。"转折点"表示的是事件被压缩进其中的一个短暂的时间跨度，"展开"则表示在时间跨度中显示出一种发展的较长时期①。这两种形式都具有意义。不过，在这里，我们要讨论的是转折点的意义。在转折关头，在一个短暂的时间跨度内，事件会发生决定性的变化。当这样一个短暂的时间与奇遇相对应时，我们把这个短暂的时间称作传奇时间。传奇时间是印第安冒险故事中最重要的时间跨度，正是在这个时间跨度内，事件发生转折性变化，决定主人公的命运。而朗费罗在重构印第安冒险故事的时候，也移植了其传奇时间，保留了口头叙述的一些特色，体现在以下六个方面。

一 传奇时间与偶然的巧合

巴赫金指出：传奇时间是与奇遇相对应的时间。在奇遇中，一系列时光段落"借助特殊的'突然间'和'无巧不成书'相互交错组织起来"。"突然间"和"无巧不成书"，是传奇时间最显著的标志。在传奇时间开始时或产生作用时，总是常态被打破或中止，而出现了纯粹的偶然性。与这种偶然性相对应的是偶然的巧合，也就是不同的人或现象偶然地同处一时或偶然地各处异时（偶然地分离）。可以说，偶然的巧合是传奇时间发挥作用时事态发展的

---

① ［荷］米克·巴尔：《叙述学：叙述理论导论》，谭君强译，中国社会科学出版社 2003 年版，第 249 – 250 页。

基本逻辑①。

　　"英雄的冒险"是朗费罗创作《海华沙之歌》时选材的焦点。正是因为对印第安神话传说中的冒险故事有着特别的兴趣，所以，朗费罗通过《海华沙之歌》将印第安人的许多美丽的神话传说编织成一个整体的时候，对其中的许多冒险故事进行了创造性改造，使之成为诗歌的重要组成部分。在那些印第安冒险故事中，传奇时间起着主导性的作用。而朗费罗在对其进行创造性的改造时，移植了其传奇时间。在这种时间里，偶然的巧合是最醒目的标志。

　　在"海华沙和珍珠－羽毛"这一章里，经过艰苦的鏖战，海华沙负了伤，感到非常疲倦，最要命的是他只剩下三支无用的箭了。与强大的珍珠－羽毛相比，此时，海华沙处于劣势，形势十分危急。就在这种情况下，事态发生了转机：

　　　　突然②，在他的头上的树枝上，

　　　　啄木鸟"麻麻"对他歌唱：

　　　　"海华沙，把你的箭瞄准，

　　　　射击他那密密簇簇的头发，

　　　　射击他乌黑的长头发的发根，

　　　　只有这块地方才能叫他致命！"③

---

　　①　［苏］巴赫金：《巴赫金全集》（第三卷），钱中文译，河北教育出版社2009年版，第276—277页。

　　②　朗费罗在这里用的是"suddenly"（突然）一词，See Henry Wadsworth Longfellow, *The Song of Hiawatha*, p. 58。而在斯库克拉夫特收集的印第安神话传说中，是这样叙述啄木鸟的出现的："就在那时（at that moment），一只大啄木鸟（'麻麻'）飞来，落在一棵树上，对麦尼博兹霍喊道：你的敌人有一个致命的地方……" See Henry R. Schoolcraft, *The Myth of Hiawatha and Other Oral Legends: Mythologic and Allegoric of the North American Indians*, p. 29。

　　③　［美］朗费罗：《海华沙之歌》，王科一译，上海译文出版社1981年版，第118页。

在这里，啄木鸟"麻麻"的"突然"出现，无疑是使事态发生转机的必要前提。如果啄木鸟不能在此时"突然"出现，后果将不堪设想。因为，就在海华沙听从啄木鸟的忠告，向珍珠－羽毛射出第一支箭的时候，珍珠－羽毛正举起一块大石头要砸向海华沙，啄木鸟迟来一步，海华沙的箭迟发一秒，毙命的就该是海华沙而不是珍珠－羽毛了。"麻麻"的出现太"突然"，在它出现之前的整个情节发展中，并未透露任何"麻麻"会出现的信息。"麻麻"与海华沙在"突然"的那一时刻同处一时，完全是偶然性的。但这种偶然的巧合却在海华沙与珍珠－羽毛的决战中起了逆转事态发展的关键作用。

在斯库克拉夫特所收集的关于麦尼博兹霍的神话传说中，有一个麦尼博兹霍勇斗珍珠－羽毛的故事。在麦尼博兹霍与珍珠－羽毛对峙的紧要关头，一只大啄木鸟不期而至：就在那时（at that moment），一只大啄木鸟（"麻麻"）飞来，落在一棵树上，对麦尼博兹霍喊道："你的敌人有一个致命的地方，射击他头顶上的一缕头发。"① 可见，在麦尼博兹霍身陷困境之时，啄木鸟"麻麻"的"突然"出现，无疑是使事态发生转机的必要前提。正是由于啄木鸟的及时到来，麦尼博兹霍才知道了使其对手毙命的秘密。这在整个战局中具有决定性的意义。如果啄木鸟不能"在那时""突然"出现，那么，毙命的就可能是主人公，而不是主人公的对头了。"麻麻"的出现太"突然"，在它出现之前的整个情节发展中，叙述者并未透露任何"麻麻"会出现的信息。"麻麻"与麦尼博兹霍在"突然"的那一时刻同处一时，完全是偶然性的。但这种偶然的巧合逆转了战局，使危在旦夕的麦尼博兹霍转危为安。这表明，在英雄冒险的故事中，传奇时间往往起着主导作用。

由于引入了传奇时间，相应地，偶然的巧合就要在事态发展中发挥逆转局势的重要的作用。这一逆转，不仅使主人公摆脱了危机，而且使得主人公

---

① Henry R. Schoolcraft, *The Myth of Hiawatha and Other Oral Legends：Mythologic and Allegoric of the North American Indians*, p. 29.

下一次冒险的展开成为可能。这样，情节才能延续。从这个意义上说，引入传奇时间，使偶然的巧合频频出现，是叙述者在不断展开惊心动魄的冒险故事时总能使自己的主人公化险为夷的法宝。朗费罗深谙此道，所以在创造性地改造麦尼博兹霍勇斗珍珠－羽毛的故事时，不避抄袭之嫌，移植了其传奇时间。

二　偶然的巧合出现"之前"的时间点的重要作用

尽管偶然的巧合，即偶然的共时性或偶然的异时性，在奇遇内部的事态发展中起着决定性的作用，但是，不能因此忽略这偶然地同处一时或各处异时的"以前"和"之后"，实际上，这些时间点也具有重要的决定性的意义。这是因为，如果某种情况早出现一分钟或晚出现一分钟，那就会破坏偶然的巧合，即不能使不同的人或现象偶然地同处一时或各处异时，这样，传奇情节就失去了存在的条件。正如巴赫金所说："在这偶然地同处一时或各处异时的'以前'和'之后'，同样也有着重要的决定性的意义。如果某种情况早出现一分钟或晚出现一分钟，也就是说如果没有偶然的同处一时或各处异时，那么情节就要完全不存在了。"① 因此，我们要充分注意偶然的巧合出现之前或之后的那个时间点的重要作用。

在《海华沙之歌》的第十七章，叙述了被海华沙追捕的波－普－基威的几次变形。第一次，波－普－基威看到海狸后，请求海狸把他变成海狸，并且要把他的海狸身体变成普通海狸的十倍大。海狸们答应了波－普－基威的请求。就在波－普－基威被变成了超大海狸后不久，"就忽然传来了一声警告"②，说是海华沙带着他的猎手们来了。而在印第安传说"波－普－基威"中，波－普－基威很得意自己变成了大海狸，不久，一只海狸气喘吁吁地跑

---

① ［苏］巴赫金：《巴赫金全集》（第三卷），钱中文译，河北教育出版社2009年版，第277页。
② ［美］朗费罗：《海华沙之歌》，王科一译，上海译文出版社1981年版，第227页。

来说："印第安人来了。"① 显然，朗费罗移植了印第安传说"波－普－基威"中关于此次变形的情节框架。在诗歌和传说中，对海狸造成威胁的人都是在海狸们把波－普－基威的身体变成超级大海狸后不久到达事发地点的。他们的到来，使波－普－基威和他们同处一时。这一共时性的出现当然是偶然的。在波－普－基威被变成了普通的海狸后，海华沙或印第安人没有到来，在波－普－基威被变为超大海狸的过程中他们也没有到来，不早不晚，恰恰就在波－普－基威被变形成超大海狸以后，他们就来了，因此，只能说这是偶然的巧合。这个偶然的巧合决定了后面事态的发展。在《海华沙之歌》中，由于波－普－基威身形太大，不能像普通海狸一样跳出自己的窝逃生，结果海华沙和他的猎人棒打海狸形的波－普－基威，敲碎了它的脑壳，使它丧命。印第安传说"波－普－基威"与此稍有不同，那就是施暴者是印第安猎人，而不是海华沙。在诗歌和印第安传说中，偶然的巧合出现在之前的时间点都具有决定性的意义。也就是说，巧合必须出现在波－普－基威被变成超大海狸之后。相对于巧合出现的那个时间点，波－普－基威被变成超大海狸这个时间点不能往后拖，否则，巧合就不能出现，相应的海华沙或印第安猎人的到来对事态的发展就不能产生任何影响。因此，在海华沙或印第安人到来之前，波－普－基威被变成超大海狸，是那个偶然的巧合出现的前提条件。由此可见，在偶然的巧合出现"之前"的那个时间点里发生的事情对偶然的巧合的出现具有决定性的意义。

三　传奇时间的抽象性

在传奇故事中，传奇事件一件加一件，组成了一个超时间的系列。每次奇遇中经历的那些时间并不会综合起来形成现实中的时间进程。也就是说，

---

① Henry R. Schoolcraft, *The Myth of Hiawatha and Other Oral Legends: Mythologic and Allegoric of the North American Indians*, p. 61.

这些时间与人们的日常生活时间没有任何关联，所以，这些时间不受任何限制，可以无限延长。在这个可以无限延长的时间中，传奇事件有多少都可以加进来，只要情节发展具有合理性。对此，巴赫金有精辟的论述："传奇时间在小说中过着相当紧张的生活。一天、一小时甚至一分钟的迟或早，到处都起着决定命运的作用。而奇遇本身则一件摞一件，组成一个超时间的实为无限长的系列。因为这个系列可以无限地延长，本身不受任何内部的重大的制约。希腊小说相对来说篇幅都不长。到了 17 世纪，照此架构的小说，篇幅增加到 10～15 倍。这种增长是没有任何内在限度的。在每次奇遇中计算的那些日夜、时辰、分秒，却并不会综合起来形成现实中的时间进程，不能变成人们生活中的日夜时分。传奇中的日日时时，留不下任何痕迹，所以无论有多少都可任意安排。"① 传奇时间综合起来并不形成人的现实生活中的时间进程。换言之，传奇时间与日常生活时间无关。那些在奇遇中经过的十分紧张的时间，只是用"有些天""有些夜里""某些时刻"和"某些瞬间"等来标识的，并不计入主人公的年岁中去，因此，这些时间在主人公的年龄的时间长度中没有留下任何痕迹。正是因为传奇时间不受日常生活时间的制约，所以，传奇时间是抽象的，也是无限的。

　　传奇之所以是传奇，就是因为它叙述的是奇异之事，而这些奇异之事的发生，需要脱离日常生活时间中的具体时间。在具体的生活时间里，奇异之事的发生、发展必定受到种种束缚，会使传奇事件要么不能充分展开，要么就不可能发生。比如，在一个逃跑与追杀的传奇事件中，如果日常生活时间在起作用，那么，从一地逃到另一个极其遥远的地方的时间就是确定的，按照具体时间来计算的话，从逃跑的起点，到追杀结束的地点，恐怕需要的时间不止几天，可能是几年甚至十几年。这样，在叙述逃跑—追杀过程的时候，

---

　　① ［苏］巴赫金：《巴赫金全集》（第三卷），钱中文译，中国社会科学出版社 2003 年版，第 279—280 页。

至少还得顾及人物的饮食休息等日常需要，那么事件的展开就变得极其缓慢，传奇事件之惊心动魄引人入胜的魅力也就消失殆尽了。因此，传奇事件需要的是抽象的时间，而不是具体的时间。传奇事件只有在抽象的时间中才能顺利展开。

《海华沙之歌》的第十七章"追捕波－普－基威"移植了印第安传说"波－普－基威"中波－普－基威几次变形的情节框架，也相应地移植了其传奇时间。在那里，时间不受日常生活时间的约束，实际上，那些事件完全是在抽象的时间里展开的。换言之，那些事件所需要的时间，就是其自身展开所经历的时间，除此之外，不需要任何具体的时间标志。朗费罗对此心领神会，在叙述海华沙追杀波－普－基威的过程中，没有使用任何具体的时间。而其表明时间的词语只有"忽然"，这是标准的传奇时间。从海华沙第一次看见波－普－基威的身影，到波－普－基威先后变形为海狸、黑雁和蛇，最后被雷霆震碎的岩石压死，朗费罗没有给出这些事件发生的具体时间，也没有计算这个过程究竟用了多少时间，也没有透露任何时长信息。如果他愿意，如果诗歌篇幅允许，朗费罗可以在波－普－基威被岩石压死之前，再添加一系列变形事件或其他传奇事件，可以无限延长追捕的过程。这是因为，这些事件经历的时间是抽象的，与现实生活时间毫无关系，在时间长度上不受任何限制。

四 传奇时间与空间的抽象联系

时间定规离不开空间定规。在传奇故事中，各种现象的偶然共时性和偶然异时性，都不可避免地与空间相关联。尽管如此，传奇时间与空间的联系却是随机的或者说是抽象的。巴赫金指出："希腊的传奇时间，需要一种抽象的空间上的离散性。自然，希腊小说里的世界也有一个时空体，不过那里面时间和空间的联系可以说不是有机的联系，而纯粹是技术上的（也是机械的）

联系。"①希腊小说里传奇时间和空间的这种抽象联系，同样适用于印第安传说。传奇故事的展开，离不开一系列的空间。但是，在传奇故事中，传奇事件只取决于机遇，"也就是说取决于此一空间里（在这一国家或城市等）偶然的同时性和共时性。至于这一地点的性质如何，并不作为构成因素而进入事件。地点在传奇之中，仅仅是一个抽象而粗略的空洞场所而已"②。传奇事件中的空间与时间一样都是抽象的。因而，某一传奇时间与某一空间的联系就是随机的，而不是必然的。一系列传奇事件的行动主体在某一时间可以到达这个地方，也可以到达那个地方。也就是说，某一时间并非必须和某一空间配置在一起才有意义。就希腊小说而言，其中的一切传奇故事都具有易移性："巴比伦发生的事，也可以出现在埃及或拜占庭，反之亦然。一些完整的传奇片段还可以易时而出，因为传奇的时间是留不下任何痕迹的，所以实际上可以转换。传奇的时空体特点也正在于时间与空间两者只有机械性的抽象的联系，时间序列可以移易，空间上也可以改换地方。"③由于传奇时间与空间都是抽象的，而且二者之间的联系也是抽象的，所以，在一系列传奇事件中，其中的一个传奇事件会发生在时间序列的哪一个时间点上并不是十分确定的，一个传奇事件可以在别的传奇事件之前展开，也可以在别的传奇事件之后展开。

在《海华沙之歌》"追捕波－普－基威"这一章里，波－普－基威三次变形，这三次变形事件的顺序实际上是可以调整的，这是因为，时间与空间的联系是抽象的。在海华沙追捕波－普－基威的过程中，在第一个时间段，波－普－基威可以到达一条水獭筑的堤坝上，也可以到达一个岛屿密布的湖畔。如果在第一时间段波－普－基威先到达湖畔，那么第一次变形就应该是

① ［苏］巴赫金：《巴赫金全集》（第三卷），钱中文译，河北教育出版社2009年版，第284页。
② ［苏］巴赫金：《巴赫金全集》（第三卷），钱中文译，河北教育出版社2009年版，第285页。
③ 同上书，第285—286页。

变为黑雁，而不是海狸。从整个叙述过程来看，叙述者规定了波－普－基威逃亡的终点，这是他丧生并终结变形行为的地方，但并没有为波－普－基威规定一条具体的逃跑路线。这就决定了时间与空间的联系是随机的，而不是必然的。由于时间和空间的这种抽象的联系，导致了一系列传奇事件中的某些事件的顺序可以互换。所以，传奇时间与空间的抽象的联系，在一定程度上，决定着一系列传奇事件展开的顺序。

五　传奇时间中机遇的决定权

巴赫金指出"传奇的事件往往只取决于机遇，也就是说取决于此一空间里（在这一国家或城市等）偶然的同时性和共时性"。在传奇时空体里，"主动权和决定权只属于机遇"①。在传奇事件的发展中，机遇掌握着主动权。尽管行为的主体是主人公，但是，主人公不能主动把握事态的发展。在事态发展的关键时刻，机遇起着决定性的作用。在机遇出现的时候，主人公完全丧失了自己的主动权，一切都受机遇这一力量的支配。在传奇事件中，事情发生在人身上，但是，"人本身却没有任何的主动性。人只不过是行为的实物主体而已"②。

在《海华沙之歌》中，凡是出现"突然"等传奇时间标志的地方，事态发展的主动权都交给了机遇。这时，机遇控制着不同的人或现象的同时性或异时性。在海华沙追杀珍珠－羽毛，筋疲力尽、弹尽粮绝，即将被珍珠－羽毛扔出的石头砸中时，啄木鸟"麻麻"突然出现，扭转了危局。虽然面对强大的珍珠－羽毛，海华沙表现出了毫不畏惧、越战越勇的英雄本色，但是棋逢对手之时，纵然海华沙身怀绝技，也难以找到击败对手的突破口。正在海华沙束手无策之时，"突然"出现的啄木鸟"麻麻"告诉了他置珍珠－羽毛

---

① ［苏］巴赫金：《巴赫金全集》（第三卷），钱中文译，河北教育出版社 2009 年版，第 285—286 页。
② 同上书，第 291 页。

于死地的秘密。就在珍珠－羽毛将大石头扔向海华沙的千钧一发之际，海华沙按照啄木鸟的忠告向珍珠－羽毛的头顶射出了第一支箭，结果使得战局向有利于海华沙的方向发展，直到海华沙的第三支箭射出，珍珠－羽毛倒地而亡，海华沙取得了最后的胜利。在这个事件中，起支配性作用的力量不是事件中的主人公，而是机遇。正是机遇促成了啄木鸟"麻麻"与海华沙偶然地同处一时，海华沙才能获得使珍珠－羽毛丧命的秘密。虽然海华沙的行动扭转了战局，但是，他是在啄木鸟的指挥下实施自己的行动，他被啄木鸟所牵引，完全丧失了主动权。在这里，机遇掌握了主动权，成为事态发展中的决定性力量。

六　传奇时间中人物的"一如故我"

巴赫金指出：在希腊小说的传奇时间里，"人只能是绝对消极的，绝对不变的"。希腊小说中的人物，"经过命运和机遇的波折险恶，竟能绝对完好如初，毫无改变""这种特有的一如故我的性质，是希腊小说中组织人物形象的核心因素"①。事实上，经历了一系列传奇事件后，人物没有任何改变，而是"一如故我"，这亦适用于印第安传说中的冒险故事。在那些被朗费罗所改造过的印第安传说里，麦尼博兹霍和波－普－基威等人物形象就具有"一如故我"的特征。而《海华沙之歌》中海华沙和波－普－基威等人物形象的"一如故我"就是由此而来的。

《海华沙之歌》的主人公海华沙，虽然经历了一系列的传奇事件，但是在这个过程完成之后，他没有任何变化。那些过往的传奇事件丝毫没有改变海华沙的任何特征。海华沙捕杀鱼王时，被鱼王连人带船吞进腹中，他在鱼腹内用战棍击打鱼王的心脏，使其毙命。海鸥啄食鱼王的尸体，海华沙从它们啄开的大裂缝中逃出鱼腹。这时，海华沙甚至连一点皮外伤都没有。至于其

---

① ［苏］巴赫金：《巴赫金全集》（第三卷），钱中文译，河北教育出版社 2009 年版，第 291 页。

他方面，如勇气、智慧和技战术等，都没有丝毫的变化。在每一次传奇事件中，海华沙都表现出始终如一的勇气和能力。实际上，从人物开始经历传奇事件的时候，就已经是一个成熟的勇士，他根本不需要在一次次历险中成长。因此，从海华沙与父亲西风神麦基凯维斯的战斗，到海华沙杀死鱼王，再到海华沙杀死珍珠－羽毛和海华沙追杀波－普－基威，在这一系列传奇事件中，海华沙始终是一个战无不胜的勇士，他的勇气、力量和智慧没有增加一分，也没有减少一毫。总之，海华沙这一形象具有高度的成熟性和完美性，在一系列传奇事件中保持着高度的稳定性。虽然他经历了传奇事件中的一系列时间，但是时间没有在他身上留下任何痕迹，他没有成长。甚至那一系列时间也没有对他的生理年龄产生任何影响。初出茅庐的海华沙与自己的父亲西风神麑战时，是一个年轻的勇士，经历了一系列传奇时间后，他仍是个青年，直到在人生的最后一次战斗中借助雷霆的力量压死了恶作剧者波－普－基威，他始终没有年龄上的变化，朗费罗展现在我们面前的海华沙始终是一个年轻的勇士。

经历了一系列的传奇事件，在传奇时间中海华沙始终如一。而人物在传奇时间中的始终如一，以显的方式集中表现在波－普－基威的变形中。波－普－基威被海狸变成了超级大海狸之后，因为身形庞大，无法逃生，结果被海华沙带来的猎人敲碎了脑壳而死，但他的灵魂从海狸的尸体上升起，波－普－基威借此恢复了人形。后来，波－普－基威被黑雁变成了超级大黑雁，因为它在飞行途中没有遵守黑雁事前给它的警告，在听到人们的叫嚷后低头向下看，结果掉到地上摔死了，他的灵魂从尸体上出来，波－普－基威再次恢复了人形。经历了两次变形，两次死而复生，波－普－基威还是那个波－普－基威，任何方面都没有改变。在这里，传奇时间在波－普－基威身上没有留下任何痕迹。

在《海华沙之歌》中，主要人物形象经过一系列传奇事件中的磨难，竟能完好如初。人物的"一如故我"，是《海华沙之歌》塑造人物形象的基本原则之一。而人物的这种特征，直接来自朗费罗重构的印第安神话传说。因此，这种人物的"一如故我"，反映的实际上是印第安人的一种观念，即相信人在与外在力量的斗争中具有一种不可摧毁的力量。

通过文本的比较分析，不难看出，朗费罗在创造性地改造印第安神话传说的同时，将印第安神话传说中的传奇时间引入了《海华沙之歌》。传奇时间与偶然的巧合几乎具有一种天然的联系，当传奇时间发挥作用的时候，偶然的巧合往往是不可或缺的情节单元，并导致情节发展突然出现逆转，在这个意义上，可以说，传奇时间决定某些情节单元的性质和价值，也主导着叙事线路的轨迹。由于偶然的巧合强力介入情节发展，导致主人公或突然转危为安，或突然身陷绝境。偶然的巧合导致叙事突然转向，在这种情况下，叙述者的叙述逃离了原先情节发展的因果关联。也就是说，当偶然的巧合发挥作用时，叙述者具有极大的叙述自由，他可以不受情节发展的因果关联的制约，通过突然插入一个偶然的巧合来强力干预事态的发展和主人公命运的走势。由于传奇时间是抽象的，不受生活时间的制约，所以传奇时间里的奇遇的数量从理论上来说可以是无限的。而传奇时间与空间的随机联系则决定了一系列传奇事件的顺序是可以移易的。总之，当传奇时间发挥作用时，叙述者具有令人望尘莫及的叙述自由。而这种自由也导致他的主人公在经历了一系列传奇时间后可以心安理得地不发生任何改变。凡是传奇时间发挥作用的地方，就是叙述者的强力意志自由彰显的地方。在这种叙事里，叙述者牢牢掌控着叙述权力的制高点。可以肯定，传奇时间在斯库克拉夫特收集整理的印第安神话传说中被广泛使用，并以其鲜明而稳定的特征赋予那些印第安神话传说独特的叙事气质，而印第安神话传说中的传奇时间的诸特征都在《海华沙之歌》中得到了充分体现。无疑，把印第安神话传说的传奇时间引入《海华沙之歌》，是朗费罗革新英语诗歌艺术的一种有效策略。

第三章　朗费罗对欧洲史诗"编织"技巧的借鉴

朗费罗通过翻译欧洲诗歌为美国民族文学建立了一个自《荷马史诗》以来的欧洲文学传统参照系。不仅如此，朗费罗还通过自觉借鉴欧洲文学传统，丰富了自己诗歌的表现力。在创作《海华沙之歌》的时候，朗费罗已经是一个学养深厚的相当成熟的学者型诗人了。在欧洲文学方面的造诣，使他有可能根据自己的创作需要从欧洲文学那里借鉴他最需要的营养。

第一节　《海华沙之歌》结构情节的口头传统特征

《海华沙之歌》结构情节的口头传统特征有以下三点。

一　20 个独立的叙事片段按特定序列缀合成一个整体

《海华沙之歌》由 22 章构成，作者为每一章加了标题。在这 22 章中，只有个别几章之间有必然的情节关联。第十一章"海华沙的婚宴"的末尾预告了故事家伊阿歌即将讲述"黄昏星的儿子"这一故事，而第十二章的主体部分叙述了伊阿歌讲述"黄昏星的儿子"这一故事的过程。也就是说，前一章的末尾直接引发了后一章的情节，后一章的开端是对前一章情节的承接。这两章之间有着不可分割的联系，没有前一章，就没有后一章。另外，第十六章"波-普-基威"和第十七章"追捕波-普-基威"之间，也是这种引发和承接的关系。从章与章之间的情节关联来看，第十一章和第十二章一起构成了一个独立的叙事片段，而第十六章和第十七章也一起构成了一个独立的叙事片段。在《海华沙之歌》的其余 18 章中，任何两章之间都没有这种关系。它们的开头并不直接承接上一章的情节发展，而它们的结尾都是封闭式的，并无开启下一章的情节的功能。从这个意义上说，这 18 章都是情节自满、意义自足的独立的叙事片段。因此，我们认为《海华沙之歌》是由 20 个独立的叙事片段构成的。

　　《海华沙之歌》的第一章是"和平烟斗"。在这一独立的叙事片段中，主人公是印第安人的大神"吉谢·曼尼托"。文本叙述者按照事件发生的自然顺序，依次叙述了以下五个事件：曼尼托下山向印第安人民发出信号；人民对信号的响应；各部族勇士齐聚高山之顶；大神教训勇士们；勇士们听从大神的教训。这几个情节单元构成了一个完整的情节，表达了印第安人民希望各部族结束纷争、和睦相处的愿望。《海华沙之歌》的第二章是"四方的风"。与"和平烟斗"一样，"四方的风"也是一个情节完整的独立的叙事片段。叙述者先概述了麦基凯维斯的胜利，然后追溯了麦基凯维斯胜利的过程，而这次胜利的结果就是麦基凯维斯成了西风之神，接下来分别叙述了西风之神的儿子东风瓦本、北风卡比波诺卡和南风夏温达西的故事。这是一个情节完整、结构封闭的故事。它的情节既不是上一章情节的延续，也不引发下一章的情节。从情节发展上来看，《海华沙之歌》前两个叙事片段之间没有表现出任何联系。这说明前两个叙事片段是完全独立的，每一个叙事片段都自发地展开情节，自足地生成意义，一个叙事片段并不依赖于另一个叙事片段。如果没有"和平烟斗"这一叙事片段，"四方的风"也是一支情节独立、意义自明的歌，此前的"和平烟斗"并不影响"四方的风"的情节发展和意义生成。这两个叙事片段之间的关系，比较典型地代表了《海华沙之歌》各独立的叙事片段之间的关系。每个独立的叙事片段的结构都是封闭的，在这个结构中，主人公的一系列行动构成了一个情节完整、意义自足的故事。也就是说，每一个独立的叙事片段都具有不依赖于其他叙事片段而独立自存的能力。但是，《海华沙之歌》的 20 个独立的叙事片段之间并非毫无关系。朗费罗诗歌创作艺术的高妙之处就在于，能够将这 20 个独立的叙事片段缀合成一部印第安人的"墓志铭"。

那么，朗费罗是怎样把这 20 个独立的叙事片段缀合在一起的呢？20 个独立的叙事片段，犹如 20 颗漂亮的珠子，必须找到一根线把它们连在一起，否则，这些散存的珠子将无法构成一个完美的艺术品。而朗费罗确实找到了一根串珠的线，那就是诗歌主人公海华沙的生命轨迹。海华沙在与父亲西风之神麦基凯维斯交战之后，他的命运已被父亲预言："你要去消除那戕害大地的一切祸根，/你要去把鱼池和江河澄清，/把魔术士和妖怪统统杀尽，/使巨人和大蛇无处藏身。""等你到了晚年，/等那死神在黑暗中/向你瞪着可怕的眼睛，/我就和你共享我的王国，让你掌管西北风基威丁——我们本国的风神。"[1] 在这里，西风之神麦基凯维斯预言了海华沙的命运，他在人间完成了为人民谋福利的使命以后，就会回到西风之神的身边掌管西北风基威丁。实际上，文本叙述者正是以此为纲来叙述海华沙一生的神奇经历的。而整部诗歌的 20 个独立的叙事片段，正是按照海华沙生命演进的轨迹缀合起来的。在整部诗歌中，海华沙的生命轨迹呈 n 形。从第三章"海华沙的诞生"到第十四章"画图记事"，海华沙的生命轨迹呈逐步上升趋势，而从第十五章开始则呈逐步下降的趋势，直到第二十章"饥荒"，海华沙和他的人民陷入生存困

---

① 〔美〕朗费罗：《海华沙之歌》，王科一译，上海译文出版社 1981 年版，第 57—58 页。

境，而海华沙个人则在饥寒交迫中遭受爱妻明尼哈哈病故的痛苦，至此，海华沙的人生几乎陷入了绝境。而在最后两章，因白人传教士的到来，海华沙被迫退出自己在人间的战场。实际上，他是作为一个失败者终结他的人间生涯的。这时，海华沙的生命线降落到了低谷。《海华沙之歌》的 20 个独立的叙事片段按照海华沙生命演进的轨迹缀合在一起，形成了一个特定的序列。其中任何一个叙事片段在这个特定的序列中所处的位置几乎是不可改变的，一个叙事片段在这个序列上的位置如果被改变，至少会破坏这个序列的完美程度，在更大的程度上，可能会破坏这个序列所承载的意义。所以，不仅 20 个独立的叙事片段都参与了整部诗歌意义的生成，而且序列对意义的生成起了更大的作用。

《海华沙之歌》的 20 个独立的叙事片段是按照海华沙由升及降的生命轨迹连缀在一起的。可以说 20 个独立的叙事片段的顺序几乎是不可调整的。第 1 个叙事片段"和平烟斗"作为整部诗歌的总纲，其作为开端的地位是不可动摇的。第 2 个叙事片段"四方的风"交代了海华沙的父亲西风之神的功绩和职能。紧随其后的就应该是第 3 个叙事片段"海华沙的童年"。海华沙长大成人之后，去寻找自己的父亲，这是部落生活的惯例之一。因此，第 4 个叙事片段应该是"海华沙和麦基凯维斯"。在与父亲西风之神麦基凯维斯搏斗以后，海华沙接受了父亲的告诫，回到人民中间践行大神赋予的使命。对于部落生活时代的人们来说，最迫切的问题是解决吃的问题。"海华沙的禁食"这一独立的叙事片段描写了海华沙禁食期间与玉蜀黍神孟达明搏斗并得到培植玉米的技术的过程。因此把"海华沙的禁食"这一叙事片段放在海华沙践行使命的系列行动的开端是顺理成章的。解决了粮食问题之后，还应该辅以鱼类食物，所以接下来应该叙述海华沙造独木舟、开通航道和捕鱼等功绩。但是这一伟大的事业需要朋友的帮助，所以，在此之前应该叙述海华沙的朋友，于是第 6 个叙事片段自然就是"海华沙的两个朋友"。紧接其后的是与造独木舟这一重大的发明有关的三个独立的叙事片段，即第 7 个叙事片段 "海华沙的航行"，第 8 个叙事片段 "海华沙捕鱼"，第 9 个叙事片段 "海华沙和珍珠 – 羽毛"。造舟以后最迫切的事情是开通航道，之后最迫切的事情是捕鱼，这是生活所需。因此，海华沙驾驶独木舟与珍珠 – 羽毛搏斗夺宝的事件就置于 "海华沙的航行" 和 "海华沙捕鱼" 之后了。这样看来，这三个叙事片段之间的顺序是不能变的。年轻的海华沙为改善人民的生活做出了卓越的贡献，他与珍珠 – 羽毛的搏斗也证明了他已经是能够经受巨大磨难的成人了。按照印第安人的习俗，这时的海华沙可以娶妻了。于是，接下来第 10 个叙事片段就是 "海华沙的求婚"，之后自然接着由 "海华沙的婚宴" 和 "黄昏星的儿子" 组成的关于海华沙的婚礼的那个独立的叙事片段。海华沙培植成功了印第安玉米，还要进行大面积的试种，而印第安女性在农业巫术上发挥着重要作用，所以关于海华沙的妻子明尼哈哈参与玉米生长巫术的叙事片段就放在海华沙的婚礼之后，这就是第 12 个叙事片段 "玉蜀黍田的祝福"。海华沙最神奇的发明就是 "画图记事"，这个叙事片段放在海华沙人生轨迹上行线的顶点位置，这说明文字的发明在印第安文明的发展中占有极为重要的位置。在第 13 个叙事片段之后，海华沙的人生轨迹呈下降趋势。海华沙面对的灾难层层加深。首先是一切为非作歹的鬼神和一切罪恶的精灵结成联盟要打击海华沙，结果是海华沙的挚友歌唱家齐比亚波被害。故有 "海华沙哭亡友" 这一叙事片段。紧接着海华沙本人遭到了恶作剧者波 – 普 – 基威的挑战，这就是 "波 – 普 – 基威" 和 "追捕波 – 普 – 基威" 构成的那个独立的叙事片段。其后海华沙接连遭遇朋友夸辛和妻子明尼哈哈的死亡，这就是第 16 个叙事片段 "夸辛之死" 与第 18 个叙事片段 "饥荒" 叙述的内容，而在这两个叙事片段之间，是第 17 个叙事片段 "鬼魂"，因为这个叙事片段预示着明尼哈哈的死亡，所以处在中间位置。印第安人在饥荒中遭遇重创，海华沙也遭遇丧失妻友之痛，民族和个人的颓势已经显现。而他们完全败落的契机在第 19 个叙事片段"白人的足迹"中出现，那就是欧洲人登陆美洲，此时，作为印第安人民的拯救者，海华沙大势已去。在最后一个叙事片段"海华沙的离去"中，海华沙弃印第安人民而去，结束了他的拯救史。至此，海华沙的生命轨迹画上了句号。上述分析表明，《海华沙之歌》20个独立的叙事片段的顺序几乎是不可调换的。

表面看来，有些叙事片段的位置似乎是可以微调的，比如，"夸辛之死"可与"海华沙哭亡友"互换，但这个互换实际上是不可能的。因为，在齐比亚波死后，海华沙经历了漫长的哀悼期，哀悼期结束后，他到处游逛，在这个过程中他发现了好多草药。发现医药是文化英雄海华沙的一项重大功绩，也是最后一项功绩。所以，把"海华沙哭亡友"安排在"画图记事"之后，会使海华沙的文化英雄形象更加完满。而如果把"夸辛之死"安排在"画图记事"之后就不能达到这个效果。那么，能不能把"夸辛之死"安排在"波–普–基威"和"追捕波–普–基威"之前呢？如果说齐比亚波被害后紧接着夸辛也被害了，从情理上看，海华沙的两个好友接连被害似乎不太可能；而从读者接受的角度看，把两个性质相同的故事放在一起讲述，会使读者产生审美疲劳；从叙述的节奏上来看，在这两个好友被害的故事之间叙述一个惊心动魄的追杀仇敌的故事，会形成张弛有序的叙述节奏，也更能吸引读者的注意力。因此，这两个叙事片段的顺序是不可调换的。这些例子已经说明，朗费罗为这些独立的叙事片段安排了最佳的顺序。

朗费罗按照海华沙的n形生命轨迹将20个独立的叙事片段放在最佳的位置上，形成了形散而神不散的一个整体。20个独立的叙事片段都参与了诗歌意义的生成，而其序列在诗歌意义的生成中发挥了更大的作用。朗费罗为海华沙设计那样一个n形生命轨迹是意味深长的。海华沙是西风之神和月亮之神外孙女的儿子，这高贵的出身决定了他并非凡俗之人。作为大神吉谢·曼尼托派到印第安人中间的先知和救星，他具有神异的禀赋和才能，因此，他能够成长为一位印第安的文化英雄，几乎参与了印第安所有重大文明的创造和发现，在这个意义上，他的一生能够代表印第安这个民族的文明演进过程，因而，他的生命曲线在一定程度上代表了印第安民族的生命曲线。这个曲线的走势，正如历史已经言说的那样，在欧洲人登陆美洲以后，就呈下降之势了。《海华沙之歌》的 20 个独立的叙事片段按照特定的序列缀合在一起，再现了印第安文明发展的过程和进入殖民时期之后印第安人遭受的命运的毁灭性转折这一历史的真实现象。

二 《荷马史诗》对《海华沙之歌》结构情节的方式的影响

格雷戈里·纳吉在《荷马诸问题》中就《荷马史诗》的演述惯例问题进行了令人信服的论述，并由此判断，《荷马史诗》是史诗吟诵人按照特定的序列把若干独立的叙事片段缀合在一起而形成的一个有机的整体。

《荷马史诗》在早期阶段被划分为若干独立的叙事段落，一位注疏者将其描述为"叙事片段"，其说如下："古人常常按不同的段落来演唱荷马的诗歌表述：例如，会说到'海船上的战斗''多隆的故事''阿伽门农最好用的时刻''海船谱''帕特罗克罗斯的故事''赎礼''帕特罗克罗斯葬礼上的赛事'和'誓约的撕毁'。这些段落在《伊利亚特》中交相替换。在《奥德赛》中进行替换的段落则有'发生在派罗斯要塞的故事''发生在斯巴达的事''卡鲁普索女仙的岩洞''木筏的故事''给阿尔基努斯国王讲述的故事''独眼巨人的故事''死者的魂灵''女巫基耳凯的故事''沐浴''杀死求婚者''发生在乡下的事'，以及'发生在莱耳忒斯住地上的事'。"①

古人常常分段演述《荷马史诗》。据说，这种分段演述是以法令的形式固定下来的，这个法令就是"泛雅典娜法令"。《希帕尔克斯》解释了泛雅典娜

---

① 转引自［匈］格雷戈里·纳吉《荷马诸问题》，巴莫曲布嫫译，广西师范大学出版社 2008 年版，第 104 页。

赛会的习惯法，即在《伊利亚特》和《奥德赛》的演述中，禁止史诗吟诵人厚此薄彼地选取自己喜爱的史诗叙事段落，被演述的叙事段落是由吟诵人按顺序依次进行演述的："希帕尔克斯……他在公众场合干过许多漂亮的事儿来展示他的智慧，尤其是作为把荷马的诗歌话语带到这方土地（雅典）来的第一人，他还强迫史诗吟诵人在泛雅典娜赛会上按顺序完成这些话语，通过接替的方式，甚至就像他们（史诗吟诵人）今天还在做的那样。"① 而另一种说法是，在《荷马史诗》演述中规定叙事序列的这条法令是雅典的立法者梭伦提出来的，而不是庇西特拉图家族的希帕尔克斯提出来的。据第欧根尼·拉尔修《名哲言行录》（1.57）所说："他（梭伦，立法者）写下来了一条法令，规定荷马的作品要按吟诵片段进行演述，并以接替方式，所以，不论第一个人停在什么地方，下一位都会从那一个关键点上开始。"② 不论"泛雅典娜法令"是谁提出来的，这个法令要求史诗吟诵人按照一定的顺序依次演述诗歌的吟诵片段这一点足以说明，《荷马史诗》是可以切分为若干独立的叙事片段的，而且这些独立的叙事片段是按一定的顺序接合在一起的，各个叙事片段之间的先后顺序是固定的。这说明序列是意义的一部分，而且是意义的重要部分。如果叙事片段之间的顺序被改变，可能意味着由各叙事片段构成的诗歌整体的意义也会改变。因此，对一个相对固定的史诗歌来说，在演述中可变的是其单个主题的详细程度，因为口传史诗的每个主题在演述中都具备被扩展或者被压缩的可能性，但是，各个主题之间的顺序始终是不变的。这样才能保证诗歌整体的意义保持不变，即能够保证每次演述的是"这一支"歌而不是别的什么歌。

　　格雷戈里·纳吉还通过美洲阿帕切人的女子青春期仪式上按顺序演唱组

　　① 转引自［匈］格雷戈里·纳吉《荷马诸问题》，巴莫曲布嫫译，广西师范大学出版社2008年版，第107—108页。
　　② 同上书，第108—109页。

歌的现象，揭示了序列对意义生成的重要性。阿帕切人的女子青春期仪式由 8 个截然不同的"阶段"构成，每一个阶段都有其独特的意义、名称和一整套的仪式行动。在这个仪式上，要唱 32 首左右的歌。在仪式的具体操作上，每一个男巫以其个人风格组合 32 支左右的歌。这就导致了在一个特定的阶段中，组歌在数量上会出现非常大的变异。"但是，各个阶段的序列都有其稳定的模式，很少会有任何的偏离。比如，在第一个阶段，一位男巫医可能会唱 12 支歌，而另一位男巫医则可能会唱 8 或 16 支歌。不过，第一阶段总是行进在第二阶段之前。简而言之，无论在一个阶段中会唱多少支歌，但这若干阶段的前后次序是从不改变的。"① 这表明，序列是意义的一部分。

"泛雅典娜法令"规定史诗吟诵人按照一个特定的序列分段演述《荷马史诗》，由此可以推断，《荷马史诗》是由若干独立的叙事片段按照一个特定的序列缀合而成的。品达《涅墨亚颂》（2.1d）的注疏指出："但是有人说——由于荷马诗歌未被作为一个整体而搜集到一起，而是零散的，被切分为若干部分——当他们按照史诗吟诵片段来进行演述时，他们会做一些类似于排序或缀合的事情，这样就把荷马诗歌制作成一个整体了。"② 品达《涅墨亚颂》（2.1d）的注疏还指出："史诗吟诵人在分段演唱的时候，会在各个段落之间进行修补，这样就接近整体的创编了。通过史诗吟诵人的修补工作，将各个独立的叙事段落连缀成一个整体，这样就成了完整的《荷马史诗》。"这个过程，指涉的是史诗的演述者在演述中创编的过程。通过对"史诗吟诵人"的词源学考察，格雷戈里·纳吉证明"史诗吟诵人"这个词的意思就是把诗歌缀合到一起的人。"史诗吟诵人"这一概念暗指：许多已经织好的编织物，被缀合到一起，做成了一个连续的完整的织物。把诗歌缀合到一起的这个隐喻

---

① 转引自 [匈] 格雷戈里·纳吉《荷马诸问题》，巴莫曲布嫫译，广西师范大学出版社 2008 年版，第 106—107 页。
② 同上书，第 111—112 页。

与古风时期希腊传统中一个相关的隐喻——编织诗歌——联系起来考虑，就会发现，把诗歌缀合（sewing）在一起比编织（weaving）诗歌更为复杂。在品达残篇中，诗歌被形象化地呈现为一件纺织品甚至一个文本①。显然，编织比缀合要简单一些。在印欧语系语言的诗歌传统中，将一首精心创制的诗歌比作工艺精良的战车之轮。只有杰出的木匠才具备将其他木工已经制作出来的各种组件接合起来的技艺。而在编织物的案例中，"史诗吟诵人"一词暗示的是，将其他纺织工已经完成的织片缀合到一起，进而使之成为具有工艺美感的一个整体的才能。与这两种隐喻相对应的分别是木匠与织工。诗歌的木匠与诗歌的细木工匠相对应，诗歌的织工与诗歌的缝纫工即"史诗吟诵人"相对应。一位细木工匠就是一位工艺大师，他拥有将已经完成的一件件木制品制作出一个战车之轮的特殊才能。而缝纫工就是一位手艺精巧的大师，能够将已经织好的一件件织物缀合到一起，制作成一个全"新"之物。一位细木工匠或一位缝纫工的隐喻，都将诗歌的创编过程解释为将一个个独立的叙事片段缀合在一起的过程②。这两种隐喻说明，诗歌创编的基本特征就是将若干独立的叙事片段缀合在一起。当然，缀合不是随意接合在一起，而是按照一个特定的序列粘在一起。尤斯塔修斯在《〈伊利亚特〉评注》中对"缀合到一起"这个概念进行了解释："缀合到一起，正如刚才提到的那样，既可以在简单的意义上理解为放到一起，也可以理解为依照某种缀合的先后顺序，将事物不同的方方面面，均一地组织为一个整体。因为他们说，荷马诗歌，在散佚四处并被分为许多段落之后，是由那些唱诵它的人将之缀合在一起的，恰如把若干诗歌唱诵到一个整全的编织结构中去一样。"③

---

① ［匈］格雷戈里·纳吉《荷马诸问题》，巴莫曲布嫫译，广西师范大学出版社 2008 年版，第 116 页。

② 同上书，第 123—124 页。

③ 同上书，第 117 页。

《荷马史诗》的演述是分段按序依次进行的，这是因为《荷马史诗》可能是吟诵人在创编过程中按照一个特定的序列将若干独立的叙事片段缀合在一起。也就是说，《荷马史诗》的创编过程与其演述惯例是相辅相成的。这两种情况都可以说明，《荷马史诗》结构情节的方式属于口头传统。如前所述，《海华沙之歌》是由 20 个独立的叙事片段按照特定的序列缀合在一起而形成的一个整体，就此而言，《海华沙之歌》与《荷马史诗》何其相似！再考虑到朗费罗对《荷马史诗》的熟悉与钟爱程度，我们有理由认为，朗费罗在《海华沙之歌》结构情节的方式上吸纳了《荷马史诗》的口头传统特征。

三 《卡莱瓦拉》对《海华沙之歌》结构情节的方式的影响

在《海华沙之歌》问世以后，对它的评论可谓风起云涌。其中的一个热点问题就是《海华沙之歌》的原创性问题。因这部诗歌采用了芬兰史诗《卡莱瓦拉》的无韵扬抑格四音步，所以被指有盗窃该诗的嫌疑。有人指出，《海华沙之歌》使用的平行句法就来自《卡莱瓦拉》，朗费罗坚决予以否认。还有人指出，《海华沙之歌》中的一些传说与《卡莱瓦拉》的相像，朗费罗幽默地回应说，他的确很了解《卡莱瓦拉》，而且《卡莱瓦拉》中的一些传说与斯库克拉夫特的书中收集的许多印第安传说相像也是事实，但是，要让他对此负责就太荒唐了[1]。此类问题不一而足。虽然朗费罗明确地指出，他从《卡莱瓦拉》那里借鉴了无韵扬抑格四音步，但是并没有借鉴《卡莱瓦拉》的平行句法和传说，但这场争论恰恰说明，朗费罗的《海华沙之歌》确实从芬兰史诗《卡莱瓦拉》那里受益匪浅。

在 1854 年 6 月 22 日的日记中，朗费罗写下了这样的话："我终于想出了

---

① Henry Wadsworth Longfellow, *The Song of Hiawatha*; *With Illustrations*, *Notes*, *and a Vocabulary and an Account of a Visit to Hiawatha's People*, *by Alice M. Longfellow*, pp. 7 – 8.

一个计划——要写一首歌唱美国印第安人的诗。对我来说，这是一个正确的计划，唯一的计划。这首诗将要把他们的许多美丽的传说编织成一个整体。我还想到了一种韵律，我觉得这是适合于这个主题的唯一正确的韵律。"① 这个计划的成品就是《海华沙之歌》。在1855年10月29日写给 T. C. Callicot 的信中，朗费罗说："在《海华沙之歌》中我为我们古老的印第安传说所做的正如佚名的芬兰诗人为他们的古老传说所做的那样，而且我运用了同样的格律，不过，当然，我没有采用他们的任何传说。"② 可见，朗费罗在创作《海华沙之歌》时借鉴了《卡莱瓦拉》的格律，同时也借鉴了《卡莱瓦拉》处理古老的芬兰传说的方法。《卡莱瓦拉》是芬兰学者埃利亚斯·伦洛特把他从民间收集来的芬兰口传诗歌进行加工整理而编成的一部具有统一情节的芬兰民族史诗，因而这部史诗具有鲜明的口头传统特质。这部史诗初版于1835年。《海华沙之歌》是在朗费罗研读了芬兰史诗《卡莱瓦拉》之后受其启发而创作成的。因此，朗费罗为了把那些古老的印第安神话传说编成具有统一情节的诗歌，很可能学习了埃利亚斯·伦洛特处理古老的芬兰传说的做法。故此，《卡莱瓦拉》结构情节的方式会影响到《海华沙之歌》并不令人感到意外。

朗费罗指出，他要像芬兰的佚名诗人处理芬兰传说那样处理古老的印第安传说，而具体的方法就是"把他们的许多美丽的传说编织成一个整体"。当朗费罗说他要"把他们的许多美丽的传说编织成一个整体"这句话的时候，我们应该立刻意识到，他的这一做法与口传史诗的创编方法是相同的，那就是将许多独立的叙事片段缀合成一个有机的整体。当然，缀合不是随意的拼贴。所谓缀合，就是按照一定的序列把许多独立的叙事片段粘在一起。这个

---

① 转引自 Henry Wadsworth Longfellow, *The Song of Hiawatha*; *With Illustrations*, *Notes*, *and a Vocabulary and an Account of a Visit to Hiawatha's People*, *by Alice M. Longfellow*, p. 5。

② 转引自 Ernest J. Moyne and Tauno F. Mustanoja, *Longfellow's Song of Hiawatha and Klevala*, *American Literature*, Vol. 25, No. 1 (Mar., 1953), pp. 87 – 89, Published by: Duke University Press。

序列体现着各个独立的叙事片段之间的逻辑关联。在朗费罗看来，《卡莱瓦拉》是由许多独立的芬兰传说编织成的一个整体，而朗费罗在创作《海华沙之歌》的时候，就借鉴了《卡莱瓦拉》的这种方法。所以，把那些印第安传说编织成一个整体是朗费罗在创作《海华沙之歌》时采用的结构情节的基本方法。既然那些传说原本是独立的，要想将它们编织成一个整体，就要设置一个能够把它们粘连在一起的主线，然后把这些传说放置在合适的位置上，否则，这些独立的印第安传说就是一盘散沙，而不可能形成一个有意义的整体。既然是创作，朗费罗就不可能把那些独立的印第安传说简单地拼贴在一起。实际上，既然这些印第安传说原本是独立的，就不可能允许这种简单的拼贴。为了达到预期目标，朗费罗为自己的诗歌主人公海华沙设计了一个最佳的身份，即一位印第安人的文化英雄兼勇士。只有这样的身份才允许那么多独立的印第安传说与他发生关联。同时，朗费罗对那些印第安传说进行了创造性的改造，使那些传说与主人公海华沙的联系更加自然。而为海华沙设计一个 n 形生命轨迹，将那些已经被改造了的与海华沙有或直接或间接联系的传说放置在这个生命轨迹的合适的点上，是朗费罗结构情节要做的最重要的工作。事实表明，朗费罗炉火纯青的叙事才能已经把他的愿望变成了现实。而《海华沙之歌》结构情节的方式受益于芬兰史诗《卡莱瓦拉》，也是不争的事实。

综上所述，朗费罗借鉴了《荷马史诗》和芬兰史诗《卡莱瓦拉》结构情节的方式。而按照特定的序列将若干独立的叙事片段缀合成一个有机的整体这一结构情节的方式，属于口头传统。因此，我们认为《海华沙之歌》结构情节的方式具有口头传统特征。作为一部文人诗歌，《海华沙之歌》的成功与朗费罗自觉地借鉴欧洲文学的口头传统特征是分不开的。

第二节　《海华沙之歌》与朗费罗的印第安文化"编织"技巧

在计划创作一部歌唱印第安人的诗歌的时候，朗费罗表示要把印第安人的那些优美的传说编织成一个整体。从《海华沙之歌》来看，朗费罗不仅把那些优美的印第安传说编织进了诗歌，而且把印第安人的其他文化形式也编织进了诗歌，包括童谣、情歌、仪式、象形文字、舞蹈和游戏等。那么，朗费罗是如何把这些文化元素编织在一起的呢？主要体现在以下两个方面。

一　与主人公相关的文化元素的编织

诗歌主人公海华沙形象是在整合印第安神话传说中的几个人物形象的基础上塑造出来的。为了让这些人物形象统一起来，朗费罗首先为主人公海华沙确定了身份，那就是一位印第安文化英雄兼勇士。为了把印第安文化尽可能全面地呈现在诗歌中，朗费罗把这位文化英雄一生的生命轨迹作为故事情节的主线，而且让这位文化英雄从神话时代一直活到殖民者登陆美洲的时期，这就为展现印第安文明进程及其主要文化现象创造了便利条件。

印第安文化英雄降临人间及他最终离开人间，都受到大神的支配。这样，把与大神相关的传说及宗教信仰表现出来就是必不可少的。在《海华沙之歌》的第一章"和平烟斗"中，大神召集各部落勇士聚会，要求他们放弃战争，点燃"和平烟斗"，并宣称将要派一位先知来指导印第安人的生活。通过这一次聚会，朗费罗把关于奥内达加人委员会火的起源传说编织进了诗歌之中，同时，通过大神的教诲，把大神作为"生命的主宰"的宗教信仰集中表现出来，而大神派一位先知来到人间的说法则借用了关于印第安历史上的大人物海华沙的传说的相关内容。文化英雄往往是具有神祇血统的英雄，海华沙的父亲是西风神，这与印第安神话传说中麦尼博兹霍的身世是一样的，正因为这样，介绍海华沙的父亲西风的事迹就很有必要，这样，关于"四方的风"的印第安神话传说自然应该被纳入诗歌故事情节之中。西风与海华沙的母亲之间的爱情纠葛是海华沙出生的前提，这样，关于麦尼博兹霍的外祖母及母亲的印第安神话传说就被移植到诗歌之中。而海华沙出生后没有父亲，寻找自己的父亲，破解身世之谜，就是渐渐长大的海华沙必须做的一件事，于是，麦尼博兹霍寻父、弑父的印第安神话传说就顺理成章地被移植到了诗歌之中。与一般印第安青年一样，海华沙成长过程中必然经历一件大事，那就是成年礼。印第安成年礼的主要环节包括禁食与祈祷，还有受礼仪式上的死而复生的宗教仪式。这样，关于印第安青年文志禁食与祈祷的印第安神话传说及麦尼博兹霍被大鲟鱼吞下后脱险的神话传说就先后被移植到诗歌故事情节之中。印第安青年举行了成年礼以后就可以举行婚礼了，诗歌主人公海华沙也一样。在经历了一系列的冒险后，海华沙向达科他造箭老头的女儿求婚，这是由改编麦尼博兹霍求婚的传说而来。历史上的海华沙完成了在人间的使命后奉大神之命离开了人间，印第安神话传说中的恶作剧者麦尼博兹霍在完成了使命后去往父亲西风的身边，诗歌主人公海华沙何去何从，也是朗费罗根据这两个原型人物的归宿设计出来的。最终，朗费罗安排他的主人公乘船西行，去往西风的国度。至此，基于恶作剧者麦尼博兹霍、历史上的海华沙、印第安青年文志的神话传说整合而成的海华沙的主要人生经历就全部编织完成了。确立主人公文化英雄兼勇士的身份及其生命轨迹，把某个神话传说适度改造后恰当地放置在主人公生命轨迹的某个点上，并使这些神话传说相互关联，成为诗歌故事情节的有机组成部分，是朗费罗编织上述神话传说的基本手法。

作为文化英雄，海华沙还参与了印第安文明史上的一些重要活动，包括培育印第安玉米、造独木舟、开辟航道、发现医药、发明印第安象形文字等。培育印第安玉米是文志禁食的结果，在《海华沙之歌》中，朗费罗通过改造文志禁食的传说把海华沙培育印第安玉米这一文明成果呈现出来。海华沙开辟航道一事则是朗费罗根据麦尼博兹霍的经历改编的。其他三项发明创造本无印第安神话传说可依，朗费罗根据相关的印第安文化资料对这些文明成果加以解释，并将其粘贴在海华沙身上，通过海华沙的活动巧妙地引入故事情节。开辟航道、造独木舟是海华沙挑战大鲟鱼的前提，因此，朗费罗在海华沙挑战大鲟鱼之前把这两个文明成果通过海华沙的活动呈现出来。至于发现医药一事，则安排在海华沙哭亡友之后，使其自然地融入情节之中。发明印第安象形文字一事似乎与海华沙的其他活动没有必然的联系，所以"画图记事"这一章是踏空而来，一无依傍，与其前后两章的事件都没有联系，不过，将其放在海华沙青年时期的经历中似乎也没有什么不妥。还有两个印第安仪式与海华沙密切相关，一个是婚宴仪式，一个是悼亡仪式。"海华沙的婚宴"这一章具体表现了印第安人婚宴仪式的相关内容，而"海华沙哭亡友"则表现了印第安人的悼亡仪式。这两个仪式是在主人公的活动中展现出来的，都是故事情节的组成部分。

上述分析表明，与主人公相关的文化元素都是在海华沙的活动中自然而然地呈现出来的，绝无脱离故事情节生搬硬套的嫌疑。

二　与次要人物相关的文化元素的编织

《海华沙之歌》中的所有次要人物都和主人公有直接关系，这些人物包括海华沙的亲人、朋友和仇敌。朗费罗把一些印第安文化元素黏附在这些人物身上，并通过他们的活动把这些文化元素引入故事情节。因为这些人物与海华沙有直接联系，所以，这些人物的活动可以与主人公海华沙的活动直接关联，这样，把那些印第安文化元素引入故事情节就显得比较自然，而不会造成突兀或累赘的感觉。

印第安童谣是通过海华沙的外祖母瑙柯密教小海华沙唱歌谣而表现出来的，而那些优美的印第安情歌则通过海华沙的挚友齐比亚波在海华沙的婚宴上的演唱表现出来。除此之外，在海华沙的婚宴上表演节目的还有舞蹈家泼－普－基威和故事家伊阿歌，朗费罗通过这两个艺术家的表演，把印第安人的两种艺术形式呈现出来。印第安人的播种仪式通过海华沙的妻子明尼哈哈为玉蜀黍田祈福得以表现，而明尼哈哈的祈福活动是应海华沙的要求而举行的，其后的收获仪式则通过明尼哈哈参与的群体活动表现出来。印第安人的掷骰子游戏是通过波－普－基威在海华沙离开村子后搞的恶作剧表现出来的。这些人物都具有形象性，但他们主要是作为功能性的人物进入故事情节的。也就是说，他们承载着印第安人的文化元素，他们的活动不是为了推动故事情节，而是为了表现印第安人的文化元素。

除此之外，一些印第安神话传说也是借助于这些人物呈现出来的。"夸辛之死"这一章的主角是海华沙的挚友夸辛，通过这个人物，朗费罗把水中精灵合力战胜巨人夸辛的印第安神话传说[1]的主要内容表现出来。在"鬼魂"这一章里，则通过明尼哈哈和瑙柯密接待陌生来客把印第安神话传说"两个鬼魂"[2]的主要内容表现出来。通过波－普－基威被海华沙追杀把印第安神话传说中有关麦尼博兹霍追杀波－普－基威的部分内容表现出来。经过朗费罗的改造，这些印第安神话传说与诗歌中的人物水乳交融，并且成为构成诗歌故事情节的不可缺少的部分。不仅如此，这些印第安神话传说中还凝聚着印第安人的宗教信仰等方面的文化因子，通过改编这些神话传说，朗费罗也就把其中相应的文化因子表现出来了。

总之，不论是印第安人的神话传说，还是印第安人的童谣、情歌、仪式、象形文字、舞蹈和游戏，都通过《海华沙之歌》中的主人公和次要人物的活动融入诗歌故事情节之中，使这些文化元素成为诗歌故事情节的有机组成部

---

① See Henry R. Schoolcraft, *The Myth of Hiawatha and Other Oral Legends*: *Mythologic and Allegoric of the North American Indians*, pp. 77 – 80.

② Ibid., pp. 80 – 84.

分，这样，那些优美的印第安神话传说与印第安文化的诸多元素就被编织成了一个整体。正如米克·巴尔所说，"叙事是一种文化理解方式"①。当朗费罗计划写一部歌唱印第安人的诗歌的时候，当他决定把那些优美的印第安神话传说编织成一个整体的时候，他很清楚自己在做什么。印第安人的文化资源对朗费罗来说意味着美国文学独有的一种素材，因此，一旦选择以印第安人为诗歌的主角，那就意味着他的诗歌呈现的是美国作家对印第安文化的一种理解方式，而不仅仅是某种印第安人的故事。在《海华沙之歌》中，所有被改造过的印第安神话传说及被加工过的印第安童谣、情歌、仪式、舞蹈和游戏等文化形式，都通过主人公及次要人物的活动自然而然地参与诗歌故事情节，合力构成了一部印第安人的"墓志铭"。

---

① ［荷］米克·巴尔：《叙述学：叙述理论导论》，谭君强译，中国社会科学出版社 2005 年版，第 266 页。

第四章 《海华沙之歌》的程式及程式系统

朗费罗对美国民族文学的建构做出了重要的贡献。除了诗歌创作方面取得的举世瞩目的成就外，其他方面亦有可圈可点之处，其中，不得不提的是，通过翻译大量欧洲诗歌，朗费罗为美国民族文学建立了一个自《荷马史诗》以来的欧洲文学传统参照系。这样，美国作家学习的文学传统就不仅仅局限于母国英国，他们将面向整个欧洲文学传统，为建构美国民族文学而各取所需。而朗费罗本人在积极地借鉴欧洲文学传统以丰富其诗歌表现力方面堪称典范。在创作《海华沙之歌》之前，朗费罗已经是一位资深的大学教授，为了专心创作这部诗歌，他辞去了哈佛大学的教职。学者型诗人的视野与造诣，为他的诗歌创作提供了广阔的平台。基于在欧洲文学方面的深厚学养，在创作《海华沙之歌》时，朗费罗穿梭于欧洲文学传统中，借鉴了其最需要的诗艺。朗费罗本人已声明他从芬兰史诗《卡莱瓦拉》那里借来了无韵扬抑格四音步的格律。通过比较研究，我们将会发现，朗费罗在创作《海华沙之歌》时，还借鉴了欧洲史诗的程式类型。

第一节　程式、程式系统与口头传统

一　米尔曼·帕里关于"程式"及"程式系统"的界说

米尔曼·帕里研究《荷马史诗》的一大成果就是提出了"程式"这一概念，以"程式"代替了此前所谓的"史诗套语"等具有贬义的概念，并得出了一个惊人的结论——《荷马史诗》是口头诗歌。通过对《荷马史诗》与活形态的南斯拉夫英雄史诗的整体程式诗行的比较研究，帕里引出了一个启示性的结论："我们知道，南斯拉夫英雄史诗的句法是口头的，也是传统的，希腊英雄史诗的句法，也同样具有南斯拉夫史诗中那些由传统和口头本质规定了的种种特征，例如我们在这些篇幅中看到的完整诗行的程式特征，因而希腊英雄史诗也必定是口头的和传统的。"[①] 在帕里看来，大量程式的存在是口头史诗的基本特征。那么，究竟什么是程式呢？

帕里指出：程式就是"在相同的格律条件下为了表达一种特定的基本观念而经常使用的一组词"[②]。也就是说，程式是意义确定的一组词，同时，使用某一程式的格律条件是确定的，而且程式肯定是经常使用的一组词。《荷马史诗》中的神祇和英雄往往具有鲜明的特征，表示其某一特征的特性形容词与其名字组合，就构成了一个固定的片语，而这个固定片语往往在诗歌中反

[①]　转引自［美］约翰·迈尔斯·弗里《口头诗学：帕里–洛德理论》，朝金戈译，社会科学文献出版社2000年版，第75页。

[②]　转引自［美］阿尔伯特·贝茨·洛德《故事的歌手》，尹虎彬译，中华书局2004年版，第40页。

复出现，而且在诗行中所处的位置也基本固定。这样，这个片语就不再是一个简单的片语，而成为一个程式了。例如，"捷足的阿基琉斯""足智多谋的奥德修斯""集云神宙斯""白臂女神赫拉""目光炯炯的雅典娜""神样的阿伽门农""车战的帕特罗克洛斯""头盔闪亮的赫克托尔"等片语，都是《荷马史诗》中的最基本的程式。帕里所提出的程式概念，纠正了基于《荷马史诗》表现技巧而提出的一些术语的模糊性。诸如"重复""常备的属性形容词""史诗套语"和"惯用的词语"等术语，在程式这一概念提出以后，都得到了精确性的解释。

帕里的上述程式概念招致批评，鉴于此，他在 1930 年对程式概念做出了修正，指出程式就是"在相同的步格条件下，基于表达某个确定的基本意义而有规律地运用的一组词汇"[①]。帕里把"有规律地运用"作为衡量程式的一个重要尺度。除此之外，帕里在 1930 年对研究成果进行修改时，还卓有见地地提出了"程式系统"这一重要概念。那么，程式系统与程式的区别在哪里呢？程式系统是"一组具有相同韵值的片语，并且它们彼此之间在含义上和用词上极为相似，以致诗人不仅将他们视作单独的程式，而且也视作一组特定类型的程式，进而掌握它们并毫不迟疑地加以运用"[②]。在帕里看来，程式系统具有如下几个特征：其一，程式系统是一组片语；其二，一个程式系统内的每一片语都可以作为单独的程式来使用；其三，由于一个程式系统中的这些片语的韵值相同，意义相近，用词相似，所以这些片语可以被看作一组特定类型的程式，即这些片语的结构模式是相同的。在阐述程式系统这一概念时，帕里使用了一组例证。在这组例证里，片语"然而正当"与表示行为动作的一组词语组合，构成了一个程式系统。

---

① ［美］约翰·迈尔斯·弗里：《口头诗学：帕里－洛德理论》，朝金戈译，社会科学文献出版社 2000 年版，第 65 页。

② 同上书，第 66 页。

图示如下：

"坐了下来" {
"进了餐"
"安歇"
"享受了"
"然而正当"
"祈祷"
"抵达"
"揖让"
}

在这个程式系统内，每一个片语的韵值相同，用词及意义相近。也就是说，这些片语的表达是模式化的。这一例证帮助我们理解了什么是程式系统。程式系统这一概念的提出具有重大意义。在《荷马史诗》中，"名词—特性形容词"程式是最醒目、最具辨识度的程式。除此之外，《荷马史诗》中还有大量模式化的片语，而程式系统这一概念的提出就为这些模式化的片语的研究提供了平台。程式系统具有巨大的包容性，它把《荷马史诗》中的大量模式化的片语囊括其中。与"名词—特性形容词"相比，这些模式化的片语更易于变化，更有适用性，也更具多相性。通过对这类片语的分析，帕里发现，口头传统句法是被系统化的。这些系统化的传统句法为歌手提供了一种遣词造句的程式的方法。也就是说，是传统句法要求、指引甚至可以说制约着歌手不得不调动程式来创造符合传统句法要求的诗行。这样看来，《荷马史诗》中的那种风格化的重复与冗余，并非出于歌手的特殊审美诉求，而是由歌手不得不高度依赖传统句法并系统化地调遣、运用传统句法创造诗行这一事实决定的。

荷马及其同行为什么会热衷于程式风格呢？最佳答案只有一个：

无论我们对荷马的创作方式做怎样的揣测，对他而言却可能只有一个妨碍，限制着他在每行诗中、每个片语中去搜寻那些本当由他自己选择和运用的词汇……因为没有书写的力助，诗人只有在他掌握了程式句法的前提下才能去作诗，而程式句法将为他提供现成的诗句，并且只需诗人稍加调动，它们自身就会连接为一个持续不断的模子，任由诗人来填充他的诗行，造出他的句子①。

在帕里看来，歌手是按照积累的程式句法选择词语、构筑诗行的，在这个过程中，自然就涌现出一个又一个的模子，风格化的重复当然不可避免，甚至可以说这是口头创作的必然结果。当然，《荷马史诗》的创作过程早已成为历史，任凭是谁都无法对其进行实证，而帕里对《荷马史诗》创作的设想也只能是一种假设。

二　程式与《荷马史诗》的口头性质

通过对《荷马史诗》的文本分析，米尔曼·帕里认定《荷马史诗》是口头创作的产物。不过，帕里也很清楚，基于文本分析的这样的一个结论，还需要活形态口头史诗研究的支撑，才能真正站稳脚跟。这一理念促成了帕里《荷马史诗》研究的方法论转向。帕里转而考察、研究南斯拉夫的活态英雄歌。帕里在研究南斯拉夫的活态英雄歌的过程中，检测了他早前从《荷马史诗》文本分析中提炼出来的一些理论。帕里不无惊喜地发现，南斯拉夫活态史诗正是歌手们运作口头传统修辞的产物，《荷马史诗》与此相似。

帕里生前已经规划好了研究路径，他希望通过对南斯拉夫活形态的史诗的研究，印证他通过对《荷马史诗》的文本分析而提出的理论。但是，非常

---

①　转引自［美］约翰·迈尔斯·弗里《口头诗学：帕里－洛德理论》，朝钱戈译，社会科学文献出版社 2000 年版，第 68—69 页。

遗憾，1935 年，米尔曼·帕里猝然去世，他未来得及把假设转化为现实。所幸的是，帕里的学生阿尔伯特·贝茨·洛德，通过对南斯拉夫活形态史诗的程式的研究，实现了帕里的遗愿。阿尔伯特·贝茨·洛德的《故事的歌手》一书，正是其在该领域研究的成果的集结。这部著作使口头程式理论成为专门的学科，不仅如此，它还促进了口头程式理论的发展。最终，该领域的研究拓展到了古代、中世纪和当代的很多诗歌之中。在对口头传统的研究过程中，那古老而神秘的"荷马问题"就被定位为口头传统问题了。帕里-洛德对《荷马史诗》及南斯拉夫活态史诗歌的比较研究具有重要的方法论价值。通过对活形态史诗歌程式的研究，帕里-洛德反过来证明，同样具有大量程式的《荷马史诗》是口头的。虽然我们认为程式并非判定一部诗歌是否为口头诗歌的唯一标准，但是，帕里-洛德的研究令人信服地说明，口头的一定是程式的。退一步说，不管《荷马史诗》是不是口头诗歌，但其中大量的程式及程式系统无疑基于口头传统。

第二节　《海华沙之歌》的程式类型

帕里指出，在相同的步格条件下，有规律地运用的一组意义确定的词汇，就是程式。在对《海华沙之歌》中的一些片语进行统计、分析后，我们断定这些片语就是程式。可以说，《海华沙之歌》中有很多程式。阿尔伯特·贝茨·洛德认为："最稳定的程式是诗中表现最常见意义的程式。这些程式表示角色的名字、主要的行为、时间、地点。"① 通过对《海华沙之

———————

① ［美］阿尔伯特·贝茨·洛德：《故事的歌手》，尹虎彬译，中华书局 2004 年版，第 46 页。

歌》中的程式的分析，我们发现该诗中最稳定的程式正是那些表示角色的
名字、地点等的程式。上文已经列举了《荷马史诗》中一些表示英雄或神
祇的名字的程式，如"捷足的阿基琉斯""足智多谋的奥德修斯""集云神
宙斯""白臂女神赫拉""目光炯炯的雅典娜""神样的阿伽门农""车战的
帕特罗克洛斯""头盔闪亮的赫克托尔"等。这些程式在诗歌中出现频率极
高，而且具有类型化特征，都是由修饰语与人物名字组合而成的片语。无
独有偶，我们发现《海华沙之歌》中表示人物名称的程式也是最稳定的。
表示某一人物的程式在该人物出场时常常会被使用，而且表示一个人物的
程式往往不超过两个。更巧的是，这类程式也是修饰语与人物名字组合而
成的片语。另外，我们不得不说的是，芬兰史诗《卡莱瓦拉》中也有与此
类似的程式。那么，这种相似性能说明什么问题呢？我们之所以提出这个
问题，是基于这样的考虑，那就是朗费罗究竟从哪里学来了这种类型的程
式。作为一位少年成名的天才诗人，朗费罗精通英语诗歌格律。他不仅熟
练地运用几乎每一种英语格律来创作诗歌，而且创造了一些英语格律。例
如，无韵扬抑格四音步，是他从芬兰史诗《卡莱瓦拉》借来的，而最令朗
费罗时代精通格律的批评家们羡慕的是他从《荷马史诗》借来了古典六步
格，使其成为英语新格律，并在诗歌创作中驾轻就熟地使用这种新格律，
这对于其他英语诗歌作者来说实在是太难了。这两个事实表明，朗费罗对
上述两部欧洲史诗都是非常熟悉的。那么，他究竟取经何处呢？这个问题
也许没有答案，但是也值得我们去探索。《海华沙之歌》中的程式有以下
三种。

一 《海华沙之歌》中"形容词 + 人物名称"的程式

在《海华沙之歌》中，最稳定的程式就是表示角色的名字的程式。其中，

"old Nokomis"①（年老的瑙柯密）这一程式出现的频率最高，除此之外，
"fierce Kabibonokka"（凶狠的卡比波诺卡）、"mighty Mudjekeewis"（伟大的麦
基凯维斯）、"ancient Arrow - maker"（年老的造箭能手）、"handsome Pau -
Puk - Keewis"（美貌的波普基威）和 "gentle Chibiabos"（文雅的齐比亚波）
等程式也频繁出现②。这些程式的语法结构是相同的，都是"形容词 + 人物名
称"。

在《海华沙之歌》中，瑙柯密是一个重要人物，因此，表示这个人物的
程式 "old Nokomis" 出现频率最高。同时，有一个问题也引起了我们的注意。
事实上，每当印第安人的名字，出现在英语诗行中的时候都足够炫目、夺人
眼球，而且就步格条件而言，它们也可以独立充当程式，但是为什么一定要
在人物名字之前加一个修饰语呢？况且，当某个程式被使用的时候，那个表

---

①　本文所有出自《海华沙之歌》的英文引文均引自 Henry Wadsworth Longfellow, *The Song of Hia-watha*. Mineola, New York : Dover, Publications, Inc., 2006, 下文不再注明出处。"old Nokomis" 这一程式出现频率很高。例如，第三章第9节首行："There the wrinkled old Nokomis"；第三章第18节第4行："He the friend of old Nokomis"；第四章第4节首行："Much he questioned old Nokomis"；第四章第5节首行："Then he said to old Nokomis"；第四章第7节首行："Warning said the old Nokomis"；第四章第37节第5行："All he told to old Nokomis"；第五章第27节第2行："To the lodge of old Nokomis"；第五章第30节首行："Then he called to old Nokomis"；第九章第31节首行："On the shore stood old No-komis"；第十章第3节第2行："Warning said the old Nokomis"；第十章第5节首行："Gravely then said old Nokomis"；第十章第33节第3行："To the lodge of old Nokomis"；第十一章第26节第5行："He the friend of old Nokomis"。

②　第二章反复出现的一个程式是 "fierce Kabibonokka"：第8节最后一行 "To the fierce Kabibono-kka"；第14节首行 "But the fierce Kabibonokka"；第15节首行："Once the fierce Kabibonokka"；第17节首行 "Cried the fierce Kabibonokka"；第22节第4行 "with the fierce Kabibonokka"。"ancient Arrow - maker" 这一程式的使用频率也比较高：第四章第31节第4行："Of the ancient Arrow - maker"；第十章第12节第2行："Sat the ancient Arrow - maker"；第十章第16节首行："Straight the ancient Arrow - mak-er"；第十章第24节第3行："Of the ancient Arrow - maker"；第十章第26节首行："And the ancient Ar-row - maker"。"the mighty Mudjekeewis" 这一程式集中出现在第四章：第13节第3行："Much the mighty Mudjekeewis"；第15节第4行："And the mighty Mudjekeewis"；第20节第7行："And the mighty Mudjekeewis"。"handsome Pau - Puk - Keewis" 则集中出现在第十一章：第8节第1行："Then the handsome Pau - Puk - Keewis"；第9节末行："Loved the handsome Pau - Puk - Keewis"；第11节第11行："Rose the handsome Pau - Puk - Keewis"。"gentle Chibiabos" 也是反复出现的一个程式：第六章第3节第2行："Was the gentle Chibiabos"；第六章第11节第2行："Was the gentle Chibiabos"；第十一章第1节第4行："How the gentle Chibiabos"；第十一章第16节第1行："And the gentle Chibiabos"；第十一章第26节第1行："Thus the gentle Chibiabos"。

示人物特征的修饰语并非该语境下人物形象塑造所必需的。也就是说，这个时候出现的修饰语根本上就是冗余的。那么，诗人为什么还要使用这个程式呢？通过一些诗行的比较，我们可能发现一些有趣的现象。

> He the friend of old Nokomis （第三章第 18 节第 4 行）
>
> Much he questioned old Nokomis （第四章第 4 节首行）
>
> Then he said to old Nokomis （第四章第 5 节首行）

在这三个诗行中，都使用了"old Nokomis"这个程式。这三个诗行还有以下共同点：其一，都是无韵扬抑格四音步；其二，程式占据诗行的后两个音步的位置；其三，"old"这个修饰语对于"Nokomis"（瑙柯密）这个人物而言并非举足轻重。"old"这个修饰语，在这三个诗行的语境中，可以说是多余的。在使用"old Nokomis"的其他诗行中情况也是如此。实际上，对于在特定语境中表现人物的特征而言，"old"这个修饰语对于"Nokomis"这个人物是无关紧要的。那么，为什么在这些诗行中要用"old"来修饰"No-komis"呢？在《海华沙之歌》中有没有单独使用"Nokomis"这个词语的诗行呢？有没有使用其他修饰语来修饰"Nokomis"的诗行呢？只有经过比对才可能发现使用"old Nokomis"这一程式的价值与意义。

下面是使用"Nokomis"这一词语的一些诗行：

> From the full moon fell Nokomis （第三章第 1 节第 4 行）
>
> Fair Nokomis bore a daughter （第三章第 3 节第 5 行）
>
> And Nokomis warned her often （第三章第 4 节第 1 行）
>
> And the good Nokomis answered （第三章第 13 节第 5 行）

在上述四个诗行中，"Nokomis"一词在诗行中的位置是灵活多变的，不是固定不变的。而在"Nokomis"一词前面加上"old"这一修饰语后组成的片语一定在诗行中固定的位置出现。统计发现，"old Nokomis"总是占据诗行后两个音步的位置。我们也看到，在上述四个诗行中，"Nokomis"一词前面加上"fair""good"这样的形容词后组成的片语，在诗行中的位置并不是固定的。从结构及步格看，"old Nokomis"与"fair Nokomis""good Nokomis"这三个片语是相同的，不同的只是意义。但是，朗费罗对"fair Nokomis""good Nokomis"这两个片语的使用与"old Nokomis"这一片语迥异。这又是为什么呢？

在《海华沙之歌》中有没有把"old Nokomis"不放在诗行后两个音步位置上的情况呢？下面是《海华沙之歌》第十九章第5节第2—5行：

> In her wigwam Laughing Water
>
> Sat with old Nokomis, waiting
>
> For the steps of Hiawatha
>
> Homeward from the hunt returning

在第3行中，"old Nokomis"并不处在诗行后两个音步的位置上，而是在第二和第三音步的位置上。这在《海华沙之歌》中是一个特例。之所以出现这种情况，是因为在上述四个诗行中，有连续的三次跨行接句，在第一次跨行接句完成后，"old Nokomis"这一程式虽然不在行末，但仍处在句末位置。这既是这一程式使用的一个变体，同时又与这一程式使用的惯例相合，因为在这个程式之后再未添加任何音节，这和这一程式在诗行末尾出现时的使用原则是一样的。

通过上述比较，我们发现，并不是所有"形容词＋人物名字"组成的片语都是程式，不过，一旦这种结构的片语被作为程式使用，那么它在相同步格的诗行中的位置就是固定的。也就是说，在相同的步格条件下，诗人对程式的使用是有规律的。这与帕里对程式的界说是完全吻合的。我们确信，《海华沙之歌》中反复出现的诸如 "old Nokomis" "fierce Kabibonokka" "mighty Mudjekeewis" 之类的片语是程式。

只有当诗人把这些片语当作程式来使用的时候, 这些片语在诗行中的位置才是固定的。换言之, 程式所处的位置, 直接影响着诗行的语法结构。我们将以 "old Nokomis" 这一程式为例进行分析。

> To the lodge of old Nokomis (第五章第 27 节第 2 行; 第十章第 33 节第 3 行)
>
> He the friend of old Nokomis (第十一章第 26 节第 5 行)
>
> Warning said the old Nokomis (第四章第 7 节首行; 第十章第 3 节第 2 行)
>
> On the shore stood old Nokomis (第九章第 31 节首行)
>
> Gravely then said old Nokomis (第十章第 5 节首行)

在上述五个诗行中, "old Nokomis" 都被放置在诗行的后半行。在第 1 和第 2 例中, "old Nokomis" 被放在后半行, 从语法角度看显得很自然。在第 3 -5 例中, "old Nokomis" 显然是动作的发出者, 可以把它放在动词前面, 但是, 无一例外, 它都被放在了动词的后面, 占据了诗行后半行的位置。这个现象说明, 一旦一个片语被作为程式使用, 那么它在步格相同的诗行中的位置就是固定的。而为了使 "old Nokomis" 占据后半行的位置, 作者不得不采用倒装结构。关于这种现象, 洛德在论及歌手的学习问题时是这样说的: "在演唱的故事中, 词语的顺序与日常语言常常是有差别的。动词可能被放到很奇怪的位置上。助动词可能被删掉了, 所有格或宾格可能用得不规范。"① 演唱时的语法与日常语言的语法是不同的, 之所以不同, 是因为歌手在演唱时

---

① 〔美〕阿尔伯特·贝茨·洛德:《故事的歌手》, 尹虎彬译, 中华书局 2004 年版, 第 43 页。

运用了熟悉的程式，而程式按惯例占据了诗行中的固定位置，这样，歌手就不得不改变日常语法来迁就程式，把其他词语安排在与程式或远或近的位置上。也就是说，程式的使用决定了句子的语法结构。

《海华沙之歌》不是口头文学，因此朗费罗不可能在大量程式句法的支配下选用程式、遣词造句。但从这首诗中的程式被使用的情况看，在构筑一个含有程式的诗行时，朗费罗考虑的首要问题是程式在诗行中的位置，其他所有问题都受制于这个首要问题。在一个诗行的后半部分被某个程式占据的情况下，选择符合格律要求的词语来填充诗行的前半部分。这对口头诗人来说也许不是什么难题，但是对书面诗人来说恐怕绝非易事。一个书面诗歌的作者却要循着口头诗人的思维习惯遣词造句，这对朗费罗来说真是一个挑战。

二　欧洲史诗中关于名字的程式

（一）《荷马史诗》中关于神祇、英雄的名字的程式

在《荷马史诗》中，关于神祇、英雄的名字的程式是最稳定的。比如，"捷足的阿基琉斯""足智多谋的奥德修斯""集云神宙斯""白臂女神赫拉""目光炯炯的雅典娜""神样的阿伽门农""车战的帕特罗克洛斯""头盔闪亮的赫克托尔"等片语，在《荷马史诗》中反复出现。帕里正是通过分析《荷马史诗》中那些关于神祇、英雄的名字的程式而提出程式概念的。《荷马史诗》中关于神祇、英雄的名字的程式，由修饰语与神祇或英雄的名字组合而成。在上文中，我们已经分析了《海华沙之歌》中的"形容词＋人物名字"的程式，这类程式也是由修饰语与人物的名字组合而成的。这种相似性不得不让我们把朗费罗与《荷马史诗》联系起来。那么，朗费罗在创造《海华沙之歌》中的"形容词＋人物名字"的程式时是否受益于《荷马史诗》呢？鉴于朗费罗对古典六步格的熟悉与钟爱，我们认为他在程式问题上借鉴《荷马史诗》的可能性是非常大的。当然，这始终是一个无法证实的问题。

（二）《卡莱瓦拉》中关于人物名字的程式

在芬兰史诗《卡莱瓦拉》中，也有一类关于人物名字的程式。《卡莱瓦拉》中的三个主要英雄是万奈摩宁、勒明盖宁和伊尔玛利宁，关于这三个人物名字的程式分别是"年老的万奈摩宁""轻浮的勒明盖宁"和"铁匠伊尔玛利宁"①。这三个程式是由修饰语与人物名字组合而成的。程式中的修饰语表示人物的主要特征，或者说这些修饰语对人物形象进行了定位。在《卡莱瓦拉》中，万奈摩宁是一个持重的长者，伊尔玛利宁是个能工巧匠，勒明盖宁是个鲁莽汉子，在两性问题上表现轻浮。上述三个程式恰恰画龙点睛式地标示出了这三个人物的标志性特征。正因如此，在整部诗歌中，最稳定的程式就是上述三个程式。

该诗一共50篇。每一篇的故事相对独立，因此，每一篇都有一个主角。在一篇之中，针对主角的名字的程式通常只有一个。下面是该诗第十一篇的关于主角勒明盖宁名字的程式的分布情况。

> 轻浮的勒明盖宁，
> 漂亮的高戈蔑里（第61—62行）

> 轻浮的勒明盖宁，
> 漂亮的高戈蔑里（第149—150行）

> 轻浮的勒明盖宁，
> 漂亮的高戈蔑里（第163—164行）

---

① ［芬］沦洛特：《卡莱瓦拉》，张华文译，译林出版社2000年版。本文所有出自《卡莱瓦拉》的引文均引自该书，下文不再注明出处。在《卡莱瓦拉》第十六篇中，第1行、第119行、第181行、第197行、第211行、第263行和第293行都是"年老刚直的万奈摩宁"；在第十八篇中，第215行、第243行、第305行、第321行、第379行、第417行和第429行都是"铁匠伊尔玛利宁"。

　　　　轻浮的勒明盖宁开了口，

　　　　漂亮的高戈蔑里讲道（第 245—246 行）

　　　　轻浮的勒明盖宁（第 299 行）

　　　　轻浮的勒明盖宁（第 315 行）

　　　　轻浮的勒明盖宁（第 335 行）

　　　　轻浮的勒明盖宁（第 351 行）

　　在第十一篇中，"轻浮的勒明盖宁"共出现 8 次，"漂亮的高戈蔑里"（高戈蔑里是勒明盖宁的别称）共出现 4 次，而其中两个程式成对出现的次数是 4 次。这里需要说明的是，虽然"漂亮的高戈蔑里"这个程式也是指涉勒明盖宁的，但是，在这个故事中，关于"勒明盖宁"这个名字的程式实际上只有一个，那就是"轻浮的勒明盖宁"。经统计，我们发现，在整部诗歌中，"轻浮的勒明盖宁"这一程式常常单独出现，而"漂亮的高戈蔑里"这一程式的出现频率要比"轻浮的勒明盖宁"低得多，而且总是与"轻浮的勒明盖宁"成对出现，从未单独出现。这说明，针对勒明盖宁名字的程式"轻浮的勒明盖宁"在诗行构建中的参与度远高于关于勒明盖宁这一人物的其他程式。也可以说，当指涉勒明盖宁这个人物时，"轻浮的勒明盖宁"这一程式是首选。这就说明，当《卡莱瓦拉》的诗人或歌手已经习惯了一种表达方式以后，他不再认为创造一个步格相同的同类型程式是必须的和紧迫的。这就是"轻浮的勒明盖宁"这一程式贯穿全诗的原因。正因为如此，所以常常会出现程式不能准确表现人物在特定环境下的状态或特征的情况。在《卡莱瓦拉》的第二十七篇中，描绘了勒明盖宁与"波赫约拉男主人"决斗的场景，在这样的语境中，也用了"轻浮的勒明盖宁""漂亮的高戈蔑里"这两个程式："轻浮的勒明盖宁，/从地上捡起脑袋/提着男主人的头/就在柱上挂起来/轻浮的勒明盖宁，/漂亮的高戈蔑里，/返回到屋子里面。""轻浮的"这一修饰语指涉勒明盖宁这个人物的主要特征，即这是一个花花公子型的年轻人。在上述决斗的场景中，勒明盖宁这个人物的状态、性格特征与"轻浮"没有一点儿关系，但是在指涉勒明盖宁这个人物时，还是用了"轻浮的勒明盖宁"这个程式，有时甚至加上"漂亮的高戈蔑里"这一程式。这种现象说明，使用程式的首要目的在于满足步格的需要。

（三）朗费罗取经何处

通过以上分析，我们发现，《海华沙之歌》中"形容词＋人物名字"的程式，与《荷马史诗》及芬兰史诗《卡莱瓦拉》中的由修饰语与人物名字组合而成的程式有诸多相似之处。

第一，这类关于人物名字的程式都是由修饰语与人物名字组合而成，这是我们对其进行比较研究的基础。

第二，一旦由修饰语与人物名字组合而成的片语被作为程式来使用，在相同的格律条件下，它们在诗行中的位置是固定的。在这一点上，《荷马史诗》与《海华沙之歌》是一样的。不过，由于在《卡莱瓦拉》中由修饰语与角色名字组合而成的程式往往是作为整行程式来使用的，我们就不讨论这类程式在诗行中的位置问题了。

第三，歌手或者诗人在使用这些程式的时候遵循的是"俭省"原则。正如帕里所说，在《荷马史诗》中，有大量针对不同英雄和神祇的片语可供选择。但就针对某一个形象时，多于一个以上的、具有相同节拍的程式却极为罕见。帕里将这一原则术语化为"俭省"原则。帕里进一步论述了这一现象，指出：一个句式，只要能够提供一种独一无二的步格方式，来解决表述一个具体对象或观念的难题，那么他就是一个完满而有用的句式。可以说，传统修辞法提供了一种缩略化的表达方式，为诗人消除了选择的困难①。

实际上，不管是在《荷马史诗》中，还是在《卡莱瓦拉》及《海华沙之歌》中，由修饰语与一个人物的一个名字组合而成的节拍相同的程式，往往不会多于一个以上。也就是说，一旦这类程式被使用，也就没有必要再去创造一个相同节拍的同类型程式来取代它。这样的"俭省"原则适用于上述三部诗歌。

第四，在这三部诗歌中，都出现了程式中的修饰语与人物在特定语境中的处境或心理、特征不十分契合的现象，从意义表达的角度来说，这些修饰语有时甚至就是多余的。这说明，在这三部诗歌中，程式的使用首先是为了满足步格的需要，意义表达方面的考虑在其次。关于程式的这个特征，亨利希·顿泽与米尔曼·帕里在关于《荷马史诗》程式问题的研究中都有论及。顿泽提出"修饰性形容词"就是一个对象的特征，运用这类形容词时，对象在叙述中的特定情况并未被考虑到。帕里受此启发，指出特性形容词运用并不是基于它们所处的特定位置的适用性，特性形容词被使用是为了迎合步格的要求②。也就是说，《荷马史诗》中那些反复用来修饰英雄或神祇名字的形容词被使用首先是为了满足步格的需要。

综上所述，《海华沙之歌》中的"形容词+人物名字"的程式在诸多方面与《荷马史诗》《卡来瓦拉》中的同类程式有相似之处。鉴于朗费罗对《荷马史诗》古典六步格及《卡莱瓦拉》无韵扬抑格四音步的熟悉程度，这两部诗歌中由修饰语与人物名字组合而成的程式被他发现并不是什么预料之外的事情，而他在诗歌创作中模仿这类程式的结构也在情理之中。不过，虽然朗费罗借用了《卡莱瓦拉》的无韵扬抑格四音步，但他在使用由修饰语与

---

①　[美] 约翰·迈尔斯·弗里：《口头诗学：帕里－洛德理论》，朝金戈译，社会科学文献出版社2000年版，第57—58页。

②　同上书，第52页。

人物名字组合而成的程式的时候，这些程式无一例外都不是整行程式，而《卡莱瓦拉》中的同类程式在四音步的诗行中都是整行程式。在这个意义上说，朗费罗可能更多地借鉴了《荷马史诗》中的同类程式的使用规则，那就是，在步格条件相同的情况下，程式在诗行中的位置是固定的。

三　《海华沙之歌》中的整行程式

阿尔伯特·贝茨·洛德在研究南斯拉夫活形态史诗歌的时候发现还有一类诗行是歌手惯常使用的，"这些诗行的重复，有时是一个词一个词丝毫不差的，有时也不是这样。诗行的顺序则是不同的。然而，这一簇簇诗行、程式，常常互相纠缠在一起，重复出现，这是口头文体的一个富于特色的标志"①。洛德将这些重复出现的"诗行"视为程式②。下面介绍《海华沙之歌》《荷马史诗》《卡莱瓦拉》《诗经》中的整行程式。

（一）《海华沙之歌》中的整行程式

在《海华沙之歌》中，也有重复出现的诗行。一些诗行在诗歌中反反复复出现，我们把这类程式称作整行程式。例如"Gitche Manito, the mighty"是一个四步格的诗行，在第一章中，这一诗行共出现了 5 次，在第二十一章中出现了一次（第 22 节第 1 行）。在《海华沙之歌》中，像这种整个诗行重复出现的情况不少。在该诗的第十章中，"In the land of the Dacotahs"（在达科他人的国境）这一诗行至少出现了 5 次，在第四章和第十一章也出现过③。而"Minnehaha, Laughing Water"（明尼哈哈，爱笑的流水）④ 这一诗行总是伴随

---

① ［美］阿尔伯特·贝茨·洛德：《故事的歌手》，尹虎彬译，中华书局 2004 年版，第 80 页。
② 详见［美］阿尔伯特·贝茨·洛德《故事的歌手》，第 83 页。
③ 第四章第 31 节第 5 行："In the land of the Dacotahs"；第十章第 2 节末行："In the land of the Dacotahs"；第十章第 6 节第 2 行："In the land of the Dacotahs"；第十章第 12 节第 3 行："In the land of the Dacotahs"；第十章第 24 节末行："In the land of the Dacotahs"；第十章第 33 节第 8 行："In the land of the Dacotahs"。
④ 《海华沙之歌》第四章第 33 节最后一行。

着明尼哈哈这个人物而出现。这种现象说明，一旦诗人已经习惯于用一种表达方式来表达一个核心意义，那么，他就可能拒绝再创造其他的表达的方式来表达同样的意义。正如帕里所说，"片语的重复使用，不仅意味着诗人遵循着一个固定的词语范型，而且也意味着他拒绝使用所有的其他方法来表达这个意义"①。从某种意义上来说，书面文学创作中口头传统的引入甚至可以改变诗人构筑诗行的思维方式。

(二)《荷马史诗》中的整行程式

阿尔伯特·贝茨·洛德在研究了南斯拉夫活形态的史诗歌以后，以其研究成果反观《荷马史诗》，得出了这样一个结论："我们现在可以毫无疑问地说，《荷马史诗》的创作者是一位口头诗人。证据就来自《荷马史诗》本身，这是恰如其分的、合乎逻辑的、必然如此的。"② 而其依据之一就是《荷马史诗》的程式技巧体现了口头文体的标志。而洛德的老师米尔曼·帕里已经发现了《荷马史诗》系统化的程式，并据此提出了程式概念、程式系统概念。虽然有些评论家一直不愿意接受帕里就程式结构的意义和使用所做的阐释，但是，洛德认为，有一点必须强调，那就是："程式并不限于常见的属性形容词和经常重复的诗行，程式无处不在"③。从这个论断不难发现，在《荷马史诗》中有大量重复出现的诗行，这些诗行正是《荷马史诗》中的一种重要的程式类型。洛德选取了《伊利亚特》的头15行，逐行分析其程式化的内容，用一条实线表示一种程式，虚线则表示程式化的表达，他发现，90%以上的例句都被划了实线或虚线。而从图示中我们看到，在15个诗行中，其中有3个被划了整条实线④。也就是说，这三个诗行是程式。在《荷马史诗》的程

---

① [美]约翰·迈尔斯·弗里：《口头诗学：帕里－洛德理论》，朝金戈译，社会科学文献出版社2000年版，第66页。
② [美]阿尔伯特·贝茨·洛德：《故事的歌手》，尹虎彬译，中华书局2004年版，第204页。
③ 同上。
④ 同上书，第207页。

式中，整行程式比率如此之高，大大超出了我们的想象。

在阿尔伯特·贝茨·洛德之前，米尔曼·帕里通过对《荷马史诗》和活形态的南斯拉夫英雄史诗的整行程式的比较研究，引出了一个启示性的结论："我们知道，南斯拉夫英雄史诗的句法是口头的，也是传统的，希腊英雄史诗的句法，也同样具有南斯拉夫史诗中那些由传统和口头本质规定了的种种特征，例如我们在这些篇幅中看到的完整诗行的程式特征，因而希腊英雄史诗也必定是口头的和传统的。"① 在帕里看来，整行程式是南斯拉夫和希腊英雄史诗的共同特征，而这也是判定《荷马史诗》口头性质的一个重要依据。

（三）《卡莱瓦拉》中的整行程式

上文已经说过，《卡莱瓦拉》中由修饰语与人物名字组成的程式在四音步的诗行中往往是以整行程式的形式出现的。除此之外，该诗中还有不少诗行是重复出现的。例如，"波赫亚漂亮姑娘"（第十八篇第 635 行、第 677 行、第 695 行等）"不朽的万能的魔法师"（第十六篇第 1 行、第 119 行等）"波赫约拉女主人"（第四十三篇第 1 行、第 305 行，第四十五篇第 1 行、第 103 行，第四十六篇第 7 行，第四十七篇第 13 行，第四十九篇第 355 行）等诗行在不同篇章不断出现，都属于整行程式。

（四）《诗经》中的整行程式

《诗经》中重章叠句的诗篇很多，在这样的诗篇中，一篇之内，一个或几个诗行的重复是很常见的。《诗经·周南·芣苢》第一章："采采芣苢，薄言采之。采采芣苢，薄言有之。"在这一章里，"采采芣苢"出现两次，而该诗共计三章，"采采芣苢"一共出现六次。当然，这一诗行的高频重复是个特例。不过，基于《诗经》篇章结构上的特色，一篇诗歌之中某一诗行重复出

---

① ［美］约翰·迈尔斯·弗里：《口头诗学：帕里－洛德理论》，朝金戈译，社会科学文献出版社 2000 年版，第 75 页。

现两次以上并不罕见。因此，我们有必要区分《诗经》中重复出现的诗行哪些是单纯的诗行重复，哪些是整行程式。只有那些在不同的诗篇中不断复现的诗行我们才称之为整行程式。这是因为，只有在这种情况下，我们才可以确定，这些诗行在传统诗歌中是被作为固定的表达来使用的，而这正是判断某一片语是否为程式的主要依据。

经统计，我们发现《诗经》中的整行程式不少。"女子有行，/远父母兄弟"，这两个诗行总是成对出现，而且在不同地域的诗篇中反复出现。例如，《诗经·邶风·泉水》第二章第3—4行是"女子有行，远父母兄弟"。在《诗经·鄘风·蝃蝀》中，"女子有行，远父母兄弟"出现了两次，也是在每一章的3—4行的位置上。在《诗经·卫风·竹竿》中出现了一次，在第二章第3—4行的位置上。可见，"女子有行，/远父母兄弟"不仅重复出现，而且在诗章中的位置也是固定的。

《诗经·周南·汝坟》第一章、第二章的第3行分别是"未见君子"和"既见君子"。《诗经·召南·草虫》共三章，"未见君子"占据每一章第3行的位置。《诗经·郑风·风雨》共三章，每章第行都是"既见君子"。《诗经·秦风·车邻》共三章，第一章第3行是"未见君子"，第二章、第三章的第3行是"既见君子"。"未见君子"在《诗经·秦风·晨风》中出现三次，占据每一章第3行的位置。《诗经·小雅·出车》第五章第3行是"未见君子"。在《诗经·小雅·蓼萧》中"既见君子"在每一章都出现了，共四次，所处位置都是每一章的第3行。很明显，"未见君子"和"既见君子"这两个诗行都是整行程式。

"彼其之子"也是《诗经》中的一个整行程式。"彼其之子"在《诗经·王风·扬之水》每章第3行出现，共三次，在《诗经·魏风·汾沮洳》中亦然。"彼其之子"在《诗经·唐风·椒聊》中出现两次，也是在每一章第3行的位置上。"彼其之子"在《诗经·曹风·候人》前三章各出现一次，占据第 3 行的位置。

《诗经·邶风·柏舟》末章第 3 行是"心之忧矣"。《诗经·邶风·柏舟》第五章第 3 行是"心之忧矣"。《诗经·邶风·绿衣》第一章、第二章的第 3 行都是"心之忧矣"。《诗经·魏风·园有桃》第一章、第二章的第 3 行都是"心之忧矣"。《诗经·曹风·蜉蝣》共三章，每章第 3 行都是"心之忧矣"。

《诗经·卫风·竹竿》第一章第 3 行是"岂不尔思"，《诗经·王风·大车》前两章的第 3 行都是"岂不尔思"。"岂不尔思"在《诗经·桧风·羔裘》中出现了三次。

《诗经·邶风·终风》第二章第 3 行是"悠悠我思"，《诗经·秦风·渭阳》"悠悠我思"出现一次。

上述整行程式在不同地域的诗篇中反复出现，而且它们在诗篇中的位置基本上是固定的。这是一个令人惊异的现象。这一现象至少说明，使用整行程式的那些诗篇的制作者遵循的是同一诗歌传统。《诗经》305 篇都是乐歌，这已经成为定论。这些被配乐演唱的歌词究竟是书面的创作还是口头的创作，仍然需要讨论。不过，上述整行程式被有规律地使用，令我们相信《诗经》中诗歌的创作与口头传统有千丝万缕的联系。

正如米尔曼·帕里和阿尔伯特·贝茨·洛德所见，整行程式是口头文体的一个富于标志性的特色。不论是在南斯拉夫活形态的史诗歌中，还是在《荷马史诗》及芬兰史诗《卡莱瓦拉》中，或者在《诗经》的诗歌中，整行程式实际上都与口头传统密切相关。南斯拉夫活形态史诗歌是口头的，《荷马史诗》的口头性质已经得到了学者的充分的论证，《卡莱瓦拉》则是由芬兰民歌整理而成的。《诗经》原本就是可以演唱的乐歌，在《诗经》产生的那个时代，那些乐歌是通过口头传承的。正是因为上述诗歌的口头性，所以整行程式作为其显著特色就不足为怪了。对《海华沙之歌》而言，整行程式是其形式上非常醒目的特征。之所以醒目，是因为在书面诗歌中整行程式比较少见，而在《海华沙之歌》中，整行程式不断出现，令人目眩，这样，整行程式就赋予这部书面诗歌形式上别具一格的特色。而这正是朗费罗吸纳口头传统以创新英语诗歌形式的成功实践。

我们没有必要纠缠朗费罗究竟借鉴了《荷马史诗》还是《卡莱瓦拉》中的整行程式，但可以肯定这两部史诗歌中的整行程式都给他留下了深刻印象，而这会潜移默化地影响到他的创作。不可否认，朗费罗还读到过其他使用整行程式的诗歌。在无法进行实证研究的情况下，我们只能说，朗费罗借鉴了口头传统中的整行程式这种表达模式，革新了书面英语诗歌的表达技巧。

第三节　《海华沙之歌》中的程式系统

下面分别介绍《海华沙之歌》《卡莱瓦拉》和《诗经》中的程式系统。

一　程式系统及其生成

米尔曼·帕里继"程式"概念之后提出了"程式系统"这一重要概念。"程式系统"就是一组韵值相同、用词及意义相似的片语。也就是说，这一组片语的表达方式呈现出类型化的特征。如前所引，在"然而正当"的后面，加上"进了餐""安歇""祈祷"等表示行为动作的表达，传统修辞法都会为此提供一种程式的方法，而这种方法能够实现在韵文格式之内描述想要传达的具体内容的目的。可以说程式系统的包容力解决了棘手的问题①。上述一组片语组成了一个程式系统，其中，每一个片语都有可能在一部诗歌中被重复

---

① ［美］约翰·迈尔斯·弗里：《口头诗学：帕里－洛德理论》，朝金戈译，社会科学文献出版社 2000 年版，第 66—67 页。

使用，因此，每一个片语都有可能是单独的程式，同时，由于这些片语的韵值相同，用词及意义相似，因此，它们又是同类型的片语，共同构成一个程式系统。这样，"程式系统"这一概念就把史诗中的那些程式化的表达全部囊括其中了。可以说，这一概念的提出大大拓展了对《荷马史诗》中的片语和诗行的研究空间。因此，这是非常重要的研究成果。

相比程式而言，程式系统是更易于变化的、更有适用性的和更具有多相形式的。在韵值相同的条件下，在"然而正当"之后，加上一个表示行为或动作的表达，这样，这些片语的用词和意义都是相似的。由于其构成方式如此，所以这组片语是可以不断繁殖、不断再生的。从理论上来说，只要韵值相同，在"然而正当"之后，可以无限添加表示行为或动作的一个表达，从而构成一个又一个的片语，而这些片语又隶属于一个程式系统。有了这样的程式系统，歌手在构筑诗行的时候就可以根据需要自由调遣这个程式系统中的任意一个片语，或者根据这个程式系统的句法模式，选择需要的词语填充在诗行适当的位置上，从而构筑出新的诗行。

米尔曼·帕里分析了《伊利亚特》和《奥德赛》的序篇。他举出了两段25 行诗，标出了固定程式表达和重复表达的对照表，并由此断定，荷马在多大程度上依赖于传统的修辞法。帕里认为，《荷马史诗》中那些风格化了的重复和冗余，并非出于特定审美的需要，而是诗人拥有传统句法知识的表征，也表明，诗人如何系统化地遣用传统句法[1]。在帕里看来，荷马及其同行热衷于程式的原因是他们是在掌握了程式句法的前提下才去作诗的[2]。程式句法不仅为诗人提供了现成的诗句，而且，只要诗人稍加调整，就可以构筑出同一类型的很多诗行，这些诗行在诗篇中的不同位置出现，综观这些诗行，它们

---

① ［美］约翰·迈尔斯·弗里：《口头诗学：帕里－洛德理论》，朝金戈译，社会科学文献出版社 2000 年版，第 67—68 页。

② 同上书，第 68—69 页。

就是一个模子里的无数个变体。口头诗歌的创作高度依赖传统句法，即传统句法决定着诗行的构筑方式。当然，传统句法是有限的，而依赖传统句法构筑的诗行却可以是无限的。程式系统正是诗人依据传统句法构筑诗行的必然产物。传统句法的形式多种多样，每一种句法都可以再生出很多程式化的诗行，每一类程式化的诗行组成一个程式系统。不难想象，按照这种方式创作出来的诗歌，最终就是多种多样的程式系统的聚合体。

二　《海华沙之歌》中的程式系统

（一）印第安术语与英语术语组合而形成的程式系统

在《海华沙之歌》中，朗费罗使用了很多印第安术语。这些印第安术语有时在诗行中单独出现①，有时是与其他词语组合成片语以后出现的，前面已经论及的修饰语加人名组合成的程式就属于这种情况。不过，在《海华沙之歌》中，那些英语术语与印第安术语并列出现的表达却是最引人瞩目的。下面是使用这种表达的一些诗行：

> Saw the fire – fly, Wah – wah – taysee，（第三章第 12 节）
>
> （萤火虫，"哇 – 哇 – 达伊茜"）
>
> Sang the robin, the Ophechee （第三章第 20 节）
>
> （知更鸟，"莪碧溪"）
>
> sang the bluebird, the Owaissa （第三章第 20 节）
>
> （蓝鸟，"莪葳莎"）
>
> Sprang the squirrel, Adjidaumo （第三章第 21 节）
>
> （松鼠，"阿几道摩"）
>
> Seized the bulrush, the Apukwa （第四章第 22 节）

---

① 例如，"But He heard the Wawonaissa"（第五章第 19 节）、"Heard the rushing Sebowisha"（第五章第 19 节）。

（芦苇，"阿蒲葵"）

The Keneu, the great war – eagle（第四章第 23 节）

（"凯诺"，战鹰）

All the Wendigoes, the giants（第四章第 27 节）

（"温迪古"，巨人）

All the serpents, the Kenabeeks（第四章第 27 节）

（大蛇，"凯纳比克"）

Of the Northwest – wind, Keewaydin（第四章第 28 节）

（西北风，"基威丁"）

Heard the squirrel, Adjidaumo（第五章第 3 节）

（松鼠，"阿几道摩"）

Heard the pheasant, Bena（第五章第 3 节）

（雉鸡，"斑娜"）

Saw the pigeon, the Omeme（第五章第 3 节）

（鸽子，"莪密美"）

Saw the wild rice, Mahnomonee（第五章第 4 节第 4 行）

（野稻，"马诺门"）

Saw the blueberry, Meenahga（第五章第 4 节第 5 行）

（越橘，"明那加"）

And the strawberry, Odahmin（第五章第 4 节第 6 行）

（草莓，"奥达敏"）

And the gooseberry, Shahbomin（第五章第 4 节第 7 行）

（鹅莓，"夏苞敏"）

And the grape – vine, the Bemahgut（第五章第 4 节第 8 行）

（葡萄藤，"斑麻葛特"）

Saw the sturgeon，Nahma（第五章第 5 节第 4 行）

（鲟鱼，"拿马"）

Saw the yellow perch，the Sahwa（第五章第 5 节第 6 行）

（黄鲈鱼，"莎华"）

Saw the pike，the Maskenozha（第五章第 5 节第 8 行）

（梭子鱼，"马斯堪诺亚"）

And the herring，Okahahwis（第五章第 5 节第 9 行）

（青鱼，"奥卡威斯"）

And the Shawgashee，the craw – fish（第五章第 5 节）

（"萧甲稀"，蜊蛄）

And the heron，the Shuh – shuh – gah（第五章第 11 节）

（苍鹭，"莎 – 莎 – 嘎"）

on the Muskoday，the meadow（第三章第 2 节）

（"马斯柯地"，草原）

through the Muskoday，the meadow（第五章第 4 节第 3 行）

（"马斯柯地"，草原）

And the squirrel，Adjidaumo（第六章第 5 节）

（松鼠，"阿几道摩"）

And the rabbit，the Wabasso（第六章第 5 节）

（兔子，"瓦巴沙"）

Sat the squirrel，Adjidaumo（第八章第 3 节）

（松鼠，"阿几道摩"）

To the pike，the Maskenozha（第八章第 7 节）

（梭子鱼，"马斯堪诺亚"）

Sank the Ugudwash，the sun – fish（第八章 13 节）

（"乌甲瓦西"，翻车鱼）

Came the white goose, Waw－be－wawa（第二十一章第 13 节）

（白鹅，"沃－比－哇哇"）

"And the grouse, the Mushkodasa（第二十一章第 13 节）

（松鸡，"麦西柯达沙"）

Piped the bluebird, the Owaissa（第二十一章第 14 节）

（蓝鸟，"莪葳莎""）

Sang the robin, the Ophechee（第二十一章第 14 节）

（知更鸟，"莪碧溪"）

Cooed the pigeon, the Omemee（第二十一章第 14 节）

（鸽子，"莪密美"）

如果对上面的诗行进行比对、分析，就会发现若干个程式系统。当然，分析的方法不同，发现的程式系统也不同。下面分别介绍五种程式系统。

1. 动词后面加上英语术语与印第安术语并列的表达组成的一组片语

我们先来观察以下诗行：

Saw the fire－fly, Wah－wah－taysee,（第三章第 12 节）

Sang the robin, the Ophechee（第三章第 20 节）

sang the bluebird, the Owaissa（第三章第 20 节）

Sprang the squirrel, Adjidaumo（第三章第 21 节）

Seized the bulrush, the Apukwa（第四章第 22 节）

Heard the squirrel, Adjidaumo（第五章第 3 节）

Saw the pigeon, the Omeme（第五章第 3 节）

Saw the wild rice, Mahnomonee（第五章第 4 节第 4 行）

Saw the blueberry, Meenahga（第五章第 4 节第 5 行）

Saw the sturgeon，Nahma（第五章第 5 节第 4 行）

Saw the yellow perch，the Sahwa（第五章第 5 节第 6 行）

Saw the pike，the Maskenozha（第五章第 5 节第 8 行）

Sat the squirrel，Adjidaumo（第八章第 3 节）

Sank the Ugudwash，the sun - fish（第八章第 13 节）

Passed the swan，the Mahnahbeaee（第二十一章第 13 节）

Piped the bluebird，the Owaissa（第二十一章第 14 节）

Cooed the pigeon，the Omemee（第二十一章第 14 节）

　　这些诗行的结构相同，都是动词后面加上了英语术语与印第安术语并列的表达，同时，它们的韵值是相同的。如果以帕里对"程式系统"所下的定义来衡量，那么这些诗行就组成了一个程式系统。

　　如果进一步细分，可以把在"saw"之后加上英语术语与印第安术语并列的表达组合成的若干片语视为一个程式系统，如图示：

"Saw" + "the fire - fly，Wah - wah - taysee"

"the wild rice，Mahnomonee"

"the blueberry，Meenahga"

"the pike，the Maskenozha"

"the pigeon，the Omeme"

"the yellow perch，theSahwa"

"the squirrel，Adjidaumo"

……

　　从理论上来说，可以在"saw"之后添加任何一个英语术语与印第安术语并列的表达。也就是说，程式系统具有强大的再生功能这一点同样适用于《海华沙之歌》。

2. 在"and"后面加上英语术语与印第安术语并列的表达组合而成的一组片语

"and" + "the strawberry, Odahmin"（第五章第 4 节）

"the gooseberry, Shahbomin"（第五章第 4 节）

"the grape – vine, the Bemahgut"（第五章第 4 节）

"the herring, Okahahwis"（第五章第 5 节）

"the Shawgashee, the craw – fish"（第五章第 5 节）

"the heron, the Shuh – shuh – gah"（第五章第 11 节）

"the squirrel, Adjidaumo"（第六章第 5 节）

"the rabbit, the Wabasso"（第六章第 5 节）

3. 介词"to"等后面加上英语术语与印第安术语并列的表达组合而成的一组片语

Of the Northwest – wind, Keewaydin（第四章第 28 节）

on the Muskoday, the meadow（第三章第 2 节）

through the Muskoday, the meadow（第五章第 4 节第 3 行）

To the pike, the Maskenozha（第八章第 7 节）

严格来说，这些诗行不能构成一个程式系统，主要是因为在这些诗行中没有一个固定的词语或片语。不过，这些诗行在结构、韵值、用词等方面是相似的，这些程式化的诗行不仅可以为诗人提供现成的诗行，而且提供了再生诗行的句法模式，其价值与程式系统相同，因此，从广义上来说，这些诗行也构成了一个程式系统。这个程式系统有强大的繁殖功能，只要在英语术语与印第安术语并列的表达前面加上一个单音节的介词，就可以构筑一个诗行。这就提醒我们进一步观察那些使用了英语术语与印第安术语并列的表达的诗行或片语，发现其他类型的程式系统存在的可能性。最有可能的是，在一个英语术语与印第安术语并列的表达前面，加上若干意义相似、韵值相同、词性相同的词语，这些片语组成一个程式系统。稍后，我们再讨论这一问题。

经过上述分析，我们就可以更清楚地看到，上述每一组片语都具有米尔曼·帕里所说的程式系统的特征。可以说，上述每一组片语都是一个程式系统。这几组片语的表达模式具有强大的再生功能，我们可以把这种表达模式称作程式句法。一个单音节词，不管是动词、介词还是连词，可以搭配上一个由英语术语与印第安术语并列组合而成的表达，只要符合无韵扬抑格四音步的格律要求，就可以构成一个诗行。在那些单音节词中，连词"and"具有最大的自由度、灵活性和适用性。因为把那些片语与连词"and"搭配在一起时不必顾及意义方面，只需考虑格律要求。可以说，"and"可以与任何一个由印第安术语与英语术语并列组合而成的表达相配适。因此，我们认为，从广义上来讲，上述三种程式系统可以归为一个大程式系统。朗费罗在构筑诗行的时候，可以根据需要从这个大的程式系统中调遣任何只言片语，或者根据这种程式句法再造新的诗行。毋庸置疑，这是快速创造诗行的一个捷径。

4. 单纯由英语术语与印第安术语并列组合而成的一组片语

The Keneu，the great war – eagle

Mishe – Nahma，King of Fishes

这两个诗行的结构是相似的，而且在诗歌中反复出现，可以视为一个程式系统。当然，这两个诗行的用词略有不同。在第二个诗行中，"Mishe – Nahma"占据诗行前两个音步的位置，而"King of Fishes"占据诗行后两个音步的位置，它们已经满足诗行四音步的需要，所以不再在名称前面加"the"，但第一个诗行的情况显然不同，名称前面必须加"the"来凑足音节数，以满足诗行四音步的需要。

也许有人会问，为什么不把由印第安术语与英语术语并列组合而成的表达直接当作程式呢？这是因为，就某一单个的表达而言，其出现的频率还不高，有些甚至只出现过一次，所以，并不是每一个这样的组合都可以被视为程式的。

5. 一个英语术语与印第安术语并列的表达与某一类词语组合成的片语

（1）介词引领的片语

on the Muskoday, the meadow

through the Muskoday, the meadow

（2）动词引领的片语

Sprang the squirrel, Adjidaumo

Sat the squirrel, Adjidaumo

Heard the squirrel, Adjidaumo

从以上两组片语可以看出，我们前面提出的假设是可以成立的。在某一英语术语与印第安术语并列的表达前面可以加上一类词语，从而组成一组片语，这样就组成了一个程式系统。

上述分析说明，归类方式不同，我们发现的程式系统就不同。反过来说，诗人选择的句法模式不同，创造的程式系统也就不同。不管是哪一种程式系统，都具有强大的再生功能，理论上说，每一个程式系统内的片语或诗行都可能是无限多的，这为诗人构筑诗行提供了极大的便利。在这个意义上说，口头诗歌艺术有其独特的价值，我们再也不能用"重复""啰唆""冗余""模式化"等具有贬义的词汇来评价口头诗歌艺术的特色了。

（二）地域程式系统

在《海华沙之歌》中有一些地点或地域是用特殊的片语来表示的。例如，

用 "the kingdom of the West – Wind" 来表示 "西风的领域"；用 "the Islands of the Blessed" 来表示 "幸福岛"；用 "the Kingdom of Ponemah" 来表示 "帕尼马王国"；用 "the shores of Gitche Gumme" 表示 "吉却·甘米之岸"；用 "the shining Big – Sea – Water" 表示 "闪亮的大海洋" 等①。由于这些片语在诗歌中反复出现，而且在诗行中的位置固定，所以这些片语本身就是程式。不过，下面我们要讨论的是与地域有关的三类程式系统。

1. 第一类程式系统

第一类程式系统有以下三种。

（1）在 "in the land of" 后面添加某一表示地点的词语或片语组合成的程式系统

> In the land of the hereafter
>
> In the land of the Ojibways
>
> In the land of the White Rabbit
>
> In the land of the Dacotahs

（2）在 "in the kingdom of" 后面添加某一表示地点的词语或片语组合成的程式系统

---

① 第四章第 7 节第 3 行："To the kingdom of the West – Wind"；第四章第 12 节第 2 行："To the kingdom of the West – Wind"；第四章第 29 节第 4 行："In the kingdom of the West – Wind"；第三章第 8 节第 1 – 2 行："By the shores of Gitche Gumme, /By the shining Big – Sea – Water"；第八章第 1 节第 2 行："on the shining Big – Sea – Water"；第九章第 1 节前两行："On the shores of Gitche Gumme, /of the shining Big – Sea – Water"；第十六章第 2 节第 1 和 3 行："On the shores of Gitche Gumme"；"By the shining Big – Sea – Water"；第二十二章第 1 节第 1 – 2 行："By the shores of Gitche Gumme, /By the shining Big – Sea – Water" 第二十章最后一节最后三行如下："To the Islands of the Blessed, /To the Kingdom of Ponemah, /To the Land of the Hereafter"（去到那幸福的岛屿，/去到帕尼马王国，/去到那未来的王国）。而第六章第 10 节最后三行、第二十二章最后一节最后三行与此完全相同。第二章第 14 节第 4 – 5 行是："In the Kingdom of Wabasso, /In the land of the White Rabbit"；第 22 节第 9 – 10 行是："To the Kingdom of Wabasso, /To the land of the White Rabbit"；第 27 节第 6 – 7 行是："From the Kingdom of Wabasso, /From the land of the White Rabbit"。而第二章第 1 节第 6 – 7 行与第八章第 27 节第 6 – 7 行是相同的。

In the kingdom of Ponemah

In the kingdom of the West – Wind

In the kingdom of Wabasso

（3）在"to the kingdom of"后面添加某一表示地点的词语或片语组合成的程式系统

To the kingdom of the West – Wind.

To the kingdom of Wabasso

To the kingdom of Ponemah

上述三组诗行就是三个程式系统。在"in the land of""in the kingdom of""to the kingdom of"等片语后面添加上表示地点的词语或片语，就可快速生成一个个诗行，而同类型的若干诗行就组成了一个程式系统。不过，如果改变分析方法，这些诗行又可能隶属于不同的程式系统。

2. 第二类程式系统

如果我们把"the kingdom of""the land of"等片语作为诗行中的固定成分，就会出现以下程式系统。

第二类程式系统有以下两类。

（1）介词 + "the kingdom of" + 名称组合成的程式系统

To the kingdom of the West – Wind

To the kingdom of Wabasso

To the kingdom of Ponemah

In the kingdom of Ponemah

In the kingdom of the West – Wind

In the kingdom of Wabasso

From the kingdom of Wabasso

（2）介词 + "the land of" + 名称组合成的程式系统

In the land of the hereafter

In the land of the Ojibways

In the land of the White Rabbit

In the land of the Dacotahs

To the Land of the Hereafter

To the land of the White Rabbit

From the land of the White Rabbit

如果把第二类的两个程式系统与第一类的三个程式系统加以比较，我们就会发现，如果选取的固定片语中的词语减少，那么这个程式系统的包容力就会增大。可以想象，诗人为了筑造诗行的方便，最初选择的可能是第二类程式系统所用的句法模式，但是随着用这类句法模式构筑出来的诗行的增加，又生成了次一级的许多同类型诗行，这就组成了次一级的程式系统。应该说第一类程式系统是第二类程式系统的派生物。

3. 第三类程式系统

从理论上来说，在某个印第安术语前面添加上由介词引领的若干韵值相同的片语，就可以组成一个程式系统。这样，一个印第安术语就可以繁衍出一个程式系统。例如，在"Wabasso""the White Rabbit"等印第安术语前面分别添加上若干介词引领的片语，即可组合成不同的程式系统：

To the Kingdom of Wabasso

In the Kingdom of Wabasso

From the Kingdom of Wabasso

In the land of the White Rabbit

To the land of the White Rabbit

From the land of the White Rabbit

To the kingdom of the West – Wind

In the kingdom of the West – Wind

To the Kingdom of Ponemah

In the kingdom of Ponemah

By the shores of GitcheGumme

On the shores of GitcheGumme

上述分析表明,程式系统的生成依赖于特定的句法模式,也就是帕里所说的程式句法。一旦诗人找到了一种表达某种意义的句法模式,他就不会再去创造其他形式的句法模式来表达同样的意义。《海华沙之歌》中的程式系统是诗人高度依赖句法模式构筑诗行的结果,这与帕里所说的《荷马史诗》程式系统的生成规则是一样的。这一现象说明,一旦诗人借鉴了口头传统的某些技艺,那么他在构筑某些诗行的时候就必须遵循口头传统的相关规则,这时,他的工作与口头诗人无异。

(三)《海华沙之歌》中的其他程式系统

在《海华沙之歌》中,由于由修饰语与人物名字组合成的程式在诗行中占据固定的位置,所以包含这些程式的诗行的结构受制于这些程式的长度和位置。也就是说,诗人不得不在这些程式的左右添加合适的词语来构成一个无韵扬抑格四音步的诗行,这时诗人的自由是十分有限的。在这种情况下,这些四音步诗行的句法就可能是模式化的。

　　下面，我们就以"old Nokomis"这一两音步的程式为例，看看朗费罗是怎么添加词语构筑诗行的。先来看下面 3 个句式相同的诗行：

Then he said to old Nokomis

All he told to old Nokomis

Then he called to old Nokomis

　　我们可以把这三个诗行的用词方式图示如下：

"then"　　　"said to"

"all"　　+　　"he"　　+　　"told to"　　+　　"old Nokomis"

"then"　　　"called to"

　　这三个诗行的结构是相同的。"old Nokomis"这一两音步的程式固定在后半行，诗行前两个音步的位置上的用词是相似的。在"old Nokomis"这一程式占据诗行的后两个音步的位置的情况下，诗人只能以添加两个音步来满足扬抑格四音步的格律要求为前提来造句，这就导致有些意义的表达必然是模式化的，因为诗人自由选择的余地非常小。从这一组诗行可以推知，运用程式的诗行，句法往往是模式化的。在程式占据了诗行固定位置的情况下，适合一些意义表达的句式就是十分有限的了。一旦作者选择了一种句式来表达一种确定的意义，那他就很难再有动力去探索能够表达相同意义的另一种句式，因为在受到多种因素制约的情况下再创造一种新的句式实际上是十分困难的。从《海华沙之歌》的实际情况看，一旦作者习惯了一种句法模式，他就不再寻求别的句法模式。而遵循同一句法模式构筑的诗行就组成了一个程式系统。就此而言，《海华沙之歌》程式系统形成的根源在于程式的使用。除了程式系统之外，我们还看到，朗费罗常常不避重复之嫌，使用一些现成的诗行。例如，"He the friend of old Nokomis" 这一诗行在第三章和第十一章都出现过，"Warning said the old Nokomis" 这一诗行则在第四章和第十一章出现过，而 "To the lodge of old Nokomis" 这一诗行在第五章和第十章都出现过。上述现象表明，朗费罗是把 "old Nokomis" 这个片语当作程式来使用的。由于这个程式在诗行中的位置是固定的，必然会造成表达的模式化。我们可以断言，在使用程式的诗行中，程式决定了句法，而不是相反。可以进一步认为，在程式频率密度很高的诗歌中，程式决定诗行的模式。

三 《卡莱瓦拉》中的程式系统

在芬兰史诗《卡莱瓦拉》中，也有一些程式系统。其程式系统的特征与《海华沙之歌》是有相似之处的。在该诗的第十八篇、第十九篇中，有一个重要人物，那就是女主人波赫约拉。当这个女主人的行为被提及的时候，歌手往往会使用一个程式句法，这样就构筑了若干用词相似、意义相似及韵值相同的诗行。

波赫约拉主人说道（第十八篇第 531 行）

波赫约拉主人观后（第十八篇第 551 行）

波赫约拉女主说道（第十八篇第 561 行）

波赫约拉主妇问道（第十八篇第 609 行）

波赫约拉主妇说道（第十八篇第 649 行）

波赫约拉女主开言（第十九篇第 345 行）

波赫约拉女主自叹（第十九篇第 463 行）

当伊尔玛利宁和万奈摩宁向漂亮姑娘波赫亚求婚的时候，具有决定权的人正是波赫约拉女主人，因此，上述诗行中的"女主""主妇""主人"实际上就指的是同一个人。译者在翻译的时候为了避免雷同很可能将原诗中的同一个词翻译成了"女主""主妇"等不同的表达。如果这一假设成立，那么我们完全可以这样认为，那就是，上述诗行遵循同一句法模式，"波赫约拉女主"的位置在诗行中是固定的，歌手可以调遣若干表示人物行为或动作的词语或片语与之搭配，只要这些词语或片语的韵值相同即可。下面的图示能让我们更直观地认识这一程式系统的生成方式：

　　　　"波赫约拉女主"＋"观后"

　　　　　　　　　　　　"说道"

　　　　　　　　　　　　"问道"

　　　　　　　　　　　　"开言"

　　　　　　　　　　　　"自叹"

　　在一个程式系统中，总有一个片语固定在每一个诗行的特定位置上，诗行其他位置上的词语或片语则是可变的。实际上，这种造句方式具有很强的可操作性。歌手在熟悉句法模式的情况下，构筑诗行反而变得简单、快捷。可以肯定，《卡莱瓦拉》中的程式系统的生成规则与《海华沙之歌》《荷马史诗》是相同的。

四　《诗经》中的程式系统

《诗经》中的程式系统有以下六种。

（1）"于以＋动词＋植物名称"组合成的诗行

在《诗经·召南·采蘩》中"于以采蘩"出现两次，而在《诗经·召南·采蘋》中则有"于以采蘋""于以采藻"。显然，在《诗经》中"于以＋动词＋植物名称"是一个程式化的表达。

（2）"于以＋动词＋之"组合成的诗行

《诗经·召南·采蘋》有"于以盛之？""于以湘之？""于以奠之？"，而《诗经·邶风·击鼓》则有"于以求之？"。可见"于以＋动词＋之"也是一个程式化的表达，或者说是一个句法模式。

（3）"南山＋有＋植物名称"组合成的诗行

《诗经·小雅·南山有台》中每章首行的句式是一样的，即"南山有台""南山有桑""南山有杞""南山有栲""南山有枸"。该诗每章第 2 行的句式也是一样的，即"北山＋有＋植物名称"。

（4）"之子＋于＋动词"组合成的诗行

"之子于归"在《诗经·周南·汉广》中出现了两次，在《诗经·召南·鹊巢》中出现了三次，在《诗经·邶风·燕燕》中出现了三次。而《诗经·小雅·鸿雁》中则有"之子于征"。

（5）"人物称谓＋之＋亲属称谓"组合成的诗行

《诗经·召南·何彼秾矣》的第二章第 3—4 行是"平王之孙，齐侯之子"。《诗经·卫风·硕人》第一章第 3—6 行是"齐侯之子，卫侯之妻，东宫之妹，邢侯之姨"。

（6）"忧心＋叠音词"组合成的诗行

《诗经·召南·草虫》第一章第 4 行是"忧心忡忡"，第二章第 4 行是"忧心惙惙"。《诗经·邶风·北门》第一章第 2 行是"忧心殷殷"。《诗经·邶风·柏舟》第四章第 1 行是"忧心悄悄"。在《诗经·小雅·采薇》中则有"忧心烈烈"。《诗经·小雅·正月》中有"忧心京京""忧心愈愈""忧心茕茕"等。

上述六组诗行有一个共同特征，那就是，在每一组诗行中，在诗行的固定位置上至少有一个固定不变的表达，诗行其他位置上的词语则是可变的。也就是说，这些诗行的构成必以程式句法为基础，其构筑原则是"以不变应万变"。而依据某一程式句法构筑的若干诗行就组成了一个程式系统。

综上所述，程式系统是诗人或歌手高度依赖程式句法构造诗行的必然产物。《荷马史诗》《卡莱瓦拉》《诗经》的口头性质，决定了这些诗歌中有大量的程式系统。正如帕里－洛德的口头理论所说，程式系统是口头文体的标志性特征。这是因为，口头诗人无法像书面诗人那样从容不迫地思考、琢磨、推敲一个片语或一个诗行，现场表演时在快速构筑诗行的压力之下，歌手或诗人不得不高度依赖他熟悉的程式句法。在程式句法的指引下，歌手按照表意及格律需要，调遣合适的程式和其他词语、片语，将它们安置在诗行的特定位置上，这就会产生许多模式化的片语、诗行。一种模式化的片语或诗行，就组成了一个程式系统。一般来说，在一种语言之中，句法总是有限的。因此，口头诗歌中的程式句法也是有限的，由此生成的程式系统自然也是有限的，尤其在一部诗歌中更是如此。《荷马史诗》《卡莱瓦拉》和《诗经》中都有程式系统，它们的程式系统的生成规则是相同的。也就是说，在这三部诗歌中，程式系统无一例外都是诗人高度依赖程式句法构造诗行的必然产物。《海华沙之歌》是书面文学，但是其程式系统的生成规则与上述三部诗歌无异。这表明，一旦书面诗人借鉴了口头传统，那么他就必须遵循该口头传统的基本规则。选择什么样的句法是诗人的自由，但是一旦这种句法被作为程式句法来使用，那么他构筑诗行的方式或者说思维方式就必须是口头诗人的方式。作为书面文学的作者，朗费罗游刃有余地游走在书面传统与口头传统之间，表现出了非凡的语言驾驭能力。

第四节　《海华沙之歌》中的程式和程式系统的价值

《海华沙之歌》中的程式和程式关系的价值体现在以下四个部分。

一　朗费罗的选择：用什么样的语言来创作民族文学

美国学者充分肯定了朗费罗在构建美国民族文学方面所做的突出贡献。不过他们也清醒地看到，"在努力构建美国的民族文学的过程中，朗费罗面临着一些语言谱系方面的问题。第一个问题是民族文学该用哪种语言来创作"①。

诺亚·韦伯斯特认为，"一个民族的语言"是"团结一个民族的纽带"②。为此，他编著了《蓝皮拼字书》，这是一部有关美式英语词汇的用法和拼写的字典。这部字典的出版产生了很大的政治影响。这本书被认为是美国确立国家身份的一种武器，作者愿意"为爱国主义事业尽微薄之力"，以"促进美利坚合众国的繁荣富强"③。不过，这部字典的使用价值远不如它的政治价值。事实上，这部字典和当时的英式英语字典的差别并不大。韦伯斯特也承认，"美语"至多是一种英语方言的变体。所以，不管怎么强调美语的独特之处，也不能抹杀美语与英式英语的血肉联系。在《论英语》一书中，韦伯斯特如是说："伟大的大英帝国，虽然我们是你的后代，我们说着你的言语，但是它将不再是我们遵循的语言标准，因为英国作家的品位已经腐败变质，他的语言也将寿终正寝。"④虽然韦伯斯特的目的在于否认美语与英式英语的联系，但恰恰道出了美国人对作为母语的英语的依赖。美语与英式英语之间的血肉联系，注定了《蓝皮拼字书》的主要价值不在于实用性而在于政治性。

朗费罗与他的同代人一样必须直面用什么语言来创作美国民族文学这一棘手的问题。在应对复杂的语言谱系这一困境时，朗费罗表现出了非凡的语言天赋。这是因为出于教学的需要，他曾两度游学欧洲，先后学习了近 10 种欧洲语言，包括西班牙语、意大利语、法语、德语、荷兰语、丹麦语、冰岛语、瑞士语和一些芬兰语。1835 年，朗费罗应邀到哈佛大学任现代语言和文学教授。在执教哈佛的 19 年中，朗费罗做了大量的翻译工作，即使 1854 年从哈佛大学退休后他也一直坚持从事翻译欧洲文学的工作。由此不难想象朗

① ［美］萨克文·伯科维奇主编：《剑桥美国文学史》（第四卷），李增译，中央编译出版社 2010 年版，第 275 页。
② 同上。
③ 同上。
④ 同上。

费罗对欧洲语言和文学的精通程度。对包括英国文学在内的整个欧洲文学传统的熟悉，赋予朗费罗博大的胸怀和宽广的视野。在朗费罗看来，建设美国文化是一项重要使命。而这种美国文化不是一种单一的文化。把过去植根于欧洲的多种文化与美国当今的文化元素融合起来，是建设美国文化的基本策略。当然，植根于欧洲的多种文化，既包括英国文化，也包括自从 18 世纪以来的那些重要的非英语国家的文化，如西班牙文化、法国的新教文化和德国文化等。韦伯斯特认为，学习英式英语和外国古代语言会阻碍自己民族语言的进步，但朗费罗不这样认为。朗费罗把兼收并蓄欧洲多种语言和文化作为改造美国语言和文化的基本路径。亨利·詹姆斯认为朗费罗的美国意识实际上变成了欧洲传统的继承和延续。事实上，在当时，朗费罗文学作品中的欧洲传统文化因素确实提高了他的声望，虽然这在后来被视为缺点。在朗费罗看来，欧洲文化是美国构建本土文化的基础。《剑桥美国文学史》指出："朗费罗选择了诗歌形式来表现这种文化的传承关系。他通过在韵律、诗节和其他形式方面的试验，展示了其熟练的艺术技巧。"[1] 在这一方面，《海华沙之歌》堪称典范。朗费罗将芬兰史诗《卡莱瓦拉》的无韵扬抑格四音步这一格律引入英语格律之中，同时借鉴了欧洲史诗的程式类型，使《海华沙之歌》的形式给人耳目一新的印象。

《剑桥美国文学史》认为，朗费罗的《海华沙之歌》与惠特曼的《草叶集》一样，是"一种语言的试验"，而这种语言试验最主要的表现是朗费罗在《海华沙之歌》中使用了大量印第安语的术语和名字[2]。但是，美国文学史家并没有进一步论述这些印第安语的术语和名字在该诗中是如何被使用的。至于其价值问题，美国文学史家如是说："客观地讲，朗费罗的诗歌为保留印第

---

① ［美］萨克文·伯科维奇主编：《剑桥美国文学史》（第四卷），李增译，中央编译出版社 2010 年版，第 276 页。

② 同上书，第 277—278 页。

安语中的术语和地名作出了一定的贡献，但是，他的诗歌并没有把他们当作活的文化来对待，而是把它们当作一种已死的语言来对待。"① 作为 "一种语言的试验"，朗费罗还把来自芬兰语的无韵扬抑格四音步用于《海华沙之歌》。不过，《剑桥美国文学史》并没有进一步论述这种外来的格律与印第安语中的术语和名字之间的关联。更直白地说，朗费罗为什么要选择来自芬兰语的无韵扬抑格四音步这样一个重大的问题并没有引起《剑桥美国文学史》的注意，因此，更谈不上具体论述在无韵扬抑格四音步的限制下使用印第安术语给诗行构建带来的影响等重要问题了。而这个问题正是本章研究的核心问题。

二 无韵扬抑格四音步的引入与《海华沙之歌》独特原创性的获得

作为天才的诗人，朗费罗的伟大之处不仅在于几乎尝试用所有的英语传统格律作诗，而且在借鉴外国语言的诗歌格律的基础上创造了新的英语诗歌格律。对格律的娴熟与敏感，使朗费罗在选择配适某一题材的格律方面具有非凡的眼光。关于《海华沙之歌》的格律选择，朗费罗在计划阶段就有了坚定的想法，这可以从他的日记中窥见一斑。朗费罗在 1854 年 6 月 22 日的日记中说："我终于想出了一个计划——要写一首歌唱美国印第安人的诗。对我来说，这是一个正确的计划，唯一的计划。这首诗将要把他们的许多美丽的传说编织成一个整体。我还想到了一种韵律，我觉得这是适合于这个主题的唯一正确的韵律。"② 这个计划的成品就是《海华沙之歌》。《海华沙之歌》是以奥吉布瓦人喜爱的恶作剧者麦尼博兹霍的故事为蓝本的，故事所叙述的是文化英雄兼勇士的传奇经历。为了与这个题材相适应，朗费罗从歌唱文化英雄兼勇士的传奇故事的芬兰史诗《卡莱瓦拉》借来了无韵扬抑格四音步。在

---

① ［美］萨克文·伯科维奇主编：《剑桥美国文学史》（第四卷），李增译，中央编译出版社 2010 年版，第 278 页。

② 转引自 Henry Wadsworth Longfellow, *The Song of Hiawatha*; *With Illustrations*, *Notes*, *and a Vocabulary and an Account of a Visit to Hiawatha's People*, by Alice M. Longfellow, p. 5。

1855 年 10 月 29 日写给 T. C. Callicot 的信中，朗费罗说："在《海华沙之歌》中，我为我们古老的印第安传说所做的正如佚名的芬兰诗人为他们的古老传说所做的一样，而且我运用了同样的格律，不过，当然，我没有采用他们的任何传说。"① 由此不难看出，《海华沙之歌》与《卡莱瓦拉》的题材有相似之处。朗费罗正是基于这样的考虑，才选择了与《卡莱瓦拉》相同的格律。

《哥伦比亚美国诗歌史》指出，在美国，自由诗兴起以后，诗体学日渐被批评家们忽视了。不过，在维多利亚时代，诗体学是教育的必不可少的部分。诗体学在维多利亚时代的文学理论中扮演着重要的角色。当时的批评家们用了大量篇幅来讨论朗费罗的诗律问题。其中，朗费罗用外国诗律创作英语诗歌是被热议的重要问题，如《伊凡吉琳》的长短格六音步，《海华沙之歌》的无韵扬抑格四音步，都被热议过。在维多利亚时代的鉴赏家眼里，朗费罗的主要贡献之一是他成功地用英语创作了古典六步格诗歌，这是其他任何一个诗人都望尘莫及的②。不过，在这里，我们将要讨论的不是朗费罗尝试以古典六步格创作英语诗歌的问题，而是用芬兰语的无韵扬抑格四音步这一格律创作《海华沙之歌》的问题。

《哥伦比亚美国诗歌史》认为，批评家们对《海华沙之歌》的关注远多于朗费罗的其他诗歌，不过他们对《海华沙之歌》特有的文学特征一知半解，他们忽视了该诗独特的原创性。在这首诗里，朗费罗努力用一种适当的方法来表现独特的外来文化素材。因而，对《海华沙之歌》文体的批评，很大程度上建立在对朗费罗意图的误解上。最常见的是对该诗的格律的批评，这种格律是他从芬兰史诗《卡莱瓦拉》借来的无韵扬抑格四音步，对一些读者来说，这种格律太造作、太刻板了（too artificial and formulaic）。这种韵律的主

---

① 转引自 Ernest J. Moyne and Tauno F. Mustanoja, "Longfellow's Song of Hiawatha and Klevala", *American Literature*, Vol. 25, No. 1 (Mar., 1953), pp. 87 – 89, Published by: Duke University Press。

② Jay, Parini, ed., *The Columbia History of the American Poetry*, p. 93.

要优点在于它是不自然的，除此之外，还有其他的一些策略，包括句法、修辞等方面的策略，都给这首诗带来了与众不同的风格。尽管这些策略往往很难被理解，但是《海华沙之歌》以自己的方式拥有了原创的风格，正如庞德的《诗章》①。可以肯定，《海华沙之歌》独特的原创风格的形成主要得益于借用了芬兰史诗《卡莱瓦拉》的无韵扬抑格四音步。也就是说，在《海华沙之歌》的创作中，朗费罗把借鉴欧洲文学传统作为革新英语诗歌语言的基本策略。

三 无韵扬抑格四音步与印第安词语的结合：革新诗歌语言的策略

根据我们的理解，在《哥伦比亚美国诗歌史》看来，《海华沙之歌》独特的原创性，主要通过借用芬兰史诗的无韵扬抑格四音步表现了印第安文化。这个论断表现出了论者敏锐的学术眼光。

如果说朗费罗用无韵扬抑格四音步表现印第安文化的这一策略体现在一个个具体的诗行里，那么，在这些诗行里，作为印第安文化的标志的东西不是别的，只有印第安术语和名字。正如《哥伦比亚美国诗歌史》所说，扬抑格四音步是一种不自然的格律。我们知道，抑扬格是英语诗歌的一种基本的节奏形式，也是最常用的节奏形式。之所以如此，是因为这种格律体现了英语口语的自然节奏。"大多数英语诗歌采用抑扬格写作，这既在于英语是一种在说话时接近抑扬格节奏的语言，也在于抑扬格本身就是一种简单和富于变化的节奏形式。"② 作为抑扬格的反转形式，扬抑格一直不是英语诗歌的常用节奏③，这恐怕主要是因为在英语中这不是一种自然的节奏。在文艺复兴时代，扬抑格诗行主要用四音步形式。莎士比亚在《暴风雨》中就用了这种格律形式。不过，莎士比亚的扬抑格四音步是押韵的。芬兰史诗《卡莱瓦拉》

---

① Jay, Parini, ed., *The Columbia History of the American Poetry*, p. 88.
② 聂珍钊：《英语诗歌形式导论》，中国社会科学出版社 2007 年版，第 121 页。
③ 同上书，第 122—124 页。

的扬抑格四音步是无韵的，朗费罗从该诗借来了无韵扬抑格四音步创作英语诗歌，从诗歌格律革新方面来说这确实是一大创举。这种不自然的外来格律，带给读者的是一种耳目一新的全新体验。

在创作该诗之前，朗费罗做了充分的准备，其中之一就是根据斯库克拉夫特和坦纳对印第安部落的研究资料收集了很多印第安语中的词汇和印第安人的名字①。从他的草稿笔记上收录的大量印第安语词汇可知，印第安语的术语和名字对朗费罗来说是至关重要的。《剑桥美国文学史》指出："朗费罗所关注的并不是印第安人的实际生活中的困境（尽管他在哈佛老校区遇到过一个印第安人）。他在乎的只是用印第安的语言和传说来为新生的美国塑造一种独特的美国文化。"② 我们暂且不评论当这种论断指向朗费罗的道德情怀时是否允当，就印第安语的词汇在《海华沙之歌》中被使用所承担的重任而言，这一说法无疑是具有启发性的。如果说朗费罗在《海华沙之歌》中创造了很多富有特色的诗行，那么，赋予其诗行与众不同的风格的正是那些印第安语的词汇。那些一丛丛、一簇簇不断出现的印第安术语与名字，就像平静湖水中的一圈圈涟漪，具有一种持续波动的隽永的魅力。对于习惯了用耳熟能详的英语词汇写出来的诗行的那些挑剔的读者来说，这种不断出现的印第安语的词汇无疑具有强烈的视觉冲击力。

不仅如此，当这种外来的无韵扬抑格四音步与未曾听闻的印第安语的词汇结合起来时，那种双重的新鲜感和双重的冲击力一起涌向读者，一种绝对全新的阅读体验就此形成。那么，谁又能说朗费罗制造的不是一种颠覆性的英语诗歌语言变革呢？印第安语的术语和名字作为朗费罗塑造独特的美国文化的重要手段，在朗费罗准备创作之初就受到了特别的重视，那么，当这些

---

① ［美］萨克文·伯科维奇主编：《剑桥美国文学史》（第四卷），李增译，中央编译出版社2010年版，第277页。

② 同上书，第279页。

印第安语的词汇被安放到诗行中去的时候，它们应该以什么样的面目出现才能够放射出炫目的光芒，制造夺人眼球的艺术效果，这是朗费罗必须预先谋划的重大艺术策略。我们认为，从朗费罗坚定地相信无韵扬抑格四音步就是该诗的最佳格律的时候起，他已经谋划好了安置那些印第安语词汇的方法。下面我们来观察分析那些含有印第安语的术语或名字的诗行。

含有"Kabibonokka"这个名字的诗行：

To the fierce Kabibonokka

But the fierce Kabibonokka

Once the fierce Kabibonokka

Cried the fierce Kabibonokka

with the fierce Kabibonokka

含有"Mudjekeewis"这个名字的诗行：

Much the mighty Mudjekeewis

And the mighty Mudjekeewis

含有"Pau – Puk – Keewis"这个名字的诗行：

Then the handsome Pau – Puk – Keewis

Loved the handsome Pau – Puk – Keewis

Rose the handsome Pau – Puk – Keewis

含有"Chibiabos"这个名字的诗行：

Was the gentle Chibiabos

How the gentle Chibiabos

And the gentle Chibiabos

Thus the gentle <u>Chibiabos</u>

在这四组诗行里，每一个印第安语的名字都被放在诗行的末尾，与它前面的固定修饰语构成一个程式，而每一程式都在诗行的后半部分，占据了诗行后三个音步的位置，在每个程式前面都加上了定冠词"the"，在这种情况下，对于一个四音步的诗行来说，可以灵活使用的只有行首的一个单音节词了。通过分析上面四组诗行，我们看到，在四音步的制约之下，朗费罗正是通过变换诗行首位的一个单音节词来构筑含有程式的新的诗行的，不管这个单音节词的词性如何，仅就格律而言，在一个程式片语前面添加上一个单音节词足以造出新的诗行。

下面这些诗行含有印第安语的术语，其诗行构筑方式与上述四组诗行有相似之处。

> Saw the fire – fly，Wah – wah – taysee
>
> Sang the robin，the Ophechee
>
> sang the bluebird，theOwaissa
>
> Sprang the squirrel，Adjidaumo
>
> Seized the bulrush，theApukwa
>
> Heard the squirrel，Adjidaumo
>
> Saw the pigeon，the Omeme
>
> Saw the wild rice，Mahnomonee
>
> Saw the blueberry，Meenahga
>
> Saw the sturgeon，Nahma
>
> Saw the yellow perch，the Sahwa
>
> Saw the pike，the Maskenozha
>
> Sat the squirrel，Adjidaumo

Sank the Ugudwash, the sun – fish

Passed the swan, the Mahnahbeaee

Piped the bluebird, the Owaissa

Cooed the pigeon, the Omemee

　　在上述诗行中，每一个诗行都有一个由英语术语与印第安术语并列组合而成的表达，这个表达占据了三个半音步的位置，在四音步的格律限制下，每一诗行行首的位置上只需安放一个单音节词。这样，这些诗行就组成了一个大的程式系统。

　　上述几组诗行的构筑方式是一样的，而这些诗行中都使用了印第安语词汇，且这些词汇几乎都被放置在诗行的末尾。这种相似性正是朗费罗探索无韵扬抑格四音步与印第安语词汇最佳配适模式的产物。不难看出，不论是程式还是程式系统的形成，都是无韵扬抑格四音步与印第安语的词汇合力的结果。虽然人物名字和印第安术语在诗行中的呈现方式不同，但是，只要是在名字程式、印第安术语与英语术语并列组合的表达出现在诗行中的情况下，仅仅变换一个四音步诗行行首的单音词，就可以繁衍出若干相似的诗行。而这些相似的无韵扬抑格四音步诗行在诗歌中反复出现，一次次唤醒读者已有的体验，也一次次冲击读者的视听感受，从而产生一种似曾相识而又常变常新的审美愉悦。这种审美体验把读者的注意力集中在那些印第安术语和名字上，而那些术语与名字对于英语读者来说是全然陌生的事物，正是这种陌生的事物消解了读者的审美疲劳，当读者的注意力被这些陌生的事物掌控的时候，他就会强烈地感受到《海华沙之歌》展现的那个世界与自己所处的世界是截然不同的。因此，形式上的陌生化带来内容的陌生化，两者合力，使读者不可避免地体会到《海华沙之歌》与众不同的风格。换言之，《海华沙之歌》以自己的方式获得了原创性，而这种原创性在不断冲击读者阅读经验的过程中被读者发现、承认。可以说，无韵扬抑格四音步这种外来的不自然的格律与陌生的印第安术语、名字结合，造就了对英语世界的读者来说全然陌生的诗行，从而实现了革新英语诗歌语言的战略目标。

四　程式与程式系统：呈现印第安文化的媒介

在《海华沙之歌》中，程式出现的频率密度比较高，程式系统也有不少。程式及程式系统赋予诗歌炫目的印第安文化色彩。印第安语的词汇本身就是印第安文化的标志，就是印第安文化的名片。不仅如此，为了展现印第安文化中人与自然和谐共生的特点，朗费罗还在情节安排上设置了一些重复的场景。在诗歌情节展开的过程中，朗费罗会特意设置一些场景，通过使用由英语术语与印第安术语并列的表达组成的程式系统来描绘美洲荒原的飞禽走兽、花鸟虫鱼等事物的活动，营造印第安人物的生活环境。从情节构成的角度来讲，这些场景只是陪衬，绝不是核心情节单元所必需的元素，如果删除这些场景，也绝不会影响情节的连续性和完整性。不过，从文化表达的角度来说，这些场景又并非可有可无。由于美洲荒原上的飞禽走兽、花鸟虫鱼被拟人化，参与到了印第安人物的活动中，能够充分表现出诗歌中的印第安人物与大自然和谐共处的关系，呈现出印第安人生活常态一个侧面，凸显美国土著人的文化特征。正是通过这种方式，朗费罗塑造出了美国文化的一种特质。正像朗费罗自己所主张的那样，美国土著文化在构建美国文化中扮演着重要角色。

表现美洲荒原景象，可以用纯粹的英语，就像朗费罗在《伊凡吉琳》《迈尔斯·斯坦迪士的求婚》等诗中所做的那样，但是，用英语术语与印第安术语并列的表达来表现荒野景象，其艺术效果又与之截然不同。首先，这种陌生化的表达方式能给读者造成一种强烈的视觉冲击，因而能立刻唤起读者置身于美洲荒野的想象，产生身临其境之感。其次，由于飞禽走兽、花鸟虫鱼被拟人化，使诗歌获得一种迷人的奇趣之美。

  朗费罗独具匠心地使用印第安术语，借鉴欧洲史诗的格律和口头传统，并使之完美融合，创造了一系列程式和程式系统，既革新了英语诗歌语言，又凸显了英语诗歌的印第安色彩，使《海华沙之歌》获得了独特的原创性。在一定意义上，《海华沙之歌》原创性的获得是欧洲文学传统与美国本土的印第安语词汇完美嫁接的结果。这是朗费罗践行其构建美国民族文学理论的一次积极有益的尝试。

第五章　《海华沙之歌》的平行结构

　　《海华沙之歌》首版问世后，销量空前，反响热烈。这部诗歌不仅得到了普通读者的青睐，而且获得了美国精英的赞誉。当时给朗费罗去信的有爱默生、霍桑等名流，不仅如此，几年以后，弗朗西斯·W·纽曼教授还把《海华沙之歌》的一部分翻译成了拉丁文，用做学校的教材[①]，由此可见该诗在知识分子中受欢迎的程度。

　　不过，在这里，我们要特别关注的是，在《海华沙之歌》出版以后朗费罗遭到的前所未有的诘难，因为这种诘难由《海华沙之歌》极其独特的形式所引发。那场针对《海华沙之歌》的争论最后演变成了公开的论战，朗费罗处在言论旋涡的中心。论战的焦点之一是，朗费罗是否剽窃了芬兰史诗《卡莱瓦拉》。朗费罗公开了一个事实，那就是他借用了芬兰史诗《卡莱瓦拉》的格律，即无韵扬抑格四音步。针对有人指责朗费罗剽窃芬兰史诗《卡莱瓦拉》传说的问题，朗费罗回应称，他已通过诗歌的注释表明他受惠于斯库克拉夫特收集的印第安神话传说。针对有人认为朗费罗盗窃了芬兰史诗的平行句法这一问题，朗费罗辩称，平行句或重复，在芬兰史诗中有，在印第安诗歌中

<hr />

① Henry Wadsworth Longfellow, *The Song of Hiawatha: With Illustrations, Notes, and a Vocabulary and an Account of a Visit to Hiawatha's People*, by *Alice M. Longfellow*, pp. 8 – 9.

也有。朗费罗曾因遭受那样的诘难而耿耿于怀，曾因他的诚意遭到误解而伤心难过，他认为那些批评者是无理取闹①。虽然我们理解朗费罗当时的心情，不过，今天我们仍然不得不面对那个老问题——朗费罗的平行句法究竟来自何方？

毋庸置疑，既然当时批评者指责朗费罗剽窃了芬兰史诗《卡莱瓦拉》的平行句法，那么，有一点是不可否认的，那就是《海华沙之歌》的平行句与《卡莱瓦拉》的平行句确实有相似之处。从朗费罗的辩词也不难判断《海华沙之歌》的平行句与印第安诗歌的平行句有相似之处。那么，朗费罗究竟借鉴了印第安诗歌的平行句法还是《卡莱瓦拉》的平行句法呢？这个问题本身有价值吗？有答案吗？也许在文本比较之后再回溯这些问题会更明智一些。

第一节　平行结构与口头传统

下面分别介绍南斯拉夫活形态英雄史诗、圣经诗歌和《诗经》中的平行结构。

一　南斯拉夫活形态英雄史诗的平行式

阿尔伯特·洛德在《故事的歌手》中指出："实际上，诗行之间并不是孤立的。歌手的任务是要一行一行地快速构筑诗行。即使他说出了诗行的最后一个音节，但构筑'下一行诗'的需要仍然逼迫着他。总是有一种急迫性。为满足这种需要，歌手要建立一系列的诗行模式。据我们所知这就是口头文

---

① Henry Wadsworth Longfellow, *The Song of Hiawatha: With Illustrations, Notes, and a Vocabulary and an Account of a Visit to Hiawatha's People*, by Alice M. Longfellow, p. 8.

体的'平行式'。"① 通过分析南斯拉夫活形态史诗文本，洛德发现，史诗歌手以句法的平行式构筑起来的诗行更易于具有稳定性，或者说，对于一个具体的歌手来说，更易于保持演唱习惯的一致性②。

歌手在快速表演的压力之下，为了留给自己思索下一组诗行的时间，他在一个诗行完成之后③，往往会用相同的句法模式，再唱出一个或几个形式和意义都相似的诗行。这时，这几个诗行之间的关系是平行的，所以这几个诗行被称为平行句。因为在一组诗行中后面诗行的意义与第一个诗行的相似或接近，所以后面诗行对推进意义几乎不发挥任何作用。但是，我们并不认为这些诗行是无价值的。从形式上讲，一组意义相似的诗句形成了一种对称美、平衡美，就意义的表达而言，一组意义相似的诗行，比起单个的诗行来，更能强化要表达的意义，给听众或读者留下更加深刻的印象。正是因为平行式具有这样的表达效果，所以它具有旺盛的生命力。在世界早期经典诗歌中，平行式是最受欢迎的句法。

二　平行结构是圣经诗歌的基本文体形式

美国学者利兰·莱肯在《圣经文学导论》中对圣经诗歌的平行结构进行了深入研究。利兰·莱肯认为，圣经诗歌有一种特殊的句法结构形式，可称之为平行结构，它是所有圣经诗歌的基本文体形式④。利兰·莱肯还给平行结构下了定义："平行结构最好定义为两行或者两行以上使用不同词汇、相同句法形式来表达相同意思的诗行。"⑤ 同时，他认为圣经诗歌中有四种主要的平行结构形式。一是同义平行结构，即"指以相同的语法形式或句法结构在连续的诗行中重复表达意思相同的内容"。例如，"上升神，有喊声相送；/耶和

---

① ［美］阿尔伯特·贝茨·洛德：《故事的歌手》，尹虎林译，中华书局 2004 年版，第 74 页。
② 同上书，第 79 页。
③ 这个诗句可能跨行完成，但在口传诗歌中，通常是不跨行就能完成一个诗句。
④ ［美］利兰·莱肯：《圣经文学导论》，黄宗英译，北京大学出版社 2007 年版，第 172 页。
⑤ 同上。

华上升，有角声相送（诗篇 47：5）"；①二是对偶平行，即"第二行是用对称的方式表达前一行的意思。有时前一行以肯定的语气表达一个意思，而后一行却用否定的语气表达同样的意思"。例如，"我儿，要紧守你父亲的诫命，／不可离弃你母亲的法则（箴言 6：20）"；三是层进平行结构："第二行先是重述第一行的部分内容，然后再增添新的内容"。例如，"归给耶和华，啊，民中的万族，／归给耶和华，你们所有的荣耀与能力（诗篇 96：7）"②；四是综合平行结构，或者扩大平行结构："指自成一体的两行诗，其中第二行完成或者扩大第一行所表达的思想（但不像层进平行结构中有重复前一行的部分内容）。"例如，"你为我摆设筵席，在我的面前，／在我的敌人面前（诗篇 23：5）"③。对于综合平行结构，利兰·莱肯有进一步的解释，他指出："把这种句式称为平行结构不免有些名不副实，因为这里第二行中，严格地说，没有什么内容与第一行是平行的。但是这些诗行就像其他平行结构一样，是明显地由两行诗组成一个思想单位的偶句。"④ 也就是说，和其他三种平行结构相比，综合平行结构在形式上有其独特性。如果说在同义平行、对偶平行和层进平行结构中，几个连续的诗行之间在形式上呈平行的关系，那么，在综合平行结构中，几个连续的诗行之间在形式上并没有平行关系，它们之间的联系主要表现在意义上，即后一个诗行完成了或扩大了前一个诗行的意思，从而构成了一个思想单元。

圣经诗歌中的平行结构的内在原则是对称和平衡。所谓对称，是就平行结构内的几个诗行之间的语法对应关系而言的。也就是说，下一个诗行中的一部分或全部在词性、语法结构上与上一个诗行中的相应部分或全部要对应。

① ［美］利兰·莱肯：《圣经文学导论》，黄宗英译，北京大学出版社 2007 年版，第 173 页。
② 同上。
③ 同上。
④ 同上书，第 174 页。

当然，正像利兰·莱肯所说，"我们很难发现有两行诗歌的语法现象会完全相同"①。在平行结构中，除了对称之外，还有一种不对称因素。正是因为这种新的因素的出现，部分打破了上一诗行的形式或风格，才使得平行结构显得不过于死板。所谓平衡，主要是就平行结构内的几个诗行之间的意义而言的。利兰·莱肯用了一个非常贴切的比喻来描述平行结构对平衡的需要，他说："它们要求相互平衡，以构成一个完整的思想单位。就像当我们听到一只鞋子落在地上时，我们会期待另一只鞋子也掉在地上。"② 所以，圣经诗歌中的平行句又被称为"思想对偶"。也就是说，平行结构内的几个诗行的意义是互相补充的，或者是同义强化，或者是相反相成，或者是意义递进，或者是意义完成，总之，几个诗行合力才能构成一个完整的意义单位。因此，要避免从平行结构诗行中阐释不同的意思，要把平行结构当作一个整体来看待。

那么，圣经诗歌中的平行结构有什么艺术价值呢？《传道书》的作者说"专心寻求可喜悦的言语"（12：10），这句话既说出了作者的愿望，也说出了读者的心声。对美的语言的渴望，是诗歌的作者与读者的共同追求。而任何诗歌的形式上的主要功能，就是为了满足人们对美的语言的享受。圣经诗歌的平行结构，体现了诗人驾驭语言的娴熟技巧，增强了诗歌的感染力，满足了人们对对称、平衡、节奏及形态美的艺术渴望。而就思想表达的效果而言，一个平行结构的两个部分是互相增色的，两个部分表达了远远超出单独一个部分的意义。可以说，一个情景的所有内涵都在平行的两行诗中表现了出来，其微妙之处都被表现得淋漓尽致了。就读者这方面来讲，平行结构可以增强一个思想单元的意义。平行结构使读者的注意力集中在一个思想上，在转向另一个思想之前稍作停留，达到一种沉思能够带来的效果。这种使思想减速的表达方式，加强了读者对一个思想单元的意义的接受。耶稣讲道中

---

① ［美］利兰·莱肯：《圣经文学导论》，黄宗英译，北京大学出版社2007年版，第174页。
② 同上。

典型的平行结构的句法，赋予其思想清晰的节奏和重叠的情感，这样，他的话会永远扎根在听者的心中。而对诗人来说，在平行结构这种创作模式中，他给自己留下了足够的思索空间。在转向另一个情景之前，诗人可以从不同角度对一个情景进行复现。这样，为转向另一个情景留下足够的思索时间①。

为什么圣经诗歌的作者要采用平行结构呢？利兰·莱肯认为，绝大部分圣经故事属于口传文学，所以，可以把平行结构当作记忆手段②。我们在此引用利兰·莱肯的观点，意在说明，平行结构是所有圣经诗歌的基本文体形式（上文已指明此观点的出处），而这正是由圣经诗歌的口传性质决定的。换言之，口传诗歌的基本文体形式就是平行结构。利兰·莱肯对口传诗歌基本文体形式的认识与帕里－洛德基于对南斯拉夫活形态史诗的研究而得出的结论不谋而合。

三　平行结构是《诗经》的基本文体形式

作为世界早期经典诗歌，《诗经》中的 305 篇诗都是可以配乐演唱的乐歌，《史记·孔子世家》就说："三百五篇孔子皆弦歌之，以求合《韶》《武》《雅》《颂》之音。"③ 也就是说《诗经》中的诗篇最初是口传的，这一特质决定了《诗经》具有口头文体的特征。重章叠句是《诗经》形式上的一大特色。"重章"就是对《诗经》乐歌的章与章之间的平行关系的概括。在《诗经》中，除了一篇之内章与章之间的平行关系外，还有一章之内诗句之间的平行关系。下面我们就来分析《诗经》中的这两种平行关系。

第一种，《诗经·唐风·椒聊》二章，章六句：

椒聊之实，蕃衍盈升。彼其之子，硕大无朋。椒聊且！远条且！

①　[美] 利兰·莱肯：《圣经文学导论》，黄宗英译，北京大学出版社 2007 年版，第 175—177 页。
②　同上书，第 176 页。
③　（汉）司马迁：《史记》，（宋）裴骃集解，（唐）司马贞索引，（唐）张守节正义，中华书局 2013 年版，第 2333 页。

椒聊之实，蕃衍盈匊。彼其之子，实大且笃。椒聊且！远条且！

第二种，第二章与第一章相对应的诗句句式相同，其中有四句与第一章相同，只是第二句和第四句与第一章稍有不同。这是一首典型的重章叠句的诗。从结构及意义上来说，两章之间是同义平行关系。

《关雎》三章，一章四句，二章八句。第二章和第三章如下：

参差荇菜，左右流之。窈窕淑女，寤寐求之。求之不得，寤寐思服。优哉游哉，辗转反侧。
参差荇菜，左右采之。窈窕淑女，琴瑟友之。参差荇菜，左右芼之。窈窕淑女，琴瑟乐之。

第二章的第1—2句与第3—4句之间是同义平行关系。在第三章中，第1—2句与第3—4句形成同义平行关系，第5—6句与第7—8句之间也是同义平行关系，不仅如此，第1—4句与第5—8句之间也是同义平行关系。在章与章之间，第二章前四句与第三章前四句呈同义平行。在《关雎》一诗中，既有章内平行关系，也有章与章之间的平行关系。在这首诗中，一组诗句与另一组诗句之间的平行关系都属于同义平行。《诗经·周南·芣苢》与此相似。第一章曰："采采芣苢，薄言采之。采采芣苢，薄言有之。"第二章、第三章句式与第一章相同。每章第1—2句与第3—4句之间是同义平行关系。不过，在《诗经》中也有章内句与句之间的平行。例如，《诗经·周南·葛覃》第三章第3—4句是"薄污我私，/薄浣我衣"，一章之内两个诗句呈同义平行关系。《诗经·周南·卷耳》第四章第2—3句是"我马瘏矣，/我仆痡矣"，两句之间也是同义平行关系。

在上述诗篇中，平行关系不仅存在于诗句与诗句之间、一组诗句与另一组诗句之间，也存在于章与章之间。类似情形在《诗经》中并不少见。可以说，平行结构是《诗经》的基本文体形式。

圣经中的诗歌、《诗经》都是世界早期经典诗歌，虽然二者空间距离遥远，但是，作为口传的诗歌，它们有相同的文体特征，平行结构既是圣经诗歌的基本文体形式，也是《诗经》的基本文体形式。作为口头诗歌的南斯拉夫活形态英雄史诗歌，平行式是其基本句法形式。因此，可以认为，平行结构是口头文体的基本文体形式。

第二节 《海华沙之歌》平行结构比较研究

《海华沙之歌》中的平行结构有多种类型。通过与圣经诗歌、《卡莱瓦拉》及印第安诗歌平行结构的比较研究，我们会发现朗费罗所说的平行句或重复是一种比较特殊的平行结构。这样，也就能破解朗费罗是否借鉴芬兰史诗平行句这一谜案了。

《海华沙之歌》第二章第 21 节共 12 行，其中有四组平行句，每一组平行句由两行诗组成，从结构、用词及意义上来说，这四组平行句都属于同义平行。有些平行的诗行是严格对称的，有些则是不严格对称的。为了便于观察，我们把一组平行句与其他诗行隔开，排列如下：

Till at last he rose defeated,

Could not bear the heat and laughter,
Could not bear the merry singing,

But rushed headlong through the door – way,

Stamped upon the crusted snow – drifts,

Stamped upon the lakes and rivers,

Made the snow upon them harder,

Made the ice upon them thicker,

Challenged Shingebis, the diver,

To come forth and wrestle with him,

To come forth and wrestle naked,

On the frozen fens and moorlands.

这一节中的 8 行诗组成四组平行句，在这些平行句之间有 4 行诗，一些诗行起到承上启下的作用，或者引起一组平行句，或者完成一组平行句的意义。像这样的诗节在《海华沙之歌》中很常见。因此，也可以说这是《海华沙之歌》诗节的基本形式。由于《海华沙之歌》中有大量的平行结构，因此对平行结构的类型进行细分是必要的。

一　诗行之间的同义平行关系

诗行之间的同义平行关系下面分别介绍行首的词语或片语相同与不同的两种情况。

（一）行首的词语或片语相同的同义平行句

下面分别介绍《海华沙之歌》、圣经诗歌、印第安诗歌、《卡莱瓦拉》中的平行句。

1. 《海华沙之歌》中的平行句

在同义平行的两个诗行中，往往行首的一个单音节词相同，或者诗行前半部分的片语相同。通过分析以下几组平行句，我们发现朗费罗构筑同义平行句时基本遵循这一模式。

连词引领的一组平行句：

Lest he harm you with his magic,

Lest he kill you with his cunning（第四章第 7 节第 5—6 行）

动词引领的一组平行句：

Made the snow upon them harder,

Made the ice upon them thicker（第二章第 21 节第 7—8 行）

介词引领的一组平行句：

To the kingdom of Wabasso,

To the land of the White Rabbit（第二章第 22 节第 9—10 行）

主谓结构片语引领的一组平行句：

You bring back the days departed,

You bring back my youth of passion（第四章第 12 节第 6—7 行）

动词不定式引领的一组平行句：

To come forth and wrestle with him,

To come forth and wrestle naked（第二章第 21 节第 10—11 行）

在这五组平行句中，每一组平行句都由两个诗行组成，一组平行句内两个诗行的行首或前半部分是相同的。不管这个相同的词语是什么词性，也不管这个相同的片语是什么结构，正是这些相同的部分把两个诗行自然地联系在一起。这些平行句都是由两个诗行组成的。在《海华沙之歌》中，这样的平行句俯拾皆是。而那些真正对读者产生强烈视觉冲击的平行句往往是由两个以上的诗行组成的。

第22章最后一节末三行：

> To the Islands of the Blessed,
>
> To the Kingdom of Ponemah,
>
> To the Land of the Hereafter!

《诗序》第9节第2—4行：

> Love the sunshine of the meadow,
>
> Love the shadow of the forest,
>
> Love the wind among the branches.

这两组平行句都由三个诗行组成。不论是从视觉上还是听觉上来说，这两组平行句都比前面五组平行句更富震撼力。不过，当我们读到由四个以上诗行组成的平行句的时候，才会发现同义平行句的表现力可以有多强。

第二章第23节第6—11行：

> Sent the robin, the Opechee,
>
> Sent the bluebird, the Owaissa,
>
> Sent the Shawshaw, sent the swallow,
>
> Sent the wild‑goose, Wawa, northward,
>
> Sent the melons and tobacco,
>
> And the grapes in purple clusters.

第一章第 7 节第 3—8 行：

Came the Delawares and Mohawks,

Came the Choctaws and Camanches,

Came the Shoshonies and Blackfeet,

Came the Pawnees and Omahas,

Came the Mandans and Dacotahs,

Came the Hurons and Ojibways.

特拉华族和莫霍克族来了，

巧克托族和卡曼谢族来了，

萧尼族和乌脚族来了，

勃尼族①和俄马哈族来了，

曼登族和达科他族来了，

海龙族和奥基威族来了。（王科一译）

在这两组平行句中，每一组中的诗行多达六个。第一组平行句由 "sent" 引领，第二组由 "came" 引领，这两个词的意思正好相反，当我们把这两组平行句放在一起欣赏的时候，更能感受到同义平行结构的艺术效果。前一组平行句表现的是南风把成群的飞鸟送往北方的情形，而后一组平行句描述的是印第安各部落前来聚会的情形，一往一来，都有一种千军难敌的磅礴气势。这种艺术效果是其他句法难以企及的。

2. 圣经诗歌中的平行句

圣经诗歌中也有一些行首的词语或片语相同的平行句。有些是两行之间

---

① "Pawnees" 一般译为 "波尼族"。

的平行，有些是两个以上诗行的平行。

and my heart has been secretly enticed,

and my mouth has kissed my hand（Job 31：27）

心就暗暗被引诱，

口便亲手（约伯记31：27）

I kill and I make alive,

I wound and I heal（Deut 32：39）

我使人死，我使人活，

我损伤，我也医治（申命记32：39）

against all that is proud and lofty,

against all that is lifted up and high（Isaiah 2：12）

要临到骄傲狂妄的，

一切自高的都必降为卑（以赛亚书2：12）

How often is the lamp of the wicked put out?

How often does calamity come upon them?

How often does God distribute pains in his anger?

How often are they like straw before the wind（Job21：17－18）

恶人的灯何尝熄灭?

患难何尝临到他们呢?

神何尝发怒，向他们分散灾祸呢？

他们何尝像风前的碎秸（约伯记 21：17 – 18）

这四组平行句有三个相同之处：一是每组平行句内各诗行开头部分的词语或片语相同；二是诗行各部分不严格对称；三是各诗行的意义相似。所以一组诗行呈同义平行关系。不过，圣经诗歌中也有一些行首词语或片语相同、诗行其他部分也严格对称的同义平行句。下面的这组平行句就比较有代表性：

let me see your face，

let me hear your voice（Song of Solomon 2：14）

求你容我得见你的面貌，

得听你的声音（雅歌 2：14）

从这些平行句可以看出，在圣经诗歌中，行首词语或片语相同的平行句形式不拘一格，行首词语或片语相同的词语词性不拘，行首词语或片语相同的片语结构不定。不过，在一个平行结构内，所有诗行的语法结构是相同或相似的，诗行各部分或者严格对称，或者部分对称，各诗行的意义相似，后一个诗行强化了前面诗行的意义，如果是两个以上的诗行平行，那么后面的诗行会不断强化前面诗行的意义，几个诗行意义叠加，从而把某种意义表达得淋漓尽致。从形式上来说，平行的两个诗行具有对称、平衡的美，而两个以上的诗行组成的平行结构则具有万马奔腾、飞流直下的气势。在圣经诗歌的众多平行结构中，行首词语或片语相同的同义平行结构往往起到画龙点睛、锦上添花的作用。

3. 印第安诗歌中的平行句

印第安诗歌中有大量行首词语或片语相同的同义平行句，可以说这种平行句是印第安诗歌平行句的基本类型。其中，诗行各部分严格对称的平行句少见。两行一组的平行句做到严格对称并不难，但印第安诗歌中由两个以上诗行构成的平行句有时也能够做到严格对称。在下面两组平行句中，诗行各部分严格对称：

> The waves will rise,
>
> The waves will fall[①] (Songs from the Great Feast to the Dead，第一节第3—4 行)

> My feet restore for me,
>
> My limbs restore for me,
>
> My body restore for me,
>
> My mind restore for me,
>
> My voice restore for me. [②] (Prayer of First Dancers，第 39—43 行)

不过，在印第安诗歌中，由两个以上诗行构成的平行句通常不完全对称。我们来看看下面这组平行句：

> I sing among the mountain flowers,
>
> I sing among the flowering chamize of the mountains,
>
> I sing in the mountains like the *wek – wek*, I sing among the rocks like the *wek – wek*. [③] (Red Cloud's Song，第 3 – 6 行)

这组平行句由四个诗行构成，前两个诗行的前五个单词一一对应，而后两个诗行的前五个单词对称，剩下的部分则完全相同。就这四个诗行之间的

---

① John Hollander, ed. , *American Poetry*：*The Nineteenth Century*，p. 742.

② Ibid. , p. 747.

③ Ibid. , p. 691.

关系看，只有前五个单词是对称的，其余部分不对称。这种平行句在印第安诗歌中最常见。

在印第安诗歌中，行首词语或片语相同的平行句俯拾皆是。有些诗歌就是由一组一组的平行句构成的。《领舞者的祈祷》（Prayer of First Dancers）①是特别引人瞩目的一首诗。这首长达 100 句的诗歌，是由几组行首词语或片语相同的同义平行句构成的。这首诗第 2—9 句的前半部分都是 "in the house made of"，第 15—19 句的句首是 "with your"，第 20—36 句的句首是 "with"，第 39—43 句由 "my" 引领，这五组诗句组成了五个平行结构。该诗第 49—56 句，第 60—65 句，第 66—72 句，句首都是 "happily"，不过，因这三组诗句的结构不同，所以可以把它们划分为三组平行句。第 73—77 句是由 "with" 引领的一组平行句，第 79—90 句是由 "happily" 引领的一组平行句，第 92—96 句是由 "with" 引领的一组平行句，而第 98—100 句都是 "it is finished in beauty"。所以，与其说这首诗是由 100 个诗句构成的，不如说是由几组行首词语或片语相同的同义平行句构成的。下面是这首诗的第 2—9 句：

> In the house made of the dawn,
>
> In the house made of the evening twilight,
>
> In the house made of the dark cloud,
>
> In the house made of the he – rain,
>
> In the house made of the dark mist
>
> In the house made of the she – rain,
>
> In the house made of pollen,
>
> In the house made of grasshoppers.

---

① 详见 John Hollander, ed. , American Poetry: *The Nineteenth Century*, pp. 746 – 749。

在这一组平行句中，行首片语"in the house made of"引领着8个诗行，除了这个片语之外，8个诗行的其余部分在意义上是相似的，但在用词上差别明显，并不强求对称。这种情况在印第安诗歌的同义平行句中是普遍存在的。

4.《卡莱瓦拉》中的平行句

由于语言障碍，我们无法具体分析芬兰语《卡莱瓦拉》中的平行句的形式，不过，根据汉译本，我们可以推测，在《卡莱瓦拉》中，行首词语或片语相同的同义平行句并不少见。下面两组同义平行句是比较有代表性的：

感到非常痛苦，

感到非常悲伤（第三篇第342—343行）

让她给你整理房间，

让她给你洗刷地板，

让她给你煮牛奶，

让她给你洗衣服，

让她给你烘甜面包，

让她给你织锦物（第三篇第461—466行）

在第一组平行句中，两个诗行的结构相同，就意义而言，第二个诗行重复了第一个诗行的意义，虽然所用的词语不同，但它们的意义是相似的。经不完全统计，我们发现，在《卡莱瓦拉》中像这种两两平行的平行句频繁出现。当然，由两个以上诗行组成的平行句也不少，且诗行数不拘。不过，像上例中多达6个诗行的平行结构并不是其主要形式。一个令人惊异的现象是，在《卡莱瓦拉》中竟然有一个多达48行的同义平行结构。

歌手维布宁吞下万奈摩宁以后，通过48个结构相同、意义相似的诗行，诉说了他曾遭受的灾难的来源：

来自众多巫士的区域，

来自魔鬼群居的家园，

来自妖怪乱舞的平川；

来自卡尔玛荒凉原野，

来自广漠大陆的地界，

来自幽灵往来的住处，

来自鬼魂出没的故土；

来自松土堆成的丘陵，

来自地动山摇的国境，

来自松散的砂砾地域，

来自松软的砂土地区；

来自弯弯曲曲的山谷，

来自长满苔藓的池沼，

来自泥泞不堪的洼地，

来自奔腾不息的波涛；

来自黑西的林中马厩，

来自五条山岳的狭缝，

来自铜山陡峭的斜坡，

来自铜山高高的山顶（第十七篇第 191—210 行）

在这里，我们只录入了 20 个诗行，实际上，从第 191 行到第 238 行，共
48 行，都是这种句式。对于书面诗人来说这样构筑诗行是不可思议的，不过，
在《卡莱瓦拉》中，这些行首词语相同的 48 个诗行出自掌握着绝密咒语的歌
手维布宁，那就不足为奇了。一个不争的事实是，《卡莱瓦拉》中有不少行首
词语或片语相同的同义平行句。

（二）行首词语或片语不同的同义平行句

下面分别介绍《海华沙之歌》、圣经诗歌、印第安诗歌和《卡莱瓦拉》中的平行句。

1.《海华沙之歌》中的平行句

在《海华沙之歌》中，还有另外一种类型的同义平行句，两个或两个以上的诗行的语法结构相似，诗行各部分完全对称或部分对称，意义相近，但是行首的词语或片语并不相同。

第三章第 16 节第 4—5 行：

How they built their nests in Summer,

Where they hid themselves in winter

这两个诗行语法结构相同，各个部分严格对称，意义相似，呈同义平行关系。

第三章第 4 节第 5—7 行：

Listen not to what he tells you,

Lie not downupon the meadow,

Stoop not down among the lilies

在这三个诗行中，后两个诗行各部分是完全对称的，这两个诗行与第一个诗行部分对称，但三个诗行语法结构、意义相似，共同组成一个同义平行结构。

第三章第 5 节第 4—8 行：

Walking lightly o'er the prairie,

Whispering to the leaves and blossoms,

Bending low the flowers and grasses,

    Found the beautiful Wenonah,

    Lying there among the lilies

这五个诗行意义相近，语法结构相似，呈同义平行关系。

在一首诗中，同义平行结构不断出现，而且这些平行结构的类型、句法各不相同，说明朗费罗在运用平行结构的过程中表现出了娴熟的技巧，能够根据需要信手拈来地创造平行结构，体现出了高超的语言驾驭能力。

2. 圣经诗歌中的同义平行句

圣经诗歌中也有一些行首词语或片语不同的同义平行句，这类平行句远比行首词语或片语相同的同义平行句多。大多是不严格对称的，但也有一些做到了严格对称。

（1）严格对称的平行句

    cease to do evil,

    learn to do good（Isaiah 1：16 – 17）

    要止住作恶，

    学习善行（以赛亚书 1：16 – 17）

    leaping upon the mountains,

    bounding over the hills（Song of Solomon 2：8）

    看哪，他蹿山越岭而来（雅歌 2：8）

（2）部分对称的平行句

    Hide them all in the dust together,

Bind their faces in the world below（Job 40：13）

将他们一同隐藏在尘土中，

把他们的脸蒙蔽在隐密处（约伯记40：13）

seek justice,

rescue the oppressed,

defend the orphan,

plead for the widow（Isaiah 1：17）

寻求公平，

解救受欺压的，

给孤儿伸冤，

为寡妇辨屈（以上赛亚书1：17）

3. 印第安诗歌中的平行句

在印第安诗歌中，也有行首词语或片语不同的同义平行句，不过，相对于俯拾皆是的行首词语或片语相同的同义平行句而言，这类平行句只是零星出现。

On the mountain top I am peeping out,

Of the grizzly bear I am the child①（Song of the grizzly bear's cub, p. 715）

Got six jolly cowboys to carry my coffin,

---

① John Hollander, ed. , *American Poetry*：*The Nineteenth Century*, p. 715, p. 759.

Get six pretty maidens to bear up my pall① (The Cowboy's Lament)

4.《卡莱瓦拉》中的平行句

在《卡莱瓦拉》中，也有一些行首词语或片语不同的同义平行句。不过，这类平行句要比行首词语或片语相同的同义平行句少得多。

轻浮的勒明盖宁，

漂亮的高戈蔑里（第十一篇第 61 – 62 行）

年老刚直的万奈摩宁，

不朽的万能的魔法师（第十六篇第 119 – 120 行）

二 意群之间的同义平行

意群之间的同义平行有以下两种情况。

（一）两组诗行之间的同义平行

在《海华沙之歌》《卡莱瓦拉》、圣经诗歌及印第安诗歌中，有一种特殊的平行结构。在这种平行结构中，前两个诗行表达了一个完整的意义，后两个诗行表达了一个完整的意义，两组诗行的意义相似，在这四个诗行中，奇数诗行与奇数诗行相对称，偶数诗行与偶数诗行相对称。就结构、意义而言，两组诗行呈同义平行关系。我们来看看下面这四个例子：

例一，《海华沙之歌》第八章第 2 节第 4—7 行：

See the yellow perch, the Sahwa,

Like a sunbeam in the water,

See the Shawgashee, the craw – fish,

---

① John Hollander, ed., *American Poetry*: *The Nineteenth Century*, p. 689.

Like a spider on the bottom.

例二，圣经诗歌《雅歌》第五章第 3 节：

I had put off my garment;

how could I put it on again?

I had bathed my feet;

how could I soil them? (Song of Solomon 5：3)

例三，《卡莱瓦拉》第二十八篇第 199—202 行：

山上的许多松树，

常被砍掉当火把，

生长在偏远杜松，

常当木棍被砍伐。

例四，印第安诗歌《星之歌》第 1—4 行：

We are the stars which sing,

We sing with our light;

We are the birds of fire,

We fly over the sky[①].　(The Song of the Stars)

这四个平行结构虽然出自不同民族的诗歌，但其结构的相似度极高。这就说明，不同民族在建构这类平行结构时遵循着相同的思维模式和表达模式。与其说这类平行结构反映了人类语言表达方式的共性，不如说体现了人类认知范型的共性。

———————

① 详见 John Hollander, ed., *American Poetry*：*The Nineteenth Century*, p. 698。

（二）几个片段之间的同义平行

在《海华沙之歌》《卡莱瓦拉》、圣经诗歌及印第安诗歌中，有一种以诗歌片段为单位的特殊的平行结构。

《海华沙之歌》第五章第 3—5 节分别描述了海华沙禁食的前三天的情形。这三节的结构相似，虽然诗行数不等，但每一节都由三个环节组成，即禁食的时间地点、海华沙的所见所闻、海华沙失望的呼声。三节诗的第一行基本相同，变换了的只是其中的一个表示顺序的词语（on the first/next/third day of his fasting），三节诗的最后两行是相同的，都是 "'Master of Life!' he cried, desponding, /Must our lives depend on these things"。

在《卡莱瓦拉》中也有一些呈同义平行的诗歌片段。万奈摩宁向年轻的姑娘爱诺求婚以后，爱诺回到家向自己的父亲、哥哥、嫂子及母亲哭诉。这个过程是通过四个平行的诗歌片段叙述出来的。四个片段的结构相同，都由三个环节构成，即某一位亲人正在干活，看到爱诺以后询问她为什么哭泣，爱诺诉说伤心的理由。下面是第一个诗节：

> 父亲正在窗前坐着，
>
> 细心雕刻着他的斧柄：
>
> "你哭什么，我的女儿，
>
> 难道年纪轻轻就有伤心事?"
>
> "我有理由哭泣，
>
> 我更有理由悲伤！
>
> 让我哭吧，我的父亲，
>
> 我觉得自己十分伤心，
>
> 我的胸前失去了十字架，
>
> 我的腰间失去了腰带，

　　　　我失去的是银十字架，

　　　　我失去的是铜腰带。"（第三篇第39—50行）

　　后面三个片段的结构与此相同。就具体的诗行而言，四个片段中人物对话的开始部分基本上是相同的。例如，在第二个片段中，哥哥问爱诺："你为什么哭，我的妹妹，／年纪轻轻有什么伤心事？"爱诺答："我有理由哭泣，／我更有理由悲伤！／让我哭吧，我的哥哥。"与第一个片段对应的部分相比，变化了的只是称谓词语，"女儿"被"妹妹"替换，"父亲"被"哥哥"替换，其他的基本没变。其余几个片段的开头部分与此相仿。

　　在印第安诗歌中，平行的诗节是比较多的。有一首易洛魁古老仪式用歌①，第1节至第6节，每节最后一行都是"the Great League"，第2节、第3节、第5节、第6节开头都是"continue to listen"。这6个诗节结构相似，意义相近，虽然每节诗行的数目不同，但一些诗行在6节诗中重复出现。这6个诗节呈同义平行关系。除此之外，第7节、第8节、第9节形成同义平行关系，这三节的末行都是"that was the roll of you"。第10—19节也呈同义平行关系，这10节的末行都是"this was the roll of you"。也就是说，在印第安诗歌中，在那些平行的诗节中总有一些诗行是相同的，而且这些相同的诗行一般出现在诗节开头或末尾。通过这些相同的诗行，读者自然地把几个诗节联系在一起，把这些诗节视为一个整体。这样，读者在留意这些诗节的联系的时候，这些诗节所表达的意义就被一遍遍强化了。所以，这种平行结构不仅在形式上有一种回环往复的美，而且在意义表达上收到了层积叠加的效果。

三　一种特殊的同义平行

　　在《海华沙之歌》中，有一种特殊的诗行之间的同义平行关系，其特殊之处在于，在平行的两个或两个以上的诗行中，从第二个诗行开始，省略了

---

　　① 详见 John Hollander, ed., *American Poetry: The Nineteenth Century*, pp. 692 – 697。

第一个诗行开头的一到两个词语，而以第一个诗行的第二或第三个词语开头。《海华沙之歌》第三章第 24 节第 3—5 行就属于这种情况：

> Till he saw two antlers lifted,
>
> Saw two eyes look from the thicket,
>
> Saw two nostrils point to windward.

无独有偶，在圣经诗歌中我们也发现了这种表达方式。《雅歌》第四章第 8 节有四个平行的诗行，从第二行开始省略了第一行的第一个词"depart"，而以其第二个词"from"开头。

> Depart from the peak of Amana,
>
> from the peak of Senir and Hermon,
>
> from the dens of lions,
>
> from the mountains of leopards. (Song of Solomon 4：8)

综上所述，《海华沙之歌》中各种类型的同义平行结构，在圣经诗歌、芬兰史诗、印第安诗歌中几乎都能找到。这说明，同义平行结构是口头文体的基本特征。

第三节　《海华沙之歌》平行结构的来源

下面介绍《海华沙之歌》平行结构的来源，有以下两种。

一　印第安歌谣与《海华沙之歌》

朗费罗在创作《海华沙之歌》前做了充分的准备工作，搜集了大量关于印第安文化的资料，包括印第安人的神话传说、仪式、歌谣等。这些资料最终变成了朗费罗的创作素材，并被巧妙地编织进了《海华沙之歌》。美国学者已条分缕析地指出了朗费罗《海华沙之歌》中的很多内容的出处[①]。朗费罗把一些印第安童谣和情歌进行改编或再创造以后，巧妙地镶嵌到了诗歌故事情节之中。童年时代的海华沙在外祖母瑙柯密的教导下学唱童谣，其中有一首就是《萤火虫之歌》。而这支歌谣正是朗费罗根据印第安歌谣 "Chant to the Fire - Fly" 改编的[②]。为了把印第安那些醉人的情歌编织进《海华沙之歌》，朗费罗专门设置了一个印第安情歌王子形象，那就是海华沙的挚友齐比亚波，由于这样一个特殊身份，这个人物就有机会参与到重要情节单元中。在海华沙的婚礼上，这位情歌王子就大显身手，唱了一首凄婉的印第安情歌。这支情歌出自 "Indian Serenade" （《印第安小夜曲》）[③]。由此不难看出朗费罗对印第安歌谣及情歌的喜爱程度。当然，这种喜爱肯定基于了解。朗费罗把这两支歌曲嵌入到故事情节中且使二者水乳交融，这并不仅仅是简单再创造两支印第安歌曲的问题。不难想象，为了在诗歌情节中嵌入这两支歌曲，朗费罗熟读了多少支印第安歌曲才找到了最符合情节需要的两支歌。这是常识，无须赘言。朗费罗在为自己辩护时也说过，芬兰史诗中有平行句或重复，印第安诗歌中同样也有平行句或重复。朗费罗关于对印第安诗歌形式上的基本特征的这样一种把握，当然基于他对印第安诗歌的了解。因此，不论是朗费罗对印第安童谣和情歌的再创造，还是他为自己所做的辩护，都提醒我们，《海华沙之歌》形式上的特征与印第安诗歌有千丝万缕的联系。下面我们就来看看朗费罗是怎么再创造印第安童谣《萤火虫之歌》的。

---

① See Mentor L. Williams, ed., *Schoolcraft's Indian Legends from Algic Researches*, *The Myth of Hiawatha*, *Oneóta*, *The Race in America*, *and Historical and Statistical Information Respecting. . . the Indian Tribes of the United States*, pp. 318 – 319.

② Ibid., p. 318.

③ Ibid.

在《海华沙之歌》第三章第 12 节，小海华沙看到萤火虫时所唱的萤火虫之歌如下：

> Wah – wah – taysee, little fire – fly,
>
> Little, flitting, white – fire insect,
>
> Little, dancing, white – fire creature,
>
> Light me with your little candle,
>
> Ere upon my bed I lay me,
>
> Ere in sleep I close my eyelids!

> 哇－哇－达伊茜，小萤火虫，
>
> 放白光的小昆虫，飞到西又飞到东，
>
> 你是个会跳舞的、放白光的小昆虫。
>
> 你点亮着那支小蜡烛，
>
> 照着我上床睡觉，
>
> 照着我合上眼睛睡熟！（王科一译）

斯库克拉夫特所收集并英译的印第安童谣《萤火虫之歌》是这样的：

> Chant to the Fire – Fly
>
> (Ojibwa)
>
> Fire – fly, Fire – fly, light me to bed.
>
> Come, come, little insect of light,
>
> You are my candle, and light me to go. ①

---

① John Hollander, ed., *American Poetry: The Nineteenth Century*, p. 678.

> 萤火虫之歌
>
> （奥吉布瓦）
>
> 萤火虫，萤火虫，照我去睡觉。
>
> 来吧，来吧，发光的小虫虫，
>
> 你是我的蜡烛，照我去睡觉。（拙译）

小海华沙所唱的歌是他的外祖母瑙柯密教的。这位印第安文化英雄当然应该演唱印第安歌曲，那么，把这首奥吉布瓦印第安人的《萤火虫之歌》直接嵌入《海华沙之歌》中是不是最佳选择呢？如果朗费罗的作品不是诗歌，而是散文体的叙事作品，那么，直接把这首充满童趣的印第安歌谣引入作品并没有什么不妥。既然《海华沙之歌》是一首格律诗，而且朗费罗对诗歌格律那么讲究，甚至到了痴迷的程度，我们就没法想象他会把这首印第安童谣原封不动地引入自己的诗歌。为了保持这首童谣的天真烂漫，又要使之符合无韵扬抑格四音步的格律要求，朗费罗不得不对其进行创造性改造。在这首印第安童谣中，萤火虫的基本特征都被表现出来了：一是其外貌特征，这是一种发光的昆虫；二是萤火虫与小孩子的关系，它像蜡烛一样，为孩子照明，伴孩子入眠。朗费罗对这首英译的印第安童谣进行再创造的时候，保留了这两个基本特征，同时添加了萤火虫的其他特征。就萤火虫的外貌而言，朗费罗并没有直接点明其发光的本质，而是通过色彩即白色把发光的特质凸显出来。另外，朗费罗还表现出了萤火虫轻灵飞扬的舞姿，突出了动态美。所以，就内容而言，朗费罗并没有照搬原型歌谣。就形式而言，这两首歌谣的区别更是一目了然。朗费罗的歌谣用了两组行首词语相同的同义平行句，而那首印第安歌谣形式上最大的特点是一个诗行内行首词语的重复出现。两支歌谣都很美，朗费罗的歌谣具有一种丰满轻灵的美感，而印第安歌谣更加朗朗上口，具有天真纯朴憨实的童趣。朗费罗改造这支印第安歌谣时的表现，让我们没法去想象这样一个严谨认真的诗人会随意地抄袭别人的作品。

从朗费罗对这支印第安歌谣的再创造，不难看出他对印第安诗歌的喜爱。而从他对印第安诗歌平行句或重复这一特征的把握，可以想象他对印第安诗歌的熟悉程度。因此，如果说朗费罗在创作以印第安人为主角的诗歌时借鉴了印第安诗歌的表现手法，这是完全有可能的，而且也是情理之中的事情。

二 芬兰史诗《卡莱瓦拉》与《海华沙之歌》

《海华沙之歌》出版以后被指抄袭了芬兰史诗《卡莱瓦拉》。这种具有言语暴力性质的批评十分刺耳，对于作者的诚意与努力而言也有失公允，不过，作为旁观者，我们要冷静发掘那些隐藏在这场言论漩涡背后的东西。不管批评者是以怎样的心态来指责朗费罗的，也不管朗费罗是以什么样的心情面对这种责难的，所有这些东西都被淹没在时间的滚滚洪流之中了。当我们再来梳理这场论战中的一些细节的时候，"剽窃"这个词依然是那么夺人眼球。抛开这个词的感情色彩不论，其所指的两部作品之间的相似性却是我们不得不重视的问题。

我们先从朗费罗留下来的一些文字材料寻踪追迹，看看朗费罗与芬兰史诗之间的渊源。朗费罗的日记使我们有可能了解他的创作计划和创作进展。在1854年6月22日的日记中，朗费罗不无兴奋地说他有了一个唯一正确的计划，那就是创作一部歌唱印第安人的诗歌，而且他还想到了一种最适合这个主题的韵律①。三天以后，朗费罗就投身到了这个计划中。1854年6月25日，朗费罗开始写《海华沙之歌》，1855年3月29日完稿，1855年11月10日出版②。从后来的情况看，那个被朗费罗认为是唯一正确的计划的成品就是《海华沙之歌》。朗费罗所想到的适合歌唱印第安人这一主题的韵律又来自何方呢？1855年10月29日，朗费罗写信给T. C. Callicot，在信中，这个谜被揭开

---

① See Henry Wadsworth Longfellow, *The Song of Hiawatha*; *With Illustrations*, *Notes*, *and a Vocabulary and an Account of a Visit to Hiawatha's People*, by *Alice M. Longfellow*, p. 5.

② Ibid., p. 6.

了，朗费罗承认他运用了与芬兰史诗《卡莱瓦拉》一样的格律①。1855 年 12 月 3 日，朗费罗在给萨姆纳的信中说："我非常了解《卡莱瓦拉》。"② 他还指出，《卡莱瓦拉》中的一些故事与斯库克拉夫特所保存的一些印第安故事相似。朗费罗对《卡莱瓦拉》的熟悉程度由此可见一斑。有人认为朗费罗采用了芬兰史诗的平行或重复（parallelism or repetition）句法，朗费罗指出，平行或重复既是印第安诗歌的主要特征也是芬兰史诗的主要特征③。由此可见，朗费罗对印第安诗歌和《卡莱瓦拉》形式上的相似之处有明确的认识。通过梳理上述资料，我们看到，朗费罗对芬兰史诗《卡莱瓦拉》非常熟悉，他坦承自己借鉴了《卡莱瓦拉》的格律，但对其平行或重复句法来自芬兰史诗这一说法却持坚决否定的态度。从这场论战可知，《海华沙之歌》娴熟地运用了平行或重复句法，而印第安诗歌和芬兰史诗一样以平行或重复句法为主要特征，这三者之间的相似性是明摆着的事实。按理说，鉴于朗费罗对印第安诗歌和芬兰史诗的熟悉程度，他在创作《海华沙之歌》时会自然地表现出所受的影响，这是再正常不过的事情了。那么，为什么朗费罗要坚决否认借鉴了《卡莱瓦拉》的平行或重复句法呢？也许，这个谜底需要换个角度来解释。

三　一个没有答案的问题

从本章第二节的论述可知，《海华沙之歌》中同义平行结构的所有类型，在圣经诗歌、芬兰史诗、印第安诗歌中都有。其实，按照利兰·莱肯对平行结构的定义去分析《海华沙之歌》中的诗句，我们发现，除了我们已分析过的同义平行结构之外，其余三种平行结构，即对偶平行、层进平行、综合平行在《海华沙之歌》中都有。只不过，除了综合平行之外，同义平行是《海

---

① See Ernest J. Moyne and Tauno F. Mustanoja, *Longfellow's Song of Hiawatha and Klevala*, *American Literature*, Vol. 25, No. 1 (Mar., 1953), pp. 87 – 89, Published by: Duke University Press.

② 转引自 Henry Wadsworth Longfellow, *The Song of Hiawatha*; *With Illustrations*, *Notes*, *and a Vo-cabulary and an Account of a Visit to Hiawatha's People*, *by Alice M. Longfellow*. pp. 7 – 8。

③ Ibid., p. 8.

华沙之歌》中用的最多的一种平行结构。而且相对于综合平行而言，同义平行在形式上更容易引人注意，尤其是那种两个诗行以上的行首词语或片语相同的同义平行结构往往给人强烈的视觉冲击，越容易被注意。而且根据朗费罗对平行句法的解释，他把平行与重复视为一物，那么，我们不得不认为，他所说的平行实际上就是同义平行，因为只有同义平行是用两个或两个以上的诗行来表达相似的意义的。鉴于此，我们着重比较分析了《海华沙之歌》中的同义平行结构。这种分析是从两个大的层面展开的，即诗行之间的同义平行和意群之间的同义平行。同时，在每个大的层面，我们又将平行结构细分为不同的类型进行分析。最终，我们发现，《海华沙之歌》中的同义平行结构的各种大大小小的类型在圣经诗歌、芬兰史诗、印第安诗歌中都有。这个结论在我们开始进行这一问题的研究时根本没有预料到。直到我们逐行把这些诗歌中的相同类型的平行结构都找出来并放在一起比对后，才发现那些被视为一部诗歌的特色的东西实际上根本就是很多诗歌的共性。再联系到已经论及的南斯拉夫活形态英雄史诗歌和《诗经》的平行结构，我们不得不认为，平行或重复实际上是口头文体的基本形式。因此，朗费罗的《海华沙之歌》中的平行或重复的句法究竟来自芬兰史诗还是印第安诗歌，这个问题根本就不可能有答案。

朗费罗所受的影响是多方面的。他熟悉的诗歌都可能潜移默化地影响到他。就构筑诗行时运用同义平行结构这一诗艺而言，朗费罗不必等到学习了芬兰史诗、印第安诗歌以后才去实践，因为从小熟悉圣经诗歌尤其是其中的赞美诗，他对诗歌的同义平行结构不可能陌生。不过，当朗费罗提到他对印第安诗歌和芬兰史诗平行结构的了解时，我们也不能漠视他可能受到的启发和影响。可以肯定，使他受到启发的，不是这两种诗歌运用了同义平行结构，而是这两种诗歌频繁运用同义平行结构并使其形式具有强烈的视觉冲击这一显在的特质。这种冲击最终转化成了《海华沙之歌》中频繁出现的同义平行结构。因此，当朗费罗被指采用了《卡莱瓦拉》中的平行或重复的时候，他不可能承认这是事实。所以，朗费罗不承认那种指责，恰恰表明他是一个诚实的诗人，他所说的都遵从他的良心的指引。

当我们不去寻根溯源地研究平行结构的时候，我们很可能把朗费罗的否认看作一种狡辩。我们可能会猜想，既然朗费罗已经借鉴了芬兰史诗的格律，那么也借鉴其平行或重复是很自然的事，他不承认，只是他不愿意背上剽窃的骂名，所以他把印第安诗歌拿来做挡箭牌。但是，一旦经过追根溯源、条分缕析的比较研究，我们就会发现这样的猜想冒着以小人之心度君子之腹的巨大风险。

第四节　《海华沙之歌》平行结构的艺术效果及价值

一　平行结构的艺术效果

平行结构的艺术效果有以下三种。

（一）对称的形式美

在同义平行结构中，平行的两个或两个以上的诗行之间呈严格对称或部分对称，形成了阶梯式的对称美；就两组诗行构成的平行结构而言，奇数行相互对称，偶数行也相互对称，形成了一种交错对称的美；两个或两个以上诗歌片段构成的平行结构，其最大的特点是，在几个片段中总有一些诗行是相同的，或者是后面片段中的某些诗行是在第一个片段的诗行的基础上进行微调，只变换了个别词语，这些相同或相似的诗行形成了遥相呼应的对称美。对称是同义平行结构的内在原则。正是因为平行结构内的各部分相互对称，所以几个平行的诗行或意群的节奏基本上是相同的。不论是外在视觉效果，还是内在朗读节奏，平行结构都散发着"美的语言"的特殊魅力。不过，通过对《海华沙之歌》平行结构的分析，我们发现，不管是在哪个层面上平行，平行结构内的各部分并不总是完全对称的。不过，那些不完全对称的平行结构，也有其自身的魅力。对称散发出平衡的美感，而个别不对称的因素则打破了单调的平衡，消解了单调死板的审美疲劳，给人带来活泼灵动的新鲜体验。由于平行结构内主体部分呈对称关系，所以平行的诗行或意群的节奏相似，朗读时表现出整齐匀称的音响效果。

（二）意义的强化与表达的延宕

同义平行结构内平行的诗行或意群意义相似，从这个意义上说，后面出现的诗行或意群并没有增加新的意义。既然如此，为什么还要运用平行结构呢？这是因为平行的诗行或意群是互相增色的。在同义平行结构中，每增添一个诗行或意群，第一个诗行或意群表达的意义就得到一次强化，所以增添新的诗行或意群的过程，也就是强化意义的过程，这种过程直到这一个平行结构完成才会停止。在这个意义上说，一个平行结构内平行的诗行或意群越多，意义表达得越充分。平行不仅使某一意义得到强化，而且使意义表达行为延宕，但不同的平行类型又带来不同的意义表达效果。在《海华沙之歌》中，两个诗行组成的同义平行结构遍地开花，两个平行的诗行一唱一和，表现出相映生辉的和谐。两个以上诗行组成的同义平行结构往往流露出炫目动魄的霸气，而两组诗行组成的同义平行结构具有稳如泰山的气定神闲，几个诗歌片段组成的平行结构则表现出娓娓道来的悠游自在。所以，对平行结构的意义表达效果进行分类描述是十分必要的。

（三）强烈的视听觉冲击

在《海华沙之歌》中，有很多行首词语或片语相同的同义平行结构，这种平行结构不论是两个诗行还是两个以上诗行构成的，在整个页面中都有极高的识别度，给人一种鹤立鸡群的感觉。因此，这些平行结构首先给读者带来的是一种强烈的视觉冲击。尤其是那些行首词语或片语相同的两个以上诗行构成的同义平行结构，由于同一个词语或片语在不同诗行的开头不断出现，就给读者一次次闪烁的视觉冲击。这样，这个平行结构就牢牢抓住了读者的注意力。不管是默读还是朗读，这种平行结构都有一种特殊的美感。《海华沙之歌》的格律是无韵扬抑格四音步，每个诗行的第一个音节是重读音节，在行首词语或片语相同的同义平行结构中，第一个词往往是单音节词，当同一个单音节词被反复重读的时候，都给人鼓槌反复敲击的感觉，造成一种铿锵有力、掷地有声的音响效果。

总之，《海华沙之歌》的同义平行结构因其独特的形式特征而能引起读者的极大关注，进而促使读者将注意力集中在一个意义单元上，并稍作停留，达到短暂沉思所具有的效果，加强了读者对一个意义单元的意义的接受，同时享受其视听觉美感带来的心灵愉悦。

二　平行结构的价值

通过对来自不同语言、不同时代、不同民族的口头诗歌的研究，我们发现，平行结构是口头文体的基本文体形式。这倒不是说书面文体中就没有平行结构。正如对程式问题的认识，有无程式并不是判断一种文体是书面文体还是口头文体的依据，程式出现的频密度才是关键的考量依据。只是把程式作为点缀来使用，还是以程式为基础来构筑诗行，是区分书面文体与口头文体的一个标准。与此类似，有无平行结构并不是区分书面文体与口头文体的标准，是否以平行结构为基础来构筑诗行才是至关重要的考量依据。因此，我们说平行结构是口头文体的基本文体形式，就是说口头文体是以平行结构为基础来构筑诗行的。当然，平行结构的类型多种多样，我们却着重研究了同义平行结构，这是因为，当朗费罗言及"平行"时，它把"重复"作为"平行"的替代词，这样，我们就把研究的重心放在了《海华沙之歌》的同义平行结构上。

《海华沙之歌》中的同义平行结构很多。我们看到，圣经诗歌、芬兰史诗等口头诗歌，通常情况下把两个诗行作为一个意义单位，第二个诗行相对于第一个诗行而言，或者与之意义相似，或者与之意义相对，或者使其意义递进，或者使其意义完成，总之，往往是两个诗行共同表达了一个意义。也就是说，在第一个诗行完成以后，诗人或歌手总是要稍作停留，并不急着去另起炉灶表达一个新的意义，而是在第一个诗行意义的基础上再做补充。按照阿尔伯特·洛德在《故事的歌手》中的说法，歌手在口头表演的过程中，承担着快速表演的压力，他要在表达一个意义的时候思考下一个新的意义，演唱一个意义单位中的第二个诗行所用的时间，正是歌手用来思考下一个新的意义的时间。也就是说，句法的平行式，实际上是口头表演行为的伴生现象。或者说，口头表演中的诗歌句法必然是平行式。关于这一问题，洛德已经对南斯拉夫活形态英雄史诗歌的歌手的具体表演进行了充分的论证，结论是令人信服的。平行结构表面上看是一种诗歌表达技巧，但实质上反映的是口头诗人或歌手的思维方式。正如福柯所说，人类的认识型决定着人类的语言表达方式，语言表达方式是认识型的表象。为什么在口头文体中平行结构是基本文体形式，而到了书面文体中这样一种表达方式就日益式微了呢？这是因为，现场表演本身决定了创作者的特定思维方式，而在书面创作的环境中，诗人没有必要再像口头诗人那样快速思考下一个意义单位，因此，他的思维方式必然与口头诗人不同。既然思维方式变了，那么语言表达方式必然随之发生相应的变化。两两相对的诗行作为一个意义单位的表达方式逐渐被淘汰，代之而起是单个诗行作为一个意义单位的表达方式。因此，平行结构在书面诗歌中也有，但不可能再作为书面诗歌的基本文体形式。

《海华沙之歌》是书面创作，这不言自明。但是，在这部诗歌中有大量的平行结构，足以使该诗在形式上与其他书面诗歌区别开来。那么怎么看待平行结构在这部诗歌中的价值呢？这种平行结构的来源是口头文体，上文已经论述过了。因此，我们不得不从书面文体的口头传统特征这个角度来考量该诗平行结构的价值。作为一个文体型作家，朗费罗为了创新英语诗歌，艺术技巧方面做过各种各样的尝试。为了使美国诗歌实现文体上的突破，他不辞辛苦直译了很多外国诗歌，其目的就是要把外国诗歌的艺术特色融入美国诗歌，以便美国诗人能创造出与母国英国的诗歌迥异的美国诗歌。可以说，朗费罗一生都在为这个目标而努力。作为销量空前、反响巨大并使朗费罗得到英语世界和非英语世界赞誉的一部诗歌，《海华沙之歌》不仅在内容上与传统英语诗歌不同，在形式上也有独特性。而大量的平行结构是造就其形式独特性的一个不可或缺的因素。

印第安文学和欧洲文学的口头传统因子在《海华沙之歌》中生根发芽，使该诗熠熠生辉。朗费罗的成功表明，作家根据自己的创作实际汲取口头传统的营养，就会为其作品注入鲜活的生命力，从而使其在众多纯粹的书面作品中闪耀夺目的光彩。

结　语

综合本书，我们得出以下三点结论。

一　本土题材与美国民族文学的身份确认

在后革命时期，美国民族文学比任何国家的民族文学都需要本土题材的支撑。如果当时美国作家的作品不具有美国独特的主题，那么，这作品的美国文学身份将会受到质疑。这是因为，在后革命时期，美国文学这一概念实际上是针对英国文学这一概念而存在的。在那个时代，美国文学不是一个以地理区别来界定的概念，美国文学的核心特征是必须与英国文学不同。但是，美国文学是在英国文学的土壤上发芽的，美国文学和英国文学都属于英语文学，它不可避免地抄袭了英国文学的许多特征。

诗歌作为一直备受瞩目的文学体裁，在美国文学和英国文学中一样具有极高的地位。在美国，甚至把能否创作出史诗视为美国是否有文化的一个重要标志。美国的文学民族主义者在某种程度上被文化上的自卑情结所困扰。他们关注的主要是诗歌创作，而且他们的自尊心常为美国人不能创作出像样的史诗而大受挫伤[1]。在1812年的战争之后，由于接受浪漫主义美学思想的

---

[1]　[美]埃利奥特·埃默里主编：《哥伦比亚美国文学史》，朱伯通等译，四川辞书出版社1994年版，第149页。

人越来越多，文学的民族主义具有了实现的可能性。因为自然是浪漫主义的核心表现对象，而在美国，诗人们有得天独厚的自然条件，而且这个自然绝对是英国作家缺乏的，这就为美国诗人创造出有别于英国诗歌的美国诗歌提供了基础。在1815年，《北美评论》率先指出，文学贵在独创。该杂志的首任编辑威廉·图德在1815年11月号上指出，美国诗歌中的景物描写更多地是模仿古典诗人的结果，而不是出于对本国风景的切身感受。他呼唤美国诗人对大自然的感受力，他认为美国的荒原背景能使这个国家的浪漫的过去（尤其是英法两国争夺新大陆的战争）具有史诗色彩，他还预见到美国的土著将会遭受悲惨的命运。威廉·图德的期望和预见，在詹姆斯·费尼莫尔·库珀和弗兰西斯·帕克曼的作品中实现了，虽然他们不是以图德期望的诗歌的形式来描写美洲的荒原和土著的①。

库珀的《皮裹腿故事集》中最负盛名的是《最后一个莫希干人》。这部小说以法国—印第安战争为背景，以好坏印第安人二元对立的模式，塑造了一系列血肉丰满的印第安人物形象，再现了丰富的印第安文化，回溯了印第安人的历史，预言了印第安人必将灭亡的命运。库珀借《最后一个莫希干人》十足的本土题材为美国小说的本土化事业做出了卓越的贡献。库珀精心设计纳蒂·班波（在特拉华人部落中长大的白人）这样一个人物，并赋予了他丰富的功能。在纳蒂这一人物身上，集中了英、法和亲英与亲法的印第安人四方的矛盾纠葛。可以说，纳蒂的这种身份赋予小说足够的张力，使其能够在重重矛盾中展开复杂的人物关系和曲折的故事情节。这就为全面反映美国文化中复杂的印第安人问题搭建了足够大的舞台。事实表明，库珀借纳蒂·班波这一角色的丰富的功能，实现了他选择印第安题材来创造美国民族文学的使命。1826年出版的《最后一个莫希干人》奠定了库珀作为美国"民族小说

---

① ［美］埃利奥特·埃默里主编：《哥伦比亚美国文学史》，朱伯通等译，四川辞书出版社1994年版，第148页。

家"的地位①。就库珀整个的创作生涯来说，《最后一个莫希干人》无疑是他最杰出的创作。虽然库珀的小说家生涯持续了 30 多年，但是其最广为人知的作品还是其早期的杰作《最后一个莫希干人》。这也是读者对库珀为美国文学的本土化做出了卓越贡献的一种合乎情理的回应。

弗兰西斯·帕克曼的游记《俄勒冈小道》（1849），叙述了帕克曼的大草原之旅。帕克曼这位历史学家的史学巨著大多已经湮没无闻了，但是《俄勒冈小道》一直在发售，而且能赢得读者的欣赏，这归因于帕克曼对大草原景色和印第安人的民俗风情的栩栩如生的描写。作为历史学家的帕克曼却在美国文坛建立了不朽的声望，凭借的就是他青年时期的这部著作《俄勒冈小道》。其生命力恰恰来自大草原和那已经逝去的美洲主人印第安人。而帕克曼之所以拖着多病之身完成大草原冒险之旅，就是因为想赶在印第安人古老的生活方式成为历史之前亲自考察"处于原始状态下的印第安人的生活方式和民族性"②。他认为，他的游记写的是他目睹的印第安人的生活，而此前诗人和小说家描写的印第安人的生活大多是想象的产物，因此，他无须以他们的描写来为自己的描写做辩护③。帕克曼的自信当然是不无道理的。因为从这部游记可知，帕克曼曾经和苏族奥吉拉拉印第安人一起生活了一段时间，并和他们中的一些人交了朋友。帕克曼对奥吉拉拉印第安人的生活方式和宗教信仰等有过了解。帕克曼的这种经历和他的文学素养一起为这部游记注入了生命力。恐怕和帕克曼一样，读者感兴趣的正是原始状态下的印第安人的生活方式和民族性，特别是在印第安人已经从美洲荒野逝去之后。麦尔维尔于《俄勒冈小道》初版的同年（1849）在《文学世界》上发表的一篇文章中称该书是"杰作"，认为该书具有"真正的野生动物的气息"，还对帕克曼对印

---

① ［美］萨克文·伯科维奇主编：《剑桥美国文学史》（第二卷），史志康等译，中央编译出版社 2008 年版，第 28 页。
② ［美］弗朗西斯·帕克曼：《俄勒冈小道·初版前言》，叶封译，上海译文出版社 1993 年版。
③ 同上。

第安人的看法发表了评论①。帕克曼是在 1846 年开始他的冒险之旅的，那时的文学作品十分关心美国的民族性②。在这种情况下，一部记录了原始状态下的印第安人生活方式和民族性的游记能被称作杰作，无疑折射出了印第安题材在当时的美国民族文学建构中所占据的地位。

在《俄勒冈小道》出版几年以后，一部以印第安人为主角的诗歌问世了。这部诗歌不仅在美国国内引起了巨大的反响，而且获得了巨大的国际声誉。这部诗歌不仅被翻译成了每一种现代欧洲语言，而且被翻译成了拉丁文。这就是亨利·华兹华斯·朗费罗的《海华沙之歌》（1855）。这部诗歌被称为美国的第一部史诗。与库珀和帕克曼笔下的印第安人相比，朗费罗笔下的印第安人离他那个时代更加遥远。印第安文化英雄海华沙开通航道、培植成功玉蜀黍、发明印第安象形文字等，都是朗费罗笔下的印第安人活动的重大历史事件。可见，这部诗歌中的印第安人是从遥远的神话时代走来的。这部诗歌是在斯库克拉夫特所收集的关于印第安人的文化资料的基础上创作出来的，从诗歌的布局来看，朗费罗显然有意识地再现了印第安文化的许多方面，包括：印第安人的求婚仪式、婚宴仪式、农业巫术仪式、收获仪式、成年礼仪式、悼亡仪式等仪式，神话、故事、情歌、童谣等口传文学样式，印第安人的骰子戏（一种赌博游戏）等娱乐方式，以及印第安人的宗教信仰等。所有这些都是在情节的自然进展中不露痕迹地展现出来的。与库珀和帕克曼零星地介绍印第安文化相比，朗费罗的《海华沙之歌》对印第安文化的展现堪称全面。而在今天看来，朗费罗这部享誉世界的诗歌的主要价值恐怕就在这里了。这部诗歌反映的印第安人的生活和文化，对于当时的美国读者和非美国读者来说，当然都是新鲜而且奇异的，因而是富有魅力的。这就是这部诗歌在问世后引起巨大反响的主要原因。

<hr>

① 参见［美］戴维·莱文《俄勒冈小道·编者弁言》，叶封译，上海译文出版社 1993 年版。
② 同上。

正如 T. S. 艾略特在《美国文学和美国语言》一文中所说，人最初对外国文学作品最感兴趣之处恰恰是"这些作家所表现出来的独特性"，这是因为，"他们在自己本国的文学里找不到任何类似的东西"①。库珀和朗费罗在欧洲赢得读者的一个主要的原因就是其印第安题材迎合了外国读者对文学新颖性的偏好。库珀在谈到题材选择问题时说过，当时的英国评论家期望美国作家围绕印第安人题材写作。这种期望实际上是与当时的市场需求密切相关的。库珀的《皮裹腿故事集》在欧洲产生影响以后，几乎全欧洲的孩子都在模仿印第安人，学走印第安人的队列。而《海华沙之歌》还为作曲家塞缪尔·柯勒律治·泰勒的颇受欢迎的清唱剧提供了素材，直到"二战"时期，该剧都在一年一度的为期两周的节日中在皇家阿尔伯特大厅表演，届时，几乎有 1000 个英国唱诗班歌手穿着印第安服装进行表演②。这都说明，对于当时的美国作家来说，要想创作出符合欧洲人胃口尤其是能够得到英国人认可的文学作品，选择印第安题材无疑是明智之举。而库珀和朗费罗分别在小说和诗歌领域为美国民族文学赢得的国际声誉表明了这样一个事实，那就是在 19 世纪 50 年代以前印第安题材是建构美国民族文学的利器。

不论是库珀的《最后一个莫希干人》，还是朗费罗的《海华沙之歌》，都是 19 世纪 50 年代以前美国民族文学的典范。它们的成功取决于库珀和朗费罗的生花之笔和美国的标志性本土题材——印第安题材——的完美结合。从库珀的《最后一个莫希干人》在 19 世纪 20 年代后期获得巨大成功，到朗费罗的《海华沙之歌》于 19 世纪 50 年代中期赢得国际声誉，可以说，印第安题材在 19 世纪美国民族文学的建构中发挥了举足轻重的作用。这两部作品的巨大成功说明，本土题材是美国民族文学的灵魂。

---

① 《美国作家论文学》，刘保端等译，生活·读书·新知三联书店 1984 年版，第 201—202 页。
② See Jay, Parini, ed., *The Columbia History of the American Poetry*, p. 66.

二　继承世界文学传统与美国文学的艺术革新

在今天看来，就朗费罗对美国文学的影响而言，"他在让美国人熟悉欧洲诗歌传统上所扮演的角色或许更重要"①。在 1826 年到 1836 年，因教学需要，朗费罗两度游学欧洲，学习了西班牙语、意大利语、法语、德语、荷兰语、丹麦语、冰岛语、瑞士语和一些芬兰语。1835 年朗费罗应邀到哈佛大学任现代语言和文学教授。在哈佛 19 年的教研生涯中，朗费罗除了撰写学术论文和教科书外，还做了大量的翻译工作（即使 1854 年从哈佛大学退休后也还一直坚持从事翻译工作）。朗费罗非凡的语言天赋使他有可能将欧洲语言传统融入美国语言之中，从而在一定程度上实现了改造美国语言的目标。而实现这一目标的主要途径是翻译欧洲文学。诺亚·韦伯斯特认为学习英式英语和外国古代语言会阻碍自己民族语言的进步②，但朗费罗的实践打破了这一禁律。朗费罗于 1845 年出版的《欧洲诗人与诗歌》（*The Poets and Poetry of Europe*）是一部从 10 种欧洲语言翻译过来的大部头译著，而 1867 年出版的译著《神曲》在相当长的时间内是美国最受欢迎的一个译本。惠特曼在《朗费罗之死》一文中对朗费罗选诗和译诗的才华羡慕有加："像这样优秀的诗歌的直观鉴赏和精选者以前是不是有过，我表示怀疑。据说，他翻译的许多德国诗歌和斯堪的纳维亚诗歌比原诗还要好。"③ 朗费罗是采用直译而不是意译的方式翻译这些外国诗歌的，而且基本上采用了原诗原有的格律④，其难度可想而知。而正是通过这种精深的翻译实践，朗费罗精通了欧洲诗歌艺术。这为朗费罗创造新的英语格律奠定了基础。朗费罗极富挑战性的贡献就是将古典的六步格引

---

① ［美］保罗·约翰逊：《美国人的历史》，秦传安译，中央编译出版社 2010 年版，第 394 页。
② ［美］萨克文·伯科维奇主编：《剑桥美国文学史》（第四卷），李增译，中央编译出版社 2010 年版，第 275 页。
③ 胡家峦主编：《惠特曼经典散文选》，张禹九译，湖南文艺出版社 2000 年版，第 209 页。
④ Jay，Parini，ed.，*The Columbia History of the American Poetry*，pp. 90－91.

入到英语诗歌创作中①。在朗费罗看来，将欧洲诗歌艺术融入美国诗歌中，是摆脱英国诗歌束缚的根本策略。这正是他长期从事那艰深的翻译工作的主要动力。

朗费罗通过翻译欧洲各种语言的诗歌，为美国诗歌建立了一个庞大的欧洲诗歌参考系。朗费罗自己的诗歌创作从这一参考系获益匪浅。爱伦·坡是朗费罗诗歌的最犀利的批判者。坡在临终前的未完成的匿名文章《被评论的评论家》中指出："朗费罗教授只不过是模仿者中的大巨人。"② 在这里，坡对朗费罗的鄙夷之情溢于言表。但是，在《旁注》（*Marginalia*）中，他对朗费罗的态度却是很微妙的。他认为："模仿者并不一定就没有原创性。朗费罗先生就无疑是美国最富于开拓精神的模仿者，有着原创性，或者是说有丰富的想象力……所有伟大的诗人都曾经是罪行深重的模仿者，反之却未必，不是所有伟大的模仿者都是诗人。"③ 可以说，朗费罗作为模仿者的伟大之处就在于使模仿成为造就自己诗歌原创性的一条捷径。低劣的模仿是依样画葫芦式的模仿，而高级的模仿本身就是创造，因为它将各种优秀元素整合在一起，达到了青出于蓝而胜于蓝的境界。朗费罗的模仿显然属于后者，以致惠特曼在《赞四诗人》中这样称赞道："朗费罗的色彩丰富，形式和情节优雅——这一切使得生活美好，爱情细腻——可同熟悉自己领域的欧洲歌者一见高低，而且比他们当中任何一个的作品都更美好而精致。"④ 朗费罗之所以能够获得这样的成功，是因为他深知原创的基础是自觉的模仿。惠特曼在《朗费罗之死》一文中谈到了这一点。针对"有人粗野地抱怨、责备朗费罗缺乏本土风味和特殊的独创性"这一问题，惠特曼指出，几个世纪以来产生的歌手都不

---

① Jay, Parini, ed., *The Columbia History of the American Poetry*, p. 93.

② 转引自［美］萨克文·伯科维奇主编《剑桥美国文学史》（第四卷），李增译，中央编译出版社 2010 年版，第 291 页。

③ 同上。

④ 胡家峦主编：《惠特曼经典散文选》，张禹九译，湖南文艺出版社 2000 年版，第 191 页。

会要求自己所唱的歌的音符不同于别的歌手。而且他亲自听朗费罗本人说过，在新大陆有独创性、并宣称他自己和他的英雄有独创性之前，他必须好好吸收人家的独创性，恭恭敬敬地考虑生于阿伽门农之前的一些英雄①。一个自觉的模仿者必定是一个拿来主义者。在朗费罗时代，美国文学尤其需要这样的拿来主义者。只有广泛吸收世界文学传统的优秀元素并使之自然地融入美国文学中，这样才能建立起有别于英国文学传统的美国文学传统。朗费罗两度游学欧洲的经历大大开阔了他的视野。在朗费罗看来，将植根于欧洲的各种文化，包括西班牙文化、法国的新教文化、德国文化等，融合到美国文化之中，同时，还要把美国当时的文化元素也一并包容进来，这是建设美国文化的基本路径②。而他那享誉世界的《海华沙之歌》就是实践这一理念的典范。在这种理念指导下，朗费罗自己最终成长为一个有国际文化视野的学者型诗人。但是，朗费罗的伟大之处还不在于此，而在于通过不遗余力的努力，将这种培养国际文化视野的理念传承给了更多的美国作家。

就诗人具有国际文化视野而言，艾兹拉·庞德和 T. S. 艾略特无疑是朗费罗的最出色的后继者。

庞德从家庭遗产中吸收了朗费罗关于世界文学的想象（庞德是朗费罗的孙子辈亲戚）。尽管庞德拒绝承认他这位显赫的祖先的美学，但他还是全心全意地拥抱了朗费罗关于诗人学习外语诗歌和掌握诗歌技巧的重要性的观点③。《剑桥美国文学史》谈到了庞德美学的国际化倾向："伴随着要将罗马天主教廷、福楼拜和各位欧洲大师奉为诗歌中的黄钟大吕和典范的呼唤，庞德在其文字生涯的早期就投入到了向诗界前沿进发的征程，这一运动的核心营养并非来自（美国）某些据称是革命性的当代重大时刻结盟，而是自古代汲取。

---

① Jay, Parini, ed., *The Columbia History of the American Poetry*, pp. 209 – 210.
② ［美］萨克文·伯科维奇主编：《剑桥美国文学史》（第四卷），李增译，中央编译出版社2010年版，第276页。
③ Jay, Parini, ed., *The Columbia History of the American Poetry*, p. 77.

带着一位先锋人士寻求关注的讽刺才华，庞德写下了这样的句子：'好诗绝不是以 20 年前的老办法写就的。'但这位先锋人士却又跑去一家从事比较文学和哲学研究的研究生院。'然而一个感受到生活与其艺术割裂的人'，他换口气说道，'如果他在一种已经被人遗忘的模式中发现了一些酵母，或者他认为在其中看到了一些当代艺术所缺乏的元素，就会自然而然地试图复兴那种模式……'。庞德美学因其国际化、沉迷古董的倾向而招致很多争议。"① 庞德对欧洲大师的崇敬及其颠覆旧模式的冲动和推陈出新的愿望，多少流露出了他受那位显赫的祖先朗费罗影响的痕迹。庞德很早就对普罗旺斯歌谣感兴趣，这使他特别注重诗歌的音乐性。而意外得到费诺罗沙的手稿，使他对东方诗歌的魅力产生了持久的兴趣，这促使他的诗歌产生了重大突破②。1913 年 3月，庞德在《诗刊》上发表的作品很快便成为意象主义诗学的经典宣言。"在瞬间呈现某种智性的和情感的综合体"这一意象理论，在当时的背景下还是很新鲜的说法。此后，他进一步推进了关于意象的理论。因为受到厄内斯特·费诺罗沙的影响，他将"中国表意文字作为其修订后的化身形式，经过了漩涡理论，最终在《诗章》许多篇目的创作中得到贯彻实践"③。不论是意象主义诗学理论的提出，还是那耗时数十年的鸿篇巨制《诗章》的创作实践，都在提醒人们注意这样一个事实，那就是中日诗歌和儒家文化在庞德的文学生涯中所发挥的重要作用怎么估计都不算过分。和朗费罗相比，庞德的文化和诗歌参考系已经不局限于欧洲文化和文学了，他的视线深入了对朗费罗来说陌生的东方。可以说，庞德比朗费罗走得更远，不过，庞德显然是沿着朗费罗开创的道路开始自己的征程的。

---

① ［美］萨克文·伯科维奇主编：《剑桥美国文学史》（第五卷），马睿、陈贻彦、刘莉译，中央编译出版社 2009 年版，第 127 页。

② 王逢编：《世界著名作家访谈录》，江苏文艺出版社 1991 年版，第 49—50 页。

③ ［美］萨克文·伯科维奇主编：《剑桥美国文学史》（第五卷），马睿、陈贻彦、刘莉译，中央编译出版社 2009 年版，第 129—130 页。

T. S. 艾略特的哈佛大学生涯使其有机会通过朗费罗曾参与建设的哈佛人文传统间接接受朗费罗的影响①。艾略特认为，利用文学传统的形式可以推陈出新："诗人摒弃传统的形式之后，过一段时间就会有人好奇，用传统的形式来做新的实验。如果能够别具新意的话，可以产生很好的作品——这不是复古，而是推陈出新；这不能算是反革命，也不能称为开倒车。"② 艾略特认为，文学的传统的形式在某个时期会以特殊的方式再生。利用传统的形式，可以达到推陈出新的效果。这是文学革新的一种途径。而通过利用传统的形式来创新，正是朗费罗所擅长的。这在年轻的艾略特那里产生了影响。艾略特年轻时就常有通过模仿而创新的冲动。艾略特说："作家常常可以在外国作品或古代作品中找到仿效的模式和他想要学到的体裁。"他常常推断："你看这位作家写的东西和我此刻想要表达的无论在哪方面都有共鸣，他是用外语写从前的事，让我来试一试，用我本国的语言，描写我们的时代，看看我是否也能写出同样的东西来。"③ 通过模仿外语作家的模式，达到革新本国文学的目的，这也是朗费罗已经实践过的路径。艾略特并不否认他的诗歌创作受益于法国文学，而且他还一度用法文创作过。艾略特和好友艾肯在哈佛大学读书时合编过《哈佛论坛》，那时，艾肯感兴趣的是意大利和西班牙作家，而艾略特则专好法国作家④。在大学三年级时，"艾略特经历了一次文学变革，大大改变了他早期的诗歌风格"。这是因为他阅读了阿瑟·西蒙斯的《文学的象征主义运动》一书。由于"受到兰波、维尔伦、科比埃尔，尤其是朱尔·拉弗格等诗人的影响，他在文学界找到了一条非传统的路子"⑤。几年以后，艾略

---

① Jay, Parini, ed., *The Columbia History of the American Poetry*, p. 77.

② 王诜编：《世界著名作家访谈录》，江苏文艺出版社 1991 年版，第 71 页。

③ T. S. 艾略特：《美国文学和美国语言》，《美国作家论文学》，刘保端等译，生活·读书·新知三联书店 1984 年版，第 203 页。

④ 王诜编：《世界著名作家访谈录》，江苏文艺出版社 1991 年版，第 60 页。

⑤ ［美］萨克文·伯科维奇主编：《剑桥美国文学史》（第五卷），马睿等译，中央编译出版社 2009 年版，第 89 页。

特说，没有一位在世的英美诗人，哪怕是正处于鼎盛期的诗人，对他的影响超过了拉弗格对他的影响，因为拉弗格"为一名意识到自己渴望追求新艺术风格的年轻诗人指明道路"①。因为受到《文学的象征主义运动》一书对拉弗格等作家的评论的触动，艾略特阅读了拉弗格的全部诗歌，于是艾略特的诗风转变为拉弗格式的风格。《J. 阿尔弗雷德·普鲁弗洛克的情歌》在艾略特大学四年级时开始创作，第二年在欧洲完成，在庞德的推荐下于 1915 年在《诗刊》发表。这首诗，"成为 20 世纪文艺呼声最高的作品，成为现代主义隐含的定义，成为诗歌自觉风格的体现，以至于与艾略特同时代的诗人以及后世诗人如果想走出自己的路子，就必须先学会如何摒弃这一自觉风格"②。艾略特的文学革新之路与他吸纳法国文学传统的热情是分不开的。而那足以让艾略特彪炳史册的著名散文《传统与个人才能》，更是全面体现了他广纳文学传统以促进文学创新的主张。

从庞德和艾略特那里，我们看到，朗费罗所倡导的广纳世界文学传统的理念，不仅后继有人，而且得到了发扬光大。通过艾略特和庞德，这一传统被更多的美国诗人所继承。由朗费罗开创并经由庞德和艾略特发扬光大的这一传统，惠及美国诗人和美国文学。在这个意义上，朗费罗为建构美国民族文学付出的心血不应被历史遗忘。

三 朗费罗：19 世纪中叶美国民族文学的开拓者

正如美国学者所说，"美国文学史现在也被公认为是朝着本土文学发展的历史"③。因而，美国文学的本土化是一个历史的过程。因此，各个时代对美

---

① 转引自［美］萨克文·伯科维奇主编《剑桥美国文学史》（第五卷），马睿等译，中央编译出版社 2009 年版，第 89 页。
② ［美］萨克文·伯科维奇主编：《剑桥美国文学史》（第五卷），马睿等译，中央编译出版社 2009 年版，第 90 页。
③ ［美］埃利奥特·埃默里主编：《哥伦比亚美国文学史》，朱通伯等译，四川辞书出版社 1994 年版，第 148 页。

国文学的美国性的看法会有所不同。这个问题在 T. S. 艾略特那里已经论述得很充分了：

> 　　在强调"美国文学"这一概念的含义对我来说是清楚的、明确的，同时，我并不认为要给这一概念下一个全面的定义是可能的；我想来解释一下，按照我的观点，给这一概念作类似的评定在哪些方面甚至于是不适宜的。和别的许多术语一样，"美国文学"这一术语具有各种不同的含义，而且随着时间的推移不断获得新的意义。对于我们今天的人来说，这一术语已经指的不是一百年前的意义了。它的内容比当年丰富得多了。不过，我无意说十九世纪的美国文学，比起二十世纪的美国文学来，不配被称为独立的文学。我只是想说"美国文学"这一概念本身所代表的意义，对于生活在一个世纪以前的作家和对于我们并不相同；这些作家的独特的美国风格只有透过时间才能全面地展示出来。最初人们谈到美国文学，只是指地理上的差别；乔纳森·爱德华兹未必理解这一术语今天所包含的意义。假如美国文学仍然停留在它发展初期的那个阶段，也没被按时间来说更接近我们的作家的成就所丰富，那么它也只不过就是一种由那些在美国出生，而且现在仍然居住在美国的人用英语创作的一种文学罢了①。

在 T. S. 艾略特看来，美国文学是一个历史的概念，因此，任何定义都不可能涵盖这个概念的所有内涵。最初的美国文学，指的就是在美国生产的文学，可以说，这时的美国文学是一个与地理相关的概念。这也许是生活在 18 世纪上半叶的乔纳森·爱德华兹能理解的美国文学的含义。到了 19 世纪，美国文学的含义就与以前的不同了。而在 T. S. 艾略特的时代，美国文学的含义

---

① 《美国作家论文学》，刘保端等译，生活·读书·新知三联书店 1984 年版，第 196—197 页。

又不同于 19 世纪的美国文学。美国文学的含义一直在随着时间的流逝而变化，也就是说，美国文学的美国特征一直在变化之中，因此，给美国文学下一个完美的定义几乎是不可能的。

与什么是"美国文学"相比，大概很少有人会提出什么是"中国文学"的问题。这是因为，中国文学是自在的和自明的。因为，中国一直就是中国，所以中国文学一直就是中国文学。但是，美国的历史不同于中国。美国是在英国殖民地的基础上发展起来的。虽然从地理上来说，美国从殖民时期就在那里存在了，但是，这个区域作为一个国家的概念是后起的。作为政治上独立的国家的美国是在独立战争以后才存在的。这就使得究竟什么是"美国文学"成为一个问题。在美国出版的文学就是美国文学，或者在美国出生且在美国写作的作家的作品就是美国文学，或者在美国写的文学作品就是美国文学，再或者以美国为背景的文学就是美国文学，如此等等的提法，总是不能自圆其说①。不能说这样的界定就是完全错误的，但其中任何一种界定都是不严密的。鉴于此，我们应该做的不是试图为"美国文学"探寻一个十全十美的定义，而是应该正视美国文学这一概念的历史性，动态地考量美国文学的美国特征。美国文学经历了向本土化推进的历史的过程。因此，美国文学各个时期的美国特征是不同的。当我们考察 19 世纪 20 年代到 50 年代以前的美国民族文学时，两位作家赫然在列，那就是第一位美国的"民族小说家"詹姆斯·费尼莫尔·库珀和第一部美国史诗《海华沙之歌》的作者亨利·华兹华斯·朗费罗。库珀的《最后一个莫希干人》实际上是以印第安人为中心的，而朗费罗的《海华沙之歌》是以印第安人为主角的。这一现象表明，这个时期的美国民族文学的建构在很大程度上依赖于印第安题材。库珀很清楚英国人需要的是美国文学中的印第安人，朗费罗则自觉地提倡以印第安题材来创

---

① Emory，Elliott，ed.，*The Columbia History of the American Novel*，外语教学与研究出版社 2005 年版，第 7—8 页。

建美国民族文学。这是因为，美国民族文学就是针对美国文学如何摆脱英国文学的附庸这一尴尬的身份而提出的，因此，美国民族文学必须以美国独有而英国没有的题材作为自己的特色题材。而在当时，无论从哪个方面来审视，印第安题材都是最符合这一要求的美国本土题材。库珀和朗费罗的巨大的成功已经证明，他们因选择印第安题材并以生花之笔将其呈献给世界，而分别在小说领域和诗歌领域为美国民族文学赢得了国际声誉。可以说，在19世纪20年代到50年代这一大的时段内，美国文学的美国特征与印第安题材之间有不可分割的关联。但是，随着南北战争的爆发，黑人问题跃居为美国的重大问题之首，因而在美国文学中印第安题材也就退居于黑人题材之后了。这一现象提醒我们，美国文学是一个历史的概念，美国文学的本土化是一个历史的过程。在这一前提下，来探究朗费罗的《海华沙之歌》在美国文学的本土化进程中的重要价值，不仅对认识《海华沙之歌》自身，而且对认识美国民族文学这一重大问题也具有重要意义。

作为诗人，朗费罗在世时就达到了荣誉的顶峰。他不仅被住在木板房子中的西部的普通百姓所热爱，也被波士顿的文人雅士所艳羡。凭借独特的诗才，朗费罗走进大西洋两岸中产阶级的头脑和心灵。在同时代的抒情诗人当中，没有任何人像他一样被那么频繁地引用，即使丁尼生和白朗宁也没有这样的荣幸①。惠特曼在《朗费罗之死》一文中对朗费罗做出了这样的评价："朗费罗的作品繁多，我觉得他诗歌表现的风格和形式都标志着当今时代，不仅卓越，而且作为诗歌总是给人们的心和趣味带来最可贵的东西，这也许是必然的。"② 惠特曼一语道破朗费罗广受欢迎的原因，那就是他的诗歌唱出了人们的心声。

《剑桥美国文学史》指出："在努力构建美国的民族文学的过程中，朗费

---

① ［美］保罗·约翰逊：《美国人的历史》，秦传安译，中央编译出版社2010年版，第394页。
② 胡家峦主编：《惠特曼经典散文选》，张禹九译，湖南文艺出版社2000年版，第209页。

罗面临着一些语言谱系方面的问题。"① "朗费罗备受争议的语言谱系问题解决方案包括两个层面，即语言层面和历史层面。这二者在《海华沙之歌》中得到融合。"② 可以说，《海华沙之歌》对朗费罗的诗歌生涯和美国民族文学的建设都具有不可替代的重要意义。《剑桥美国文学史》认为，在语言层面，《海华沙之歌》使用了印第安词汇，在历史层面，《海华沙之歌》采用了印第安题材，因此，《海华沙之歌》在历史层面和语言层面解决了朗费罗在建设美国民族文学方面面临的语言谱系问题。这一说法无疑充分肯定了《海华沙之歌》在朗费罗建设美国民族文学方面的重要地位。不过，我们认为这种提法无法涵盖《海华沙之歌》在美国民族文学建设中的全部价值。正如我们已经论述过的那样，《海华沙之歌》在诗歌题材和诗歌艺术两个方面为美国文学的本土化做出了努力。在这里，我们要特别指出，诗歌艺术的本土化，不仅仅体现在使用了印第安词汇，实际上那只是个点缀而已，因为单凭这些词汇不能造就一部诗歌。而真正使这部诗歌的艺术特征有别于英国诗歌的因素，不仅仅是这些印第安词汇，而是欧洲史诗的程式、格律、编织情节的方式和印第安神话传说的情节、人物、叙述技巧以及印第安诗歌的平行句法。《海华沙之歌》问世以后引起了热议，使朗费罗处在舆论旋涡的中心。当时的一个热点问题是，《海华沙之歌》的平行句法的来源。诗歌是形式的艺术，而平行句是《海华沙之歌》形式上最醒目的特征。这种热议表明，《海华沙之歌》的那种平行句法在当时读者司空见惯的英语诗歌中尚属新鲜。而那种平行句法很大程度上受益于印第安诗歌。朗费罗还从芬兰史诗《卡莱瓦拉》借来了无韵扬抑格四音步，用英语再创造了这种外国格律，使自己的诗歌获得了原创性③。因此，借鉴印第安文学和欧洲史诗的特征是朗费罗摆脱英国诗歌束缚而

① [美] 萨克文·伯科维奇主编：《剑桥美国文学史》（第四卷），李增译，中央编译出版社2010年版，第275页。
② 同上书，第277页。
③ Jay, Parini, ed., *The Columbia History of the American Poetry*, p. 88.

走向美国民族文学的一个重要路径。《海华沙之歌》问世以后获得了巨大的国际声誉。该诗的德译者德国著名诗人弗瑞立格拉特在他的德译本的前言中说："我的赫赫有名的朋友在诗的领域里为美国人发现了美洲。是他第一个创造了纯粹的美国诗歌，这个诗篇应该在世界文学的万神殿里占有一个卓越的地位。"① 这一说法表明，在当时，《海华沙之歌》是当之无愧的美国民族文学中的瑰宝。

　　美国民族文学是一个历史概念。从这一概念的提出和美国民族文学自身的发展两个方面来看，美国民族文学都是具有强烈的时代性概念。换言之，我们要以动态的眼光来考量美国民族文学，在时间流中观察美国民族文学特征的变化。美国民族文学与英国文学较劲，是其与生俱来的特征。因此，在不同的时代，美国民族文学都面临着如何创作出具有美国特色的作品的任务。在 19 世纪 50 年代以前，由于受浪漫主义思潮的影响，美国民族文学的要务是发掘本土的历史遗迹。在小说领域，欧文的荷兰移民叙事、库珀的印第安人和荒野叙事、霍桑的清教徒叙事，在诗歌领域，朗费罗的印第安叙事，都是那个时代美国民族文学中的奇葩。但是，随着南北战争的爆发，黑人问题一举取代印第安人问题，成为美国的首要问题。这时，在美国的民族文学中，印第安题材自然就让位于黑人题材了。马克·吐温的《哈克贝利·费恩历险记》正是体现这一转变的代表作。虽然在朗费罗之后美国经典作家对印第安题材仍有所涉猎，如马克·吐温、福克纳、海明威等作家都塑造过印第安人形象，但是，没有任何一个作家获得过朗费罗和库珀那样的成功。由此不难看出，印第安题材，只是库珀和朗费罗时代美国民族文学的宠儿。而朗费罗和库珀一样，顺应时代的要求，响应时代的召唤，以印第安题材为利器，为美国民族文学的建构做出了卓越的贡献。这一点不可否认，也无法否认。

---

① 　王科一：《海华沙之歌》，译者前记，上海译文出版社 1981 年版。

T. S. 艾略特指出："把文学仅仅缩小为已确定的布局和风格，就等于肯定美国的特殊性是某种一成不变的东西。其实，有生命的文学无时不在变化之中，存在于同一时代的各种有生命的文学，借助于一位或者许多位作家相互作用，引起变化，而且用不着怀疑，将来一代代在美国建立起来的文学，会完全否定由于对过去和现在的作家们的创作所进行的观察，而得出来的那种什么是艺术中真正'美国的'定义。"① 艾略特认为，"美国性"是随着时间的流逝不断变化的，所以，美国文学的美国特征也是不断变化的。新生的美国文学将不断否定以前时代的美国文学中的美国特征。因此，一个时代的美国文学中的美国性，在其他时代很可能不被认可。艾略特提醒我们，必须以动态的眼光考察一个国家的文学的民族特征。

对于作家来说，要把握民族的特征并将其反映在自己的作品中殊非易事，而这对于美国的作家来说就更加不易。马克·吐温在《保尔·布尔热关心我们什么?》（1895）一文中指出：究竟什么是"美国人的灵魂"或"美国人的本质"，并不是一个那么容易回答的问题，尤其是对于外国人来说。一个外国人可以复制一个民族的外貌，这就是他能做到的一切。一个民族的内在内容，包括她的灵魂、语言、生活、思想等，只有过着这个民族的生活的人才能了解。只有民族小说家，因为他足够了解人民的灵魂与生活，所以他能把它们原原本本地描述出来。但是，在美国，一个民族小说家不可能对各个州的生活明察秋毫。即使一位民族小说家，他一旦离开他熟知的那个州的边界，去另一个他没有生活过的州，他对这个州的认识也就变得跟一个眼界有限的外国人差不多了。因为美国各个州的生活是那样的形态各异，因为美国人是那样的千差万别。但是，作为一个外国作家，保尔·布尔热竟然敢于声称希望通过他对纽波特的印象揭示"美国的灵魂"或者说美利坚合众国的"人民的

---

① ［美］T. S. 艾略特：《美国文学和美国语言》，《美国作家论文学》，刘保端等译，生活·读书·新知三联书店 1984 年版，第 203—204 页。

本质"，这就是疯狂的冒险。对于一个美国作家来说，要通过一些外在的东西概括出"美国人的"特点都是一个难题，更何况外国人呢。在美国有一个完整的帝国，在北方、南方、东方和西方，根本就找不出相貌相同的人来。而正是这个牵涉到所有设想有一个叫作"美国人的"人①。吐温认为，民族小说家并不企图概括，而只是描写生活："他只是描写了集聚在某个地方——就是他自己生活的那个地方——的一些人的行动、言论、生活，这就是一篇小说。他和他的同行们将要告诉您全国的生活和人们——告诉您在新英格兰农村里，在纽约州农村里，在得克萨斯州的农村里，在奥里根州的农村里，在五十个州和全国的农村里广大人民的生活，然后是五十个州和全国的农场主的生活，这将是几百幅人们的生活和集体的图画，是多数处于相距遥远的城市的图画。印第安人和北美洲的骑马牧人、金矿和银矿的工人和黑人、白痴和国会议员、爱尔兰人和德国人、意大利人和瑞典人、法国人和中国人、墨西哥人和天主教徒、美以美教徒和长老会信徒、牧师协会的成员和洗礼派信徒、唯灵论者和马蒙教教徒、震颤派和战栗教徒、犹太人和坎伯尔派、不信奉和信奉基督教教义的人、念咒的人和心理疗法的医师、抢劫列车的人、白帽子和私酒贩子都不会被忽略。当一千部相当好的小说写成时，在那里向您展示出人民的灵魂、人民的生活、人民的语言，您在哪里也找不到比这更多的东西。在那里有着无穷无尽的性格、姿态、感情、自尊心的不同色调。"②吐温自己就是一个出色的民族小说家。在吐温看来，在他的那个时代，要想概括出美国人的特征，并非易事。这是美国社会构成的复杂性决定的。所以，民族小说家最好不要去概括，因为那样做可能是徒劳的。民族小说家应该去描写，描写自己周围人的生活，美国人的民族性格就隐含在这样的生活中了。

---

① ［美］马克·吐温：《保尔·布尔热关心我们什么?》，《美国作家论文学》，刘保端等译，生活·读书·新知三联书店1984年版，第97—100页。
② 同上书，第98—99页。

　　赫姆林·加兰在《破碎的偶像》（1894）一书中所论述的"地方色彩"理论具有重要意义，尤其适合在美国这样一个社会构成复杂的国家的作家中推行。赫姆林·加兰指出：所谓地方色彩，就是作家自然而然地反映他周围的生活。地方色彩绝不意味着作家必须描写本州美丽的景色，而是说作品的气质和背景是那个地方的，只有在那里土生土长的人才能写出这样的小说来。这种地方色彩，不是作家刻意写出来的。在他那么自然地写他熟悉的家乡生活时，地方色彩会带着他的爱自然地呈现出来。这样的地方色彩有助于创作民族性格①。作家描写他土生土长的那个地方的生活，就可以表现出民族性格来。在这一点上，马克·吐温和赫姆林·加兰的见解是一致的。

　　弗兰克·诺里斯也认为，美国人的共性必然是通过浓厚的地方色彩表现出来的。他在《伟大的小说家》（1902）一文中指出："如果仔细研究一下，就必须承认，虽然美国的伟大的小说家的化身尚未出现，可是谈论某一伟大的美国小说问世的可能（请注意，是某一）总归是可以的，因为它看起来也并非十分遥远。但这本小说将会有浓厚的地方色彩。美国是各州的联合会，不是统一的整体，一个地区的生活与另一个地区的生活迥然不同。而目前还不能创作一本小说，其中能成功地反映全国各地的生活。南方的特点完全不同于北方，西部地区也不像南方和北方，太平洋沿岸地区过的是自己独特的生活。"② 那么，在这种情况下，能否创作出反映美国人的共同特征的小说呢？弗兰克·诺里斯认为这还是有可能的。只要作家深入到某一地区的生活中，能够了解那个地区的人的心灵，就可以做到这一点。这是因为人是有共性的。这就是具有浓厚的地方色彩的文学能够反映出人的共性的原因。

　　当然，在美国作家中并非只有弗兰克·诺里斯认识到了地方色彩小说可以反映出人的共性这一点。T. S. 艾略特在《美国文学和美国语言》（1953）

①　《美国作家论文学》，刘保端等译，生活·读书·新知三联书店1984年版，第87—89页。
②　同上书，第153页。

一文中指出：一个作家在相当长的时期内能够始终获得外国读者的倾慕，其主要原因可能是这位作家善于把地区性的东西和普遍性的东西结合在一起。最初，一部作品能吸引人的是它的独特性，但是，只有新颖性的作品只能昙花一现。如果外国读者在这部作品中找不到那种既新奇又熟悉的东西，那么这部作品肯定不能流传久远。在初读陀思妥耶夫斯基的小说和契诃夫的剧本时，读者最感兴趣的首先是俄罗斯人独特的精神气质。但是，后来就会发现，摆在眼前的不过是人们都深有体会并非常熟悉的那些思想感情的特殊表现而已。只有把独特性和普遍性结合起来，文学作品才能获得长久的生命力。没有普遍性而具有地方色彩是比较容易做到的，但是，没有地方色彩却能享有普遍意义的作品几乎是凤毛麟角①。

综上所述，随着现实主义的兴起和乡土小说的发展，具有浓厚的地方色彩的现实生活及其体现出来的民族性格就成为美国民族文学最主要的美国特征了。赫姆林·加兰在 19 世纪晚期指出：黑人虽然不是南方文学唯一的甚至主要的主题，但是这一主题必然进入南方文学，并成为文学中最有趣的主题。而北方小说将在很长时期内具有地方色彩。加利福尼亚、新墨西哥、爱达荷、犹他、俄勒冈，在那里，土生土长的人将描写他们的每一个角落。命中注定真正描写这些地区生活的小说家，还跟在步犁后边，或者正在读小学。乡土小说也将再创造城市生活，圣路易斯、芝加哥、旧金山将被那里土生土长的人描绘出来。只有土生土长并从内部观察生活的作家，才能真实地描写其所在的那个城市或农村的生活②。正如吐温所说，当这样的一部部描写具有浓郁的地方色彩的现实生活的小说问世的时候，美国的民族性格就呈现在世人面前了。

---

① ［美］T. S. 艾略特：《美国文学和美国语言》，《美国作家论文学》，刘保端等译，生活·读书·新知三联书店 1984 年版，第 201—202 页。

② ［美］赫姆林·加兰：《破碎的偶像》，《美国作家论文学》，刘保端等译，生活·读书·新知三联书店 1984 年版，第 91—92 页。

美国民族文学并不是一成不变的，其美国特征随着时间的流逝在不断变化。正如艾略特所说，一个时代的美国文学的美国特征会被下一个时代的美国文学的美国特征否定。事实上，吐温时代的美国民族文学的特征就不同于库珀和朗费罗时代的美国民族文学的美国特征。爱默生在《论自然》（1836）一书的《导言》中，对他那个时代的特征做出了这样的概括："我们的时代是怀旧的。它建造父辈的坟墓，它撰写传记、历史与评论。"① 他的这番话有助于我们理解库珀和朗费罗时代美国民族文学的特征。如果说在库珀和朗费罗时代美国民族文学主要是在历史中发掘那些有别于英国文学的元素的话，那么，到了吐温时代，在具有地方色彩的现实生活中发现美国民族的性格就是当时美国民族小说家的基本任务了。如果始终以一把不变的尺子来衡量不断变化的美国文学，那么，得到的结论将会是很荒唐的。我们不能拿这一个时代的美国文学的美国特征来衡量其他时代的美国文学。因为美国文学的美国性是随着美国自身的变化而不断变化着的。正如赫姆林·加兰所说："没有变化的生活是不可能的""对于确信每一个时代最好是反映它本身的人来说，'文学的衰落'是不可想象的。"② 每一时代都有每一时代的美国文学，其美国特征绝不可能是千篇一律的。

朗费罗以他那个时代的方式参与美国民族文学的建构，为那个时代的美国民族文学的建设做出了巨大的贡献。正如《剑桥美国文学史》所说："朗费罗的诗歌致力于为美国民族文学的建设做出贡献。在这项事业中，朗费罗功不可没。"③ 朗费罗的《海华沙之歌》是当时美国民族文学的耀眼的明珠。这部诗歌集中体现了朗费罗关于建设美国民族文学的理念，那就是，将欧洲文

---

① ［美］波尔泰编：《爱默生集：论文与讲演录》（上册），赵一凡等译，生活·读书·新知三联书店 1993 年版，第 6 页。
② 《美国作家论文学》，刘保端等译，生活·读书·新知三联书店 1984 年版，第 93 页。
③ ［美］萨克文·伯科维奇主编：《剑桥美国文学史》（第四卷），李增译，中央编译出版社 2010 年版，第 284 页。

学传统与美国自己的文学元素融为一体，以美国自身为素材，才能创造出富有美国特色的原创性作品。这一理念在美国代代相传，惠及一代又一代的美国作家和美国文学。可以说，朗费罗对美国民族文学的主要贡献，不是具体技巧方面的，而是宏观战略方面的。

朗费罗的《海华沙之歌》为美国诗歌赢得了国际声誉，缓解了美国人的文化自卑感。这一点对美国人来说是非常重要的。这是因为，自从独立战争以来，美国人一直被文化自卑感困扰。甚至到了 20 世纪 30 年代，这种文化自卑感也还是十分强烈的。辛克莱·刘易斯在获得诺贝尔文学奖时发表了题为"美国人对文学的恐惧"（1930）的演说。他假设那位反对他获奖的美国知名人士会这样想："虽然我本人并不喜欢这个作家的作品，但是瑞典科学院授予他奖金，是对美国的敬意，这说明人家已经不把美国人看作小孩子一样爱淘气、如此落后的民族了，虽然它害怕批评，但是它已经是一个发育成熟的民族，能够平静而严肃地对待对国家的任何一种分析，不论它是多么刻薄。"① 由此可见，时至 20 世纪 30 年代，美国人实际上还没有摆脱文化上的自卑情结。刘易斯认为那位知名人士的批评意见在他那个时代的美国是很有代表性的。在当时，"大多数美国人，不仅是读者，而且甚至是作家，还是害怕不赞扬所有美国东西——既包括我们的长处，也包括缺点——的文学。要想在我国做一个真正被人爱戴的作家，而不是一个普通的小说作者，就必须坚持说：所有美国人都是高大的、美丽的、富足的、诚实的人和顶棒的高尔夫球手。我们所有城市的居民只干这个，他们互相做好事，即使美国姑娘举止轻狂，但是她们永远可以成为理想的妻子和母亲……"② 这种害怕批评、害怕暴露美国缺点的心理，实际上正是美国人长期以来的文化自卑情结的体现。而朗费罗的《海华沙之歌》在 19 世纪 50 年代问世后赢得的国际声誉，无疑

---

① 《美国作家论文学》，刘保端等译，生活·读书·新知三联书店 1984 年版，第 226 页。
② 同上书，第 226—227 页。

是缓解当时美国人的文化自卑感的一剂良药。从美国人对待与朗费罗同时代的爱默生的态度，就可以推知这一点。爱默生推动了最早的美国本土哲学运动，被称为"超验主义"。他在《论自然》一书中概要论述了这一学说。尽管人们认为他的学说很难掌握，但是他们还是赞许爱默生。这是因为，在他们看来最重要的是美国终于有了自己的严格意义上的知识分子①。朗费罗作为可以与英国诗人比肩而立甚至在某些方面令英国诗人望尘莫及的美国诗人，对当时的美国民众来说，他给他们带来的不仅仅是令人爱不释手的诗歌，更重要的是带来了文化自豪感。

朗费罗细水长流的创作，蒸蒸日上的业绩，令同时代英国诗人望尘莫及的诗艺以及举世瞩目的盛誉，带给美国人的除了自豪还是自豪。这种姗姗来迟的文化自豪感对于努力建设独立的美国文化的 19 世纪的美国人来说意义非同寻常。朗费罗为美国文学与美国文化所做的贡献，经得起时间的考验。虽然朗费罗在当代美国学界遭遇令人尴尬的冷清，但是，文学的良心不容许历史遗忘这样一位为美国民族文学的建构做出过卓越贡献的诗人，我们期待着中外学界更加公允地评价朗费罗在美国文学史上的地位。

2017 年 12 月 26 日，美国普林斯顿大学英美研究系副教授莎拉·里韦特（Sarah Rivett）就其最新著作《未曾记录的美国：土著语言与一个文学国度的起源》接受专访，她阐述了美国土著语言与欧洲殖民者之间的语言的碰撞对启蒙时期语言哲学和美国早期文学史的影响。莎拉·里韦特阅读了大量早期传教士和土著口译者写的美国印第安语言文本（包括词汇表、教义问答集译稿和布道文等），通过深入研究，她发现这些土著语言被广泛运用于 18—19 世纪的美国文学中，"著名作家，如詹姆斯·库柏、亨利·梭罗、亨利·朗费罗等，深受土著语言影响。他们主要从传教士那里学习土著语言，美国土著

---

① ［美］保罗·约翰逊：《美国人的历史》，秦传安译，中央编译出版社 2010 年版，第 391 页。

词汇的思想对于早期美国写作的风格与形式产生了重大影响"①。美国学者的最新研究成果使我们有理由相信，朗费罗在《海华沙之歌》中运用印第安词汇和术语创造的程式和程式系统是该诗具有独特原创性的主要原因，该诗独特的风格和形式确实与朗费罗频繁使用印第安词汇与术语密切相关。而莎拉·里韦特同时提及詹姆斯·库柏、亨利·梭罗、亨利·朗费罗与美国土著语言之间的关系，也为我们今后的研究开启了新的方向。

① 《社会科学报》2018 年 1 月 18 日第 7 版。